太原作家作品文库

太山飞虎（上）

孟志平 著

山西出版传媒集团

北岳文艺出版社

—太原—

图书在版编目（CIP）数据

太山飞虎：全2册/孟志平著.—太原：北岳文艺出版社，2018.12
（太原作家作品文库）
ISBN 978-7-5378-5769-7

Ⅰ.①太… Ⅱ.①孟… Ⅲ.①长篇小说－中国－当代 Ⅳ.①I247.5

中国版本图书馆CIP数据核字（2018）第262435号

书　　名	太山飞虎
著　　者	孟志平
责任编辑	关志英
装帧设计	谢　成
出版发行	山西出版传媒集团·北岳文艺出版社
地　　址	山西省太原市并州南路57号
邮　　编	030012
电　　话	0351-5628696（发行部）
	0351-5628688（总编室）
传　　真	0351-5628680
网　　址	http://www.bywy.com
E－mail	bywycbs@163.com
经 销 商	新华书店
印刷装订	山西万佳印业有限公司
开　　本	787mm×1092mm　1/16
字　　数	448千字
印　　张	36.5
版　　次	2018年12月第1版
印　　次	2021年1月山西第2次印刷
书　　号	ISBN 978-7-5378-5769-7
定　　价	128.00元（全2册）

目　录

第一章	酒肆之沙陀后生	/ 001
第二章	行侠之罗城署衙	/ 013
第三章	梦境之龙泉古寺	/ 029
第四章	朦胧之山泉塘畔	/ 040
第五章	萌情之望夫石上	/ 052
第六章	托女之风雨欲来	/ 064
第七章	危局之避战之争	/ 077
第八章	出征之雪恨之夜	/ 088
第九章	交锋之血战太山	/ 098
第十章	盟誓之古寺佛塔	/ 110
第十一章	旧识之隐秘交易	/ 122
第十二章	护塔之金棺银椁	/ 134
第十三章	古寺之大红灯笼	/ 145
第十四章	决斗之太保出丑	/ 156

第十五章　勤王之沙陀大军　/ 168

第十六章　南下之风峪河谷　/ 179

第十七章　浓雾之英雄打虎　/ 190

第十八章　训子之堂会议事　/ 202

第十九章　惩戒之横行太保　/ 214

第二十章　先锋之明争暗斗　/ 225

第二十一章　女红之离情别绪　/ 236

第二十二章　风险之福兮祸兮　/ 248

第二十三章　隐忧之以柔克刚　/ 259

第二十四章　挑衅之太保鲁莽　/ 270

第二十五章　老兵之同去同归　/ 283

第二十六章　血祠之舞龙盛事　/ 294

第二十七章　先锋之变故迭起　/ 306

第二十八章　诬点之生死劫难　/ 318

第二十九章　南下之新军律令　/ 330

第三十章　争霸之陌路豪杰　/ 342

第三十一章　太保之恩怨情仇　/ 354

第三十二章　行刑之是是非非　/ 364

第三十三章　夺门之奇袭关城　/ 375

第三十四章　战将之激烈交锋　/ 387

第三十五章　定策之攻防血战　/ 398

第三十六章　围困之生死决斗　/ 408

第三十七章　奇袭之误入长安　/ 419

第三十八章　铁闸之血洒疆场　/ 430

第三十九章　太保之真真假假　/ 441

第四十章　功名之祸福相依　/453

第四十一章　险境之汴梁城下　/464

第四十二章　中计之险象环生　/475

第四十三章　相聚之钩心斗角　/486

第四十四章　讨封之父子相疑　/497

第四十五章　酒宴之上源驿馆　/508

第四十六章　险地之突出重围　/519

第四十七章　火攻之力扛铁闸　/530

第四十八章　决断之兄弟情义　/541

第四十九章　英雄之生死离间　/551

第五十章　　太山之黄土一丘　/562

第一章　酒肆之沙陀后生

残霞似血，八月的秋阳掠过晋阳古城太山之巅，柔和而均匀地铺洒在一眼望不到边的重重山峦上，万道紫晕，光彩炫目。

从太山东岭远眺晋阳古城，山下的风峪河如一条弯弯曲曲镶嵌在大地上闪烁着点点金星的玉带绕城南下。晋阳城东，日夜奔流不息的汾河水从北境宁武川的崇山峻岭间倾泻而出，形成一条耀目的光河。两条河道之间，晋阳古城内密密麻麻的重楼屋宇犹如玲珑有致、小巧秀气的首饰盒子。

中秋在即，城外万亩良田中此时镰刀霍霍。农人们满怀丰收在望的喜悦，在金灿灿的原野上尽兴劳作。正是斜阳西下的牧归时分，在土地上忙碌了一天的农人们或用驴车驮负，或肩背手提，满载着成捆成捆收成的大队人马从晋阳城四面八方向城周涌来。城防外围的打谷场上早已堆起了一座座小山，犹如规模庞大的军营，将晋阳古城围得水泄不通。

元宵节前后，晋阳城方圆数百里就降了一场老农人们记忆中最大的雪，那场雪连续下了两天两夜。地上积雪厚达两尺有余，据说第三天城防衙门的官军例行开城之时，卸下门闩，十余名精壮官兵合力推门，累得精疲力竭，那门却纹丝不动，直似有人在门外堵了道巨石。城防官兵大感不解，俯身朝城下望去，城墙边吊桥上虽说积雪比平地略厚一些，据目测也不过接近两尺而已，尚不至于让十余名官兵无可奈何。官兵们的不作为让守城主将怒不可遏，厉声呵斥：看来不经战事，披着层兵皮，不过是外强中干的酒囊饭袋！

年轻官兵们一肚子怒火，大感委屈。有位胆大的官兵腰系麻绳坠下城头，不禁倒吸数口凉气，一夜风卷飞雪，城门洞内积雪呈缓坡状，最高处几乎与城门顶持平！随后，官兵们骂骂咧咧，下来二十余人铁锹竹帚齐上阵开始清除，将冻得严实如镜的护城河堆成了长达十余丈的雪山。

城门比平日晚开了足有一个时辰。

此事作为一宗笑谈在晋阳城内冬闲无事的百姓们中间传得沸沸扬扬，一度成为活跃在街头巷尾、茶余饭后长达半月之久的传奇话题。

其时正值唐朝末年，天下大乱，国运衰落，渐呈江河日下之势。当年高祖皇帝李渊从晋阳府高举义旗，民众云集麾下，挥舞刀枪，向为显示文治武功一己之欲、常年役使百万壮丁开凿运河、三次东征高丽损兵折将、置百姓于水深火热之中的腐朽王朝隋朝兴师问罪。经过一年的南征北战，李渊大军终以摧枯拉朽之势，攻克长安，席卷天下。隋朝灭亡后，李渊与其子李世民（即后来的太宗皇帝）相继将各地割据势力逐一吞并，一统天下，建起了大唐王朝。

欣欣向荣达二百多年之久的大唐王朝虽前有政治清明、社会安宁、百姓乐居的"贞观之治"等开明盛世，但仍然逃不脱历代王朝盛极必衰的规则。

一切败亡的征兆从唐懿宗咸通九年（868）的桂林开始。其时，驻守桂林的一众戍卒因朝廷言而无信，违背三年轮换之制而怨声载道，都虞候许佶等趁势作乱,杀死都将王仲甫,共推原粮料判官庞勋为首领,首先发难。数日之后,在大唐王朝的南部腹地掀起滔天波澜。庞勋之乱平息未久,大唐腹地一位私盐贩子出身、科考无望、名叫黄巢的人再次兴起祸乱,刚刚从平叛庞勋起义中缓过神、疲惫不堪的朝廷再次陷入了手忙脚乱穷于应付的狼狈状态。庞勋起事在前,黄巢举兵在后,但后者的声势和对唐王朝的威胁远远超过庞勋大起事。

天下战火四起,地处三晋腹地的晋阳城安然无恙,好像并没有感觉到迫在眉睫战争的威胁。百姓们惦念的是他们的土地收成,希冀的是苍天对生活的眷顾。惦念着收成,就自然而然地想起了年初的那场大雪。对农事经验极为丰富的老农人们心里不由自主生发出一股莫名的兴奋,那种兴奋促生了他们充满自信而得意的预感。那就是,今年将是一个百年难遇的丰收年。

果不其然,进入三月,从南到北一场铺天盖地的春雨悄无声息普降三晋大地,土地松软,极宜耕播,种子入土,不久便静悄悄破土而出。夏末秋初,又是连续几场透雨。晋阳城的老百姓眼见土地里的禾苗茁壮成长,抽茎拔节,果实累累,莫不跃跃欲试,热切而焦急地等待开镰收割。东南西北,战火熊熊也好,刀光剑影也罢,只要灾难没降临到自己头上,填饱肚子始终是人生首要大事。

晋阳城平静如旧。夜幕降临的城内,大街上油灯烛火相继点亮,劳累了一天的农人们仍然沉浸在丰收的喜悦中,除了山药和豆类等作物尚待几日才能动手下镰下锹外,其余诸如谷黍黄芥之类已全部进入场面。部分性急人家已彻夜开始奋战,在场面四周点几盏油灯,连枷翻飞,木锨高扬,彻夜不息。大多数农人好像并不急于动手,作物回场,接下来的打场营生再忙再累,对他们来说已经不是一场伤筋动骨的体力活,而是成了一种充满希望的享受。夜幕下应该烫壶杏花村的老酒与几个老熟人相聚在简陋的酒馆里，点几道小菜，谈天说地，好不快活。

位于晋阳城西紧挨城边有座小城，名为罗城，在整个方圆达三十里的晋阳城，这里实际上是处城郊村落。罗城毗邻晋阳湖，四围全是滩涂，民居不多。比起城中心地带的繁华热闹，自是逊色不少。平日里大街小巷人烟稀少，一到夜幕垂落愈发冷清寂寥。

罗城西街一家名为"老杏花"的酒馆，里面只有六七张桌子，刚到掌灯时分，馆内却已座无虚席。店门外，仍有客人不断往进涌。年过四旬的店掌柜团团一张圆脸上笑容满面，乐不可支，边招呼两位早已累得气喘吁吁的店小二迎客，边不时用搭在脖颈上用冷水浸泡了数次的毛巾擦汗。

一位瘦削老者叼着锅羊腿水烟，嘴里冒股火辣呛人的烟焰，指着店掌柜笑骂道："老邓，别以为我不清楚，你他娘的是在人模狗样地点人头，其实是在数钱吧？每个进来消费十来八吊钱，夜里够你们几个躺被窝里数一晚上了！"

邓姓掌柜，名为还忠，是太山脚下店头村人氏，据说早些年充过军、打过仗。

"全托了诸位的福，光顾在下小店，都是咱的衣食父母。"

老者脸舒展了，指着店门外头顶上方对邓还忠道："老邓你可是个聪明人，前年才开的店面吧？谁都知道，这开饭馆靠的是回头客，你一个生巴眼儿外乡人，生意却如此之好。不光是咱罗城周围的乡里乡亲，连桥头街一带的顾客都来你家，你以为真是你们那盘过油肉炒豆腐比皇家御膳房的草子糕好吃？狗屁！"

临桌一位三十岁左右的汉子笑道："别小看这个门面，风水好啊。咱就没那个眼力，也没那个发财的命相。前年这三间门面空着，原本让我租下开酒店呢。咱也不是没想过，日他娘的，罗城是个啥地方？鸟不拉屎，四围住的人比我还穷。前两年又连续大旱，地里连种子都收不回，自家都填不饱肚子，谁还有闲钱下馆子。别说年租十两银子，就是五两也不敢租，怕到时赔得连裤头也找不见。可可在人家老邓手里就经营得这般红火热闹。早知现下光景，不定这财路就是咱家的呢。"

"你懂什么！"老者一脸鄙夷神色，烟锅头在桌边轻磕，不留神尚未熄灭的火星子崩落脚面，疼得一咧嘴，跳将起来，惹起食客们一通笑。老者不以为意，又道，"不是我老三咒你，当初就是这店盘给你，你照样赔得裤头也找不到！"

那汉子大奇，"老三，你不能作践人吧？位置还是这个位置，店面还是这个店面，又没长一寸，稻秸仰尘还是稻秸仰尘，店掌柜又没花半文钱整修，进来还是这个土眉落眼模样，何况店主老邓又没长着三头六臂，你说说，到底哪一点招人了？我咋就不行呢？"

老者又燃了锅烟，慢条斯理地深吸了数口，眼角余光瞥了汉子一眼，故意大声道："你想知道其中缘由吗？"

此时不光汉子大起疑惑，满馆内的食客们都被老者的话引起了极大兴趣，纷纷放下筷头，一齐朝这边望过来。

"老三哥，你快说说，大家伙都想听呢。"

角落座中坐着三位年约二十出头的年轻后生，一位浓眉大眼，红润脸庞；另一位个子高挑，脸形窄小；还有一位圆头圆脑，矮矬身材。大约酒喝得略有些过量，正中浓眉大眼后生仰脖将半杯酒一饮而尽，露口白牙，对两人笑道："哥儿几个支起耳朵，听听这老头怎么胡咧咧。"

酒馆内无人说话，大家都伸长脖子等着老者的下文。粗眉后生嗓门洪亮，偏这话一字不漏地进了大伙耳中，再次引起一阵笑。

老者眉峰微蹙，脸上大为不悦，白发丛生的脑袋往后一仰，神情傲慢，手中的大烟锅指着粗眉后生道："后生休要猖狂，你们经过几年风雨,有过什么见识?不知道就不要瞎咧咧,听口音你们也是外乡人,不是晋阳府的吧?"

另两位年轻人装聋作哑,埋头吃酒,低头尽是强忍,已是扑哧笑出声来。

粗眉后生脸上腾地红了,当堂抱拳对老者一揖道:"这位大爷,在下鲁莽至极,先赔个不是。确如大爷所说,在下和这两位兄弟都是沙陀人。"

"沙陀人?"老者蓦地挺直腰身,"你叫什么名字,可听说过雁门关外大漠朱邪赤心此人?"

粗眉后生恭恭敬敬又是一揖,语气倒也不卑不亢,"在下姓安,叫敬思。他们俩一个叫安休休,一个叫薛阿檀,我们都是雁门关外沙陀人,没有听说过朱邪赤心,倒是知道有位名叫李克用的大英雄,那是我们沙陀人心目中高高在上的雄鹰,是真正的大漠苍狼。"

"唔!"老者浑挥手道,"后生说的是同一个人嘛。朱邪赤心就是李克用,李克用就是朱邪赤心,那是因当年朱邪赤心父子奉皇上之命,随军南下征讨庞勋叛乱立下汗马功劳,皇帝赐予朱邪父子国姓,老子名为李国昌,儿子李克用。这位后生说得没错,朱邪父子确实不愧为大英雄,不过是多少年前的事了。嘿嘿……"说着就面露不屑,换了个话题。"说到底都是大漠雁门要塞之外的蛮荒之地人氏,没见过多少世面。这位后生名叫安敬思,倒是该安安静静地好好想一想再说话了,中原文化有多深,你知道吗,不知道吧?外乡人懂什么!"

先前那汉子却听得入迷,顾不上擦汗,紧紧揪住话题,"老三,说话不能吐半截留半截,那个朱什么,李克用吧,到底是个什么样的大英雄?您走南闯北见多识广,说出来让大伙开开眼,怎么听着这半截话倒有些什么见不得人的事呢。"

众人一齐起哄:"就是,老三哥这是吊胃口卖关子呢,大唐功臣李家父子到底怎样了?"

那老者扫了眼同样满脸疑惑和期待的安静思等人,脸上现出不易察觉的冷笑,狠狠抽了口旱烟,清了清嗓子。众人直以为有关沙陀人李家父子的新鲜话题将要通过他干瘪的嘴巴炒豆子般蹦将出来,一齐屏了呼吸,侧耳聆听。不料老者清完嗓子,又是猛吸数口旱烟,瞪着围过来的诸人,奇道:"你们这些没风水的东西,我早就说过了嘛,大漠属蛮荒未开化之地,岂能同咱们中原文明人相比。放着眼前发财致富的事不说,倒扯些与咱不相干万里之外的人事,图求个甚!"

众人方才听出味道,老者显然因有沙陀人安敬思等人在身边,有些话无法启齿罢了,便纷纷故弄玄虚露出意味深长的笑,骂骂咧咧地回归座位。

安敬思等了半天,并不见心目中大英雄的下文,便低声喃喃道:"确是奇怪,怎么好端端说半截就没了音?待我去问问再说。"

矮矬胖子薛阿檀一把拉住他,"安大哥,你问也白问,老头子不肯说。要说的话,中原都是些轻狂虚伪爱面皮胜过爱命的人,说话做事历来言行不一,不像咱们沙陀人,有啥说啥从不藏着掖着。就他那张嘴,他要是肯说,怕是两头驴也拉不住;他要是藏着掖着,怕是骨头渣也能咽回去。"

瘦高挑子安休休起身给他两人碗里斟酒,小眼睛骨碌碌顺人缝四处瞄了一圈,见无人注意他们哥仨说话,便笑道:"老薛说得没错,中原人都他娘这副德行,人人装得有多大学问似的,其实一窝子草包。听说当年咱们沙陀英雄李克用率军南下时只有五千人马,奉朝廷之命沿途征兵,呼啦啦一个月工夫就达到六七万人。乖乖,六七万人,怕是从马邑能摆到雁门关外。可谁能想到,南下途中与庞勋叛贼一交手,吓得屁滚尿流，逃兵漫山遍野，都他娘的是中原兵，荡平叛乱的主力军最后还得靠咱们沙陀人！"

安敬思瞪大两眼："老安，你从哪里听说的？"

薛阿檀用力扯扯安敬思的破烂衣袖，被安敬思一把甩开，"老薛，过十五就这件能穿出去的衣裳了，扯烂了没人补。"

安休休吃吃地笑道："敬思你别怕，酒饭钱今儿我出呢。老薛也是怕你那个尖嗓门，无端惹出闲事来，让他们听到，有我们好看。你也是多嘴，你不说谁知道咱是沙陀人。"

安敬思不以为然道："怕什么，只要说的是人人都得知的实情实话，谁怕谁。"

三人正低语，忽听一阵哄堂大笑。

只见那名老者意气风发，不知何时竟站在高高的长条凳上，左腋下夹着长长的旱烟锅，右手高举，提着一尊灰不溜秋的酒坛子四处摇晃，神气活现地像是让人们听听壶中酒响。

"诸位，你们睁大眼睛看看，这店里在座的喝的是什么酒？"

众人跟着起哄："还用你老三说，快两年了，老邓只卖的是汾州的'杏花村'酒，这酒味道清冽，倒是爽口沁心呢！"

老者又指着店门外道："诸位再看看店掌柜起的什么店名。"

有好事者专门跑出门口，仰脖望望，大呼小叫地指着酒坛子道："日他娘的，喝了好几顿竟没注意，这店名和酒坛子上的字一样，也是'杏花'嘛！"

"这就对了。"老者满意地坐回座中，又抽起旱烟锅，满脸微笑，闭口不语。

安敬思忽地起身，对老者一揖道："这位大爷，您就别卖关子了，有什么话您敞开了说，说出来，咱这心里就不憋屈了。"

"这位沙陀后生说得对,老三人越老越鬼精,'半肚皮学问磨豆浆',靠一点一点往出挤,你是等着带到棺材里吗?"

"老三,赶快说道说道,这店名和酒坛名一样,两者到底有啥玄机。我倒听说,好似老邓和我一样,也是个大字不识半箩头的睁眼瞎,他照猫画虎,把酒坛上的字描上去的吧。"

邓还忠既不承认也不否认,站在当地,微笑不语。

老者嘿嘿笑了半晌,将烟锅头内的死烟灰用力吹出,噗地甩在脚下三步之外。

"不知道你们看没看出来,我算看出来了,老邓你他娘的这是大智若愚啊,不发财才怪呢!"老者看着邓还忠,笑道,"我先给大伙说个故事吧。"

有故事听,正是酒店内食客们求之不得的下酒菜,大伙或侧身聚目或腿搭在条凳上,满怀热望,一脸期待。老者大为满意,这恰恰是他所希望看到的效果,遍观今日馆内,食客们基本都是散居在罗城一带的乡野小民,见识粗浅,正是显露才学的大好时机。

"话说一百多年前,汾州城外来了位落魄不堪的过路客。此人姓杜,名牧,因在家排行十三,人称杜十三。当年他可是咱老百姓眼中渴慕不已的朝廷命官,好像是任司勋员外郎。那年三四月间,在朝内混得极不如意的老杜驾着驴车从长安一路北上,来到咱北地汾州境内一处村落前,刚好赶上清明,连日细雨绵绵,正是村里村外杏花盛开季节,老杜诗兴大发,就作了一首《清明》。"说毕,老者便微闭双目,摇头晃脑,轻声吟咏起来:'清明时节雨纷纷,路上行人欲断魂。借问酒家何处有?牧童遥指杏花村。'这首诗作得实在妙,妙就妙在短短一首七言诗,却有不可预测之功效。老杜没想到,恐怕世人也没几个人能想到,竟能将一处名不见经传的小村落诵得天下人人皆知。又岂止是小村落——在座的不知有没有汾州人氏？据老夫所知，老杜当年落足借宿的那个村落原来并不叫杏花村，至于是什么名字，却不记得了。村子里家家户户男女老少都有手酿酒的好手艺，但酿出来的酒又卖不出去。倒多亏了杜十三这一遭雨，使得原本无名气的村落一朝名扬天下。且起初那酒名也是杂七杂八，不成路数。好咧，这下村庄名字也有了，酒名也是现成的。杏花村的杏花酒从此走出了汾州地界，南上北下，声名甚至波及雁门关外。喏，那沙陀后生，听说你们大漠人访亲走友，汾州的杏花酒亦是主人招待客人必备的佳酿吧？"

　　安敬思想了想，摇摇头道："杏花酒，我等也是流落到晋阳府才第一次品尝，滋味尚觉润口，只是比起我们北地的酒来，要绵软柔和得多。总之，没劲！"

　　老者原本想给安敬思三人说话的机会，一来可缓和两人之间的谈话气氛，为下一步细细讲述所谓的大漠沙陀英雄李克用的故事做个良好的语境铺垫，不至于过分尴尬；二来明摆着想让这几个来自域外的年轻后生或厚或薄地恭维自己一番。须知，任何来自他方的褒奖那可是提升身价的绝好评语，远比身遭那些知根知底的乡邻酸不拉叽的话要有分量得多，也厚重得多。再者，知根知底能说明什么问题？想靠这些人恭维你，那是打错了算盘，不拆你的台揭你的疤就算烧高香了。万没料到，安敬思这个毛头小子竟是如此没眼色的一个蠢货。

　　老者故意装作没听到周围低低的嗤笑声，又问安敬思，"后生，老夫倒想听听，你们沙陀人从小到大离不开酒，这是实情。那么你们认为的好酒都有什么，让老夫也长长见识。"

　　眼见一老一少较上了劲，安休休又扯衣角又递眼色，低声警告道："敬思，中原人不像咱们沙陀人，说不得实话……"

　　安敬思毫不理会，梗着脖子，礼节上却并不缺失，依旧一揖道：

"在下倒觉得所说的好酒，凭以个人好恶罢了，多数人尝过说好才是好。大爷您方才所说的那个杜十三在下没见过，估计也是个名人，在下只是不解，村还是那个村，酒还是那个酒，怎么由他一说，就成了好酒了？若有此说，北境的酒先不说，那酒烈性，你们关内人无论如何是喝不惯的。说实话，我也喝不惯。两年前我跟我娘流落进关内，就住在太山脚下风峪河谷的店头村。村里有位姓贾的大哥，祖上是随军征战的酿酒师，后来战事结束，他们好多人就在那个村落里住了下来，成了当地居民。村前的那条风峪河，贾大哥祖上就开始用河水酿酒，自酿自喝，也没听说是什么好酒歹酒之说，但那酒是我们兄弟最喜欢喝的。店家的杏花酒我们也喝过，却感觉远不如风峪酒爽口。"

满屋人这才注意到，座中都是由店家所售的杏花酒，唯独那三个年轻后生桌上墩着个大黑坛。

"风峪酒，让咱尝尝！"

"给兄弟倒一小杯！"

老者鼻子里重重一哼道："无知小儿！"

邓还忠依旧面无表情，丝毫未显尴尬之意，微笑着冷眼旁观。

老者冷冷道："店家，老夫给你个建议。往后，凡进酒馆者，一律不准自带酒水，要喝就得喝店里的酒。如此岂不乱了规矩！"

邓还忠笑道："老三哥，这话怎的说？进来的都是客，吃喝自由，哪能立此规矩！"

安敬思抱着黑坛边张罗着给众人分酒，边笑道："大爷这话在下可是听着闹心。哪家王法规定进饭店只准喝他的酒，不准别人带酒？别说带酒，就是带份干粮借店家的长条凳一坐，估摸着亦不会让店家撵出去。店家揽的是人气，真若小肚鸡肠起来，只怕回头客没有，连个过路人也不敢进来了。"

邓还忠点头称是："敬思小兄弟说得是。"

眼见老者的脸色愈来愈阴沉，手中的旱烟锅不住发抖，像是要发作。与安敬思隔邻的一位当地客人悄声道："兄弟，喝你的酒就是，别招惹他，仗着半尺长的胡子倚老卖老有些年头了，我们都忍着让着——他懂个屁——一个老爬灰角色！"

安敬思抹抹头上的汗珠，硬生生接过了话茬："爬灰？爬灰是啥意思？"

一屋人顿时哄堂大笑。

"放肆！"老者勃然大怒，旱烟锅指着满脸疑惑之色的安敬思，继而又转向四围，胡乱指点数番，愤愤骂道，"愚昧，无知，狂妄！聂老三屑得和你们说话吗？"

说罢，昂起头，甩开大步，头也不回向店门外急奔而去！

第二章　行侠之罗城署衙

夜近子时，万里无云，深邃如洗。一轮明月悬垂当空，光芒清幽。距中秋节虽仍有五六天，月亮尚缺了小半边，但在晋阳古城老百姓的眼里，那轮清月早已呈圆盘之状。古城内灯火辉煌，看来已是不眠之夜。事实上，在两大传统节日——春节和中秋节中，百姓更为注重中秋节。因为中秋节是庆祝土地收获的节日，它的性质不言自明。历朝历代，不管世事风云如何变幻跌宕，天底下哪件事能比填饱肚子更重要、更让一家人欣喜若狂呢？从这个意义上说，春节虽则意味着一年的起步开局，翻耕土地，种子入土，为全年留存着莫大的无尽的希望，但这份希望能否全部实现的终点正在秋季开镰收获的那一刻。因此，中秋节更值得庆祝。

安敬思、安休休、薛阿檀三人吃罢酒，从"杏花"老店中摇摇晃晃出来时，月色已将罗城的大街小巷映照得一片雪亮。三人虽同为雁门关外沙陀部族人，相识却不到一年。安敬思幼年丧父，自小与母亲相依为命，在大漠上以给富户放鹰牧马为业，天生一臂让常人瞠目结舌费解不已的蛮力。这身蛮力亦是在一个极为偶然的机会中被发现的，在此之前，连安敬思自己都不曾在意。

十三岁那年，安敬思出外放马，途中遭遇狼袭，马群受惊，在荒原上四散奔逃。安敬思大惊，须知骏马当属边市严禁私人贩卖之列，草原富户所养马匹基本全部高价售于朝廷且多数用于战争。安家母子以牧马为生计，若匹马稍有闪失，主家责骂不说，更为关键的是意味着一年的辛苦付出可能一朝付诸东流。情急之中，安敬思竟顾不得个人安危，驰马大呼小叫试图驱赶。领头的是一只体格健壮的母狼，想来数日不曾进食，饥饿至极，哪里肯放过此等机遇，自然不把眼前这位少年放在眼里。母狼低嚎数声，十余只狼紧随其后。母狼的意图极为明显，索性将此少年当作口中食，马群自然可从容下手。

十三岁的少年安敬思跳下马背，往怀中一摸，心下不由大惊：腰里携带作为防身之用的锋利短匕竟然不知何时丢得不知去向。也许在驰马逐狼过程中遗失，或者凌晨出门时忘记从枕下抽出亦未可知。不管如何，一切都为时已晚。安敬思现下手中仅有一根长不足三尺的马鞭。他下意识地挥动缀满红缨的长鞭，试图通过尖厉响亮可震彻天际的鞭声吓退狼群。凭借多年在草原上的牧人经验，安敬思清楚，只要想方设法击退头狼，群狼自会一哄而散。反之，可能祸将不测。更为恐怖的是，坐骑在他跳落地面之际，就嘶鸣一声脱缰跑得不知去向。

安敬思顿觉浑身上下寒毛倒竖，肌肉紧绷，额上、脊背处冷汗涔涔阴森发凉，脑海里迅速想起三年前发生在马邑城郊震惊关内外的狼群食人事件。马邑城有爷孙俩出外牧羊，遭到狼群袭击，羊群被当场咬死大半不说，爷孙俩亦被狼群撕咬成碎状，连个骨头渣都没剩下。当时爷孙俩呼救的惨叫声据说十里外都听得真真切切，待闻声驰救的马队赶到，现场仅留下大摊血迹和被撕咬成破絮的翻羊皮袄。安敬思虽未看到现场,但那幕惨景身为大漠人只需稍加想象,便可复原。让人惊奇的是,复原的凄惨景像非但没有使安敬思产生夺路狂奔的恐怖想法,反而头脑异常冷静,浑身不自觉地涌上大团匪夷所思的连他自己都诧异的勇气和胆力,脚下拧成两个深达三寸余深的土窝,两手下意识紧紧攥成了拳头。他突然产生了与头狼奋力一搏的狂妄念头。因为,他清楚地看到,距自己十步之外的头狼眼睛绿光盈盈,腮帮微咧,露出满口骇人的白牙,前蹄铺地,身体后拱,明显是要发起进攻的节奏。

安敬思已无路可退,搏与不搏,事实上他已无从选择。

蓦地,头狼低吼一声,拱成半弓状的后腰连续起伏三五次,身后狼群反而轻松地蹲在原地,静观一场势不均力不敌、结局毫无悬念的人狼之战。它们等待着收拾战场,等待着品尝美味。

体型庞大的母狼缓缓站起,朝安敬思一步一步接近。事后回忆起当时情形,安敬思只记得耳边风声呼呼,眼中的头狼身体似乎在极速膨胀,像张摊开的巨大羊皮,以铺天盖地密不透风的阵形向自己压过来。关外大漠的风沙四季肆虐,在安敬思的意识中并不鲜见,但那种让自己瞬间呼吸困难的压迫感却让他终生难忘。

"我要杀掉头狼,今日不是你死就是我亡!"

安敬思突然大张嘴巴,对着广袤的大漠大声狂喊,他试图通过这声狂喊让在家中望眼欲穿等待自己回家的母亲听到,或者让有可能近在咫尺的牧人们听到,或者他只是想让天地听到。总之,这一声呼喊让他感觉到两臂间犹如绑上了坚硬的铁钎,充满了敢对世界任何材质的物体发生激烈碰撞的强烈欲望。

说时迟那时快,头狼在距安敬思五步之遥处骤然发力,向他狂奔而来。低嚎声中,头狼高高跃起,以泰山压顶之势张牙舞爪地照安敬思当顶凌空扑将下来!

"啊！"十三岁的少年安敬思挺直脊梁，绷紧身体，左拳横在腰际，右掌紧攥的拳头反而下意识松开，呈半虚空环状向头狼狠狠迎击而上。

结局立见分晓。安敬思只觉触及之处并非想象中的那样坚硬，而是松软绵和犹如深秋母亲在油灯下为他装入棉被的团状棉絮。他睁开眼睛，惊奇地发现右手背上仅仅留下道浅浅的血痕，并无大的伤损。而更让他惊奇的时，十步之外的狼群中，头狼脖颈断裂，头部已蜷曲至腰部，四条狼腿不住抖颤，显见是在挣扎。

安敬思大喜过望。对余狼视若无物，大步向倒在地上的头狼走去。狼群吓得浑身哆嗦，自觉让开一条通道，任由安敬思上前揪住头狼后腿单手向上一抛，重达一百余斤的头狼犹如小羊羔般被甩至两丈余高，重重跌下，腾起大团土雾，迷得人睁不开眼睛。

头狼至此声息皆无。

"哈哈，明日和母亲总算有狼肉可吃了。"安敬思从小听大漠老猎人讲，狼肉股腱发达，口感虽为干涩，却是边地美味。

安敬思顺手将头狼扛上肩膀，身周狼群早已吓得魂不附体，忘记了逃跑。

"滚！"安敬思大喝一声，右脚猛然踩地。吓呆的狼群仿佛正等着这道命令，闻声头也不回地四散狂奔。

天色垂暮，四散的马群慢慢召集回来。安敬思细细一数，却少了一匹主家最为心爱的壮马。归途中，安敬思看到前方河滩处围了一大群人，挤进去一看，却是大喜。原来丢失的骏马失足坠落河滩的淤泥中，四蹄全陷，淤泥已淹至马腹。围观的人群正叽叽喳喳地出主意想办法，马身上套上了两条粗绳索，十余名壮汉连拉带拽，累得气喘吁吁，那马却纹丝不动。

肩扛死狼的安敬思一出现，让所有人目瞪口呆。大伙尚未询问，安敬思已跳下马背，一言不发走进人群，就地将两股粗麻绳往肩膀上一套，在大伙惊诧莫名、怪异不解的目光中，但见安敬思当场扎好马步，大喝一声："起！"

眼见陷入淤泥中的骏马缓缓脱开淤泥，露出马腿。众人大惊，发声大喊，十余青壮后生齐上手，马得救了。

数日后，沙陀军伍征召军士，安敬思家中只有一位母亲，便一口回绝。直到三年前，雁门关连续两年大旱，主家万般无奈之下将马匹悉数售于军伍。安敬思丧失了唯一可支撑日常生活用度的依托，只好推着独轮车与母亲随大军南下讨生活，一直走到晋阳城，遂在城西风峪河太山脚下的店头村落脚。白天耕播数亩薄田，闲暇时为大户人家牧羊，日子虽过得清苦，却也知足。不料一年后，母亲一病而亡。幸在晋阳府识得同是沦落他乡的沙陀人安休休和薛阿檀，三人正值壮年，性格倒也相投，遂成好友。

中秋节前，三人相约进晋阳府，倒并非单单是为奢侈地在酒肆内消闲畅饮，而是缘于罗城署衙贴出的一则告示。告示上说，明日署衙堂将要审理一出奇异案件。此案奇异之处就在于它不是一桩盗案或命案，而是桩一位青年女子刚刚嫁入婆家，便传出此女早有身孕，被婆家逐出家门的事件。须知，未婚先孕是伤风败俗之事，婆家岂能容忍此等丑事临门。那女子高声喊冤，将婆家一举告官，以证清白。

三人喝得晕晕乎乎，相互搀扶着到了城边，方见城门早闭，不得已只好在街上溜达。三人已花得身无分文，那店无论如何是住不起的，即便有钱，又哪里舍得白白给了店家？所幸中秋临近，罗城街沿边烧制月饼临时建起的土鏊内此时已烟火熊熊。半夜里就起身准备烧月饼的百姓们提着油桶端着面盆开始排起了长队，孩子们在街上追逐飞跑。铺面内，准备制作月饼的长条桌案已就位，十余种制作月饼的模具一溜排开。对于常年生活在大漠关外的三位年轻后生，烧制月饼的过程无疑引起他们极大兴趣。三人无事可干，索性帮饼坊师傅或打饼或烧火，一抬头天色已亮。

罗城署衙堂在南城，与老杏花店不过二里远近。罗城在当年高祖皇帝起兵时，此处尚是一片滩涂，后来驻了军成了一座大军营，逐渐演变成民居。罗城其时正是晋阳府治晋阳县县治所在。

太阳一出山，热浪便热辣辣地直射当头。远远的署衙街巷内、门洞里已站满了三三两两拾粪捡柴火的百姓。

"听说大老爷今日审案，到底审什么案？"

"你没看告示？还不是东下街弓家姑娘许配北下街江家儿郎，又半路悔婚一案。这江家也是，婚约白底黑字儿写得明白，说悔就悔了，这不是害了人家姑娘嘛！"

"你懂个屁，听说这弓家姑娘不规矩，已私下里与别人有了身孕……"

话音未落，"啪"的一声，一位老者在那汉子头上猛击一掌，喝道："就你长了张烂嘴，满大街瞎嚷嚷，你见了？"

署衙两边的大街上，男女老少拖儿携女不断往外涌，几个售卖瓜子水果的小贩在人群中不断挤进挤出，场面甚是热闹。

三人挤进人群，堂檐下站定。大堂上空荡荡的，两班八九名皂役持水火棒站定，不时低头接耳，窃窃私语。

正在这时，"嘭嘭嘭"三声鼓响。

"傅老爷升堂喽！"

堂内堂外顿时鸦雀无声。一位年约四十、头戴一顶单冕朝天冠、身着公服、留一丛平字胡、胖圆脸的官员从后堂出来，当案后坐定，眼睛在堂下绕场扫了一圈。一名瘦削身材的文案皂役趋步上前隔案在官员头前低低耳语，官员微微点头。

安敬思从身边的百姓口中得知，当堂上座的官员正是晋阳县令，姓傅，名鸿真。

"啪"的一声，傅鸿真惊堂木重重一拍，"人齐了没有？"

"回老爷，都在门外候着。"

傅鸿真道："都齐了就叫他们进来吧。大过节的，本来好好一码事竟至如此，实是不该。今日晋阳县父老乡亲都在此，本令定秉公裁决，上不负朝廷重托，下不违父老信任。"

堂下人群一阵骚动，瞬间闪出一条小道。当先进来一名年约十六七岁的姑娘，眼圈通红，泪渍未干。身后是一位年约二十岁的后生，脸绷得紧紧的，一言不发。其后，又是一男一女两位年逾五旬的老者。四人进了堂前当地跪了，参差不齐地道：

"见过大人。"

傅鸿真指着堂下道："你们谁是原告？告的是谁？为何而告？今日堂上当着本令和众父老的面细细禀来。但有一句诬实之词，无端诽谤者，国法难容！"

"大人，民女冤枉！求大人给民女做主，还民女清白之身！"话音刚落，堂下那名年轻姑娘便俯身痛哭，"民女姓弓名月华，罗城弓丰润之女，这是我的哥哥弓月南。民女状告北下街江玉堂夫妇，诬人清白之罪。"

"大人，我江家冤枉！"跪立的江玉堂夫妇不住磕头。

傅鸿真道："给我住口，还没轮着你们开口。弓月华，有什么冤屈从实说来，本令定给你做主！"弓月华俯地呜呜大哭不止。

"大人！"身后跪着的弓月南趋前两步道，"我弓家世居东下街槐树胡同，父亲弓丰润以耕田织席为生，弓家三代都老实本分，和睦邻里，从未与人有过半分争执,更未红过一次脸。家有小妹,今年十七,今年元宵节后经人说合,与北下街江家儿郎江世忠签订婚约。六月二十六,许聘金三百钱,商定今年八月二十迎娶。谁料七月底,江家突然来人告知,要弃婚约,并索还聘金。大人,前有媒妁之言,后有聘金之约,我家妹妹从小人品端庄,孝顺二老,街坊邻里莫不称道。今江家无端拒婚,毁坏婚约,传出去让我妹妹如何做人。求大人明察,正我妹妹清白之名。"

傅鸿真又问江氏夫妇:"江玉堂,弓月南所言可是实情?"江玉堂年约五十开外,眼睑松泡,头发花白。"大人,弓家月南所言并无半分虚说。"傅鸿真"噢"了一声,紧咬白牙冷笑道:"既有媒妁又有聘金,为何中途悔婚?可想过如此一来,岂不凭空玷污人家弓家姑娘清白名声!你说!"

江玉堂道:"大人,实不相瞒,弓家姑娘我儿亦一眼相中,原准备今年八月给两个年轻人完婚。可后来,小人听说……"说罢,伏地不语。傅鸿真奇道:"为何要吞吞吐吐,听说什么,据实奏来。"江氏抬头扫了一眼弓家兄妹,颤声道:"大老爷啊,我江家本是厚道人家,小儿自幼熟读书卷,至今虽未成才,却诚实孝悌,四围周邻嘉许有加。年初媒人作合认识弓家姑娘,我们原也喜欢。可后来听人说这弓家姑娘不守妇道伦理,竟已私许终身!"

此言一出,满堂大哗。数百双眼睛齐刷刷盯向跪立在地的弓家兄妹!

弓月华大声抗辩道:"大人,民女冤枉!"

弓月南指着江氏骂道:"你……血口喷人!"

傅鸿真摆摆手,道:"大胆江氏,本令在此,公堂之上何由你凭空诬陷人家姑娘清白之身,可知平白无故诬陷别人领得什么罪吗?"江玉堂道："大人在上，小人哪敢凭空污蔑于人。实是有凭有据有证人，江家虽说并不富裕，却历来家教甚严，门风肃整，如娶弓家姑娘，岂不玷污我江家……"

"江玉堂，你满嘴胡言，为何要凭空污我妹妹清白，你说！你说！"弓月南气得眼珠瞪得滚圆，手哆哆嗦嗦指了江玉堂，大有一言不合便要欺身上前痛打的架势。

"江玉堂，既有凭证，可曾带来？"傅鸿真清清嗓子，虚压了压弓月南，"你放心，若有不实，本令定为你兄妹二人申冤做主。"江玉堂道："现有媒人金阿嫂就在堂下。"

傅鸿真道："好，来人呀，传金阿嫂！"

堂下人群闪开一条小通道，一位年约四十岁的妇人低着头上来，未至前堂已是双膝一软跪倒在地："民妇金阿嫂见过大人。"傅鸿真沉声道："你就是江家小儿与弓家姑娘的媒人金阿嫂？"金阿嫂吓得全身不住哆嗦，颤声道："民妇正是金阿嫂。"傅鸿真倏地提高嗓门道："金阿嫂，弓家姑娘在许配江家之前私许终身，可是你说的？""不！"金阿嫂吓了一跳忙道，"不是民妇说的，民妇也是听人说的……"傅鸿真道："听谁说的，从实招来。"金阿嫂定定神，语气略为平静，瞅了眼弓家兄妹，道："大老爷，民妇原是他们江家、弓家的媒人，说合不久，两家原没意见，并已许下聘礼。可今年六月，民妇听说弓家姑娘与东城一铁匠家儿子私许终身。大人，民妇多年经营媒妁，百宗成合八九十宗，算有些名声。遇得这事，老身缄口不说，岂不害了两家，便私下里告了江家。民妇还听说……还听说……"傅鸿真不耐烦道："还听说什么，讲！"金阿嫂道："大人，民妇还听说弓家姑娘竟已有了三个月的身孕……"

堂上堂下轰地炸了营！

"啊呀！"弓月华一声痛叫，顿时瘫倒在地。弓月南急忙上前扶起，指着金阿嫂骂道："金阿嫂，我弓家与你有何冤仇，为何要污我妹妹清白，你……你还是个人吗？"

堂下百姓议论纷纷：

"啧啧，真没想到，弓家姑娘看似实诚，竟不想做出这等不要脸的事来！"

"金阿嫂这人我听说过，断不至于说谎。"

"当真是看人看面难解心啊，这世间居然什么人都有！"

傅鸿真一拍惊堂木，"金阿嫂，你可知凭空诬蔑他人，该当何罪吗？弓家姑娘失妇道，你有何凭证！拿不出凭证，本令定责不饶！"金阿嫂脸色苍白，战战兢兢地道："大人，民妇也是听……听冯家娘子所言，大人尽可问冯家娘子。"傅鸿真道："冯家娘子是谁？"金阿嫂道："她也来了，就在堂下！"

眨眼又是一个证人。

堂下人群中不等传唤，又上来一名年约四十岁、打扮妖艳的妇人，跪在当地，不急不缓道："民妇冯氏跪见大人。"傅鸿真道："现有金阿嫂说你知晓弓家姑娘未出闺门便私订终身，并身怀有孕，可有此事？"冯氏唬了一跳，抿抿嘴角道："回大人，是有此事。今年夏天我便见这弓家姑娘同东城铁匠家儿郎偷偷摸摸在一起到城外锄田，民妇数次见两人背着人从柴火垛里衣衫不整地出来，后来便听说弓家姑娘身怀有孕。不瞒大人，民妇与江家有亲，这等伤风败俗之事换了别人难道不应说吗？"

"你！"弓月华气得脸色通红，道："冯大娘，你为何出此血口，月华去年秋下随你做针线，一应裁缝我给你做得少吗？你给我说亲，你说是你本家侄子，花八十钱请我一家吃了一顿饭。你当众说说你家侄子什么样，看着憨实却是个痴儿，甭说我不愿意，我爹娘也断不会将我许配给你家侄儿。不就是八十钱吗？你数次三番到我家逼我爹爹讨要，今日为何竟卑劣于此，凭空诬我。你说！"冯氏嘟哝道："月华，我诬了你吗？我还不是为你好，秀秀气气一个姑娘家为何同后生衣衫不整在柴火垛里滚作一处，我说错了吗？"弓月华凄凄一笑道："大人、各位父老，锄田时我爹跛了脚，铁匠家与我家不远，自是惯熟，他家春生替我爹背稻秸当柴火，我帮他卸，弄了两人一身，怎的就成了衣衫不整？冯大娘，就算我弓家吃了你八十钱，都进了肚子里，我剖开肚子还你就是。为何要泄私愤，无端诬我，说出这等不要脸皮的话。我弓月华清白女儿身，冯大娘，大堂之上这般辱我，你想要我的命吗，叫我往后如何做人，叫我爹娘往后如何做人？就不怕天打雷劈了你！"

弓月华面色狰狞，满眼汪泪，怒目瞠视着冯氏。

"大胆！念你弓月华年幼无知，本令不治你咆哮公堂之罪。今有四人证你丧失妇道，不守人伦，还敢抵赖！"

"大人，民女冤枉！"

"大人，我妹妹冤枉！"

傅鸿真阴阴道："江家冤了你吗，金阿嫂冤了你吗，冯大娘冤了你吗？他们与你往日无冤近日无仇，为何要冤你！念你年幼，本令不忍用刑，你还是乖乖招了，免得受皮肉之苦！"

早有皂役拿来纸笔，扔在弓月华脚下。

"天啊，我弓月华何世作了孽，竟遭此污辱！"说罢，蓦地从头上拔下一支发簪，抵在喉间，"大人，民女冤屈一身，便是上刑，小女子自无法忍受，只有含冤诬服，就是死在当堂，小女子亦不会招！"

"妹妹！"弓月南抢上便要抢夺，被弓月华悲凄凄一把推开，"哥哥，我弓家何曾受过这种屈辱，你忍心看爹娘做不得人吗！"

一堂人顿时怔住了。

傅鸿真怒道："竟敢威胁本令！"一使眼色，两边皂役已扑身近前将弓月华手中发簪夺下。

"看来，不动大刑，你是死不认罪。来人！"

观审百姓眼看傅鸿真上来就要用刑，纷纷吵嚷起来。

"大人，这事愈听愈觉蹊跷，反过来折过去都听的是一面之词，何足为信？"

"可怜黄花闺女，万一污了清白，可怎么办？"

"对，对，必得明察！"

安敬思指着堂上对薛阿檀、安休休两人道："我看那官老爷油头滑脑的不像好官，定是吃了江家的贿赂，瞎断案！"

衙堂门口一嚷嚷，部分人已闯进堂上。傅鸿真正要呵斥，台下文案皂役走至案前，在傅鸿真耳边一番低语。

傅鸿真不住点头，起身道："也是本令疏忽。这江家四人一致证弓月华身怀有孕，有无身孕，找一接生婆来一验便知。"

堂下有人道："对，对，千句万句，何经一验！"

傅鸿之冷冷一笑道："弓月华，你既说清白之身，敢否让接生婆一验？"

弓月华道："我既清白，何怕一验！"

"好，来呀，让本县接生婆黄阿氏上堂！"

堂下百姓都清楚，这黄阿氏是罗城内有名的接生婆，经她验证，众人自是信服。不到半顿饭工夫，从衙外上来一名五十余岁的老妇人，垂着头上堂跪了。

"你就是黄阿氏？"

黄阿氏颤声道："民妇正是黄阿氏。"

傅鸿真道："今有民女弓月华声称被人诽谤清白，就堂后你与此女验证可是女儿身。记住，定要认真仔细检验，但有丝毫不实之词，本令重责不饶！"

黄阿氏连头也不敢抬，道："听凭大人吩咐。"

傅鸿真不耐烦地一挥手道："闲话少说，弓月华随黄阿氏进后堂查验。"

两人进了后堂，堂上堂下静寂无声。

约半顿饭工夫，后堂帘幕一掀，黄阿氏在前，弓月华在后进来复跪当地。

众人的心顿时提至嗓子眼，一齐盯着黄阿氏。

傅鸿真慢条斯理地坐直身子："黄阿氏，查验完了？"黄阿氏抬头看了一眼傅鸿真，忙又俯下头，战战兢兢道："回大人，查验完了……"傅鸿真蓦地喝道："快说，到底什么结果？"黄阿氏吓得一哆嗦，道："大人，弓……弓月华……已非女儿身，且……且已有三四个月身子……"

此言一出，满堂大惊！

"啪"的一声，堂上弓月南霍地跳起，照弓月华脸上就是重重一记耳光，"你个不要脸的东西，竟做出这等卑污下作、丢人现眼之事，弓家的脸都让你丢尽了！"

弓月华大张了嘴，愣愣地看着黄阿氏，颤声道："冤……冤……冤枉啊！我弓月华冤啊……老天爷呀！爹啊！娘啊！为什么这么多人都要我弓月华死，为什么！我弓月华清白，天神爷，你眼瞎了吗！我弓月华今日就死给你们看，你们睁开眼睛看看呐！啊呀呀！"

那声音蓦地如狂风骤雨般尖利至极地嘶吼而出，怪异莫辨，直击堂宇，听得人胆战心惊！

"大胆,你要干什么!"傅鸿真腾地从座中站起,指着弓月华吼道。围观百姓惊见弓月华从怀中掏出一把锋利的剪刀,横在眼前。

"哥哥,连你也不相信你妹妹清白之身!我弓月华怀有了身孕?我弓月华有了身孕!哈哈哈!"弓月华脸色瞬间扭曲,云鬟散乱,面目狰狞骇人,"我弓月华让你们看看到底有无身孕!"

弓月华蓦地掀开上衣,露出肚腹,凄凄一笑,猛然挥起手中长剪深深插入。事起仓促,谁也没想到她刚烈如此。

"快,给我夺了!"傅鸿真惊叫声中,众皂役欺身扑前,已是迟了一步。弓月华紧握手中剪刀,紧咬牙帮,狠狠横向一拔,刹那鲜血四溅,腹中肚肠流了满地!

"妹妹!"弓月南狂吼一声扑上前去,将弓月华抱在怀里。傅鸿真吓得脸色苍白,软软坐在案后,大张了嘴作声不得!

堂上堂下一片惊呼!

弓月华气息微微,满目愤怒,用尽全力道:"老天爷……弓月华……清白……清白吗……"用力对弓月南一笑,秀目圆睁,头一歪,就此毙命!

"啊呀!"一声怪叫,黄阿氏吓得当场晕了过去!

傅鸿真蓦地暴跳起来,指了弓月华道:"大……胆……畏罪自裁!好,好,给我拉出去……埋了……埋了……"

堂下百姓顿时炸开了锅,怒目瞪视着傅鸿真。

"狗官,你睁开眼看看,我妹妹一身清白。狗官,你还我妹妹!啊呀!"弓月南蓦地发疯般跳起,向几案上的傅鸿真扑去。

傅鸿真吓得叫道:"疯了,疯了!给我将这个疯子拿下!"几名皂役扑上来将弓月南死死拖住,"给本令将尸首拖出去,拖出去!我看着恶心!"

数名皂役看一眼血溅当场的弓月华，谁也不动。"啪"的一声，一名皂役手中的杀威棒掉落在地，腿一软竟抱头痛哭起来。

傅鸿真急红了眼，就座中跳上几案，竟亲自上前要拖尸首！

"慢着！"安休休、薛阿檀两人正看得胆战心惊，谁也没提防安敬思不知何时竟跳上大堂，堵在傅鸿真身前，死盯着傅鸿真道，"狗官，弓家姑娘清白之身，你眼瞎了吗！三四个月身孕，你睁开眼看看！"掉头对早已吓得浑浑噩噩的江氏夫妇道，"你们给他上了多少黑钱？"

此时，堂下百姓一齐涌上堂来，众皂役早已扔了杀威棒退至一边，竟无一人阻拦。

"狗官，你的良心让狗吃了！"

"逼死了人命，你到底吃了江家多少钱！"

安休休抢上前，在黄阿氏身上狠踢一脚，黄阿氏蓦地杀猪般号叫起来："不关我的事，是傅大人让我干的，不关我的事啊！"安敬思道："好个狗官，丧心病狂至此，你事发了！"傅鸿真大叫道："本令是晋阳府台大人亲点的命官，你们这群刁民……刁民，敢把爷怎么样，能把爷怎么样！"

安敬思骂道："贪赃枉法，逼死人命，各位罗城父老，这个狗官如何处置？"

众百姓怒吼道："杀了他，杀了他！"

傅鸿真叫道："我是朝廷命官，你们这帮刁民敢怎么样！"话音未落，安敬思骂道："猪狗不如的东西！"说着大步上前，抬脚朝傅鸿真用力一踹，傅鸿真顿时口吐鲜血，一头栽地，声息皆无！

"狗官，你不得好死！"

"我让你贪！"

"打得好，打得好！"

上百名百姓发一声喊,就将堂上黄阿氏、金阿嫂等人踢倒当地,乱成一团。

混乱中,安敬思被人一把拖住,"后生,已出人命,还不快走!"

安休休、薛阿檀两人亦是清醒过来,二话不说,拉着安敬思就向城外飞奔!

第三章　梦境之龙泉古寺

安敬思大闹罗城署衙，飞脚踢死县令傅鸿真之事在晋阳城似乎并没有引起多大震动。

三人逃出晋阳城后就各奔东西。风峪河谷店头村虽有两间当年与母亲相依为命的破窑为安敬思的栖身之所，如今出了如此大事，店头村无论如何是不敢再回了。思来想去，安敬思索性掉头直奔太山。

晋阳城西太山是一条大体呈南北走向的大山涧，沿山涧而上，有数处荒废道观和寺庙可暂作容身之处。其中规模最大一处名为龙泉寺。道观与寺庙共建于太山一条山涧，如此看似杂乱无章、不合规矩的存在方式在大唐王朝并不鲜见，且多处道观与寺庙相偎并依，甚至道观中佛塔矗立。这种道家建筑与佛家殿堂混杂的模式非但没有让当地老百姓感觉到不伦不类，反倒成为一处景观。

当年，高祖李渊于晋阳（即晋阳府）起事后，经过南征北战，建立大唐帝国。李渊父子为了提高李氏家族的门第出身，奉道家之主老子（即李耳）为祖先，利用皇权势力，在全国大兴道教，抑制佛教。道教，是唯一发源于中国古代本土的教派，其前身为春秋战国时期的方仙道，道教是崇拜诸多神明多神教原生的宗教形式，其宗旨本为追求长生不死、得道成仙、济世救人。战国时期即为诸子百家之一，实为将老子神化。汉朝后期，才有教团产生，至南北朝时期宗教形式才逐渐完善。

道家以"道"为至高信仰，在中华传统文化中，道教是与儒学和佛教一样占据着主导地位的理论学说和寻求有关实践修炼成仙之法。

佛教由迦毗罗卫国王子悉达多·乔达摩所创，于西汉末年传入中国，也是世界三大宗教之一。佛，意为"觉者"，又称如来、应供、正遍知、明行足、善逝、世间解、无上士、调御丈夫、天人师、世尊。佛教重视人之心灵与道德的进步和觉悟。佛教信徒修习佛教的目的即在于从悉达多所悟到的道理里，看透生命和宇宙的真相，最终超越生死和苦，断尽一切烦恼，得到终生解脱。

佛教与道教在中国历代王朝中此起彼伏，大多数情况下成为统治者笼络人心、强化思想控制的御用工具，大唐王朝亦不例外。

太山的道佛混杂，鳞次栉比的建筑群落整体呈现出宽容和睦的相处方式，反映到人的社会中意义则截然相反，其间充满着权力更迭、官场争斗、血腥战争和人性之恶，与两教本义大相违悖。

太山之上的奇景于李氏大唐王朝顶层权力之争密切相关。李耳既为李氏先祖，可想天下道教之风强盛到何种程度。一夜间，全国各地大兴土木，道观建设呈遍地开花之势，席卷大江南北；与道观规模日益庞大的是道教信徒，他们拥有着异于常人的尊荣和地位。那时的佛教处于被压抑打击的凄惨状态，与呈欣欣向荣的道教根本不可同日而语。在大唐王朝，这种道兴佛衰的状态延续到唐垂拱元年（685年）前后，突然戛然而止。也就是从这一年起，形势发生了惊天大逆转，道教几乎在毫无防备的情况下从云端直跌低谷，而佛教则从郁郁不得志的沉闷中开始扬眉吐气。百余年前轰轰烈烈的大规模建设再次在唐王朝的土地上集中上演，不过这次建的不是道教建筑，而是佛家殿堂。原有的道观被无情推倒拆掉，更为简洁便利的方式则是放把冲天大火，处理得不留半点痕迹，与道观等建筑遭遇同等命运的则是拥有数万之众的道教信徒，他们被官方强逐，或杀掉或流放，一夜形同鸟兽散。偏远荒郊之所，皇权无暇顾及之地，虽说上命难违，但一来考虑到财政支出用度，二来由于时间问题，大范围地拆旧建新，当地官府苦不堪言。不得已干脆走了个折中之法，将道观等表面建筑在边拆卸的基础上边建设新的佛家殿堂。有的地方更为简便省事，直接在道观内建起佛教居舍。虽表面上看着不伦不类，但出入山门者明显已非灰布长袍，而是色彩艳丽、头顶油亮的佛家高僧。这才是大拆大建的至为关键之处。披着大红袈裟的僧人双手合十，登堂入室之时，茫茫千里官道上，到处是神色寥落、处境凄凉、生死难卜的道家流亡大军。

这种大逆转的一手制造者不是别人，正是则天大帝。武则天身为一个弱不禁风的女流之辈，生活在男权专制的绝对阴影中，之所以能披荆斩棘，突破重重阻力走上君临天下的高位，成为千古女帝，是因为她的非同寻常：且不说她在时刻充满凶险和拼搏道路上遭遇到多少种类繁多、性质复杂的事关生死存亡的大艰险大劫难，单单是膝下一夜间跪伏一地山呼万岁的男人就足以证明她的聪明智慧和非凡经历。女性有属于女性特色的思想体系，在这个非凡女政治家的最柔软也是最强硬的思想深处，从决定为未来奋争的那一刻起，就始终坚定不移地牢记着一大恨一大爱。恨的是她的政治对手以李氏皇室为首的朝野反对派，爱的是在她处于人生绝望处境之际时时盈盈闪亮的身后的那盏不灭的孤灯光影。则天大帝爱恨交加，所有与李氏王朝有关的体系开始走霉运，而那盏曾经无数个日日夜夜里照亮她生命前程的孤灯则开始散发出夺目光彩。

当年，太宗皇帝李世民驾崩后，武才人被迫削发为尼，陪伴她度过最黑暗时光的正是感应寺的那盏孤灯。

佛教兴，道教衰，因为则天大帝遂成定局。

武则天称帝伊始，将她的祖籍晋阳定为大周朝的北都。就在全国各地抑道崇佛之际，晋阳官府之所以敢在皇帝钦定的北都眼皮底下太山之上偷工减料，关键原因正在于此。除了皇帝祖籍的人，相信天下没几个人敢这么做。

太山于是形成了佛道杂居的奇异景象。话题未免拉得过长过远，必须迅速回到食不果腹、居无定所、陷入生计之困的安敬思身上。当日罗城庭审大堂，罗城令傅鸿真枉法行事，当众逼死弓月华，安敬思大怒，脚尖暗暗用力，他深知这一脚下去足以致一头牛犊于死地，更何况是一个普普通通的人。那一脚下去，安敬思甚至感到骨骼碎裂的低沉声顺着他的脚掌传至耳朵里。无须检验，更无须补脚，傅鸿真确信无疑肝胆俱裂，死在当场。接下来，愤怒的百姓蜂拥而入，争相对傅鸿真拳打脚踢的，事实上所有的拳脚已无意义，他们哪里清楚，人们不住捶打的只是一具早已失去任何生命体征的死尸罢了。事后，安敬思仍然感觉到了担忧和后怕，不管怎么样，毕竟他打死的是一位朝廷命官，罪过不小。关键他还是个外乡人，一旦让官府抓住，岂有活路。不过，对于暴怒之下的举动，安敬思并不后悔。百姓的狂怒和欢呼让他至今想起来仍热血沸腾，激动不已。当年在雁门关外，就断断续续风闻关内汉人为人处事奸诈有余、实诚不足，不讲人情人性。尤其是官场，钩心斗角、尔虞我诈、贪婪成风，罗城审案让他大开眼界不说，更让他深切体会到汉人的阴险。

安敬思一头闯进了太山深处的茫茫林海，在空无一人的龙泉寺暂时居住下来。

十年前，龙泉寺内香火旺盛，居晋阳城周数十座寺庙之首，来往僧众达上百人之多。龙泉寺所在位置原是一处名为昊天祠的道观，灭道兴佛期间，当地百姓图省事，将道观原有建筑拆除，原有材料挑挑拣拣，大部分又用于原位营建佛家殿舍，工程进行得极为顺利。龙泉寺后院空旷之地，建起一座纯木结构的十三层佛塔。虽事隔几百年，佛塔至今巍然耸立。据传当年建塔之初，塔基下的地宫内从南方某知名寺院迎取佛骨舍利以银椁金棺定函深埋于此，原道家建筑昊天上帝庙主体正好与佛塔比邻而居。至于龙泉寺之得名，起始于建寺之初，从佛堂地基不远处有人偶然发现一道清泉从石缝里喷涌而出，水势强劲，状如龙飞凤舞，泉取名为龙泉，寺取名为龙泉寺。太山寺院天降龙泉的消息不胫而走，迅速传遍晋阳府。道教隆盛之时，道观的道士们为了饮水，不得不每天派出专职人员来回攀缘二十里山路，到太山涧口的风峪河中取水，靠肩扛手提解决生活中至关重要的吃水问题。道家衰落，佛教兴盛，堪堪就有泉水喷涌而出。这个大发现包含着多少耐人寻味的丰富内容，岂非正应了某种天道相数？装扮一新的僧徒们兴高采烈地搬进了同样修建一新的佛家殿堂，晨钟暮鼓声在太山巍峨山峦间悠扬响彻之时，僧徒们诵吟完每日功课，信步在景色如画的山里闲逛，累了就坐在临崖壁立的山岩上静心打坐。眼前峰峦如聚，松涛怒吼，甚是惬意。渴了，就在龙泉边痛饮一番。说也奇怪，那道龙泉水势并不大，泉眼不足碗口粗，一年四季不管雨涝干旱，水势依旧。在龙泉寺正殿下一尊于则天大帝践祚第三年立的石碑铭记，古城晋阳曾遭受过大旱之灾，连续两年无雨，土地干裂，颗粒无收，大旱第二年年底，晋阳城饿死人众日以百计之多。太山脚下以往常年奔流不息的风峪河干涸见底，唯独太山龙泉寺内泉水却丝毫未减。寺内僧众顺泉水流经山涧之道，于山口与临近风峪河谷建起一座蓄水池，清洌甘甜的泉水救了多少人的性命，已不可估算。

幽静的山谷，壮美的景色，奔涌的清泉，当年香客云集、烟火不绝的寺院为何突然人去室空，且空得如此彻底？寺院山门洞里一把大竹扫帚孤零零地斜靠在墙壁上，扫把上的干枯竹叶在山风中唰拉拉作响，仿佛它的主人在清扫山门台阶的过程中忽然内急，只是去方便一下而已，这一方便却再也没有回来。寺庙后禅堂，打坐跪坐的铺垫仍然排列得整整齐齐，上面布满一层灰土，仿佛只需晨钟或暮鼓一响，热闹的场面就会瞬间出现。

那天，安敬思小心翼翼地沿着龙泉寺陡立的山门台阶穿过敞阔的门洞进入二院，大殿内外静悄悄的。母亲生前，从关内流落到此不到一年，就痴迷于佛法佛事。每年庙会期间，都会随着村落里大批善男信女上山进香。母亲常言，佛家劝人向善，只要心内装着菩萨，菩萨便可渡人于苦海，是人世真正的大佛。与佛相关的一切山林密寺，包括眼前的殿堂禅院自然在安敬思眼中显得异常神圣而庄严，他生怕惊醒寺院内的一切暂时消失的生气，就连可遮风避雨的禅堂都不敢住，而宁愿选在寺后高高耸立的佛塔后的一处石洞里。

安敬思隐隐听说，造成龙泉寺一夜空落的原因是前年初秋，太山深涧里出现了一只或两只来路不明的老虎。在一个太阳刚刚露出山脊的早晨，老虎与两个边走边吟诵着功课的和尚不期而相遇在泉眼边。据事后寺院的其他僧人回忆，那老虎足有半房高，长着一双圆如檐玲般大小的眼睛，胡须挺立，通体红润，额头上显眼的"王"字有如桶口粗。两名吓呆了的僧人两腿发软，战栗不止，还没来得及喊出声来，便被老虎粗如檁椽的虎爪凌空击倒。后来老虎张开血盆大口，猛然跃过三丈余宽的山涧，隐入对面黑黝黝的松林里，不知去向。

恶虎伤人，这在太山的历史上从未有过。至于所谓亲眼看见的传闻是在接二连三的僧人失踪事件发生后，后人经过估摸和猜测加进去的。老虎确实有人见过，而且不止一次。但是龙泉寺僧人的失踪事件是否与老虎有关，始终无人能说出个所以然来。一切传闻都源于泉边淋淋漓漓的血迹和有人在山后密林里确实看见过老虎的踪影。

传闻如野火，一发而不可收。最先逃离龙泉寺的不是别人，正是寺庙住持。住持是来自河南一知名寺院的游方高僧，住持寺庙长达五年，平日里待人一脸和善。事后，有人怀疑老虎伤人的传闻完全有可能正是出自住持大人的猜测。因为，在第二起僧人失踪事件发生后，住持就显得紧张不安，寒冬腊月，冷汗涔涔，神情焦虑不安，口中居然还不停地念念有词。半夜里太山降了一场大雪，住持禅房内灯火一夜未熄，似乎还听到院里有凌乱的脚步来回走动。第二天天一亮，僧徒们就发觉住持不见了。堂堂寺院住持失踪可是件了不得的大事，是不是被老虎吃掉了呢？幸好，一夜降雪，山野皆白，住持的足迹清晰而方向明确地告诉人们，他的失踪完全与老虎无关，而是穿过山门，沿着山道一路延伸向山下，直至消失在茫茫的官道。

住持是被老虎吓跑的。住持的半夜出走，从另一个角度愈加反证了老虎的恐怖和太山山林确实存在着极大的危险。不待官府下令僧徒撤出，前后不到十天，三三两两的僧人就逃得一个不剩。

龙泉寺撤空的消息越传越玄乎，原因越传越离奇，结果越传越恐怖，直到最后演变成两只老虎闯进龙泉古寺，见人就咬，而且不吃别人，专吃身披僧衣、脑袋光亮的僧人，对临时居住的善男信女们压根理都不理。

官府连续两次派人组成搜山队，住进太山打虎。头两拨人连住月余，白天四处搜剿，夜晚就住进空无一人的龙泉古寺，却一无所获。第三拨搜山人马却遭遇到了麻烦，由八名精壮汉子组成的打虎队不辱使命。某天凌晨时分，一名汉子去泉眼边打水，确实看到一只老虎伏在泉边大口大口饮水。通红的舌头搅得泉水涟漪四散，水声啪啪作响。那汉子吓得连声高呼：

"老虎来了，老虎来了！"

说着便扔下水桶，夺路狂奔。其他正熟睡的打虎队员闻声跃起，拿刀的拿刀，持弓的持弓，呐喊着飞跑出来。传闻中的老虎如天降神灵般威风凛凛地站在泉眼边的巨石上，一双虎目瞪着众人，猩红的虎舌不住在虎唇边四处舔弄，看上去显得心满意足。

打虎队员们与虎隔着泉水，谁也不敢轻易上前动手。双方僵持了约有小半炷香工夫，老虎显得极不耐烦，示威似的抬起锋利的虎爪交替在巨石上不住摩擦，摩擦的声音尖利刺耳，听着简直让人不寒而栗。有几位胆小的队员吓得险些扔掉刀枪夺路而逃。

终于，僵局被老虎蓦然仰脖一声长吼打破，长吼起处，震得林涛山呼海啸。

老虎神态安详地沿着泉边山脊缓缓步入林里。好半晌，众人才发声响，向前奔去。待他们气喘吁吁地爬上巨石，老虎的身影早已消失在数十丈外的松林边。众人一直尾随，不幸就在尾随的过程中发生了，两名奔跑最为积极的汉子发生了意外。一位汉子跑得过急，摔了一跤，手中铁枪掉落，在地上弹起，矛尖倒转，恰好扎在后面一位汉子的肚腹上，失血过多，死于太山；另一位则愈发干净利落，失足跌落二十丈的山涧下，粉身碎骨。

这支倒霉透顶的打虎队抬着一具尸首，带着一则惨痛的消息下了太山，从此再无人敢轻易步入太山腹地。

安敬思在太山龙泉寺后的山洞中一住就是两月之久。起初，原担心晋阳官府突然派兵上山搜捕自己，不得不时刻提高警惕，日里夜里凡有风吹草动，立刻跳将起来，出洞察看究竟。山洞外除了松涛呼呼作响，空山无际，万籁俱寂。在一个月明之夜，安敬思梦到自己与母亲被一伙来路不明的兵马疯狂追杀，情势万分危急。他突然将累得已挪不动脚的母亲扛在身上，浑然未觉分量，竟远远将一伙追兵抛在身后。奔跑的过程可谓紧张至极，安敬思发现追杀他们母子俩的人马时而是甲胄鲜亮的唐王朝官兵，时而是辫发垂腰、手中弯刀如镰的沙陀人马。不管是谁，那情形必是要了他们母子二人性命方肯罢休。脚下如同腾云驾雾，耳畔呼呼风声骤响，也不知越过多少高山跨过多少大河，身后追兵已不知去向。长舒一口气，这才猛然发觉肩上的母亲竟不翼而飞，仅剩几件衣裳。安敬思大惊，抱着衣裳原路返回寻找，边跑边哭。终于在一处两边壁立的山坳里发现了母亲的踪迹，母亲浑身是血，正被一只壮如耕牛的老虎猛力撕咬。安敬思大怒，发疯般冲上去与老虎展开搏斗。搏斗的过程安敬思事后竟然毫无印象，他的注意力几乎全部集中在静静躺卧在路边血迹斑斑的母亲身上，拳脚出得随意，却积聚了浑身力量。搏斗的结局是，庞大的老虎落荒而逃。安敬思颤抖着试图将母亲从血泊中抱起来时，愕然发觉躺卧路边的仍然只是一团母亲日常衣物！

"娘！"

安敬思从梦中惊醒，洞外山风怒吼，林涛呼啸，月影如钩。想起了相依为命的娘亲，安敬思索性放声痛哭。他蓦然感觉到遍及全身孤苦无依的恐惧，那种恐惧与山下晋阳府官兵无关，与脚下空旷死寂的龙泉古寺无关，那是一种由内心最隐秘的区域悄无声息流淌而出的温热，滚烫如血浆，酸涩如苦泪。

想过了，哭过了，安敬思走出山洞。右手紧握的拳头骤然发力，狠狠击打在洞边一颗碗口粗细的槐树上。让他吃惊不已的是，槐树竟然应声而断。瞬间，他想起了当年在大漠上一拳打死的饿狼，想起了在淤泥中挣扎的骏马，想起了梦中扛在肩上的娘亲，想起了拳脚下逃之夭夭的老虎。他骤然对自己产生了强烈的怀疑和匪夷所思的困惑，清凉如洗的月影中，他缓缓摊开手掌，掌中纹路密集而清晰，条条指关节圆润粗壮，手背光滑的皮肉上柔软而微黑的绒毛密密地散长于各处，与常人并无异样。

一阵山风徐来，高耸的佛塔檐下铜铃脆响。东侧五六丈之外，龙泉依旧淙淙，其下聚起的水塘边月色中突兀起一块呈方形、少说也有六七百斤的巨石。安敬思突发奇想，大步走至巨石边，蹲扎好马步，丹田里暗聚一口气，双掌探至石底，紧扣微凹边缘，大喝一声：

"起！"

巨石竟然被抬离地面达半尺余高！

安敬思顿觉一阵狂喜，自己居然拥有一身异于常人之力。这绝非是一个梦，而是一种真切的存在。至于力道从何而来，安敬思努力回想，思绪的触角倏忽降落在遥远的幼年时代，母亲曾在昏黄的油灯下讲起他的出身和来历。母亲说，自己并非她所亲生，而是在一次沙暴席卷大漠时，羊圈被狂风吹倒，十余只羊下落不明，母亲在寻羊途中路过一条土塬听到孩子嬉笑声，循声过去，在一个深达三四尺深的土獾窝中发现了他。母亲刚开始连说带比画说起时，安敬思压根不相信，他认为那不过是如同大漠上所有在昏黑的夜灯下无事可做编一串为了让孩子愉快进入梦乡的故事，而且这种传奇色彩过于浓重的故事只适合天底下那些有奇异之术的特殊人才，而绝非自己。母亲还说，自己被她抱回家后大约两年左右，两年来他是靠吃獾奶和蜥蜴得以长大。因为母亲发现他的时候，他正高兴地扯着一条血淋淋的蜥蜴往嘴里塞。那条蜥蜴并没有毙命，尚在拼命挣扎。母亲站在獾洞边的时候，他也看到了她的存在。母亲说，他当时还对着她笑，一手扯住蜥蜴的半截身子，将活蹦乱跳的蜥蝎头直接塞进嘴里。

母亲说着便哈哈大笑，她说当时恶心得险些吐了。事实上，母亲确实呕吐了，不是在獾洞边，而是在决定将他抱回家的途中，边走边大口大口地呕吐。

两三岁的时段，安敬思无论如何都无法捡拾到任何留存的信息。在他的记忆中最远的距离直至现在仍然清晰如旧的则是母亲第一次登上搭在房檐下的木梯高声呼喊的声音：

"敬思，回家吃饭！"

从此，他知道自己叫安敬思。那声曾经无数次在记忆中和梦乡里让他止不住泪水奔涌的吆喝声如今已与他阴阳两隔，再也无法听到。

安敬思靠在龙泉边的巨石上，半醒半睡，直到东方天际隐隐露出鱼肚色，凛冽的晨风吹散乱糟糟的头发时，他豁然坚定无疑地相信，他确实是獾洞里抱出来的那个野孩子！

太阳尚未出山，安敬思陡觉眼前一片迷雾般的殷红，如同高远辽阔的苍穹之下降落密密的血线。安敬思猛然睁大两眼，眼前的景象让他瞬间感到一阵猝不及防的惊愕。漫山遍野，一片彤红，触目所至，山涧两侧密密匝匝的林带和灌木丛中，红叶满谷，耀眼的血色！

安敬思怔怔地站起来，他犹觉如在梦中。山居已达两月，为甚以前自己没注意到太山之巅竟有如此诱人的景色呢！

晨风清凉，山脚下突然传来一阵银铃般的笑声。灌木林带将视线密密阻隔，安敬思手脚并用攀住佛塔挑檐，敏捷地爬到第三层。手搭凉棚向山下望去，隐隐见太山沟口风峪河谷的蓄水池前，有色彩鲜亮的俏影儿在塘边戏水嬉闹！

第四章　朦胧之山泉塘畔

在中国两千年封建王朝的历史长河中，充满刚劲血色的男权思想和雄性力量始终占据着不可动摇的主导地位，一切迁徙、动荡、战争、杀戮、阴谋阳谋、跌宕起伏、颠沛流离、生死离别无不痕迹鲜明、印辙明晰地烙着这道标签。柔弱似水的女性极难见诸史册，承载着一切文明和野蛮历史延续重伤的女人往往予以忽略，或压根儿就被有意识地埋没和尘封。事实上，这不过是种让人瞠目结舌的历史错觉罢了，极易将后世纷纭繁杂的人和事诱入歧途。只需稍加细辨，人们不难发现，无论英雄还是奸雄，抑或帝王权贵还是乡野庶子，女人的影响无处不在，而且大多数情况下，女人的真实存在，非但不是虚伪透顶的儒家学派表面上所不耻"女人如衣服"，暗地里却惊恐不已地将其归之为"祸水"之列的陈词滥调，而是一种深彻入肌的大影响。这种影响，甚至波及国家的兴亡、家园的离散、志向的偏正，或者不如说，仅仅是女人的妩媚一笑或几滴热泪，一切都可能全部逆转。

最浅显的影响，无不从对男人个体开始。

当然包括安敬思。

安敬思正是被太山脚下风峪河畔的那串年轻姑娘们银铃般的笑声从龙泉寺佛塔下雄浑悲壮热血沸腾的思路中转瞬吸引到风峪河畔的，同所有自高自大的男人一样，年轻的安敬思无论如何不会想到，正是那阵诱惑力极强的姑娘们的笑声，对他的整个生命历程都起着绝对无从回避无从抵抗且至关重要的非凡影响。

女人，以一种无法理喻的柔和之力改变着男人原本粗犷简单的人生线条，通过改变这道粗犷简单的人生线条，继而改变着男人的生命运行轨迹，恰恰是男人的生命运行轨迹，直接影响了整个历史走向。

在那个红叶满山、朝霞如火的暮秋早晨，安敬思冲出龙泉寺山门，向山下奔去。从龙泉寺到山脚下足有五六里远，年轻的安敬思只用了不到半炷香的工夫。

山上龙泉日夜流淌，沿乱石嶙峋的山涧曲曲折折流至太山脚下，流量虽逐渐减弱，但因其水质清冽，甘甜爽口，当年龙泉寺僧众基于造福风峪河两岸村落百姓的角度考虑，特意在山泉汇入风峪河上游十数丈远近的平台上拦起一道小水坝。泉水在坝中汇集起一汪清澈见底的水塘。风峪河上游店头村一带的村民们往往不远数里，舍弃饮用了数辈子日夜奔腾、水量奇大的风峪河，来到太山涧口的小塘取水饮用。此种舍近求远的做法据说源于两个原因：一是龙泉水质好；二是龙泉是福泉，不管是道家还是佛家，此泉源出福地，本身就被赋予种种超凡的灵性和能量。诸如常年饮用龙泉水，可清除病灾，可延年益寿，甚至可长生不老。虽然，这个一戳即破的神话日夜被店头村的老百姓们连续不断的生老病死予以反证，但却并不影响老百姓们依旧驴拉肩挑，兴致勃勃地来此取水。龙泉水不仅用来饮用，而且成为村落里大姑娘小媳妇们洗涮浆衣的神往之地。

临近塘边，安敬思连忙放慢脚步，他忽然感觉到浑身一阵燥热，年轻的脸膛不自禁火燎火烫般难受。呼吸急促，他竭力压抑，生怕粗重的喘气声被水塘边的姑娘们听到。水塘右侧有一道缓平山梁，梁台距下面水塘仅有三五丈高。站在梁台上，脚下水塘边的景色可一览无余。安敬思之所以选择这处梁台用作观测之所，主要是在梁台边缘有一块突耸台面的巨石可作最佳的藏身之所。

安敬思蹑手蹑脚躲藏在巨石之后，他重重地呼吸了数大口，蓦然屏声静息，伸出头向下张望。

水塘边"梆梆梆"的木槌声零零落落，四位洗衣的都是店头村的年轻女人，安敬思全都认识，却没说过一句话。东边面朝梁台的是村里老张家的媳妇刘氏，其他三位都是尚未出嫁的年轻姑娘。一位是村北刘家鼻梁宽平的女儿，名叫秀琳，另一位是她本家的姐姐，脸上长着密密麻点的秀枝。背靠梁台的那位安敬思最是熟悉不过，是村里邓万户家的女儿，名叫邓瑞芳。不知何故，看见邓瑞芳在场，安敬思不由得浑身紧张，气息粗重。

母亲生前，娘俩所居窑洞与邓万户家只隔着三户人家，街上偶尔碰见，安敬思总是不由自主地脸红脖子粗。不可否认，夜里睡下，窑外山风呼啸，安敬思无法入眠时眼前总是无法抑制地闪现出邓瑞芳的身影。毫无疑问，时年十七岁的邓瑞芳闯进了年轻人的心里，虽则他至今无法明确理清这种莫名其妙的味道，但那种味道却是让人痴迷的，是让人周身血流瞬间偾张的美妙之味。

安敬思心满意足地品匝着那种甜透心肺的滋味之际，忽然被刘氏的一句话震得打了个寒噤。

"瑞芳，去年晋阳城里薛府家的大郎上门提亲，你爹和大郎喝得五迷三道，听说薛家大郎临走时，你爹一直送到村口呢，想是你爹娘对这门亲事满意着呢。"

秀琳酸溜溜地接口说，"薛家大郎他爹在晋阳府的一个衙门里任什么郎，家里金银钱财堆成了山，哪家姑娘嫁入薛家，岂不是前世修下的好德行，只管享福就是。"

秀枝撩撩被水淋湿的齐眉刘海，笑道："这个郎那个郎的，一家子郎，听着就心瘆得慌，只别被一群郎生吞活吃了就好。"

刘氏笑骂道："你们刘家姐妹就是长了一嘴不饶人的好牙口，原是好姻缘，堪堪儿就过去了。说别人的事，好听吗？两年前，罗城赵家那小子，虽说年岁大了点，秀琳给你提过不止两次三次，你爹娘还不是嫌人家穷，不搭理人家，还说一辈子就是个穷酸秀才的命。谁能料想到今年赵家时来运转，考中了状元。秀琳，你岂不是误了这桩好事？"

秀琳脸上一红，手中的浆衣槌狠狠击打了数下，道："我早就看出那赵家的有志气，迟早会出人头地。可我爹就是个短势眼，他不同意，我总不能自作主张，把自己嫁出去吧，那岂不让人笑掉大牙？"

"自己的事何须让人做主，嫁你又不是嫁别人。往后贫穷也好富贵也罢，谁能代替得了你？"邓瑞芳放下木槌，伸手抚了抚额前乱发，"况我见秀琳你对赵家后生也有些意愿儿，咋的不能做自己的主？"

刘氏接口道："我倒是发现，秀琳对哪个提亲的年轻后生都有些意愿，怕是想男人想疯了的，单说这两年提亲的少了五六家没？没听说你有个埋怨话，亏是你爹择婿门槛太高罢了。一张利牙口，平日村子里倒能显出几分声势，偏偏在你爹娘跟前就大气不敢吭。"

秀琳毫不在意："哼，我咋就想男人想疯了？让人嚼那些没边没沿的烂舌头去，我才不怕呢。不信，你们看着，再有人到我家提亲，我爹靠边站，我定要依着自己心思挑选个如意郎君，谁说也不算。"

刘氏夸赞道："这才是你秀琳的秉性呢！"

"呸，呸！"秀枝作势朝身后吐了数口，"秀琳妹妹，你说这话也不怕闪了舌头，传出去村里人笑话死个你！不听爹娘的，只怕没有个好结果。张家的二女，前些年还不是强拗着她爹娘的意思，认定了刘家庄的冯家小子，嫁过去怎么样？前后没一年，就被冯家小子三天两头打得头破血流的，说又不能说，怨又没处怨去，有意思吗？"

邓瑞芳奇道："也是怪，冯家小子看着面目清秀，哪像个有脾气不讲理的人，咋地说变脸就变脸？"

刘氏以一副过来人的骄傲姿态，脸上挂着神秘兮兮的笑容，道："你们姑娘家哪里知道其中根由。冯家小子论相貌有相貌，冯家论家底有家底，店头村这些年嫁出去的姑娘有几个比得过？"她骤然压低了嗓门，生怕被人听到，"你们不知道吧？听说两人婚后没三天，冯家小子就露出了凶煞相，将张家二女打得满地滚呢！"

三人一齐停下活计，大睁两眼，"为啥？"

"为啥？"刘氏神色愈发诡秘，"婚后两口一同房，冯家小子折腾了一番，才知道自己那个不行……"

秀琳急道："金嫂说话总说半截露半截，到底是哪个不行？"

刘氏哈哈大笑，"姑娘家为啥非要刨个根问个底，等你嫁出去自然就知道了。"

秀琳见邓瑞芳红着脸垂头不语，用肘捅了捅她问："瑞芳，你知道是哪个？"

邓瑞芳朝水塘唾了口，头也不抬地道："洗你的衣裳吧，回去迟了，不定又要被爹娘责骂。"

刘氏迅速转换了话题："对了，瑞芳，薛家少爷提亲的事咋地没了下文？看你爹娘的意思，不是有眉目了吗？"

邓瑞芳头也不抬，道："有没有眉目是他们的事，要嫁的是我。薛家仗着有钱有势，在晋阳城里胡作非为，我爹又不是不知道。他倒是看中了，看中的是人家的钱财。这薛家和节前罗城镇被人打死的那个镇令傅鸿真有些什么亲戚，看看这些人的头脸，有个好人吗？我断不会自己往火坑里跳的。女人一辈子，能找个沉稳厚重的人，便是跟着吃糠咽菜，只要平平安安的就是个福，钱不钱的，能换回个平安吗？"

刘氏笑道："瑞芳这话说得在理，可你能拗过你爹？"

秀琳笑嘻嘻道："你爹在村里可是有名的'邓榔头'，脸皮看得比命还重，向来说一不二，你能扛得过他？我不信。"

邓瑞芳叹了口气道："我爹要是硬逼着我嫁给薛家，大不了我削发上山，太山龙泉寺有的是空余禅房，怕没我一间住处！"

秀枝点点头道："瑞芳和你爹一个性情，这事我信，你能做得出来。"

秀琳惊讶地咂咂舌，"山上听说有老虎藏着，龙泉寺连香客都不敢上，你敢上去？"

邓瑞芳道："各人自有命相，被虎吃了跟被一群狼吃了有何两样！"

说罢，一群女人们哈哈大笑起来，木槌声再次响将起来。

不大会儿，秀琳又捡拾起刚才的话题，追问刘氏："嫂子，你刚刚还露着半截话呢，没说出个头尾来，我回去一晚上睡不着觉的。你说张家小子到底是哪个不行？"

三个女人强忍着笑，看着一脸迷茫的秀琳，尚未笑将出来，倒是头顶上方梁台上的安敬思突然忍不住扑哧一声笑将出来。

女人们吓得站起来。刘氏手中提着木槌，指着梁台上方须发糟乱、浑身脏污、野人一样的安敬思喝道："谁在那里吓人叨叨的，出来！"

安敬思吓得连忙躲向石后，大气不敢出。一个男人贸然闯入女人的世界不说，居然还贼也似的偷听女人说话，那将是一件多么难堪且让人无法启齿的丢人之事，传出去漫说别人，就是被安休休、薛阿檀这两个家伙也要笑掉大牙。这个面是无论如何都不能露出去的，安敬思摸摸头上长垂额际的乱发，内心不禁大感欣慰，不用映照山泉，脸上必定也是黑脏污烂，辨不出人形。

梁台上女人们叽叽喳喳叫喊了一阵，便没了声音。安敬思数次想探脖出去，却迅即被自己严词否定。小时候在大漠外的村子里和伙伴们做"躲老猫"之戏，在安敬思的印象里，女娃子们最是奸诈狡猾，别人藏了自己寻不到便嘴里喊着叫着"不跟你们耍了"，就消失得不见踪影。安敬思又急又气，忍不住从柴垛的最深处跳将出来，哪里想到女娃子们嘻嘻哈哈将他一把逮个正着。如此不合乎常理和规矩的游戏安敬思早已心知肚明，女人是最不遵章守纪之奇物，就像沙陀人口中的汉人脾性，言行不一，口是心非，嘴里说的和手上做的完全相反。尤其是刘氏，店头村里有名的长舌妇人。安敬思亲耳听到她对着张家的面将张家姑娘夸赞成一朵花，转过头对李家又将张家涂抹得一无是处。她们压根儿就没有走，不定就藏在梁台下的水塘边等着自己现身露面，这点小伎俩惑惑别人也许可见实效，岂能骗得了我安敬思？

安敬思得意地背靠巨石，跷起二郎腿，捡起一串铺满梁台的红叶衔在嘴里慢慢咀嚼。

太阳从远处的群山后跃出来，略显温热的光影投射在太山沟沟岔岔火一样的枫林上，那种殷红色彩逐渐变得暗淡起来，瞬间幻化成厚重的黛紫，而且随着光影的强弱，或浅或深或远或近，数十种颜色反复变换。变换的光影与整座山体和山上耀目的丛林色彩时而融为难以分辨的一色时而演绎成斑斓闪烁的点点灯焰，晃得眼前犹如出现了个万花筒。

身上愈来愈暖和，仿佛头顶上方生了一尊熊熊的地火龙。安敬思方觉喉咙干涩，耳畔淙淙的细流声蓦然成了极度渴望且无法企及的诱惑。

崖台下格外静寂，安敬思屏声静息，山风已停，侧耳听了半晌仍然毫无半点声息。难道她们不是迷惑自己，真的走了不成？安敬思故意将满头乱发一齐拉至额下遮住脸庞，只空留出一双眼睛，慢慢地从巨石后探出身来。

崖台下河塘边空无一人，脚下可藏匿的山径上空无一人，山口与凤峪河的道路上空无一人。

安敬思骤然感觉到一阵莫名的失落，失落中夹杂着隐隐的疼痛。他承认，那份犹如千万双猫爪又抓又挠微弱的疼痛感与刘氏和刘家姐妹无关，完全是因为邓瑞芳的出现。天呐，他无法想象，在村子里整整两年几乎连一句话都没说过，而且连正眼都没有扫过一下，直到现在甚至仍然是完全陌生的邓瑞芳何以像沉坠在心上的一块坚硬石头，如此沉重如此难以割舍。浑身燥热难耐的安敬思顾不上多想，跑下崖台，俯身在水塘边痛饮一番。猛然看到清如镜面的水中倒影，一个蓬头垢面，状如凶煞的小子痴痴呆呆地盯着自己，安敬思故意做个鬼脸，水中的影子亦毫不示弱。

如此邋遢形象，无怪乎吓得年轻姑娘们一哄而散。安敬思在水塘中细细洗涮一番，眨眼间像换了个人。额头宽展，俊眉大眼，鼻梁坚挺。母亲曾说，如此相貌，日后必是大富大贵。果真有一天自己大富大贵，可母亲已不在人世无法尽孝，又有何用？

安敬思站起身，那种空落感愈发澎湃膨胀。他强忍着这种难以释怀的落寞毫无方向感地又走上崖台，靠在巨石上仰望着湛蓝的天空陷入了对母亲的追思。

眼前恍恍惚惚，母亲手臂上挎着柳条筐，像是赶着一群鸡向这边缓缓走来，手中挥动着一根细长的柳枝，嘴里还絮絮叨叨地说着什么。虽然无法听清只言片语。安敬思蓦然想笑，自己淘气惹得母亲生气时，也是那几句。而且不光是对自己，对身边的鸡鸭猪狗，喝骂的内容和语气完全一致。转瞬，母亲的身影逐渐虚弱淡化，隐得不知去向。眼前再次浮现出一个纤秀得险些让他跳将起来的何其熟悉的身影。毫无疑问，那就是眼里心中日夜惦念的邓瑞芳。让安敬思吃惊不已的是，邓瑞芳的手臂上同母亲一样，挎着个柳条筐，从母亲出现的那个地方遥遥向他这边走来。她的步履轻盈，似乎迟疑了一下，原地站定，朝身后招呼了一声，一条大黄狗从身后土坎下跳出来，摇头摆尾地围着她不停打转。大黄狗名叫毛毛，是邓瑞芳家忠实的看门狗。安敬思突然好生羡慕毛毛，与邓瑞芳的距离能够如此接近且不会招致喝骂，自己落魄得居然连条狗都不如。他的心境骤然沉沦，满腹自卑。安敬思明白，这不过是自己的白日梦罢了，他哪里能配得上邓瑞芳，连她在阳光下腰间盘绕的那条丝带都不配。

安敬思的肚子咕咕响将起来，十天前，安休休贼头贼脑地趁着夜色上山，给他背上一蓝干粮，坐了没半个时辰就急匆匆地下了山。自己当时只顾着填肚子，连句罗城形势如何都没来得及问，安休休就隐没在暗夜中。

安敬思长叹一声，略略翻了个身，又沉沉睡去。睡梦中，似觉一条热乎乎的东西在自己脸上不住轻舔，且啧啧有声。他顺手拂开，那股热浪又从身上传来，耳边突然响起一阵笑声。

"毛毛，舔醒他！"

安敬思大惊，迷迷糊糊睁开眼。毛毛一副赖皮相亲热地伸出红通通的舌头在他手上不住舔弄，见他醒来，干脆跳起身撒娇般偎进他怀里，狗头微扬，两爪捧着安敬思的脑袋，长舌在他脸上四处轻舔。

这一切原不是梦。安敬思懵懵懂懂地一边下意识躲避毛毛的亲热，一边瞥见邓瑞芳手脚麻利地从柳条篮中往出倒腾碗筷。

"村里人都以为你早被官府抓去了呢，原是躲在山上，看你这副模样儿，谁见了不怕？毛毛记着你呢，以前在村里你常喂它，自然没把你当外人。"邓瑞芳头也不抬，指着篮子说，"你赶紧吃吧，饭还热乎着，想是饿了。毛毛，过来。"

毛毛闻声从安敬思怀里跳下，蹦蹦跳跳地蹲坐在邓瑞芳膝下，尾巴不住乱摇，被邓瑞芳娇嗔地在头上拍了一巴掌，老老实实地将头俯在前爪上，狗眼一会儿瞪着安敬思一会儿又盯着柳条篮。

安敬思脸涨得通红，肚子里再次咕噜噜骤响。他瞬间感到手足无措，既不敢看邓瑞芳，又不敢伸手拿碗筷。

"快吃你的饭，饭里又没毒药！"邓瑞芳笑道，"吃完饭，我还有事问你呢。"

安敬思低头噢了一声，两手在破破烂烂的衣裳上搓了搓，拿起碗筷就着篮里的玉茭面窝头和几条黑咸菜条狼吞虎咽地吃将起来。三个大窝头下肚，立时浑身充满了力气。眼里倏忽一阵温热，眼泪止不住下淌，他悄悄背转身去抹掉。这一幕却没逃过邓瑞芳的眼睛。

姑娘的声音略微有些发颤，"想你娘了？"

安敬思双臂环抱在膝上，含含糊糊地答应着，声音小到连他自己都无法听清。

半晌无语，一抹仿佛来自梦中的淡淡幽香在安敬思面前大面积扩散，他既激动又茫然无措。毛毛摇头晃脑地过来偎在他膝下，安敬思抚摸着狗头，一人一狗相互逗弄，沉默的安敬思骤然破涕为笑。

这一笑，安敬思没在意，邓瑞芳却不禁长长舒了口气。当年，这对来自沙陀部族的母子辗转南下来到店头村，租种了几亩薄田。母子俩人生地不熟，与乡邻交往较少，尤其是安敬思，更是沉默寡言。邓瑞芳第一次注意到安敬思是在一个夏天的午后，院内遍寻不见毛毛的影子，心里惦念着毛毛安危，隔墙听到街上毛毛的闷叫声。跑出去却见安敬思端着破海碗蹲在街沿的石碾上边吃边汤汤水水地喂毛毛，毛毛规规矩矩地挺直身体稳稳端坐在安敬思跟前，长长的尾巴在地上来回扫动，搅起团团土雾。安敬思毫不在意，吃几口便给毛毛扒拉一些，最后剩下碗底儿，一时没注意，毛毛两爪捧着安敬思双臂，大大咧咧地伸出长舌在碗里舔将起来。

邓瑞芳大吃一惊，正准备唤回毛毛。却见安敬思抚着狗头，干脆将碗直接端至狗鼻下，脸上露出憨憨的笑。不知何故，从那时起，邓瑞芳就对安敬思母子俩有了一种特别的亲近感。虽然在村人眼中时不时仍将母子俩以外人看待，事实上在内心里经过并不复杂的对比分析，邓瑞芳分明觉得在全村年轻后生当中，仅仅是那抹和毛毛打闹嬉戏时无声的笑容，安敬思耿直憨厚的本性就暴露无遗。而之所以让她一咬牙做出偷偷上山给安敬思送饭的决定，则是源于两个月前安敬思在罗城令审案现场，眼看与自己年龄相仿的姑娘弓月华为证清白之身，不惜断剪剖腹丧命当堂。罗城令贪赃枉法，草菅人命。同所有围观的百姓一样，邓瑞芳又害怕又惊惧又愤怒，那时满脸是泪的邓瑞芳内心期盼着上天最好能降下一个正义执法的天神，将狗官一脚踢死，为冤死的年轻姑娘弓月华报仇。想象中的天神果真从天而降，谁能料到第一个冲上大堂的竟是来自外域的沙陀人安敬思。

那天，邓瑞芳就在围观审案的人群里。她亲眼看到平日里见了面连头都不敢抬、腼腆如少女的安敬思怒目圆睁，指着傅鸿真破口大骂，而且飞起一脚，结结实实踢在狗官的小腹上，她甚至听到了沉闷而短促的响声。那一脚踢在了狗官的肚上，同时也重重地撞击到年轻姑娘的心上。这仅仅是邓瑞芳的一种酣畅淋漓的快意。第二种快意则是，上次登门提亲的晋阳府任职侍郎的薛家，据说和傅鸿真是亲戚，薛家儿郎在晋阳府城浪荡纨绔是挂了名号的，村人有不少人都清楚，偏偏父亲就一无所知？说到底，父亲之所以逼迫她应承薛家这门亲事，不外乎是相中了薛家的钱财权势罢了。安敬思这一脚踢在了傅鸿真身上，邓瑞芳分明感觉到是踢在了薛家儿郎的身上，一种报复的快感让邓瑞芳对安敬思这个年轻后生充满了说不出来朦胧的、想起来瞬间让她害羞的迷醉感。

那个侠肝义胆、怒目金刚的年轻后生眨眼间羞涩得不成模样，居然连头也不敢抬，而宁愿和狗逗弄嬉戏。

邓瑞芳又好气又好笑，她故意紧绷面孔，对安敬思道：

"安大哥，村里那么多狗，咋地从没见过你喂别人家的，只喂毛毛，你是不是专门这样做的，你说。"

安敬思抚在狗头上的手掌不禁吓得颤抖起来！

第五章　萌情之望夫石上

安敬思突然被邓瑞芳拆穿了那点小伎俩，脸瞬间红涨成了肉坨，浑身显得局促不安。往事历历，就如同现下一样，安敬思仍处于不敢轻易确认事实的迷茫阶段，他实在无法清晰地回忆起像仙女一样的邓瑞芳纤秀的影子是什么时候闯进了他的心里，因为他必须承认，巨大的喜悦感如山涧此起彼伏的松涛掠过他多么希望平静下来尽情体味这种喜悦的心情。但是，他清晰地记得，与邓瑞芳同时闯进他生活的还有善解人意的毛毛。毫无疑问，两年来，在村里生活的日子中，毛毛带给了他无限的乐趣，他与毛毛结下了深厚的外人根本无法理解的友情。多数时候，只需俯在窑洞外的墙头上朝不远处被自己视为不敢轻易涉足更不敢轻易侵犯的圣地或境域方向轻轻打声呼哨或者轻咳一声，毛毛健壮的身影就会及时出现在邓家门口，连邓家人敲打着食盆招呼进食的吆喝声都不屑一顾。有一次，安敬思亲眼看到邓瑞芳端着食盆站在门口，跃出门外的毛毛也仅仅是回头抱歉地扫了她一眼，就欢快地向安敬思家的土墙外奔来。邓瑞芳狐疑万分地顺着毛毛奔跑的方向寻找答案，恶作剧般的快意和被发现的强烈不安同时涌上安敬思的心头，他迅速地躲在墙后，他不知道邓瑞芳是否发现了自己，但是他的那种与愉悦的快意并存的紧张感强烈地刺激着他，至少会让他在十天半月之内的精神充实而饱满，干活有力，热血沸腾。

安敬思摊开手掌，一根手指一根手指由毛毛抱着细致而欢快地吮舔，他的眼角余光果断而迅速地向邓瑞芳扫去。他惊愕地看到了一幕何其熟悉的画面：阳光斜斜地从邓瑞芳的右肩倾泻而下，白皙而娇嫩的面孔上，额头一排齐齐刘海将密密的光影进行了恰当的分割，一双黑漆漆的眼睛像一汪深潭。更让安敬思痴迷的是：隐隐的山风渐起，她的衣袂飘飘，仿佛整个人都可能腾空而起。远远近近红叶飞舞，环绕在邓瑞芳的身旁，缓缓织成一道密密的大花墙，投射在红叶上闪烁的点点金光在她的长长的眼睫毛上盈盈欲滴。

那是安敬思至今看到的人生最美的画面，而且必将是他一生留存于精神世界的壮美回味，直到十二年后，在他生命的最后一刹那。

十二年后，当安敬思面对接近百人的行刑队伍和上千围观群众的场面时，几乎所有人都清清楚楚地看到，当时浮现在安敬思（那时已改名李存孝）的脸上非但没有半分恐怖，而是充满了幸福而欢乐的笑容。据近在咫尺、亲自指挥行刑的晋王李克用十二太保康君立后来在一次酒后痛哭流涕地如此回忆：那时，他倏忽明白，明争暗斗十余年，一直在寻找机会除掉李存孝。当那个天赐的机缘让他毫不迟疑地抓住，强烈的复仇之心得到无限满足时，他却从李存孝平静的笑容中意识到他将是流芳百世、万民崇拜的大英雄，而他康君立却会成为陷害英雄、遗臭万年、为后世后人所不齿的卑劣小人！

时光的逆向倒流，往往可将一切真相瞬间大白于天下，而不需要后人大费周章地进行讨论和考证。

当安敬思沉浸在年轻时代既无法说清是男女之间柔情的初始萌动还是生命状态中最为激情迸发的黄金时刻，不管何种境遇，他可以毫不夸张地确信，他正在踏上一段人生历程中全新的旅途。那个旅途上，天高云淡，日光明媚，视野广阔，心境深远。

而这一切，完全应该得益于邓瑞芳的出现。但是，他必须承认，对邓瑞芳的有意识接近，试图在她的眼中显示自己的存在，恰恰是从私下里故意讨好毛毛的行为开始的。

于是，毛毛无限亲热地向他表示由衷的爱意，大舌头从他的手上开始舔起，逐渐攀升，直到在他的脸上舔弄。安敬思非但没有丝毫的嫌弃之意，反而将它用力搂进怀里，愈加亲密无间地进行了回吻。

这一幕人狗之间的无缝隙亲近让邓瑞芳感到美妙的热浪汹涌澎湃地袭遍身心的角角落落，脸上登时浮上一层淡淡的红晕。而这幕缓缓浮现的红晕半点不漏地被安敬思全部捕捉。接踵而至的大变化纷至沓来，那就是安敬思一直惶恐不已的紧张和局促骤然消失得干干净净。他非但有足够的连他自己都不敢相信的能力和胆量大大方方地抬起头，兴奋而满足地直视邓瑞芳，而且居然敢大胆地对她露齿一笑。

"你做的饭真好吃！"

虽仅此一句，但话一出口却足以让安敬思惊诧不已。

邓瑞芳脸上的红云并没有消失，反而经日光和漫天飘飞的红叶映衬得更为浓郁，让安敬思大起疼惜之意。他倏忽想到，为了那片红晕，他愿意为她付出一切，甚至失去生命都在所不惜。

"真的好吃吗？"年轻的姑娘不敢直视安敬思，她纤细的手指夹回不停地缠绕着一枚红叶，低声道："给我爹我娘做了五六年饭了，不是甜就是咸，还没人说过我做的饭合口呢。"

"我愿意吃你烧的饭，一辈子都愿意吃！"安敬思脱口而出，说完突然感觉到一阵隐隐的恐惧。天呐，自己居然能说出如此不知羞耻的话，岂不要惹怒了姑娘。惹怒了姑娘，别说一辈子吃不上她亲手烧制的饭菜，只怕连下一顿都不会有了。安敬思为自己的冲动而感到极度懊悔，想做解释进行弥补，却一时不知道该说什么。只能选择垂头不语，眼光胆怯地不时偷瞥邓瑞芳，生怕她会跳起来就此而别。那样的话，安敬思相信他会毫不留情地当场甩自己一个结实而响亮的耳光。于是，他下意识地将毛毛搂紧，试图通过阻止毛毛的离去乞求姑娘的原谅。

邓瑞芳扑哧笑了，居然没有生气。安敬思庆幸地发觉，邓瑞芳似乎并没有听清他刚才的莽撞之语。

"想吃的话，往后隔两三天我就给你送上山。其实……"邓瑞芳本来想说，安敬思在山上，不清楚晋阳城局势，他根本不需要再做任何躲避。但是话到嘴边，连她自己都惊诧到底是什么原因让她骤然推翻了她的预定思路，虽则突然出现的新思路让她的脸不由自主地发烧发烫。

头顶上方的山涧内传出一阵轻盈悦耳的鸟啼声，时而在丛林之巅，时而在幽深的灌木后，时而在旋舞的红叶中，一声既起，群鸟应和。整个原本寂静的山林间顿时充满了飘逸而空灵的美妙声响。

邓瑞芳歪头闭目沉浸在愉悦而清脆的鸟的世界中，倒把安敬思着急了，邓瑞芳的不语，安敬思以为纯粹是因为自己说错了话而引起了她的不快。于是，他试探性地把先前邓瑞芳所提的问题小心翼翼地提了出来：

"瑞芳妹妹……"这僵硬而别扭的称呼是安敬思品评了许久才下定决心吐出口的，"你不是说有个事问我吗，啥事？你说吧。"

"嗯？"邓瑞芳愣了一下，蓦然来了兴致，想了想道："那天在罗城大老爷审案时我也在现场，吓死我了。我却不知道，你咋的有那么大胆子，就冲进去踢官老爷，你就不怕惹下大祸吃官司？"

说起此事，安敬思脸上布满怒气，拳头紧握："那个姓傅的欺人太甚，也不知吃了那江家多少钱，就敢当众颠倒黑白。这种狗官，若是在我们关外北地，早就被人打死了！那位弓家妹子死得太冤太惨，我实在气愤不过，上去就一脚，就那么一脚。"安敬思站起来，比画着踢腿动作，"就踢死了他！"

邓瑞芳哈哈笑道："你吹牛吧，哪里你能一脚踢死人家！我亲眼看着呢，你确是踢了一脚，后来冲上大堂那么多人，你一脚我一拳地才将个傅大人给打死了。"

安敬思眨巴眨巴眼道："瑞芳妹子你不信，别人也不信的，是我踢死了他，轻轻一脚就要了他的命！"

邓瑞芳故意吓唬道："幸是此地没人，若有官府的人，岂不当场锁了你去替官老爷偿命去？你以为你是天神下凡啊？你躲进山里不敢露头，府台衙门派人验过尸，傅鸿真系众殴致死。况傅鸿真之死，贪贿枉法在前，人证物证俱全。府台大人亦是颜面无光，所谓的命案勘查也是走走过场罢了。听人说，府台大人捂着鼻子，看了眼傅鸿真的尸体，还骂了句'无耻，死有余辜'就匆匆走了。老百姓们一致拍手称快呢！"

安敬思原本满怀信心地准备在年轻姑娘面前展示自己的过人力道，证明傅鸿真确实经不住他一脚，听到府台大人的勘查结果，断定傅鸿真之命是群殴致死，与他并无直接关系，心里那块巨石不由扑通一声掉落在地，奇道："那么，我这两个月白躲了？如何没人跟我提起此事？"嘴里说着，心里却将好久未曾露面，即便露面亦守口如瓶的安休休、薛阿檀两人骂个半死。

"我也是前几日才听人说起的。"邓瑞芳忽然一阵莫名的失望，原本存了点小小的私心不想告诉他事实真相，却被他三言两语就套了个精光，叹了口气又道，"再说，现在晋阳城乱得很，前些日子府台衙门半夜涌进一伙刺客，都是些亡命徒，不分男女老幼见人就砍，亏得府台大人的亲兵拼了命地护卫，府台大人才好歹捡了条命呢。谁顾得上什么傅鸿真傅鸿假的事呢！"

安敬思没想到仅仅两个月山下就出了这么大的事，急道："到底出了什么事，瑞芳妹妹你讲给我听！"安敬思盘腿坐稳，表情极为认真。

邓瑞芳想了想道："我也不太清楚，爹说山下城里很乱，村里人也不敢进晋阳府。据说先是山东那边有个叫王仙芝的匪徒，纠集了一大群人专干些打家劫舍的勾当，与官府作对。队伍越拉越多，好些吃不饱饭的地痞流氓都跟着他到处行凶，杀人放火，无恶不作。王仙芝被官兵杀掉了，原以为祸乱结束了，谁料王仙芝手下有个名叫黄巢的将军，带领王仙芝的余部继续祸害百姓，官兵们打不过他们，好像都杀到了长安城下。"

安敬思不解道："黄贼叛乱离晋阳城远着呢，晋阳乱什么？"

邓瑞芳忽然想起了什么，脸上陡显惊恐："对了，你可不敢下山进城里去。城里听说进来了叛贼人马，一到晚上就到处在街头墙壁上贴传单，说什么跟着黄爷走，富贵不用愁；跟着黄爷干，顿顿吃饱饭。桥头街海子边你知道吧？那里住的原是当年因太行和吕梁山因大旱，不得已进城流浪讨生计的穷苦人家，官府沿文渊湖周边滩涂专门辟了一块地收容，人多时有几百户数千人呢。三五天就随叛贼走了好几百人，而且都是十七八岁的后生。有人说是自己情愿跟叛贼走的，就为有口饭吃，有的说是半夜被一伙蒙面盗贼持刀逼迫跟去的。官府到处在抓人呢！"

安敬思霍然而起，愤愤道："若让我安敬思遇着这伙子贼，必定让他们有去无回！"

邓瑞芳吓了一跳，忙道："你可再不敢强出头，招来祸事。你娘去得早，家里就剩下你一个人，我就知道你是个火暴脾气，点火就着。这些话原不该说与你听，怨我多嘴。若是听我的，你仍旧待在山里，我会隔两三天就给你送饭；要是不听，到处乱闯，我就不给你送饭，饿死你！"邓瑞芳一双美目含满了怨气，含满了期待。

安敬思大感温暖，不好意思地搔搔头道："我听瑞芳妹子的话，肯定不离太山半步。"

邓瑞芳转怒为笑，道："这就对了。我爹说，等到入了冬就杀猪，到时说不定逢着我高兴了，就给你送猪肉烩豆腐吃呢，若是不听，"邓瑞芳故意圆睁怒目，"连根猪毛也没有！"

安敬思非但未感到半点威胁之意，反觉得邓瑞芳娇羞可爱，不禁大起爱怜，他神色庄重地说："我对着毛毛发誓，哪里也不去，就在这里等你！"

邓瑞芳脸上红云顿时再浮上，娇斥道："你等我做什么，还不是想等着吃肉吗？再说，你对毛毛发誓有什么用，毛毛能听懂你的话？"

安敬思道："那我怎么说你才信？"

邓瑞芳玉手指着他的胸口道："你心里记着你的话便是！天不早了，我得回家了。"

此时，太阳已掠过太山西峰，红彤彤的天光照在东峰遍野红叶的山峦上，东西双向呈现出巨大的反差，深不可测的太山沟壑齐齐整整地被光影一劈两半。山风跃过深涧，在对面半壁的松林上卷起轰然作响的巨浪，此起彼伏，翻滚如怒。

安敬思跟在邓瑞芳身后，始终与她保持着三五步距离，一路痴迷于那抹醉人的幽香，说不出的激动，说不出的痴恋，说不出的亢奋。他蓦然有种想跳起来大哭大笑仰天长啸的冲动。

水塘边，邓瑞芳回身一笑，夕阳的红光拂在她的脸上，妩媚之色顿生万千。

"不要往出走了，毛毛，咱们走吧。"

毛毛欢快地在安敬思手上舔了舔，算是告别。安敬思一直目送邓瑞芳的身影消失在沟口，原本激动痴恋亢奋集于一身的种种奇妙滋味骤然消失，代之而来的是大股大股的怅然失落。

安敬思靠邓瑞芳篮子里的食物度着比饥饿更为艰难的日子，那就是寂寞。拳头大小颜色鲜亮的玉茭窝头，每一块他都细心地掰碎，舍不得一口吞掉，就着山泉水品咂着不可言说的滋味。夜晚宿在龙泉寺，在空旷的禅院里练一会儿功夫，直到大汗淋漓，方才入睡。不可否认，每一个梦里都充满了富足的想象，每一觉都睡得异常踏实甜美。

清晨，安敬思在太阳尚未出山前，便跳跃着跑到那块熟悉的梁台上，眼睛眨也不眨地紧盯着山口。心里默默念叨着那个日夜期待的熟悉身影。连续等待两天，安敬思一直等到日头偏西，那个美丽的影子始终没有出现。年轻的安敬思当然不清楚，他正在经历着人生最为难熬的古怪经历，对爱情的渴慕和等待本身就包含着悲伤与希望并存的复杂情感，对每一个经历爱情的人而言，当他跨过这道焦虑不安的坎之后，他会蓦然发觉，原来爱情的所有定义，最感人至深最印象深刻最流连忘返的不是短暂的幸福感，而是长久的思念以及由思念延伸而至的淡淡忧伤。

日头渐落，安敬思正失望地准备离开，山口的土道上突然出现一个黑黝黝的身影。安敬思大喜，毛毛！但是他很快失望了，那条狗通身黑漆，且是由反方向而来。那夜，安敬思彻夜无眠，直到天色微亮，困意实在无法抵挡，这才不觉沉沉睡去。

迷迷糊糊中，他忽然听到一阵狗叫，原以为是梦，翻了个身便又睡去。当狗叫声再次响起时，他陡然翻身而起：是毛毛！

安敬思几乎是大呼小叫地从佛墙下一跃而起，向山下奔去。

梁台上，邓瑞芳满脸泪水，蹲伏在巨石后嘤嘤抽泣。

当安敬思的身影出现在山道上，毛毛已兴奋地跳跃起来，一路狂叫着向他冲过去。邓瑞芳连忙站起身，擦抹泪水。

"我还以为你偷偷下山了！"邓瑞芳一脸责备，"你若是不听话，我就让毛毛咬你！吃完，将这几件衣裳换上，看你可怜的模样儿，别人以为你是个傻子呢！"

安敬思从怀中摸出半块尚带着体温的窝窝头，"我还有半块没吃完呢。"

邓瑞芳蓦然眼眶润湿，不用问，一个二十岁的年轻后生，三天靠五六块窝头支撑着，肯定是舍不得吃。姑娘心酸酸的，伸手从他手中将半块僵硬的半块窝头夺过，扔下山涧。

"你咋扔了？"

邓瑞芳将一身浆洗得干干净净的衣裳塞进安敬思怀里，边收拾篮里的食物，嗓音微颤道："我让你吃热饭，这次给你备的多了点。待山下平静了些，你就回去，有个可遮风避雨的地方就好。"

安敬思边大口吞吃着邓瑞芳带来的食物，问道："山下怎的又不平静了？"

邓瑞芳叹了口气道："三天前，就是咱们在山上那日，晋阳城南许坦村，半夜里进去一伙强人，抢了一位大户人家的娃儿，限十天之内将一百石粮运到汾河东岸，还不让报官，否则就杀了那娃儿。唉，这世道也不知要乱成什么样子。据说都是那个什么黄巢窜至北方的贼党，打家劫舍，强抢百姓财物，弄得人心惶惶的。不知啥时候，这股子火就烧到店头村。这几天在村子里的年轻后生们都组织起来成立起护村团，夜里都轮番下值，怕贼人进村。"

安敬思奇道："官军哪去了，不管这伙子贼吗？"

邓瑞芳摇摇头道："听我爹他们说，官军连吃败仗，晋阳城两个月已拉出四五千人，还没过黄河就被黄巢贼军杀得大败。咱村里还有一个年轻后生,生不见人死不见尸,他娘日里夜里地哭,眼睛都哭瞎了一只。"

"贼军欺人太甚!"安敬思脑海里突然蹦出个念头,又迅速被狠狠地压了下去,埋头吃饭不语。

邓瑞芳知道,如同所有满是血性的年轻后生一样,安敬思内心必定对黄巢叛军充满了刻骨仇恨,恨不得拿起刀枪,冲锋陷阵,同贼兵拼个你死我活,保护他们的家园。一想到这些,邓瑞芳的心里就无比凄楚,她不想让眼前这个后生陷进山下那个充满凶险的乱世中,那样她的心就会无比的惊慌失措。连她自己都一时难以弄清楚,自打两年前她无数次站在自家的门洞里,偷偷看着他和毛毛嬉笑打闹滚作一团时的场景,尤其是当毛毛的大舌头在他的脸上身上到处舔弄,他非但不加躲避,反而露出白牙和一抹憨厚的笑容时,简直就有种神魂颠倒的莫名感觉。母亲曾经在冬夜的油灯下边缝制衣裳边说起过女人的命运,邓瑞芳清楚地记得,母亲不止一次说,女人生来是嫁人过日子,穷富不过是面子,难得是能找一个性情老实淳朴厚道的男人依靠才是女人最好的归宿。邓瑞芳觉得,母亲说的不是别人,正是安敬思。尤其是在罗城署衙,村里包括晋阳城都对安敬思的侠义之举大加赞赏,纷纷夸其为当世英雄。虽则多数人到现在都不清楚那个年轻后生的身份,他们哪里能想到,这个少年英雄就隐藏在咫尺之遥的太山深处。只有自己才配得上和少年英雄交往,而且他还在埋头吃着自己亲手烧制的饭食呢。想到这里,邓瑞芳陡地脸上发烧发烫,对这个沉默寡言的沙陀后生不由充满了深深的难以言说的爱恋。同时,邓瑞芳又不由暗暗担忧,安敬思虽然有着一副路见不平敢于不惜性命拔刀相助的侠肝义胆,但这恰恰正是邓瑞芳的忧虑之处。世间凶险,谁能料到他的莽撞可能给他自己带来何种难以预测的灾祸,真若有个闪失,自己怎么办?愈想邓瑞芳心里愈加酸楚,毫无疑问，她的那颗脆弱的心灵在历经无数次的思考和选择之后，正以自己都难以想象的速度和勇气向这个沙陀少年靠近，近得已闻到了他身上那股扑鼻的汗馊味，听到了奔腾在男人体内的血液流淌声，看到了他胸膛上青筋有力地起伏。

收拾完碗筷，安敬思拍着鼓胀的肚子对邓瑞芳说："瑞芳妹子，每天我都会站在这块巨石上等你，你来不来我都在这等你，哪里也不去！"

邓瑞芳内心满是欢喜，却不想露出半分。突然指着梁台边缘的巨石对安敬思道："你知道这块石头叫什么名字吗？"

安敬思茫然摇头道："石头还有名字？"

邓瑞芳得意地笑道："难怪村里人说你们沙陀人才疏学浅呢，果然啥都不知道。这块石头叫望夫石，传说秦朝末年，这座山上有户人家，男人有一身好武艺，靠打猎为生。一天扛着猎物下山售卖时，遇着一个官家子弟强抢民女，男人路见不平，上去三拳两脚就将官家子弟打得落荒而逃。后来官府出兵将这个猎户抓住，得知他有一身好武艺，就让他戴罪立功，从军打仗。猎户上了前线，女人就天天站在石头上朝风峪河张望，盼着他男人能平安归来。天天等，年年等。"说着说着，邓瑞芳突然抽泣起来。

"等回来了吗？"安敬思焦急地问。

邓瑞芳点点头："等回来了，不过等回的不是他的人，而是他的死讯！女人仰天痛哭，叫了三声'我的夫君'啊，就一头撞在这块石头上，死了！"

"啊！"安敬思惊得大张了嘴无语。

山风又起，无数片红叶漫天飞舞，纷纷扬扬犹如红色的毛绒花，将满脸是泪的邓瑞芳笼罩在红叶阵中，身影凄美动人。

邓瑞芳突然回身，直直地看着安敬思，"安大哥，答应我，你哪里都不要去，就在这山上等我，好吗？"

安敬思骤然浑身热血奔涌，朗声道："敬思言出必行，我保证就在太山里，等你一辈子。"

邓瑞芳凄声道："妹妹相信，安大哥会等我一辈子！"

第六章　托女之风雨欲来

茫茫百里太山，红叶凋落殆尽，气候已逐渐变冷，触目所至，满眼萧瑟。

安敬思从早上太阳露头一直等到光影偏西，山道上依旧寂无人声。这是半个月来，邓瑞芳每隔三天定会准时出现在两人逐渐形成规律之后，首次出现的空当。安敬思的焦虑和不安可想而知，他茫无头绪地想象了上百种邓瑞芳未能按约定上山的猜测，诸如她可能摔倒在地崴了脚，甚至脑海中浮现出了她痛苦的神情；也可能她在热气腾腾的锅沿边做饭的过程中，烫伤了手，细嫩光洁的手背上肿红了一大片；或者是毛毛不听话，不肯来，邓瑞芳一个人不敢来。或者，也可能是与她并无直接关系的其他原因。

种种猜测，不管正确与否，无不在安敬思的心里积聚成沉重的压抑，数次产生走出山涧朝村落来路迎接寻找的想法，但刚一迈腿，耳边瞬间响起邓瑞芳泪光盈盈的叮嘱，又沮丧而不情愿地退回原地。

直到日头偏西，冷风嗖嗖入骨。安敬思清楚，那个熟悉的人因为无法走出家门，她心里一定深深惦念着山上的自己，那种痛苦是显而易见的，比她自己身体遭受大厄小劫都要难过。

靠在"望夫石"上，安敬思心中突然涌起一股无比酸涩和苦楚的味道。秦朝末年那位望眼欲穿的女子，形单影只，楚楚可怜的模样儿岂非同现在的自己如出一辙。两年的守望，痴情而热望永存的那女子最终得到的竟然是丈夫的死讯。可以想见，在得到确切讯息的那一刹那，坚持不懈的女人浑身必定骤然像瘫软的一摊泥浆，跪坐在"望夫石"上，泪水汹涌，心碎至极！

已近十一月，山间气候早晚冷热不均让人难以忍受。安敬思想起佛塔下幽深禅房内火热的地龙，但他不忍心也不愿意就此起身上山。就像那位女子，满腹的失望和心底不息的希望始终在剧烈地做着互不相让的争斗。安敬思往紧裹了裹身上的衣物，紧咬牙关，望着西斜的阳光在东方山脊上投射的光影，他不由自主为自己设了明确的界限：待光影越过山顶那株最高的松树，就上山！

寒气加饥饿，安敬思动动麻木的脚掌，耳畔突然响起脚步声。他瞬间大喜过望，一跃而起，分明看到山脚下灵巧地攀上一条人影。但他马上气息泄尽：来人正是消失了一个多月之久的安休休。

"敬思哥，前些时出了趟门，没顾上给你送饭。"安休休满脸愧意，卸下身上的布褡裢，突然惊叫一声，"日他娘的，啥时张了个口！"

布褡裢上斜斜地开了个口子，里面食物仅剩不足三成。

安敬思笑道："真靠你这碗饭，我安敬思岂不早饿死了。"

安休休嘿嘿笑道："别处能饿死人我信，太山自是不会。这山上遍野都是山果和猎物，敬思你还不是手到擒来。"

安敬思夺过布褡裢在里面搜寻，"阿檀呢，他也好长时间没个影儿了，原和你在一起。你们俩去哪了？"

安休休诡秘地一笑道:"敬思哥,近来我和阿檀四处给咱们兄弟三个谋生路呢。"

安敬思头也不抬道:"什么生路?"

安休休笑道:"自然是功名富贵之路,有好事我和阿檀岂能忘了你敬思哥?现在天下形势大乱,正是我等年轻人闯荡干事之际,此等机会勿要轻易放掉。"

安敬思大奇:"到底有什么路,细细说来我听。"

安休休咳嗽一声,抑了抑激动的心情:"现在还不到时候,等过了这三五日,到时我和阿檀自然拉你入伙。"

安敬思道:"入什么伙,当打家劫舍的强盗我可不干,损了阴德,下辈子不定转个猪狗不如的东西。"

"哈哈哈。"安休休指着安敬思笑道,"没饿死你倒练了张好利口。这鸟不拉屎的太山,你居然一住就是几个月。原想着你是咱兄弟三个中最有胆量的,偏偏一个狗官傅鸿真就将你吓个半死。早就没他娘事了!再说山下世道已非三个月前可比,爹死娘嫁人乱糟糟的。你就一直没下山?"

安敬思不缓不急地道:"既是兄弟们有了新路可走,我明日就跟你们出去闯荡,路只需选得准,相信好歹也能大大小小挣一份功名回来。"想了想,又问,"这些日子你可在村子里,向你打听个人。"

安休休道:"店头村屁股大个地方,何用打听,兄弟能扳着指头从东数到西,男女老少一个不落。你说,问谁的事?"

安敬思原想直接问邓瑞芳,话到嘴边却改成了邓瑞芳的父亲邓万户,"你知不知道这两天邓万户家出了什么事?"

安休休陡然愣怔,半晌方道:"你打听邓万户做甚?邓家是店头村有名的大粮仓,多少人都盯着呢。兄弟先给你透露个消息,你可不敢跟人瞎叨叨。有人早已经盯上他家那十来囤冒尖的粮山了，那可是块肥肉！"

安敬思大吃一惊："谁盯上了？"

安休休突然见安敬思变了脸色，嘴里嘟嘟哝哝一番，也没听清他说了句什么，故意岔开了话题："赶紧吃你的饭吧。"便不再说话。

安敬思与安休休、薛阿檀都是沙陀人，虽则早年在关外并不相识，一切人生交集都是逃亡到关内的这两年。但安敬思自觉没人比他更了解他们二人，凡事必三人成行的习惯虽被傅鸿真一事突然打断，自己身背命案，安休休和薛阿檀却亦从此消失得无踪无影。但在三人中，自己年龄最大，两人惯以兄长相称。安休休骤然沉默不语突然给了安敬思一个极为复杂的猜想空间：他们两人是不是在私底下干着件不敢示人、对自己隐瞒得滴水不漏的龌龊事。安休休虽未明说，但安敬思甚至可以想见，近来风传晋阳城混乱不堪，盗匪横行，且多数是外地人，来自沙陀的安休休、薛阿檀岂能脱了干系？

"天不早了，晚上我还约了几个伙伴见面。你先将就着吃，好歹也能挺个三五日。"安休休眼光游离飘移不定，始终不敢正视安敬思的眼睛，"总之，你要相信，兄弟们路铺好了，断不会忘了哥哥。这几天你哪里也别去，就在山上，等我们的消息吧。"

说完，安休休急匆匆头也不回地下了山。

安敬思突然涌上一股不祥的预感，搅得他心思不宁。望着山下黑沉沉的谷口，蓦地将手中的硬面馍馍扔在"望夫石"上，馍片成沫，四散乱飞。

天际夕阳已全部沉没，残光隐隐，夜色蒙蒙，暗黑的山梁间寒风怒啸，林涛轰响，黑压压一群大鸟从左近的山涧上骤然跃起，掠过群峰，瞬间踪影全无。

店头村地处风峪河谷，东距晋阳城十余里，与太山深涧隔一条西峰互望。全村现有四百余户，近两千人，多属大唐晋阳府野战军后裔。二百年前，店头村所在地域尚是日夜奔腾不息的风峪河谷冲积而成的滩涂区。大唐高祖皇帝李渊远在起兵之初，就秘密派人在此前后经营达两年之久，层层叠叠建起一座东西两里有余、南北达三里的大兵营，最多时有五万暗地里招募的新军在此日夜操练。其时，店头村四面高山环绕，数十里并无人烟，五万人马深藏其间，在长达两年之久的隐居状态下竟然无人察觉。直到李渊高举反隋义旗，晋阳城百姓猛然发觉一支甲胄鲜亮、刀枪林立、精神抖擞的生力军从风峪河谷源源不断地开出，方恍然大悟。李渊父子正是凭借这支锐不可当的大军，纛旗所指，攻城略地，致使大隋王朝陷于灭顶之灾。

兵火熄灭，当年南征北战，幸存下来的老军伍纷纷返回晋阳城，一头扎入庞大的店头兵营，稍加收拾，遂成烟气袅袅、人气旺盛的自然村落。直到二百年后，店头村四周寨墙高耸，壁垒森严，军制建筑依旧巍然挺立。

安敬思选择在黎明时分潜回店头村。之所以在这个时段回村，一则为避免不必要的麻烦，自母亲去世后，事实上安敬思已自然而然地将自己与这个曾经生活栖息了两年之久的村落在空间和情感上拉开了距离，虽则那两间砖碴的寒窑依然存在，但安敬思不想再睹物而思人，索性远遁太山，倒也逍遥自在；二则，因盗贼出没，晋阳府周边均陷于极不稳定的恐慌状态，几乎村村组织起村民自卫队日夜巡逻。这个时段恰恰是人最易犯困的关键节点，安敬思顺利地从西北部被村人们拆得比其他地方矮了多半截的寨墙悄无声息地潜入寨内。

邓家大院内烛火通明，高墙里脚步纷乱，安敬思料知必有大事发生。正在思谋该不该进时，衣角突被人使力拉扯，竟是毛毛！毛毛嘴巴里呜呜呜地叫，大尾巴不安地胡乱摇摆。安敬思大奇，院门紧闭，毛毛为何一夜未归？毛毛起身向黑漆漆的街面上跑去，安敬思紧随其后，拐过一道街巷，在一处低矮院墙处停下。毛毛用爪子扒开门扇，一头闯进。安敬思认识，此院为刘氏一家住处，狐疑间，听院内邓瑞芳低声道："毛毛，你去了哪里？"

眼前黑影一闪，安敬思已悄无声息站在身前。

邓瑞芳吓了一跳，"你，你怎么来了？"

安敬思道："我下山来看看你。"

烛火摇曳的窗里传来刘氏的声音："瑞芳，你和谁说话？"

安敬思正想躲避，谁料邓瑞芳头也不回地说："是敬思大哥回来了！"

房门吱呀一声启开，刘氏站在门口招呼道："赶紧进家，吓死我了，我还以为是强人呢！"

刘氏院内统共三间低矮瓦房，此时却只有她与邓瑞芳两人。原是这两天，邓家亲戚朋友从四面八方涌进邓家大院，邓瑞芳只能借宿刘氏院落。

虽是凌晨，阴冷的寒风入骨，安敬思分明感觉到一股异样的紧张气氛，与三个月之前平和安宁的店头村大为不同。村里照以往此时正是鸡鸣狗叫的热闹时分。此时，却万籁俱寂，森然诡秘。

刘氏手脚麻利地将摊在大炕上的行李卷往后一推，狗尾巴笤帚胡乱扫扫，就招呼安敬思上炕。

"村里的鸡狗猪扯开喉咙能叫的都宰了，怕弄出动静，险些将一村人吓死。就数毛毛乖，不让叫就不叫，日里夜里闭着个狗嘴，倒像是能听懂人话一样。瑞芳成天说，这狗虽是邓家的，却是被你安敬思调教出来的。夜里我们两个一眼没眨,不敢睡。以往成天里骂我家那口子,现下倒希望这村里能多回一个男人,心里才踏实。"

安敬思跨在炕沿边,问道:"刘嫂,叔哪去了?"

刘氏叹了口气道:"都上邓家去了,二生也相跟着去了,能帮啥忙帮啥忙,帮不上忙壮个胆也行。平日里瑞芳家照应不少,没种谷借种谷,没工具借工具,从没说过个二话。岂止是我家,村里受过瑞芳家恩惠的不少呢。敬思,你们虽是沙陀人,你娘生前我记着瑞芳家也照应过她。你能回来,也是你娘没白教导你,是个知恩图报的人。况早就听说你在罗城将那个狗官当堂痛打一顿,人人都传着店头村出了个行侠仗义的英雄!"

刘氏絮絮叨叨期间,邓瑞芳一直坐在炕头边埋头不语,油灯光影下,秀眉紧锁,脸是竟是比数日前瘦了整整一圈。

"瑞芳,到底出了啥事?"

看着安敬思急得就差跳下地拉起邓瑞芳了,刘氏便道:"天快亮了,你们慢慢说,五天的期限呢,还有两天,不要怕,总会有法子渡过这个难关的。我到西屋烧锅水去,一夜没睡,晚饭也没吃,总不能断了水。"

刘氏的身影消失在院外柴堆处,一阵窸窣声响。

邓瑞芳问道:"你原不该下山来,掺和进来就是个好吗?"说着,便低低地抽泣起来。

安敬思手足无措,不知该如何安慰,"告诉我,到底啥事?"

邓瑞芳道:"前几天半夜,我们刚睡下,听见院里毛毛叫。我爹叫人出去看看,院里转了半天没见个人影。回来时见在前院的门檐柱子上扎着刀,留下个布条。上面写着让我家准备五十石米粮,五百两银子。五天后堆在村外河道边的地塄上,不让报官,不准抵抗,否则就要血洗邓家，一个不留。我爹是有些田地，米粮好歹能凑一些，不够村里乡亲们已答应周济，可那五百两银子岂不是要人的命。这几天下夜的人都在我家聚着，亲戚们也来了。唉，也不知到底该咋办！"

安敬思道："你们弄清楚没有，这伙子强贼到底是哪条路上的人？"

邓瑞芳摇头，"听二叔说，晋阳城周边村子里也没少遭祸害。像是黄巢的一帮子匪徒所做，这些强盗来无影去无踪的，也不知有多少人马，二营盘那边的一个村子有户人家没按人家要求送足粮草，白白遭劫不说，还死伤了五六口子人。"说完，邓瑞芳满脸是泪。

安敬思跳下炕沿，就向屋外走，与刚进门的刘氏撞个满怀。

"大清早的，你去哪，喝口热水再走。"刘氏急道，"可再不敢撂下我们妇道人家，身边有个男人心才踏实。你就不能陪陪邓姑娘？"

"敬思！"

安敬思道："我去找你爹！"

刘氏愤愤道："对，给邓家过去壮壮声势也好，多一个年轻后生就多两条胳膊多两条腿。二营盘那村子里后来取粮的强贼也就十来个人，虽说蒙着脸看不清眉目，到底也是两只眼睛两条腿的，断没个三头六臂出来。堪堪十来个人就将全村一千多人吓得大气不敢吭，任由他们胡作非为。天底下，人都是拣软柿子捏呢。我就不信一千口子人上去，就是唾沫点子也将他们淹死了。咱村里青壮男人有多少，怕的什么？我是拿不动刀枪，能拿得起我就和他们拼老命去呢。老实人都受欺负，穷人哪有活路？你是大英雄，你得带起这个头，别人敢不敢咱管不了，你把我家二生拉上！"

平日里恼人的长舌妇、招人烦的刘氏此刻却义愤填膺，慷慨激昂，让安敬思和邓瑞芳两人大是感慨。

邓瑞芳叹了口气道："患难可见真心，度得过这一劫，我让二叔在罗城给二生说个亲事，不怕娶不上媳妇。"

出院门时，毛毛摇晃着大脑袋悄没声息地尾随身后，被邓瑞芳堵在门口，"乖乖就待在刘嫂院里，小心出去被人打死吃了狗肉！"

毛毛像是听懂了邓瑞芳的话，喉咙里委屈地呜咽了两声不情愿地退到阶下。

安敬思笑道："没人敢吃了你的肉。走，我还让毛毛给我壮胆呢！"

毛毛闻声，欢天喜地地扑过来，对他又咬又撕。安敬思高兴地看到，一夜愁眉苦脸的邓瑞芳脸上现出难得的笑容。笑容起处，愈加楚楚可人。安敬思下定决心，邓家之事就是他安敬思的事，邓家如若有个三长两短，勿说对不起邓瑞芳，怕是连她不辞辛劳送去的那些个黄澄澄的窝窝头都无颜以对。

安敬思陡然精神亢奋，力量顿生，俨然顶天立地一个大汉。

邓家院落内通往二院门阶下当地垒起个土霸王火炉，微启的天光下，数条人影正忙碌着备水备饭，忙碌的诸人均埋头做事，极少言语，平添了一种类似于军伍大战前夕骇人的紧张气氛。

邓万户是店头村方圆数十里有名的富户，祖上即当年随高祖李渊率军南下征战的大军后人。当年邓家祖上第一批返回店头军营时，整个大军营空无一人，与邓家先人一同参军的年轻后生们在南征北战中死的死亡的亡，剩下的非死即伤，飘零各地，下落不明。邓家先人腿受箭伤，送到后方，他选择了回居故地。店头村不仅成为他结束厮杀生涯后的唯一一处落脚地，也成了他繁衍子孙、壮大邓家门庭的广阔家园。邓家先人从此将根基深深扎进店头村肥沃的土地中，沿风峪河河谷周围开垦出大片土地。后来，从各地战场返回晋阳城的幸存子弟兵们闻听此信，纷纷涌进风峪河河谷，寻找年轻时的踪迹。老兵们相聚一处，共诉驰骋疆场的凶险经历，为能够历经数十次血腥厮杀居然能幸存下来而且回归故里庆幸不已。哭过了,笑过了,大家握过冰冷兵刃的手中换上了长长短短的农具,开始刨垦他们的新生活。邓家先人将开垦的肥沃土地无偿分给这些昔日的老战友,在生活上慷慨解囊,有求必应,大家共推邓家先人为店头村的带头人。

近二百余年繁衍生息,店头村渐成现下规模。

邓家院落在村落里规模最是庞大,前后五进院落达十余亩。三院是一处面阔五间的大厅堂,形制上颇为陈旧,较之于其他院落一派老态模样。当年,老兵伍和他的后人们农闲时节聚拢一起或聊聊古事或筹划当前生计,就在村落里唯一一个十字街的石碾上或坐或立或蹲,在土制烟叶的烟雾缭绕中集会,后来这里逐渐成为店头村最为热闹的聚会场地和来自异域边疆、庙堂权贵、乡野鄙闻、节令气候等各类消息的集散地。太阳高照,几代先人们端着饭碗争论不休,面红耳赤,却兴致勃勃。突遇风沙雷雨,话题未见分晓,亦只能悻悻然一哄而散。但无论如何,这种习性作为一种无须商讨对接的店头村礼制一直不间断地沿袭下来。到了邓家大约第四代,其时,邓家家资雄厚,已成为拥有五百余亩土地的大户。邓家先人一拍板,决定自掏腰包解决村人集会的宏大场所,起初在店头村南的向阳窝下盖了一处可容纳上百人的高挑单檐坡顶大凉亭。并请当时村里一位识字最多、学问最广的老先生为亭子起个名字。当时,老先生正翻阅一套破破烂烂没边没沿的史家帛书,欣然应允,当场挥毫,写下"新稷下学宫"五个大字。村人不解,老先生态度大为矜持,凡被问及,均摇头不语,为村人留下诸多悬念。老先生临终之际,托付子辈后事,腿脚不灵利,口舌不能语,艰难而懊悔万分地浊泪横流,颤抖着枯枣树般的手掌指向炕头边那套厚帛书。老先生记忆非凡,翻了两页就指向了一行字。儿孙辈们团团围了一大圈,惊愕地看到老先生准确无误地指向"稷下学宫"四个同邓家盖的那个大凉亭上一模一样的字。至此人们不仅明白了"稷下学宫"四个字的念法，而且还知道了"稷下学宫"竟是春秋战国时期齐国的一处才子荟萃的大学堂。

村人对老先生再次肃然起敬，老先生却咽气归天。

凉亭在村人眼中骤然意义非凡，倒并非是"稷下学宫"这四个字文气冲天的寓意，而是村民们为人处事方式在悄然发生着改变，土气匪气粗言粗语开始收敛，相互之间变得和蔼可亲，温文尔雅。更为重要的是此后三十年间，一个不足千人的村落中竟接连走出两位状元、五位秀才！

可惜的是凉亭在有一年山洪暴发时连同"新稷下学宫"的牌匾被冲得不知去向，店头村"新稷下学宫"的消失成了全村人最为惋惜的大损失。邓家遂在后院盖出五间大瓦房，敞敞亮亮一通到底，未加一扇隔断。就在村人们迟疑不解之际，邓家人在后院辟出一条与街巷连通的门洞，果断将五间大瓦房作为村人的新聚会厅，村人们闲暇时又有了新去处。奇怪的是邓家先人并没有接受多数村民的建议，将五间大瓦房直接命名为"新稷下学宫"，而是取了个粗俗不堪的名字——"说事厅"。

安敬思和邓瑞芳两人赶到"说事厅"的时候，邓家的族人们人人眼里密布血丝，眼袋红肿足可容纳七八十人的厅堂内，以邓瑞芳的父亲邓万户为首，零零散散坐了十余人。有一半人是熟面孔，其中有一位四十余岁的汉子，安敬思愕然发觉，此人正是罗城杏花酒肆的掌柜邓还忠！

安敬思的出现让年近五旬的邓万户眼前骤然一亮，他挥挥手，道："你们先下去，就依先前安顿好的，各忙各的吧。"

一众人鱼贯而出，只留下三位显然是德高望重的头面人物，杏花酒肆的掌柜邓还忠赫然在座。

邓万户起身，态度和缓地说："敬思，你可是店头村出了名的英雄，我们正说到你，准备明日上山去寻你，不想说曹操曹操就到。我先给你介绍介绍。"

安敬思这时才知杏花酒肆的掌柜邓还忠原是邓万户的叔伯兄弟。另一位,脸庞黑红的汉子,安敬思认识,名唤邓印远,是邓万户的弟弟。

邓万户刚介绍完,邓还忠起身笑道:"我与敬思兄弟早就认识了,他虽不喜杏花酒,却是位爱憎分明、行侠仗义的真汉子!罗城署衙,我就在场,你忘了?"

安敬思倏忽想起,混乱中正是邓还忠拉他一把,让他快逃。心下大是感激,对邓还忠就是一揖:"多谢邓大哥!"

"来,坐坐!"邓还忠将安敬思按进座中,"沙陀汉子,天下闻名。当年我可跟随晋阳节度使朱邪赤心父子率领的大军南下征讨庞勋叛贼。大哥,你是没见过那场面,战鼓一响,汉人惊慌失措,裹足不前;勇往直前、冲锋陷阵的都是沙陀人。他们作战威猛,世上再难见到如此军伍,大唐王朝苟延残喘至今,他们沙陀大军确实功不可没。现下黄巢作乱,朝廷打的一仗不如一仗,兵败如山倒啊。迟早有一日,不请朱邪赤心再度出山,这个火谁也扑不灭!"

"黄巢此贼,祸国殃民,断无好下场!"邓万户恨声道,"敬思,想必邓家现下面临的困窘你也听说了。邓家世代勤劳耕作,恪守本分,从邓家先人至此十余代人二百年,村里村外从未与人有过口舌之争,更未红过一次脸面,谁料竟遭此不测祸端。我邓万户经营半世,何种风浪没经识过,别说十几二十个贼寇,就是天塌下来,又岂能将我轻易击倒!"邓万户眼眶蓦地湿润,扫了眼邓瑞芳又叹了气,像是自责又像是赔礼道歉,"瑞芳,爹老糊涂了,原想望着通过你与官家结下姻亲。原该听听你的意思,你也大了,自有你的眼光。爹信得过你,往后的路就靠你自己了。"

"爹!"

邓万户并不理会邓瑞芳,忽地起身当堂对安敬思就是一揖!

安敬思猝不及防，忙道："邓家叔，晚辈岂敢受此一礼，有甚事需要帮忙的您说就是，敬思母子这些年在村里没少扰害邓家，天大的难事，晚辈万死不辞！"

邓万户两眼盈盈湿润，指着邓瑞芳对安敬思道："我只有这个宝贝女儿，从未离开过我的身边，现下十万火急，我得为全村的安危着想。她是个女娃儿，值此混乱世道，我这条老命不足惜，却怕她遭受丁点伤害。只望小兄弟今天就将她带出店头村远走高飞，若躲得过这场劫，不定他日还能相见；若天道无情，日后她这一辈子就托付给你了。店头村，只有你能救得了她！"

第七章　危局之避战之争

屋内弥漫着一股悲壮而揪心的气氛。邓还忠和邓印远两人吃惊地看着邓万户，这种安排完全出乎他们两人的意料，在此之前，身为兄长的邓万户既没有征求过他们两人的意见，亦没有给两人透露过任何信息，这完全是一种对后事的无望和对前途毫无信心的悲观之势。

可邓还忠和邓印远两人并不这么看。

邓印远起身道："大哥想是太过忧虑，事情并非你想得那么复杂。现在护村之力不下五六十人，区区二三十个强贼，我倒觉得搅不起多大风浪。况敬思兄弟也在，我虽未见识过敬思兄弟的身手，可有他在，我倒觉得事情完全可以逆转，将此伙贼寇远远赶跑。只要咱们抱成一团同心协力，不光能确保村子万无一失，不定还能为朝廷除去一大祸害，立下大功呢！"

话虽如此说，可大伙都清楚，邓万户既有此说，必定是经过艰难的抉择才做出将瑞芳托付给敬思的决定。

安敬思想了想道："晚辈想听听邓家叔叔有何安排？"

邓万户叹了口气，"邓家祖上到我这一代，前后延续已是十余代，二百年来，邓家人与村里百姓和谐相处，相濡以沫，形同一家人。邓家血脉早已同这道风峪河的山山岭岭融作一处。这些年来，邓家人在这块土地上辛苦劳作，代代相传，绵延不息，到我邓万户这一辈方积攒下这点家业。没想到目前却有此一劫。"顿了顿，语气蓦然严厉，"这是邓家的灾祸，与村里百姓无关。明面上邓家家境殷实富足，可没人比我更清楚自己的家底薄厚，五十石粮食、五百两银子，简直就是一个笑话。我邓万户就算把全身的皮剥下来，也不可能凑起这个数。即便有，世世代代身为大唐子民，虽说无功于家国，但也绝不会助纣为虐，让贼人得逞。放着好好的生活不过，黄巢贼党非要逆天而行，祸害天下，哪朝哪代遭此祸乱世道者，到头来波及的都是无辜百姓，受害的亦是我等小民百姓。邓家遇劫，非一家之祸，现下已牵连了多少店头村的左邻右舍，五十石粮米、五百两银子，这无异于一个天文数字。前两年，本已连遭干旱，尤其是前年，旱情所致，连紧挨河谷的土地都几乎颗粒无收，险些没缓过气来。即便不经大旱，存有余粮，也都是咱们辛辛苦苦汗水所换，凭甚给了那些不劳而获、存着祸害天下之心的贼寇！这些天来，村里百姓惦念邓家安危，纷纷伸出援助之手，这家援个三五石，那家不惜变卖首饰和值钱家什，凑个一二两银钱，我都予以拒绝。店头村百姓的古道热肠，同邓家患难与共的心思我邓万户心领了。可我不能因为邓家一家之灾让全村人跟着我一贫如洗！况贼人之性，历来都是个填不满的无底黑洞，你今天给他一两银子，他明天就敢要二两、五两。黄巢乱贼，别看眼下声势浩大，席卷天下，这只是虚有其表罢了。自古得民心者方得天下，黄巢数度应试科考，均名落孙山，生存无着，原该怨恨自己学业不精，不思进取所致，反心怀怨恨，手段拙劣，蛊惑民众，揭竿而起，将科考失利归罪于朝廷，实在可笑可恶之至！至于晋阳府这伙子流寇，不过是借着黄巢之名，做出打家劫舍的勾当而已。但其心思手段与黄贼相比有过之而无不及。对此伙子奸贼小人岂能姑息！"

安敬思道："那三天之后，贼人要粮要钱，怎么办？"

邓万户凄凄一笑："我心里早有准备，让全村男女老幼在两天之后乘夜全部进太山逃反，暂作回避。此议现下尚不能对众人言，我怕村里有贼寇内线，提前撤离，反倒暴露了我方意图。贼寇都是些杀人不眨眼的魔王，若得知此信，提前杀到，全村村民岂不要遭殃。至于贼寇所说米粮银钱之数，我早已给他们备得足足的，只怕他们拿不动扛不走！"

邓还忠大惊："兄长，你早已备好，我咋一点不知情，你哪里能捣腾出这些钱粮？"

邓万户大笑："人人都说我邓家资产过万，我甚觉愧疚，实话说给你们听，即便将现下连房产全部出手，也断不会超过五百两银子。不过是徒有其名而已，外人自是不清楚，我邓万户岂无自知之明？记得邓家祖爷爷那辈，确是邓家最为辉煌之时，家资远非过万，怕是有现下的十倍之巨。富不过三代，这条路倒走得是分毫不差，从我祖爷爷那辈起，后代不肖子孙身无一技之长，又懒于庄户，文不成武不就，就靠着祖上留下的底子吃饭。况先不说村落邻里，单是晋阳府因连年天灾人祸，邓家次次带头捐赠，这些年来到底有多少，恐怕谁也说不清楚。再说说这邓家万户之名，远的不说，此名自上三代在外人眼里邓家当家人就是邓万户。我不过是着个沿袭的大帽子罢了，这原是村人旧识的溢美之词，若放在上三代尚名副其实，至于到我这辈，不过是徒有其名罢了。今天都不是外人，我就明告了你们吧，我一无钱财二无粮米。我已吩咐人最迟明晚之前将全部一百余两银子散发村民，三十余石粮米远运藏到太山之巅，至于应付贼寇之数，风峪河道多的是石头！"

说毕邓万户哈哈大笑，眼里却涌满泪水，继而陷入沉沉的思索之中，喟然而叹:"想不到二百年家业,在我邓万户这一代手中将毁于一旦,付之东流。我实在愧对邓家列祖列宗,是邓家的罪人啊!"

安敬思又问:"这么说,邓家叔的意思是准备远走高飞,以避灾祸?"

"灾祸,原降之于天,天意之数,本非人心可测。避之,就是背天而行,逃避此祸,或将面临更大之灾。据我所知,邓家祖上出过不谙世事的痴子,出过顽劣败家的纨绔子弟,出过祸害门庭的浪荡孽徒,却从来没有出现过一个临阵脱逃的逃兵。那绝非邓家之风!"邓万户说得慷然有力,"我邓万户哪里也不走,我还要带着那些贵重的礼物亲手交与强贼之手,看他们能把我邓万户怎么样!"

邓印远急道:"兄长此举岂非自投虎口,既是做此下策,为什么不干脆与百姓一同逃避山中。强贼原是要钱要粮,未必会穷追猛打。待风头过去,再下山重振家业,有何不可?"

邓万户道:"印远此言差矣,强贼原是奔着粮钱而来。若无收益,恼羞成怒,岂不祸及全村。真若一把火将店头村烧得干净,全因邓家一家而起,这个罪过就更大了。我若留在村中出面与之斡旋,即便强贼发狠,大不了是个一死,把这条老命搭进去罢了,但可保店头村二百年古村免遭毁灭之祸。"

此言一出,举座皆惊。

邓瑞芳哭道:"爹,你既肯舍命保村,女儿哪里也不去,一直陪在爹身边。爹万一有个闪失,女儿岂能独活于世!"

邓万户摇头道:"傻闺女,你是个女儿家,无须多说,凶险远甚于爹。敬思虽是沙陀人,可这些年同村住着爹也清楚,年轻后生性情耿直,老实本分。人这一生,灾难虽是祸事,却能看清一个人。爹原是老糊涂了,女儿家一生之福在人而不在钱财,那些都是身外之物,非靠自身打拼所得之物，往往非是大福，可能是大祸。找一个好人，穷也好富也罢，安安宁宁过一辈子就是你的福气。爹相信，将你托付给敬思，爹这次绝不会看错人，爹放心。"

"邓家叔肯将瑞芳交于晚辈，敬思这辈子定会好好保护瑞芳，绝不会让她遭受任何伤害！"安敬思又道，"不过，邓家叔所定之策，凶险太大，代价太大，晚辈倒并不认同。"

四人大奇，相互对视一眼，目光全部落在安敬思身上。

邓瑞芳喜极而泣，急道："安大哥，你有什么好主意，赶快说出来，只要能让我们邓家度过此劫，我们邓家世世代代都会记着你的恩情！"

邓还忠疑道："如若不出我所料，敬思之意，是想战！"

"对，打！"安敬思毫不避让疑惑而吃惊的目光，趋前一步大声道，"逃反不是办法，坐以待毙也不是办法。邓家叔也说了，此伙假借黄巢乱贼之名公然抢劫的匪徒与黄巢实无任何瓜葛，不过是一群借势作乱的刁民，一群乌合之众。血洗二营盘事件，村民原是被黄巢贼党吓破了胆，晋阳城兵马南下剿匪，城内空虚，业已自顾不暇。官府是指望不上，强贼方敢招摇。直至现在，尚没有听说过府城周围有一家敢与强贼抗争者，要钱要粮莫不抱着息事宁人躲避灾祸的忍让心思，可到头来有哪家真正避得过？这样一来，反倒助长了那些强贼的贪婪之势，有多少心术不正者怀着鬼胎，眼巴巴地观望。时机一到，说不定一窝蜂走上这条路。自古邪不压正，邪气之所以猖獗横行，怨不得别人，实该怨好人太多，惯出来的让出来的。索性同他们一斗，杀杀他们的嚣张气焰，说不定形势会好转呢。"

话音刚落，邓印远从座中一跃而起，满脸兴奋之色："敬思这话说得对，我赞成。我说嘛，兄长想得多了，别人能忍能让就让他们出粮出钱忍让去，咱店头村怕他们一伙毛贼作甚！"

邓万户道："这又不是战场，让村子里的年轻后生白白送了性命去，为邓家一家之私，这个主意断断不可！"

邓还忠想了想，接口道："兄长，我倒觉得敬思之话在理，这就是个你死我活的战场。强贼既以剿贼之名到处公然抢劫民资民财，本身就是打着与朝廷公然对抗的旗号。与他们一战，出师有名，打的是正义之战。不管胜负，索性在晋阳城由我店头村开了这个头，势必名声大振，壮的是朝廷的威百姓的威，况他们也就二三十人。当年我随沙陀部族朱邪赤心父子南下作战，见识过沙陀人的英勇。他们并不比汉人多条胳膊多条腿，他们之所以让庞勋叛贼所部闻风丧胆，靠的是士气，靠的是斗志。汉家人缺的正是这两点，现下店头村百姓争着想与这伙贼党拼死一战，士气旺盛，兄长如何能轻轻巧巧就拂了他们的本意？岂非让全村人寒心！我赞同一战，村子里只需登高一呼，五六十人绝没问题。两三个人打他一个，岂不是轻而易举。虽说现下远离战场，几年不曾舒展手脚，但两三个乌合之众断然上不了我身，何况有少年沙陀英雄在此，有什么可怕！"

"邓家叔，不打不知道咱的拳头有多硬！"安敬思兴奋地紧攥拳头，"只需我们几个沙陀兄弟就可完全取胜，保证打得这二三十个贼徒落荒而逃！"

邓还忠骤然想起了什么："敬思兄弟说的是安休休、薛阿檀他们两个吧？奇怪，这两天村子里就没见过他们的影子。"

安敬思道："我找他们就是，都是我的好兄弟，他们听我的话。"

邓万户迟疑半晌，在他们身上扫了一圈，道："你们当真有把握？"

邓印远急道："大哥还顾虑什么，我跟着敬思兄弟打前锋，放心吧！"

院门外闯进来一位虎头虎脑的后生，正是刘氏家小子二生，"还有我呢！店头村后生们都想打，没人愿意当孬种！"

原本低落沉闷的气氛瞬间被这伙年轻人搅得立时逆转，个个摩拳擦掌，恨不得即刻冲上战阵，与贼人一见高低。

邓还忠嘿嘿笑道："老大，还犹豫什么，下主意吧！"

邓万户蓦地起身，双目炯炯有神："好，打就打！大家既无惧意，我邓万户又何曾怕几个贼徒！"

决定对强贼不惜一战，非但没有如临大敌的紧张氛围，反而让自接到强贼逼交粮米钱财凶信至今没有闭上眼睛安安稳稳躺在炕上、哪怕是假寐小半个时辰的邓万户舒舒畅畅地大睡了一觉。这一觉睡得鼾声如雷，睡得筋骨舒松。从日上半竿简简单单就着切成丝的咸萝卜吃了两大碗土豆条米粥后，觉得困意大团大团来袭，说了句"我且睡上一觉，有事叫我"倒头就睡。一觉醒来，天色已再度黑沉下来。邓万户诧异万分，抚抚仍昏昏沉沉的脑袋，原以为不过小睡一会儿，哪里想到这一觉竟是接了个两头黑。

后院大厅内人声鼎沸，早已坐满了由邓还忠召集来的数位村里德高望重、具备召唤能力的长者。最早的在半后晌就过来了，大家便聚在一起吃水烟谈论，笑声朗朗。

邓万户出现在大厅门口时，一伙人全部站起来，人人脸上堆满了笑。店头村年纪最长的八十多岁仍身体硬朗如昔的德根老人将试图搀扶他的二生一把推开："毛头小子，到一边去，给根烧火棒，你德根爷还准备上阵杀敌呢！"

厅中响起一阵大笑。

邓还忠对邓万户道："大哥，我已跟大伙把你的意思说了，看看大家伙的精神头你就清楚了！"

德根老人不用人扶，颤巍巍地站起来，口齿利落地大声说："邓家老大，现下你不单是邓家的领头人，还是村里的领头人呢。我是老不中用，腿脚也不利索了。百事可忍可让，唯刀架在脖子上不能忍不能让，忍让都是个屈辱。自古以来，哪朝哪代国威军威不是打出来的，由你领着，你得给咱打出店头村的村威来，让天下人看看。老店头人不愧是当年高祖爷手下的使出来的铁铮铮的汉子，不是劈火柴。到时，我给你们摇鼓助威！"

邓万户上前将激动得白发白胡乱颤的德根老人扶进座中，"德根爷，您老放心，万户纵粉身碎骨，亦不会让强人祸害村里百姓一根毫毛！"

德根老人兴奋得满脸红光，不住咳嗽，二生连蹦带跳地端过一大碗水，"德根爷，我给您捶捶背。"

"不用你小子捶！"德根老人倔强至极，将二生推开，"让我咳咳，咳出这团恶气来，才算痛快，才是解恨！"

邓万户端起碗，不住绕着碗边吹，"德根爷，我小时候听说几十年前咱店头村像是和山贼也有过一战？"

此言一出，德根老人双目立时警觉，布满刻痕般的手一把抓住邓万户，连声唶叹道："是有一战，我爹、我二叔就是在那一战中送了命，可怜我爹连个全尸都没留下，店头村七八百老老少少死了一百多，还有十来个女人被糟蹋了。唉，作孽啊。"

邓还忠大奇："店头村还有此事，我们如何没听说，《晋阳府志》上也没见记载？"

德根端过碗连饮数口，干瘪的眼窝内泛起隐隐红润，"说起来也是个耻辱，官府的案头上历来记喜不记忧。那个耻辱说到底是官府的耻辱，朝廷的耻辱，他们恨不得把当年那些经历过店头保卫战的幸存者和知情者脑袋都箍上铁笼子，嘴上都拴上驴嚼子。"

店头保卫战？在座诸人都面面相觑，大为困惑。大家伙满头雾水，谁也没听说过店头村早在一百年前就有过一场血战一场恶战，一场让官府和朝廷都蒙羞招耻的战役，到底是怎么回事呢？敌手又是谁呢？人人屏住呼吸，盯着德根老人，恨不得从他嘴巴里将所有的信息都掏出来。

"前车之鉴可为后事师。"邓万户道，"这场大战说不定能从中吸取教训，利于此次之战。"

"万户说得有理！"

"德根爷，古人说得好，温故方知新，知耻而后勇。您给我们这些后辈子孙说道说道！"

有人大笑："德根爷，再不说，怕是到你为止，百年前的那点子事都得带到棺材里沤成了粪土呢！"

德根老人想了想说："那都是代宗皇帝大庆年间的旧事了，那时晋阳府北管涔山一带连着两年遭了蝗灾。据说，蝗虫由东向西，遮天蔽日，所过之处庄稼颗粒无收。饥民遍野，官府非但不予接济，田亩税赋半分未减，老百姓都活不下去了，黄河西大漠一带灾民首先发难，扯旗造反。这人啊，安分守己，人模人样尚是个规规矩矩的样，一旦没了人性，怕都是些连猪狗不如的东西。历朝历代造反的人多着呢，你造你的反，有胆子你杀到长安找那些高高在上的贪官污吏算账去，找朝廷算账去。却啸聚山林，四处干些打家劫舍的营生，有权有势的不敢惹，祸害的都是老百姓，实在可恶。我听说，大庆二年正月初三，有伙子流窜到太山一带的流寇强人半夜到了咱们地界，白天就藏在太山，晚上就出来打劫。他们人不多，同现在差不多，也就三二十个。贼首限令店头村十天之内凑足粮米银钱送到太山，否则就要行凶杀人。那时候，村里上上下下男女老少哪个先祖不是血海中死人堆里爬出来的，根本没将这伙子流贼放在眼里。说打就打，要粮要钱，一个子都没有。你看看咱村，四面都是寨墙，原本就是个军营，东西两门一关，怕是连个耗子也钻不进来。"

正说着，邓瑞芳和安敬思风风火火地闯进来，后面还跟着数日不见的安休休和薛阿檀两人。

"邓家叔，我的两位兄弟都已到齐，他们现下就是我的左膀右臂！"

邓万户一揖道："村里两千口的安危全赖仗（北地土语，依靠的意思）你们这些年轻后生了，我代村里百姓先行谢过！"

两人慌忙还礼。

安敬思在薛阿檀的小肚子上捅了一拳道："你小子，这些日子连个面都不露，在哪好活过日子，吃得白嫩肥胖，原是只猴，现下看像头猪。"

薛阿檀尴尬地笑笑："到处瞎混。前辈们都在议事呢？休休，不如咱们暂且回避一下。"

说着两人就往外走，安敬思也不阻拦，笑骂道："找个地方吃好喝好，养足精神，到时上场别丢了咱沙陀人的面子！"

两人答应着径自去了。

邓还忠看着两人消失在院门外的背影突然插了句："一个月前在晋阳城内，像是见薛阿檀与一些来路不明的外地人来往，行迹颇为诡异。"

安敬思道："我们三个都是来自沙陀部族，相互间甚是了解，况两个兄弟都有些身手，邓叔尽可放心就是，断不会出现意外。"

邓还忠笑道："可能我多疑了。"

邓万户道："德根叔，还接着说。"

德根老人叹了口气，眼泪汪汪地不住摆手摇头："本不该说的，也没啥好说的了，总之是败了，败得险些全村人搭进去。呜呜……"老人竟哭将起来。

数十年前发生在村落里的那场血战，事实上邓还忠亦有耳闻。不过关于那场残酷的血战传闻并非来自村人，而是当年在军伍中听晋阳府的一位老军伍提起。老军伍祖上原也是店头村的军人后裔，正是那场血战之后，一家人死伤惨重，举家迁往晋阳城内。据那位军伍所述，邓还忠颇为疑惑，店头村与其他村落大不相同，全村四面寨墙环绕，四角设有瞭望寨塔，全村仅开东西二门。寨门一关完全是一个独立世界，贼寇如何在全村几近毫无防备的凌晨进入大开杀戒的？邓还忠原对排兵布阵决战攻伐等凡与军伍有关的战事充满兴趣，更何况是发生于数十年前家乡之惨案。经过认真分析对比，他恍然对那场店头村的生死存亡之战有了一个粗略的了解，正是这种粗略的了解及时帮助他迅速而自信地确定了本据天时地利人和的店头村何以不堪一击，上千人的村落惨遭三五十人的强贼血洗。眼前仿佛惨景历历在目，火光冲天，全村陷于一片混乱，人人一脸惊恐，刀光剑影，鲜血四溅。

正是在这幕极度恐怖的回想中，邓还忠蓦地有了惊人的发现：壁垒森严的店头村之所以在常人无法想象的极短时间内陷于兵火，乃至惨遭血洗，其失利基于两大原因。一个是决战之地的选择本身就是个错误。在强贼未入村之前，主动权完全在村方，至此可将决战之所选在村外某地而不是男女老幼混杂之村落，引不起混乱，自然多了胜算。另一个则是村中有内奸，否则寨门如何轻易开启，致使引狼入室！

想到这里，邓还忠忽地起身，向外疾走。

邓万户道："还忠，你去哪？"

邓还忠头也不回地道，"我即刻吩咐出去，从日落起，寨门封闭，全村戒严，任何人只许进不许出。否则，以通贼之罪论处！"

第八章　出征之雪恨之夜

　　村中寨墙内一处占地约一亩大小的打谷场上火烛通明，四五盏由年轻后生们高高挑举达一丈余高的松油灯光焰熊熊，映红了村庄，映红了年轻后生们冷峻庄严的神情，同样也映照出高昂的士气和必胜的自信。无疑，这是店头村建立二百年来的第一件轰动全村的大事，前排挺胸巍然屹立的安敬思看到，由邓万户亲自从积极踊跃报名的一百多年轻人精心挑选出来的五十名最为强悍的后生们一个不落全部到齐，就连那些没选上的后生们也挤进了人堆里。一些稍显稚嫩的后生脸上同样一副刚毅而密布着复仇般的焰色。二生就站在安敬思身后三四排之外，而且乘人不备不住挪动着往前挤。二生是刘氏的独根亩子，邓万户第一个刷下的就是他。

　　二生大不服气，当场就同邓万户犟上了牛。

　　"我都十七了还嫌小？当年跟高祖皇帝打天下的，比我岁数小的多得是，他们能打，我为啥不能打？不让打，总得有人运伤员送水送饭吧？没水喝没饭吃，看你们咋打这仗！"

选上的后生们揶揄二生，"二生，你那身条也只配给咱们送水送饭，胳膊细得像根麻秸秆，握把镰刀割二分豆还往手上削，干起阵仗，谁知道矛尖往哪捅！"

"二生，快回家吃你娘的奶去吧！"

众人哈哈大笑，二生气得脸涨成了血葫芦，便对邓万户苦苦哀求。二生的死磨硬缠丝毫不起作用，邓万户严词予以拒绝。

既定在晚间打谷场集合，入更间准备出征，二生就又偷偷地混进了人群中，不光是未入选的年轻后生，村里的老人和女人们也不约而同从四面八方涌过来。每年秋天，百姓们家家户户顶着日头出门踏着暮色回来，将村落周围数十里之内属于他们的土地收拾得干干净净，将打下的粮食全部车拉人背运到村里大大小小数十座打谷场上，晾晒一段时间后就进入打场环节。打场环节对于劳累了一年百姓是一种彻头彻尾的享受收获的重要过程。在这个过程中，再没有看着椤枷翻飞、扦片高扬、黄澄澄的谷米从天而降的风景更诱人的事了。在中秋节前后十余天之内，站在寨墙上，四面满天里飞洒的都是那种黄得让人窒息、壮观得让人真想高声吼上几嗓子的丰美景色，就连空气中日夜弥散的都是诱人的甘甜味道，沁人心沁人脾更沁人的五脏六腑！

绝大多数打谷场都在寨墙之外，寨墙内只有这一处。像是二百年来的约定俗成，这处打谷场只堆放各家的胡麻和黄芥籽两类可榨油的作物，油是当时百姓饮食中最为重要且最不可缺少的金贵佐料，之所以将油料作物的打晒场选在寨墙之内，正应了"肥水不外流"的古谚。虽则寨墙内只有唯一一处谷场，但是百姓们严格恪守着百年来传下来先来后到的铁规，这家堆入晾晒，那家便在后面等待；今天你家晾晒黄芥，谷场倒腾不开，我家就出寨切谷穗。二百余年来，村人们从没有因为争夺场面的使用发生过不愉快的事件，甚至都没有发生过口角之争。

眼下，这处作用最为尊贵的场面成了点将台，而且是第一次以点将台的形式出现在店头村的史册中。

松油灯焰的滚滚热浪四面散发，就连站在角落里眼圈红红的邓瑞芳都觉得脸上发烧发烫。她焦急而痛楚地站在人群中，目光越过密密麻麻的肩膀和脑袋，在密集的队伍中搜索着那个熟悉的身影。当她的目光欣喜而激动地定格在那个虎头虎脑的后脑勺上，且确定无误后，她真想挤开人群，走到他的身后，把起伏的胸膛紧贴在他的背上，让他感受到自己的温热。但是每当脚步欲迈之时，却又无奈地叹了口气缩了回来。

刚进谷场时，她就被一位大娘拉住，"姑娘，送亲人上战场，见不得愁眉苦脸，更见不得眼泪，不吉利！"

这番话非但没有让邓瑞芳消除忧虑和伤怀，反而加重了她的悲怆，本来只是隐伏在心底的那颗沉重的心瞬间开裂碎落，泪水一涌而出。她竭力强忍，几次抹干眼泪，好让那个身影看到的是笑意盈盈而非泪水涟涟的自己，却几次以失败告终。邓瑞芳又急又气，便在心里不住埋怨，目光始终不离那个人影，好像生怕一眨眼他就从眼前消失掉了，无从寻找。

人群一阵骚动，自觉让开一条通道。邓万户在前，邓还忠在后，两人神色严峻，大步走向队伍前由数条杨木临时搭成的高台。

白天一整天，他们在邓家院落里计议许久，做出了三项决定：一个决定是，不管规模大小，与千军万马上战场完全相同，征战取胜之道一在出其不意，兵贵神速，二在兵员质量。邓万户从强化胜算的角度考虑，起初提议全村热情踊跃报名参战的一百余条汉子全部上阵，韩信点兵多多益善嘛。邓还忠却不同意，人数多固然重要，但兵贵在精而不在多，打一个干净利落的仗，一支精干兵伍胜过任何密集队形。人多，反而节外生枝，平添混乱，既不利于整体作战，又不利于速战速决。同在座满怀雄心的诸人比起来,邓还忠的任何一条分析均站在战阵的通篇某局上考虑,所用语言均为有理有据的军伍行话,众人心里大为敬佩。邓万户索性将指挥此次战事的权力全部交与邓还忠之手。邓还忠也不推辞,他似乎又回到当年千军万马驰骋疆场的光辉岁月,战场经验不仅让他信心满满,而且更让他瞬间感到浑身之学豁然有了广阔的用武之地。经过左右权衡,缜密思虑,从中选出五十人作为主力。第二个决定是,将五十人的队伍分作三小队。一队由安敬思率领,负责截头;二队由邓还忠自己率领,负责中路穿插,打乱贼盗部署,从心理上形成震慑,搅乱敌阵,让他们首尾难以相顾;三队由邓万户率领,负责拦截退路。第三个决定,也是最重要的一个决定,就是这个战役在哪打?当时众说纷纭,莫衷一是,有人建议将贼寇放进寨里,村里大街小巷大伙路径熟,正好关起门打狗;但此条提议还没说完就被邓还忠坚决予以否定,他不想让百余年前的悲剧再次上演。寨内是占了地利的要素,问题是寨内男女老幼众多,打起来无疑会伤及无辜。更为重要的是,贼人一旦放起火,整个店头村将陷入更大混乱。还有人建议战场选在风峪河谷,天寒地冻,风峪河河面上结的冰比三层铁桶底都厚,且哪里冰层厚哪里冰层薄,村人了如指掌。更为重要的是风峪河谷宽阔无阻挡,正好放开手脚。但是这条建议仍然被邓还忠摇头否决。河谷虽宽易于作战,问题是结冰的河面虽给敌手造成极大不利,但同时也对己方不利。这无疑是同时将自己与对方置于险地,断无优势可言。按照作战规律,知己知彼百战不殆,说着容易,但至关重要的取胜之道在于应充分地以己之长击敌之短。那么己方的长处在哪里呢?安敬思提议,折腾来折腾去,我看哪也不如太山沟谷合适。村里农闲季节,多数年轻后生或进山打猎或采药砍柴,走山道犹如平路,从太山山脚到山顶,也就一袋旱烟的工夫。且山内沟壑丛生,弯急道险,对强贼而言,这本身就是一道险关。

邓还忠当即一拍大腿，连呼三个好！

三个决定一出，人人信心满满，志在必得。接下来的具体安排就容易得多也简单得多了。按照先期商讨结果，约定贼寇取粮钱之地定在太山山口，这是个自然而然的决定。因为通往店头村的山道，一过太山沟口因风峪河面骤然加宽，道路反被逼至山崖之下。因势选道，遂将交粮地点选在路面敞阔的太山沟口，理由正当，自然不会引起敌方怀疑。既定策略是：邓还忠、邓万户两人所率队伍提前藏进沟里，由安敬思率人负责同强贼交涉，一旦对手打开麻包木箱发现上当受骗后，恼羞成怒之际，必然要拿安敬思报复。安敬思疾速向太山纵深"逃窜"，贼人队伍仗着人多势众，必然穷追不舍。贼人全部进入沟里后，藏在太山西峰的邓万户悄然下山，迅速将沟口封住。等到沟壑中部的邓还忠发起攻击，当即随队进山。此时，安敬思从前回头掩杀，由前、中、后三路对贼寇形成包围之势。

整个作战计划，预计一个半时辰结束。

计划一旦成型，众人心里底数清晰，整个战前动员自然就成了完整意义上纯粹的出征仪式。

火烛照耀之下，邓万户大义凛然，热血澎湃，眼光迅速环扫了一眼满满当当的人群，朗声道：

"弟兄们，店头村的父老乡亲们。今日在此聚会，不为别的，就是要团结一致，抵御外侮，使全村人免遭涂炭之灾。当前，巢贼祸乱天下，原本平定安宁的大好河山，烽烟四起，民不聊生。战火虽未烧至晋阳城下，可并不代表咱们这方土地安宁，百姓就能过一个稳定的好日子。有那么一小撮居心叵测的敌对分子，懒惰奸诈，不靠自食其力，反恨不得天下大乱；各种牛鬼蛇神蜂拥而出，不断挑起事端，干些祸国殃民的勾当，不以为耻反以为荣。这群害群之马一日不得根除，我大唐百姓就没有好生活可过。这伙子贼借黄巢之势，狐假虎威，原本就是些跳不上锅台的小丑，螳臂想挡车，不过是自作孽不可活。朝廷大军已南下征剿巢贼，连日捷报频传，巢贼躲无可躲，不日即身首异处。现下，就有那么一股不知深浅的蟊贼，企图将我店头村百姓辛劳所得据为已有，他们是白日做梦，打错了算盘！店头村历来就有上马可征战下马即耕作的优良传统，岂能让这伙贼寇得逞。此战，咱们是自救，是为店头村的生存而战，为店头村的尊严而战！"

邓还忠趁势振臂高呼："几十年前的村耻，今日势当一雪！保卫家园，保卫百姓，保卫店头村！"

村中男女老少一齐振臂高呼："保卫家园，保卫百姓，保卫店头村！"

人群中，德根老人兴奋得脸放红光，眼含热泪，"报仇，雪耻！"

近千人的谷场上，呼声如雷，声震苍穹。在寨东十里之外的太山群峰间回旋飞荡，一群黑压压的飞鸟从崇山峻岭间的林带一掠而起，逆风而上，仿佛上天适时降落大地的天兵天将。

天色渐已入更，邓还忠艰毅的脸上浮现出一丝不易察觉的冷笑，大手一挥："开寨门，出发！"

按预定部署，二生和一伙半大小子们推着五架牛皮轱辘车提前半个时辰踏着黑沉沉的夜色赶到太山脚下的宽敞地带，故意将五驾车一字排开，挡住通往村落的道路。

十来条后生折腾了两天到底没轮上上阵厮杀，肚皮里窝着股火，押运"粮车"的伙计根本没人接茬。二生却满口应承，私下里将那伙黑胡须刚扎破脸皮没几天的愣头后生们召集起来挨个骂：你们懂个鸟，只要让你出了寨门，腿长在自个身上，想去哪还不由你！一伙半大后生这才恍然大悟。

出寨之际，二生和几个人一合计，悄悄将几把铁镰和短柄刨事先藏进预备装河石充作"银两"的木箱底层。村里仅有的二三十枝铁枪和五六把短刀轮不上他们，虽说铁镰和短刨拿在手里既不称手又不称心，但想想能借机走出寨门，并且有可能加入战团，半大后生们已是强忍着笑，兴高采烈地领受任务，痛痛快快上了路。

在夏天尤其是雨水充足季节狂野暴虐的河水浪头能跃起一人高，此时却像熟睡了般销声匿迹。河水在冰层之下静静流淌，只需稍加留意，隐隐便可听到冰下哗哗的水流声。冰面如镜，在黑沉沉的夜幕下犹如铺陈在天地间大块狭长的乌青色布帛，从远处店头村东的绝壁下，一路奔向晋阳湖方向。

天空阴暗无光，四野寒风怒吼。为能上阵厮杀，后生们听从二生之意，将笨重的羊皮袄脱掉换上了深秋摘酸枣时的短衣。出寨的路上尚沉浸在激动而血脉偾张的狂热中，自然没觉出冷来。待将河谷里的山石装进麻袋和木箱，遥望村落方向，半天仍不见人影。年轻后生们这才觉得风冷如刀割，脚趾手指渐呈麻木。

一伙人一合计，就在太山沟口西侧一块突出山岩的背风处燃起一堆火。身边均是柴火，俯身顺手可捡。热浪一上身，大伙就催促二生的应对之策。诸如大队人马出来让他们返回村怎么办？进不了太山沟口，这一天一夜岂不是白白浪费掉了。二生抚着胡须陷入了沉思，只想到了出寨，却没想到如何进沟。听他们的整体部署，待贼人出现将他们全部引进太山沟内才动手，太山沟口狭窄，有五六人把守，休想混进一个耗子去。

二生焦头烂额地思谋，一伙后生们等下文。谁都没想到黑暗中突然伸进人堆里一只大脚板，连土带火踢得火星四散，人人眼前骤然伸手不见五指。

二生低呼一声："娘的，贼来了，操家伙！"

眼前一大队黑压压的人群涌过来，邓还忠低喝一声："贼你娘的大头鳖，谁让你们烧的火，给贼人报信吗！"

安敬思从怀中摸出把木菜刀在二生手中的铁镰上击打了两下，低笑嘲弄道："二生，别以为手上拿个家伙就是个兵了，真若是贼人来了，怕是早将你们缴了家伙，要了你们的脑袋。快滚回村，吃你娘奶去吧！"

这边话音刚落，将火堆踢得没了半丝火星后，邓还忠低声喝道："赶紧回村！"

二生一伙人臊眉搭眼地顺着河谷往回走，边走边不住埋怨咒骂。

邓还忠望望愈发阴沉的天空，手一挥，众人就一头扎进了太山沟口。

安敬思叫住安休休、薛阿檀两人，将两条长枪交给他们："你们俩用长兵器，短兵刃不要带，听我的口令，守住通往龙泉寺的山道。贼人往山里蹿，就给咱往下挑，挑不死也让他跌沟里去。放了一个，休怪我安敬思当哥的翻脸不认人！"两人垂着头，一声没吭随大队人马进了山。

不大会儿，沟口就剩下邓万户、邓还忠、安敬思三人。三人毫无倦意，坐在沟沿的山石上静等。

五更时分，天光微微启亮，数丈之外已隐隐可见人影。在官道上张望的安敬思低声道："邓家叔，贼人来了！"

两人跑向官道，顺着凤峪河向下游张望，黑乎乎的哪里见半个人影。耳畔山风呼啸，寒气硬朗，入骨三分，东方天幕似乎稍稍拉开半道缝，顺着从缝隙透出的微弱光亮，远处的山谷间视线非但越来越模糊：看上去比一更时分还要黑沉。

"听，有说话声！"

两人屏住呼吸，侧耳细听，除了如狼嚎般的山风以及近处枯枝甩打在树木噼噼啪啪的脆响，仍然听不到任何声响。

足有半袋烟工夫，模模糊糊的视野中，数十丈外的河沿边终于显出了隐隐约约黑沉沉的队伍，看上去总有二三十人之多。

黑乎乎的天光中，对方一人骑着头走骡，后面牵着数头牛，无怪乎走得缓慢，其余都是步行。但邓还忠已迅速将对方战力作了个评估。二十余人除了近半或提或扛着把军伍里特制的钢刀，其余人手中的家伙和自己如出一辙，有三股铁叉，有收拾得干净利落的六棱棒，一望而知便是临时由街头无业流民及地痞无赖组成的乌合之众。

邓万户远远迎上前，当路站定，朗声道："诸位兄弟，店头村邓某等候多时。兄弟们远道而来，乍到鄙村，咱们本是有缘，原应张灯结彩，对兄弟们好酒好肉犒劳一番，也算鄙人尽一份地主之谊。无奈村里男女老少杂乱，实有不便！"

为首马上黑墩汉子不耐烦道："姓邓的，休要说这些没用处的闲话。我们本是冲天大将军黄巢的部属，路过贵地筹些粮草。你听清了，是借，可不是抢！黄将军麾下百万之众，已拿下长安城，建立了大齐国。你们难道耳朵聋了没听说？朝廷腐败透顶，再遭了那个老娘们（指武则天）的祸害糟蹋，气数早已失得干净。黄大将军君临天下，皇帝老儿逃进了宝鸡山，当了缩头乌龟，不敢出来。待他日扫平天下，夺了大唐的江山，凡是在晋阳府地面上为黄将军有过功出过力的，不论大小，哪怕是一粒粮食一钱银子，爷都在心里清清楚楚一笔一笔记着呢。要是当守财奴，不助黄将军反助朝廷大军，别以为爷是瞎子。哼，休怪爷手中的刀不长眼！其他地方，那些认不清形势的刁民，纵丢了性命亦是活该。天下多少愚民，不懂得为新朝留条生路，无怨祖祖辈辈受穷受愚弄。看你老邓家倒是个活套人，话说得爷心里受用。五十石粮、五百两银子可带足了？"

邓万户向身后河谷边一字排开的黑压压五架大车一指道："一石不少，一钱不少！"

"好，老邓爽快。弟兄们，验货！"

黑暗中，一伙人乱糟糟地涌起来。黑墩汉子甩起马鞭，凌空不断虚抽，骂道："不要乱，到手的鸭子飞了不成？谁他娘的敢给爷浑水摸鱼，不听爷的话，休想让爷在黄将军面前提你们一个字！不要抢，谁敢动车驾，爷要了他的狗命！"

黑墩汉子马鞭接连抽打在两人身上，混乱局面才得以基本控制。

"闪开，把牛牵过来！"

黑墩汉子骂骂咧咧道："老二，你先验验货，看老邓是不是跟咱们耍花招。"

那老二被当众点名，颇为得意，咋咋呼呼地喝道："闪一边去！"

一条黑影故意在众人面前展示身手，不想跃起力量稍欠，落地时双脚没踏上车辕，膝盖结结实实地撞在辕条上，痛得险些没站起来。众人一阵笑。

老二忍痛趔趔趄趄站起来，回身骂道："看爷的丑相吗？一会陈尸这山沟里就不笑了！"

黑墩汉子骂道："老二，就你长了张臭嘴，快快验货走人！"

老二爬上木箱折腾了半天，启开半截，众人兴奋地一齐围拢过来。

"娘的，老大，咱们被骗了，全是石头！"

黑墩汉子一扯笼头，"老邓，你敢耍老子！"

回身四望，一伙人这才发现哪里还有邓万户等人的影子。

"老大，他们跑进山了！"

黑墩汉子大怒："上山，一个不许跑了，拿住姓邓的，碎尸万段，血洗店头村，我灭了他姓邓的族！"

第九章　交锋之血战太山

　　在安敬思（即后来的李存孝）短暂却威震天下的人生经历中，发生在太山之巅的那场血战与此后惊心动魄而且完全是在刀枪剑雨中的惊险历程中随便截取的任何一个断面相比，不管是论规模、论惨烈、论影响程度，那场暂时仍以战争为名的血战，几乎是不值一提的。但是，也许谁都想象不到，在安敬思的印象中，那场太山之战的巨大影响在他的心里所处的位置不仅让所有人感到意外，同样让他自己都感觉到意外。直到他生命从这个世界上消失的那一刻，他始终认为，没有哪一场战役能够代替太山之战。

　　对太山之战意义的强烈认知在四年之后函谷关下那场奔袭战中，因为他的仁慈，因为他的手软，因为他的看似平常的放人一马，却酿成了难以挽回的大错，让两名情同手足的亲信瞬间惨死在自己的疏忽大意之中！当函谷关战事尘埃落定，最终以全胜结束的夜晚，李存孝躺在帐篷中的行军大床上，在隐隐的不想为人所知充满恐怖的回忆中，他骤然回想起四年前发生在太山的那场战事，耳畔边响起那阵单调却依旧扣人心弦的刀剑入肉沉闷的撞击声，特别是浑身是血的邓还忠歇斯底里的那声狂呼：

"战场上，绝不可心慈手软，你要记住多杀一个必杀之人，你往后的路上就会少了多少障碍和危机，免除你想象不到的祸患！"

安敬思明白了，也彻底醒悟了。战争，从号角连天开始，从战马嘶鸣开始，从大旗挥舞开始，从阴云密布开始，从将士们面容刻满悲壮而视死如归的神情开始，就寓示着一场无法料知彻底改变人生和命运的转折点就在眼前，生死存亡，理论上一切均取决于你头顶的命运之神，而事实上完全取决于手中的刀枪。稍有偏差，就瞬息万变，就阴阳相隔。

那年，函谷关大战结束后，连续数日不曾合眼的安敬思将一切繁杂且让他头昏脑涨的军务拒于帐门之外。他要心情坦然地睡一大觉。血的经验和教训实在太多，需要静下心来不受任何打扰地好好梳理。梦中，毫无疑问，当年太山之巅发生的那一幕历历浮上心头……

耳边山风呼啸，脚下山路沙沙作响，手中临时充作兵刃的短柄菜刀与温热的汗水紧紧黏在一起。邓还忠在前，安敬思在后，在埋头向太山沟壑奔跑的过程中，说不清楚是紧张还是莫名的忧虑，安敬思几次都下意识地伸开掌心用力重新紧握那把菜刀，好像生怕一个不留神，那把菜刀会突然从手中跌落山涧。实言讲，对安敬思而言，此时手中有没有一把菜刀并无任何实质意义，它仅仅是一种象征罢了。他自信可以抓起一个人轻轻巧巧地扔进茫茫山涧，可以单手夺过刺向他的铁枪轻而易举地将其一折两半。甚至可以藏在山石后，只需用肘就可将一群人像山猪一样推到一大片，且自己毫发无损。他有自信有能力完全做到这一点，但是如同所有首次参加战役的年轻后生们一样，他仍然竭力抑制着某种强烈的兴奋感。他甚至认定，掌心里渗出的冷汗与恐惧无关，与不可预知的战事结局无关，而完全是由于首次经历战事的紧张所致。

山脚下，暗淡而朦胧的天光中，得知上当受骗的强贼们在骂声中已成群结伙挥舞着刀枪一窝蜂向太山冲进来。叫喊声、咒骂声、兵器磕在山石上清脆且冰冷的骤响中，大有不将他们碎尸万段绝不罢休的气势，在黎明前的暗黑寂静中，格外刺耳。毫无疑问，贼人已在一步一步踏进为他们设置好的大陷阱。

渐近半途，邓还忠道："敬思，就在此地引诱他们向上，我率人从中拦截，听到交火，就从上往下压！"邓还忠的身影在隐入山路旁的灌木丛之际，露出黑乎乎的脑袋又撂了句，"记住，要干净利落，不留活口！"

安敬思胡乱答应着，似乎并没听清瞬间被山风吹得不知去向的那几句话，浑身陡然被一阵强烈的亢奋全面笼罩。

曲曲折折的山路上，人影幢幢，可听到近在咫尺强贼们急促的喘息声。脚步声突然停了下来，像是有人提醒，叽里咕噜一大阵，却没听清说话内容。安敬思突然有些担心，生怕这伙子好不容易引进山口的瓮中之鳖意识到危险半途而返，那样数日的准备岂不白白浪费！必须得想个什么法子，让贼人打消疑虑，继续攀爬。

"赶紧跑，贼人上来了！"

安敬思这一喝不要紧，本来是上是下举棋不定的贼人中有人骤然大骂不止："姓邓的，我看你能逃到哪里去！弟兄们，抓住邓万户赏五十两银子。冲啊！"

寂静的山道上脚步声再次杂沓响起。

"还忠叔，我再往上引一段，此地就靠你了！"安敬思对伏在灌木丛后的邓还忠撂下一句就继续往上攀爬。

山势渐高，山谷里原本呼呼作响的山风如同骤然消失了一样。仅仅同一个月前相比，满视野殷红如血的色彩已飘零散尽，落尽红叶的密林显得形单影只，大是寂寥。从龙泉寺沿山涧流淌而下的河道被一条宽窄不一的白色冰带重重覆盖。视野之中，山口那汪塘水呈圆环状最为醒目，右侧那块高高耸立的"望夫石"在白色的水塘映衬中，犹如一个隐隐的小黑点。如若在以往，站在这个位置，"望夫石"是断然搜寻不到的，但是安敬思的心目中全然都是那个温柔而可人的身影，与她有关的一切瞬间都格外清晰格外耀目。不可否认，凡是她走过的触摸过的一切山石林木泉水都具有了灵动的活性，既可爱又可亲。

安敬思清楚，在寨墙耸立的村落中，此时那个可爱的人儿注定一夜无眠，她正伏在冰冷的石墙上遥望着太山方向，或者正守坐在昏暗的油灯下对着扑棱棱作响的桑麻纸窗户发呆，或者她还有可能站在院门口高高的石阶上，纤细的手指抠进了漆皮脱落的木柱。总之，不管她在哪里，身边的毛毛都忠诚地同她形影不离。安敬思陡然感到一阵酸楚，酸楚来源于出发前灯烛通明队伍中的偶然一瞥。正是那无意一瞥，他惊愕地发现她泪光盈盈！

手中的刀柄握得更紧，浑身的力道更加凝聚，即将到来的恶战，安敬思明白无误，他不是为自己而战，而是为店头村的历史而战，为村落里孤苦无依的男女老幼而战，更为人群中那双望眼欲穿满是泪光的邓瑞芳而战！

"杀！"脚下的山道上，邓还忠突然一声怒吼，预先埋伏在中途的小队人马大呼而出，在狭窄的山道上打响了"拦腰"一击。

安敬思的思绪这才从温柔的儿女私情中跳出来，迅即回返到残酷的现实中，手中短柄菜刀猛然一挥："弟兄们，跟我杀贼去！"

两路人马汇聚一处，山道上叮叮当当地铁器撞击声、惨叫声接连四起，不时有人摔落左近的沟谷之下。

邓还忠小队从贼人中间拦腰冲杀，将排成一字长蛇的贼人分割开来，使贼兵首尾不能相顾。山道狭窄却有狭窄之利，两下里基本近身肉搏，多数情势只能一对一开战。被分割在高处的贼队安敬思粗略一算，约有十余人。安敬思身后数条精壮后生挥刀挺矛跃跃欲试，被他伸手拦阻，大喝一声：

"你们退后，我来也！"

为首贼人长枪立时向安敬思劈面刺来。

"且要了你的命吧！"

枪尖红缨乱舞，安敬思侧身一躲，锋利的枪尖擦着他的脖颈呼啸而过，众人大惊。安敬思亦是一头冷汗，哪敢大意，顺手试图拿枪，岂料对手早有预料，头枪落空迅速撤回，斜刺里照安敬思小腹就是猛然一击，道路不过一人宽，根本无从躲避。安敬思挥刀猛击枪杆，枪尖在距小腹仅两寸之间力道骤减，敌手也不知发生了何种变故，好端端一支枪瞬间脱手，掉落地上。待要下意识捡拾，已被安敬思飞起一脚，一百余斤的对手如同片随风而舞的落叶，几乎未及哼叫，便斜斜地跌落谷底，声息皆无。

首战得手，安敬思信心大增，从身后摸过一把二股铁叉，舞起一团叉花，连连刺向贼伙。贼人方觉眼前后生力大无穷，手中兵刃高扬，只能侧向挥避，却不敢正面触碰。即便如此，稍有撞，便觉有一股无形大力顺手臂传遍全身，震得心惊胆战。

形势顿时全盘逆转，一伙对手只有招架之功哪有还手之力。安敬思手起叉落，已将五六人刺倒在地。余贼一路后退，退至中路一处较为开阔地带。邓还忠正浑身是血与贼首黑墩汉子厮杀一处。

两下里遥遥在望，安敬思求胜心切，不管不顾直往下冲，试图尽早与中路合兵一处，稍有大意，从侧面冲上来的贼兵扬手就是一刀，安敬思毫无防备，右臂上竟被划出一道血口。安敬思大怒，待两人稍一贴近，突然伸出左手，抓住那贼衣带，顺手就向旁边的山壁上扔去。噗的一声闷响，那贼兵已是口吐鲜血，脸上扭曲变形成一团模糊血肉！

黑墩汉子边打边骂，指着安敬思突在骂道："遇见鬼了，姓安的姓薛的，爷被你们合伙骗了！"

安敬思大惊，回身见安休休、薛阿檀两人站在队尾，天光下脸色惨白。

"缴了他们的枪！"

安休休、薛阿檀两人表情木木地由一伙年轻后生按倒在地，连踢带打，"娘的，原是内贼！"

此时山下邓万户等人已冲杀上来，连声高呼："杀贼！"

安敬思连连出手，混乱中连抓带扔，眨眼工夫已将十余名贼人摔成肉饼。双方一时都愣在当地。那黑墩汉子怒喝道："兀那后生，你到底是人还是鬼！"

安敬思方知一露手已将众人震慑，也不答话，将一众被包围的贼人纷纷击倒，大步向黑墩汉子而来。

"你敢动爷一根汗毛试试，爷是黄大将军亲封的驻晋阳路总管！"说着，两手紧握刀柄向安敬思冲过来。

安敬思扬起铁叉，臂上用力，骤喝一声："去！"

黑墩汉子顿觉双臂间一股大力袭来，虎口震裂，钢刀脱手而出，飞上半空。正愣怔间，邓还忠从身后就是一枪。黑墩汉子惨呼一声，跪倒在地，口鼻间鲜血喷涌，立时毙命。

一场恶战，胜负已分。

山道上到处躺满了尸体，伤者惨呼连连。

安敬思指着惨状，待要询问处置之法，惊见邓还忠提起鲜血淋漓的钢刀，在躺倒在地动弹不得的受伤贼人身上，连连补刀。

"斩草务要除根！"

历经一场恶战的后生们吓得战栗失色，不知所措。

"闪开，闪开！"山路下，二生一伙后生押着一位面如死灰的贼人奔上来，"这家伙想逃，能逃得了吗？"

安敬思定睛望去，不禁又好气又好笑。二生趾高气扬，两根单麻绳将贼人缚得犹如"羊蹄蘸蒜"，痛苦难当。贼人正是那跃上箱车查验、被黑墩汉子称为老二的。

老二吓得瑟瑟发抖，满脸慌恐，还未被喝骂，就扑通跪倒在地，连连磕头："诸位大爷大哥，饶过小人一命，天王爷跟前必定天天烧高香念好经，愿祝爷们出门吃香喝辣……"确是伶牙俐齿，人群大笑。

邓还忠提着一把血淋淋的高背弯镰，冷冷道："休要在此蛊惑人心，让人看你这副可怜相吗！查验车厢，你是何嘴脸，要将我等碎尸万段，你是何嘴脸，口口声声叫唤着要血洗店头村，你是何嘴脸！"

老二吓得嘴唇剧烈抖动，已是语无伦次："英雄爷，我也是被逼流落贼窝，求求你们，我家里还有八十岁的老母亲，等着小人侍奉送终……"

"放你娘的屁！"邓还忠骂道，"哪个没有老母妻子儿女，哪个没有家人牵挂，你说，你手上沾了多少人的血，祸害了多少人家？二营盘许西村跃马冲锋的是你，带头抢粮抢钱抢女人的是你！"

老二两眼一瞪，似乎紧紧抓住了一要救命稻草，梗直脖子道："英雄爷，我没有……"

梗直的脖颈上突觉冰冷湿润，尚未说完半句，邓还忠手中铁镰已是在青筋鼓胀的咽喉处用力一划，一股血线射出数步之外。老二圆睁双目，喉咙里咕嘟咕嘟冒着碎絮状的血泡，在脖颈下凝成一团一团小血球，不是呈线型垂落而是呈圆球状一粒一粒笨拙地滚落在地，砸出一个个小窝。

众人脸色惨白，谁都没料到平日里看上去忠厚和善的邓还忠竟如此手段残忍，二生吓得手中的镰刀跌落在地，直往同伴身后躲。

安敬思亦是大为震惊，却不敢直视邓还忠，口中喃喃道："他们已败了，原该饶了他……"

邓还忠环视众人道："你们都以为我心狠手辣吗？斩草要除根，除恶要务尽，留下一条活口，店头村永无安宁之日，咱们全村老少日夜刀都得架在脖子上。你有菩萨心肠，贼人跟咱们何曾心慈手软过？战场，历来不是你死就是我亡！"

数人押着被五花大绑的安休休、薛阿檀两人过来。

"还忠叔，这两个内奸怎么处置？"

安敬思大怒，上去挨个就是一人一掌，"原是你们两个通风报信，沙陀人的脸都让你丢尽了！"

眼前已是遍地死尸，安休休、薛阿檀两人已当场见识了邓还忠杀人连眼都不眨一下的果决，自知无生还之望。安休休垂头不语，薛阿檀凄凄一笑，无所畏惧地看着安敬思道："敬思大哥，多说有何用处？原想着给咱们兄弟找条生路，可兄弟压根儿没想过要杀人越货。不过为混口饭罢了，要是我等兄弟下得去手，店头村里还能安宁吗！"

安休休跪着趋前几步，道："敬思哥，我们哥俩是抹了沙陀人的黑，哪知酿下此祸。原说着抢到粮钱即刻远走高飞，薛家哥哥亦是此意，确未生过伤人害命之心。今事已至此，都是关外流落异地的无根之人，情愿死在你手里，唯求敬思大哥念在同是沙陀部一族的份上，索性给兄弟们一个痛快便是！"

薛阿檀亦是趋跪至安敬思面前："大哥，痛快点！我们两个自知罪孽深重，确实死有余辜，皱个眉骂个娘，不是沙陀人！"

安敬思浑然不知所措，脑海里涌现出昔日母子从关外流落店头村时，安休休、薛阿檀两人忙前忙后热忱相助，那时兄弟三人情谊何其深矣。一来本是同一血脉的天涯沦落人，无论在地域上还是感情上，都自然而然地相互间走得极为紧密；二来安休休、薛阿檀两人性情耿直，待人实诚，与安敬思志趣相投。当年三个年轻小后生玩耍打闹一处偶遇纷争一致对外。在安敬思的心里，如同中原那些意气相投者一样，虽未有歃血焚香义结金兰之举，事实上已情同挚爱兄弟。

晨风渐起，仿佛从对面山涧一跃而来，依旧油亮的松林涛声轰如雷响，微微天光乍然豁亮。经过血腥激战，每一个人的脸上都罩上了一层看上去既显得冷峻阴沉的怅然之色，又像大梦方醒后的木然之色。

邓万户须发皆乱，坐在地上遥望着天光下灰蒙蒙的重叠山峦，骤然抱头失声痛哭。

"太惨了……老天爷，还有个好世道，让好人能痛痛快快地活下去吗！"

安敬思回身看着邓还忠，唇角微启，似有话说，但准备好的一番话又硬生生地咽了回去。

"还忠叔……"

邓还忠脸色阴沉，二话不说，提着鲜血已冻结成冰模的铁镰，大步向跪在当地的安休休、薛阿檀走来。

安敬思不由大惊失色。

薛阿檀脸上骤然浮上一道残忍且无比愤恨的神色，对安敬思吼道："安敬思，做不得人，难道做不得鬼吗，兄弟不怨你！"突然低号一声跳起来便向左侧的山涧跃起。

众人惊呼声中，薛阿檀被邓还忠扯住手臂，不言声用镰刀将缚在其背上的麻绳割开。

薛阿檀两手一松，他迟迟疑疑道："邓叔……不杀我？"

邓还忠头也不抬，又将安休休的绑绳割断，面无表情道："念在你们曾是村中一员，此次又无祸害性命，且饶你们一命。日后，但有越轨之行，定杀不饶。"

安敬思上去又是一人一脚："还不谢过还忠叔？"

薛阿檀、安休休两人如梦初醒，上前欲待相谢，被邓还忠止住道："勿要谢我，这世间人的命相短长，原都是自己定好了的，是死是活只在一念之间。亏是你们悬崖边尚有勒马之一悟，方才救了你们自己一命。如若你们两个与贼人当真狼狈为奸，从背后对咱们下手，简直防不胜防，结果实难预料。现下看来，你们虽有祸害之心，并无祸害之实，情有可原。年轻人你们要记住，祸福全在你们自己的心里，能救赎你们的，只有你自己！"

清扫战场整整用去一前晌，二十七名强贼全部死亡，没留一个活口。自家三队人马亦有四人身亡，伤员六七名。

贼人全部就地掘坑掩埋，山道上战场略做清扫。太阳虽已到头顶位置，却整日里阴云密布，看不到半点光影。四下里山风渐呈润湿，邓还忠望着山涧对面的滔滔林海，道："看样子，像是有场雪要下。今日一战，大伙勿要记得，胜负到此为止，谁也不要透露出半个字去。否则，祸患难除。"

人人身上陡觉一阵透心寒气，从头到脚贯穿全身。

当晚，整个村落不时有隐隐哭声传出，哭得人心碎欲裂。安敬思略做安置，便去刘氏家找邓瑞芳，不想刘氏家院落里静悄悄的。安敬思这才想到，村人大多都赶到阵亡后生家里，或祭奠或安慰。他实在不愿看到那种白发人送黑发人的凄惨之状，便漫无目的地向自家空弃达半年之久的两间石窑而去。

安敬思母子所居石窑位于村东一处平地而起三尺有余的崖台之上，据村人说原是处军营伙房，母子两人略做收拾在此一住就是两年。

院落里半人多高的枯蒿丛生，原本有条碎石铺成的小径从三层台阶下直通歪斜得不成模样的烂院门。此时，碎石小径已完全被寒风中瑟瑟发抖的荒草淹没。房门紧闭，铁环扣在头顶门楣上方，上面淤积了厚厚一层灰土。安敬思解下门环，推门而入，灶台上灰锅冷灶，几只耗子哧溜跳下地逃得不知去向。

隔断内土炕边缘，油灯还在，破烂不堪的行李卷乱七八糟地堆在炕角底，窗台上原本棱棱角角的土围子已破损了一长溜，破破烂烂的桑麻纸在寒风中扑棱棱作响，满屋子一股阴森败落之相。

安敬思点亮油灯，将炕上地下略做清扫，走出房门。不知何时，灰暗的天空里已纷纷扬扬下起了雪，落在脸上，冰冷至极。安敬思抱了堆柴火返回屋里，烧了一大锅水，一眼见灶台上方的三层木龛中几双碗筷齐齐整整地摆放在那里，一如母亲生前的模样。

屋内热气氤氲，安敬思坐在小板凳上，眼睛木木地看着灶塘内通红的火焰，手下意识地不时捡起一块柴扔进塘里。从进门始就一直强忍的凄凉和悲苦经热气一罩，再也无法忍受，手指插入满头乱发，眼前焰影四散，一年四季头顶包着块方巾的母亲豁然闪现，就围着灶台开始忙碌。铁锅内水浪滚滚，母亲手中的木瓢与锅底刮擦熟悉的声音断断续续响起。那种尖利而急促的刮擦声瞬间犹如一把刃尖锋利的匕首在看似阳刚实则脆弱的不堪一击的心上毫不留情的切割，与每一次切割伴随而至的是手足无措的疯狂剧痛。

既然无法忍受，索性畅畅快快地痛哭一场又有何妨？安敬思终于大放悲声，一种异常沉重孤苦无依的强大气流从四面八方重重叠叠地涌荡而来，压抑得让人喘不过气，腹腔下坠、胸口憋闷、喉间酸楚，唯有大大张开嘴巴，或放声长啸，或纵声痛哭，是唯一可疏解之法。安敬思选择了大放悲声：

"娘！"

泪水汹涌而出，如同泄了闸门的大河。

哭声中，有清热的气息渐渐靠近，有亲和的味道隐隐传来，有温柔的力量漫漫而至。沉溺于痛快淋漓尽情宣泄中的安敬思感觉到有一双手慢慢地搭在自己不住耸动的肩膀上。那双手似乎有着无穷的力量，不仅让他感觉到它结实而温热的存在，一切犹如在遥不可及或咫尺之近的梦境中，无法触碰亦无力挣脱。正当安敬思隐入迷迷蒙蒙的困惑之中时，他分明听到耳畔有细微的气息传来，轻轻地呼唤着他的名字。微若游丝的呼唤让他蓦然浑身大震，眼前团团雾色。

安敬思拂袖擦抹掉那团密密的雾色。邓瑞芳不知何时已站在面前，一双美目晶莹如一潭洁净明丽的泉水，无言地看着眼前这位受了无尽委屈的忧伤的男人。

安敬思本来想笑，嘴巴一咧，眼泪却仍然无可替代的喷涌而出。

"安大哥，想哭就哭吧，你娘在，她也会让你放开嗓子哭。她不会责怪她的儿子……娘就是让你依着靠着哭的那个人……"

"娘啊，我的娘啊……"

邓瑞芳伸出双手将安敬思轻揽入怀，任由他再度倾泻。

炕沿上晕黄的油灯灯花突突突地跳了数下，火光倏忽蹿起一寸余高，照亮了从破窗棂里斜飞而进的雪花，照亮了浮动在烂絮飞舞的仰尘间的团团热雾，照亮了邓瑞芳从秀美脸颊上滑落的大颗大颗泪珠。泪瓣儿悄无声息地摔落在安敬思的肩膀上，瞬间飞迸成数十颗细微的颗粒，融进锅口里不断涌出的湿雾中……

第十章　盟誓之古寺佛塔

正月初三午后，晋阳府方圆数百里地域内降了一场铺天盖地的飞雪。那场雪从初三一直下到初五凌晨方才停歇。四野皑皑，银装素裹，天地间骤然变成了一个光洁世界。家家户户院内的炭火旺火余烬尚红，二生带来一个关于太山的新消息：太山龙泉寺像有了人气。

昨夜一伙年轻后生们冒雪去晋阳城中游玩，返程时路过太山脚下，看到头顶上方龙泉寺一带煌煌有隐隐灯火。别人不以为意，安敬思却是动了心思。守着空旷的两间石窟，每天夜里，听着邻里守岁时一家团圆的笑声，心中格外酸楚。虽说邓家在北街给他另外寻下三间院落，安敬思却执意留在自家院落，宁愿守着那份酸楚过这个极其难过的年。

站在院中深达半膝厚的积雪中，安敬思遥望太山方向，骤然有种无比向往的渴望。他相信，在那个寂静空旷之处，内心那种无法排遣的伤痛和熬煎才会得以稀释。虽然完全稀释的过程和时间连他自己都无法确定，但他在心里给自己定了至少半年的期限。

那场厚雪直到正月十二才融化得差不多，立春后的地气逐渐回暖，尽管大雪消融后的道路泥泞不堪，但上山已不是问题。目前，安敬思板需要迅速融进一个完全陌生的世界，既能让他暂时淡忘青灯冷灶的孤苦，又能适时避开邓瑞芳对他的悉心关照所带来的不便和尴尬，免得在村里引来不必要的闲话。

太山龙泉寺果然有了人气，而且不止一人。打头自称为龙泉寺住持的是一位圆头圆脑的僧人，来自河南某大寺，名为慧元。数年前因太山有虎原住持仓皇逃窜之事在同门间传为笑柄，慧元自告奋勇不远千里于春节前来到太山，与他一同上山的还有四五名僧人。前后也就是半个月时间，慧元等人就将龙泉山三进院殿收拾得干净利落，殿前香炉内烟气缭绕，佛堂内经声朗朗，就连多年不曾见的喜鹊儿也飞临寺院上方，在高大挺拔的柏树上筑起了鸟巢，不仅几成废墟的龙泉古寺有了生气，就连整座太山都显得生气勃勃。

新来的住持慧元是个不善言谈，却逢人就施礼、善眉善眼的僧人。安敬思以开玩笑的方式谈起昔日龙泉寺的一系列传闻时，原本笑容可掬的慧元当即双手合十，微闭双目，让安敬思猛然为自己的幸灾乐祸心思感到脸红脖粗。也正是在那个时段，安敬思觉得自己和佛家好像天生有某种前世之缘的亲近感，喜欢上的不仅是这座清静庙宇，更喜欢眼前的慧元。他简略诉说了一番自己的实际情况，请求慧元允许他留在寺院中帮助僧众清扫庭院、打水烧饭，唯一的要求就是能让他暂时有个落脚处。慧元不仅满口答应，甚至还大度地说：佛家本来度的就是人间苦难，能够让受苦受难之人在身心上完成超度，本身就是佛家的幸事大事。别说一年半载，施主想住到什么时候就住到什么时候。

上元节即将来临，安敬思发现寺院僧人吟完早功课就开始用灌木藤条捆扎看上去圆鼓鼓的不知什么物件，之后再在外面罩上一层用颜料染过的红粗布。

安敬思大惑不解，便问慧元："这是什么东西，有何用处？"

慧元笑道："这原为胡人之戏，两三日便是上元节，到时你自然清楚了。"

暮色降临，寺院僧众在每个圆布紧裹的鼓鼓囊囊的物件里塞进一盏油灯，沿佛堂大殿门口直到山门外石阶两侧高高挂起。安敬思眼前红晕万道，将寺院两侧的山野上白皑皑的雪原映照得通红，犹如披上了一层柔和的光影。

叹为观止之余，安敬思哪里想到，太山龙泉寺这一连串红通通的简陋灯火竟会从此拉开天下后世上元节挂灯笼的习俗。在唐末兵火连天的这段历史上，太山上发出的这道红艳艳的光影不仅照亮了晋阳府、照亮了天下，并迅速成为照亮后世后人元宵节"大红灯笼高高挂"的一盏航标灯。

反观现下充斥于银幕之上，无论皇廷还是民间，无论是大街小巷还是院厅屋檐，动不动就到处悬挂灯笼的影像，如若让一千年前太山龙泉寺的慧元大师看到，势必惊讶得合不拢嘴。唐朝之前，张灯结彩，完全是一种胡编乱造。中元节挂灯笼之习俗始于唐朝中期，时有胡人婆随，首次上奏，依西方之俗在佛家殿堂挂灯。其时，长安城之外，尚不知灯笼为何物，地处黄河东岸的晋阳府更是漆黑一片。

总之，太山之巅的大红灯笼照亮了整个天地，同样照亮了通往山下的道路，吸引了大批虔诚佛事的善男信女。通往太山龙泉寺庙恍若天梯般的石径上，人流渐呈密集。邓瑞芳就是其中一个。

当然，邓瑞芳之所以冒着滴水成冰的寒流上山，并不是为了观赏那一串串数十里之外可见的大红灯笼，而是为了找安敬思。

安敬思的不辞而别让邓瑞芳大为恼火，不用问，她清楚安敬思的去向。

红彤彤的光影，无疑是制造神秘气氛，尤其是爱情憧憬的最佳烘托物。当怒气冲冲准备兴师问罪的邓瑞芳置身于寺院中满目红润润的光影中，尤其是看到光影中安敬思宛如孩子般的笑脸时，她非但怨气全消，而且和众多上山赏灯的人流一样，沉浸在这种美妙得无与伦比的类似于仙界般的世界中。他们两人承揽了给大红灯笼添油掐灯芯的任务，对邓瑞芳来说，这是一件既新奇又让人幸福的任务。

　　安敬思扛着木梯，邓瑞芳提着灯油，兴高采烈地奔走在龙泉寺的前殿后院。观赏红灯的客流愈来愈密集，几乎将整个龙泉寺挤得水泄不通。

　　两人满头大汗从人群中挤出来，一时却不知该到哪里去。安敬思便提议去他所居住在后院的三间禅房内歇歇脚。邓瑞芳满面红晕，也不知是累的还是被红灯笼所映，却是不同意。

　　"这么多人都在观灯，唯有咱们孤男寡女在禅房歇着，被别人看到岂不笑话？"

　　安敬思痴痴地看着邓瑞芳，"芳妹，我听你的，你说去哪我就跟到你哪。"

　　邓瑞芳噘着嘴，佯作生气道："亏你还记得这话，在村里住得好好的，咋就不辞而别？害得我找了你好几日都不见踪影，你不知道人家有多着急。"说着，眼睛里竟是盈满了晶莹透亮的泪水。

　　安敬思大起爱怜，一时却不知如何解释，愣愣地半晌不语，只是看着她笑。

　　"安大哥，你笑什么？"

　　安敬思道："芳妹，你今天真好看。"

　　邓瑞芳心里犹如灌了蜜般香甜，嘴上却道："你就会哄我罢了。"

　　安敬思急得脸色通红："我说的是实话，哪里敢哄你！"

　　一群人从身后的月亮门边说边笑出来，邓瑞芳拉着安敬思的手道：

"走，咱们从后门出去。"

安敬思大奇道："后门出去没灯了，荒郊野外的，没甚看头！"

邓瑞芳指着禅房后墙高耸的佛塔道："那不是有塔么，咱们看塔去。"

山风徐起，佛塔上四面檐铃脆生生地响将起来，格外悦耳。佛塔前的香炉，与大殿前一人多高的大香炉不可比，虽说香客不多，但里面残燃的佛香依旧烟气袅袅。

邓瑞芳跪在塔前垫子上，双手合十，嘴里默默念叨，唯见秀唇轻启，却听不见半点声音。

"芳妹，你在说什么？"

邓瑞芳脸色一红，"你猜！"

"我哪里猜得出来。"安敬思与邓瑞芳并肩跪下，同样双手合十，高声道，"佛塔给安敬思作证，从今往后，这一辈子我心里就藏着一个人，永不相负。如若变心，除非佛塔倒塌，将安敬思压成肉饼！"

邓瑞芳毫无防备，心下却是极度欢喜，安敬思虽未说出那个人的名字，但是她异常清楚，嘴上却道："说了半天，你却没说出是谁。谁知道你的心思里埋着什么药。"

安敬思挤眉弄眼道："这还用说吗？"

邓瑞芳故作生气道："你不说我哪里知道，说不定你心里还藏着别人呢，也未可知！"

安敬思神秘兮兮道："那个人远在天边，近在眼前。她叫邓瑞芳！"

邓瑞芳跳起来就打，羞涩地道："你瞎说什么啊！"

两个人嘻嘻哈哈追逐起来，打作一团。安敬思一把将她的秀手紧紧握住，神情庄重地说："芳妹，这辈子我安敬思就认准了你。有佛塔作证，你不相信我的心吗？"

邓瑞芳缓缓靠近，眼里泪水盈盈，几欲滴落。

"安大哥，我信！"

上元节后，龙泉寺的红灯笼虽未撤除，上山的游客已逐渐减少。山下空旷无垠的田间地头，农人们已驾着驴车或肩扛手提开始送肥。全新的节气和旅程已经开始了，空气中到处飘浮着土地的肥沃湿气，尤其是牛羊及各种牲畜的粪便味道，仿佛已让人提前嗅到收获季节的甜美味道。

与山下繁忙气象截然相反的是，安敬思看到寺院周围的土地依旧荒芜，杂草丛生，寺院僧众似乎没有半点准备开垦土地的打算。当年太山道教衰落，佛教兴盛，在龙泉寺山顶周围开垦出大量土地。不管是当年的道士也好还是后来的僧人也罢，他们和农人一样，也是完全依赖土地吃饭。尤其是僧人，他们的日子过得并没有表面上看上去的那样优裕而轻松。同样得操持土地，他们似乎并不像一辈子面朝黄土背朝天的农人那样非常在意对土地的前期投入，因为农人们清楚：人哄地皮，地皮就要哄肚皮，容不得半点马虎。否则，秋收无望，就要影响一家人的生活。龙泉寺的僧众不同，他们完全是抱着靠天吃饭的思想，虽然看上去忙忙碌碌，收获注定难以与山下相比。僧徒历来都是苦行惯了的，对他们而言，劳作本身即是一种修行方式。让安敬思吃惊的并不在此，而是慧元这伙僧众，竟然连半点侍弄土地的迹象都没有。山下田地万头攒动之时，慧元主持和他的僧徒们在忙什么呢？他们或悠闲地打坐诵经，或自在地在寺院里闲逛，他们个个吃得油光嘴亮，丝毫没有为粮食生计担忧的意思。安敬思所住的废弃禅院与慧元一伙所住的殿院隔着一座高大的山墙，原有一偏门相通。上元节期间，那道门日夜大敞。一过节，安敬思惊讶地发觉，那道偏门早已紧闭，每次出去清扫殿院必须绕道出寺。

到底是佛家圣地，一个俗人久居寺中势必要影响出家人的清净生活。安敬思倒愈发过意不去，住在人家寺里吃在人家寺里，力所能及之事安敬思怀着报答的心思，无疑竭心尽力。上元节期间，邓瑞芳就悄悄透露出父亲准备最迟今年秋后给他们俩完婚的意思。安敬思独苗一根，住在村子里煞是惹眼，原让他跟着邓还忠到晋阳城店里帮忙料理酒肆生意，一来远离村落，有个婚前回避的意思；二来主要是多经历些世事，锤炼锤炼筋骨，见识见识世面。安敬思最终选择了在太山，太山清幽静雅，自由自在，每日还可练些拳脚，与店肆里迎来送往相比，太山显得自由自在。

但是，安敬思很快发现，原来设想的身居太山之顶的大自由却受到了越来越多的限制。慧元传过话来，为了不影响佛门做功课，只允许每日前晌至晌午临近一个时辰，留给安敬思清扫庭院。没过五六天，居然连这一个时辰的时间都予以取消。当安敬思扛着大扫帚绕过山墙到达山门下时被一位年轻和尚拦住了：

"施主，慧元大师有话，从今日起山门之内由我们出家人自行清扫，就不烦施主代劳了。"

安敬思大是奇怪，指着肩上的竹扫帚问："你不让我扫院里，我该干啥？"

年轻和尚面无表情道："这我就不清楚了，这都是慧元大师的意思。"

"慧元大师？"安敬思脑海中浮现出那张和蔼亲善的面容，将扫帚丢落阶下，"岂有此理，这是他家吗？我在龙泉寺里住着的时候，你们连个影子还没有，我找他去！"

年轻和尚挡住去路，"施主，佛门乃清静无争之地，国有国法，寺有寺规。这些日子，劳烦施主，慧元大师自是过意不去。"和尚从怀里摸出一小袋散碎银子，递至安敬思面前，"这是慧元大师的一点意思，放心，都是干净钱。"

安敬思脸涨得通红，"这不是糟贱人吗！"掉头而去。

再缺乏智商再没脑子的人也听出来看出来了，明摆着是在撵他下山。此地不留爷，自有留爷处，安敬思扫帚也不要了，扬手扔到山涧里，返回上元节期间由邓瑞芳亲手给清理整顿得既干净又明亮的禅院。佛塔后的斜坡顶上，放着两块早起才刚刚寻下的石头，原准备着锻炼手脚呢，谁能想到报定了心思住个半年一载，还没一个月却被"撵"出山门了。安敬思大为光火，他弄不明白，虽有寺院在先，却总得有个先来后到罢。再者佛门口口声声与人为善，说话行事岂能如此不讲道理？慧元主持看着不像个恶人，即便自己哪里做得不称心，慧元也应该出来现个身，说教几句，即使下山也有些体面。安敬思甚至想到这可能完全是由年轻和尚们私下里背着慧元定下的一条毒计，自己埋头干活向来不避苦脏险累，包括慧元和尚，至少有两次还微笑着对他点头示意。无疑对他是种莫大的鼓励，怎么说闭门就闭门？莫非正是自己的辛劳让那些年轻和尚颜面扫地，无地自容，才合计起来假借慧元之名将他逐出山门？甚或，安敬思想到了寺院周围荒废的山地，不禁恍然大悟，这伙子和尚却是也惨，放着上百亩的土地不肯舍出半点力气去，眼见秋下收获无望，指望着减少一张嘴就能省下一年的粮米！安敬思认定，唯有这个理由就是慧元在场也必定无计可施，安敬思的胃口连他自己都不好意思。如此一想，他便释然了。不过，来也好走也罢，好歹与慧元见个面，也不失了礼数。

不用早起，更不用清扫庭院，安敬思乐得个惬意，便躺在禅房土炕上，看着高耸入云的佛塔，耳边塔铃脆响，便不由自主想起与邓瑞芳在一起的甜蜜时光，想着想着便睡着了。

这一觉睡得甚是甜蜜，安敬思睡眼蒙眬地爬起来，方觉已暮色四降，肚子里咕咕作响。看来今日是无法下山了，这不过是安敬思的自我决策而已，关键的问题也是最大的苦恼在于，他还没想好下山之后他该何去何从？去晋阳府罗城的老杏花店肆帮忙的事早已推脱，目前肯定是无颜再找邓还忠了，回村又得考虑到对邓家造成的诸多不利影响。思来想去，安敬思无尽失落，天下之大，竟是无处可去！

肚子再次咕咕作响，无论如何填饱肚子是迫在眉睫需要解决之事。别的尚是好说，填肚子的问题还得硬着头皮找慧元。虽说已被明确告知拒于山门之外，但近一个月来的辛苦劳作，出家人即便再小气，断不至于连顿饭也舍不得吧？拿定主意，安敬思走到节后就一直锁闭的小门前，透过缝隙可以看到后院厨房内两三个人影正忙忙碌碌，像是正准备做一顿诱人大餐。奶奶的，老子天天吃的是粗茶淡饭，肚里能淡出个鸟来，前脚撵我下山，后脚你们就大吃大喝。安敬思心里不住暗骂，只是距离太远，尚不清楚锅灶里到底有何让人垂涎三尺的好饭食，倏忽产生了恶作剧般的念头。与其涎着脸找慧元，何如自己翻进去想办法填饱肚子。不过一墙之隔罢了，况眼前这堵墙在他安敬思眼里根本算不得障碍，也就是抬抬腿的事儿。这样一想，耍心陡起，说做就做。

偌大的龙泉古寺，只住进六七个人，低沉的夜幕中反显得空旷寂寥。安敬思蹑手蹑脚走近厨房，老远扑面一股浓浓的肉香味。不由心中大奇，佛家历来口口声声宣扬不杀生，如何后厨有了肉味？

安敬思正纳闷，前院有人遥遥喊道："老六，守着锅口就能一下煮熟吗？日你娘的，涎水小心掉进锅里。先过来喝几盅烧酒，没一半个时辰哪能出锅！"

"你们先喝，我马上过去！"厨房内窗棂上晃晃悠悠有人影在动，安敬思悄无声息上了台阶，朝里看去，果见热气腾腾的锅沿边，一个和尚背对着门，一腿搭在锅沿，锅盖开启，手中一把铁勺正捞出块猪骨头大口撕咬，嘴里兀自嘟嘟哝哝道，"烫死你爷了！"

前院又有人喊："老六，烫不死你个龟孙的，煮得利骨利口得不行，一年没吃过肉了吗？"

被称作老六的和尚龇牙咧嘴咬着半块肉，急急忙忙盖上锅盖，就往出跑。

"来了，来了！"身影消失在侧门后。前院殿堂里响起一阵吆五喝六的大笑声。

这群秃驴，变着法子将爷打发走，原是关起门来在这里吃肉喝酒，倒过的神仙日子。安敬思又好气又好笑，悄悄潜进热气腾腾的厨房。这里他来过两次，三大间房一体打通，在东北角原有一处隔断，制作精美的连架已被这群假迷三道的和尚拆卸大半做了引火柴。破破烂烂的隔断内一整条土炕多年无人再用，炕板石被掀起，露出半人高黑漆漆的炕洞。炕角底冷风嗖嗖，竟然通着外面。婴儿大的土洞边林立起一道明晃晃的却不知是什么的物事，安敬思尚未走近，扑面就是一股尿臊味。这伙秃驴为省事，竟在墙上打了洞，当作临时茅厕，那明晃晃的柱子原是结了冰的尿柱！

安敬思朝地上重重呸了一大口，走至柴火熊熊的锅沿边，揭开锅，里面满满竟是一大锅猪排。肚子再次作响，安敬思顺手从水瓮上拿过一个大海碗，从咕嘟咕嘟冒泡的肉锅里捡了两块大骨头，又原样将锅盖盖好。出了院子在侧山墙的阴影里，就着寒风，美美地享用起来。

两块大肉排下肚，身上立时暖和起来。前院里笑骂声迭起，安敬思边摸摸圆滚滚的肚皮，边剔着牙缝，将大海碗顺地放好。瞅瞅四下里无人，突地一个念头涌上，险些笑将出来。

安敬思拉开锅盖，跳上锅头，对着沸腾的锅里就是长长一泡尿！边尿边骂："爷让你们这伙秃驴好好吃肉喝酒，先喝泡爷的尿再说！"

刚盖住锅盖，便听见脚步声从前院踢踢踏踏地传来，出门已是来不及，安敬思急忙躲至半扇隔断后。那条隔断不足半人高，他伏身缩骨，大气不敢出。

偷眼瞧去，见老六提着个大瓷盔嘴里哼着曲儿，满脸通红跑进来，掀开锅盖，撕下一块肉就往嘴里塞，烫得连连甩手。火焰中，安敬思这才看清，老六正是寺门边将自己拒之门外的那个年轻秃驴。

"老六，赶紧把肉端过来，你一个人独吞吗？"

另一个声音大笑："锅里有条猪尿，老六挂念着，独吞了好下山找他的二女逍遥快活去！"

"哈哈哈！"

老六骂骂咧咧地将大铁勺进锅，三下两下就将瓷盔装得冒了尖，晃晃悠悠端着出去了。

一想到秃驴们啃着自己尿水的骨头下肚，安敬思就忍俊不禁，闲着无事，索性尾随老六朝前院奔去。

说是前院，实际上是龙泉寺二院，就在大雄宝殿之后。安敬思记得二院佛堂分东西两处，东面供的是文殊菩萨，西面供的是观世音，统共一间房大小。烛影中，两个人正撅起屁股将泥塑的观世音菩萨抬出檐下。慧元在里面喊道："小心着些，救苦救难的观世音暂先委屈一会儿。兄弟们乐呵完您再回原位！老六，那个傻大个子走了吧？"

老六道："走了，傻里傻气的，倒有个美貌小娘子，那天傍晚两人在佛塔下叽叽咕咕半天。没看出来，居然有姑娘能看得上他。他早该滚他娘的蛋了！"

安敬思大怒，弄了半天，说的那个傻大个子竟是自己！他浑身肌肉紧绷，拳头紧握，正想跳出去找他们理论，忽见对面文殊菩萨后隐隐闪出一条黑景影，悄无声息地朝这边摸过来。

安敬思刚刚迈出的半步连忙缩回阴影中，他瞪大眼睛看。夜色阴沉，黑影像是已藏在某处暗影里，再也看不清了。安敬思突然有种预感：龙泉寺，今夜想是有好戏瞧了！

第十一章　旧识之隐秘交易

　　安敬思藏身之处与黑影所处位置遥遥相对。哄笑声、酒杯碰撞声此起彼伏，油灯光影从狭小的菩萨堂里一泻而出，在殿下的台阶上拉开一道狭长的光带，周围愈发显得阴森黑暗。

　　安敬思至此确信，此伙僧人必是假冒无疑。但是在荒无人烟的太山之巅，他们为何要以僧人的身份留在此地？起初，安敬思将他们归于全军覆没的强贼同伙，想想又觉得不可能。一则如若与那伙强贼关联，他们的目标应该明确在店头村而绝不是在太山；二则即便是又一伙黄巢贼寇，他们完全没必要假扮僧人，而且居然敢在上元节以招纳香火的名义大大方方开门纳客，这根本不是强贼所为。那么这伙人的身份到底是什么，上太山的目的又是什么呢？

　　虽已过惊蛰，山下地气逐步回暖，夜晚的山上却依旧寒气逼人。蹲了多半个时辰，安敬思已觉手脚麻木，对面丝毫没有任何动静。殿堂内酒令声越来越弱，估计喝得已有醉意。

　　头顶上方古槐树干枯的枝叶在夜风中啪啪作响，空中阴云密布，看不出半点苍穹的影子。远远近近的山峦隐没在铺天盖地的暗夜中,唯觉耳边夜风呼啸,林涛震响。安敬思裹了裹身上的羊皮袄,小心翼翼地舒展了一下僵硬手臂,正想探出身子搜寻对面的黑影。殿堂内晃晃悠悠地出来一个人影。

人影打着饱嗝,身子颤巍巍地靠着檐柱站定,拉开僧袍朝阶下就是哗啦啦一泡热尿。

"尚大哥,你说咱们……咱……把这事妥妥当当办下来……你都用不着考虑……关键是哥几个……能不能捞一个副将当当……"

又一个身材魁梧的人站起来,油灯将影子拉在阶下,细长如高粱秆:"八字还没一撇呢,你胡咧咧什么!"

那人边提袍角边笑:"莫怨尚大哥受黄大帅重用,当心腹呢,说话行事历来小心谨慎。这要看在什么地方,这太山现下就是个鸟不拉屎的地方,说句话就能传出去?你就是站山顶上骂几句娘,我看连个狼也招不来。"

安敬思这才隐隐约约看清,被称为尚大哥者正是慧元。

殿中又有人笑骂道:"狼是招不来,上元节那天,我倒是听人说这山上有老虎藏着呢。莫看这荒山秃岭的,寺院规模倒是不小。三年前方圆百里数此地香火旺,好像听说出现了老虎,还伤了不少人,这才跑得一个不剩。"

回殿时,那人打了个趔趄,险些跌倒:"我却不信,这穷山恶水修了个庙就香火旺了?"

姓尚的汉子骂道:"回去喝你的酒去,不想喝下去睡觉。你懂什么?则天大帝在此地专门给龙泉寺庙立了座牌呢!人靠出名,寺院亦是如此!"

说话间,殿门掩上多半扇,又吵将开了。

安敬思这才想起，上元节时，他和邓瑞芳随着香客观灯游玩时，在大雄宝殿下台阶左侧，确实见一伙人围着一通两三个人高的巨大石碑指指点点念念有词。安敬思不识字，正沉浸在和邓瑞芳甜蜜而幸福的游览中，自然未加留意。估摸着他们所说的碑，可能就是殿前的那通大碑。

肚子里骤然咕咕作响，安敬思顿觉腹中下坠，暗叫一声坏了。想是那两块肉并未全熟，吃得风卷残云，光顾着填肚子，现下冷风地里待了将近一个时辰，肚里不折腾才是怪事。

安敬思捂着肚子朝后院跑去，也来不及寻地方，就在菩萨殿后的拐角处一片荒草后蹲下来。

此时，西方天际的阴云似乎微微稀薄了些，透出点点繁星，风逐渐大了起来。目光掠过乌黑的寺院红墙，紧贴墙体的山壁上松林在风中有节奏地发出微微声响。安敬思突然有种莫名其妙的恐怖感，头皮隐隐发炸，浑身发冷。当年出入太山所谓的大虫该不会就藏在那片松林中吧？也听不清到底是滚滚的松涛声还是虎啸声。安敬思从小到大从来没有看到过老虎。老虎究竟是什么样子，头脑中毫无印象。自幼长在大漠边关之外，狼倒是见识过不少，难道老虎比狼还厉害还凶残？否则，很难相信，当年龙泉寺上上下下里里外外数十人，竟被一只老虎吓得落荒而逃？奇怪的是，自己住在山上数月之久，竟然从来没有看到过老虎的影子，连根虎毛都没碰到。就此事，他曾问过邓瑞芳，邓瑞芳说，听她爹私下里提起过太山虎踪之事。太山与店头村数里之隔，以前常有牧羊人在山涧放牧，却从未遇到老虎。当初每年羊群遭袭，损失十来八只，却是狼而不是虎。至于龙泉寺附近老虎出没，且有不止一人亲眼看见。邓万户亦不以为然，因为龙泉寺原住持上山不到两年，就经常念叨香火明面上看上去极是旺盛，来往于山寺的大多是贫苦百姓，布施少得可怜，一年算下来入不敷出，连基本生活都难以为继。比起黄河南岸故地来，简直天壤之别。言外之意，早就怀了离寺之心。老虎伤人，完全有可能是该住持授意，精心策划的一个骗局罢了。退一步讲，即便真有老虎，依老虎习性是根本不会轻易伤人的，除非它的生命受到威胁。仅凭寺里几个和尚骇人听闻的描述，好似太山之虎的存生就是为了伤人吃人。实际情形完全有可能是，他们确实遇到了老虎，尚未缓过神就吓得腿脚发软，连滚带爬不小心跌下山涧亦未可知。

安敬思听罢这番分析哈哈大笑，虽则邓瑞芳不无惊惧地提醒他，真若遇到包括老虎在内的野兽，一定不要慌张逃跑。只要你镇定下来，猛兽自然会安静地离你而去。安敬思不这样想，他觉得真若遇到老虎，我就一拳将它打死，剥了虎皮缝制件过冬的好寒衣，至于虎骨虎肉，必定在晋阳城内能卖个好价钱。

也不知蹲了多长时间，安敬思肚子非但没好，反而愈发下坠沉重，根本无法站立。在此期间，像是听到殿门处有说话和嘻嘻哈哈的笑声，脚步声杂乱纷沓。想是酒肉吃饱喝足了，准备各回禅房歇息。想起一伙人围着大瓷盔吃着掺着尿水的骨肉，安敬思险些笑出声来。

殿门口有声音传来，正是姓尚的汉子，"老六，你们原都是些没酒量的，偏要硬撑开喝。老六的心意我尚清楚得很，大老远地从晋阳城里往山上背酒，这份心待我到了黄将军跟前，必定给弟兄们美言几句。你提醒一下兄弟几个，最好管住自个的嘴，言多必失，别以为这太山孤悬城外，咱们毕竟都是外地人，并不太熟这里的民俗风情，总之小心不出错。"

老六感激涕零，连连称谢，"有尚大哥这句话，兄弟自是感激。您放心，隔两三日我就带着几个弟兄下山打探消息，找到那个人尽快寻到宝藏……"

自称尚让的汉子打断了他道："回去睡你的觉，有什么事待酒劲过去再说。"

老六嘿嘿地笑，突然凑近尚让耳边嘟嘟哝哝数声。安敬思一个字也没听清。

"噢？"尚让的声音，"你从哪儿听说的？"

老六得意道："尚大哥，你以为我老六就点背酒上山的本事？晋阳城里有咱的老熟人呢，这消息绝对没错。倘将这家伙挖出来，其价比那批虚实尚难定论的宝藏只有多没个少！"

尚让岔开了话题，"晋阳城杏花酒莫怨有些声名，味道确非他酒可比。只是猪骨头有些异味，闻着倒有股尿臊味似的。"

老六笑道："看着简简单单一锅骨头，一个人煮一个味。兄弟有祖传煮骨秘方呢，滋味自是不同寻常。尚大哥吃着可口，日后闲暇时我就将煮骨的秘方说给您，别人一个字也不告。"

"好了，天不早了，快快回去歇息吧。"

老六哼着小曲去了前院，接着殿堂传来关门声，油灯光影晃晃悠悠亦向偏院走去。

安敬思好不容易将肚子彻底清除，方觉轻松了许多。观世音菩萨殿堂黑灯瞎火，夜风已住，天上层云已拉开多半，密密麻麻的星辰悬满云天。借着微弱星光，寺内高墙树影已模糊可辨。安敬思信步走至先前黑影藏身之地，寻了半天方在东拐角的阶下看到被脚踏乱的一片荒草。心内顿时一惊：此人刚走不远，看来还在寺内。有可能此人发觉这伙秃驴亦是由一伙来路不明者伪装，誓要一探底细！

四下里寒意浓郁，大院孤寂森然，让人陡然起了一身鸡皮疙瘩。

慧元，应该称尚让。他的住所就在偏院一处高台上禅房内，安敬思曾经在门口路过一次。那处禅房与其他禅房相比，房脊高耸，台基达一丈余高，站在房门口，越过矮墙可环视全寺。顺台基东西走向一溜五间，仅住尚让一人。此禅院与大殿隔着一座小半月门，木栏所制的门一关，里外顿成两个独立世界，整个院落自是别致幽静。

安敬思熟门熟路，路过大殿时，听前院禅房内断断续续鼾声四起，便朝月亮门走去。刚下台阶，遥遥见禅房内油灯光亮映照之中，窗外似乎藏着一团黑影。安敬思停下脚步，眼睛眨也不泛地盯着黑影。他愕然看到黑影突然站起来，在门上轻叩数下。

隐隐听到尚让在房中警觉地问了一声："谁？"

黑影仿佛迟疑了一下，轻声道："老相识！"

房门开启，黑影闪身而入。安敬思陡然一股莫名的兴奋，悄悄上了土台，东窗上有处被风扯烂的小孔，透过小孔，喝得脸色涨红的尚让面朝东向，黑景正好背对自己，看不清面容。但话一出口，安敬思却大吃一惊：是邓还忠！半夜三更，他鬼鬼祟祟上太山来干什么？安敬思屏住呼吸，仔细聆听。

尚让呵呵笑着，站起身来端起茶壶倒水。

邓还忠摇摇头道："我不过想来会会老相识，立坐便走，无须客气。"

尚让并不在意，端着茶杯放在邓还忠面前，"放心，茶里没药，毒不死的。再说，毒死了你，线索岂不断了，从此恐怕天下知晓此事的就再无一人了！"

邓还忠的声音："老尚精明干练，心细如发，没想到当年一句戏言竟当了真，不远千里北上，只怕是竹篮打水，到头来费尽心思做场黄粱梦罢了。"

尚让微微摇头，眼睛定定地看着邓还忠，扑哧笑道："老邓此话说得没错，年前我一上山，附近十里沟沟岔岔走了个遍。不瞒你说，确实灰心丧气，有种被骗的感觉。包括刚刚饮酒之时，尚在不住自责，怕真是一场传闻。我甚至都有了收拾行囊下山的准备。"

邓还忠道："噢，可定下日子了？好歹我就是晋阳府之人，虽说多年在外厮杀，带了身血腥气回来，不过人依旧不生地也熟，这里就是我的家。虽说家境寒酸了些，但这场践行酒宴兄弟还是出得起的。"

尚让哈哈大笑，大力摆手："老邓错了，这只是我先前的想法而已。但是从你一进门，我的预想全然改变，这绝对不是一场黄粱梦！"

邓还忠默然不语，端起身边茶杯一饮而尽，"到底不愧为黄贼手下的千变军师，怕是世上任何蛛丝马迹都逃不过你的眼睛。但是，我邓还忠明确告诉你，不论我出现与否，你仍然注定是一场黄粱梦。世间真若有这笔宝藏，也断不会助纣为虐，落入祸害天下的黄贼之手！"

尚让边喝茶边若无其事道："邓兄此言差矣，我何曾说过这笔宝藏一定要给黄巢的？"

黄巢起兵随王仙芝大军南征北战，素有"千变军师"之称的尚让是黄巢左右最为得心应手的谋略大家，曾有"他年若得天下，尚军师功在其二"之言。

此尚让大有来头，唐懿宗咸通十五年（874），濮州盐贩王仙芝抗拒官府查缉私盐，借关东大旱，百姓走投无路之际，揭竿而起。年初发出檄文，自称均平天补大将军兼内诸豪都统。五年时间内，战火烧遍半个唐廷。唐僖宗乾符五年（878），王仙芝所率五万军马被唐廷各路大军包围于黄梅，经过浴血奋战，终因寡不敌众，五万大军几近全覆，王仙芝本人战死。尚让其时为王仙芝手下一名偏将，大军失利后，尚让率余部投靠了黄巢。黄巢闻知其颇有谋略，甚为重用。

邓还忠对尚让之面直呼黄贼，原就是想激怒他，岂料尚让并无半点怒气，反而声称"宝藏不给黄巢"，语气中压根儿就没将黄巢放在眼里。这让邓还忠不由大为吃惊。

邓还忠继而笑道："尚军师念念不忘故主，甚是可敬可佩。"

"故主？"尚让冷笑道，"你是说王仙芝，还是说庞勋？"

此话愈发让邓还忠目瞪口呆。尚让随王仙芝征战之前，原是桂林起事庞勋手下，庞勋失事后才投至王仙芝麾下，到黄巢手里，已是三易其主。尚让竟是未将一"主"放在眼里！

邓还忠鄙夷一笑："那尚将军现在为何人所属，为哪个办事？"

尚让哪里听不出邓还忠话里的轻蔑味道，也不辩解。别人不清楚，他们两人当年在战场上却是一对拼得你死我活的对手。尚让跟随庞勋起事，与奉唐廷之命南下征讨叛乱的朱邪赤心部属相峙于洪堡城下。邓还忠当时只是朱邪赤心大营的一名亲兵。洪堡围困数日，庞勋所部军心开始动摇，不断有半夜逾堡而出投降唐军的人马。实际上，庞勋叛乱不得民心，与起初的趾高气扬，连打数次胜仗不同，唐廷从开始猝不及防的混乱中喘息初定，迅即调动军马进行围剿。庞勋起事，尽管人马甚重，却不分白明昼夜陷入奔波作战状态，虽则打下不少城池却不能守不能住，只好大肆劫掠一番，再行开拔。这种没有根据地也没有明确军事奋斗目标，飘浮如萍的生存方式让军士们苦不堪言。洪堡围困一战，水源被朱邪赤心所断，军队陷入慌乱。庞勋不是积极想方设法抚慰军心，而是以比断水断粮更为严酷的手段，亲手挥刀怒斩数名试图逃出城堡的军士。万般无奈之下，尚让和三四名军士偷偷潜出城郊寻水途中与巡视军情顺便找水的邓还忠数人狭路相逢于一条山谷之中。山谷距庞勋前沿阵地比距朝廷大军要近得多。当时尚让数人虽然脱掉军装，换上了老百姓衣服。战事骤起，方圆数十里大大小小村庄老百姓早已十室九空。两方人马隔着一条浅浅的溪流相遇，双方一时都愣住，形成对峙状态。双方只需登高一声呼喊，必定引来大队马人厮杀一处。无休无止的争战，邓还忠私下里早就厌烦了血肉模糊的疆场。他不想扩大事态，并且完全看得出，尚让数人亦无挑起事端之心。他们衣衫褴褛，肤色肌黄，狼狈不堪。双方僵持了半晌，邓还忠不作声，做了个汲水的动作。于是，在前方大军对垒的疆场之上，后方一条山谷内却出现了奇异的一幕。

两方军士保持着高度警惕，俯在河岸边取水，气氛看似平静，实际上则隐藏着剑拔弩张一触即发的凶险。双方喝足了水，又各自用牛皮囊灌水。由于过度紧张，尚让手一松，手中的牛皮囊跌落河中，不由"啊"地叫出声来。谁也不敢轻易下水，只能眼睁睁看着任由其在水中一浮一沉向下游漂去。

邓还忠挽起裤腿，突然跳进溪水中，捞起牛皮囊并蹚水过去，朝尚让递去。尚让大是感激，接过水囊，望望远处浓云密布的战场，叹了口气道："这仗我一天也不想打了！"邓还忠道："谁愿意打这场没头没尾的仗，到头来受害的还不是咱这些村子里出来的穷苦子弟！"尚让冲邓还忠一抱拳道："在下姓尚名让，今日之事感激不尽。请问英雄大名，来日若有相见之时，尚让必登门道谢！"邓还忠还以一揖道："在下晋阳太山人氏，邓还忠，去他娘的战争！"两下里军士们这才松了一口气，尚让看出来了，不管是胜券在握的朝廷大军还是揭竿而起的起义军，本性上没人愿意卖命打仗，这从双方骤然松懈的神情中完全可以看得出来。尚让顿觉热血上涌，接口道："邓兄所言极是，去他娘的战争！"

溪畔一别数年，轰轰烈烈的庞勋大起义被朝廷勤王大军打得溃不成军，以庞勋力战身亡最终失败。表面上，这场波及范围几至半个中国的往来攻伐之战似乎是朝廷完胜，欢庆的报捷锣鼓尚未彻底停歇，北境战云又起。而挑起这场战事的不是别人，正是在平叛庞勋过程中立下汗马功劳的沙陀部族朱邪赤心所部。邓还忠一眼看出，这场战事中，真正取胜得到实质利益的既不是身首异处的庞勋，亦不是朝廷，而是沙陀部族。平叛战役中，军纪败坏，沿途掳掠，沙陀大军外罩朝廷勤王大军的外衣，所作所为，其祸害程度比起庞勋乱军有过之而无不及。战火所到之处，老百姓无端遭受两起祸害。从战火中跌跌撞撞爬起来，看着眼前的断壁残垣，含泪痛骂：

"拒掉庞贼一条狼，引来沙陀一只虎！"

邓还忠似乎早已不记得发生在洪堡城后山溪流边的那起往事，经尚让一提起，脑海中这才缓缓浮现出那起敌对双方在同一条河中汲水而相安无事直到现在再度回想仍觉得极具不可思议成分的事件。应该说那既是笼罩在熊熊战火之中的奇异事件，但同时又是充满着极度暖意的庆幸事件。时间倒回到若干年前的那个黄昏，山下洪堡城内累如山积的尸体遍布大街小巷，经过长达一月的围困，断粮断炊，杀马充饥已成为守城义军奢侈的记忆，尸体的臭味传至数里之外。起初，庞勋还下令将战死士兵的尸体统一集中在城内宽阔的广场上堆薪火焚，以免疾病瘟疫爆发。仅仅过了半月之后，幸存下来的义军战士面黄肌瘦，莫说上阵作战，就连搬运尸体都显得有气无力。饥饿至极的人群眼光喷射出一股孩人的青绿，夜色中犹如鬼火一样。城内可食之物早已搜刮殆尽，最后连城中死尸堆里肚子滚圆的耗子都成了美餐。南城教武巷一带，甚至发生了人吃人的惨剧。饥饿尚在其次，关键是城内水源遭受严重污染，四十余口井经尸血浸泡，颜色变黑变灰，散发出让人窒息的恶臭。庞勋中军大营连续颁发军令，严禁三军饮用井水。但是战至如此地步，军令事实上已成一纸空文。军士们耐不住饥渴，憋气喝过井水之后不出一天，就断断续续出现腹胀如鼓、动弹不得的状况，最后只能在同伴眼睁睁的惊骇目光中，悲惨地咽气。城外四面则是密密麻麻的唐朝勤王大军营帐，将洪堡城围得水泄不通。名义上是联军平定叛乱，实际上冲在战争前沿的几乎全是由朱邪赤心率领的沙陀部族人马。

洪堡城水源变质，城外围城大军的处境亦好不到哪里去。那几日，邓还忠正是饮用了地下水，浑身瘫软，不得已和几个关系尚好的汉军士兵上山寻找洁净水源，恰与出城同样找水的尚让数人不期而遇。双方狭路相逢之所以没有发生冲突，而且以相互间至为理解至为宽容的和平方式从容地各取所需又从容地全身而退。

　　说起当年那一幕，事实上不止尚让心里充满了感激之情，邓还忠亦是觉得不可思议。他不敢保证事情如若放到现下，两军对垒，他是否同样会放处于绝境状态的尚让离去。当然，这不过是假设罢了。现下他已经不是朝廷官军，只是一个从容退伍的普通百姓。尚让呢？他身披袈裟，虽然浑身散发着与他目前无论身份还是装束极不相称的肉味酒气，但至少他不是穿着军装的庞勋旧部。庞勋已是一粒稍纵即逝的沙砾消失了。不管怎么说，那至今想起来仍匪夷所思的一幕让他从内心里顿觉一阵暖意，不仅五年前，即便是现在，想起那场旷日持久，不知夺去了多少无辜年轻将士性命的战争，他就有种想呕吐的冲动。漫天高扬的战旗之下，邓还忠不止一次或在队列中或在奔跑中，他茫然而无绪地看到头顶湛蓝的天空因为万马奔腾卷起的滔天尘雾，他就在内心里强烈地责问自己责问苍天，为什么要这样杀过来杀过去！

　　暖暖的温热一回味，邓还忠脸色和语气开始变得舒缓了许多。

　　尚让觉得已到了该直奔主题的时候了："邓大哥，兄弟想与你做一笔交易，你看如何？"

　　邓还忠扫了他一眼，不置可否地笑笑道："何种交易，不妨说来听听。"

　　尚让道："邓大哥隐身太山，并非是惧怕战事，而是对朱邪赤心和唐王朝彻底失去了信心。邓大哥当年怀揣一颗火热心思充军，原本认为是报效国家报效君恩。可你看出来没有，不光是沙陀部族，就连各路州刺史将军都是抱着保存实力的心思，隔岸观火。谁都明白，遭此乱世，手中只有军队，不管谁执掌天下大权，都具有可讨价还价的资本。沙陀军队虽作战勇猛，你却早已看透了朱邪赤心的野心，他并非真心为朝廷卖命，而是为他的部族作战，为他自己作战。庞勋大军一灭，他如愿以偿得到了云州观察史的职位，但这不过仅仅是他实现真正野心的一小步而已。至于杀云州刺史段文楚自立，也只是他试探朝廷态度的一步险棋。他要的是控制雁门关外整个大漠的权力！邓大哥适时而退，如若兄弟猜测无错，你对双方都失去了信心，不过是想当个富家翁罢了。朱邪赤心率军北上，名义上劫的是庞勋所部，实际上都是民脂民膏，祸害的是老百姓而已。我夜观天象，当今朝廷气数已尽，不日即要消亡，将有新主取而代之，这笔财富来之于民当然亦该用之于民。邓大哥只要将这笔财富献出，我们将在新朝可立首功。当然，我的交易就在于此，你邓大哥尽可做你的富家翁，出山任职新朝也好，终老太山也罢。我在此为你指点一处宝物，此宝价值连城，并不在宝藏之下。"

邓还忠奇道："是何宝物，拿出来瞧瞧。"

尚让虽听出邓还忠一副戏谑语气，想了想仍顺着他的既有思路，回身指着身后某处道："此宝不在别处，就在太山之上！"

第十二章　护塔之金棺银椁

尚让此言一出，屋里屋外两人同时大惊。邓还忠袖子里的手掌不由暗暗紧握，力道骤聚，指关节咔咔作响，心中却暗暗称奇。虽则目前他无法确信尚让从何处得知除自己之外、天下无第二人知晓的藏匿地点，但是毫无疑问他已迅速做出只要尚让对那个地点稍有透露，当即痛下杀心的决定。尚让是何等聪明之人，邓还忠任何异于常态的举动岂能瞒得过他锐利的眼睛。

尚让并不惧怕，他微微一笑："邓兄，难道你要对我下手不成？对你来说，或许是个隐藏至深的秘密，须知世上没有不透风的墙，天下从无秘密可言，不过是一厢情愿罢了。当年兄弟逃过一劫，这条命原本是邓兄所赐，倘有变故，我尚让今日死于邓兄手下，不过是偿还一情罢了，没有什么可憾。好在，我现下所说之宝物，邓兄却未必知晓。寺院后面的那座佛塔，邓兄是否有过关注？"

邓还忠不清楚尚让为何要提到佛家之物，印象中，自幼时那座佛塔就一直耸立在那里。据说当年则天大帝崇尚佛教，大力推崇佛法。晋阳府官员响应积极，在铲除道家建筑之后，便在原观外的一处高台地基上建起佛塔，至今已有百年之久。尚让蓦然提及佛塔，又意味着什么呢？

见邓还忠一脸疑惑，尚让立刻洞悉他对此事绝对一无所知。

"邓兄，当年建造此塔之时，则天大帝下旨，佛家曾秘密从黄河以南位于洛阳一处闻名天下的寺院中迎来一尊宝物，就埋藏在佛塔塔基之下，作为镇寺之宝。邓兄可知此事？"

太山龙泉寺佛塔下埋有镇寺之宝，邓还忠确实闻所未闻，不由连连摇头。

尚让得意地笑道："这就是世人所说的秘密，晋阳府乃则天大帝祖籍，晋阳列为北都。据说当年则天大帝微服巡游北都，曾在太山做过两件事，一件就是在龙泉寺留下一通耐人寻味的无字石碑。"

邓还忠笑道："尚兄此言差矣，那通碑就耸在殿堂之下，晋阳府百姓人人悉知，石碑上字迹遍布，不过是一通普普通通的石碑罢了，确系则天大帝所立，这不假，但非无字。尚兄岂能胡编乱造，睁着眼说瞎话。"

尚让哈哈笑道："这便是世人之愚，只知其一不知其二处。此碑非同寻常之处正在于此，谁都没有发现现下碑文其精奥深邃所在，碑文字迹虽经百年风雨现已模糊不堪，世上尚无一通碑刻在百年之内就模糊难辨，况且是以帝王九五之尊所立。更为关键的是碑文字迹全为阳刻，所有字迹是用一种特殊材料粘贴而上，与整座碑完全是两张皮！"

邓还忠放松了警惕，尚让之言引起了他极大兴趣，"尚兄的意思是说，碑字之下另有隐文？"

尚让面色陡然凝重，点点头道："则天大帝身为女流之辈，能登上九五之尊，在当今天下男权主政杀机重重的漩涡中，能够屹立不倒，文治武功之韬略可见一斑，绝非常人可及。则天大帝晚年之际，曾在天下立了三通无字石碑，太山此通就是其中之一。我已秘密查过此碑，阳文之下就是那道无字石碑！另外，则天大帝还在中岳嵩山之上投过一道除罪金简，可惜至今无人得知此简到底投在嵩山哪里。且不管无字石碑还是除罪金简，以在下浅鄙推测，自古以来，世无其二的女皇帝极有可能在人生的最后时光，她在总结一生卓著功勋时，自认为迄今后世无人可与之堪肩，功勋太多，岂是一通碑可以囊括？便突发奇想，留一通无字碑。至于是非功过，干脆留于后世后人予以评说。这便是她聪睿高明之处，也是她胸怀宽广之处。至于除罪金简，只是传闻，至今尚无人得以一睹其真容，至于简上内容更是一团迷雾，且留后人发现之时不定可有详解。"

邓还忠蓦地发现眼前侃侃而谈的尚让绝非印象中那位寄身军旅、首鼠两端、谋求功利的投机分子。他学识渊博、精于策划、心机敏捷，先后受重用于庞勋、王仙芝直至现下的黄巢，确非碌碌之辈。

"无字石碑、除罪金简，这只是其一，那么，第二件呢？"

尚让缓缓呷了口茶，又道："则天大帝定晋阳为北都，世人所知祖籍在晋阳只是明因，还有一个暗因恐怕世人知者甚少。当年则天大帝密令佛家各派，从洛阳寺院中将宝物分作数份，其中一份就秘密运到晋阳。在晋阳城内城外分别选定六处寺院，每处寺院佛塔。塔基之下都有一处地宫。此宝物同年同月同日同时分别放入六处地宫之下，并在其上建起佛塔。真正的宝物只置放于其中一处塔基之下，其余都不过为掩人耳目，只是个空壳子而已。"

邓还忠道："太山龙泉寺佛塔才是真正放置此宝的地方！"

尚让点点头道："这就是在下与邓大哥所做的交易。时机适当，在下会想方设法取出此宝，交与邓大哥之手，来交换宝藏，如何？那批宝藏当年陆续秘密运往晋阳，先后达五车之多，堆积如山。稍有泄漏对邓大哥来说，那非是一座宝藏，有可能是天大的祸患，到时别说是想做一个富家翁，怕是整个邓氏家族包括店头村都会有灭顶之灾。据说佛塔之下宝物不过三尺见方大小，易于运送收藏，可保邓大哥无忧。"

邓还忠奇道："到底是何宝物，如何取之？"

尚让故作神秘道："此宝物乃是佛家舍利，据说是来自一位西域波斯国的高僧。至于如何取法，邓大哥无须担心。在下自有办法，可乘一次雷电交加之夜，毁掉此塔，打开地宫，宝物就在地宫中的金棺之内！"

"你要毁掉佛塔？"

尚让道："正是，不毁掉佛塔，如何取出宝物？"

藏在门外的安敬思一听，尚让竟要毁掉佛塔，不由大怒。佛塔之下他曾与邓瑞芳默定情誓，佛塔乃两人定情之证，岂容他人无故损毁。狂怒之中，飞起一脚将禅房门踢倒，冲进房内。

"秃驴，佛家净地，岂容尔等肆意毁坏！"

房内两人大惊，谁也没料到整整一夜有一位窗外客，竟是毫无察觉。

怒气冲冲的安敬思挥拳奔向尚让，被邓还忠一把抱住："敬思，勿要莽撞，他不过是一句戏言耳！"

尚让惊见平日里沉默寡言、恭顺做事的安敬思满脸怒色，一下子却摸不清他到底是何来路，便面容肃然道："你栖居龙泉古寺，到底是什么人？"

安敬思骂道："我是什么人关你甚事。太山即有宝物，与你个假秃驴有何相干？你若敢拆佛塔一根梁柱，我安敬思必将你撕成一团乱肉！"重拳猛然击在几案上，厚达一寸余厚的案几上，茶壶茶杯蹦起一尺余高，那几案竟是被劈为数截！

此人掌力如此之大，尚让不由面色惨白。心里暗想，此拳若是击在人身之上，怕是骨骼俱裂，生死难料。

邓还忠好不容易将安敬思安抚下来，正色对尚让道："漫说你所指宝藏之说不过虚无缥缈罢了，就是佛塔舍利，本属太山固有之物，鼠辈胆敢觊觎。你可看清了，此几案就是下场。还不快滚出太山！"

安敬思两眼圆睁，犹如怒目金刚。尚让胆战心惊地扫了眼烂作一堆的几案，哪里再敢争辩，抱拳对两人一揖。二话不说，一头扎进茫茫夜幕。

安敬思踏出房门，对慌不择路、抱头鼠窜的尚让背影骂道："贼秃再若踏上太山半步，休怪你安爷爷不客气！"

邓还忠本想从尚让口中套出如何得知当年宝藏之事，不料却被安敬思的贸然出现将计划全盘打乱，空留满腔遗憾。不过，太山龙泉佛塔地宫深埋西域高僧舍利之事尚是首次听说。他略有所闻，佛家舍利子本为高僧遗体火焚之后形成的坚固子，无论如尚让所言其价值连城与否，联系他心里所日夜担忧之事，看见满目怒容，脸涨得通红的安敬思，心里顿时燃起一个全新念头。

叹了口气，邓还忠便道："没想到我太山宝物竟被山下诸多贼寇盯上，防不胜防，看来须得有人日夜在此守护，方可保太山古寺宝物免遭祸患。只怕从此往后，太山不得安宁矣。"

安敬思哪里晓得邓还忠在一刹那便动了这么多心思，更不清楚邓还忠话中既是试探又是对某种敏感话题的疾速转移。关键是邓还忠尚不清楚，他和尚让所谈之事安敬思到底掌握了多少。在邓还忠的印象中，安敬思孔武有力、性情刚烈、肝火旺盛且易于冲动，让他始终惊异不已的是他实在无法想象在安敬思的身上，那种非同凡人的力道究竟从何而来。而且通过安敬思清静单纯的怒色和目光，即便刚才两人之间的密谈内容全数为安敬思一字不漏所知，他压根儿不须担忧隐藏的秘密泄露出去。因为他的试探话语刚一出口，安敬思便道：

"邓叔放心便是,从今往后,我就住在太山古寺,看哪个不识相的东西敢打佛塔的主意,敬思绝不轻饶!"安敬思举拳在他眼前晃了晃,邓还忠立时感到一股逼人的寒意,不由自主后退一步,"让他们晓得我的铁拳厉害!"

邓还忠心念骤动,他毫不怀疑安敬思的实力。而且他迅速做出一个确信无疑的判断,年轻后生安敬思对宝藏根本没有任何贪婪非分之想,至于对佛塔的安全为何如此关注,尚让仅仅一句话便让他怒不可遏,但是无疑让他悬着的心终于平安落地。原本偏僻清静的太山,没想到已引起如此众多或明或暗的觊觎窥视。至于到底有多少人在打太山的主意,邓还忠尚不得而知。但他隐隐意识到,这只是个开始而已,更大的惊涛骇浪还在后面。守卫太山,再没有比安敬思更合适的人选了。

"敬思,从今往后,我与你一同守卫太山,守卫龙泉古寺,绝不容许贼人妄想得逞!"

冰消雪融,大地彻底解冻,整个冬天一直潜隐在白茫茫厚厚冰层之下的凤峪河,在沉寂达半年之久后哗哗的声音再次回响在苍茫的山谷间,骤然增添了无数生气。青绿乳嫩的草茎一夜间破土而出,在早晚依旧冰寒的空气中瑟瑟发抖,却丝毫无畏惧严寒之意。农人们的脸上浮满了笑容,他们比谁都清楚,绿意一露头,就寓示着一年的新希望。

日头方起,店头村的村民们便蜂拥而出,赶着耕牛,扛着铧犁,提着瓦罐,大步流星地走向各家地头。他们的额头无比舒展,脸上荡漾的笑容是实实在在的、难以掩饰的。在过去的一年中,尤其是冬闲季节,家家户户人们盘腿坐在热炕头上盘算着一年的收获。因筋骨松懈,手闲话多,话语粗直,话题自然由农事转向左邻右舍的人事,近而由一系列本来不疼不痒引发的闲话造成的恼恨、仇视、讥讽及烦闷、不快、怒火，眼看即将爆发成邻里间的公开争斗，在这时骤然化解冰释了。农人们那种即来即去、骤离骤散的隔阂作为一种特殊的人际关系，就像河道里的冰层，说冻就冻说融就融，而且不留丝毫痕迹，更不会影响到家具的借用、播耕的援手以及同样是劳累一天后端着大海碗坐在门口的闲聊习俗。

女儿邓瑞芳的终身大事就在这一时刻提上了邓万户的议事日程，对于安敬思这个来自沙陀部族的年轻后生，他的老实心地、耿直性格让邓万户大为满意。他精心挑选出十亩临近风峪河谷最好的土地，决定交到安敬思手中，给他一年期限，让他亲自打理。虽则邓万户亲眼见识了安敬思的勇猛和古道热肠，但对于一个毕生将目光和全部精力投注在土地上的农人来说，侠肝义胆比不上对土地的一份热情，娴熟的武艺比不上土地中灵敏的身手，甚至比不上熟练驾驭耕牛的技能。以土地为衣食父母的农人天性，需要的是另一种让农人们竖起大拇指赞颂的技艺。

邓瑞芳将这个邓万户叮嘱了不止一次、让她在安敬思面前务必守口如瓶的、只有父女间才知晓的秘密，在上山途中激烈斗争了十数个回合后仍然悄悄地告诉了安敬思。邓瑞芳的意思是一定要让自己心目中的那个男人提前有个心理准备，安敬思有着一双常人不及的好臂力，侍弄十亩土地对他来说不过是小菜一碟而已。但是饶是如此，邓瑞芳仍怕他由于过分的自信会出现差错，到了秋天，在最好的土地上却收获最少的粮米，不仅让父亲颜面无光，更会招来乡人们嗤笑，这个女婿就丢人丢到家了。

"我不准备下山！"安敬思指着收拾得干净利落的禅房对邓瑞芳道，"芳妹，山上一应俱全，我准备就在这里久住。"

邓瑞芳大吃一惊，"你要知道这可是我爹的意思。"本来想说这是未来的老丈人对未来女婿的一场至关重要的考验。虽则这种名义上的考验并不影响两人的结合，但是拒绝这种考验则意味着完全没有必要的麻烦或将产生。

安敬思觉得很是过意不去，他了解邓家父女的心思，但是他已答应邓还忠，滞留太山的原因对任何人都不能提起，即使是面对心爱的姑娘都不能有丝毫泄露。因为邓还忠告诉他，太山之宝完好与否事体重大，关系到朝廷命运的兴衰荣辱，关系到黎民百姓的生死存亡，尤其是关系到整个与太山周围村落的安宁祸福。

于是，当邓瑞芳数次问起他为何要继续留在太山的原因时，安敬思的心里异常痛苦，"我在做一件大事。"邓瑞芳惊奇万分，问及到底是一件什么大事时，安敬思躲躲闪闪，缄口不言。

"安大哥，你到底有什么事瞒着我？"邓瑞芳对于安敬思的闪烁其词，甚至都不敢直视她的眼睛大为恼火，"有什么话为什么不能和我说？"

有诺在先，安敬思的倔强性格充分暴露出来，额头青筋毕露，嘴唇紧咬，那种痛苦神色是邓瑞芳最不情愿看到的。她相信眼前这个大男人心里肯定隐藏着一个无法启齿的大秘密，但是让她始终无法释怀的正在于此，到底有什么秘密居然连最亲近的人都不愿提不愿说呢？

"芳妹，以后你会慢慢知道的。我答应过别人，不能说出去的。"

邓瑞芳突然又好气又好笑，"那么你告诉我，你答应了谁？"

安敬思恍然发现，自己险些透露出不该透露出讯息，连忙摇头："芳妹，你先别问这些，你回去告诉你爹，好地就先让别人耕种吧。等秋后咱们俩成了家，我一定会对你好的，我安敬思绝不食言。"

透过安敬思诚恳而焦急的目光，邓瑞芳已经完全明白了在他身上肯定发生过一些不同寻常的事，而这些事正是他口口声声所谓的秘密，而且居然还承诺了别人不透露半点风声出去。但让邓瑞芳欣慰的是，这件事与他们两人之间的关系似乎并没有直接关联。四下里太山已满眼新绿，空旷的龙泉古寺内寂静无声。眼前情景与当日自己在山上所见大为不同，显得格外冷清。

邓瑞芳突然充满了担忧："安大哥，你告诉我，是不是同人打架了？"去年发生在太山的恶斗邓瑞芳虽未亲眼看见，但从父亲和别人的口中得知，在那场恶斗中，自己的心上人安敬思刚劲勇猛，武艺非凡，三拳两脚就将一伙强贼打得落花流水。邓瑞芳大觉脸上放光，放光之余，又莫名其妙地多了许多隐忧。村人们眼中武艺高超身手不凡的安敬思恃强凌弱惹是生非这些倒不足虑，以他的憨厚本分，他绝对做不出这些只有那些仗势欺人鱼肉百姓的恶霸和纨绔子弟才会做出的不齿之事，但并不排除他的侠义之心有可能引发出其他祸端。诸如，龙泉古寺的那些僧人一夜间竟消失得干干净净，踪影难觅，此事绝对与安敬思有关。

说起这些僧徒，安敬思顿时气不打一处来，指着身后的佛塔忿忿然道："这帮贼秃，他们喝饱了酒吃足了肉，异想天开，竟要拆了这座佛塔！"

"喝酒吃肉？"邓瑞芳哭笑不得，"安大哥，莫要无端污了人家佛门的声名，佛门有戒律，村里人三岁小孩都知道，如何能喝酒吃肉？"

安敬思平息了怒气，便将那夜发生在龙泉古寺一连串匪夷所思之事说了个大概，唯独瞒掉了禅房内尚让与邓还忠的密谈内容。

邓瑞芳被他连说带比画逗得大笑不止："果真是些假僧徒，真也好假也好，他们拆佛塔与你有甚相干？又不是咱家的！"

安敬思急得连连跺脚，"哪能没有关系？芳妹，你忘了那天我和你在佛塔之下的誓言了吗？沙陀人安敬思这辈子心里就装着芳妹一个人，佛塔就是证物，佛塔若有个闪失，我的誓岂不是白发了？"

邓瑞芳心里蓦地涌起一阵猝不及防的暖流，犹如凤峪河解冻时那阵阵疯狂撞击，说不清是感动还是骤然降临且毫无防备的幸福感。她再次庆幸自己没有选错人，把一生交给这个憨憨的甚至有些痴痴可笑的沙陀后生，无疑她既是满意的也是放心的。当邓瑞芳品尝着来自整个天地重重包围的甜蜜味道，清纯俊俏的秀脸上不由自主浮上两朵红晕时，安敬思却突然感到不知所措起来。邓瑞芳的垂头不语，他以为自己哪里说错了话或做错了事，或者他还以为是自己对美丽姑娘的一往情深遭到了误解或者是由于他的大意放走了企图无端毁坏佛塔的恶人。总之，他手足无措。他实在无法理解汉人姑娘的沉默究竟意味着什么，在她们身上，他看不到关外大漠年轻姑娘们说话做事大大咧咧直接而火辣辣的做派，更看不到在她们身上透露出的那种热情洋溢的情怀，她们会把心底的畅想或通过歌声或通过面对面的交流直抒胸臆，几无羞涩之感。安敬思当然不清楚，在汉家文化和纲常伦理道德熏陶之下，汉家女性，实际上包括男性都被一层无形的厚实的虚假外衣将身心重重包裹，他们所呈现在公众之前的行为举止，放在男人身上则是令人作呕的虚伪做作，而在女性身上，却非但没有虚伪做作之态，反而现出一种含蓄害羞，让人大起疼怜的诱惑。这种诱惑，呈现出世人难以抗拒的另一种美。安敬思就深陷进对这种美无法抵挡又无法解释的困惑之中。

邓瑞芳似乎在有意拖延让安敬思极度难堪而充满不安的时刻，从中她仿佛摸索到了一份略显残忍的快意。尤其是安敬思焦急而痛苦的表情，她觉得那绝不是对他的折磨，而是一分无伤大雅的报复。谁让他宁愿冷酷地欺瞒心爱的人也不愿意透露为外人代守的秘密。看着安敬思急惶惶的样子，邓瑞芳突然心软了，她为自己的那点小残忍不断自责。那是毫无必要的，他竟然宁愿为守护一份关爱的誓言不惜与任何企图毁坏与誓言相关的佛塔不惜一战，世上还有他什么做不到不敢做的呢？邓瑞芳嫣然一笑。

这一笑，安敬思所有的疑虑和困惑烟消云散。

"芳妹，我真不能说……"

邓瑞芳伸指在他宽宽的额头上轻戳道："不说就不说吧，我又没逼你。"末了又道，"等你什么时候想告诉我了，再说。这总行吧?"

安敬思搔搔头正色道："芳妹，我答应你，到时我会告诉你的。"

两人正说话间，寺院门口响起一阵脚步声。

"敬思!"

邓瑞芳顿时羞得满脸通红，正想寻处地方躲避，已见邓还忠背着一方褡裢进来!

第十三章　古寺之大红灯笼

　　曾经香火弥漫、客流密集、晨钟暮鼓声可达二十里之外晋阳城的太山，在经历了长达三年之久的颓废、杳无人迹的凄凉岁月之后正逐渐重新焕发勃勃生机。虽则在这种跃跃勃发的生机中隐藏着让人时刻忧虑、惊恐和孤立无援的杀机，并且能够深深体会到杀机味道的仅仅存在于极少数人的意识之内。杀机寓示着极度危险，但危险的存在并没有让他们知难而退，恰恰相反，不管是安敬思，还是邓还忠，在事关太山安危的整个进程中，就连安休休和薛阿檀闻讯后主动提出上山，加入其间。

　　在太山之巅，沐着春日暖暖的阳光，安敬思与邓瑞芳私下了解过邓还忠的从军经历。在邓还忠的身上，有着太多的未知之谜让安敬思百思难解。

　　"邓叔曾说，他充过两年军，后来为何脱离了军伍，在晋阳罗城开了酒肆？以他的胆识和身手，在军伍中他应该会有一番大作为。"

　　邓瑞芳道："关于邓叔之事，我也是听我爹断断续续提起过一些。爹说，那年桂林庞勋随众反叛朝廷，沿途官军连吃败仗，朝廷只好求助你们沙陀部族。沙陀大军由朱邪赤心率领五千人马南下平叛,路过晋阳,沿途不断招募新军。当时正在地里锄田的邓叔放下锄头就想参军。我爹不同意,我爹就他一个弟弟,他不想让邓叔上战场,万一有个闪失,怎么得了?邓叔和村里五六个年轻后生铁了心要参军,他们厌倦了死守着几亩田地的农人生活,要出去闯荡。况且在他们想来,那可是报效朝廷建功立业、光宗耀祖的大好时机。邓叔他们一伙人就跟着朱邪赤心的部队南下了。那时,太山上还没有什么老虎伤人的传闻,龙泉寺还热闹得很,我爹每年都要上三五次太山,在菩萨面前为邓叔祈福,保佑他尽快打完仗,能平安回家。我跟着爹还上过两次太山,给他烧过香许过愿呢。两年后的一天深夜,那天我已经睡下了,迷迷糊糊听见炕角底有人说话。声音很小,起初我以为爹和村人拉闲话呢。睁开眼一看,竟然是邓叔!"

安敬思嘿嘿笑道:"我听明白了,邓叔估计是打了败仗,没脸在军伍中待了,当了逃兵。"

邓瑞芳斜斜瞅了他一眼,"你这是以小人之心度君子之腹。邓叔不是逃兵,他是奉朱邪赤心之命专门从战场回来,一共二十多个人。好像说是往雁门关运什么东西。那天晚上,我看到邓叔身上并没有穿军衣,而是一身破衣烂衫,油灯下看好像还有血迹,当时就把我吓得够呛。爹叮嘱我不要把他们两人之间的话透出去,我压根儿也没听清几句,哪里敢往出说啊。后来,邓叔就离开了村里进晋阳城开了酒肆。"

安敬思恍然大悟:"我明白了,邓叔所说的运送什么东西,肯定是宝藏之类的。"

"什么宝藏?"邓瑞芳吃惊道,"邓叔都和你说什么了?安大哥,我早就发现你们有很多事不跟我说,瞒着我。你留在太山,准是邓叔的主意!"

安敬思愣了，自知失言，忙道："芳妹，你可猜错了，邓叔这个人从来不跟我说他的事。去年在龙泉寺住下的那一拨僧人，都是假的。我也没弄清什么来路，他们竟然想毁掉佛塔。我留在太山跟邓叔无关，我就是不让那些奸邪小人毁掉佛塔，我曾在佛塔前发过誓，佛塔若是不存在了，誓岂不是白发了？芳妹，你该知道我的心。"

邓瑞芳觉得安敬思不仅执拗，而且执拗得有些傻。不过，这份傻傻的执拗反而让她感觉到自己已依靠到一座稳固的山岩。

"邓叔这个人我也觉得神出鬼没的，行踪无定，我和爹问起过好多次，我爹就骂我，大人的事你不要插嘴，知道多了没有好处。"邓瑞芳满腹担忧，"可是，就你一个留在山上，你知道我多担心，夜里都睡不踏实。老觉得这荒山秃岭的，要是跑出来老虎把你吃了，岂不把人吓死！"说着，眼里已泪光盈盈。

安敬思安慰她道："你不用担心，我已找了几个伴儿呢。"

邓瑞芳道："是不是你那两个沙陀老乡？说也奇怪，安休休和薛阿檀这两人，自从那次你们在太山和那些强贼打完仗后，就像变了个人，话也少了，一直就老老实实待在村里，连寨门都不出。爹给他们每人分了五亩地，天天跟着村里的老把式侍弄土地呢。我说最近这段时间日怪得很，两人笑逐颜开的，原是你拉他们上山入伙呢。不过，这样也好，你有伴我也放心。"

听说安休休、薛阿檀两人在村里规规矩矩，安敬思深感满意。他在邓瑞芳面前挥了挥拳头说："那两个家伙就怕我，我说什么话他们都得听。若是敢在村里胡作非为，搅得四邻不安，准保有一顿好拳头让他们吃！"

邓瑞芳斥道："安大哥，往后你不要动不动就挥拳头，好端端的打人家干什么？虽说他们上山和你在一起，但我看不见你，还是个不放心。要不往后隔个三五天,我给你们上山送饭吧,慢慢习惯了,我也愿意在山上住呢,多清静。以后咱们就在佛塔旁边自己动手盖三间茅草屋,寺后多得是地,反正也没人种,咱们索性全种上瓜豆黍子山药,再在房后面养一群鸡鸭,有山有水的岂不是好?到时,把毛毛也带上山,让它给咱们看家护院,多好!"邓瑞芳越想越远,瞬间便沉浸在对往后两人生活的美好设想之中。

安敬思大喜:"芳妹,这个主意真好,我就喜欢住在山上,原想着怕你住不惯。可慢慢你就知道,山上住多自由,我不想回村里住。一回村里心里就憋屈难受,就想我娘就想哭。一辈子不下山才好呢!不过,有邓叔他们在,不用你来回跑,路上我也不放心!"

"我不上山,哪能知道你在山上吃得好不好住得好不好呢?"邓瑞芳突然大叫一声,"有办法了!"

安敬思猝不及防被她吓了一大跳,"什么办法?"

邓瑞芳挤眉弄眼笑道:"往后我有办法不用出门也知道你在山上的事了。"

安敬思不以为然道:"我就不信,你在村子里就知道山上的事?"

邓瑞芳站起来,看着脚下重重叠叠山峦之中的龙泉古寺,笑道:"说起来,咱还得感谢那个喝酒吃肉的假和尚呢。记不记得上元节时,他们在寺里挂了好多红灯的事,听说是从西域那边传过来的风俗,咱们晋阳城里还没听说过此事。那红灯虽说做得粗糙了些,可挂上去委实好看,既照亮了山路,又让人满眼都是红彤彤的喜色。我回去跟爹说,爹也觉得有意思。他说往后逢年过节,自己也要做灯挂在院里门口,喜庆。"

安敬思一时没弄懂邓瑞芳的意思,愣愣地看着她,"芳妹,那些破灯笼管什么用,又不会走路又不会说话。"

邓瑞芳得意道:"傻哥哥,你每天在山上,心情好呢就挂在山门上一盏红灯笼,有事就挂上两盏,想我的话就挂上三盏。山高一眼就能看见,白天红彤彤,有天光;晚上里面也点上盏油灯,岂不是一目了然了,哪里还用我三天两头往山上跑,这样岂不省事?"

安敬思一拍脑门,"芳妹,这个主意真好,也亏你想得出来。走,咱们这就去做红灯笼去!"

酷热的夏天说来就来了,山下晋阳城方圆数百里大大小小成百上千个村落里,每到傍晚,家家户户院门前大街小巷中,劳累了一天的农人们或端着饭碗或摇着大蒲扇聊着杂七杂八的来自府城里与朝廷大政有关的种种传闻和自家身边的农人农事,日子过得悠闲而坦然。这种悠闲和坦然来自对数千里烽火连天战事的担忧,相形之下,能安安稳稳地守着几亩薄田过平平淡淡的生活,那种悠闲和坦然便让他们心满意足。弥漫在空气中整整一天的滚滚热浪正是在这个时候才开始逐步消散。冬想热伏夏想寒流,同历朝历代天底下所有的生命一样,尽管时时事事充满着不如意,但这种人的思想意识中产生的诸多不如意毕竟小到甚至可以忽略不计。因为,在大蒲扇和侃侃而谈的过程中,一天中最困扰最难受的时段在逐步远离。当月亮的迷蒙光影清幽幽地悬在头顶之际,他们便结束了大大小小的聚会,像孩子一样开心地吼一嗓子:各回各家,狼叼尾巴。

哈哈大笑声中,院门紧闭,屋门紧闭,昏暗的油灯渐次熄灭。整个村落,整个晋阳城,整个天地都陷入黑沉沉的夜色中,在此起彼伏的鼾声中,一齐入眠。

苍茫的夜色中,安休休和薛阿檀两人肩上各背着一副装满吃食、足有二三十斤的褡裢沿风峪河谷的山道向太山攀去。河水流淌,清若钟声,徐徐的山风顺着河谷扑面而来。

安休休和薛阿檀两人经太山一战,险些命丧店头村民之手,至今想起仍心有余悸。事实上两人原想与那些强贼搭伙,浑水摸鱼,分些钱粮,发点小财,压根儿没预料到事情竟会闹得如此之大。更让他们想不到的是,店头村民好战之风如此强悍,强悍到让人望而生畏的地步。原以为经贼寇一诈唬,邓氏家族就会抱着息事宁人的态度出点钱粮,早早打发了事。这是他们一年来经过深思熟虑想过的一条可不劳而获的财路,手中积些银钱,就鼓动安敬思南下。眼下,谁都清楚,战火已烧到黄河西南长安一带,那里才是他们这些年轻后生一酬壮志、建功立业的广阔天地。他们怀揣着一腔在战场上挣功名立家业的心思,管他谁家兵马,只要看准是朝廷旗号,就毫不犹豫地加入进去,扛起刀枪,冲锋陷阵。想起这个至今仍激动不已的人生梦想,两人就彻夜难眠。

太山一战,贼寇全军覆没,两人险些丧命。想起来又分明觉得十足委屈,他们根本就没有为图财而害命的心思。但是这个话题又是两个人半年来谁都不想提起的忌讳。走在夜深人静的河道边,两人便又拉开了参军的话题。报效朝廷,报效家国,无论放在哪,都是堂而皇之的好话题。

安休休将沉重的褡裢从麻木的左肩倒腾到右肩:"老薛,你说咱们俩做这些营生有意思吗,你不觉得憋屈?"

薛阿檀愤愤道:"亏你还说,你有啥本事,能做出啥营生?你想的那些鬼点子险些出了大娄子,也亏是有安大哥,否则你小命早就没了。好好背你的干粮吧,饿不死,知足吧。"

安休休不以为然道:"兄弟还是想当兵打仗,一辈子种地窝心。"

薛阿檀斥道:"休休你就省点心,关外没吃没喝的苦日子你没过够?邓家好歹给你几亩地,让你种,那也是看在安大哥的面子上。我这辈子哪也不去了，就在太山脚下，有地种有饭吃，不也挺好？攒几年钱，娶上个媳妇，守着热炕头，比关外没着没落的强多了。"

说起媳妇，薛阿檀不禁长叹一声，当初就是因为家境贫寒才不得已南下到汉家讨生活。出了雁门关沿滹沱河谷南下过程中，他确实被汉家富足的生活震惊了，同时震惊他的还有在汉人中即便是普通人家娶一房媳妇的花销用度就让他惊愕得无法合拢嘴。安休休则不然，这极具刺激性的话题将他身上积聚而起的劳累、疲惫、委屈等一股脑儿清除得一尘不染。河谷中清冽冽的山风拂在身上，洒脱清爽，浑身上下激情陡生，肩上沉重的褡裢仿佛已不复存在，就连脚底下亦像是涂了牛油般光滑顺溜。

"阿檀哥，村子里你瞅着谁最顺眼？"安休休兴奋地抛出了一个问题，他清楚这只是个开局而已，在接下来的讨论中，一路的攀缘辛苦将在这个话题内轻松而愉快地度过，而且尚觉路短。

这个话题两人私下里早已讨论不止一次，谁最顺眼何须用问，当然是邓家闺女邓瑞芳。若是放在一年前，他们俩绝对要顺着这话引子展开激烈而不无分歧的争执。激烈表现在让任何一个年轻后生热血偾张的话题本身，分歧在对焦点细节的审视。存在分歧，争执自然而然就出现了。多数情况下两人为眼睛鼻梁或者碎小到一道齐眉刘海，都要争到面红耳赤互不相让的地步，但是争执归底结根都是对年轻姑娘的赞誉，话题一旦结束，两人将不得不陷入垂头丧气的巨大失落和苦恼之中。因为他们知道，不管是统一见解也好，激烈争执也罢，所有的焦点到头来都与他们无关。譬如，邓家闺女邓瑞芳。一年前，对这个村中最顺眼的闺女，两人就在无数次的想象中展开热议和争执，又在无数次的热议和争执中想象。现在，他们却突然将话题远远避开邓瑞芳，如同不约而同有过集体性商量。因为不光他们这些外人，就是本村男女老少都心里明镜儿似的,顺眼闺女邓瑞芳早已心有所属,而且所属之人正是他们心里奉若兄长的大哥安敬思。且不说别的,仅是想起安敬思那双巨拳就足以让人不寒而栗。况且从心底来说,安敬思确实心地纯善,性情耿直,他们把他当作大哥且唯他是从,倒绝非是惧怕他那双拳头,而是他的憨实本性。邓家闺女自然不能再提,不光是他们不能提,即便是外人提起,但凡稍若有半点不恭戏谑处,他们也会毫不犹豫地拔拳相向。维护心目中敬重的兄长权威和形象,就是维护他们自己的权威和形象,有些话他们私下里可以讨论,但绝不容许外人说三道四,出言不逊。尽管两人多多少少对安敬思有点莫名的妒忌,但由那种妒忌引起的种种酸楚和不安仅仅涌到喉下就迅速烟消云散。

两人的商谈目标迅速转移到刘家闺女秀琳和秀枝身上,这个话题无所顾虑,大可放肆地谈论,尤其是在寂静午夜空无一人的山道上。

"阿檀哥,秀琳和赵家的婚事像是又没音讯了。你看看秀琳那身段儿,俏生生的,辫子又粗又黑,咋能看上赵家那个脑袋瘦得跟陀螺样的傻子,那可是一朵鲜花儿插在牛屎片上。"稀疏的星焰中,安休休露出一嘴白森森的牙齿,"秀琳估摸着就能配上阿檀哥呢。"

薛阿檀骂道:"少拿我说事,没见你那个酸涩样儿,秀琳前头走,眼睛盯着人家屁股能看多半天,还往我头上套!"

安休休一下子被薛阿檀说中了心事,嘿嘿一笑:"秀琳虽说脸颊上长了颗黑痣,但模样儿周正,身条儿柳枝一样,真要能讨得上她做媳妇也能说得过去。"

薛阿檀鄙夷地一阵冷笑:"去你娘的,还配得上配不上,你房无一间地无半垄,现下还在村里溜房檐头呢,居然还有脸讨人家秀琳做媳妇,你那才是癞蛤蟆想吃天鹅肉——做梦去吧!"

安休休脖子一梗,瞪大两眼不服道:"阿檀哥休要把自己看成提不起的烂豆腐一无是处，你咋能以为人人都像你认钱不认人？"安休休突然压低了嗓门，吃吃地笑，"有句话，我今日只悄悄地跟阿檀哥说，你可千万不敢在村里瞎传。"安休休神色诡秘，却丝毫不加掩饰地透着兴奋和得意。

这副嘴脸，薛阿檀最是熟悉不过。当初，安休休也不知从哪里与那伙自称黄巢大军的强寇接上了头，声称无须他们露面，只暗地里提供一些基本讯息，粮食银钱便会像流水一样哗哗进入腰包，神不知鬼不觉天衣无缝，而且还准备做成这次店头村的买卖再悄悄将安敬思拉拢入伙。薛阿檀想起来就懊悔不已，在他的印象中，与安休休的认识完全是基于两人都是沙陀部族人，无所依靠才不得已走近距离。若他是汉人的话，薛阿檀断然连句话都不愿意跟他说半句。

"有什么话你就说，深更半夜的连个狼都不见一根毛。怕我给你散播出去，你就憋在心里不要对我说。我稀罕吗？"对刘家闺女秀琳薛阿檀压根儿没有半点感觉，他心里装着的是秀枝，一路上他都在想那位胖乎乎的圆脸闺女此刻是在沉沉的睡梦中呢还是在油灯下给他纳鞋垫呢？上次他从秀枝家门前经过，秀枝唤他进去，就在门洞里将一双大红鞋垫儿塞进他怀里，塞完立刻将他赶出门洞，就像做贼一般。那个过程迅如闪电，可不管啥时候想起来，薛阿檀就犹如吃了蜜糖一样甜透心肺。但是最近半年来，秀枝见了他仿佛刻意躲避似的，薛阿檀认为造成这种有意疏远的原因怨不得别人，他完全可以想象得到一定是他们俩私通贼寇之事进了秀枝耳朵。薛阿檀为此羞愧难当，他决心从今往后老实本分做人做事，争取把这种极其恶劣的印象在最短的时间内消除掉，重新赢得秀枝的芳心。

安休休当然不晓得片刻工夫，薛阿檀就动了那么多心思，他还在回味着与秀琳间的秘密幽会。

"阿檀哥,那次咱俩锄田,我说肚子疼爬过对面山梁,你猜猜我干啥去了?"安休休得意扬扬地道,"哪里是拉肚子,秀琳她爹娘就在山后地里锄田,秀琳给他爹娘送饭。肯定要经过二道沟,我就在沟梁后等着她哩。你不知道,秀琳跟我相好着呢。我们两人就在沟岔后,啧啧,我抱住她好一顿亲。刚开始她还不让我亲,吓唬我说要叫她爹娘。我不怕,她哪里挣得了我,被我好一顿亲。那肉嘟嘟的滋味儿,阿檀哥你是想象不到的。嘿嘿。"

昏暗的月色中,安休休的脸上浮现出垂涎欲滴的沉醉神色。薛阿檀照安休休屁股上就是一脚,骂道:"你个淫邪贼性,你都亲人家嘴了,还往我头上瞎安。老实说,你还干啥见不得人的事了?"

安休休笑着急躲,褡裢里掉出三五个玉米面窝头,愣头愣脑圆头圆脑地滚落河谷两三个。

薛阿檀呀的一声惊叫,这些玉米面窝头都是邓瑞芳亲手蒸制,一再叮嘱让安敬思多吃点呢。安休休嘻嘻哈哈地将褡裢往薛阿檀怀里一塞,"我去捡就是,没掉进河里,沾点土怕哈,敬思哥才不在乎呢。"

安休休沿着河道土塄下到河谷,在河道的草丛里搜寻窝头。前方马上就到太山沟口,耳畔已听到强劲的山风从深沟里呼啸而出的轰响。虽是夏天,白天黑夜冷热温差奇大。村里蚊子在耳朵边无孔不入地嗡嗡作响,吵得人一夜都无法入眠。再加上屋里通风不良,热浪滚滚,即便是熄了油灯,躺在晚间刚刚生完火做完饭的热炕上依旧是个翻来覆去"烙烧饼"。出了寨门,一进风峪河谷情形就大不一样了,山风清爽,正是惬意。太山沟壑间更是爽朗得很,山上没有蚊子不说,睡觉半夜得紧裹着被子呢。

薛阿檀想象着,此刻安敬思四仰八叉地睡着踏实觉做着香甜梦的模样,自由自在,何其爽快。

两丈余高的河谷下，安休休黑乎乎的影子来回搜寻，边找边嘴里嘟嘟哝哝着，"寻见了两个，还有一个呢。"

"你好好找吧，我歇会儿。"

薛阿檀伸了个懒腰，将褡裢放在石头上，躺在沙地里，顺手扯起一丛青青绿草含在嘴里，那股苦涩而湿润的感觉让他的思绪瞬间跃回到那副红得耀眼的鞋垫上。头顶夜空如洗，月色幽秘，繁星闪耀，耳畔夜风徐徐，眼皮莫名其妙地变得沉重起来，意识逐渐模糊，竟不由自主进入沉沉梦乡。

突然，身上被人使劲推了一把，胳肘大伸，撞在石头上，疼得薛阿檀险些掉出生泪。

眼前黑影如山，喘息粗重，朦朦胧胧的天光下，安休休满脸惊异之色，嘴里骂道："娘的，像是有人朝这边过来了，人还不少！"

薛阿檀大惊，循着安休休指示的方向朝太山沟谷下晋阳城方向望去，黑乎乎的什么都看不到。

"你听！"

薛阿檀屏住呼吸，眼光衬着远方天地相连之处，猛然看到确是有一群影影绰绰长长的黑条石般的人影贴着风峪河谷遥遥赶来。"黑条石"在太山沟口边停下来，好像在进行着紧张的商议。之后，迅速隐入太山之内。

"不好，贼寇进山了！"

两人第一反应就是贼寇余党前来报复，而山上只有安敬思一人。头顶龙泉寺方向，一盏孤零零的红灯笼在山风中摇摇晃晃。

安休休吓得不知所措，薛阿檀破口大骂道："慌什么，料他们不认识路，爬上去也得天亮。咱们从后山摸上去，走！"

第十四章 决斗之太保出丑

薛阿檀、安休休两人翻越两道山梁先来路不明的队伍一步到达龙泉寺，将安敬思从睡梦中唤醒，时已至四更。山涧静寂，那队黑影尚无踪迹。安敬思当即在山门口又挂起一盏红灯笼，便与薛阿檀、安休休两人撤至寺外半里之外的一处山洞。山洞居高临下，在洞口龙泉古寺一举一动尽在视野之中。

月影西移，星宿已逐次隐匿，唯有清凉山风在整个太山山涧内呼啸作响。三人伏在洞口，眼睛眨也不眨地盯着通往寺院的山道。山道两侧植被茂密，灌木丛生，山道穿出林木遮掩，敞于露天之下，与山门衔接处只有不到十余丈在视线之内。山门处两盏红灯笼在晨风中微微摇曳。

安休休对安敬思挂灯的举动大感不解："安大哥，挂两盏灯是何用意？"

薛阿檀道："连这个也看不出来？安大哥应是给山下报信。"

安休休似懂非懂，见两人神色凝重，随之而来的疑问刚涌到喉间便只好不情愿地又咽了回去。视野中的红灯笼摇摆的幅度越来越大，摇得安休休两眼发木发酸，上下眼皮犹如坠了块石砣，不住打架。

"有人进来了！"

安休休闻言顿时一个激灵，瞪大两眼，果见寺院山门处涌上一队黑乎乎的人马。此时天光稍露，鱼肚渐显，虽看不清黑影面目，但见黑影一身黑衣短裤，呈两列纵队，由山道直接闯进山门，秩序井然，丝毫不显慌乱。

"日他娘的一伙子贼！"安休休双拳紧握，一直盼望寻找机会立显身手，一洗当日通敌之耻，骂道，"简直不见棺材不落泪，看样子不过二十来人，安哥打头，我们三个准保让这伙子贼有去无回。"

薛阿檀按住了蠢蠢欲动的安休休，沉声道："这伙人虽来路不明，但绝非贼寇。"

安休休大奇道："你怎么知道他们不是贼寇？"

薛阿檀指着黑影队伍道："你们看，他们行动统一，纪律森然，倒像是军伍之人。队前两人应是他们的首领，从打手势的姿势可看出，这些人必定受过严格训练。情势不明，万不可轻举妄动，先摸清楚他们的来意再说。"

安休休问安敬思，"安大哥，兄弟实在弄不懂，太山荒凉三四年之久，连个鬼影子都不曾光顾。也是个奇，这一年的工夫咋地如此热闹，像是这太山埋着金银财宝呢。"

对薛阿檀的观察定位，安敬思大为折服。此伙黑影确如他所说，绝非普通山贼，在运动中不仅表现出极其规整良好的纪律性，就连脚下动作都整齐划一，人人腰间配刀，左手统一置于刀柄之上。心下不由倒吸一口凉气，他清楚不管来者何人，肯定同邓还忠所说的宝藏有着密不可分的关联。

队伍穿过山门进入前院，在则天大帝的无字碑前站定。领头两人一位个子高挑,一位身材微胖,站在队前好似在训话。距离较远,听不清训话内容,但从张扬的手势和果断有力的劈砍动作判断,可知是在极为严肃地下命令。片刻,两队人马分成四五组朝寺院内各个方向奔去,开始搜查。龙泉寺空无一人,搜查自然简捷迅速。当数组人马从各处禅堂庭院内聚齐,领头两人交头接耳一番,一齐向山门处走来。高挑个子指着头顶上方两盏红灯笼似是讨论一阵后,又穿过寺院来到后院外的佛塔前站定,围着佛塔转了两三圈,接着便听到一声大笑。

禅院内飘起数道轻烟,队伍开始造饭。

"奶奶的!"安敬思揪起一把青草,蓦地重重击了一拳,"果然又打上佛塔的主意了!"

薛阿檀悄声问道:"安大哥,莫非佛塔下藏着什么价值连城之物?"

几乎未加思虑,安敬思已认定此伙人马即是被邓还忠当夜戳穿身份庞勋旧部现黄巢手下的尚让,他必是拿定了要掘出佛塔地宫舍利子的主意,这次带着援军志在必得。可见前期假扮僧人只是踩点,此次有备而来要强攻硬上,不见舍利子绝不罢休。

安敬思便将佛塔舍利子的来历简略地说与二人,唯独对曾在佛塔下对邓瑞芳的爱情誓言只字未提。薛阿檀、安休休听得目瞪口呆,安休休不无遗憾道:"早知宝物近在咫尺,何须着了贼人的手。只需一半天,咱们两个将地宫下的金棺掘出来,不就一生无忧了。"言下,甚是懊悔。"你敢!"安敬思怒道,"谁敢动佛塔的主意,看我不撕碎了他!"安休休吓得不敢作声了。

天色渐亮,寺院内一伙人分作三摊开始蹲在院子里吃饭,就连吃饭的过程都极为规整。人影依稀可辨,安敬思逐个在队伍中搜寻了一遍,却并未看到尚让的影子。

整整一天,三人伏在洞中关注寺内人马动向。除了临近中午时分,一伙人又聚集到佛塔前指指点点，亦未见有什么不轨之举。直到午后斜阳开始西下，方见两人跑出山门在石阶上警戒，其余人马竟是一齐朝后院的佛塔走去，手中居然都拿着短把铁锹，开始在佛塔前挖掘起来，立时尘土飞扬。

"一伙子贼！"安敬思勃然大怒，从洞口一跃而起，"你们在此等着，我下去看看！"

薛阿檀待要喝止，安敬思已是朝山下奔去。

龙泉古寺对安敬思而言已是轻车熟路，他没走正门而是从后山墙厨房处的豁口一跃而进，直奔佛塔。

"住手！"

正在埋头挖掘的黑衣人闻声，惊愕不已地看着仿佛从地下冒出的安敬思。一位高挑个子，额头宽平，肤色苍白的汉子大踏步迎上前来，皮笑肉不笑地对安敬思道："你是什么人，在此何干？"

从衣着和发式上安敬思一眼便看出此伙人非是汉人而是沙陀人！这委实让他吃惊不小，指着佛塔大声道："此处是佛家境地，岂容你们在此撒野，也不看看是什么地方！"

一位矮胖汉子闻声大笑不已，慢慢踱着方步过来，上上下下打量了安敬思一番，"听你后生口音，非是汉人，倒像是关外人。这话原是该咱们问你才是，爷做什么与你何干？十二弟，同他一个山野乡民啰唆什么。识相的趁早滚蛋，留条命。不识相的，这穷山恶水的，埋个把人算个鸟事。"

"四哥勿要莽撞，且听听他还知道些什么。"高个子倒显得彬彬有礼，对安敬思道，"这位兄弟，你可是在此附近居住？可知这太山之上三年来有何异动？告诉咱们兄弟，自有奖赏可拿。此寺荒废已久，你非出家人，那寺门口的红灯笼可是你挂上去的，用意何在？你到底是什么来头，放牧还是……"话头就此打住，两条人影从后院一跃而入，被称为十二弟的高挑个子神色大变。

薛阿檀、安休休两人已奔至安敬思身边。

"安大哥，他们是沙陀人！"

安敬思点点头道："我看出来了。"

矮胖汉子奇道："你们也是沙陀人？确是奇，没想到咱们在晋阳城下居然还能见到老乡。喂，老乡，可否借一步说话？"

安休休跺着脚骂道："兀那胖汉，休要攀亲，爷不认得你们这些个贼。瞧你们鬼鬼祟祟的模样儿，知道你们就是为佛家金棺舍利子而来，瞎了你们的狗眼，要挖也是轮得上我们挖，总有个先来后到，爷几个在此好几年了，哪里轮得上你们来此撒野！沙陀人怎么了，沙陀人有个好东西吗？明告了你，爷当初就是在关外受尽欺凌，才来此地寻宝的。要滚，也是你们滚！"

矮胖汉子待要发作，被高挑汉子挡住了，恭敬一揖道："三位兄弟既然都是沙陀人，看来都是南下雁门讨生活来的。实不相瞒，我等都是晋王李克用大人属下，率部南下勤王，路过此地，因朝廷军资紧张，闻知太山之巅佛塔下有金棺舍利，不过想启出来以作军资用度。待平定黄巢逆贼，再原物奉还就是。"

安休休嘿嘿笑道："兀那汉子好一张利口，说得倒是轻巧，宝贝启出来岂有原物奉还之理？哄鬼去吧。什么晋王什么李克用，咱不认识！"

高挑汉子强压怒火，脸上依旧挂着笑容，并不理会安休休的挑衅，对沉默不语的安敬思说道，"你们栖居山野，岂知朝堂之事？当今天下，当属世之英雄者，除了咱们沙陀人朱邪赤心尚无其二。眼下，黄巢贼寇四处流窜，祸害天下，兵进函谷关，前锋已攻陷都城长安。皇帝老儿一筹莫展，遂命咱们沙陀大军南下，老帅朱邪赤心赐以国姓，名李国昌，老帅三子朱邪三郎赐名为李克用，并已封为晋王，统管三晋大地。晋王属下十二太保，想必你们亦是闻所未闻，在下乃十二太保，姓康，名君立；这位是我的四哥，名列四太保，姓李名存信。"

被称为四太保李存信的矮胖汉子道："十二弟，费什么口舌。都是沙陀兄弟，你们可要听清了，晋王统管三晋军政，太山自然在属管之列，咱们兄弟二人奉晋王之命，在自家土地上想怎么折腾就怎么折腾，关你们什么事。漫说地宫内一个破金棺，就是把这座佛塔拆了烧了，就看兄弟们的心情如何了。"

身后一众挂着铁锹把看热闹的军士们哈哈大笑。

安敬思沉着脸道："我看你们敢！"

念在同胞之情上，康君立不想挑起事端，一抱拳道："三位兄弟看着也有些身手，何不跟着咱们兄弟随李克用大人下山勤王，建些功名事业，不比流落山野、虚度光阴好？"

安敬思道："我不管什么晋王李克用太保的，这佛塔就是不能动！"

笑容在康君立脸上立时凝固，嘴角微启，现出一丝冷笑。早就按捺不住的李存信一挥手，"好话说得太多了，敬酒没有，爷有的是罚酒。给我教训教训这几个给脸不要脸的东西！"

安休休惦念着地宫金棺，恨不得三脚两脚将他们打跑，巴不得事端恶化，尽快让安敬思出手予以制止，倒有一番大热闹可瞧。

"安大哥，不给他们点教训，不知道马王爷几只眼！"

一名黑衣装扮的军士挥舞着手中短把铁锹大步上前，喝道："四太保、十二太保的话你们没听见吗，不识相的混种，晋王名讳岂是你能所提？"

这头说着话，突觉手腕一股大力传来，也不知对方使了什么巧劲，手中铁锹被安敬思劈手夺过，惊愕之余，待要讨还，却见安敬思将短臂锹把在腿上用力一磕，锹把应声断成两截，甩手一扔，铁锹呼啸着眨眼飞出院墙。

李存信大怒："后生无礼！"

康君立伸手将他拦住，冷冷道："后生倒有些蛮力，四哥，让我来会会他。"

安休休一扯薛阿檀，两人退后数步，空出场地。

"这些不知深浅的东西，让他们见识见识安大哥的手段。"

康君立凝气于掌心，拳头紧握，指关节卡卡作响，突然挥拳照安敬思面门就是一拳。

安敬思力气虽大，却拼的是一股直力和蛮力，拳脚反应灵便欠缺。薛阿檀当年在关外曾断断续续习过些拳脚，对各路拳脚基本套式颇熟。康君立看似稀疏平常的一出手，薛阿檀已一眼看出此人拳法敏捷度远在安敬思之上，连忙警告："安大哥，小心！"

毕竟此伙人出自经过严格训练的军伍，自非昔日那帮乌合之众的山贼可比，安敬思自然多加了提防。早在康君立握拳之际，他已在心里暗暗判断出拳方向。谁料康君立功夫甚是了得，出拳飞猛迅速，即便安敬思判断完全准确——那拳头确实朝面门而来，几乎不假思索，偏头躲避，依然慢了半步——拳头擦着面颊而过，顿时右颊火辣辣生疼；那拳头力道奇大，半边脸连同右眼立时肿胀，眼前金花飞舞。安敬思不敢怠慢，眼见康君立右拳即收左拳随至，左拳直击小腹方向，躲闪已是不及，他果断抬起右膝，与同样快如闪电的左拳在距小腹两寸之地相迎。康君立先声夺人，一拳之下已对安敬思功夫有了精准的预判：果不其然，只是个空有一身蛮力的乡野匹夫罢了。左拳出得不急不缓，却是分外自信。对安敬思的感知能力、反应速度以及做出判断等一系列掌控自身行为的及时性和准确性尽在把握之中。出击的拳脚顺序和需要拿捏的力道自然心中有数，而且在左拳呼啸而出的过程中，他分明看到对阵的安敬思两腿并排而非一前一后形成进可攻退可守的马步姿势，心中迅速做出左拳回身之际便是下盘右腿横扫而出的黄金时段。有此两拳一腿，眼前这个傻大个必定如坨笨重的磨盘石一样轰然倒地。那么，这就意味着一场决斗至此胜负立分。想象着这伙乡野匹夫狼狈逃下太山的模样，康君立已是轻蔑地冷笑数声。

殊不知，一系列周密而自信的运算，并没朝康君立所设想的方向和步骤而去。左拳非但没击打在对方触手软绵绵的小腹上，反而与一条斜刺里抬起的腿狭路相逢，这多少出乎康君立的意外。对手既不做出任何躲闪的姿势，也没有如同拳法套路上出手相拨或隔离的任何动作，而是采取了拳法所忌——针锋相对、迎面而上的蛮横做派。虽则有些意外，但并不妨碍和影响康君立拳头的走势。他相信这一拳的威力，丝毫不亚于右拳，只要击打不落空，即便他是全身铁甲铜胄，亦势必让对手疼痛难忍，及时退出阵外。

好像并没有听到任何声响，围观人群分明看到两人各退后丈余。康君立左手臂隐隐发颤，脸上虽看不出痛苦神色，但是他的目光骤然由自信散漫而变得异常冷峻，定定地看着对手，眉棱骨微微跳了数下。安敬思亦觉得膝盖处隐隐发痛，他用力蹬蹬腿，心下亦是胆战：尚未遇到如此对手，此人出手速度之快，且拳拳到肉无疑是想将自己置于死地，两拳若都让其得逞，只怕不死也得落个残废。安敬思迅速调整思路，眼睛陡然落在康君立腰间手掌宽窄的黑色牛皮腰带上。他有自知之明，自己的一身过人蛮力是在与对手贴身肉搏过程中才能彻底显示出来，过拳脚他绝非人家对手。再者，对那些一招一式来来往往半天不见胜负的打法，安敬思在心里鄙夷至极。在他眼中，那不过是些看上去花里胡哨的花架子而已，决战就是要立竿见影，过程繁复只能徒添笑料罢了。想到这里，他已经有了主意。

　　康君立不言声，猛一提气，两拳一拳在前一拳在后，径直朝安敬思的左肋部位呼啸而至。安敬思的判断异常正确，但是他的反应仍是慢了半招，躲闪速度根本与康君立的进攻速度无法匹敌。但是再次出乎康君立意料的是，安敬思在避让来拳的过程中，全身大踏步迎面向他走来。这种不懂得防御的打法让康君立颇为吃惊，右手仅有半只拳头击在安敬思的左肋之处，力道顿卸大半。安敬思顿感一阵骤痛，但这恰恰是他独特的进攻方式，拼着挨一拳头，全身贴近对手。双手前伸，蓦地死死抓住康君立的牛皮腰带——那一刻，他异常清楚地知道，属于他左右战局的时机到了。康君立右拳既收，左拳正欲出击，突地感觉两脚离地，身体悬空，出击左拳力道顿时消失大半，臂膀酥软。须知，人的四肢之力全部来源于坚实的土地，一旦离开土地，世上万物失去根基，皆属虚无，勿论人。

　　众人惊呼声中，安敬思已将康君立举过头顶。失去任何依托的康君立犹如一片随波逐流的浮萍，两手四处乱抓乱挠，却毫无办法。

　　李存信怒道："快将我十二弟放下！"

　　安敬思嘴角浮出一丝冷笑，"想要吗，给你就是。"两臂一用力，近二百斤重的康君立像断了线的风筝轻飘飘地朝一伙看热闹的军士掷去。李存信毫无防备，欲待上前迎接，又担心众人手中的铁锹伤及康君立，当下也顾不得多想，双手一阻，大喊道，"闪开，闪开！"

　　军士们发一声喊，忙将手中的短把铁锹贴在身边，脚下迅速后撤。这一撤，却撤出了一个大大的空档。空档处，正是他们先前挖出的一个已有两尺余深的土坑。康君立人在半空，已一眼瞅见不远处棱角分明的土坑。迅速一测算，落地之处正在土坑处，几无差错。只可惜身体悬空，竟是无可奈何，只好一闭眼，听天由命。

"咚"的一声骤响，康君立庞大的身躯直直跌入坑中。身在半空的康君立原本想尽量缩小身体，哪里想到事实上恰好相反，身体非但没有蜷缩，反而四肢伸开，躯体大展。坑小人大，不偏不倚，整个人跌进坑里，左大腿却搭在了土坑边缘。痛彻心扉的康君立狂叫一声，左边身体犹如被人生生卸去了一般，软绵绵地倒在坑中缩成一团。

"还愣着看什么，还不将康将军扶出来，等着吃拳头吗！"李存信勃然怒吼，回头对安敬思骂道，"乡野匹夫，看四爷取你狗命！"

康君立被人扶起，一手痛苦地扶着左腰，一手试图阻止李存信，"四哥，勿要莽撞，你不是他对手……"

暴怒之中的李存信眼冒火光，青筋毕露，胡子斜飞，喉间"哇呀呀"一声怪叫，也不说话，低头向安敬思冲来。李存信又矮又胖，颈部微缩，两臂收于腰际暗暗发力，只待欺身而上之际，就使出连环组合拳，分上中两路将眼前的傻大个打倒在地，再飞身跃至身上，让他吃一顿饱拳，替凭空受辱的十二弟报仇雪恨，挣回面子。

安敬思早有防备，面部来拳之时，躲让不开干脆不避让，伸开双臂，五指大分，直抓来拳。论武艺论智力，李存信本在康君立之下，且又是狂怒之中，一心只顾复仇。所有的力道全部输送到两拳之内，奔跑的短粗腿陀螺般飞转，步速虽快，步距却大，这一破绽被安敬思看在眼里。当下，上部出手，下面出腿。两人拳头相触之时，安敬思的大长腿已如绊马索，李存信两条短粗腿一条也没避开，前冲的身体骤然凌空。手臂被一双大手牢牢抓住，瞬间动弹不得。嘴里兀自痛骂不已，和康君立的遭遇同出一辙，整个人被安敬思斜斜抓起。唯一不同的是，康君立是仰面朝上，李存信是面朝下。骂声不绝的李存信两手紧紧抓住安敬思一只手臂，试图借力逆转。平日里粗壮有力可举起二百斤重石锁绕大校场走一圈面不改色气不长喘的李存信瞬间发现，原本属于自己让他在兄弟们中间引以为豪的力量已荡然无存，就连身体都不再受自己的支配。

刚才，康君立被安敬思举在空中手足乱舞之时，李存信尚觉可笑：平日里仗着有几分才识在父王面前时不时伏耳细商，让兄弟们大为不满的十二弟竟也有今天之狼狈模样。李存信甚至有种报复的快感，让这小子吃次大亏，尤其是在自己跟前丢次人，往后就老实多了。但是他没想到康君立竟被对手轻飘飘的当一片落叶般掷入坑中半晌爬不起来，这个人丢的可不止康君立一个。围观之众，都是平日里在他们手下唯唯诺诺、言听计从的普通士兵，传出去脸实在没地方搁。他要报仇，不单是为刚才还看其出丑的十二弟，而是为了全部十二太保的脸面。让李存信更没想到的是，仅仅半个回合，甚至连个回合的雏形都没让那些围观的下属看清，他就身在半空了。

李存信惊愕之余，眼光四处搜寻土坑所在：他宁愿被这个傻大个直接扔在地上，也不想跌进土坑。他可以出丑，但不能同十二弟出同样的丑。否则，这个丑就出得更大了。他哪里想到，安敬思四处搜寻投掷地点之时，目标就是刚才的土坑。土坑边，康君立刚刚被军士们趔趔趄趄地扶出来，还没完全让开坑口。安敬思便有意迟缓了一会儿。随着身体微微旋转，李存信惊恐地发现，傻大个眼睛直盯着土坑位置，嘴角甚至浮现出一抹孩子气般的得意。眼睛一闭，心想：完了！

"去你的吧！"安敬思哈哈大笑。大笑声中，李存信胖墩墩的身体像块被顽童掷出去的石块一般向土坑飞去。

此次，围观人群无须听命，发声喊向两边散去，唯有康君立浑身疼痛，无处躲闪。幸好手无寸铁，下意识双手平伸，叫声，"四哥！"一高一低、一上一下、一胖一瘦，瞬间扭结成一坨肉堆，"啊呀呀"怪叫连天向后倒去。又是个不偏不倚，两人滚作一团，准确无误地跌进坑里，竟然将三尺余见方的土坑塞得满满当当！

围观军士们想笑不敢笑，挂着铁锹，大张着嘴，眼睛呆直，愣怔当地，作声不得。半晌，才醒悟过来，抱腿的抱腿，揪臂的揪臂，好不容易将两人从坑里拉出，恰好李存信腰带铁索与康君立的牛皮腰带扣在一起，撕扯了半天才将两人分开。

　　两人呼哧呼哧喘着大气，灰头土脸，脸红脖子粗，却再无一人敢寻死觅活地报仇。一伙军士们见识了安敬思的手段，又亲眼看到两位在军中耀武扬威、不可一世太保的下场，人人吓得呆若木鸡。

　　安休休趾高气扬地挤上前来，笑道："实话告了你们，也是我这哥哥念着同是沙陀人，手下给你们留了些情面。也是异想天开，太山之宝也是你们想拿就能拿的？有谁不服上来试试！"

　　一众人围着狼狈不堪的李存信和康君立，看两人脸色。康君立强忍疼痛，对安敬思抱拳一揖，"无怨乎高手全在民间，今日得遇大侠，康君立吃这份亏想来原是与大侠有着天缘，请问大侠尊姓大名？他日若有机缘，我们兄弟定当好好切磋一番。"

　　安休休道："大侠姓安，名敬思，我是他的兄弟，安休休是也！"

　　康君立道："安大侠之名，兄弟牢记在心。"

　　安敬思斥道："往后休要打太山佛塔的主意，下次让我碰到，小心尔等狗头。还不快滚！"

　　一伙人闷声不响，收拾家什。

　　薛阿檀道："把土坑埋住再走不迟，管挖不管埋，天下有你们这等半途而废的营生吗！"

第十五章　勤王之沙陀大军

唐僖宗广明元年（880），对曾经辉煌一世的大唐王朝而言注定是个多事之秋。当年十一月，声势浩大、席卷江南半壁江山的黄巢起义大军连续攻克饶、信、池、宣、歙、杭等十五州，起义军如滚雪球般越滚越大，达二十余万之众，唐廷震惊。原以为源于乡野的不过是群不堪一击的乌合之众，不足与庞勋祸乱可比。随着前期的围剿，谁料非但没有将起义之火扑灭，反成不可阻挡的燎原之势。朝廷连忙以宠臣田令孜为汝、洛、晋、绛、同、华都统，率左、右军征讨。当年十一月二十一日，黄巢大军西犯，攻战虢州一线，警告拒守的潼关守军说，吾道淮南，逐高骈如鼠走穴，尔无拒我！仅仅半月之后，黄巢直捣长安。极具讽刺意味的是，起义大军入城之际，唐僖宗与文武百官正在朝堂上商议退敌之策。君临天下不足七年的唐僖宗大惊失色，原以为长安城下来自全国各地星夜驰达的近三十万勤王军马虽没有必胜把握，将黄巢乱军剿灭于城下，至少能抵挡半年六个月之久，岂知前后竟不足半个月，此起彼伏的喊杀声转眼已在耳际。唐僖宗再也坐不住了，他遗憾而不无痛苦地拍着原本只属于他自己一个人的专座龙椅，涕泪滂沱中已根本无暇所谓的天子颜面，在田令孜神策军的护佑下，狼狈地一头扎入蜀地，逃往成都避难。逃亡途中，文武百官及诸王、妃多不知皇帝去向。

当日午后，黄巢大军前锋攻进长安，唐廷都城陷落。黄巢进入长安，并没有集中精力安抚民众，稳定时局，而是急于登基称帝。十二月十二日，黄巢于含元殿即皇帝位，国号大齐，建元金统。

长安沦陷，让唐僖宗清醒地认识到所谓的勤王大军，多数在长安城下持观望状态，投入实际解围战役中的不过十之二三。唐朝末年，天下大乱，执掌兵权的各节度使手握重兵观望不前，意图保存实力，将来有与朝廷讨价还价的资本，其心何其毒也。但是唐僖宗又无可奈何，汉军是指望不上了。朝廷的目光再次将复国希望投在远在雁门关之外的沙陀人身上。当年沙陀部族在首领朱邪赤心的率领下，征讨庞勋叛乱，作战英勇、强劲剽悍的沙陀人的战斗力让唐王朝眼前骤亮，朱邪赤心亦没有让唐僖宗失望。在长达一年的征讨中，屡屡建立奇功，最终逼迫庞勋兵败自杀。至此，沙陀部族一举成名。唐僖宗刚缓口气，随即惊恐地发现，沙陀部族在平叛战役中，势力日趋壮大，成为朝廷的又一潜在威胁。沙陀久居塞外，本为朝廷心腹之患，只是鞭长莫及，再加上眼皮子底下各路叛乱风起云涌，朝廷根本顾不上收拾关外这支野心勃勃的外患。庞勋之乱，让朝廷骤然看到了某种一石二鸟的希望，让沙陀部族人马南下与庞勋作战，让外患与内乱针锋相对，互相消耗，朝廷坐收渔翁之利，岂不是妙。可惜的是，朝廷的算盘打得并不如意，尤其是沙陀部族非同寻常的战斗力震惊了朝廷。庞勋失利后，朱邪赤心所部以平叛首功之尊返回关外，朝廷极不情愿地给了朱邪赤心云州观察使之职，聊作安抚。沙陀部族浴血奋战，付出近三千人伤亡的代价最后只落了个观察使，且在州刺史汉人将领段文楚的直接领导下。沙陀部族犹如遭受极大侮辱，不断寻衅滋事。朱邪赤心第三子朱邪三郎，作战勇敢，战场上常着一袭黑衣黑甲，人称"朱邪鸦儿"。朱邪三郎"一目眇"，一只眼睛有毛病，幼时被伙伴们戏称为"独眼龙"。

正是这位朱邪三郎在平叛庞勋战役中勇猛无敌的表现引起了其父亲朱邪赤心的格外关注。退守云中后，以朱邪三郎为首的一伙年轻将领对朝廷近乎施舍的云州观察使大为不满，终在一次密谋后，借口军饷被克扣，公开与云州刺史段文楚叫阵。段文楚大怒，试图出兵弹压，正好给予朱邪三郎以口实。一众年轻将领二话不说，一鼓作气杀掉段文楚，拿下云州，簇拥朱邪赤心自立为王，公开与朝廷决裂。唐廷恼羞成怒，连续派兵前往镇压，三次围剿，屡剿屡败，一筹莫展。黄巢大起义在江南引起重重战火，腹背受敌的朝廷无暇顾及北境边患，匆匆忙忙调兵南下，与黄巢开始了激烈的攻防战。

这场旷日持久的战争，朝廷非但没有如期剿灭叛贼，反而接连丢城失地，烽火四起，最后连国都长安也丢了，皇帝仓皇出逃。

就在千钧一发之关键时刻，田令孜到底是明白人，提出剿灭黄巢的重任还是非沙陀人莫属。事实上唐僖宗亦早已想到过此事，但是他实在不好意思开这个口，毕竟刚刚还视沙陀人为叛贼呢。内心里也承认，除了沙陀部族，黄巢之乱实难息止。万般无奈之下，朝廷只好涎着脸派出使臣奔赴关外与沙陀人言和。内忧外患、兵火连绵、举国千疮百孔之际，朝廷哪里顾得上脸面。

其时，代替父亲执掌兵权的正是朱邪三郎。朝廷使臣到达关外，刚刚提出朝廷的要求，就惹来将领们的怒斥喝骂，堂堂大唐朝廷首鼠两端，不讲信用，连派去的使臣都觉得脸红脖粗，期期艾艾，不知如何作答，只好将求助的眼光投在朱邪三郎身上，希望得知他的明确态度。与属下将领们的态度恰好相反，朱邪三郎从中看到了莫大的希望之光。虽说沙陀人曾建立功勋，并在关外扯旗自立，但是这些年来在与其他部族的征战中亦损失惨重，急需接受一次重新洗礼。军伍的扩张和洗礼，只能来源于战争。

朱邪三郎力排众议，当即拍板，大大方方地接受了朝廷的任命。是年，朝廷赐姓朱邪家族国姓，朱邪赤心改名为李国昌，朱邪三郎改名为李克用并封为晋王。

晋王李克用率军南下，沿途名正言顺地不断扩充军伍，出关时仅有五千人马，到达晋阳时已达六万余众。在关外连年征伐作战中，李克用就开始细心地搜罗人才，数年之内，帐下已是猛将如云。其中最为让他满意的是膝下收罗的十二个义子，人称"十二太保"。这十二太保分别是：大太保李嗣源，二太保李嗣昭，三太保李存勖，四太保李存信，五太保李存进，六太保李嗣本，七太保李嗣恩，八太保李存璋，九太保符存审，十太保李存贤，十一太保史敬思，十二太保康君立。其中，除三太保李存勖为李克用亲生外，其余均为养子。

四太保李存信和十二太保康君立关系最为密切，武艺本领在十二个太保中亦属上乘。谁能想到正是这两位太保在大军秘密进入晋阳没几天，就在太山被一位名不见经传的乡野后生暴揍了一顿，出尽了丑相。

得到挂在龙泉寺山门外的两盏红灯笼的信息后，邓还忠火速赶到太山，太山已平安无事。

"李存信和康君立带人上太山？"邓还忠大为震惊，沙陀部族以勤王大军的名义出雁门关南下进入晋阳城的消息已传得沸沸扬扬。此次率军南下的主帅李克用竟是朱邪赤心的三子朱邪三郎，邓还忠陷入了沉思。

邓还忠的沉思没有瞒过薛阿檀的眼睛，"邓叔，您认识他们？"

"岂止认识。"邓还忠道，"当年，我随朱邪赤心就是现在的李国昌随军南下，在平定庞勋叛乱之时，晋王李克用尚是军中一位血气方刚的少年将军。不想现下竟已是统率千军万马的晋王,当真是恍如一梦啊。"事实上,还有很多沉重的话题,邓还忠只是不便说而已。但是,灵敏的嗅觉告诉他,李存信和康君立的太山之行,已经毫无悬念地给他、包括安敬思三个年轻后生种下了无法避除的灾祸。从此,太山将不再宁静。

安休休害怕了,他亦从邓还忠深邃而忧虑的目光中悟出了某种让人惊恐的危险,"这次可闯下大祸了,谁知道他们是晋王的人!"

薛阿檀轻蔑地扫了他一眼,"是福不是祸,是祸躲不过。先听听邓叔如何处置。"

安休休急道:"我看咱不如下山到人家晋王营里请罪,给他磕上千儿八百个响头,咱们不过是些乡野小民,他们都是吃皇粮的朝廷人,身份高贵,断不至于与咱们一般见识的。我觉得这个主意好。"

邓还忠又像是自言自语又像是对安休休说:"李克用十二太保,我听说除大太保李嗣源和三太保李存勖心府沉稳、做事谨慎外,其余十个太保个个均非省油之灯,在战场上他们冲锋陷阵,历来英勇无比,在为人处事中却个个心狠手辣,手段残忍。此次太山遭敬思一顿羞辱,断然不会就此罢休。"

安休休闻言,哭丧着脸说:"那可怎么办,要不今日咱们就赶紧下山,远走高飞,先避祸再说。"

安敬思道:"要避你们避去,我怕甚。有胆让他们只管来就是,管保有一双拳头让他们吃去。"

邓还忠沉思良久,道:"先勿要惊慌,从今日起我不离太山,静等他来就是。"

薛阿檀惊喜道:"邓叔既出此言,必是有可化解此祸之法。我等性命可无忧矣。"

安敬思不解道:"邓叔,有什么好办法,能否和咱们说说?"

邓还忠微微一笑道："晋王所部上太山，非在佛塔舍利。如不出我料，三日之内，晋王亦会亲自上山。休休所言也是实情实理，你们可尽快下山，避一避也好。"

自己惹下的祸事岂能让别人承担后果，安敬思顿时急得脸红脖粗，"邓叔，敬思断不会离开太山和邓叔一步，我倒要会会这十二个心狠手辣的太保，看看他们到底有什么本领。耐得过我一拳的，任由他们处置，别无二话。"

安敬思的直爽性情颇受邓氏家族的认可，邓还忠暗暗称赞胞兄邓万户的眼光，当他决定将女儿邓瑞芳交与安敬思之手，邓还忠是双手赞成。但是另一方面，他又不无忧虑地想到，恰恰正是这种倔强耿直的人性，不懂得韬光收敛之术，有时往往会给他的一生带来难以预料的灾祸。虽则世事无料，一切尚是后话，但邓还忠的忧虑非但没有减弱，反而愈发强烈。人世实在太过险恶，处处都充满着谁都无可避让的杀机和莫测深浅的陷阱，像安敬思他们这辈年轻后生，正值血气方刚年龄，常年栖居乡野，对外面的世界近乎一无所知，缺乏历练，他们最好的归宿应该是在山下，守着数亩薄田，过一生安稳日子才是正理。邓还忠忽然觉得异常懊悔，当日确不该让他知道得太多。眼前不过一处人迹罕至的群山罢了，所谓的宝藏也好，佛塔舍利也罢，与他们有什么关联，非得涉足其间，凭空招惹无端之祸。

但是事已至此，只能听之任之。真若灾祸降临，邓还忠心底虽有对策，可是能否确保他们的安全，实在底数不明朗。

"阿檀、休休，你们俩即日下山，勿要抛头露面！"

薛阿檀道："薛阿檀本为关外人氏，无奈才流落晋阳之地，多年来受邓家照顾，已是负债累累，可叹无以为报。当日，外通贼人，险些造成血债，想起来实在羞愧难当，若非邓叔手下留情，阿檀怕羞也羞死了。这条命原是邓叔和安大哥给的,既有灾祸,我岂能一避了之?大不了把这条贱命葬在太山之巅,阿檀毫无怨言。"

安休休摇摇头,笑道:"我原也是说个笑话罢了,安休休也不是怂包孬种,我哪也不去,和你们生死在一处!"

邓还忠看着三位年轻后生因激动而热血上涌的面孔,大为感慨,点点头,回身望着视野之内郁郁葱葱的寂静山林,"那好,知祸不避祸,正是男子汉大丈夫所为。咱们就等着这个灾,我要看个究竟,到底是个劫数还是变数!"

大权在握、踌躇满志的晋王李克用四仰八叉地坐在晋阳城内王府高脚圈椅上,面前的几案上多半壶风峪酒香气清醇,与眼下手中权力所带来的满足感和刺激感无隙地融合在一起,无比的惬意和沉醉。在危机重重、血雨腥风权力争斗的漩涡中沉浮了半生之久,终于如愿以偿地登上这尊宝座。应该说,比起在关外大漠中四处征战、居无定所近乎流寇般的岁月,李克用已经知足了。连他自己都没想到,为了一个云州节度使的官职,他九死一生,不惜杀掉段文楚才得以到手,而且那个用无数人的鲜血和生命换来的官职还是自封的!想起来真是可笑至极,就在他准备赌上沙陀族全部家当死守云州节度使这个官衔时,远在三千里之外的朝廷竟然甩给他一顶比云州节度使不知重了多少倍的晋王的官帽。人生真正无常,就像一个衣衫褴褛、饥肠辘辘、几近奄奄一息者蹒跚在一眼望不到边的茫茫大路之上,可能只是为了视线之内的一处臭水塘,敦料眼前突然降临一桌豪华的晚宴,而且食之不尽。

当然,掌控三晋军政大权,晋王这一犹如天下掉馅饼的美差绝非单单让人坐享其成那么简单,这个充满诱惑的尊位本身就是道莫测深浅的陷阱,朝廷不会无缘无故地拱手让给任何人。李克用何其人也,自然掂得出这个分量。朝廷看中的并不是当初的朱邪三郎或现在的李克用，而是李克用麾下曾经给大唐王朝造成严重威胁的上万沙陀精锐，想通过高官厚禄将他引诱到整个朝廷布局的棋盘上来，让他甘当一枚冲锋陷阵的棋子。无怪乎大唐数十万人马居然连个私盐贩子出身的黄巢都剿灭不了，不是不剿，压根儿是没人真心出这个力罢了。手握兵权，无论何朝何代何时何地都是一支可撼动天地震慑朝廷的重要力量，手里有兵权有实力，甚至可以坐在与朝廷同等的位置上讨价还价；反之，无兵权无实力，你只是臭屎一坨，走到哪都没人理你。如此看来，中原大地节镇军政大权的实权人物何其多也，他们个个精明干练，人人聪明睿智，算盘拨得震天响，唯独朝廷一发声，立即偃旗息鼓，选择闭嘴。

李克用自认为并不比这些人迟钝，同时他还明白物极必反之理。过分的聪明只会沉坠于过分的自信泥潭中不能自拔，可以避免很多扑面而来的灾祸，但也会失去天降洪福的历史机遇。

当晋王这顶桂冠在李克用面前散发出诱人光泽的时候，沙陀部族几乎群起而反对南下，受朝廷节制。唐朝皇帝言而无信不说，竟然能做出恩将仇报的无耻举动来，实在让人寒心。当年征讨庞勋之乱是谁冲锋在前，是谁浴血苦战，又是谁将庞勋逼入死胡同最终自杀身亡？朝廷忘了，忘得干干净净，他们举起酒杯，在歌舞升平中一边庆贺胜利一边举起屠刀，向他的救命恩人毫不犹豫地劈落，连眼都不眨一下！沙陀的将士们受够了朝廷的出尔反尔，受够了朝廷的小人做派，看够了朝廷自作聪明又虚伪透顶的身手。于是，一边倒的反对，声若浪潮。

天下任何事都是利弊相存，风险与机遇同在的，政治更概莫能外。李克用就从中看到了耀眼之光。这道耀眼的光完全可以照亮整个沙陀部族未来的旅途和走向。关外一年四季风沙四起的环境太恶劣了，可活动的区域实在太狭窄了，禁不住纵马驰骋，更为重要的是实在不适合让英雄的志向得以舒展。英雄的视野早已越过雁门关高耸的门楼，投射到中原大地处处明朗的青山绿水中，那里才是施展身手、建立伟业的大舞台。朝廷犹如在李克用头昏脑涨之机，给他脖子底下塞了个松软的靠枕。他可以凭借这个靠枕，大大方方地走出荒漠，走进边关，走进中原！而且，以晋王的名义，他甚至可以扩充兵伍，辖内一切人员物资任我享用，天下哪里有这等美差。

当然，李克用亦明白，这是一场豪赌，沙陀部族的身家性命就是赌资，但是一想到将沙陀部族的势力和根基稳稳地扎进中原大地肥沃的土壤中，李克用觉得，这种变相的交换绝对物超所值。

于是，李克用力排众议，在一片反对声中率兵南下。当初出关时不过万余人的队伍在沿途不断扩张，刚到晋阳城就达六万之众。这是反对派们没有想到的，同样也是李克用没有想到的。

摸摸头上晋王这项顶戴，李克用笑逐颜开。但是，他感激的绝非是唐朝皇帝，而是黄巢。与当年征讨庞勋一样，没有庞勋，数百年来困居大漠过着简单而贫困游牧生活的沙陀部族不可能一跃而成为震惊天下的劲旅；没有黄巢，朝廷不可能屈尊与一天前的边患眉来眼去暗送秋波，将晋王的桂冠亲自戴在李克用的头上。打着勤王旗号的沙陀劲旅一出关，就受到四方百姓的热烈拥护，送子送夫参军报国的队伍日夜络绎不绝，百姓们箪食壶浆，夹道欢迎的热闹场面让李克用感动不已，更让昔日那些反对出兵入关的顽固不化者们意识到了自身的短浅目光，尤其是看到沿途黑压压的部伍在成倍成倍地增加，反对派们完全信服了：跟着晋王打天下，生死无悔！

李克用率领沙陀人马堂而皇之地走进了大唐王朝的棋盘上，当起了一枚棋子。至于棋该怎么走，倒未必是唐王朝说了算。在权力场中摸爬滚打半生，深谙捭阖之术的李克用完全有这个自信。

殿门外有脚步声响起，沉溺于对未来畅想筹划之中的李克用陡然意识到，这里已不是关外的穹顶帐蓬，而是晋阳府，汉家讲究的王道礼法，他必须时刻注意自己的形象。眼下的晋王代表的不仅仅是李克用，而是整个沙陀部族。何况，凭感觉他知道进来的不过是一群毕恭毕敬的下人，唯其是下人，他更应该在形象上愈加留意，这关系到晋王的威权。

李克用迅速而果断地挺直腰身，从几案上拉过一堆文书，故意装作认真审阅的模样。虽然在密密麻麻的文书中，至少有一多半字不认识。

进来的是一位侍女。这位身份卑贱的侍女连头也不敢抬，说话语气都十分羸弱，生怕打扰了正在处理国事的晋王大人。

"晋王爷，夫人说梨汁汤熬好了，让您一会儿过去。"

高高在上的李克用似乎还不习惯下人们的卑躬屈膝和小心谨慎，权力和地位的巨大落差确实捧起一批人同时也压服了一些人，诸如眼前的堂堂晋王和这位侍女。在李克用的印象中，按照以住惯例，可自由进出帅营帐蓬者，不管是身份高贵还是地位卑贱，说的都是实实在在的大事，堂堂一碗梨汁汤何须专门派人来传话，实在是小题大做。

李克用挥挥手道："告诉夫人，就说公事繁杂，无暇喝梨汁。"

侍女答应着，垂头正要退出。殿门口一位四十余岁短衣打扮的妇人大步闯了进来。

"三郎，给你熬下了梨汁汤怎的不喝？我一路上好不容易才从汉家打听来的偏方，前段时间日里夜里的咳嗽，简直能咳出五脏六腑来，让人听着害怕，你不要命了！"

来者不是别人，正是李克用的正妻刘氏。

李克用指着案头一叠文案，无奈地笑道："夫人，你不看我这案头营生快垒到房顶了吗？都是很重要的事，需我亲手审批。现下不同以往，我是晋王了……"

刘氏不耐烦道："晋王是个啥，没个好身子骨，你就是当了皇帝还不是病秧子，有什么用？"刘氏说着，已是从李克用手中夺过笔扔在一边，"只怕字认得你，你不认得字，别坐在这里装模作样。别人不清楚，我不知道你几斤几两，跟我喝梨汁汤去！"

李克用当年手中一杆钢枪，率"鸦儿军"出入千军万马战阵，往来冲杀无所畏惧，让沙陀部族所有将士纳闷不已的是，唯独在夫人刘氏面前，李克用浑然成了另一番模样。当初，在决定是否出关的议会上，在一片压倒性的反对声中，李克用实际上极其苦恼，他希望有人站出来，哪怕是一个人的声音，也会坚定自己出兵南下的决心。

这个人出来了，不是别人，正是夫人刘氏。

"我主深受国家重恩，宜早报效朝廷，何致迟疑乎！且大唐关外名镇诸侯，皆手握重兵，无不日夕担忧唐主安危。倘有一路灭了黄贼，那时我主有何面目见朝廷，见沙陀父老！"

满帐将军面面相觑，一齐噤声，李克用"啪"地拍案而起：出兵！

堂堂沙陀部族的领袖，在事关军国生死存亡的十字路口，竟被一个妇道人家训得犹如三岁孩童。

此事暗地里在整个沙陀部族传为笑谈，退居幕后，甘心情愿让这伙少壮派们走上历史舞台的老沙陀领袖朱邪赤心（即李国昌）闻知此事，突然抚须大笑："三郎有此贤内助，大事可成矣！"

第十六章　南下之风峪河谷

冒着热气的梨汁刚端上桌，李克用端起碗就喝，刘氏刚想阻止，李克用已是烫得霍地跳将起来，险些将汁碗打翻在地。

"夫人，梨汁怎是如此做法，莫非进锅煮了不成？"

刘氏将毛巾甩到他手中，嘴里数落道："说你是个瞎头苍蝇原没说错了你，只管由着性子来，也不看看冒着热气，没烫断你的喉咙！这还是路过忻州时，有家大姐告诉我的偏方，白天看着好歹是个正经人儿，一到黑夜，咳得像个鬼，没个好身子骨，做什么亦有何用？"

李克用笑道："原是夫人最疼三郎，三郎心里有数。往后小心着些，大小你家三郎现在是朝廷的晋王，勿要说话夹枪带棒，又不是咱家后堂，由着你的性子来。尤其是对着外人的面，好歹存些体面，要不往后这个官怎么当？"

刘氏剜了他一眼道："我不认什么官不官的，原不过戴在头上顶帽子罢了。今儿你戴明儿他戴的，你以为生下来就烙在你身上了。再说，官咋地，还不得吃喝拉撒过日子？我最见不得你们这些男人，不管大小头上顶个帽子就把自己不当人的看,人模狗样地坐在上头,显摆好看吗?吃几两饭拉几泡屎,别以为我不知道。"

李克用不服道:"当初入关南下,还不是夫人所催?按本王的意思,南下迟早是要南下,得等待好时机。"

"什么好时机,黄巢被别人灭掉才算好时机?"刘氏不以为然道,"南下是让你保护朝廷来了,可不是看你那份耀武扬威的头脸来了。说到底咱们是沙陀人,沙陀男人说话做事历来讲个利落痛快,汉家人的那种懒习气,有意思吗?"

李克用嘿嘿笑:"没意思,没意思,夫人教训得是。"

刘氏端碗在嘴边转着圈吹吹,边吹边说:"大队人马从出关一路风餐露宿的,也是累了,在晋阳歇上一段时日原也没错。可现下大唐的都城长安都被黄巢占了,你也好意思走走停停?换了我,恨不得身上插上翅膀直飞过去,将黄贼打跑,赶快将皇帝迎回来呢。"

李克用端起碗呼噜呼噜将满满一碗浓浓的梨汁喝完,抹了抹嘴道:"夫人多虑了,你以为本王不着急吗?谁能想到不到一万人出关,滚了一路雪球,现在已是六万人呐。六万人的吃喝拉撒睡,物资粮秣小山一样成堆成堆地耗,半夜睡觉还在发愁此事。再者,老四和老十二无端被人打了一顿,出师未捷大将先损,想着可不是什么好兆头。此事也想着怪,凭老四和老十二的身手,能将他们两人打倒的绝非普通身手。嗯,无端辱我战将,我岂能容他。"

刘氏笑道:"虽说老四和老十二平日时也不是无端招事之人,毕竟是在汉人的土地上,人生地不熟的,两人怕是也顶着个我是晋王属将的心思,牛皮哄哄地不把人放在眼里,言语上再不干净点,才惹来一顿饱揍亦未可知。话返回来讲,咱毕竟是从关外出来,比起中原来不过是个指甲盖大个地方,在那里飞扬跋扈惯了,便养成了目中无人、老子天下第一的臭毛病,哪里想到中原是藏龙卧虎之地,莫要小看了山野,没听人说吗,真正的高手都在民间藏着呢。挨一顿揍只能说明技不如人嘛,他们两个我也去看了,老十二话虽说得难听,也是藏着掖着往自己脸上贴金,照我看,人家也是手下留着情呢。"

李存信和康君立灰溜溜地从太山回到晋阳城,两人一个瘸着腿,一个扭了腰,倒不像什么大伤。当着夫人的面,有些话李克用还不便说。四太保、十二太保两人确实有些飞扬跋扈,不光他们两个,其他太保都程度不同地存在这种自高自大的毛病,相互之间貌合神离,争强好胜,谁都不服谁,这都怨自己日常疏于管教,惯出来的毛病。说实话,老四、老十二被一个陌生后生教训了一顿,自己虽明面上怒气冲冲地要给他们报仇,事实上内心中却不自觉多了份欢喜。两人真若是受了大伤,当然要给他们报仇,现下看来不过是受了点轻伤,遭了顿羞辱罢了。两位从来趾高气扬惯了,抹不下脸面、咽不下气而已。要李克用说,这顿羞辱来得好,杀杀他们的锐气未尝不是好事。在外人眼中,膝下十二个太保十二条虎将,何其风光何其荣耀,可谁能想到狼多易伤身、虎多易成患之理。尤其是随着年龄增长,这些小子们各怀心思,常常为一点小功劳当着他的面争得面红耳赤,长此以往,李克用明显已感觉到驾驭颇为吃力。除了大太保李嗣源和三太保李存勖在自己面前恭恭敬敬,有些稳健气度,其他十个太保都不是省油的灯。换言之,李克用恨不得让他们都吃些小苦头,野心方可多少收敛一些。至于驻扎晋阳城内不准备近期动身,当然不是要为了替四太保和十二太保报仇出气,他们两个蠢货根本不值得大动干戈,主要是他还有一件秘事需要顺路悄无声息地办下来。

一想到此事,李克用就想起当年那个月黑风高之夜,二十余名扮作行商的汉军士兵在风峪河谷的惨叫声。据具体负责此事的那位汉将回报,朦胧的月色下,河水染成了暗红,听着都让人头皮发炸。幸好此事办得天衣无缝,既然天衣无缝,就得真正做到斩草除根。在这种秘不可示人的事件中,李克用从来都毫不犹豫。他记得那位汉军将领向他秘密汇报的时候也是个月黑风高的夜晚,这样的夜晚正是杀人灭口的好时机。在掌握了那批货物具体的埋藏地点之后,李克用毫不留情将汉军将领秘密处决了。人世多少事,知道得越多不是利是祸。那位汉军将领受命将那二十名官军秘密处决之时,他怎么就没想过自己的归宿?对如此简单的一个常理都丝毫没有意识的蠢将,该杀!

  但是百密总有一疏,李克用将具体操作此事的汉将和他的亲兵处决之后突然后悔了。他忽然有种被世人遗弃的巨大孤独感,知道这个秘密的人全部消失了,李克用非但没高兴起来,反而觉得本来还握在手里的一根线,从此却消失了,连自己都丧失了方向感。他后悔轻易听信了汉将之言,所有的行动本应该在自己亲自派人核实之后再作处置,亦不为迟。或许当时军务繁忙,叛军仍在负隅顽抗猛烈还击,所谓做贼到底心虚,李克用当时只盼望世人越知道得少越安心,压根儿就没有分出神来好好前思后想一遍,以致成了断线的风筝。事实证明,果不其然,大军北上时,当他派人悄悄前住风峪河谷秘密启运那宗货物时,却扑了个空。后来四处打探才得知,当年被处决的那二十名人员中,有一位逃过一劫,将货物转移了地方。至于这个地方在哪,李克用一无所知,只知道此人乃晋阳人氏,有可能就住在风峪河谷的店头村一带。

  驻扎在晋阳城,名义上是为大军筹集粮草,实际上李克用要做的正是这件事。虽则现下那批货物对自己而言已非多么重要,但是一想到无端落于他人之手,且是漏网之鱼,他就怒不可遏。自己得不到的东西他人也休想得到,这就是沙陀人李克用的行事原则。日前,负责筹集粮草的大太保李嗣源已得到消息,风峪河谷两岸十余个村庄可筹到粮食愈两千石之多，尤其是店头村邓万户一家，就可筹粮两百石。粮多粮少李克用倒不在乎，现在他们可是堂堂正正的朝廷大军，朝廷拨发的粮款，再加上沿途各府州的资助，足够他们沿途用度。晋王大军之所以沿途受到老百姓们的热烈欢迎，关键原因就是征集粮草一概按价付款，不搞强买强卖。强买强卖，那是匪，岂是朝廷所为！

风峪河，这三个字在李克用的耳边骤然引起山崩海啸般的强烈反应。看来这一趟，他得亲自走一遭，要不他不放心。那批货物藏匿之地，也正好查个究竟。当然，除了那批货物，更能引起他兴趣的是太山佛塔地宫的佛家舍利子，据说价值连城。四太保和十二太保，两个蠢货原本就是派错了，这种见不得人的事只能悄无声息地去做，岂能明目张胆！

李克用和刘氏用过饭，就派人将大太保李嗣源叫到后堂。

大太保李嗣源是李克用最为信任倚重之人，在十二个太保中，李嗣源沉稳老练，城府极深，关键是能迅速领会和坚决执行李克用的意图，而且将诸事办得滴水不漏。

"父王，您找我？"与其他太保比起来，李嗣源的脸上经常密布着一层忧郁的神色，"风峪河村落筹粮的事我已派人联系妥当，定于两日后驾车进山。"

李克用颇为满意，"一应粮食草料，均按市价，一手过秤一手付钱，咱们可是朝廷大军，不是流寇，不能让老百姓背后骂娘。不要拘束，坐下说。"

没有李克用的话，李嗣源宁愿站立当地，也断不会主动落座。这既是他多年来养成的习性，也是不管在官场还是日常为人处事中恪守的信条，凡事懂规矩且守规矩，时刻找准自己的定位，才是避祸之道。尤其是处在十来个兄弟和父王之间，关系复杂，一应权力场和家族间的矛盾以及由此引发的明争暗斗，比起外界来有过之而无不及。愈是如此，李嗣源愈是小心翼翼，恭顺有加。

"父王有什么吩咐，孩儿定当照办。"即便是坐下，李嗣源也与其他太保们大大咧咧、放荡不羁的做派大为不同。他的两手始终稳稳地置于膝上，眼光绝不随意偏移。

李克用想了想道："两天之后，本王亲自与你走一遭。"

李嗣源已完全猜到李克用的用意，以为怕他把事办砸，便道："父王，孩儿对此事亦做了妥善安置，用不着父王亲自出马。"

"不，本王要去。"李克用大手一挥，"本王还要见一个人，见不着他，本王余恨难消！"末了又道："此事只要你知我知便可，对你那些兄弟只字不要提，除了你，他们只会惹是生非！"

李嗣源脸上看不出半点因得到父王信任的得意和满足之色，淡淡道："孩儿知道。"

太山龙泉寺山寺门口，邓还忠背负双手站在石阶上望着山下风峪河谷长久无言。安敬思发现，邓叔保持着这样痴痴的姿势，已有近一个时辰。在安敬思的感觉中，邓还忠的身上充满了神秘莫测的不解和困惑，虽看不清他的面色，但凭想象与自己想念邓瑞芳时遥望山下的神色绝对一模一样。莫非邓叔在心中也有个默念的相好不成？这样的想法常常让安敬思忍俊不禁，又几乎不假思索地予以否定，不禁为自己的别样心思无缘无故地嫁接在别人身上而觉得脸色发烫。薛阿檀和安休休下山筹备食物去了，是邓还忠送去的。在这个过程中，安敬思在泉边的水塘里洗了把脸，又担了一担水到禅院后厨，并且将屋里和整座后院用大扫帚清扫了一遍，扫到佛塔前时，他就想起了邓瑞芳，挂着扫帚在心里幸福地默想了近半个时辰。

邓还忠就一直就在山门口发痴发呆。

实在无事可做，安敬思想起禅房内还有背上山的半坛酒，便抱着酒坛和两块猪骨头，在山门平坦的石阶上铺展开来。安敬思抱起坛往碗里倒了半碗酒，对邓还忠说："邓叔，你不喝酒，吃些猪肉，是瑞芳用香料煮出来的，味道实是妙。"

邓还忠的思绪仿佛一下被安敬思惊醒了，他"噢"了一声，回过头笑道："敬思怎知邓叔不喝酒？"

安敬思记得，邓还忠无论在山下城里酒肆期间还是回村里后，他们聚在一起饮酒，邓还忠从来就没端过酒杯，并称从不饮酒。此时怎的突然有了酒意？不过，安敬思仍然觉得大喜过望，跳起来道："邓叔能饮最好不过，省得一个人喝得无趣着呢。你等着，我给你再取个碗去。"

"不用，一碗足够。"邓还忠拉住了安敬思，盘腿坐在被山风吹得干干净净的台阶上，接过碗，先是浅浅地抿了一口，立时脸上血红，嘴里却道："好酒！"

安敬思不光力量奇大，酒力在店头村方圆数十里亦是个奇才。一望而知，邓还忠确实是个无酒量之人。

"小心着些，邓叔的确不常饮酒。"安敬思撕下一块肉递给邓还忠，"这不过是咱村里自酿的风峪酒而已，虽说入口劲辣，入肚却是没有后劲。若是换了邓叔酒肆里的老杏花酒，兴许好一些，却是后劲怕邓叔一下子扛不住。"

邓还忠道："辣与不辣，不过是一念间的心思。就看你在什么情况下喝，与什么人喝。若是侄女瑞芳今日与你对饮，不管什么酒，估摸着敬思饮的都是蜜糖水而已，说得有错吗？"

安敬思脸上顿时羞得通红，平日里不苟言笑，看上去什么时候都冷若冰霜的邓家叔今日倒是好兴致，居然开起了别人的玩笑。他不敢看邓还忠的脸色,默不作声端起酒坛往碗里倒,"邓叔,咱们叔侄慢慢喝,天色早着呢。阿檀他们没有三四个时辰,根本上不来。"

早在去年,邓万户就邓瑞芳的终身大事征询邓还忠的意见时,邓还忠就对安敬思下过实诚憨厚、疾恶如仇之语,眼前堂堂一个二十余岁的年轻后生,而且是挥拳接连打倒驰名关内外李克用家族两个太保的少年英豪,居然羞腆至此,邓还忠愈发觉得他腼腆得可爱、实诚得可爱。

"敬思,有一件事,我甚是不解,可否告诉邓叔?"

岔开了那个实在让人不好意思接茬的话题,安敬思顿时长舒了一口气:"邓叔,有什么话您问就是,有什么能告不能告的,敬思心中有事从不瞒邓叔。"

邓还忠撕咬了一大块肉:"你为何放着与瑞芳能天天见面的村里不住,而住在这山旮旯中。是不是与瑞芳发生了什么口舌,专门躲出来的?还有,当日我与黄贼属下尚让夜谈,说起佛塔地宫,为何就要对他挥拳相向。晋王膝下十二太保你可知道什么来历?四太保和十二太保上山的意图尤为明确,就是直奔佛塔地宫金棺,他们二十多人,你怎的一点都不害怕,竟要舍命保护佛塔不让人破坏?这座塔下地宫所埋佛家舍利,你可亲眼见识过,与你又有什么渊源?邓叔委实难解其中之奥秘。"

安敬思被邓还忠一连串疾风骤雨般的发问,一时弄得有些发蒙,他不得不在脑海里将那些关键性的话语慢慢回想了一遍,才大致理出个条框。他认为,面对邓叔的推心置腹,若再有遮掩和隐瞒就显得太过小家子气。

"邓叔,什么是佛塔地宫,什么叫佛祖舍利,我哪里见过,那晚还是头一次偷偷听你们说起的。"安敬思的脸再次发红发烫,他心里始终认为未经别人之允,在窗下偷听实在是件可耻之事,好在邓叔似乎并不在意,又说,"实不相瞒,上元节那天我和芳妹在寺内游玩,我就跪在佛塔前跟芳妹发了誓。"

邓还忠大感兴趣，不过脸上却看不出任何表情，"什么誓，能否和邓叔透露少许。"

安敬思有些难堪，定了定心神，绷紧了面容，"我对着佛祖发誓，这辈子心里只装芳妹一个人，如果说的是假话，这座佛塔就倒掉，将我砸死在下面！"一说完，安敬思就木木地不作声了。

出乎意料的是，邓还忠并没有感到好笑，无须多言，安敬思直白而毫无修饰的话已经明明白白说出了所有的因素，而且邓还忠对他的话半点疑问没有。当一个年轻后生将一个爱慕至极的姑娘放在心里的时候，不管那个誓发在什么地方，别说一尊佛塔，就是眼前太山的千壑万岭，他亦会不惜性命予以维护，绝不会任人践踏。安敬思是个说到做到、倔强而血气方刚、有着常人难以想象的坚定信念的沙陀后生，寄寓了他全部爱情赤诚的佛塔，他会万死不辞。

应该承认，安敬思的所作所为，无形中反而为邓还忠隐藏在心里整整近九年之久的秘密遮挡了不少来自各方面的明枪暗箭。邓还忠一直心里充满隐忧，他知道埋藏在与佛塔仅咫尺之遥的地面下的那批货迟早要重见天日，这些年来惦念着那批货的人实在太多了，而且范围越来越广。据他后来私下里打探，黄巢麾下的军师尚让假冒僧众潜伏在太山，归根结底也是盯住了这批货，更让他惊奇不已的是，尚让的太山之行却并非为了黄巢，而是暗地里授了另一个指派。此人名叫朱温，是黄巢属下一名大将。至于尚让与朱温是什么关系，邓还忠尚不得知，但是任何企图得逞之痴心妄想，邓还忠将会毫不犹豫地与他们展开殊死之战，就如同安敬思对待他的情誓一样。否则，他觉得对不起那无辜死去的十九个兄弟，就在太山之下的风峪河谷，山风呼啸，阴冷的月亮发出惨白如纸的寒光，先是哗哗的流水声，接着蓦然变成了利箭划过夜空发出的凄厉尖啸声，毫无防备的他们一个一个倒在血泊之中。那夜，他亲眼看到荡满月晕的风峪河瞬间变成了暗黑的血河……

实在是天意，安敬思用一双铁拳不仅维护了他的情誓的尊严，同时也保护了那批货物。时至今日，该是那个秘密公开的时机了，况且当年那批始作俑者就在晋阳城，邓还忠很清楚他没忘，始作俑者更日夜挂在心上，他实在是太了解这个人了，心机之内，睚眦必报，为了一己之利，不择手段且身手残忍至极。他会沿着当年那条路走进这个山涧，找他、找那批货。唯一不同的是，这个人已非当年那支一路强抢掠夺、弄得沿途天怒人怨异族乱兵的领袖，而是光明正大的朝廷官员。现在他所做的任何事，只要他想做都是合理合法的，即使是想处死自己，只需随便一个理由，甚至在光天化日之下就让你身首异处。

邓还忠事实上已抱定了直面死亡的准备，死对他而言已不是恐怖之事。也许当年他就应当长眠于此，与他一块出生入死的兄弟没有倒在疆场上反而倒在与前线千里之遥山清水秀的大后方。他唯一觉得恐怖的是，自己的一死，那个秘密就深深埋在了地下，成为千古之秘。

"敬思，我给你说个故事吧。"邓还忠下定了决心，端碗将酒一饮而尽，呛得连连咳嗽，"邓叔知道，你一直对我的经历抱有好奇之心。不过，在说这个故事之前，邓叔首先澄清你的一个错误猜测，邓叔是军伍出身，但绝不是你想的逃兵。"

私下里，安敬思和邓瑞芳说起邓还忠时，确实有过此种猜测。安敬思一下子被说中了心思，不好意思地笑了。

邓还忠亦不介意，望着山涧满眼的松林，缓缓说开了。

"那年，桂林戍卒在粮料叛官庞勋鼓动之下发起叛乱，朝廷诏令沿途各路军马围剿，却损兵折将，叛乱没扑下去反而越剿规模越大。身居高位养尊处优的官老爷们哪里知道，大唐自高祖太宗时期，天下一统，四方安定，少有战事，军队战斗之力逐年萎缩下滑，反成了一伙只懂吃喝嫖赌的酒囊饭袋。据说，战事一起，有一处镇营打开武库，里面刀锋锈迹斑斑，枪杆被蛀得千疮百孔，已与烧火棍无异。一些官兵更为可笑，居然连两石之弓都拉不开！这个仗还没打，就露出了怯相败象。无奈之下，朝廷只好求助雁门关外沙陀部族勤王救驾。当年率兵南下的沙陀部族领袖是晋王李克用的父亲朱邪赤心，李克用是先锋官。沙陀勤王大军南下作战，朝廷只字不提军需粮饷之事，朱邪赤心连上数道奏折，催要粮款，朝廷已是捉襟见肘，便让沙陀人沿途自行筹措。这道诏令为沿途官府和老百姓埋下了祸根，朱邪赤心家族本来自关外荒蛮之地，民众贫困，生活拮据，视野狭窄，骤然进入富庶的中原地区，自然眼花缭乱，借朝廷自筹粮资之名，公然纵容军将沿途抢掠。李克用贪婪之欲暴露无遗，他伙同其父借平叛之名到处搜刮财富。据我所知，光秘密运到关外的财物就达上千万之巨！李克用私下里搜刮的两宗财货，怕外人得知，便秘密派人先运往晋阳风峪河谷一带隐藏，准备大军北上时再偷偷启运！"

安敬思恍然大悟："侄儿明白了，当年为李克用秘密押运这批财货的就是邓叔！"

邓还忠既没承认也没否认，眼角微润，喃喃道："还有十九条死不瞑目的冤魂！这笔账，李克用必须得还！"

第十七章　浓雾之英雄打虎

李克用与李嗣源率五十余人乘黎明时分摸进太山,在龙泉寺下一里之地的山沟里潜伏下来,只带了五六骑顺着山脊绕到佛塔后的松林之中。处在这个位置,脚下整个龙泉寺内一览无余。

天色虽已大亮,山涧中却起了雾。那薄如轻纱般的雾起初尚在山峦的峰顶间环绕,看不见半点太阳颜色,微微的热浪被严严实实地阻于云雾之外。龙泉寺内寂静清幽,空无一人,塔檐下的铁马在晨风中轻轻摇曳,清脆的撞击声漫山遍野。薄雾渐渐顺着山势下移,所到之处松林隐入雾色中。

"父王,你看!"

李嗣源指着脚下寺院内,果见寺院内一个人影从东厢一排禅房中出来,站在空旷的院内,像是朝这边张望,又像是在沉思着什么。良久,那人影伸展手脚,居然悠闲地练起了腿脚功夫。

"嗣源,你可看清了?"

李嗣源道:"没错,正是姓邓的。父王且在这里等候,待我下去将他拿来一问便知。"

李克用阻止了他，摇摇头道："勿要莽撞，莫要忘了老四和老十二的遭遇，这寺院气氛实在诡异，也不知那个乡野高人藏在什么地方。我知道，姓邓的无此身手。此人不露面，可是在等本王现身？先观察仔细了再说，本王已布下天罗地网，他一个小小村野匹夫，岂能逃出本王的手掌心。痛痛快快将事情办妥，或可饶他一条性命，如若不然，今夜将店头村连他的老底一齐端了！"

半炷香工夫，湿湿的薄雾降临头顶上方，李克用已明显感觉到脖颈间潮湿的气流。眼前的寺院开始隐隐约约起来，人影也缥缈起来。李克用不禁大为烦躁，嘴里愤愤地骂着。

李嗣源指着脚下佛塔右侧的泉塘边一处空地说，"父王，咱们不如悄悄下到那处泉塘边，与寺院隔着一堵山墙，易于藏身。"

李克用拍拍膝盖上的土，对李嗣源道："嗣源，十二个太保中，唯有你办事历来谨慎小心，这一点本王最是放心。老四、老十二吃亏就吃在有勇无谋，凡事不动脑子，没头苍蝇般瞎闯瞎干，且骄横霸道，尚不知山外有山人外有人这个理，注定要吃些苦头。好歹把这件事办妥了，大军就从晋阳起身，到时本王还想任你为三军先锋官，过黄河给咱打头阵呢。"

李嗣源含含糊糊应着，也没吭声。关于大军先锋官任用一事，对他而言无可无不可。远在大军入关之初，老三、老四、老七、老九、老十二一路上早争得面红耳赤，谁也想揽这个先锋官的大印，无非是想在父王面前抢这个头功。大军一路浩浩荡荡南下，却突然在晋阳停止前进。据晋王说，是准备在晋阳征集粮草。李嗣源清楚，危急之中的朝廷快马令使沿途日夜奔波，不断催促李克用速速南下勤王，李克用却不急不躁，他是在同朝廷讨价还价，借机在各路勤王军马中抬高自己的身价，以报当年平定庞勋叛乱无功反遭朝廷忘恩负义驱兵围剿之仇。这是其一。其二，李克用是在惦念着八年前藏在风峪河谷的那批货。在李嗣源看来，虽则自己并不清楚那批货的价值，但是对于目前要风得风要雨得雨的晋王来说，八年前犹可算一笔财富，现在压根儿就是九牛一毛。他实在想不通，堂堂晋王居然还为这两车财货不惜身涉险地，亲自跑这一趟，可见其心胸，比之当年其父更狭隘。当然，这些话只不过在李嗣源心底来回打转而已，脸上始终面无表情。在晋王和其他兄弟面前，他告诫自己，凡事少说多做，宁退一丈不抢一尺，避免惹祸上身。

一行人悄悄摸到泉塘边时，薄雾亦不期而至。泉塘后边是郁郁葱葱的松林，左手边是深达数十丈的陡峭山涧。眼前雾色浓厚，十步之外已难见人影，而且尚在不断从四面八方云集而来，莫说整个寺院都影影绰绰模糊起来，就是连近在咫尺的泉塘都如在梦幻之中。

不知何故，置身在茫茫的大雾中，李嗣源突然感觉到周身上下异常紧张，寒毛倒竖，脖颈间、发梢间陡起股股莫名寒意。四面苍茫，如同隔着一道高不可测的高墙，将一伙人与整个太山隔离开来，方向感顿失。仅凭耳边淙淙作响的水流声辨认着自己的位置，尤其是身后松涛在晨风的拂掠之下，发出低沉而迟缓的轰响，时而如海浪般狂啸，时而又声息皆无；时而又仿佛狂风大作，时而又如同枕边低吟。李嗣源下意识地握紧腰间刀柄，吩咐同样处于神经紧绷状态的随从，四下里将李克用团团围在中间。

李克用倒毫不在意，他俯身在泉眼上喝了数口，啧啧赞道："无怨名为龙泉，这泉水清冽爽口，甘甜醇香，不差于风峪佳酿。莫要弄得如此紧张兮兮，此地原在本王管辖之下，哪里就有了危险。况本王亦是见过大阵仗，想当年洪堡城下，与庞贼对峙。汉军各路人马慑于庞贼之威，裹足不前，本王一杆钢枪，如入无人之境，庞贼三千先锋营在本王眼中直如无物。哈哈。"想起当年神勇，尤其是在洪堡城下那一场最为得意之仗，李嗣源听李克用或议事堂或酒宴间，而且愈是人多愈是要将此事当作夸耀的资本，至少已不下十余次。

李嗣源隐约看到李克用笑容满面地抚须，知道若不岔开话题，又将是一番长篇大论，当即吩咐一名亲兵进寺院观察动静。此时他所担心的并非邓还忠，而是那个至今仍未现身、让李存信和康君立吃亏的神秘人物。重重迷雾之中，身前身后好像到处都有一双眼睛在盯着他们，如芒在背。

不大会儿，亲兵一头从雾中钻出，"回大太保，那姓邓的还在院中习武，并未见有其他人。"

李嗣源道："你可看清楚了？"

亲兵笑道："太保尽可放心，我一直离他五步之内呢，并无动静，倒是好悠闲。"

李克用手中拿着一根松枝，在塘面上轻轻划过，看着圈圈涟漪从脚下荡进雾色中，"哦"了一声便不再言语。在上山之前，李克用设想到诸多困难，唯独没料到这场伸手不见五指的大雾。原来的设想现下注定要泡汤，只能等待大雾散去再说。事办不成，连下山都成了问题。

耳边山鸟啁啾，晨风已住，松涛顿失，仿佛整个天地都陷入巨大的沉寂之中。听惯了战场此起彼伏的厮杀声，骤然降临的静寂让这几个身经百战者反而陷入一阵莫名的不安和忐忑之中，说不出的阴森，说不出的恐怖。就连刚刚还在说笑的李克用也默然不语。

迷雾中，一位亲军影影绰绰蹲在塘边喝水，撩得水声啪啪作响。李嗣源大怒，正要出声呵斥，一抬眼蓦地发现连李克用和自己总共七个人团团都在跟前。李嗣源以为自己数错了，又点了一遍并无差错。寂静的空山中撩水声非但没有停歇，反而越来越刺耳。

一位亲兵附过来道："大太保,你可听到水声?"

李嗣源点点头,示意他噤声。七个人不言声紧挨着李克用,围成一个圆圈。李克用大皱眉头道:"嗣源,谁在哪边?"

听声音,并不太远,不过两三丈之外的水塘对面。雾中却看不清半点眉目。

"父王,不是咱们的人。"李嗣源轻轻抽出腰刀,低声吩咐道,"你们保护父王,莫要离开左右,待我去看看。"

李嗣源的身影倏忽隐得不知所终,此时雾色已由先前的团状,呈密布状态层层叠叠围将而来,视界越来越窄,几到伸手不见五指之地步。人人屏声静气,让人恐怖的水声倏地消失。就在众人心蓦地提到嗓子眼时,水声又起,且越来越大,不时传来一阵低低的呜呜声响。

不大会儿,李嗣源从浓雾中钻出来。尚未答话,李克用惊见其脸色惨白。

"谁在哪边?"

李嗣源做了个噤声的动作,"父王,是只大虫在那边饮水!"

"老虎?"一众人你看看我我看看你,人人脸上变了颜色。

"几只?"

"一只。大家谁都不要动,想必它饮足了水,自然而退!"

撩水声再次消失,浓雾中骤然听到沉重的喘息声,间或打着长长的喷嚏,塘边沙沙作响,像是大虫在走动。不时有石块掉落山涧,骤然划破寂静,竟是听得人人脸色大变。显然大虫是喝足了水准备离开,就在众人悬着的心开始缓缓回落,长舒一口气之时,沉重的脚步声却分明是朝这边来了。浓雾中传来大虫尖利的磨牙声和呼呼的喘气声,且越来越近。

"保护晋王!"

李嗣源仗剑挡在李克用身前。一位军士仗着胆子隐入雾中，片刻工夫，雾中传来一声凄厉的"啊呀"，随即而来便是老虎低沉的怒吼，好似有一番争斗，随着亲兵的惨叫，竟是直直被甩下深涧，顿时了无声息！

就在众人大骇之际，雾中蓦地圆乎乎伸出一颗胖胖的脑袋，两只圆目虎视眈眈，额上"王"字清晰可见。

两名亲兵大叫着拔剑朝老虎刺去，那老虎瞬间隐去。不大会儿，又是数声惨叫，痛彻心扉。余下两名亲兵吓得手中腰刀颤颤发抖。

李克用拔剑在手，颤声道："莫非我李克用今日要丧身虎口不成！"

李嗣源立剑在胸前，一边催促两名亲兵架起李克用顺着塘沿朝寺院方向后撤，一边道："父王莫怕，有孩儿在此。"

话音刚落，众人陡觉耳边风声呼啸，好似有条身影顺着塘边朝老虎方向奔去。接着便听到雾中传出老虎的咆哮，两下里好似斗将起来。

"啊呀！"陌生的吼叫，像是被老虎抓伤，"兀那大虫，且吃爷爷一拳头吧！"

石头滚落山涧的噼里啪啦声，虎啸声，卷作一处。混合声响忽而向塘边挤过来，眼看似要将浓浓的雾幛撕开一道口子；转瞬又滚至山崖边，耳边乱石飞滚。四人均瞪大双眼，循声静听，斜刺里一颗飞起的石子呼啸而至，恰恰击打在一名亲兵手上。那亲兵痛得嘴里哧溜溜倒吸一口凉气，愣是没敢出声，生怕将老虎招来，手中的腰刀已扑棱棱掉落在地。

"捡起刀！"李嗣源骂道。

亲兵俯身捡刀之际，一条犹如小臂粗细毛茸茸的虎尾巴，蓦地在手臂上狠狠一甩，到手的腰刀再次掉落。

众人簇拥着李克用慌不择路朝寺院方向撤，不想弄差了方向，两名亲兵夹着李克用三人脚下闪空，竟是一齐掉进塘内。李嗣源好不容易将三人一个一个拖将上来，李克用浑身湿漉漉的竟是忘了害怕，持刀大叫："虎在哪里？待本王一刀宰了它！"

雾中除了虎吼，尚有一阵拳头击打在棉花堆般沉抑的闷响。虎啸声蓦然跃起头顶，"你敢咬老子么！"众人听得真真切切，就在头顶某处，一股快如疾电的气流压力斜斜压过来，慌得大家禁不住连连后退。半晌陷入沉静，唯闻一粗一细的喘气声，众人呼吸不自觉地追随着那或粗或细的喘气频率，好似生怕一个不留意，那唯一可判断危险位置的信号就此中断，无法迅速测定危险的迫近。

眼前的雾幛好似散去了点，蒙蒙眬眬的身影随着一前一后两声怒吼再次扭结在一起。密布着细微粉尘的雾幛被大股大股来无影去无踪的疾速气流翻腾挪跃，四处扩散又迅即并拢。

雾障中露出半条腿，裤角被撕，烂得缕缕条条，骇然有血。突然，雾障中甩过半条花纹密布的虎尾，尾端直立，挟带着一股旋风，扫在塘边石块之上，石块应声而落。突然，雾障中，一颗虎脑袋与人头相继闪现，两下里居然紧紧搂抱在一起！

也不知过了多长时间，粗重的喘气声逐渐拉长拉弱，渐渐地没了声响，四下里无风，空气犹如凝固般死寂。

此时，从深涧内涌起一阵风，背后的松涛缓缓轰响，渐渐如雷。雾障慢慢飘散，远处太阳略显红润的光色仿佛在视野之外的某个山梁上泄出道道波晕，倏忽不见。

薄雾中，一只巨大的老虎轮廓缓缓显现。

两名亲兵禁不住惊呼数声，连退数步，挺刀护在胸前，将李克用挡在身后。

"慌什么？"李克用从惊恐中一跃而起，骂道，"一只死虎罢了！"

众人这才近前数步细细端详，方才看到老虎侧躺在地，身上似乎并没见半点伤痕，已无半点声息。

李嗣源用刀尖在软塌塌的老虎头部扒拉了数下，惊道："此虎，头部已碎，上下腭已移位，前爪有血，谁有这么大力，竟然将此虎活活打死？"

雾色已渐渐消散，视野大为宽广。太阳已斜斜地跃过正中山隙，向西山遥遥坠去，满眼一片红彤彤的光影。大伙仍未从惊惧中恢复过来，四下里并没见一个人影，先前的喘息犹如在耳边回响，身上亦觉阵阵发阴发寒。

李克用伸脚在虎尸上踢了一脚，"孽畜，险些吓死老夫！"

老虎骤然发出一阵巨喘，李克用连退数步，被脚下尖石绊倒在地。

李嗣源连忙两膝磕在虎头，眼见虎目光影已失，喉间又是一阵泄气，笑道："父王莫怕，大虫已死，不过尸气残喘而已。"

李克用被亲兵搀扶着起来，正正衣冠，四处打望，"打虎英雄呢？快快找到他，本王必有重谢！"

一名亲兵望望脚下深渊，"回晋王，此人伤势不轻，想是被老虎撑下山崖去了。"

李克用叹口气道："倒可惜了一个英雄！"

李嗣源摇摇头道："依孩儿看那倒未必，虎是被此人活活夹在腋下，头部被施以连续不断的重拳致颅骨破碎而亡。虎死在前，打虎者应是有伤，却未必跌落山崖。即或有此一失，也是意外，但咱们并没听到坠崖之声。"

李克用摆摆手道："罢了，也许英雄一生，命在与虎一役，也是个奇数。幸在救本王于生死劫难之际，待从晋阳起身时，仔细打听英雄下落，在此塘边立一石碑，让天下后世都知道此事。英雄亦不枉来世上一遭。看看天色又已过午，嗣源，这件事就由你来办。"

李嗣源答应着，提醒李克用，"父王，咱们还有重要事情未办。"

"重要之事？"李克用倏忽一笑，"人这一生难道还有甚于性命之事？本王倒觉得，太山一行，遭此有惊无险之经历，远甚那两批财货。不过，货可以不要，但气不可不出！走，进寺！"

四人狼狈不堪翻过短墙跳入龙泉寺，但见院内空无一人，一群老鸦聚集在头顶上方的几株密密的槐树枝中聒噪不已。

亲兵跳上对面虚掩着的禅房前的台阶，仔细搜寻一番，确认无人，朝李克用等人喊道："晋王，这边像是厨房，里面有些干粮。"

折腾了将近一天，李克用方觉腹中饥饿，随身所带干粮全在被老虎撕咬后抛下山崖的亲兵身上，现下诸人身上空无一物。闻听有吃的，自是大喜。

"嗣源，山下人马可布置妥当？"

李嗣源似有话想提醒，想了想还是决定放弃，便道："父王放心，老四和老十二带人马太阳落山前就出动了。放心，一个走不了。"

李克用牙缝里挤出一丝狞笑："按本王吩咐的办，务必先找到姓邓的，他决定不了他的死活，却能决定一族人的死活。老夫就是这副秉性，气须容我，我容不得气，闷在心里，伤身之弊，不亚于虎伤啊。"顿了顿，又笑，"本王已做决定，近日即刻从晋阳拔营起兵，皇帝还等着咱们的救兵呢。哈哈，大唐天下，谁能想到现在就捏在太山之上老夫的手里！"

三张干饼、四五块窝窝头、几根黑头黑脑的干咸菜，亲兵用衣袖裹着出来。李克用一看，不禁哑然失笑。回想不管关内还是关外，自己何曾用过这等粗鄙不堪的吃食，无奈肚里咕咕响如敲鼓，眼中粗鄙不堪的食物竟然散发出大股诱人的味道。于是自嘲地笑笑，伸手抓起一块窝窝头，准备往嘴里塞。

忽地身边一只手飞速掠过,将窝窝头从手中夺走。李克用大怒,见李嗣源拿着窝窝头不住仔细端详,"父王,待孩儿先尝尝再说。"

"王爷,饿了想吃就是,毒不死你的。"有人朗声说道。

众人惊见邓还忠的身影从山门边的石阶下缓缓而来,眉目和言语间含满了轻蔑与不屑。

李嗣源原想此人莫非是刚才置老虎于死地之人,再看他干净整洁的衣裳,尤其是说话的腔调,与雾中那阵粗重的喘息声大为不同,便立马予以否定。

李克用冷冷一笑,劈手从李嗣源手中扯下半块窝窝头,边吃边道:"姓邓的,原还活得健壮。本王以为你早就远走高飞,不知在哪里过十辈不用发愁的富家翁生活去了。"

邓还忠恭手一礼道:"王爷现在可是朝廷倚重、百姓盼若云翳的晋王。只怕富家翁易做,踏实人难为,晋王可知这太山方圆数百里还埋葬着十九个不散的冤魂?他们日夜在索命在招魂!"

李嗣源大怒道:"大胆!"

李克用摆手止住了李嗣源,"不得无礼,但是你邓还忠居然还活着!"

邓还忠哈哈大笑道:"倒要在此感谢晋王大人还记得我这个死尸堆里爬出来的贱命。我之所以活到现在,就等着这一天呢。"

李克用大奇道:"你如何知道本王会来找你?"

邓还忠一脸讥讽,"王爷,在你帐下亲兵营听命一年之久,纵谈不上耳鬓厮磨,亦可谓是形影不离。若邓还忠此生有一位识破者,那就是晋王您。天下贪财爱利者可谓多矣,可视针鼻之利稍有失落便夜不能寐者除了晋王,怕是世无第二。自古义利相存,当年的三将军、现下的晋王爷见利忘义,可谓绝情绝得让人心寒。当年二十位兄弟在你鞍前马后出生入死，洪堡城下，三位弟兄为你挡箭，险些丧命疆场。可你晋王爷如何待他们？竟为了两箱财货就忍心将他们杀掉灭口！义者，天下大利也，可惜你堂堂晋王爷竟不懂此乃人生在世为人之道、处事之道、存身之道！好，且再说说生死，我邓还忠等这一天等了八年之久，晋王爷以为我邓还忠是个贪生怕死之徒吗？人生一世，死不过是个终结而已。可你知道贱鄙者有贱鄙者的死法，尊贵者有尊贵者的死法，以我贱鄙者一死，却要来照照晋王爷所谓的尊贵者之心，到底谁优谁劣，你敢照吗？你敢照吗？"邓还忠脸色陡变，毫无畏惧地直视李克用。

众人蓦觉一阵莫名胆寒。

李克用勃然大怒，起身正欲发作。李嗣源突然大惊失色，指着山下暮色中通红的半壁天空对李克用道："父王，你看！"

晋王低声愤愤骂道："这个老四、老十二，未得本王之命，如何敢擅自行动。"

李嗣源道："父王，孩儿看着不像他们所为，只见火光却不见焰色，其中必定有异。"

"若扰乱王命，本王必会严惩不贷！"李克用冷冷的声音又对邓还忠道，"邓还忠，你可知现下跟谁说话吗？三晋大地之草木枯荣生死亦在我手，何论一条人命乎？"

邓还忠道："只怕还有你晋王爷未必能做得了的事！"

李克用"噢"了一声，"此话何解？本王倒想洗耳恭听。"

邓还忠道："王爷当年为将军时，无奈权力尚小，只灭了十九条性命。今日一朝为晋王，竟然想灭掉一村人的性命，居心何其毒也。实不相瞒，那两箱财货我早已散给十九位冤死兄弟们的亲属。我本想借此机会亲手将你一刀宰了，为冤死的十九位兄弟报仇。不过，现下我已改变主意，杀你并非难事，但堂堂晋王在太山身首异处，勤王大业怕是无人担当。家国遭难，个人恩怨，邓还忠虽是乡野鄙民，这个轻重还是分得清的！"

李克用忽然像想起了什么，"邓还忠，念在你跟随我的分上，本王不动手杀你，可你无端诬蔑本王之罪，不可不究。"

"罪？"邓还忠指着山下，怒道，"让晋阳人看看谁是无端获罪之人！五百军马将店头村团团围住，只等入更时分血洗全村。只可惜你迟了一步，我已命全村家家户户挂满红纸灯笼，入夜就是一片红，你睁开眼看看，全晋阳人都在盯着，就看看你晋王大人如何在万千民众的眼皮底下下手！让天下人看看你沾满鲜血的屠刀！"

李克用大惊，方晓映红天际的是灯笼映出的红光，心下既惊又不无佩服邓还忠之机智。

"晋王！"邓还忠突然半跪在地，扯开衣服，露出白花花的肚腹，唇角叼着一把短匕，"今日，邓还忠情知一死。若记得当年我等生死兄弟之情，我以一命换店头村全族人之命便是。只望晋王早早下山，尽驱兵马，出兵勤王，旗开得胜！"

说毕，持匕在手，照裸露的胸腹间猛然刺去！

第十八章　训子之堂会议事

"邓叔!"谁也没防备,一位衣衫褴褛、手臂带伤、头发散乱的年轻后生突然出现在寺门口,将邓还忠拦腰抱住,右手紧紧箍住邓还忠的手臂,处于激动情绪中的邓还忠陡觉全身发麻,手中短匕在距肚腹半寸之许掉落在地上。

李克用上前一脚将短匕远远踢开,"姓邓的,你的罪自有官府治你,岂是你自裁可断,你想一死就可一了百了乎?简直痴心妄想!"李克用扫了眼年轻后生一眼,目光陡然显得柔和了许多,"这位后生可是安敬思?"

邓还忠泪水蓦然夺眶而出,"敬思快走,此事与你无关,速速下山!"

安敬思怒目直视李克用,"我知你是晋王,官大官小与我何干?想拆了佛塔夺走宝物,还想加害邓叔,算是瞎了你们的狗眼,有我安敬思在,你们妄想!"

"敬思糊涂!"邓还忠大急,对李克用道,"晋王,念在他年轻狂躁，未经世事的份上，饶他一命，大罪小罪有我一身担着就是。"

李克用缓缓摇头，嘴一咧笑道："你们叔侄俩今日怕是一个也走不了。兀那后生，你怎知我是奔着佛塔地宫金棺而来？甭说小小一个佛塔，就是整座太山、整个三晋大地都在本王统属之下，本王想动哪里还不是一句话的事？本王倒想知道，此乃佛家静地，与你后生有何关系？莫非此塔与你有着何种渊源不成？只要你说出个不可拆的道理来，本王就念你轻狂无知，饶你一命。"

安敬思陡然脸红脖子粗起来，支支吾吾说不出话，半晌方道："反正就是拆不得，要想拆塔，除非杀了我！"

"哦？"李克用来了兴致。李嗣源从安敬思的神色中突然悟出一些感触，附在李克用耳边低语，"父王，孩儿听说晋阳城方圆百里青年男女都有在佛祖前立情誓之俗，且往往立的是毒誓，此后生虽口舌木讷，可骤然脸红脖子粗，必与此有关。"

邓还忠原想安敬思莽然顶撞李克用，只会无端给自己招来杀身之祸，可听李克用语锋，犹如多年未见的熟人，不禁大感诧异。

李克用毫无生气之意，反而盘腿坐在地上，哈哈大笑，"后生莽直，正合本王之意。本王可以不动这座佛塔。不过，后生你得告诉本王，看上哪家闺女了，本王亲自给你做媒！"

两下里众人齐齐大惊失色。

李嗣源清楚，晋王、实际上也包括自己认定安敬思正是杀虎英雄，李克用相中了安敬思，已有了将他收归麾下之意。李嗣源猜得丝毫没错，眼下大军南征，沿途招纳大批新鲜血液，亦如李嗣源在军事会议上所言，无异于已组建四五支新军健锐。平心而论，这些所谓的新军健锐在李克用眼中不过是一群不堪一击的乌合之众而已，徒有声势，难堪大用，真正可用的健锐除了沙陀部族那万余人马之外，其余大部分不过是混入军中为填饱肚皮不致挨饿的流民罢了。截至当下，能真正走进李克用视野者万之不过一二，仅此而已。但是安敬思绝对是个异数，安敬思的出现，李嗣源从李克用骤然发亮的眼神中分明已清晰地读懂了这一点，他的心里甚至出现了一丝稍纵即逝的酸涩滋味。

安敬思木然不语，脸愈发红成了个血葫芦。

李克用佯怒道："年纪轻轻，血气方刚初生之犊，岂能如此腼腆，往后如何办得大事！"

李嗣源适时插了句，"怕是后生私下里暗恋着人家闺女，只发了个情誓，偏又不被人家父母同意，只能偷偷摸摸的，商量着私奔呢！"

李克用哈哈大笑："如此少年才俊，老实本分，当真率直可爱，哪家闺女若看上了岂不是她一家之福！敬思，莫要怕，本王在此给你做这个证。如若有了意中人，你不便说也罢，但万不可偷偷摸摸一心想着私奔，那样岂不坏了人家姑娘名声。既有情誓在此，且甘愿为此誓不惜一命，本王甚为佩服，人家闺女愿意，咱就要堂堂正正明媒正娶，不可习那些不三不四的流氓习性。"

一番话说得有情有理，眼前的李克用虽说只余一只眼，但态度和蔼，交谈和气，无半点架子，直如炕头夜灯下的长辈与晚辈私下交心，哪里如想象中的威武如虎狼、横征暴掠、鱼肉百姓的昏官？安敬思倒觉得有些不好意思，为刚才的鲁莽冲撞悔恨不已。

刚刚从死亡边缘缓过来的邓还忠如堕云中雾里，他实在想象不透李克用前后判若两人的态度，一时无语，只能静听。

见邓还忠满脸诧异之色，李克用伸伸长袖，"嗣源，拿来窝窝头，本王饿了。"嘴里大口嚼着，顺嘴边掉至衣服上的窝头屑，李克用亦小心地捡起喂进嘴里，"虽说晋阳连续三年风调雨顺，粮食丰足，都是老百姓一头汗一身水辛辛苦苦从地里刨出来的，窝头如金哪。邓还忠，本王说的有错吗？天下诸事繁杂，你邓还忠自恃聪明绝顶，为着一个义字就敢蔑视本王，试问你懂得几多？栖居乡野，半世只在方寸天地，你邓还忠又岂知何谓世之忠义！当年庞勋祸乱天下，朝廷半壁江山陷于战火，堂堂汉人大军闻风丧胆，一触即溃，是谁撑起勤王护国之旗，安危与朝廷同在，生死与朝廷同在，荣辱与朝廷同在？是咱们沙陀部族，不明真相者或被蒙蔽双眼看不见，莫非你跟随本王左右的邓还忠也瞎了不成！朝廷督命南下勤王，粮草辎重分文不给，天下有这种让治下卖命的朝廷么？这且不说，无数沙陀人无怨无悔，浴血沙场，葬身域外，尸骨无存，他们没领过朝廷半粒粮米一文军饷，他们照旧拼命搏杀，有一个退缩不前的吗？整整三千多人横尸江南，他们也有高堂父母，他们也有妻子儿女，我沙陀人即便是只能看门护院的狗，也得填饱肚子才能上阵杀敌吧？当年，浩浩荡荡南下五千余人，带回去仅仅不足两千，我得对沙陀死难的兄弟和他们的家属有个交代！没有他们的死，说句不中听的话，岂有朝廷的苟延残喘，岂有江南民众十年安宁！平心而论，邓还忠，我私下里想北运两箱财货有何不可？你以为是我李克用贪婪，是我李克用私欲膨胀，那是我准备付给三千死难将士家里的抚恤金，我李克用还能为他们做点什么！"李克用说话间已是涕泪滂沱，"我愧对他们。当年那二十个人，怀着怎样的心思，你知道吗？本王今日可以明白无误地告诉你，本王历来不相信你们汉人，心怀鬼胎，各为谋利，包括你邓还忠在内！今日之事，你既能守护八年，心里还装着那十九位或该死或冤死的兄弟，还记着情分，本王相信你是无辜的。虽有无端冲撞，本王亦是理解。本王当众免你无罪。但你要记得，须要感谢这位小兄弟。"

一番话说得邓还忠垂头不语，想想当年沙陀人南下受尽欺凌，行军途中，包括追击庞勋部属，路过各节度州镇，非但得不到粮秣及兵员资助，反被吃尽败仗无丝毫羞耻之感的汉军讥笑为荒蛮人。沙陀部族可谓忍辱负重，既要打仗，又要填饱肚子，只能对属下各部队沿途进行抢掠睁一只眼闭一只眼，否则，沙陀人自身难保。李克用说的倒未必都是虚妄之言。邓还忠本已想到，为何要感谢安敬思，他却大感不解。

李克用起身，对安敬思就是一揖，"打虎英雄，本王多谢兄弟救命之恩。"

"打虎英雄？"邓还忠奇道，"敬思，何时打虎？"

安敬思仿佛仍在梦幻之中，这才意识到胳膊被老虎抓伤，"兀那大虫实是可恶，我本去塘边寻水喝。雾里听有人在水塘边饮水，原以为是那四太保还是十二太保偷偷摸摸上山盗宝，便想远远将他们赶下山了事，原也没准备伤人。我骂了两句，那厮却也怪，并不还声。我就上去抓他衣领，谁料触手却是毛茸茸一团。当时确是吓得不轻，以为是只狼，低吼着上来就要咬我。我便与那厮绕着圈儿不让它扑到。好不容易抓住条尾巴，这才晓得是只老虎。跑又不敢跑，雾实在太大，也不晓得哪边是崖哪边是塘，原地与它周旋。只想瞅个机会将它踢下山崖去，不摔死也得跌个半残。谁料那虎却要扑上来咬我，胳膊不小心让虎爪抓了一把，幸好闪得快，否则这条胳膊便是没了。当时肚里憋了一口气，也忘了疼。好不容易瞅个机会，一胳膊肘将它的大脑袋夹住。"安敬思边说边伸胳膊模拟着夹虎动作，众人又新奇又惊恐。"原听人说虎头虎脑的，那家伙脑袋比个柳条笸箩还大一半个不止，夹住了哪里敢放，抡起右拳没命照它嘴上、脑门上乱击，也不知打了多少拳，总有二三十拳的样子，方觉那虎没了劲气，只有喘气的模样，也不知死活，又狠狠踢了他一脚，这才吓得撒腿就跑。也不知那虎是死是活，即便不死，估摸着一时半会也动不了了！"安敬思连说带比画，李克用哈哈大笑。

邓还忠大惊失色："虎在何处？"

说话的工夫，李嗣源与两位亲兵连拉带拖竟是将老虎尸体从豁墙处拖进来，扔在地上。

"此虎早已咽气，敬思打虎，本王就在五步之外，吓得大气不敢出一口呢！"李克用笑道，"本王的两名亲兵被老虎摔至山崖下，已是没了性命。若没有敬思，只怕本王几个早已成了老虎口中之食！真正的打虎英雄，实在可敬可佩！"

众人围着虎尸议论纷纷，竟是将先前一场纷争忘得干干净净。

半晌，李克用望望头顶暮色，拍拍安敬思的肩膀，对李嗣源道："你们几个听清，从今往后谁也不能打太山龙泉寺的主意。当真三里不同风五里不同俗，竟没想到佛塔竟会是汉人年轻男女山盟海誓定情之物证心证，实在让人心生钦慕呢。本王真心羡慕那些青年男女，纯洁无瑕，自由惬意，若是时光能倒流回二十岁，本王若有了意中人，必定也要来到太山之巅在佛塔下发个情誓呢！"

正说着，暮色中匆匆跑进一个人影，光影下方见是李存信。

李克用蓦地收敛笑容，劈头就问："老四，谁在山下闹事？居然惊扰了一方百姓，胆大至极！"

李存信上山本来是讨李克用之令来了，五百精兵已从四面将店头村团团围定，谁料天色刚黑，整个村落里寨墙内外竟一齐挂满红灯笼，将整个风峪河谷照得犹如白昼，他不敢擅自做主，只好上山找李克用，没想到尚未汇报，就被李克用一顿抢白，倒不知该如何解答，只愣愣地看着李克用。

"本王是让你们进山沿河谷拉练，不是扰民！"李克用阴声阴气道，"负责拉练的千夫长是哪个，传本王的令，对这种无端扰民之罪，本王历来绝不容情，拉出去……重责二十军棒！"

李克用的诡谋善辩，邓还忠情知底细亦不点破，心下不由长舒一口气，只要全族性命无忧就好。

李存信领了道稀里糊涂的军令正要走，又被李克用喊住了，"招一些弟兄们上山，将虎尸抬到晋阳城，本王要通报全城，嘉奖打虎英雄！"

李存信这才看到虎尸，大张了嘴上去踢了两脚，抬头看了众人一眼，目光定在安敬思身上，"兀那后生，你打死的？"

李克用奇道："老四你如何得知老虎是被他打死的？"

李存信垂手一揖道："回父王，我和十二弟就是招了他一顿拳头，至今身上还疼着。"

李克用大笑，"幸你二人不是虎，吾侄敬思才拳下留情。快快唤人上山。"

似乎谁也没注意到李克用的话中之音，唯邓还忠默然，如何半天工夫，敬思竟成为堂堂晋王李克用的"吾侄"。

安敬思太山赤手空拳打死老虎救晋王于危急之中的消息不胫而走，数日之间传遍晋阳大地。店头村男女老少更因出了一位打虎英雄而欣喜若狂，晋王要亲自给打虎英雄安敬思做媒之说更让邓万户一族颜面从未如此风光过。为了表达谢意，邓万户亲自押运粮车，全村筹集五百石粮米送到晋阳府，以作军资。李克用坚持不收，邓万户哪里肯让，一位是堂堂晋王，一位是普通山野乡民，两下里在府衙门前来回推让，成了全城百姓围观的热闹景象。最后，推让不过，李克用提出一个折中条件，以市价收粮，否则粒米不收。

"沙陀大军虽是关外异族，与汉家儿女亦一脉相系，同为大唐子民。今朝廷有难，沙陀与汉家原该同呼吸共命运，地无分南北，人无分老幼，抗击黄贼，守土有责。目的不外乎就是保我大唐疆土无虞，佑我大唐子民生活安定，原就是我沙陀人责无旁贷之事，岂能扰害百姓生活！"面对黑压压的围观百姓，李克用慷慨而言，倍觉振奋，脑海里瞬间涌上当年纵兵抢掠行径，觉得大是惭愧，"此次谨奉朝廷之命，南下剿贼，本王郑重承诺，李克用定当殚精竭虑，奋勇杀敌，不彻底根除匪患，我李克用与沙陀军马非但无颜面见皇上，更无颜见三晋父老！"

人群中掌声雷动，经久不息。

回到内衙，李克用接过早已等候多时的李存信递上来的干毛巾擦擦如雨的汗水，"内地天气如此炎热，这还没过黄河呢。"见李存信几番欲言又止，便沉着脸说，"老四，有话你就直说，为何吞吞吐吐的？"

李存信迟疑道："父王，孩儿私下里已打听到了，埋藏在太山佛塔之下的佛家金棺舍利原为当年则天大帝密令佛家各派，从洛阳寺院中将宝物分作数份，其中一份秘密运到晋阳。在晋阳城内城外分别选定六处寺院，在塔基之下都有一处地宫。此宝物同年同月同日同时分别放入六处地宫，并在其上建起佛塔。天下只余三座，据说洛阳白马古寺和嵩山塔林分别有一座尚完好如初，剩下一座就在太山之巅！"李存信当日确实听老大李嗣源说起过李克用不让动佛塔之话，但他与十二太保康君立上太山分明又是暗地里奉了李克用之命，他只是想证实一下李克用的态度。大太保李嗣源的话他哪里肯信，太保们为在晋王膝下争宠，取得信任，可谓手段用尽。李嗣源整日绷着个脸，故作城府之深，以办事沉稳数度得到晋王李克用当众夸赞，太保们无人肯服。私底下，李嗣源贪婪之心与父王相比简直有过之而无不及。表面上道貌岸然，一如君子模样，私底下生活糜烂腐化，谁人不晓。李存信明显感觉到李嗣源仗着父王的暂时信任，日夜不离左右之便利，假传王命亦不是不可能。他这样做的目的无非就是想将兄弟们阻在整个事件之外，他好乘机将这个天大的启宝之功据为己有。

"世上万物之所以贵者，实乃稀也。"李克用缓缓擦手，面无表情，欲言又止。

堂外，各太保们陆续赶到，李嗣源与李存勖打头，大家说说笑笑涌进来。

李存信原本还有几句他认为极其重要的话想说，现在却只能硬生生咽回肚里，不无怨恨地瞪了李嗣源一眼。

李克用召集各太保商议，议题有三。其一，由中军长史周德威介绍大军在粮草、武备及治安方面的情况。其二，大军入关后队伍日趋庞大，这是李克用始料未及之事，为了便于管理，全部六万大军，其中五万分由十位太保统领，一万由中军大营统率。除李嗣源和李存勖外，其余十位太保两人为一营共一万人马，太保直接在营官大将统领之下。李克用原本想让太保各自率领五千人马，私下里却被中军长史周德威予以否决。周德威老成持重，是父亲李国昌手底下历练出来的老人，他的建议虽则与李克用的初衷相悖，但是李克用仍然按他的意思进行了重新设置。第三，在大军准备从晋阳开拔之初，李克用想听听各位营将和太保们在城外各驻地对军伍的训练情况。各部人马虽众，却大多数是刚刚在田间地头放下铁镰锄头的农夫，不加以训练，上了战场岂非一溃即散的乌合之众。

"在商议之前，本王先通报件事。老四，你接着说，太山龙泉寺佛塔地宫金棺内的佛家舍利到底价值几何啊？"

诸太保面面相觑，目光一齐聚集过来。李嗣源却无端大吃一惊，关于此事他已明确告知李存信，太山佛塔与当地民众习俗息息相关，李克用下令谁都不可再打金棺的主意，否则严惩不贷。而且这些话是在龙泉寺内当着邓还忠和安敬思的面郑重说的，仅仅过了数日，为何再度提起？

太保们想起李存信与康君立在太山挨揍之事，不禁掩口低笑。李存信毫不在意，他陡然觉得一阵兴奋，不无鄙夷地扫了满脸惊诧之色的李嗣源，他得赶紧借此机会将刚刚断茬的话题拾起来，"正如父王所言，天下之物贵者，实为稀缺所致。太山佛塔舍利其价实为连城之数。据孩儿多方探知，此舍利若与长安城内西域胡僧交易，可达三百万两之巨！"

"三百万！"

"没想到竟有如此贵重，启出来，何愁军需用度，怕是够半年花销了。"

"老四怕是危言耸听吧？佛家舍利，说得好听，总归不过是老和尚的骨头嘛，有那么值钱？依我看，不是佛祖舍利值钱，倒是那个安敬思的拳头值钱些。"

座中哈哈大笑，众人阴阳怪气，怪话连篇，甚至有人隔桌互相打闹，腿搭在椅背上大声喧哗。李克用冷眼旁观，默不作声。各位太保们名义上统兵由营将管束，实际上营将们哪里敢惹这些目中无人、骄横恣肆惯了的太保爷。这就造成了大营军权实际上掌控在太保们手中，营将名存实亡。李克用乍然明白了周德威的用意，如若将军权全部交与太保们之手，互不统属，反成一团散沙。而且李克用也看出来了，这些太保们人人求战心切，均想在战场上建立功勋，这种争强好胜、唯恐落于人后充满激情的氛围恰恰是李克用最期望呈现的效应。归根结底，驰骋沙场，最终是靠这些年轻人一刀一枪去拼杀，想要取得胜利靠的是勇猛和士气，士气无疑至关重要。但李克用要的是士气，绝不是妄自尊大，目无律法。太保们这些趾高气扬、自由散漫的颓废习性让李克用大感头疼，他一边暗自佩服周德威的先见之明，幸亏没有直接将统军之权交在这些活宝手里，否则不定出现什么无法收拾的娄子呢。必须利用一切可利用的机会敲打敲打他们，让他们意识到不遵守军律的后果。

李存信被众人一阵讥嘲，竭力压制火气，鼻间冷冷一哼，只作没听见，"孩儿不敢欺瞒父王，今夜只需给我二百军马，天亮前必当将金棺舍利拿到手，全部充作军资。眼见军伍日益庞大，父王为大军粮资愁得夜不能寐，孩儿瞧着心疼。"

临近边座的八太保李存璋探头过来，低声道："四哥，什么时候学会拍父王的马屁了，八弟看来得好好学学呢。拍得不露痕迹，长进不少啊。"

李存信瞥了他一眼，不予理会。

李克用点头沉思，"你们都听见了，老四不光日夜忙着操练军伍，心里还惦念着为父王分忧，这就是个孝。本王确实为军资发愁，朝廷是一点也指望不上了，整个朝廷都逃得不知去向，有的说是去了宝鸡山，有的说是翻越秦岭进入巴蜀之地，业已自顾不暇呢。六万多人，光是六万多张嘴一天三顿要吃要喝啊。"

"父王，此事原是易办。"十一太保史敬思是个粗汉，最是看不惯李存信那副假惺惺的虚伪嘴脸，由于站得急衣角钩住靠椅，圈椅"咣"地摔倒在地。

"老十一，数你那张圈椅四足稳实，椅背角度弯得甚是合适，坐着犹如半躺，居然还嫌不好。父王那架好，你换换去！"七太保李嗣恩笑道。

史敬思厌恶地皱皱眉头，"七哥，这是堂议，父王兄弟们都在，把你那只臭脚装进鞋子里，图好看还是图好闻？"

李嗣恩怯怯地看了眼座中闭目养神的李克用，悄悄将脚放下来，套进鞋里。

"父王，何需二百人，我只要五十人，三天之内保证弄到一千石粮米！"

李嗣恩接口道："老十一吹好大一个牛皮，你就不怕吹爆了？三天一千石粮食，你是准备去抢还是准备去开荒种去？父王早就有令，不准扰害百姓，你手中无半分银子，我看你哪弄一千石粮食。若是准备荒种地，只怕还没等你苗露出地面，咱们早就饿死了！"

好端端一个表功机会，被众人一搅和，李存信恨不得跳起来照李嗣恩的屁股上踢一脚，踢他个狗吃屎才快意。

李克用突然从沉思中醒悟过来，像是想起了什么，问一直被兄弟们闹得眉头紧锁的李嗣源，"嗣源，本王在太山传的令，你传给他们没有？"

李嗣源起身恭恭敬敬一抱拳，"回父王，孩儿已全部传达，一则从今往后，三军将士不论是谁不得扰民，咱们现下是堂堂王师，不是山野贼寇；二则是对太山寺院佛塔舍利，任何人不得以任何借口毁坏寺庙。此为令。"

李克用挥挥手，黑眉微扬，"老四，你可听见了？"

李存信心里一咯噔，"回父王，孩儿的本意是……"

"混账！"李克用蓦地一拍椅背，"你的本意是想抗本王之命，打的什么小算盘你心里有数。今日当堂竟敢与本王军令叫板，我看你是活腻了！"

第十九章　惩戒之横行太保

议事堂上十二个太保围绕粮资问题相互间插科打诨、讥讽嘲弄，讨论得不亦乐乎，谁也没想到李克用会突然翻脸。堂上指手画脚、唾沫星飞溅的太保们一看情势不对，悄悄退回座中。大伙仍然保持着难以掩饰的兴奋神色，幸灾乐祸地准备看李存信出丑。

"本王三令五申，有些人就是置若罔闻，当作耳边风。李存信，你可知罪！"

李存信瞬间懵了，"孩儿不知……"

"好一个不知罪！"李克用冷笑道，"既是不知，本王就让你明白明白。从今天起，军伍之事你就不用操心了，回去好好反省，什么时候明白了再说。"

对于年轻气盛的十二位太保来说，当众被夺去军权比狠责三十军棍还要难堪，还要丢脸，李克用太了解这些心高气傲、目空一切的太保们了，需要调教需要敲打，抓住机会就要出狠手，让他们明白触犯军令需要付出多大的代价。

一听说要卸去兵权，李存信果然急了，"父王，孩儿究竟何时何地犯了军令，一切都是按照父王的意思行事，咋地就错了？好歹父王给孩儿个明白话，就是杀了我，孩儿也认了。无端栽赃，孩儿不服！"

"大胆！"李克用勃然大怒，"你不遵王命，居然还振振有词。来人，将李存信押下，关半个月禁闭！"

堂下两名亲兵进来，李存信怒道，"我看你们谁敢拦我！"

李嗣源眼看事情闹腾大了，不好收场，对李存信喝道，"老四，还不速速退下！"

"李嗣源，你就是个奸诈小人，别以为老四我不清楚，整日里一副忧国忧民的架势，仗着老大的架子，一天不离父王左右，看着老成持重，不过是个虚伪阴险的卑鄙小人。每次大小战事，何曾见你立过尺寸之功。我们兄弟浴血奋战，到头来功劳何曾少了你一份！居然还有脸端起老大的派头耀武扬威，在兄弟们头上作威作福，谁知道你到底安的什么心思，在父王跟前说些什么欺瞒父王、蒙蔽真相的假话屁话！"

李存信这劈头盖脸的发泄，一棒子连李克用都扫在了里头。

一旁闷坐的十二太保康君立，瞅见李克用脸色铁青，拳头紧握，瞬间就要爆发，急忙上来劝道："老四，就你长了张嘴，你就不能少说两句！"揪住李存信边使眼色边道，"还不赶快给父王赔礼道歉？"

李存信性格粗暴，一向口无遮拦，在诸太保中，与康君立关系较近，偏偏今日正在气头上，也不知是没看清康君立的眼色，还是没弄懂他的意思，嘴里仍是愤愤，"我今日就是想替兄弟们讨个公道罢了，有些阴险之辈，自己没什么能力本事，专靠吹耳边风献谄争功，我就是看不顺眼！"

众人见事情闹大了，纷纷插话，这个说："老四，听着心里有委屈，可这是堂会，说这些有什么用？想说私下里不能单独找父王解释？"

215

那个说:"老四,父王不是为你好吗,你怎么就如此没眼色。我们都亲耳听到老大的传话了,怎么偏偏你就没听见?"

还有的话说得夹枪带棒,无异于火上浇油:"谁功大功小,父王心里有杆秤呢,何须你在堂会上红牙利齿地瞎显摆,倒瞧着像有人抢了你老四的功劳!"

议事堂上吵吵嚷嚷一团,李存信的胆气不降反升,"父王,孩儿心直口快,您一向亦知孩儿之心。哪次战事,只需父王一声令下,孩儿不都是冲锋在前?皱一下眉头我李存信无异于猪狗。该奖该罚,孩儿就想讨个公道罢了!"

"公道?说得好!"李克用突然朝李存信招手示意,"你过来,本王给你个公道。"

诸人大感不解,李存信脸涨得通红,竟是朝李克用无所畏惧而去,直立于李克用面前三步之外,"孩儿静听父王教诲。"

李克用仰头注视着脸上毫无半点认错神色、布满怒气的李存信,口气淡然道:"这就是你见父王的规矩?"

李存信紧咬嘴唇,跪在当地,脖子依旧梗得犹如铁条。

李克用突然起身,抬腿照李存信的肩上就是一脚,"本王就给你个公道!"毫无防备的李存信仰后跌倒在地,身旁默不作声的周德威连忙上前扶住李克用。

李嗣源上前欲待搀扶李存信,却被他一掌推开,"休要你来假惺惺地做好人,我这条命原本就是父王从荒漠里捡回来的,要打要杀全凭父王做主,我李存信怕吗!"

"好,端的是本王的好儿子!"李克用大怒,回头四下搜寻,从几案后仓啷啷抽出一把短剑,"今日我就做个了断,你不是不怕死吗,今日本王就成全你!"

李存信非但不加躲避，反而挺胸迎上来，"要杀要剐全由父王做主。与其前面疆场卖命，后方却无端遭人诬陷，整日里淤一肚子气，活着不畅快，何若死了痛快！"

周德威展臂将李克用紧紧抱住，大声呵斥道："老四，小杖受大杖走，你莫非非要陷晋王于不义之地吗！"

李存信这才似乎醒悟过来，但高傲的个性让他始终木桩一样呆立当地，心下却隐隐有点害怕。

康君立、李嗣恩两人闯上来，不由分说夹起李存信，将他拖下堂阶。

李克用长叹一声，将刀狠狠扎在几案上，寒光闪闪的刀锋战战发抖，"不仁不义不孝不忠之徒，狂妄如兽！传本王的令，将孽子关禁闭一月，任何人不准探望，不遵王命，不从军令，胆大妄为，云州节度使段文楚尚是本王的刀下之鬼，你算什么东西，以为本王不敢杀你！气死我也！"

几案上的刀犹自阴森森地发着寒光，诸太保均感到不寒而栗。

周德威对众人使个眼色，"大家散了，各回本营干自己的差事去。"

李克用大手一挥道："周将军，大战在即，议事尚未结束。你们先下去，半个时辰后再来，休要延误！嗣源，扶我去后堂歇息一会儿，本王险些让那个孽障气死！"

周德威、李嗣源扶着李克用向后堂走去。

半个时辰后，除了李存信，诸太保三三两两低声说笑着鱼贯而入，一进大堂，眼前的一幕让他们大吃一惊：李克用犹如一尊神像面无表情地居中而坐，两旁的圈椅全部消失，竟换成了简陋的木条方凳。

如此骤变大家猝不及防，却没有一个人敢吭声。

"你们都是历经战阵之人，不光行军打仗需要历练，日常生活更需注重历练，身为本王的太保，就是要比别人更能吃得了苦受得了罪经得起任何残酷凶险环境的考验，否则，难成大器。"李克用仿佛浑然不晓众人的疑虑，脸上换了一副笑容，侃侃而谈，"慈不掌兵啊。你们现下都是各掌一军的战将，人人务要怀有一颗爱兵之心，懂得一套爱兵之道。何谓爱兵？可不是纵容娇惯，更不是上下打成一片，表面同甘苦共患难，而是要让军伍上上下下树立威权，让军伍忌惮军律，严守军法，具备闻风而动、有令即行、令行禁止之素质涵养。大小战事，本王已历经无数，真正的军令在言传身教，在身先士卒，想要取得大胜，想要军伍服从你，真正听命于你，别无他法，首先得益于统兵军将的一言一行一举一动，只要军将有着视死如归之心，始终冲锋在前，无须号令，首当其冲就是号令、军伍团结由此而起，高昂士气由此而起，这才是真正的爱兵。道理很简单，战场上瞬息万变，想在残酷的现实中生存下来，只有胜仗才是唯一出活路。打了胜仗，军将们的性命才得以最大可能的保全。一场胜仗下来，将官可升官晋级，普通军士亦有升官发财之机遇，哪个不兴高采烈，哪个不勇猛冲杀？还有什么比保住性命更让军将们爱戴你拥护你的呢？因此，日常之严厉正是体现一种大慈，任何人概莫能外！一句话，咱们沙陀人出关勤王，就是要挣这个脸面，让天下汉人看看沙陀人的真本色。德威，你看本王说的可有差池？"

周德威原本跟随李国昌（朱邪赤心）多年，他早已发现，李克用同其父李国昌比起来更有一套诡异的用兵理论。此次堂会，他亦已看出李克用不过是借李存信之事敲打诸太保，让他们收敛野性，专心军事。平心而论，李克用与其父，甚至包括其他将帅比起来，他的决胜理论虽然听上去新奇不入耳，但你不得不承认这套理论确实在战场上起着极大的鼓舞士气的作用，说透彻点就是纵容军将放出兽性予以疯狂抢掠。李克用当年在平叛庞勋的战役中就是这么干的，只不过现在稍微罩了一层军纪的外衣而已，说得畅快，却不无前后矛盾处，但周德威不能点破。因为他知道，李克用当堂怒斥李存信也好，更换太保们的座椅也罢，都是明明白白旨在约束太保们的骄纵野性而已。他当然不会杀掉李存信，只不过是演一出戏，给这些不知天高地厚的太保们看看而已。另外，他不得不佩服李克用的精明智慧和过人之处，太保们下堂的半个时辰内，他突然下令将堂上圈椅全部更换为普通木凳，原是不解，如今他不得不承认，此番看似普通不过的举措，效果却大大出人意料：各位太保们均腰身挺直，双手款款放置膝上，矫肆懒散习气荡然无存。

"晋王所言极是，慈不掌兵，慈亦不服众。兵者，诡道也。唯有严肃军纪，且以身作则，方可治军治人，才能制稳制胜。"周德威是汉军，说得头头是道，既让人听着理据充分，又无不是对李克用的提醒和补充。

"对极，本王尤其是点这个军纪。你们现在个个都是战将，已非顽劣之辈，身边带着五千军马，至少一万只眼睛在时时刻刻盯着你看。不管军中还是日常，严肃军纪，树立形象，站有站相，坐有坐姿，此是最简常识。严令普通军士不可做之事自身首先不做，老八，你看呢？"

李克用突然提到老八李存璋，本自端坐凳上的李存璋应声而起，"一切谨遵父王之命。"众人都清楚，李存璋从小失去父母，流落街头，是李克用从雪地里将奄奄一息的他救回，捡了一条命不算，还收他为义子。李存璋生性贪杯在兄弟们中间是出了名的，可日饮十斤之巨。三军路过忻州时，他仗着酒劲鞭打数名刚刚加入大军、军衣尚未穿上的农民，鞭打之由竟是饮酒！以酒治酒，以暴制暴，非但事与愿违，且险些弄出事端。那伙流民哪里肯服，一伙子涌上来持刀相向，两下里形成对峙。李存璋一下子酒劲醒了大半，却势成骑虎之势。幸亏李克用巡营路过，当众夺下李存璋手中马鞭，事情才得以平息。

李存璋脸色骤然赤红，心中不免暗叫一声，父王是准备拿他开刀了。回想四哥李存信之祸，忙又道："回父王，存璋已知错。今日当着父王和众兄弟的面，军中绝不饮酒，若有违令，任凭父王处置！"

这话原就是个糊弄人的幌子，昨日从军中进到州城，就浑身酒气，下马时还摇摇晃晃，由亲兵引着找到住处。况老八之劣性，屡教屡犯，每次态度却极为诚恳恭顺，且每次都能平安躲过一劫。不像老四，牛脖子性情，一味猛打猛冲，丝毫不懂退让之道。

事实上李克用之所以当众将李存璋的名点出来，自有他的用意。出雁门关之后，他偶然听到汉人一句俗话说得好：家有五六口，七嘴八舌头。他意识到十二太保们之所以让他头疼不已的深层次原因是，嘴太杂、事太多，个个撒野骄横，完全是从狼窝里刚刚抱回来野性不改的狼犊子嘛、如何管束这些狼犊子，李克用可谓用尽了心思，如若是普通军士，稍有犯戒，李克用早就将他们绳之以法。可他们是自己的养子，且为了他们日后能个个成为有用之才，在他们身上可谓下足了功夫，从小请教关外高手教他们练习武艺。十多年的教习，虽尚不至于说人人武艺高强，但拉出来李克用自信绝对能独当一面。毕竟，当年平息庞勋战乱叱咤风云的将军如今都垂垂老矣，难以重用了。即便尚有余勇，但毕竟都是父亲李国昌手中使出来的人，李克用驾驭起来颇有不便，哪如自己亲手调教出来的人省事省心。而这伙不省心的太保们之所以敢于放肆，恰恰也是看中了他们在李克用眼中的位置和分量。大战在即，李克用知道是让他们出场亮相的时候了，同时也是该敛敛他们的野性、严加束缚的时机，否则，不知要将捅出多大的祸端。其实这个决定，早在李克用在大军进关的路上就开始酝酿策划了，他需要的是时机。十二个太保中，经过细心观察，很明确分为三大阵营：老大李嗣源老成稳重，老三李存勖、老八李存璋与他是一个阵营。不管行军打仗还是日常生活，老三、老八都唯李嗣源马首是瞻。老三李存勖是自己的亲生子，李克用欣喜地发现，他与李嗣源无论性情还是处事之道颇为相像，老八李存璋除了贪杯成性这一条屡教不改,却懂得自保之道。第二个阵营是以老十二康君立为首,麾下聚集了老四李存信、老七李嗣恩。李克用直到现在都没搞清楚,为何老四、老七甘愿听从老十二康君立指挥。在李克用眼中,康君立虽看上去有些智谋,但不过是小聪明罢了,他的缺陷在于心胸狭窄,嫉妒心极强,不能容人。李存信是个炮筒子,实际上极易管束,但这一两年来与康君立走得极近,没学到别的,却学会了争强好胜,与康君立如出一辙。不过,康君立是暗斗,李存信是明争。老七李嗣恩从小贪恋女色,一见女人就双腿发软两眼发直,虽遭兄弟们耻笑,却毫不在意。康君立非但不予轻视,反而主动与李嗣恩拉近了距离。后来才知道,康君立自费四处搜罗美女,供李嗣恩放纵享用。久而久之,李嗣恩对康君立感恩戴德,言听计从。老二李嗣昭、老五李存进、老六李嗣本、老九符存审、老十李存贤、老十一史敬思六人中,除了李嗣昭、李存进两人在兄弟们当中功夫最为差劲,明知无争斗之资本,甘愿退居其后,偏偏两人身上又有些酸腐的文人习气,私下里议题最多的倒非军事而是文章。剩下四人中,李嗣本胆小怕事,符存审孔武有力,李存贤心地单纯,史敬思粗莽刚劲,与兄弟们倒也能平和相处,却明显不属于任何门派。

　　李克用不言声,不仅垂首不语的李存璋心里忐忑不安,就连座中诸太保也都坐卧不安。他们看出来了,父王今天是要当堂教子,回想各人身上或多或少被抓住的顽劣把柄,谁也怕李克用当堂指出,在兄弟们跟前丢这个脸还不如在战场上挨一箭痛快。太保们各怀心思,再也不敢嬉笑打闹,唯恐李克用下一个点到的就是自己。他们个个脑子里飞速搜索着极有可能面临的遭斥把柄,一边飞快地酝酿着说辞和需要调整的态度。刚刚被轰下堂的李存信和眼前的李存璋就是个典型和标准。这两个标准分明又是两个极端之例,一个是无所畏惧,下场铁定是可悲的,当然不予借鉴；一个是低眉恭顺，完全可以效法。虽则李克用的态度尚不明确，但是好汉不吃眼前亏这个道理大伙都懂，自然有意无意地倾向于向李存璋学习。于是，大伙都屏声静息，一齐看着李克用。

半响，李克用方才悠悠开口，却是回头和周德威拉起了话，"德威，诸太保坐得久了，想必渴了，给他们每人上碗茶喝。"

等了半天，太保们还是不得要领，心里愈发焦灼不安。茶碗一上来，身边又没个桌案可放，太保们又不敢声张，只能恭恭敬敬地两手捧着茶碗。

李克用冷眼一溜儿瞧过去，心里不禁暗暗发笑。这才轻咳一声道，"一切都要讲个度。老八贪杯误的事惹的祸，本王不说，你也清楚。都过去了，本王亦不会追究。本王就是要给你提个醒，因贪酒惹祸甚至葬送了自己性命的不知有多少，你务必时刻意识到贪酒在往常可能是不足挂齿小事一桩，但在如下的时局中，那可是悬在你头上的一把钢刀，谁也不知道它会何时落下，斩掉你的脑袋！今日当众，你须要记着你的话，这个诺绝非说出来听听就算完事，本王是一字不落都记到心里去了，希望你能以诚诺为践诺之始。你们也清楚，本王并不怕你们犯错，本王恨的是知错犯错，恨的是屡教不改，恨的是错不知错还要强词狡辩。莫非要等到刀架在你脖子上，才能幡然醒悟？迟了，到时恐怕天王老子下凡也救不了你了！"李克用蓦然提高了声调，"啪"的一声，大家循声望去，见李嗣本手中的茶碗掉在地上。

李克用仿佛没看到，继续说道："老八，本王对你知错认错的态度很是满意，一切既往不咎。本王想看的是接下来你的所作所为，大敌当前之际，你是想明知故犯还是改过自新，福祸可是全取决于你！"

一切既往不咎，众太保不由得长舒了口气。李存璋连忙表态："回父王，孩儿绝对不会明知故犯，有周将军和诸位兄弟做证，从今往后一定以军事为重，体恤军士，以身作则，鼓舞士气，奋勇杀敌！"

"好！"李克用一拍椅背，脸上终于露出笑容。

手中的热茶终于能安安心心地喝下肚了，诸太保不约而同将李存璋的态度当作自己应对父王的唯一标准。虽心有防备，但谁也不知道李克用会不会再点名，如若再度点起，那将会是谁呢？

"诸位，大军不日就要启程南下，黄贼已攻破长安，自封为齐王，我大唐实已处于危急存亡之关头。我军现下虽号称十万，不过只有六万之数而已。这六万之中，能经战阵者怕是不及半数，更为重要的是统军之将更是凤毛麟角，屈指可数。比起当年父亲手下猛将如云之势，本王想选位可独当一面的先锋，都实感忧虑。"

气氛一活泛，众太保如释重负。父王猛然提起出兵话题，大家顿觉兴奋异常。要知道，在大家伙眼里，能迅速扫除眼前让人憋闷气息状态的方法除了出兵，实在再找不到合适的替代议题。这些天来，各太保会同各自营将精心操练军队，为南下驰骋疆场做准备，人人都想在战场上一显身手。

康君立与李存信在一个大营练兵，哥俩刚刚煞费苦心地训练出一支六百人的弩箭工兵营，配备了射程可达一百二十步的强弓硬弩，每人携箭三十支，可在骑兵冲锋之前扫除前方障碍。这支弩箭营是哥俩私下里合计组织起来的，前后已秘密操练了半月之久，效果极为明显。原想在战场上出其不意，在父王及众兄弟面前大大露个脸面。现在看来，是该提前抛出来让父王开心了。一则，四哥李存信刚刚栽了个大跟头；二来李克用已透露要在众兄弟中选出先锋官。实在是机不可失，时不再来，此时不提，更待何时。这可是哥俩密谋良久，在众兄弟中脱颖而出的重磅武器。此时抛出，有三利：一来可以间接给四哥李存信表功，减轻李存信在父王心中的过失；二来可让父王转变对待他们哥俩的态度，虽说老大李嗣源事事稳妥，如此得益于战局的秘密策划我们同样守口如瓶，非到成熟时机决不轻易暴露实力，而这一切完全是为整个战事着想，为父王成败功业着想，为大唐朝廷的安危着想；三来也是康君立颇为自信的一条，此时抛出这支完全不同于其他兄弟的秘密部队，定然能够让父王眼前一亮，这个先锋官无疑稳稳当当就是他们哥俩的了。这样一来，实际上也为四哥戴罪立功建立了一座展阔的平台。

　　想到这里，康君立稳稳心思，自信而得意的笑容自然而然地浮上面孔。他甚至不无鄙夷地扫了诸兄弟一眼，眼光转了多半圈，恰好与李克用投过来的目光对接。从那个隐隐的笑容满溢的眼神中，康君立分明读出了两层意思，一层是父王似乎已经知晓了他们哥俩为战事所做的一切准备工作和付出的努力与心血，他甚至特别期望康君立就在此刻隆重介绍这支奇兵；二层意思是，父王对他们这支秘而不宣的奇兵不仅充满了期待，甚至已将他作为影响整个战局的生力军。对他们的付出完全是认可的，甚至是赞赏的。

　　康君立骤然感觉到一种被信任的舒爽感，于是轻轻咳嗽一声，正准备说话。

　　不防身边的史敬思突然站起来，抢在了他的头前："父王，孩儿有话要说！"

第二十章　先锋之明争暗斗

　　康君立突然一阵莫名懊悔，浑身上下憋足了劲却被斜刺里冒出的一根针尖瞬间捅破，刺溜泄掉大半。他不无恼火地看着史敬思得意扬扬的面孔，恨不得照他肥墩墩的屁股上踢两脚才解气。不过仔细想想，这支骑兵的横空出世，要想一鸣惊人，如同所有的奇谋奇策奇兵一样，必定有一番庸俗不堪的衬托，诸如在座诸太保。当然，包括粗莽如乡野匹夫的史敬思。史敬思仗着一身在太保们中间无人可比的蛮劲，动不动就将两条粗如檩条的短粗胳膊伸出来炫耀，常常露出令人厌恶的盛气凌人的架势。康君立从太山回来当日，碰到刚刚接连摔倒四五人的史敬思，趾高气扬地挥臂狂舞，其不可一世之态让康君立陡觉一阵遗憾：原该让他上山，吃安敬思一顿铁拳，彻底灭了他的气焰才是。

　　想象着安敬思的铁拳在史敬思身上招呼，庞大若壮牛般的身躯跌进土坑的狼狈模样，康君立不禁露出快意而不无嘲弄的笑容。

　　李克用抬手示意，史敬思提高了嗓门，"父王此言，实是长了别人士气，灭了咱家威风。倘说与身经百战的老将们比起来，孩儿们委实自愧不如，尚有百里千里的差距，但若说差到连个先锋官都选不出、让父王唉声叹气的地步，孩儿斗胆，却是老大不服。我有个建议，父王可立一场校场演武选择先锋，大家伙当着三军的面来一场公平比武，哪个胜出哪个就任先锋官。父王既可一睹孩儿们武艺长进与否，兄弟们赢又赢得光彩，输也输得服气。父王以为如何？"

史敬思大大咧咧的神色，让众太保大为不快。老十一这是明目张胆地以己之长克兄弟们的短，要争这个先锋官。大伙都清楚，论个人综合实力，老十一仗着一身蛮力可将一头二百余斤的牛犊扛在肩上气不长喘直奔二三里之遥，无论步战马战，几乎无人是他的对手。可与黄巢乱贼对阵是千军万马的厮杀，又不是擒拿几个山野毛贼，完全靠个人一己之力就能解决问题。千军万马拼的是行军布阵，打的是集体战役，讲究的是谋略配合，即便你有万人敌的本事，与整个战役根本于事无补。再者说，老十一勇力有余智谋不足，父王和兄弟们都清楚不过，顶多当个冲锋陷阵的将士，统率先锋营的重任即便十二个兄弟挨个轮，怕也轮不上他，居然有脸一上来就公开抢这个先锋官。

太保们觉得根本不屑与老十一掺和，索性便让他当众露出粗大胳膊，尤其是史敬思长着一张与他的粗胳膊相映成趣的大嘴巴，张嘴就是满口的大黄板牙，唾沫星飞溅，不可一世的表情再配上挥舞的粗臂，那场面实在壮观。太保们没有一个人同史敬思争，完全是抱着看热闹的心态静待史敬思出丑亮相。与他争，实在是愚蠢且不可理喻的自降身份之举。尤为关键的是，太保们心里清楚，史敬思一番折腾注定是白费力气，父王压根儿不会采纳他的建议。

"你们认为老十一的提议如何啊？"李克用面带微笑，不待太保们作答，又说，"本王倒觉得敬思此议甚好。借此机会，从中选一位武艺超群、堪当大任的先锋官，为本王打头阵，挫挫黄贼锐气，本王亦正好看看你们的身手。"

史敬思颇为得意，大嗓门再次响将起来："父王英明，孩儿们自当奋勇争先，相互间亦好切磋切磋，长长见识。"

先锋官要靠比武而定，诸太保们这下坐不住了。父王此举无异于当众宣布，个人身手决定先锋官这顶桂冠将花落谁家。太保们大为不服，开始低声吵嚷起来

李克用伸手虚压，"当然，此次先锋官选拔并不限于太保之间，范围可以扩大到全军，凡是认为自己有能力勇冠三军者，不论职高职低都可以报名一试身手，让更多的英雄脱颖而出，敢不是更好？"

选拔范围大小太保们倒不在意，在大军中堪与太保们比试者实是凤毛麟角，忧虑在于史敬思的粗胳膊上，那才是真正的劲敌。问题是截至目前，太保们尚没有一个人敢于和史敬思叫板。从史敬思稳稳坐在凳子上，脸上显现的傲然神色可以看出，老十一显然已稳操胜券，根本没将座中兄弟们放在眼里。

康君立霍然站起，"父王，孩儿觉得此议不妥，有失公正。"

太保们闻言，大觉兴奋。老十二此言正是他们的心里话，便一齐满是鼓励地看向康君立。

"噢？"李克用仍旧满脸是笑，"老十二有话，就说出你的意见来，公开比武如何有失公正？"

康君立道："回父王，历来先锋官之责，以逢山开路遇水搭桥为首任，讲的是团结协作部伍的整体协同作战能力，先锋官匹夫之勇尚在其次。且先锋官作为首支与敌军对峙的队伍，胜败对大军而言至为关键，不仅影响先锋营的斗志士气，实际上影响着三军士气和整个战局。先锋营的取胜之道，非在一人一将，而在前期谋略、行军布阵及整体作战能力，非有奇策而不胜，非有奇兵而不胜，非有奇袭而不胜。个人纵有神

勇之力，身在千军万马之中，即便力杀上百，却丝毫左右不了战局。况单讲勇而忽略谋者，只能将三军拖入死地，几无胜算。以此而言，先锋营虽为前驱，却事关重大，只能胜不能败。"

"那么，依你的意见呢？"

"回父王，既作比试，可列谋篇布局、跃马军阵、全军联动作战能力为比试主科目，个人武艺可作为一项参考。毕竟，我军即将面临的是大决战而非山林肃匪之小格小斗。此点，务请父王留意。"

康君立此言事实上完全否定了史敬思的建议，将个人武艺比试仅仅列入"参考"之项。

话音刚落，史敬思便道："十二弟是不敢上阵与诸位兄弟们比试拳脚，莫非怕了不成？没个好身手，即使让你当了先锋官又能如何？连手下将士们都不服你，你又如何统率号令部伍。打仗，历来靠的是拳头，六亲不认，其他都是瞎扯淡。"

太保们哄然大笑。

史敬思又道："难道兄弟说得不对吗？不靠拳头，光喊几句不咸不淡的口号，排个齐整的军伍就能让敌军抱头鼠窜？那样，打仗岂非成了儿戏，那练拳脚有何用处？来，若能胜得了我，我甘拜下风就是！"

康君立并不理会史敬思的挑衅，依旧侃侃而谈，"父王可鉴，奇策奇军为制胜之道。孩儿与四哥已训练出一支弓弩兵团，可拒敌于百步之外，震慑敌胆，令其胆寒。可乘敌军掩杀之机，列阵而出，分三排，一排联射，二排扣箭，三排准备，依梯次形成密集箭阵……"

"说来说去不过就是弓箭兵吗，虚张声势而已，只需重甲骑兵一个冲锋下来，怕是连个弓箭手的影子都找不到了。那都是中原人的拙劣战法，当年庞勋三千弓箭兵，端得是阵仗威武，箭壶里的箭还没射到一半，就被骑兵冲得七零八落，惊慌失措如丧家之犬，光顾逃命，连方向都弄反了，直接跑到咱们的队伍中了！哈哈。"

康君立被史敬思一顿抢白，气得脸色通红，"庞勋之辈岂能与我弩军相比，不过是毫无章法各自为政乱射而已，形不成联排联射，反露出空档。我军则不然……"

李克用微微点头示意："君立所言之弩兵倒并不见得奇，本王对联排联射却颇有兴趣，比试期间务必亮相，让本王见识见识。"

康君立口干舌燥费了半天劲，精心准备自认为全新的弩箭营却仅仅是"亮亮相"而已，不禁大觉失望。

两人坐回座中，史敬思喜笑颜开地对身边的李存信低语道："听见没，还没比武呢，老十二就胆怯了。怕是被那个乡野小子打怕了，见了拳头就窝心就闹心。"

当日，康君立和李存信在太山被安敬思一顿饱揍，两人视为奇耻大辱。唯怕兄弟们提起，偏偏史敬思的大嗓门又当众揪出此事，众太保顿时哄堂大笑。

"你放屁！"康君立脸涨得通红，声音大得连他自己都吓了一跳。

史敬思故作委屈道："十二弟，兄弟说错了吗？打得过就打得过，打不过承认自己技不如人怕什么？你跟四哥吃了亏，你以为兄弟们心里好受？原该给兄弟们个话，十一哥绝对给你们出这个头。安敬思不过是个乡野匹夫罢了，竟敢欺侮到咱们兄弟头上，简直岂有此理：哪能咽下这口窝囊气，十一哥准保让他跪在你和四哥面前，给你们磕头赔罪，求告饶命。也不知道你和四哥咋想的，竟甘愿吃这个哑巴亏。"

"住嘴！"李克用眼见史敬思当众揭康君立的伤疤，亦觉过分，"老十一休要逞能，须知天外有天山外有山。安敬思之勇亦为本王亲眼所见，赤手空拳打死老虎之举震惊晋阳城，莫非你以为本王在编故事吗？"

史敬思不以为然道："回父王，安敬思打死老虎之事不假，可四哥十二弟两人败在安敬思手下亦是真事。孩儿并没有别的意思，只是觉得，一只老虎若是被孩儿遇上，想来也不过是三拳两脚的事。"言外之意，若是当日他与安敬思交手，安敬思定会俯首称臣，磕头求饶，李存信和康君立只是本事不济，自然活该挨打。

康君立气得脸色铁青，和四哥精心策划的弓弩兵团与其他兄弟们手下的弓箭兵有着本质区别，弓箭手只是附属于大队人马以作策应时所用，而弓弩兵团则是将弓箭手单独从队伍中抽出，作为一支完全独立的军种，它表现出一种完全不同于以往的零打碎敲，形不成合力的散打性，而重点突出其机动性和集团性，充分发挥出群体性的合作优势，运用联排联射、无缝衔接的优势，对敌手起到强大的震慑作用。这种震慑的力量究竟有多大，军中的老弓手们经过缜密对比，较之以往的分散性射杀效果，联排联射要提升一倍之巨。在康君立的脑子里，弓弩兵团的各项优势准备得颇为充分，就是一口气不歇，说上一半个时辰亦不会重复，他原准备就是想靠这支奇兵引起父王的注意，并能如愿当上大军先锋官。不料前有四哥李存信被当众驳斥关了禁闭，后有老十一跳出来两下里一搅和，康君立连急带气，竟是将准备好的说辞忘得干干净净。

关于李存信和康君立被人痛揍的消息，原本大伙也是抱着幸灾乐祸的心思看热闹。这两人是想发财想疯了，也不知从哪里得到太山龙泉寺佛祖舍利价值连城的消息，就悄悄带人上山。不想宝没挖成倒挨了顿揍，也算自讨苦吃。谁也清楚，老四关了禁闭，老十二转瞬势单力孤，偏偏老十一仗着胳膊粗、武艺高，盯住先锋官之位咄咄逼人，死活不让，且分明表现出谁露头坚决打倒的架势。尤其是看到康君立被气得脸上变了颜色，大家就认为有必要杀杀史敬思的威风。

李存璋就有点看不下去了，他刚想起身，脚下突然被人踢了一脚，一直默不作声的三太保李存勖对他微微摇头示意，他便不再吭声了。

吵吵嚷嚷中，李克用面无表情，既像专心致志地听他们说话，又像在想与眼前无关的他事。末了，清清嗓子，"汉人说得好啊，是锥子终究要露出锋芒之锐，是优是劣，一比自然可见高下。德威，传本王令，三日后三校武场比武，无论官商士绅、山野樵夫，也不管男女老幼，自认为有能力，均可报名参赛。任何人不得阻拦。"顿了顿，李克用又道，"本王的先锋印连同十万赏钱就在这里放着，到时候谁有本事能拿就拿！"说罢，背负双手，扬长而去。

从议事堂出来，李存璋倏忽想起营中行军床上还偷偷藏着一坛凤峪酒，嗓子里瞬间犹如冒出干火，恨不得抱起坛一口来个痛快。想想刚在堂上当众承诺不再饮酒，想想甚是扫兴。早已守候在阶下的亲兵牵马过来，"八太保，刚刚有人过来，让我给您传个话，说不必急着回营，让您先到三太保府。"

"人在哪里？"

"撂了个话就匆匆走了，是三太保手下的人，小人绝没看错。"

李存璋想了想，翻身上马，向三太保李存勖住处而去。晋王李克用麾下十二个太保，李存勖虽为李克用亲生，却性情温和，并无其他太保的乖戾习气，再加上他的特殊身份，颇受王府上下和诸太保的尊敬。愈是如此，李存勖愈表现出平易近人之态，虽年龄不大，却极具帅才之度。对这个儿子，李克用极是疼爱有加，私下里叮嘱不可与那些粗野狂妄的太保太过接近，起初他实为担心李存勖会染上他们的坏习气。十二个太保中，其排序并非单纯以年龄为界。论年龄，李存勖尚在十二太保康君立之后，李存勖之所以排为老三，关键是大太保李嗣源成熟稳重，二太保李嗣昭颇具儒雅气度，有这两个兄长带着，李克用大为放心。对于父王之心，聪明睿智的李存勖自然心领神会，他非但不与各位太保深交，甚至与他们每个人都保持着一定距离。一则李存勖明白，父王最恨的就是太保间的拉帮结派，明争暗斗。亏得是这帮太保大多蛮横粗野，言行举止虽粗鄙不堪，却不善隐匿，完全在李克用可掌控范围之内，对他们的一切小厄小祸均睁只眼闭只眼，浑然不放在心上。李克用私下里不止一次对李存勖提及，身为将帅，首要之责不是如何善打如何勇猛，那都是下层军将的职能，而是学会如何调度，如何用人，如何协调关系。用人，就善于用人之长，这些太保们最大的长处就在于战阵之上，他们个个身怀绝技，完全是冲锋陷阵的虎将。而之所以对他们私下里拉拢关系、争权夺利之行径，李克用总是笑而不答。渐渐地李存勖方才明白，父王的不在意，完全有深意存焉。这是一种权术，帮派之争归根结底是权力之争。不过，就这些粗鄙莽汉的自作聪明之举，不过争的是小利而已，压根儿危及不到军权危及不到王权。有时候反而放开让他们争抢，不管哪派露头过甚，李克用轻而易举就可将他们的气焰打压下去。这样一来，倒将太保们间的关系协调得井然有序。

比如今天议事堂圈椅换木凳之举，李存勖就对父王大感佩服。一个不动声色的小小变换很明显就将太保们的嚣张气焰打得销声匿迹，且无话可说。对老四的禁闭，李存勖分明感觉到，父王的高明之处就在于，他已经充分感觉到老四和老十二的不寻常举动，虽不敢明目张胆搜刮民财，却私下里四处活动，仅李存勖手中掌握的证据，包括两处北魏寺庙的三架铜香炉和四颗镀金佛首不翼而飞。让李存勖不解的是，对太保们这种偷偷摸摸的行径，父王历来是"民不告、官不究"的态度，何以对老四和老十二太山一行就大发雷霆？

"三哥，可备下好酒好饭？饿死兄弟了！"李存璋一进门就大呼小叫，愕然见李嗣源也在，"大哥，莫非也来蹭饭？"

李存勖笑道："八弟刚刚夸下海口，言犹在耳，咋地又起了馋虫？你就不怕父王知道了责罚，弄不好也关了你禁闭？"

"三哥此话差矣，承诺就要践诺，老八再愚笨，这点自知之明是有的。"李存璋狡黠地眨眨眼，"堂上咱也说得明白，是从此不在军中饮酒，此处又不是军营嘛。"

李嗣源道："既有承诺，八弟万万不可大意。尤其是在军营里，传出去影响极为恶劣。"

李存璋笑道："父王原也是小心过甚，不超过两斤，误不得事就成。"

李嗣源肃然道："八弟休要抱了侥幸心思，父王此次整顿，就是要在大战前彻底消除兄弟们中存在的不良风气，莫要触了霉头。"

李存璋吐吐舌头，"大哥说得是，老八最怕看见大哥这副眉眼，听大哥的话就是。"

三人进了后堂，堂中一个小巧圆桌，上边已摆了五六个菜。

"饿了，饿了！"李存璋拂袖用手指夹起一段大肥肠塞进嘴里，"原听说老三手下有个汉家厨师，果然味道不一般。莫怨汉人生活讲究，人家原是会吃，在咱们眼里稀松平常的一些肉菜，人家手里一过，全成了美味。只是缺酒，这美味入了嘴亦是暴殄天物。"

"这不过是些平常菜而已，一会儿给你上道真正的美味，怕是老八你听都没听过。"

"居然还有兄弟闻所未闻之名菜？我却不信，且说说菜名。"

"铁锅熬鱼，八弟可曾听过？"李存勖挤眉弄眼道，"路过代州时，新军中听说有一位厨艺极是了得的汉子，铁锅熬鱼极是拿手。父王早就说过，善于用人之长，方能各显其技。打仗未必是个好手，战场上又不缺他一个人，索性抽下来施展他的一技之长，岂不是两全其美。"

正说着，两位侍女抬着足有近两尺口径的大铁锅上来，锅下两面开着灶口，灶内木炭燃得通红，锅内不住沸腾，一股异香扑鼻而来。

"铁锅熬鱼，与普通炖鱼原无太大差别，姜、蒜片、葱段还有老抽酱油这是必不可少的，锅底加入花椒大料爆香，关键是特殊之味，你们猜在哪？"李存勖故意卖个关子，顿了顿又仿佛在提示，"别忘了，这是在晋阳。"

李嗣源吸了两口，"莫非加了老陈醋？"

李存璋大摇其头："酱也好醋也罢，我倒不在乎，只是少了佐菜之猛料，再美之食，总归是个缺憾。"

"你们下去吧。"李存勖挥手打发走两名侍女，突然变戏法般掀起桌上的布帘，抱出一个黑坛。

"啊！知我心者，三哥也！"李存璋急着上去就要夺坛，李存勖笑着左右躲闪，"三哥真正小气，拿出来逗八弟玩吗？闻着倒有些像杏花老酒的味，却稍为纯淡些，没有那个辣劲。"

李存勖绷紧脸色，"八弟，大哥在此做主，每人一杯，你两杯，绝不可多饮，传出去让父王知道了，我可不认账。"

李存璋抢过黑坛，先倒了半碗，咕嘟嘟三大口喝干，"绝非杏花，与晋阳城的老酿又有些差异，味甚甘洌清纯，这是哪里之酿？"

"风峪河清酿，出自风峪河店头村，那可是个老军营呢。"

说起店头村，李存璋边倒酒边道："两百多年了，这个老军营村确是不含糊，原听说去年各路盗匪乘着官府南下平叛无暇左顾之际，四处抢掠。各地都怕祸及临门，或出钱或出粮只愿早早将贼寇打发了事。偏偏在店头村就吃了大亏，据说二三十个贼寇被村民们伏击在太山，一个不曾走脱。实在想不通，四哥和老十二怎地如此胆大，就敢带五百军马前去。村子里都是军伍后辈，民风定是强悍，怕是杀人一千自损八百。再说吃了那个安敬思的饱揍，真若开战，没将性命丢在风峪河亦是庆幸呢。老十二的心思也未免太大，又想偷太山佛塔的金棺舍利，又想报仇雪耻，还想争先锋。哧，倒是够两个人忙活了。欲速则不达嘛，看看现下，老四被关了禁闭，老十二苦心经营的什么弓弩队又被十一弟搅得乱了章法。到头来，怕是一无所得呢。"

　　李嗣源夹了块大鱼头放进李存璋碗里，"八弟，喝你的酒吃你的鱼头就是，务要操那些闲心。"

　　"大哥这话，兄弟却是不解，咋地就成了操闲心？"李存璋奇道，"看看兄弟们明里暗里的小动作，谁不都眼巴巴地盯着先锋官？依我的意思，这个先锋官大哥才是正正当当的合适人选。别人都是瞎掺和瞎折腾。二哥、六哥他们私下里找了父王多少趟，以为我不清楚？别看二哥表面上文绉绉的，给父王整整提了六条南下方略，到底是识字人，我是一条也想不出来，只知道上马杀敌。老十一一出场，我看二哥的脸色就满是不屑。十一弟论身手论武艺确在兄弟们之上，我原也觉得有勇无谋未必是个先锋的料，谁想父王居然同意了十一弟的比赛之议！"

　　李存勖叹了口气道："这都是没法子的事，喝咱的酒就是。既然知道技不如人，索性退出毫无胜算的争夺，看热闹多好。谁想立功就让人家立去。"

　　李存璋端碗一饮而尽，愤愤道："可不争不抢，就将先锋官拱手让给老十一，兄弟心里委实不服。就老十一那个猪头样，一觉能睡两头不见天日，就是换了老四、老十二也说得过去。唯老十一弟当这个先锋我觉得不痛快，你们看看今日议事堂上他那副嘴脸，当众打四哥和老十二的脸，还有点兄弟情分没有！为了个先锋官，不惜揭短亮丑，实在恬不知耻。"

　　李嗣源突然插话，"你怎么断定老十一就能当上先锋官？"

　　李存勖、李存璋两人顿时愣了，一齐停箸望着李嗣源。

第二十一章　女红之离情别绪

"咕咕咕"一大群花色各异的鸡闻声从院门外、墙根处、短墙上跳进院子里，扑棱着翅膀兴高采烈地朝房阶下涌过来。大黄狗毛毛脑袋伏在伸直的两条前蹄上，百无聊赖地看着邓瑞芳。

邓瑞芳端着食盆，从食盆里抓出一把黄澄澄的玉米粒朝鸡群撒去。边撒边说，像是自言自语又像是和黄狗毛毛倾诉着心事："安大哥要当兵去了，留下我一个人可怎么办啊？"见毛毛无动于衷，邓瑞芳恼怒地抓起一把玉米朝它扬过去，毫无防备的毛毛吓了一大跳，支起大耳朵疑惑地盯着她，舌尖卷起前蹄上的一颗玉米塞进嘴里嚼了数下又吐出来，脑袋仍旧懒懒地伏在前蹄上，任鸡们在自己身边四处啄食。

邓瑞芳气得眼泪汪汪，索性将食盆放在地上，长吁短叹起来。安敬思在太山打死猛虎救了晋王之事传遍晋阳，身为安敬思未来的岳丈，邓万户大为高兴，摆了两天宴席。前来道贺的百姓络绎不绝，更让邓家门庭荣耀的是堂堂晋王居然派人送来贺礼，并声称要当安敬思和邓瑞芳的主婚人。这种莫大的光彩在整个邓家的历史上绝无仅有，就连店头村民们都颜面生光，到处宣扬打虎英雄之事，整个村落到处弥漫着喜气洋洋的气氛。大伙纷纷提出，坚决要求邓万户将安敬思和邓瑞芳的婚事由原定的秋后提前，务须好好热闹一番。在村人眼中，打虎英雄安敬思和邓瑞芳的婚事已绝非邓家私事，而是全村人值得庆贺的公众大事。一想到与心仪的人成婚，邓瑞芳自然心里欢喜，但是她却偏偏高兴不起来。安敬思不止一次兴奋地对她提起，好男儿志在疆场，他要从军，要为国扫除祸患，要争取功名要光宗耀祖。邓瑞芳一方面为安敬思的大志向而倍觉欣慰。她清楚，身为男人，他的人生应该在远方的天地里博取功名，应该在广阔舞台上实现自己的价值。那的的确确是男人的大事，任何人没有任何理由阻止男人们的脚步，包括自己。另一方面，邓瑞芳又为即将到来的离别而心怀无法言说的莫大哀伤。此一去，她不知道心爱的男人会面临怎样的劫难和凶险。那里毕竟是腥风血雨的厮杀疆域，是充满了生死较量和恐怖气息的战场。想到这里，邓瑞芳就不由眼眶发热，心里发慌。但是，在家里无论是面对父亲还是安敬思，邓瑞芳始终面带微笑，仿佛她并不在乎两人之间的离别。如果处处表现出舍不得，她觉得是羞耻而不知所措的，非但让安敬思觉得不可思议，即便是父亲，也注定会嘲笑她的儿女情长。

"有志者，绝不在眼前的两亩良田，值此家国遭难之际，每一个男儿都应该奔赴疆场，杀敌立功，报效朝廷。爹是老了不中用了，再年轻二十岁的话，爹也会毫不犹豫地扛起刀枪，努力杀贼！"

这是父亲的原话。邓瑞芳实在搞不懂，男人莫非都是这样的心思？而且爹说这番话的时候，邓瑞芳分明看到浮现在爹面容上的澎湃激情和莫名兴奋与安敬思如出一辙，是坚决而毫无伤感的，是充满期待和一往无前的，好像摆在他们面前的并不是刀枪林立的战场，而是万众瞩目、欢声雷动的荣耀台。

膝下一伙老母鸡在一只大红公鸡的率领下，毫不客气地一爪子掀翻食盆，玉米粒撒了满地。

远处，邓家大院人声鼎沸，热闹非凡。太山脚下习俗，每年二月二与清明之际，乡民都要组织舞龙闹红火。原是龙泉寺庙会期间后一项必有的社火，自龙泉寺因老虎伤人，僧众大批逃离，寺院荒废的这些年，舞龙之俗便转移到山下。不过，用不了多久，龙泉寺必定会重新回归昔日旺盛。晋王有惊无险从太山归来，声称太山是他的福地，决定拨巨资重新修复龙泉古寺，让寺庙香火重新燃起。已有城内僧众陆续往太山迁移，维修寺庙的匠人们亦开始往山上运输石材料具，一天到晚，远处的太山深涧中人流如梭，工匠们决定废除原来崎岖不平的山道，沿"望夫石"开凿一条宽阔的青石板路。

邓瑞芳与其说从内心深处厌烦这种热闹，倒不如说是恐惧这种热闹。土地开垦，刘氏一家在风峪河谷上游十里之外又开出一片荒地，大清早便早早出门。邓瑞芳自告奋勇帮她照料院子里一摊子事，不为别的，她只为迅速逃离那种让她惊恐不已的热闹环境。由爹牵头，要在店头村里举行舞龙表演，与舞龙同时上演的还有船灯。这些天，附近十里八乡前来看热闹的百姓们一早便赶集一样聚到店头村，从早到晚开始忙碌，剪贴花的剪贴花，制船架的制船架，熙熙攘攘，川流不息。亲戚友人也好，互不相识的乡邻也罢，在他们眼里，邓瑞芳分明是这种大热闹中最值得庆贺的核心人幸福人，邓瑞芳要一个一个地道谢，要一个一个地说些与她内心完全相违的客套话，而且在满耳的奉承和道贺声中，她必须始终满面笑容，就如同她是整个晋阳城最幸运的人。但是谁又能想到，正是在她看来这些或实诚或虚伪或真或假的话语中和目光里，莫非没有一个人能够看出她始终浮在脸上的笑容是尴尬而做作的吗？

邓瑞芳选择了逃离，她想找个无人之地清静一下。独守着刘氏空无一人的院落真好，毛毛似乎成了她目前唯一的知音。它不声不响地伏在院子里，眼光中充满了忧郁，时不时低低地轻鸣着，像是在安抚她。远处邓家院落里，不时传来阵阵笑声，仿佛整个晋阳城的男女老少都聚集在那里。

"瑞芳姐，半天找不见你，原是跑到刘嫂这边来了。"院门口，秀琳和秀枝一前一后进来，两人手里分别攥着团色彩鲜艳的线团。

邓瑞芳稳定了下心神，想要站起，忽然觉得腰腿酸痛，这才意识到蹲得太久了，笑道："刘嫂一家去地里了，让我帮她喂鸡。"

秀琳道："刘嫂也是个能人，不过就是群鸡嘛，一天不喂又饿不死的，再说村里用谁不能喂个鸡，偏偏就敢用打虎英雄的媳妇儿。也是她能用得起，换了别人，咱还用不起呢！"

邓瑞芳不理会秀琳酸酸的略带讥讽的话，捡了个话头，"不时不节的，你们俩咋想起绣花？"

秀枝叹了口气，"绣鞋垫呢。"

秀琳嘴里扯着根线头，撕扯了半天才弄断，"瑞芳姐，你就没寻思着给打虎英雄绣双鞋垫。男人出远门，穿着媳妇亲手绣的鞋垫才走得稳当，能逢凶化吉。"

邓瑞芳倏忽想起了什么，"你可是给安休休绣的？"

秀琳道："休休那个讨吃鬼，胆子比老虎还大，要不是那次被他抱着野地里亲了，天底下的男人又不是死绝了——我才不给他绣！"说这话的时候，秀琳丝毫不感害羞，说得大大咧咧，倒像是日常里拉闲话。倒是让邓瑞芳脸色骤红，压低嗓音道，"秀琳，你个龌龊丫头，他亲你就让他亲了？"秀琳嘻嘻笑道："我就不信，打虎英雄没亲过你。秀枝都让阿檀哥抱着啃了好几回呢，别以为我不清楚。"秀枝拿鞋垫在秀琳头上打了一下，脸色通红，"你这张贱嘴，你亲你的，冤枉好人吗？"秀琳笑道:"亲便是亲,怕什么。这原是命里注定的,没听村里人私下里说?店头村三个顺眼闺女怕是一个也离不开沙陀人,命里就该当人家的媳妇儿。"说着,敛了笑容,"心里有个人念想着不好吗?再说,也许过不了多少时日,就要分开。这心里没着没落的,像只野猫子在抓。说句不好听的,甭说让他亲个嘴儿,就是把身子都给了他,我也是心甘情愿的。谁想说让他们乱嚼舌头去,反正这辈子都是他的人了。"

邓瑞芳奇道:"分开,休休要去哪儿?"

一直闷声不响的秀枝大惑不解地看着邓瑞芳,"瑞芳姐,你不知道?阿檀和休休他们俩要跟着安大哥出兵打仗去。村里报名参军的年轻后生们不少呢,二生也准备去。"

邓瑞芳原本失落的心骤然多了一种说不出的抚慰,"都去打仗?"

秀琳瞅了邓瑞芳一眼,"你以为就打虎英雄知道杀敌立功,报效朝廷?晋王大军一进晋阳城,竖起招兵旗,休休就跟我说起参军的事。男人们你总不能一辈子把他们拴在裤腰带上,那样岂是有出息的?好不容易有这个机会,原是该出去闯荡闯荡,说不定三两年就能挣个功名回来,咱也能跟着活个光鲜。唉,这辈子是没指望了,我若生个男儿身,肯定也会上战场,立那功勋去。"

邓瑞芳幽幽道:"可我一想起上战场,就心里害怕。功名不功名的,我原也不想望,只盼他们平平安安地归来就是个好。"

说起这个话题,三位姑娘瞬间都沉默了。

半响,秀琳打破了沉默,"瞧瞧你两个的头脸,多少男人想当兵还没那个福分。听说这次晋王在晋阳城征兵,条件极是严苛,没有三两下腿脚,人家军队还不要呢。敬思大哥是绝没问题的,打死只老虎不说,关键是于晋王有救命之恩,就凭敬思大哥的身手,我料着一进军队,稳稳当当大大小小也有个官当。瑞芳姐,休休和阿檀哥死活要跟着敬思去打天下，敬思大哥若是当了官，可不能忘了休休和阿檀。好歹他们都是沙陀部族出来的一家人。"

"呸，我才不稀罕什么官不官的。"邓瑞芳脸上一红，心里却骤然无比甜蜜，心里想着，若是安敬思能当个不大不小的官儿，至少不需要上阵亲自厮杀，安休休和薛阿檀就干脆收拢在安敬思身边，不光是他们两个，二生也得跟着，他们也好有个伴儿。这样一想，心里却莫名多了些欢喜，嘴上却道，"我只愿他们都能毫发无损。"

秀枝插话道："瑞芳姐，你不准备给敬思大哥绣双鞋垫吗？"

邓瑞芳脸上一红，"我哪里会绣。"

秀琳将一把线团塞进邓瑞芳手里，"先替妹妹理理这些线头，按颜色分开，今日我就教会你。后晌我给你先画出样图，你看着我绣就是，原是极简单的事。"

"我先瞅瞅你绣的啥。"邓瑞芳不由分说从秀琳手里夺过绣至半截的鞋垫，"我原见咱村好几个闺女绣过些鸳鸯戏水、福禄寿禧的图案，你咋地绣了匹马？"

秀枝挤进来，"我原本想绣成鸳鸯戏水的，颜色又多又好看，都绣了小半截，被秀琳夺了去，让我重绣。"

秀琳白了她们两人一眼，"你们懂什么？村里那些男人哪能跟他们比，绣那些花花草草鸳鸯戏水的有意思吗？他们都是要出去报效朝廷挣功名办大事的人了，每日要在千军万马中过那些没明没夜的日子，绣匹骏马多好。虽说少了些色调，可是有一马当先一帆风顺的意思，不比那些红红绿绿的图强？"

邓瑞芳点头赞同，"秀琳说得有道理，给我也画匹马。要绣咱们三个就绣成一模一样的多好。"

三个年轻姑娘笑作一团。

秀琳又道:"别说这鞋垫儿绣成一样,怕是咱们三个往后也是有个一致的去处了。"

邓瑞芳大为不解,"啥一致去处?"

秀琳指着村外太山方向道:"他们出征,咱们三个相跟着到太山口的'望夫石'望夫去!"

邓瑞芳嗔怪道:"望就望去,怕什么!"

店头村的大街小巷中,人人面带喜色,年轻的后生们眉飞色舞生龙活虎地谈论着参加晋王部队,上阵杀敌的事,自认为够条件者趾高气扬,俨然已是戎装在身,肩披铁甲,执马扬刀。一群半大小子们手舞葵花秆,大呼小叫着跟在他们屁股后边,边跑边大笑着吵闹打斗。路过小十字街,石碾边刚刚干完地里农活蹲坐在地老汉们老远喊:

"三孩,你他娘开裆裤脱了没两年,站直了没秤把高,吃饭倒像个饿死鬼转世。人家要的是打仗的兵,可不是饭桶!"

"窝在村里,懒得出了奇,背柴跌沟,耍镰割手,整天价弄得村子里鸡飞狗跳乌烟瘴气,你爹正盼着将你早早打发出去呢。正好充军,没准给你爹娘挣回个大脸面,不定日后门头上也能挂个'武圣人'牌匾呢!"

"沙陀队伍历来打仗不含糊,从来不打败仗。这样的队伍原是奉朝廷勤王的诏命,打的正义仗,正是建功立业的好时机。咱是走不动了,有这机会,后生们就应该到队伍上摔打摔打,准能成才!"

在或褒或贬的谈论中,后生们嬉笑打闹着扬长而去。门楼下聚集着一伙女人,同样话题集中,商讨一致。与邓瑞芳想象的完全相反,她惊奇地发觉,无论是蹲在街头吞云吐雾旱烟锅吧嗒吧嗒作响的老汉,还是怀里窝着个柳条笸箩做针线的女人们,那里无一不是气场热烈,人们无一不是神情激动,尤其是涉及夫君或儿子即将奔赴疆场的女人们,她们的脸上非但没任何凄哀痛楚色调，反而面带潮红，密布着得意而幸福的骄傲。这与其说让邓瑞芳感到意外，倒不如说让她感到大吃一惊。虽说秀琳、秀枝姐妹俩对安休休、薛阿檀参军表示出极大赞同，强烈地抚慰了她担惊受怕的心，让她瞬间感到了某种坚实的依靠感。那么街巷中的一幕幕则无形中让她意识到某种羞耻和不安。国难当头，跃马剿贼，平定四方，仿佛是店头村每一位年轻人，甚至包括男女老幼义不容辞的职责所在。尤其是有着二百年老兵营优良传统的店头村，在家国遭难之际，不是仗义出兵反而畏缩不前，岂不是对先人的污辱。邓瑞芳觉得自己的心胸是多么狭隘，言行举止是多么鄙俗不堪，如若是因为自己拖累，居然让众人皆知的打虎英雄落在这些年轻后生们之后，甭说安敬思，就是连自己亦觉得丢脸呢。

沿邓家大门外长长的街巷一字排开，已扎得极具雏形的龙灯架和船架上，花里胡哨的用彩帛制成的龙鳞和船花在风中唰拉拉轻响。天色已晚，远道而来帮忙闹红火的人们已四散而去，街沿边石碾盘上的糨糊盆和乱帛布被有条理地用石板材压在一起，以便明天接着开工。

眼前的一切是新奇的，邓瑞芳仿佛看到龙首高昂，旱船游弋，来自十里八乡的百姓们聚集在店头村最为宽阔的十字街头，在震耳欲聋的锣鼓唢呐声中欣赏社火的欢快面容。在邓瑞芳的记忆中，她印象最为深刻的是村人们因为生老病死、生计困顿一筹莫展的忧郁之色，即便在繁忙的田间地头或是活计结束端着饭碗聚在街巷门口，偶有的笑声，那也是短暂的仓促的，不大会儿便依旧被沉重的话题困扰。唯有在每年这种大型社火玩意儿集中开演的短短几天里，所有人的欢乐都是长久而耐看的、整齐划一的，一年来淤积的痛楚和难受唯有在那一刻不翼而飞。

尤其让邓瑞芳欣喜不已的是，当她的身影从街巷中石碾边经过时，远远听到不无羡慕和夸赞的啧啧声：

"邓家闺女原是个美丽的女子啊,那身段儿那条粗辫子简直能晃瞎人的眼哩。"

"自古美女配英雄嘛,打虎英雄,我看别说店头村,就是方圆七里八乡,也只瑞芳姑娘配得上。"

"听说,晋王爷一眼就看中了安敬思,这敬思虽说出身凄惨些,也该时来运转了。不定到了军中就是个官老爷,人家瑞芳也是上世修来的福,一过门说不定就是官太太呢。"

无论是羡慕还是妒忌,也不管是向往还是调侃。那时,邓瑞芳分明觉得浑身舒畅欲飞,脚下轻盈无比,内心被一种突如其来的自豪感和喜悦感填塞得满满的。她的眼前,那尊傻模傻样的男人形象在露齿微笑,她仿佛看见他黑红脸庞上那丝亮亮的银白,不禁脸颊发热发烫。心爱的男人,竟然是全村人都敬仰的打虎英雄啊。

邓家的门厅外人来人往,当院内熊熊燃起三尊两尺余高的霸王炉。炉内炭火熊熊,铁锅内水沸腾如鼓。每年春秋两季,邓家都要雇用劳力用于农事,对所有雇用人员,邓家年年都要在院中加设霸王炉灶,大碗的猪肉烩菜黄面窝头,一天三顿管饱。即将入门的新女婿安敬思成了世人瞩目的打虎英雄,晋王李克用竟然要为这对新人当主婚人,这是邓家世世代代从未有过的体面和荣耀。邓万户决定要在店头村大红火大热闹一番,办一场大社火。这场大社火将在新人大婚之日同步举办。在此期间,所有无参与帮忙人员和看热闹的人,邓家敞开大门,一日三餐流水席,饿了领上碗筷就吃,绝不问来自何处去往何方。

二院东侧是车马大院,与三院耳房相通,穿过耳房后就是邓瑞芳所住院落。一墙之隔,二院内仍旧繁杂吵乱,倒是车马大院内安静不少。沿西墙一排单槽圈,长长的马槽内只拴着一头灰褐色的毛驴,槽内草料颇多,毛驴吃得自由自在,咀嚼声刺啦啦作响。邓瑞芳一出现,毛驴突然住嘴不动了，两颗驴眼圆睁。邓瑞芳大是奇怪，毛毛此时也跑得不知去向。

突然，一双大手将她拦腰抱起，拖到驴身侧的草料堆后。

只需听那呼吸声，邓瑞芳就知道是谁，"放开，有人。"

"妹子，找了你一后晌，去了哪里？"暗影中，安敬思的脸分明滚烫，"想你哩！"

耳畔呼吸粗重，腰间那道臂力让她瞬间有种腾云驾雾的飘逸感，呼吸急促，又极度紧张。她不知道为什么突然想起秀琳和安休休亲嘴的事，面上滚烫如火灼，她微闭双目，分明感觉到那阵温热的感觉越来越近。

脚下突然被人绊了一脚，邓瑞芳吓得惊叫起来，两人这才看见，不知何时毛毛灰头灰脸地钻进来，大脑袋不住往两人身上蹭。

安敬思的气色比在山上圆润多了，谁能想到仅仅几年前，来自沙陀部族流落异地的安敬思尚一无所有，母亲临死前留下的两孔寒窑，最终拴不住这个沙陀后生的脚步。他擦干眼泪，走出村落，走进了太山。一切改变都与太山有关，都是从太山开始的。不管是近在咫尺的新婚蜜意，还是前景广阔的军伍生涯，掂量哪一头都让安敬思激动异常。有时候睡梦中他都会一跃而起，不断地对自己发出疑问：究竟是做梦还是真实？现在当他将自己的意中人儿拥进怀里，闻到清醇迷人的气味，看到她柔光盈盈的眼睛，他才快意地笑出来。

"敬思！"隔墙院内有人唤着安敬思的名字。

"二生唤我哩。"安敬思突然在邓瑞芳的脸腮上亲了一大口。邓瑞芳猝不及防，正想笑骂，安敬思已嘻嘻哈哈地出了马圈，毛毛紧随其后，一路狂追而去。

邓瑞芳站在耳房后墙角根努力平息了一番不住狂跳的心，似觉脸上烫意逐渐消失,这才向位于三院正房后的东配院走去。

西房内窗户上烛光闪闪,隐隐听到火石的敲击声,火焰微起,火红旱烟锅中传来嗞嗞的响声,接着是一阵沉重的咳嗽声。

爹从来不抽旱烟,他闷在西房里干什么呢?邓瑞芳好奇心起,蹑手蹑脚走近窗棂下。三院平时极少人来,现下天色微暮,整个院落更为幽静。

咳嗽声渐熄,父亲的声音,"甭说是堂堂晋王,就是亲戚朋友的钱财,我亦不会动半分半毫。不过给咱这张脸面罢了,人前人后说着光耀。那些钱财我都埋进后院的地窖里,没人知道。说不定日后他们会用得着。"顿了一顿,邓万户又道,"这个话该咋说,你考虑的也不是没道理。关键还是得看敬思个人的意思,他自己的主意自己拿。"

敬思怎么了?父亲又是在和谁说话?直到对方叹了口气,邓瑞芳才听出来,是邓叔。

"老大,当年我就在李克用身边当亲兵。世人都认为他是一代枭雄,那是他们之间存在着距离罢了。此人捭阖权术,两度出关南下,平叛庞勋,是朝廷的勤王大军;势力一扩展,又和朝廷公然翻脸,不惜刀兵相向。这种一而再再而三地与朝廷分分合合的人物,说实话谁也没法料定,随他打天下到底是福还是祸。这只是其一。李克用此人为了达到目的,不择手段只是次要的,关键是他实在深谙两利相权取其重、两害相权取其轻这个道理了,忘恩负义的事他能干得出来,落井下石的事他也能干得出来,甚至六亲不认。今天你有恩于他,他可能会将你捧上天去;明日你成了他的绊脚石,影响了他的前路,他会毫不犹豫地拿你开刀!"

邓万户想了想道:"敬思赤手空拳打死老虎,还救了晋王性命。如此身手和武艺,稳稳当当是一员天下难找的虎将之才!"

邓怀忠道:"老大,凶险就在这里!就因为敬思异于常人,就因为敬思可降伏老虎,他的从军之路才可能布满杀机!"

第二十二章　风险之福兮祸兮

夜幕降临，晚风微寒，从寨墙外风峪河谷掠过的气流湿润而厚重，让人大觉压抑。毛毛摇头摆尾地从耳房后的暗影里悄无声息地蹿过去，亲热地围着邓瑞芳打转。浑身骤然涌起大股阴森之气，让邓瑞芳顿觉四下里寒意侵袭。黑魆魆的照壁之下，二院内烛火通亮，隐隐嘈杂的人群中偶尔可清晰地听到安敬思爽朗的笑声，笑声畅快而清纯。与二院相比，三院内黑漆漆一团，唯有西房的窗棂上透出微弱光影。邓瑞芳突然有种想跳起来拔腿逃离的莫名恐怖。

里间出现了短暂的沉默，火镰啪啪骤响，又一根旱烟锅点燃。依在炕角行李卷上的邓还忠深吸了一大口，他的脑海里不断浮现出李克用的影子，一别十年，李克用显然已非当年的朱邪三郎可比。多年的官场沉浮和军事历练，他早已脱胎换骨，心机灵动，精于权术，老谋深算，由一只关外大漠的苍狼完全蜕变成了一条油滑奸诈的官场老油条。尤其是在太山龙泉寺，李克用拙劣的表演事实上完全暴露了他的真实目的，包括围攻店头村的阴谋。幸运的是，那次事关全村父老生死的阴谋之所以最后销声匿迹，是由于一个看上去完全偶然事件的发生才得以改变。这个事件，就是安敬思打虎。但是改变的不止于此，还有安敬思的个人命运。邓还忠从李克用原本冷酷的眼光骤然变得温柔可亲全然读懂了个中含义，尽管那种含义让他瞬间不寒而栗。

屋内烟雾缭绕，邓万户将烟锅头在炕沿边轻磕，火星四溅，"无论如何，这是敬思出人头地的唯一机会，他能得到晋王的赞赏毕竟是好事，想来不至于有凶险。"

邓还忠叹了口气："时也，命也。眼下晋王正是用人之际，敬思本性率直，为人实诚，如若走得好，当然不会有什么凶险。我所忧虑的正在于此，老大没有官场经历，权益之争、利害之争，你是不会有切身感觉，那是个深不可测的污水潭。晋王手下有十二个太保，他们个个年轻气盛，血气方刚，且人人怀有一身过人本领。我担心的就在这里，敬思若是个甘于屈居人后的，倒也好说；可我一想到敬思赤手空拳打死老虎之事，就满是忧虑，他的本事太大了，对于敬思个人而言，不定是件幸事好事，但是对于他将来的生存环境，怕未必是好事。"

邓万户笑道："老二想多了，世事纷纭，哪件事没有风险？敬思年轻，应该出去见识见识世面，多经历些磕磕碰碰，倒有利于他的成长成才。真若日后遇到老二所说的那些凶险，到时就劝他急流勇退，回到店头村就是。"

依邓还忠之意，从内心讲他并不赞成安敬思跟随李克用从军。一旦涉足军界，以安敬思的本事，势必会在短时间内扶摇直上。所谓高处不胜寒，这种扶摇直上除了助长安敬思的雄心之外，同时亦会招来各方意想不到的妒忌和仇恨。雄心壮志往往裸露于外，而妒忌和仇恨则在暗里，但其摧毁之力足以将个人的雄心壮志打击得体无完肤，甚至危及个人性命。这正是邓还忠的担忧，但是有些话他不便说，也不能说。

"敬思此去，无疑是处于孤立无援之地。当下，最重要的是想方设法为敬思铺一条安全之道，为他找一把保护伞！"

邓万户浑身一震："你是说晋王？"

邓还忠摇摇头，"晋王掌控全局，他的一切行为举止是站在全局之上，他不可能是敬思的保护伞，也做不了敬思的保护伞。"

邓万户道："那会是谁？老二，你说出来，我提前运作。只要敬思此后之路走得顺当平稳，你也清楚我历来不吝啬银钱。"

"老大，此事与银钱无关。"邓还忠猛然抽了口旱烟，"敬思可托付者，唯有两人。一位是晋王正妻刘氏，别看她是女流之辈，据我所知，刘氏聪慧睿智，是当代女中豪杰。更为关键一点是晋王是个软耳朵，军事上虽说蛮横专断，对刘氏之话却基本能言听计从。敬思从虎口下救过晋王，刘氏对这个大恩情是始终铭记在心的。敬思只需在刘氏面前恭敬有加，这个关系极易理顺。另外一个是大太保李嗣源。同为太保，据我观察李嗣源性格稳重，办事公道正派，与他处好关系，以李嗣源的身份和地位，可保敬思无虞。"

邓万户道："老二此言甚善，这些话我会跟敬思一字一句交代清楚，但愿他日后能稳稳妥妥地走好自己的路。世间原无救世之主，能救自己的，还是要靠他自己。"

屋里隐入寂静，唯闻旱烟锅叭叭作响。

晋王府坐落在晋阳内城的东南角，周围署衙林立，中间一条宽阔笔直的十字街，十字街向南与外城坊市直接相通。当年高祖李渊从晋阳起兵夺得天下后，对故地进行了大规模整修，称晋阳城防固若金汤毫不为过。虽则其间各地叛乱此起彼伏，但晋阳城地处三晋内陆，并没有受到直接冲击。整座城市，老百姓的生活非但没有受到任何影响，反而凭借晋阳得天独厚的特殊地位，在商市互贸、货物流通等方面取得了令世人咋舌的进展。以晋阳古城为枢纽，东跨太行，直抵顺天府，与幽州对接形成了一条繁华的商业大通道；西越吕梁，过延安府，与汉代开辟的丝绸之路接壤，大批商人可从此西出阳关，直达西域；北出雁门，享誉天下的胡马源源不断从这条通道进入三晋，与胡马同步流入关内的还有大批的草原皮毛、羊绒；南下晋南，过黄河直达都城长安，更是物塞其道、货畅天下。自古繁华属晋阳，实非虚言。

无商不富，远自春秋战国时期，三家分晋之后，虽连年兵祸战乱，但晋阳古城百姓的生活水平甚至远远高出周边未经战乱之邦国，赵国钱币一度成为其他战国流通商市的通币，其富庶之景可以想见。到武周时期，作为则天大帝的祖籍，晋阳城政治经济及各项事业更加走上了一条飞速发展的快车道。

晋王府后院有一处占地四五亩的园林，据说此园林是仿照江南模式移植而来。园内亭台楼榭，曲径通幽，刚刚吐出嫩枝的柳条在风中划过水面，涟漪圈圈荡漾，整座园林水域面积就占到十之七八。刘氏这是首次跟随李克用南下，也是她第一次走出雁门关，踏上关内土地。当初随王驾走进晋阳城，街道两边挤满了看热闹的民众。刘氏的好奇心使得她不由自主走出帷幕，堂而皇之地站在车辕上，这种出乎晋阳城百姓意料的举动，以女眷之身出现在百姓们眼前，并没有引起百姓的非议和讥嘲。若是汉家官员，这种不顾体面的举止，定然是会让百姓们背地里指指点点、评头论足一段时间的，而且更为重要的是女眷轻易抛头露面，会让官员颜面无光。身处关外的刘氏当然绝没有汉家人的意识，她只是觉得首次进入汉家地域，车下这么多素昧平生的普通百姓对她的到来就表现出如此的热情，她觉得至为感动。如若长时间坐在帷幕低垂的车驾之中，无疑对他们而言是一种不恭，于是她完全是在不由自主的状态下走出了车驾，并且微笑着走进百姓视野。虽则作为一个女性，她并不清楚经过长途跋涉、风尘仆仆之后她的容颜是否还整洁依旧，也不清楚她的形象是否让自己满意，就贸然抛头露面。一切都让她激动不已，也许语言上还略略有些障碍，但是她可以感觉到，当她款款走出车驾站在车辕之上时，街道两边的百姓欢声雷动。那种雷鸣般的欢呼是出自内心真实的畅快，并无半点嘲弄讥笑。在这个过程中，她一直就保持着那种自然优雅且雍容平和的笑容。

欢声雷动更加趋于白热化程度的是接下来的一幕。晋王李克用感觉到了百姓群中骤然掀起的热浪，他注意到了身后车驾上突然出现的夫人，她的身上并没有汉家官员女眷身上那种颜色亮丽的衣物，头发间也没有汉家女眷故弄玄虚、金光闪闪的首饰，在她的身上还是大漠里简朴的衣衫——如若走下车驾，走进百姓之中，也许压根儿就是一位普通的民间妇女——李克用突然笑了，喝住了车马，在围观百姓惊愕的目光中，他身手敏捷，根本不用人搀扶，跳下首车，笑意盈盈地来到夫人的车驾下，只是伸出手，刘氏非常默契地伸出手掌，李克用就轻盈地跃上车辕，两人并排站立，频频向夹道的人群挥手致意。

百姓们竟然节奏齐整地欢呼"晋王出关、皇上回朝、三军必胜"！

那一幕，至今不时浮现到刘氏的脑海中。想起来，情绪仍然起伏不定。从欢呼声中，她总是不期然地想起当年关外鏖战前夜，不管对手是大漠之敌还是唐朝大军，沙陀部族刀枪如林出征时那阵响彻山野的呼声，百里之外的狼群亦会逃之夭夭。就在车辕上，她抑制不住激动地对李克用说："有如此拥护出关大军的老百姓，黄贼何愁不破！"

那种与狂热的欢呼伴随而至的激动并没有因为他们走进署衙大门而结束。或者说，当她挪动着发麻的双脚在李克用亲热的搀扶中走下车驾，踏上楼檐高耸、气势巍峨的王府大门时，才是真正的开始。因为，毫无防备闯入她视野的是一个她闻所未闻、见所未见的神仙世界。对汉家文化，她并没有过多的接触，在她的意识中，唯一对汉家大觉新奇的是饮食。直到现在都想不明白，简单的果腹之举在汉人手中竟会作弄出色彩斑斓、样式味道千奇百怪的品种来，以至于在王府的首次宴会中，面对满桌酒菜，她竟然都不敢轻易下筷——她实在不忍心仅仅因为填饱肚子就破坏眼前的视觉盛宴。两年前，她无意中看到晋朝陶渊明所作的一篇《桃花源记》，里面的山水景物让她倏忽产生了强烈的向往。山石泉洞、落英缤纷，她无法将这些处处美妙的景色交融在一起，她甚至想象不出如此众多的优美景色汇聚到一处会发生什么惊艳的变幻。

在王府的后花园，刘氏想起了陶渊明的《桃花源记》。她始终不渝地认定这就是那个梦中想象了无数遍的"桃花源"。正是桃花初绽之季，小桥下流水潺潺，枝叶间蜂蝶旋舞，池塘边树影婆娑，水草间鱼儿游曳，这在关内大漠上是压根儿无法想象的。

刘氏每天三餐前后都要走进后花园，她不需要人陪，甚至连专门服侍她的丫头都不需要，她不愿意让人轻易扰乱这份宁静。心情不好的时候，她只要独自在临水的亭台上坐上小半个时辰，一切烦恼都会烟消云散。

比如，今天午饭间，李克用就惹得刘氏大大不快。李克用自入城后，咳嗽之疾始终未见痊愈。照例，刘氏每顿饭都要格外吩咐人炖一碗干梨汤汁让他喝趁热喝下去。

派去送汤的丫头低垂着头一声不响地又返回来了，碗中的汤汁原样未动。刘氏亲自前去查看究竟，李克用正在与周德威及一帮营将议事，她便偷偷藏在屏风后。刘氏倒不是想听那些枯燥无味的军事安排，在她看来，那都是男人间的事。她关心的是她夫君的身体，没有一个康健活跃的身子骨，什么军国大事、剿灭叛贼、迎归王室、平定天下，都是儿戏罢了。让她颇为高兴的是，在整整近一个时辰的静听中，居然没听到李克用半声咳嗽。但是她还能从他的说话口风中感觉到他的嗓子沙哑干涩，分明还没好彻底，仍然需要一碗干梨汤汁清清喉咙。

刘氏终于等到将领们出去了，这才亲自端着干梨汤放在李克用面前。

李克用头也不抬，挥挥手道："夫人，咳嗽毛病已好利落了，干梨汤不须喝了。"

刘氏看到李克用眉心紧皱，知道是在军事上遇到了烦心事，她并不急于劝他喝汤。她清楚，一个心事重重的人，即便再奇效的正方偏方都不会起作用。尤其是她近距离地发现，李克用的神色忧郁，这种表情在她的眼里并不多见。

"晋王，到底遇到了什么烦心之事？"

李克用苦苦一笑，"眼看大军就要捉襟见肘，无米下锅了，朝廷答应的三批军用物资，第二批尚未启程，第一批在黄河南岸就被黄巢贼寇尚让连粮带人劫了去。说起来，真真可笑，三百辆粮车，只有一千军马押送。便说碰上巢寇，就是走条山道，全部下马推车都人手不够！据逃回来的官军说，尚让所劫粮车，有近半数是发霉变质的陈粮旧米。尚让当下就倒进了黄河。连贼寇都不敢吃的粮米，幸亏半路被劫，真若到了晋阳城下，还不让我的军马吃出毛病？"

"不是你的大军捉襟见肘了，倒是朝廷捉襟见肘了。三郎，何时启兵南下？朝廷隔河遥望勤王大军，可以想见如大旱之望甘霖。况我沙陀部族与汉家军马不同，毕竟当年与朝廷还有些过节，稍若延迟，反而让朝廷抓住了把柄。那时，反而被动了。"

李克用仰身躺在圈椅中，扑哧笑道："本王实在想不通，汉家人与汉家人打打杀杀，从来就没消停过。今天启用镇守一方的将帅，明天就反目成仇，没两年又和好如初，咋地就不记仇？单单是咱们关外沙陀人，朝廷就恨之入骨，动不动就拿出来说事。"

"汉人闹腾，说到底是个自家院子里的事，就像兄弟妯娌，前半天翻脸后半晌还得在一个锅里吃饭。咱沙陀人不同，再好也是个表相，皮笑肉不笑，一旦有隙，不定就成了不可化解的世仇，是外患。汉人不是有俗话吗，肌里之疾远胜于外患。"

李克用哈哈大笑："夫人果然聪慧，好些事让你一分析，真有茅塞顿开之感，眼前就亮堂了。嗯，汉人原就是忘恩负义之辈，不过还是个互相残杀的把戏，让他们多吃点苦头也好！"

刘氏摇头劝道："若放在平常事件，我倒也赞成这种静观时局之变的态势，可你要知道，黄贼之众，席卷河南，势如洪水猛兽，不到几年，就攻破都城长安。此时正是出击勤王最佳时机，妾身虽是女流之辈，有句话憋在心里至久，不吐不快。晋王，为何驻在晋阳迟迟不见劲静，莫非就少那三五百石粮米？既是大军短期无法成行，派一支先锋军即日出发，沿途有勤王旗号，不过三五千人的吃喝用度，料不是问题！"

李克用鼓掌而笑："夫人真是蜀地诸葛、汉中张良，且有翼德、韩信之勇，今若让夫人带一支兵马出征，倒不失为横扫千军的夺路先锋也。"

刘氏脸上倒也颇为认真，"晋王莫非小看了妾身，你以为我当不得一名先锋官吗？此生原是生错了身骨，我该是男儿，你倒应是个优柔寡断、一身婆娘习气的娘儿们。我要是你，早就率军南下了！"刘氏竟然越说越气，好在李克用不以为意，脸上始终挂着天真而纯粹的笑容。

"夫人有所不知。"李克用起身安慰般地在刘氏的肩上轻抚，故作卖关子神秘兮兮地说，"本王在等待收网！"

"收网？"刘氏大感不解，"你又在搞什么名堂？莫要忘了，你现下的身份是朝廷任命的堂堂晋王，况晋阳城为朝廷高祖皇帝的起兵之地，在这里的一举一动都关系到你晋王的声名和前途。勿要小疾惹出大祸才是。晋王不是刚刚颁布了条令，对晋阳地域的各行各业包括古建古刹予以保护，任何人不得以任何理由破坏，违者重处吗？你岂能纵容手下带头违背条令？太山龙泉古寺佛塔舍利原就是你惦记着，别以为我足不出户就什么都不清楚，老四原就是个替罪的无辜羔羊罢了。"

说起李克用的龌龊之举，刘氏就想起了无端被关禁闭的李存信，心下大起疼惜之意，"老四关上几日，遮遮众人的眼就行了。"

"夫人误会了。"李克用被刘氏揭了心思，却并不生气，嘿嘿笑道，"那不过是个由头而已，老四、老十二也是胆大妄为，城内几处佛寺殿堂失盗失窃，哪一个不是他们所为。在军营内胡吃海喝，影响极为恶劣。你看看那些不成器的东西，野性不改，亏是养子，战场上的仗还得靠他们去打，关几天禁闭也是压压这股邪气，不杀杀这几只鸡哪里能镇住这伙蛮猴野猴！我已在太山物色了两员虎将，一大一小，若为我所用，必定如虎添翼也。"

刘氏脱口而出："莫非晋王说的是在太山打死老虎的那位叫安敬思的少年英雄？那大虎指的是哪个？"

"是本王多年前征讨庞勋时的亲兵，此人忠诚义气，胆识亦有过人之处。他叫邓还忠，夫人可能没听说过此人。"

话音刚落，刘氏鼻子里冷冷一哼，"多少年的夫妻，从你嘴里露出来的人还指望能缩回去吗？当年不是被你灭口在风峪河了吗？"

李克用大为尴尬，哈哈大笑，"原是什么都瞒不过夫人，本王原以为爱好的小妾逃不过夫人的眼睛，多少年了，本王不过信口一句话的事，夫人居然还记得这么清楚？本王在夫人面前都有些怀疑，是否还有隐私可藏了。"

刘氏愤愤道："三郎，你长着颗什么狼心狗肺，别侥幸着躲过我去。若敢来个营中藏娇，小心我捅出去，让你这个晋王脸上风光风光！"

李克用连连作揖道："夫人恕罪，从今往后三郎只管打好自己的仗，绝不敢再有其他想望。放心，两天后本王准备在校场举行比武大赛，到时将邀请夫人赏脸，不知夫人愿意否？"

谁能想到外人眼中冷峻威严的晋王李克用在后堂却如此惧内。事实上，李克用惧内事出有因。当年，沙陀部族夺下云州被朝廷围剿，困顿无路之际，正是刘氏关键时刻提出"退守漠北、养精蓄锐、伺机而动、东山再起"的十六字方针，李国昌、李克用父子大梦方醒，慌不择路率领残部一直败退到阴山之北的大漠深处，方得以苟延残喘。至此，李国昌便吩咐李克用云：刘氏实乃朱邪家族之命里福星，三郎此辈定要善待刘氏，刘氏可保朱邪家族一世安宁！从此，李克用对刘氏不冷不热、敬而远之的态度骤然改变，他就像审视一个完全陌生行路者一样开始重新打量与他同床共枕了半生之久的妻子。在她的身上，李克用惊奇地发现，刘氏不仅天生丽质、善良聪慧，而且对纷扰繁杂的世事竟然有一种仿佛与生俱有鞭辟入里的眼光和能力。每逢李克用遭遇各类事关家族命运的劫难和困顿时，总是有意无意地回到内室，就像多年的老朋友一样开始倾诉。不管刘氏手中有什么繁忙的活计营生，哪怕她正扬着鸡毛掸子抽打阳光下暴晒的被褥，任眼前灰尘四起，刘氏总是夹枪带棒地一顿责骂后，居然总能给他指出数条避难措施，供他选择。那种责骂不管痛与不痛，李克用非但不予还击，反而兴高采烈地全盘领受。刘氏，渐渐成了他的内务军师。自然，李克用对刘氏的恩宠之情成倍增加，渐渐演变成这种特殊的惧内之情。

刘氏的聪慧不仅表现在她极具穿透力的判断意识和破解难题的能力，更为让李克用敬佩不已的是，刘氏展示这种能力时的忍耐力和克制力。诸如，在公众场合，刘氏从来恭顺而大气，从来都会顾及自己丈夫的颜面。她不同于一般虚荣心极强的女性之处还在于,她懂得自身的存在正是有男人这座靠山和屏障,维护男人的尊严就是维护自己的尊严。两人之间是互补之势,而非互拆互犯。

说起比武,刘氏大感兴趣,嘴里却念念叨叨:"大比武原是件好事,晋阳城老百姓早就听说晋王膝下十二太保,个个身手不凡,武艺高超,能征善战。十二个虎背熊腰的后生往那一站,谁看了不眼热?偏偏就要少了个老四,若是有人私下里问起,能说被他父王关了禁闭吗?传出去,你不觉得脸红,妾身倒替你汗颜呢。十二个儿子,场里十一个,我是没脸去,要去你去!"

李克用大笑,"夫人有话原该直接说出就是。"

刘氏斜了他一眼道,"我到底不过是个女人家,儿子再多,也是你晋王李克用的,想关就关,爱放不放,关我甚事。"

"放,放!"李克用一迭声道,"明天就放老四出来!"

第二十三章　隐忧之以柔克刚

　　眼前这座别致的园林是刘氏消除郁闷、平和心境，甚至是品味欢快的首选之地。虽然进入晋阳城尤其是住进晋王府时间并不长，可是刘氏倒觉得与园林好似早已相识，除了第一次进来觉得新奇之外，接着便习以为常了。就像多年的老朋友一样，无话不谈、离开了就觉得心里空落落的。李克用说，大军出征之后，他要征召三军最出名的工匠将晋阳湖东南的大块滩涂清理出来，沿湖水再造一座王府别院，并将风峪河活水引入，穿院而过，终年不息。想想吧，比起眼前这一潭近乎死水的园林来何其壮观何其气派。这话是李克用专门对刘氏说的，本意就是想让刘氏高兴高兴。谁料此议却被刘氏予以反对，眼下国内灾祸连绵，都城都落入贼人之手，连皇室都逃进了深山密林，生死未卜。这种时候，你大兴土木，岂不是授人以柄？沙陀部族堂而皇之地冠以晋王之名勤王出征，周围多少汉家官员盯着你愤愤不平，表面上俯首帖耳，内心里恨不得你一出征就打败仗，朝廷早早罢了你才高兴。此时当以军事为重，勤俭节约，与朝廷和三军将士同甘苦共患难，任何异动，单单是一个奢侈糜烂、丧心病狂的罪名就能将你拉进晋阳湖的泥潭里，打了胜仗尚有可言，一旦稍有失利，摘了晋王的官帽是轻而易举的事，严重者可要了你的命。

　　一番话将李克用吓得够呛。原以为凭自己是堂堂的晋王，在晋阳的土地上还不是由自己说了算，连千百万百姓都是自己的，建一座晋王府别院小事一桩罢了。让刘氏一分析，李克用果断将思路转移到先锋比武的大事件之上。

　　刘氏独自坐在临水的美人靠上，上面油漆斑斑，木屑脱落，头顶上方的廊檐里画梁整体呈灰淡色调，已经无法看清原来的色彩。但是刘氏压根儿不在意这些，她的心思从进入晋阳城后就一直若即若离地放在丈夫李克用和十二个儿子身上。按说这原不该是她操心的，虽非亲生，但是眼跟前十二个顶天立地的后生围绕身边，哪家看着不眼热？十二条后生就是十二员将，就是十二条不可预料的出路，当然也是十二种充满诱惑和新奇的人生。忧虑当然也存在，十二条后生十二张嘴十二个心思，棱角越来越明显，因分歧和矛盾造成的嫌隙越来越大。尽管李克用不说，惯于揣摩李克用心思的刘氏早在两年前就察觉到他深藏的隐忧和担心。毫不怀疑，所有的隐忧和担心都或多或少或明或暗地浮现在他的眉宇间和话语中。刘氏不便挑明，对这十二个太保，作为母亲，她唯怕在他们身上不管是利欲还是责任出现过分明显的偏袒，倒并非疼爱所至，而是她担心由于偏袒和有失公正，从而引发一系列不必要的纷争和怨恨，最终矛头和气焰全部对准李克用。说实话，对这些太保，她早已没有了母性的庇护和爱惜，有时候想起来她甚至觉得惊惧，但那是确凿无疑的，她感到的无形压力和恐惧。十二条后生，个个心高气傲，自命不凡，言语粗鲁，态度恶劣，为一点小到连刘氏都觉得可笑的功劳当众争得面红耳赤，恨不得大打出手，毫无臣服之相；过错面前，互相推诿扯皮,竟闹腾到不顾兄弟情谊之地步。哪里像十二个兄弟,倒像养了一窝饿狼。刘氏之所以在李克用面前非要将四太保李存信解除禁闭,因为她深知李存信心胸狭窄,明知道李克用当众责罚,是有杀鸡给猴看的心思,想要通过此事震慑一下其他太保,让他们敛敛野性。可他哪里想到,如若太保是伙猴子倒罢了,可他们是伙充满野性的狼。李存信当众被关禁闭,竟然没有一位太保站出来为他求情说话,多数人竟有幸灾乐祸看热闹的心思。李存信颜面无存不说,效果大打折扣,更骇人的是在即将大比武前夕,李存信无端失去这次机会,岂不忌恨李克用?

突然,平静的水塘中击起大片水花,猝不及防的刘氏被溅了半身水。四下里寂无人声,陪伴左右的侍女们早已被她阻在园林之外。即便在,她们根本没有胆量跟堂堂的晋王夫人开这种玩笑。

"谁?"刘氏望着塘岸对面的灌木丛,石头可能是从灌木丛里飞出来的。喊了两声,除了飒飒作响的风声处静寂无声。

刘氏感到害怕,从美人靠站起,对园林外喊道:"来人!"

三四位在园林门外寸步不敢远离的侍女们闻声而来。

"夫人。"

"你们给我搜搜林园里有没有人。"

对这个突如其来的指令,侍女们面面相觑,直到刘氏厉声喝道,"还不快去,小心歹人进来!"

园林灌木后的山墙下确有一道小门与后街相通,但墙高达两丈,小门自从搬进来就没开过,上面两根粗如手臂的铁链死死缠绕,上面锈迹斑斑,一看就知常年无人动过。小门自然进不来人,如若存在可能的话,只能是河塘岸对面的灌木丛。

三四个侍女仗着胆子,一人手里捡了根树枝在灌木丛边划拉茂密的林带边连叫带喊瞎咋呼。

刘氏的眼睛始终盯着风中摇曳的灌木丛，她骤然想起丈夫在太山大雾中不期而遇的那只老虎，禁不住脊背阴森发凉。

就在视野中，突然一块拳头般大的石头凌空而至，跌进塘里，"嗵"地大片水花飞溅，将岸边的三个侍女吓得连连惊叫。

刘氏反而不害怕了，这次她看得清清楚楚，石头居然是从山墙外飞进来的。她镇定地挥手将三名侍女们召过来，悄悄吩咐找帮手。

不大会儿，进来两名家将，跟在刘氏身后，悄悄地卸下小门上的铁链。冷静下来的刘氏强压怒火，她倒要看看在晋阳城内是谁胆大包天竟敢在大白天往堂堂王府后花园扔石头行凶。

原想着有可能是城内不晓事的顽童无事生非，嬉闹玩耍，训诫几句也就罢了，哪里想到，两名家将押进来的是一位年轻姑娘！

年轻姑娘毫无惧怕之意，她眉目清秀，看上去也就十八九岁的模样。

"石头可是你扔的？"

姑娘嘴唇轻咬，承认得极是痛快，"回夫人，是我扔的。"

刘氏突然想笑，看姑娘眉目并无恶意，倒觉得自己紧绷着脸，将姑娘吓得不轻，便笑道："你可知这是什么地方？"

姑娘点点头，"这是晋王府后花园，是晋王夫人常来之地。"

刘氏闻言大是惊奇："那你知道我是谁？"

姑娘盯着眼前这位装扮朴素，毫无想象中一身珠光宝气、雍容华贵的晋王夫人，迟迟疑疑地问，"小女斗胆，您可是晋王夫人？"

刘氏点头道："我正是晋王夫人，莫非找我有事？"

年轻姑娘闻言，突然扑通跪倒在地："夫人救我！"

"姑娘，这是晋王府，没人能伤害得了你，快快起来说话，我为你做主。"刘氏亲手搀扶，姑娘只是嘤嘤哭泣，却不作声。

刘氏挥手让侍女和家将们退下，挽着年轻姑娘款款走进廊檐下的美人靠前坐下。

"莫要哭，姑娘哪里人氏，遭遇何事，慢慢说来我听。"

年轻姑娘止住哭声，两眼含泪，又要跪伏被刘氏扶住。

"回夫人，小女名唤邓瑞芳，是太山脚下店头村邓万户家之女，也是安敬思未过门的媳妇。"

刘氏笑道："原是安敬思的新媳妇儿，原听着不日你们就要完婚。敬思可是堂堂的打虎英雄，晋阳城谁人不晓。是不是尚未过门，他就欺负你了，若是这样，这个主我做得，明日我就去村里，当着你的面好好训诫他几句。男人天生的野性，以为打死只老虎就敢无法无天，把没过门的媳妇都不放在眼里！"

"夫人，不是……"邓瑞芳慌乱地摇头，又欲言又止，"这不关安大哥的事，不，是他的事……"

刘氏笑，"姑娘，慢慢说。我是越听越糊涂了。"

邓瑞芳缓缓镇定下来，她原探听到晋王夫人刘氏饭后有独自在王府后花园静坐沉思的习惯，前门她一个乡野姑娘无论如何进不来，但是淤积在肚里的话已成逐渐成为一个痛苦的死结，再不说就没机会了。于是她便贸然想出个损主意，隔墙扔石，就是想引起刘氏的注意，目的出乎意料地达到了，她却突然一时不知该从何说起。

半晌，心境放缓，邓瑞芳紧咬牙关，暗暗舒了口气，"实不相瞒，小女来此是为安大哥讨条生路，晋阳城我知道夫人心地善良，德行仁厚，只有您能帮他。"

"打虎英雄敬思吗？他可是晋王嘴边常常提及的大英雄，如何有生路之忧？"

邓瑞芳道："夫人，敬思一身膂力武艺。他虽为沙陀人，却自幼家境穷苦，尚无人生历练，心机单纯，木讷之性，无防人之心。晋王看重他原是他的机缘福分，但他就是个乡野农夫之才，根本不是混迹军伍的料。以他之能力，他必然会在军伍中身手大展，半年之内，也许时间更短，他可能就是统军大将，但绝非独当一面之才。"

刘氏哈哈大笑，"瑞芳所言我信，知敬思者非你莫属。看来，晋王识人之能并未走偏，敬思确有万夫不当之勇，他一旦驰骋疆场，必定会有一番大作为。这是好事幸事，我却不解，你忧从何来？"

邓瑞芳眼睛再次红肿，"夫人，小女子忧虑的不是别的，正是敬思的能力实在太大了，大到常人不敢想象！"

刘氏蓦然心里一颤，"你的意思是安敬思本事太大，恐怕由此招来忌恨和危险？"

邓瑞芳镇定地点点头，刘氏一语顿时将她所有不便言说的心事全部破解。民间私底下流传，晋王李克用只是大漠上一只粗野莽撞之武夫，他之所以数次转危为安，甚至绝地逢生，稳稳当当走到现在，关键是在他身后有一位精于谋略、心机不让须眉的夫人为他适时指点迷津。现在，邓瑞芳是实实在在地信服了。

廊檐下的塘面上，微风缓缓掠过，旋起数圈涟漪，沿塘岸的丛丛水草向四面扩散。邓瑞芳惊讶地看到刘氏原本慈和柔静的面容缓缓浮上一层淡淡的忧郁，眼光定定地看着塘面上的涟漪，半晌无语。

"夫人……"

刘氏轻轻挥手，"你让我好好想想。"那一瞬间，刘氏突然感觉到脑海里乱糟糟的犹如麻团。她需要静下心来好好捋一捋，这是多年来养成的习惯，当她面对这种乱如麻团之境时，她就势必要从中寻找出麻团中的那根隐藏极深的线头，一旦扯住，整个模糊的心境将会呈现出空朗明晰的光亮。这个过程中尽管是痛苦的，但是期间存在着刘氏无法预知的希望的挑战和诱惑，挑战一旦成功，所有的诱惑就成了一种大痛快。不管最终的痛快心境是喜是忧，她都毫不怀疑做着一件统筹全局的大事，很多情况下，事关危亡，事关生死。

邓瑞芳惊愕地看着刘氏忧郁的眼神，她忽然自责不已。直到刘氏突然回头，紧盯着她，好像在看一个完全陌生者，"邓姑娘，天色已不早了，我让人送你回去。你的事，我都记着。"

"夫人，给您添麻烦了。"

"不，要感谢的倒应是你。"刘氏叹了口气，"你让我突然想起了好多事，恕不能亲自送你去。回村后，我俩之间的话跟谁也不可提起。来人，送邓姑娘回家！"

家将和侍女闻声而至，簇拥着邓瑞芳向小门走去。门口，邓瑞芳回身见刘氏满面含笑向她挥手示意，"记住，往后这里就是你家。恕不远送，我还有很重要事必须去做！"

经过迅速而果断的梳理，眉目立显，条理清晰，刘氏确实有很重要的事要做，而且一刻也不能耽误！

通亮的烛火光影里，李克用见夫人进来，迅速端起桌上达半日之久的干梨汤一饮而尽。饶是一眨眼工夫，仍是被刘氏盯个正着。夫人吩咐之事，且在李克用眼里这些不值一提的小事小节，之所以言听计从，原是不想听刘氏夹枪夹棒的讥讽挖苦。刘氏数落人李克用早有领教，说得不轻不重不咸不淡不愠不火，却扰得李克用心烦意乱，想发火却又抓不住半点把柄。偏刘氏一张利嘴，骂人不带脏字，让李克用无可奈何。日间刘氏让他喝了干梨汤，李克用满口答应。刘氏一出门，端在手中的干梨汤便放下了，他恶心反胃那股甜腻，喝进肚子里犹如灌进一嘴油。

刘氏心里有事，便只当没看见，"晋王，干梨汤已喝了吗？"

"夫人吩咐之事，本王岂敢弄虚作假？"李克用唯怕刘氏不相信，动作夸张地端起杯子，做了个凌空倒置的动作，"你看看，有一滴没？亏着夫人悉心照料，本王咳嗽的毛病才得以根治。为了本王的身体，夫人可谓操碎了心，想起来实是愧然呢。本王已想好了，比武大典上，本王要在观阅台上专门为夫人辟出专座，亲眼看看孩儿们的身手！"

"我看，一切均可免除。"刘氏摇摇头，利索地将纷乱的几案三下两下收拾干净。

"夫人多心了，对于那些世俗之人何以世俗之眼待之，本王才不在乎汉人的无聊做派呢。嘴长在他们身上，想说什么让他们说去，有什么屁让他们放去。香臭都隔着山水万重，都得跪伏在咱的膝下俯首帖耳，咳嗽一声就能吓破他们的胆。"李克用呵呵而笑，疼惜地看着刘氏。他要和他夫人坐在高高的将台上，以无比尊贵的姿态体体面面地共同接受军民参拜，让汉家人看看沙陀部族的心野和胸襟，看看沙陀人的眼界和气度。李克用讨厌汉人那副虚假透顶且让人恶心的虚伪做派，"本王已吩咐匠人抓紧赶制，做一架连体圈椅。有这么宽这么长。"李克用兴致勃勃地比画着，"到时，本王和夫人就坐在连体圈椅上，让他们瞧瞧。本王多会儿怕过那些背地里嚼舌头的人？本王都不在乎，夫人何惧之有？"

刘氏叹了口气，偎着几案坐下。她头脑异常清醒，李克用的一番话压根儿没听进一句，她的意识触角极度专注在即将需要在合适时机以某种双方都可以平静接受的方式选择上，她清楚，这个话题一旦打开，将是对李克用成竹在胸所有策划的全盘否定。她所担忧的并非李克用能否接受，即便存在可能性的抵触，她都对自己充满了完全说服他让他深切体察到执意而为弊端的强烈自信。她考虑的是，如何从一开始就不会出现抵触，话题自然而顺畅，事情自然而顺畅。

李克用错误地认为刘氏的沉默可能是顾及世俗之见上，在公众的视野下，而且是极其严肃的军事大场面上，她的出现可能带来不利影响。

"夫人，此次比武盛会，说是公开招募将才，勇冠三军者视才当场任用，全城凡有身手者均可报名参赛，实际上能有几个有模有样的能露出脸去？说到底，不过是借机让太保们展展身手，鼓励一下士气。大军出征，需要的是士气，缺乏的是斗志。本王早就想好了，通过这场比武，就是要让那些战场上不堪一击望风而逃、专擅蝇营狗苟、钩心斗角的汉人看看，沙陀人才是真正的国朝主力，他们才是真正的无敌将士！"

正说着，殿外传来一阵脚步声。

"父王之处，何须禀报。母亲也在，我正要谢恩呢。"

李克用对刘氏眨眨眼，笑道："听到没有？本王已将老四撤了禁闭。"

随即收敛了笑容，正襟端坐，一脸威严："老四吗，进来说话。"

说话间，李存信已大步走进来，跪倒在地："感谢父王不责之恩，孩儿已知错了。"

"知错？"李克用冷冷道，"你可知道错在何处？"

李存信原本心里惦念着他和老十二精心组建的弓弩队，以期在比武会场上一展身手，顺利夺得先锋官。一关禁闭，希望转瞬泡汤，心中自然充满怨恨，当然在李克用面前不敢有丝毫表现，进而把所有的怒火都转移到史敬思身上。没料到，禁闭说解除就解除了，后来慢慢一想，议事堂上父王的震怒原就是给别人看的。在父王的心里，他始终惦念着自己，说不定先锋官的大印原就是为自己准备着呢。禁闭一撤除，这才听人说像是母后在父王跟前求了一情，活跃的激情瞬间消落大半。尤其是李克用的沉声质问，让他的底气再度泄尽。不管怎样，出来就好。

"回父王，孩儿错就错在目无尊长，任性撒野，不该当堂顶撞父王，不恭不孝。"

"不恭不孝？你尚有不仁不义之错！"李克用语气生硬，"你可念及一点情分？那么多兄长弟弟，说得对错与否尚且不说，你自己又是什么态度？你们都是本王从街头流亡的困窘中将你们收养府中，都是历经人世罕有之苦难中缓过神来的苦孩子。原指望你们兄弟间和睦相处，互尊互敬，将来在战场上靠一刀一枪真本领争一份功名出来。没听说兄弟一心、其利可断金吗？你倒好，乳奶未断，不光要踢腾兄弟，还想反身咬将你辛辛苦苦抚养成人的爹娘！拍拍你的良心，是被狗吃了还是狼叼了！"

话骤然凶狠到这种地步，原本想发点牢骚的李存信吓得连头也不敢抬，他万没料到就因为几句话竟惹出如此严重后果，比关禁闭还要让他害怕。

"孩儿知错了……"情急之下，李存信竟号啕大哭起来。

在李克用眼中，李存信性格虽说莽撞，尚是可教之徒。多年前，李存信之性并非如此放浪，虽有犯错之举，责罚几句浑然不放在心上。自从与老十二康君立相处一起，人就开始转变，变得斤斤计较，公开争权夺利，更让李克用忧虑的是，两人常常私底下做些偷鸡摸狗见不得人的勾当，在兄弟们中间名声大坏，却毫无悔改之意。

本来，李克用还想数落一气，这个板子既然举起来了，就得往下打，要打得见肉见血才能根治他们的野性和劣性。一回头见刘氏给他使眼色，叹了口气道："莫要忘了，你是老四，底下有多少兄弟瞪着眼看你呢。不要盯着你眼跟前那点私利，忘了情谊、忘了廉耻。作为沙陀部族的男人，你要有点男人胸襟，否则，你迟早要吃大亏。真若有一天，怕是天王老子也救不了你！下去吧，好好反省反省，准备一下比武的事。"

"多谢父王教诲，孩儿一定苦练本领，争取一举夺魁，奔赴疆场，努力杀贼，为父王争脸！"李存信紧咬牙关，话说得斩钉截铁。

李克用气得脸色骤然血红，见刘氏微微摇头，便强力压抑。

"听听这个孽子，还是要争！毫无谦让之心，看来不同他的兄弟们拼个你死我活绝不罢休！"李克用指着李存信远去的背影愤愤道，"我怎么养出这么个混种。照此下去，不定什么时候就出现兄弟反目之惨事。唉，早知如此，当年收他们何益！"

"只怕祸根不日就要被你种下，兄弟反目，是迟早的事。"刘氏微叹道，"这些太保们横行霸道，原就是你宠惯而成。本来都不是亲兄弟，即便是血亲骨亲的兄弟，磕碰摩擦也是避不了的，何况是他们。"

"夫人这话是何意思？担心他们兄弟因为争先锋大印而反目？本王看尚不至于吧！"李克用诡秘一笑，"夫人以为这个先锋官给他们留着的？我还怕他们因为个狗屁先锋争得头破血流，到时不好收场呢。"

刘氏淡淡冷笑，"你肚子里那点小算盘怎么打，别以为我不清楚。你的先锋印早已锁定其人。"

李克用大为惊奇："噢，那夫人猜猜是谁？"

刘氏道："除了打虎英雄外，还能有谁！"

李克用抵掌而笑，"夫人果然聪明绝顶，只怕世上罕有。索性放开手脚，让那几个孽子争去。争来争去，到头一场空，谁也捞不着，鼓鼓囊囊一个猪尿泡，一针泄了气，就都老老实实了。太山之会，本王早就一眼看出，只需安敬思一上场，他们谁都不是对手！"

刘氏起身，盯着李克用奇道："王爷真的这么以为？从外边弄来的和尚把经一念，就安定下来了？我只怕情况更糟，内乱反成了外乱，弄不好引火烧身！"

"啊！"李克用吓了一跳，瞪圆了眼，大张了嘴，半晌合不上。

第二十四章　挑衅之太保鲁莽

　　李克用这一惊，委实惊得不轻。额上、鬓间发根寒气森然，虚汗突如其来往出渗。他是太了解刘氏剖析时世和预判人事的非凡能力，她的思维触觉无论是速度还是跨度，多数情况下让李克用疑惑不已又惊惧不已。他是越来越感觉到，刘氏在关键时刻所下的论断绝非空穴来风，具有极大的目标性和精确性，绝不会故意吓唬自己。何谓内乱，何谓外乱？李克用绞尽脑汁，试图顺着刘氏的思维节奏窥破一二，但是一无所获，反让脑子陷入空洞和迷茫。他不得不叹口气，对刘氏一揖道：

　　"夫人，本王实是不解，务求夫人指点迷津。"

　　刘氏紧皱的眉头开始松弛，这让李克用不由得松松快快舒了口气。

　　"也可能是妾身想得多，小心翼翼了些。"

　　李克用面容肃整，正色道："夫人，小心原无大错，时时事事当以谨慎为限，况如今我非寻常百姓，是掌管三晋军政的晋王，稍有懈怠或偏差，即可能祸患无以收拾。防微杜渐，防患于未然，方能步步不失方寸。真若一旦有失，怕是悔之晚矣。"

刘氏无声地看着他，想了想道："我也是突然想起这件事，只怕说出来此举可能要影响王爷的大局，可仔细想想，又觉得是个怕！"

李克用着急了："夫人，只要能杜绝祸端之源，大局如何，小局又如何？"

刘氏的故意拖延，要的就是这个效果，否则可能说出去亦还是被李克用以军国大事为由挡回，非但于事无补，反让那种迹象彰显的危隙一步一步扩大，最终无法收拾。到了那一步，别说影响军事大局，就是朱邪氏家族，甚至包括自己都可能祸将不测。刘氏原想以邓瑞芳和自己在后花园的话头为话题，聚到喉间又义无反顾地生生压了回去。

"王爷，太保争功，就是祸源。"刘氏扫了眼李克用的脸色，思路愈发清晰，"如今他们都已长大成人，都在私下里开始为他们自己划定完全属于自己的生存区域和追求空间。人生下来，活在这个世上只要有一口气，不痴不傻不呆，都有个私心儿。这原没有错，错就错在这些太保们在晋王膝下，更为关键的是，他们一处就是一窝，就像群虎崽。幼虎若猫，自然乖巧可人，可现在虎崽长大了。不患穷，所患的是不均。王爷对老大、老三最是信任疼爱，凡机密事十之七八你均交予他们之手，其他太保作何而想？他们想生存，他们不甘居于人后，他们都想在挤压憋屈的人堆里挣扎而出，露出头宽宽松松地呼几口气。总之，想出人头地，想在王爷跟前显露自己。哪个血气方刚的儿子甘心仰人鼻息？他们恨不得使出浑身解数和手段，证明比别人强。或许起初并无恶意，天底下哪条歪路不都是由正路走出来的？利字当头就是一把刀，争权夺利一旦公开，就会不择手段，就会反目成仇，就会骨肉相残。王爷，不可不慎重啊！"

太保相争，李克用早已看在眼急在心。他之所以当堂训诫李存信，原本就是想缓和一下其他太保们的怒火和怨气，但是从李存信刚才的语气和态度上,他知道他的策略并没有起到预期效果。李存信并没有意识到自己的错误,他的骄纵蛮横,甚至心里积聚的怨气已全部转换成强烈的报复欲望。

"幸亏先锋官不是他们,否则,不定会闹成什么不可收拾的局面。"李克用微叹道,"谁能想到,儿子多了亦是大害!"

说了半天,刘氏发现李克用仍然没有找到平息祸端的途径,心下大是焦急,"以安敬思之身手,太保们压根儿都不是对手。王爷的意思我清楚,你是想让安敬思横空出世,让太保们输得心服口服,彻底绝了争功的心思。可这样一来,王爷可曾想过,安敬思从一个乡野后生骤然升至统兵的先锋官,先不说别的,以他的出身、经验和资历,能服得了谁?只怕连手下的普通军将都未必会将他放在眼里。"

李克用眼光一闪,"夫人,这个话本王原本准备在安敬思脱颖而出、夺得先锋官时才当众宣布。本王原也料到,安敬思能耐再大,毕竟是外人。太保们当然不会将他放在眼里,如若改变了他的身份,一切问题自然迎刃而解!"

刘氏吃惊地看着他,"王爷的意思,莫非有意将安敬思收为麾下,再收一个新太保?"

李克用得意地抚须而笑,"夫人果然聪明,他真若是个万夫不当之勇者,本王就将他收为第十三个太保又如何?说到底,此次比武夺印,原本就是为他准备的。夫人可能不清楚,安敬思此后生,确是非同凡人,本王亦是首次得见,天下尚有此等勇士。若能将此人收至麾下,黄巢纵有百万大军,何愁不破?"

"王爷!"刘氏大惊,"爱才之心我深有体会,可是王爷想过没有,安敬思纵勇冠三军,夺得先锋印,无非是想让他的横空出世压制太保们的傲气。可是这样一来,只怕适得其反。安敬思虽为沙陀人,可王爷与他不过是一面之缘，知之多少？我甚为王爷担忧，自古凡有非凡之勇者，不是大忠就是大奸。只怕王爷一番苦心，培养出又一个难以驾驭的虎狼，到时悔之晚矣。必须想一个折中的办法才是。"

李克用搔搔头，"夫人有何见解，索性全说出来就是。"

刘氏想了想道："眼下正是朝廷用人之际，荡平黄贼当是第一要务，麾下聚集精兵强将当是首任。王爷既有收拢安敬思的心思，原无差错。我觉得安敬思的锋芒应该在此后的战场上一刀一枪中慢慢展现，而不应在晋阳城一鸣惊人。既是勇士，多的是机会，要让他明白功名是靠脚踏实地一步一步去争取。起步若是太高，除了宠惯出骄纵狂妄的习气，实有百害而无一利。别忘了太保们的教训。依我看，先锋官的人选非是仅有勇力可胜任，而应是智勇双全者方可担任。比武，原就是个错误之举！"

李克用大惊，"夫人的意思是不用比武选先锋？"

刘氏道："比什么？你是晋王，权力在你手中，你要让他们懂得，再有天大的本事，用你才是个才，不用你不过一匹夫耳、功名是你晋王赐予的，而非是他们在战场上杀出来争出来的！对大军如此，太保尤为如此，万不敢让他们觉得稍有功劳就有恃无恐，真若有一天纵容成性，成尾大不掉之势，只怕就不好收拾了！"

李克用陷入了沉思，他得静下心来好好想一想。当初挥军从雁门关南下之时，曾经引以为豪的十二名太保十二员虎将正逐渐变为心理某种日趋棘手的重压。现在想来，好多事他实在欠考虑。为了显示太保们的实力，过早地让他们在军中担任要职，可能本身就是个错误。因为一路上直到晋阳，无论是沿途征召人马、扩大军伍、筹备粮草还是晋阳演练军马，他已经警觉地意识到，太保们根本不把主管营将放在眼中。名义上每营人马由一员营将统率两名太保。事实上，由于太保们的特殊身份，再加上自命不凡，营将们反而被架空。此种情形一旦真正进入战场，营将失去调度指挥权力，一任太保们自由散漫，胡作非为，后果难以设想。李克用意识到这个问题的严重性时，他知道必须要进行一番重新组合调整。他原想着由勇猛无敌的安敬思出山，就是想压制太保们的狂妄和威风，让他们明白天外有天、山外有山这个道理。在大军出征之前，李克用明白必须要做好两件大事：一件是全面提升营将的威望和权力，号令一统，让他们能够得心应手地指挥营军；一件是必须重新考虑先锋官的选拔……

就在确定大比武前一天，晋王府突然下发一道军令：取消比武大赛。

正在大营内操练军马的多数太保们闻讯心里顿时释然，尽管嘴上骂骂咧咧，实际上他们心里都清楚，先锋官看着诱人却只能有一位，真若比起来，他们压根儿没希望。对于个别太保而言，比武大赛确实是个一展身手的机会。对于多数人来说，与其毫无希望上场露丑，何若不比。

志在必得的十一太保史敬思最为恼火。

"我就不懂，父王亲自定下的比武如何说取消就取消。"史敬思怒气冲冲，一进营帐解下牛皮腰带扔在几案上，"不比试武艺，如何确定先锋官人选？若是武艺不精者当了先锋官，老子就不服！"

与史敬思同在一个大营的是十太保李存贤，取消比武让他顿时长舒了一口气。李存贤有自知之明，上台比武，他不光毫无夺先锋官的指望，倒是日夜担心怕是会垫了底，那样这个脸就丢大了。史敬思的暴怒让李存贤觉得极为快意，在他眼中，史敬思就是个胸无半分墨、粗鄙如村夫的莽汉，若是让他当上先锋官，让他逞淫威，不仅队伍会被带成一盘散沙，至于打胜仗更是痴人说梦。单是在军营操练中，史敬思已俨然以先锋官自居，常常摆出一副盛气凌人之态，腰间常常挂着条又粗又长的马鞭，营中哪个官军不顺眼，二话不说就是马鞭上身。他俩属于六营，营将是位当年跟随李国昌南征北战立下汗马功劳的老将军，老将军姓马，名成远。马成远年近五旬，在军中威望颇高。但是史敬思仗着太保身份，再加上梦想中唾手可得的先锋官，竟然连马成远都不放在眼里。如此下去，史敬思只怕迟早要倒大霉栽跟头。李存贤突然有一种幸灾乐祸的快活。

但是，表面上李存贤却顺着史敬思的心思，他装作大为诧异地说："父王为何要取消比武，莫非先锋官人选已有所属？"

"呸！"史敬思愤愤道，"我就不信，军中还有能敌得过我史敬思三拳两脚的！"

"十一弟武艺高超，自是不消说的，兄弟们当中谁人不知，哪个不晓？"李存贤压根儿瞧不上史敬思动不动就挥舞出大拳头的二杆子模样。他突然颇为失落，原想着比武赛场上，史敬思如若遇到太山安敬思，将会是一种什么结果。他甚至想象着最好让不知天高地厚的史敬思被安敬思饱揍一顿，这样心里才惬意。比赛一取消，想来好场面是看不上了，嘴里便有意无意地拉出了这个话题，"我听说太山打虎英雄安敬思也要参加比武呢。据老四和老十二说，此人武艺高超，力大无穷，倒有得一比。父王突然取消比武大赛，会不会是先锋官内定了安敬思？想想能将老虎赤手空拳打死，又救了父王的命，论勇论功，肯定入了父王的眼。看来，八九不离十，先锋官非安敬思莫属。"李存贤眼见史敬思面露怒气，连忙缓和气氛，"依我看，父王也是为咱兄弟们好，既是父王看中的人，两下里真若比试起来，难免两败俱伤，伤了和气不说，怕影响了以后战事。"

"安敬思，一个村落匹夫而已，他有什么资格当先锋官！"史敬思怒道，突然抓起腰带就往出走，"不行，我得找父王去，问个清楚明白！"

李存贤大惊，抱住史敬思，"十一弟，万万不可。我原是听了个谣传，并未证实，你去找父王，岂不是讨个无趣？"

史敬思道："十哥你放心就是，我断不会在父王跟前提你的名字。"

两人正僵持着，门外营将马成远一脸肃然进来。

"六营今日午后杀二十头猪是怎么回事？"

马成远既是统管五六营的主将，又是资历深厚的沙陀老将，李存贤和史敬思不过是他手下分掌两营人马的副将而已。在马成远面前，同为太保，李存贤倒也规矩。史敬思却大不以为然，再加上比武取消，肚里窝了一股火，正无处发泄，口气便颇为生硬：

"马将军，兄弟们这些天操练辛苦，后勤每日三餐，连个油星子都没有。大营每月有三十头猪的定量，不过半月就滴油皆无。保不准是后勤那伙子昧了良心的王八羔子们贪了。看着兄弟们面黄肌瘦，于心不忍，便杀了几头猪。出力打仗，总得先吃饱饭吧。"

大营规定，每营每月杀三十头猪以供应全营军士作为食补。目前尚不到月底，史敬思就擅自让人杀了二十头，六营军士们自然兴高采烈。而五营军士们却大为光火，李存信本来决定今晚找马成远提及此事，为何独独给六营杀猪，五营怎的成了后娘所养？现下一听，方知杀猪乃是史敬思私下所为，心里自是愤愤不平。军伍操演，天降大雨，马成远冒雨前去巡查，竟然发现六营官兵无视军令，竟全部跑到校场外的营房里避雨。李存贤虽非亲眼所见，私下里听说为此马成远和史敬思曾有过一顿恶吵。

"史将军，须知将无令恶行昭著不成其形，军无纪士气涣散能成其阵。六营军士公然违抗军令，身为主将，该当何罪？"

李存贤原以为马成远碍于父王情面，宁愿做个和稀泥的太平将军，只为息事宁人，睁一只眼闭一只眼，此事不了了之。岂料马成远面色阴沉，一进来就拿出军令说事，瞅着不像说笑，便不言声，抱定了冷眼旁观的心思。

史敬思嘿嘿一笑："老马，父王曾三番五次对我们哥几个说起，营内诸事一切以营将为号令。在各大营，老马论战功论威望都是我和十哥最为佩服敬重的一位。再说，兄弟们劳累至极，眼看就要南征，不过想打打牙祭，补充些体力，好苦练杀敌本领。实在是小事一桩嘛。"

"操练强度一模一样，伙食标准一模一样，为何五营上下丝毫未有抱怨之词。他们能心无旁骛勤于严练，独独六营不能？受不得如此微末苦楚，岂非一群酒囊饭袋，何言上阵冲锋陷阵。可知兵熊熊一个，将熊熊一窝之理！"

史敬思脸上笑容骤然僵硬，强忍着怒火，"老马，念在你是老将军的份上，我可是处处给你留着脸面，如何骂我将兵都是怂包软蛋？"

马成远冷冷一笑："史敬思，军营只有马将军，无老马之称。不要忘了自己的身份！未经请示，私自杀猪，公然违抗军令，为首者定斩不饶！"

史敬思脸上青一阵白一阵，"我看谁敢动我的人！"

"来人！"

帐门外进来三名军士，人人手中托着一个木盘，木盘之上赫然三颗血淋淋的人头！

史敬思大怒，大步上去，揪住马成远的衣领，挥拳就要打人。

李存贤现下方知马成远对史敬思的目无军法之行早已忍无可忍，六营军士私下笑谈，营内只知有太保而不知有营将。身为营将的马成远岂能不知？他是要借此起事件行法立威。李存贤赶忙将史敬思抱住，"十一弟，莫要胡来！"

"十哥，姓马的这是明摆着欺负人，往咱兄弟脸上泼屎，看我不教训他一顿，如何对得住无端丧命的兄弟！"

"十一弟，他们公然违抗军令，是咎由自取。马将军在执法惩戒，是在整风肃纪！"

"呸！"史敬思突然恶狠狠朝马成远吐出一口浓痰，那口痰不偏不倚，正好吐在马成远脸上。

李存贤大惊，意识到事情闹大了，心下不禁暗暗叫苦。马成远静立原地，用手抹去浓痰，缓缓从腰间解下佩刀放在桌上，"史敬思，纵容手下违令在先，今无端侮辱营将，你这个罪怕是小不了！"

史敬思见马成远摘下腰刀，心下多少有些发虚，嘴上却丝毫不服软："马成远，你吓唬史爷爷吗？来，有种咱们比上三十回合。不过是个营将罢了，鸟！"

脚下却开始松动，借着李存贤的推搡，三步两步就出了营帐。

闻讯赶来的二太保李嗣昭、三太保李存勖、十二太保康君立连劝带拉好不容易将史敬思拖到营房内。一坐下，他便骂骂咧咧开了。

"姓马的欺人太甚，我毫不知情，就将我手下三个军士杀了，他们可都是与我共过患难的好兄弟！"

李嗣昭呵呵笑着，在史敬思肩上拍拍道："十一弟，说你是个压不住火的油篓子你偏不信。不过杀几头猪的事，算个鸟，犯得着生这么大的气？不过，这马成远也是个不晓事，仗着有几分老资格就能自个揪着自个的鸡巴飞上天。都是年轻后生，哪能不犯个错，说到底都是糊嘴头子的事，又不是临阵脱逃，因为这事就动了刀。咻，我看这老马就是头不晓事的猪！"

史敬思营中犯横，视营令为无物，处处与马成远做对，不仅如此，还唆使手下亲近军士在营房周围的民居内横行霸道，借机滋事，弄得民愤极大。李存勖亲眼见过六营的三四名军士夜里在军营后山街巷的一处酒馆内喝得醉醺醺出来，仅留下三文钱，被老板拖住不让走。军士们非但没一句好话，反倒趁着酒劲将老板痛打了一顿，还狂妄叫骂不止，说什么，老子们都是把脑袋别在裤腰带上的人，冲锋陷阵都不是为了你们这些老百姓。喝二两猫尿居然要价二十文，原是瞎了你们的狗眼。没老子，叫黄贼人马剿了你们，看你开得什么鸟酒馆！

　　军纪败坏至此，李存勖当时就怒不可遏，本想上去抽他们几鞭。得知是六营军士，便将此事告诉了史敬思。谁料史敬思呵呵一笑，压根儿不当回事。

　　"兄弟们说得原也没错，南下剿匪几仗下来还不知有气没气，喝二两酒算什么事？再说，酒喝了也不是没给钱，有三文足够本钱了。无商不奸，若依了他，掌柜的他娘的一下子就想赚十两银子呢！"

　　十一弟嚣张狂妄，不把营将放在眼里之事，早已呈半公开化，早该有人治治他。李存勖原想借此机会数落他几句，让他敛敛野性。不想老二上来就是夹荤夹素一阵调侃，那语气无异是在挑唆，是在火上浇油。

　　果然，李嗣昭一番话，史敬思仅有的畏惧之气消失殆尽，"二哥所言甚是，看看姓马的那副嘴脸，当场就抽出腰刀。这我可不是瞎说，十哥就在跟前亲眼所见，那腰刀是父王亲授让他上阵杀敌的，他居然敢把明晃晃的刀指向堂堂晋王的太保。他是活得不耐烦了，不知道自己有几颗脑袋，亏是十哥拉住了我，要不，我跟他姓马的没完！我倒要看看他马成远有多大本事，真若论起刀枪来，别以为他打过几年仗就觉得了不起，他能过得了我十招就任凭他处置。"

　　史敬思口没遮拦，越说越得意，神态狂傲至极。

　　李存勖正想说话，李嗣昭业已出声："十一弟，你倒高看了马成远，别说十招，我看有三招足以让他败得狼狈不堪了。十一弟的身手，兄弟们都清楚，说起来也是遗憾，眼看到手的先锋官说没就没了，二哥可是为你老十一打抱不平，我倒要看看是谁当这个先锋官，比十一弟强，我自然无话可说，若是换了别人，说句不怕得罪兄弟们的话，我第一个替老十一鸣冤！"

"二哥！"李存勖急道，"各营三令五申，令行禁止，军令严如山，谁不知道！十一弟手下明明违令在先，已是担了罪责，今又与马将军公然交恶。此事若是让父王知道了，看怎么收场。你这是公然挑唆，四弟的事，你们难道忘了？眼看南征在即，父王所忧虑的是什么？不是战场凶险，而是咱们兄弟间能否和睦相处，能否齐心协力，一致对外，而不是仗着太保们的身份，闹这些亲者痛仇者快的内耗！"

众人闻言都不作声了。李存勖虽排行老三，可他是李克用的亲生儿子。当然，让众太保信服李存勖的倒并非是这个原因，而是他遇事能进行冷静的分析，话能说到点子上，不像其他几个大老粗那样，动不动就张口谩骂，挥拳相向。

虽说李存信被关了禁闭没几天就出来了，一直默不作声的康君立却清楚，易冲动的四哥明显比关禁闭之前收敛了许多。倒是这个老十一，想当先锋官想得鬼迷了心窍，他这是自找不快。康君立觉得奇怪，大营里早已传开父王有意让太山打虎英雄安敬思任先锋官，这个消息他后晌刚刚亲口告诉给李存贤，咋的唯独史敬思不清楚？康君立之所以将这个让人颇为失望的最新消息告诉李存贤，就是想通过李存贤之口，激怒最有希望当先锋官的史敬思。康君立心情失落，倒并非是由于夺先锋官无望，而是不能亲眼看到史敬思和安敬思两人交手。自从他和李存信被安敬思饱揍后，就成了兄弟们之间哄传的笑柄，两人窝了一肚子火。史敬思更是大言不惭，甚至当众奚落，毫不顾及李存信和康君立的脸面。眼见比武取消，史敬思被安敬思狂揍的场面是无论如何也看不到了，心里觉得愤然，但总不能便宜了这个二杆子。想了想，木着脸压低嗓音，沉声道：

"十一哥，大军出征，你这番做派只怕大祸难逃，你就不怕惹火了父王，拿你开刀祭旗！"

这句话，不光把史敬思吓蒙了，几个太保也愣住了。

史敬思半晌迟迟疑疑道："不就是杀个猪，不至于吧？"

康君立阴阴道："三颗人头都摆上来了，痰都吐马将军脸上了，你说至于不至于？父王正缺个祭旗的主呢！"

李存勖狠狠剜了康君立一眼，但又不便当场辩解，再说也确实该杀杀史敬思这个二杆子，他的匪气霸气，他原就是个张牙舞爪、口没遮拦，却没胆的货色。

"三哥。"史敬思怯怯地开始向李存勖求助。

"自个挖的坑自个填，自个拉的屎自己吃！"李存勖冷冷一哼，"现在谁也救不了你，能从绝路上把你拉回来的，只有你自己！"

史敬思额上冷汗涔涔，大张了嘴却说不出话。

李存勖见时机已到，拍拍他的肩膀，"老十一，想活命的话，听三哥一句，在父王知晓此事前，登门向马成远将军负荆请罪。兄弟们再帮衬着说几句软话，或可幸免。别忘了马成远是爷爷使唤出来的人，你和他过不去就是和父王过不去，就是和爷爷过不去！就轻就重，你自己看着办吧！"

说罢，背负双手，将史敬思扔在当地，头也不回扬长而去！

太原作家作品文库

太山飞虎（下）

孟志平 著

山西出版传媒集团
北岳文艺出版社
—太原—

第二十五章　老兵之同去同归

山野茫茫，河谷苍苍，水流淙淙。西出村落一里有余，静静流淌的凤峪河在此处呈"S"形，两边山崖陡立，岩壁嶙峋，气势巍然。河谷两侧山林茂盛，草木葱茏。

一条黑影突然从陡立的半坡上跃起，身形矫健，快如闪电，伴随着"呜呜"的低吼声，扑在土壁下草丛中的安敬思身上，毫无防备的安敬思大惊，跳将起来，手中的鞋垫已是失落一只。河滩边的草坡上，大黄狗毛毛兴高采烈地伏低身子，嘴里叼着一只鞋垫儿一动不动，狗眼瞪着安敬思，嘴里示威似的与他对峙。安敬思好是心疼，鞋垫可是邓瑞芳花了一天一夜才给他绣成的。邓家人多眼杂，邓瑞芳是昨日晚间瞅了个时机才送给他的。鞋垫本是当着他的面，邓瑞芳直接给他塞进鞋里，刚好大小合适。当时，安敬思就看见毛毛摇头晃脑地一直盯着两人看。

"毛毛，将鞋垫还我！"安敬思又好气又好笑，生怕毛毛一不小心把自己捧在手里都怕化掉、渗透着邓瑞芳体香的鞋垫儿掉进河里。

毛毛前腿伏低，见安敬思朝他奔来，好像故意与他作对似的，待他奔至眼前，突然撒腿就跑。

河滩草丛中乱石成堆，安敬思哪里能放开腿脚。毛毛敏捷的身形时而沿河边飞奔，时而停下脚步在草丛中叨弄鞋垫，有两次差点弄湿鞋垫。安敬思不由大怒，顾不得足下草石，大步追去。

一人一狗沿着河畔拐过一道山壁，五丈之外的毛毛突然停下脚步，看着远处的山坳。安敬思大喜，屏声静气悄悄接近毛毛，突然将它扑倒在地，从狗嘴里揪出湿了半截的鞋垫，嘴里骂骂咧咧，心疼地将在衣裳上不住搓。毛毛的尾巴在草丛中乱扫，狗头直立，瞪着远方的山野发痴。

顺着狗眼看的方向，安敬思探脖望去，远处崖壁下的灌木丛中，像是有团人影正扭作一堆，分明是安休休和秀琳两人无疑。安敬思陡然脸红脖粗，倒像是自己做了不可告人的羞耻之事，连忙缩回脑袋。鞋垫儿紧紧握在手中捧在怀里，闭目深吸，幽香脉脉。安敬思好不容易按捺住狂跳的心，屏声静气，穿过草隙，远处人影滚作一团不说，竟然隐隐露出半截白花花的肉色！安敬思看得喉咙干涩，直喘粗气，浑身火烫。紧紧扭结在一起的影子在灌木丛的草地上乱滚，几个回合过去，安休休像是朝这边张望，安敬思再次缩回脑袋。一人一狗仰面躺在草地上，眼前邓瑞芳甜美的面容时隐时现，蒙蒙眬眬中他幸福地感觉到可爱的人儿伏在身上，用湿润滑嫩的舌头不住亲吻。他睁开眼一看，愕然发觉毛毛正伸出大舌头兴高采烈地在他脸上轻舔。对面灌木丛里已空无一人，安休休和秀琳已不知去向。

安敬思颇觉怅然若失，一人一狗向村中走去。丁字街口，远远看见安休休和秀琳两人一前一后没事人般走着。

"休休！"安敬思故作什么都不知道，"满村子不见个人影，正想进山寻你哩。"

秀琳脸上骤然通红，不言声回身就跑开了。

"我刚帮着秀琳担了两桶水，找我做甚？"

安敬思伸臂将安休休揽进怀里，用力夹紧他的脖颈，疼得安休休龇牙咧嘴，不住叫痛。

"你娘的，不止担了两桶水，身上担了个人吧！"

安休休故作诧异道："啥担了个人？安大哥啥意思，兄弟可是没听懂。"

安敬思挤眉弄眼，一脸狡黠，"没听懂就算了。"

十字街口，二生四处张望，遥遥看见两人，气急败坏地喊道："安大哥，正到处寻你们呢。"

安休休与秀琳刚刚幽会完毕，心情最是兴奋，大大咧咧道："三尺高的个毛孩子，没个枪把高，还想跟着咱们上阵杀敌呢——急惶惶的，寻我们做甚？我和安大哥正商量出征的事呢，没工夫和你闲磨嘴。回家捏你的尿泥去！"

二生急赤白脸道："我娘都同意了，让跟着安大哥挣功名去呢，关你屁事！安大哥，邓叔从山下回来了，让咱们都过去！"二生指了指二人，又指了指自己，神情颇为得意。

安敬思疑惑道："二生，你就没问问邓叔有什么事？"

二生一拍脑门："我也是偷偷听到的，也不知真假，像是晋王原定的先锋比武大赛取消了。"

安休休急了："咱原还指望着跟安大哥风光呢，别看晋王那伙子十二太保，都是银样镴枪头的把式，跟安大哥能过个三招两式的怕也没有。凭本事凭力气，安大哥是稳稳当当的先锋官。不行，我得找邓叔说说去，料是那十二个太保技不如人，怕先锋官丢了，他们颜面无光。"

安敬思将安休休拉住，道："休休，一会儿万不可在邓叔面前提起此事。"

毫无疑问，这个消息是从邓还忠那里而来。吵吵嚷嚷了好一阵，晋阳城内妇孺皆知的先锋官比武大赛突然取消，安敬思料定必有原因。至于争夺先锋官一事，对他而言并不重要，诸如所有年轻气盛、血气方刚的年轻后生一样，他们向往的是血雨腥风的沙场，向往的是刀枪林立的前线。哪怕是以一名普通士兵的身份参战，亦是毫无怨言。邓还忠从山下带回比武大赛取消之信，可知整个大局已出现变动。

邓家大厅内，邓万户满面红光，亲自端壶倒茶。这些日子，从天而降的大荣光让邓万户喜不自胜，所有人都清楚，这一切荣光都源于他的女婿安敬思。

"敬思，你们来了，快坐。"邓万户呵呵笑着招呼众人落座，"都是要上阵杀敌立功的将士了，还是两脚不沾家，耍性不减。"

邓还忠的脸上看不出什么异样，同邓万户一样满脸笑意。这种变化是近来才让他们这伙年轻后生熟悉且认知的，他们面对的分明是一伙长大成人的青年，再不是稚气未脱的小后生。安敬思知道，这种态度的明显改变，都是因为即将到来的战争。果不其然，邓家兄弟一上来，首先从战争入手。

"店头村不愧是军营的后裔，是养育战士的地方。虽说敬思、阿檀、休休是从关外过来的，这些年和咱们都饮着一条风峪河的水，到底还是一家人。"

邓万户笑着插话道："现在还分什么关内关外，眼看都是店头村的女婿了，本就是店头村的人了嘛。"

三个年轻后生脸色不由得涨红，唯有二生喃喃着，"咋就都成了店头村的女婿？"

邓还忠道："二生你还小，几年之后，等你给你爹你娘、给咱全村挣回功名，你看上哪家闺女了，为叔给你说去——我们已议定，大军出征前，要集体给他们三个大后生把婚事办了。"

原来如此。三位年轻人偷偷以目传递兴奋之色。

"哈哈，我说呢。敬思大哥的事我听我娘说过。原是休休和阿檀大哥也有了意中人了，却是没人和我提起过。一下就三个，咱店头村怕是要热闹红火一番了，今儿我可把话说在了前头，喜糖是断少不了我二生的！"

坐在安休休和薛阿檀中间的二生伸肘这个捅捅那搡搡，嬉笑打闹着。

安敬思故意紧绷着脸，"二生，小心邓叔不给你提亲。"

二生笑道："我不用担心，我娘就说了，跟着打虎英雄上战场，哪有个不立功的理。不过是你立大功，我跟着沾小光罢了。有了战功，还怕邓叔不给我说个媳妇？"

一堂人哈哈大笑。

安敬思正想说话，却听安休休问："邓叔，是不是晋王取消比武大赛了？"

邓还忠与邓万户对视一笑，"你看看，说长成大后生就长成大后生了，关心的事都不一样。正要跟你们提起此事，晋王已取消比武大赛，具体原因，咱们也不清楚。原想着敬思有身好武艺，能进场试试，不管争不争那个先锋官，至少能历练历练、见识见识。晋王手下猛将如云，若是有幸与他们过上几招，便是败了，也可知道咱的短处，在往后的战事中勤加研习，迎头赶上嘛。"

薛阿檀颇为惋惜道："凭敬思大哥的本领，先锋官原是稳稳当当的。晋王手下最有望夺这先锋印者，除了十二个太保，别人怕是没这个身手。安大哥已与他们两个过了几招。"薛阿檀原想说两人被安敬思三招两式打得大败而逃，话到嘴边又咽了回去。倒不管胜负，眼见他们不久即是一个阵营之下，再说这些话怕是不妥。末了，只加了句，"比武大赛一取消，只觉得安大哥可惜了……"

安敬思脸涨得通红，忙拱手道："爹、邓叔，敬思绝无此意。只要能走进战场，跟随晋王杀敌立功，报效朝廷，立功不立功尚是其次，只要不给咱店头村抹了黑就是。先锋官不先锋官的，我却觉得无多大用处。"

二生当场跳了起来："打虎英雄安大哥，晋阳城内城外，现下谁人不知你安敬思大名。我就不服，这不明摆着嘛，是十二太保丢不起这个人，若是一比武，在晋王面前败在安大哥手下，他们恨不得找个地缝钻进去。我看就是怕了，便撺掇着晋王干脆取消比赛。"二生连说带比画，唾沫星四溅。

别人只当笑话听，唯邓万户突然意识到了其中深意。邓还忠一回来就和他说起此事，自己也为安敬思感到可惜。想想吧，邓家嫁女，晋王要主婚，而且嫁的就是太山打虎英雄，多大的脸面！出征前夕，自己的女婿再挣个先锋官，邓家列祖列宗地下有知，想必亦是欢喜不已，这种体面无疑可堂而皇之入载邓家史志，并绝对占据一席之地。他之所以瞬间对先前的得意之想产生了强烈的怀疑，完全是二生一番话惊醒了他。对于女婿安敬思的本领，邓万户和二生，相信包括在座所有人一样都认为，他完全具备问鼎先锋官的实力，甚至称雄晋王十二太保亦不在话下。但让他忧虑的也在于此，真若初出茅庐的安敬思夺得先锋官之位，未立尺寸之功，何以服众？晋王属下将领们又将是何种态度？甭说其他将领，单单是年轻气盛、目空一切的太保们就可在或明或暗的状态中轻而易举地将他排挤在外，由妒生恨，由恨变仇。安敬思当先锋，岂非如同将他置放于火炉之上。邓万户吓了一大跳。

安敬思的态度依旧平和冷静，似乎并没有显出失望而怨恨的意味，这让邓还忠缓缓宽心。邓还忠一直在关注安敬思的变化，看得出他的平和冷静是真实发自内心的。晋阳一行，晋王突然取消比武大赛，虽则他并不清楚原因，但是他却由衷地感到大为放松。晋王的初衷，通过比武大赛让安敬思脱颖而出，一来源于他对安敬思打虎救命之恩心存感激，予以为报；二来安敬思的本事确实震惊了晋王，当下正是用人之际，得此世之罕有猛将，晋王自是大慰，他要在三军面前亮出安敬思的全部武艺。公心也好私意也罢，晋王之举自不难理解。但是依邓还忠想来，即便安敬思通过大赛如愿以偿，但分明于他而言并非好事，反而可能隐藏下祸患。

好在，比赛取消了。

"大军出兵在即，晋王决定拜访店头村。店头村是老军营，全村上下都是当年高祖手下将士们的后人骨血。晋王的意思很明显，一是要祭拜老军营，在晋阳城内外百姓民众面前表示抗击叛贼勇往直前的决心；二是借此祭拜，提升大军士气，鼓舞斗志。晋王可谓煞费苦心啊。"邓还忠顿了顿，又道，"作为店头村人，此次参加军伍随军南下二十四人，人人务要怀着为朝廷尽忠的心思，杀敌报国，好歹要给全村人挣个脸面回来。"

晋王出师祭拜店头村，这实在是振奋人心的消息，无疑是全村人的体面和荣耀。邓万户的心迅速回到这个集体性的大事喜事之上。

"此次晋王来咱村，意义实是非凡，既是对先人为我大唐出生入死浴血奋战历史的缅怀，也是对先人在大唐王朝建立过程中建立不朽功勋的认可。这可是二百年来我朝来自官府方面的首次祭拜，这说明什么呢？"邓万户越说越激动，"说明咱们店头村不光是出保家卫国英雄的地方，也是藏龙卧虎之地。全村男女老少要积极行动起来，对村落大加扫除整理，务以一个全新面貌展示在晋王和晋阳城父老面前。一切钱粮全部由邓家出资！"

邓还忠将安敬思这伙年轻后生召集回来议事，原就担心晋阳城比武之事取消，怕他们一时冲动起来闹事。现在看来，自己的忧虑倒有些多余。虽说安敬思力大无穷，邓还忠心里清楚，战场上他绝对是员不可多得的猛将，但是这位即将初出茅庐的年轻后生实在是勇有余而谋不足，满身血气，性情耿直，易于冲动。这无疑既是他性格的缺陷也是为人处事之大忌，尤其是在处处充满阴险和杀机的军伍中。邓还忠当年在军伍生涯的经历至今想起来仍让他不寒而栗。

"店头村总共二十四人参加晋王部队的战斗，都是第一次上战场。真正的战场不是在太山与土匪之战，那是千军万马的大杀阵，稍有闪失，非死即伤。"

众人中，唯有邓还忠是从过军的老军伍，他一开口，大家自是默不作声洗耳恭听。真正的战场到底是个什么样子？邓还忠边说脑海里闪现出烽火连天、战马嘶鸣、刀剑林枪雨让人寒毛倒竖却又热血偾张的恐怖场景。他原本想通过他的亲身经历描绘一番那种至今充满死亡气息的人间炼狱，但是看到年轻后生们脸上荡漾着充满渴求的神色和恨不得插上翅膀即刻奔向战阵的迫切欲望，他突然决定不给他们添加负担。战场，自古以来都是历练男人血性、锤打男人本色最残酷也是有效的特殊环境，只有在危机重重的岁月中，才可能站起真正的男人，尽管浑身是血、伤痕累累。邓还忠一方面对即将参战的年轻后生们充满了建功立业的期望，一方面又在心里为他们默默祷告，希望他们能够同去同归。

邓还忠陷入沉思。邓万户看到安敬思神色阴郁，误以为他对大军先锋官失之交臂耿耿于怀。说实话，安敬思的单纯个性亦让邓万户颇为担心，就怕他遇事欠虑一副不管不顾愣头青样地莽冲莽撞，给自己带来不必要的麻烦。

"你们虽说都已长大成人，可毕竟还是第一次离开爹娘，出外闯荡。

尤其是敬思，父母亡故得早，出门在外，无论何种情况之下，定要学会自己照顾自己，遇事多想，多长个心眼。不确定没把握时，多和人商量商量。在店头村，你们是一家人，出去更要相互照应着。"说着，不知触动了哪根心弦，邓万户竟然觉得眼窝湿漉漉的，声音略显哽咽，"总之，上了战场，全靠你们自己，别人想帮也是鞭长莫及。"

二生站起来，大声道："邓叔放心，敬思大哥就是咱们老大，我们事事听他，准保不出任何差错！"

邓还忠突然接口道："团结一心自是第一。战场不同村子里生活，情况瞬息万变，光一人之力、一人之眼光未必能顾及周全。遇事你们要多替敬思出主意想办法。"在座诸人之中，薛阿檀虽比安敬思年龄小些，但是薛阿檀遇事沉着冷静，比安敬思要成熟慎重得多。邓还忠之所以说这话，实际上是在提醒薛阿檀，让他担起出谋划策的角色，"阿檀，你说呢？"

薛阿檀听邓还忠问起自己，想了想道："邓叔放心，敬思大哥，我们本是一族，现下又都是店头村的女婿，自会抱成一团，荣辱一体，生死一处！"

"胡说！"邓万户斥道，"说什么生啊死啊的，你们是出去报效朝廷建立功勋去了，哪里能说这些不吉利的话！"

如此一声断喝，众人原本轻松快意的心情反而莫名沉重起来。人人脑海里不约而同隐隐闪出那个可怖的字眼，虽说稍纵即逝，却分明开始恍惚地意识到战场这两个听上去简单字眼里所囊括的全部意义。

门厅下庄院下人进来通报："龙灯已全部组装完毕，按照邓庄主吩咐，龙头龙尾共二十四条龙架，年轻后生们都等不及了。请示庄主，龙灯今晚是不是按时上舞？"

邓还忠原本还有许多话想和众人说，他知道拥有二十四架龙骨的龙灯是由全村能工巧匠一齐上手扎制而成，龙头龙尾由全村父老一致推荐由打虎英雄安敬思和薛阿檀手执。这是全村的大事，也是全村父老乡亲对二十四位即将踏上战场年轻后生的美好祝愿。想想都激动人心，由打虎英雄执龙首，带领二十四位血气方刚的年轻后生就要奔赴疆场杀敌报国了。出征前夕，龙腾虎跃，灯火闪耀，何其壮观，何其寓意深远。

安敬思和众伙伴闻知龙灯就绪，人人脸上满是兴奋之色，早已跃跃欲试。

邓万户擦擦眼角余泪，挥挥手道："你们去吧！"

二生高兴地一跃而起，率先冲出门庭，大呼小叫着去了。邓还忠清楚，从现在起，安敬思将要与他一同浴血奋战的伙伴们陷入集体性的疯狂之中，包括出征前的各类欢庆活动，包括他们的婚事。有些话再不说怕是没有机会了。

"敬思。"

邓还忠不假思索唤住了安敬思。

"邓叔，您还有事？"

邓还忠在他肩上重重拍了拍，长长吁了口气，"敬思，邓叔送你十个字：慎言行，敛锋芒，同去同归。记住，露檐橼出不得！"

安敬思点点头道："邓叔，敬思定当铭记于心。"

邓还忠笑道："你去吧。"

大街上人声鼎沸，灯火辉煌。此时，全村的男女老幼仿佛全部走出家门，走上大街，汇入欢天喜地的庆祝海洋之中。

"老二，此次全村二十四位后生为国参战，这怕是建村以来最值得庆祝之事。听他们说，当年随高祖起兵，返回到店头村的不过才二十一人，多数还是伤残人员。没想到二百年后，一下子就出这么多精壮后生，实在可喜可贺。"邓万户笑道，"我算看出来了，经了一场战事，老二你是越来越没胆了。我知道你是担心敬思他们，不管怎么说，战场终归危机四伏。可这是保家卫国之战，是他们年轻人出去闯荡见世面的时候了。敬思的武艺你比我清楚，巢贼三五战将绝对近不了他的身，你还忧虑什么呢？"看到邓还忠始终紧皱的眉头，邓万户甚是不解。

邓还忠苦苦一笑："老大，我所忧虑的正是敬思。"

"却是为何？"

"阿檀、休休他们倒不须担心，恰恰是因为敬思的本事太大了，我怕灾祸到时非在巢贼，而在晋王大军之内！"

第二十六章　血祠之舞龙盛事

晋王李克用亲率一千军马驻扎在太山风峪河畔，他本人带十二太保走进店头村。堂堂晋王之尊言出必行，说到做到，他亲自主持了安敬思与邓瑞芳、薛阿檀与秀枝、安休休与秀琳的集体婚礼。店头村大摆宴席，其热闹程度自不消说。更让全村人关注的是晋王亲自叩拜老军营这一事关全村荣耀的大事件。

据说，二百年前跟随高祖皇帝南征北战的部分晋阳籍官兵大部战死疆场。回到乡土者不足一二。幸存的老兵们走进太山脚下的风峪河畔，作为第一代店头村垦荒的村民，他们在杂草丛生的土地上建起的第一座房屋不是活人的居所，而是死难官兵的血祠，以纪念命丧疆场的亡魂。血祠原是两间茅草屋，后来不断修缮改良，三间砖瓦房代替了茅草屋。起初逢年过节，老兵及他们的后裔都要来祭拜，祭拜之虔诚远甚先人。大规模的一统天下的战事虽逐渐平息，放眼天下，只剩零星战火，但是在老兵们的心里，曾经撕裂他们躯体、撕碎他们身心的战事远远没有完结。当年多少同生共死、患难与共的兄弟们转眼由分离成了死别，阴阳相隔。可在印象中，他们分明气息尚存、音容尚存。血祠作为一种心理上的惦念，在早期的店头村，实际上成了全村人情感和信仰上的神圣寄托。随着老兵们的逐年凋零，特别是大唐一统天下的局面日渐形成，战争的烽火伴随着老兵们逐渐逝去，在生活在和平时代后辈们的眼里和心里亦同样处于熄灭状态。血祠的存在和意义日趋弱化，转而成了天真无邪孩子们嬉笑玩闹的场所。风雨侵蚀，血祠颓败，四面杂草丛生，枯蒿达一人之高，成为野狐出没之地，连孩童们的踪影也渐渐绝迹。终于有一天，在一个风狂雨骤的夜晚，血祠轰然倒塌。满地的破砖烂瓦被村民们捡拾，纷纷砌了院墙，盖了猪圈。从此，太山脚下风峪河畔的血祠成了一堆荒土。

李克用也不知从哪里搜罗到血祠的信息。当他提出要在大军开拔前夕亲自上山祭拜血祠时，店头村村民们顿时有些惊慌失措起来。人人脸上觉得火辣辣，大是惭愧。邓万户牵头，组织村里的能工巧匠日夜搭建，两天两夜的时间，硬是在一堆荒芜的黄土上建起两间砖瓦房。

夜色垂暮，店头村从寨墙上下到各家门庭院落，大红灯笼高高悬挂，将整个风峪河谷映得通红如昼。这让晋王所部军马大为惊奇，来自沙陀部族的官兵从来没见识过如此奇景，整座村落犹如沉浸在一派血红的天幕之下。

李存信悄声对康君立道："十二弟，也不知谁出的主意，一个村子里里外外都挂满了这种灯，倒引得全晋阳城注目。否则，当日晚间不定早已剿灭此村。父王所嘱之事必定手脚利落地办完了，何来惹出那么多麻烦。"

康君立捅了捅他，"说这些有什么用，小心父王听到！"

李克用满脸笑容，毫无晋王做派，同周围乡邻拱手作揖。李存信同康君立的一席话却被李嗣源听个正着。他的眉头微皱，正想数落这哥俩几句，抬眼见邓还忠和刚刚成婚的安敬思夫妇在人群中踮起脚尖朝他们张望。李嗣源心念一动，附在李克用耳边低语一番，便朝人群外走去。

"大哥，你去哪？"李存信大是奇怪。

李嗣源头也不回道："为兄找个地方方便一下。"

康君立扯扯李存信衣袖："四哥，你难道没看出来，现下父王眼里只有大哥一个红人而已。原本定好的先锋比武大赛取消，咱们兄弟不过空忙一场。我若所料不差，父王眼中早有人选，此次南下先锋官怕是非大哥莫属。"

李存信并不觉得惊诧，兄弟们中间谁当先锋官他心里未必肯服，唯独大哥担任，他却没意见。在他的心目中，李嗣源虽说武艺在太保之中稀松平常，但他为人处事公道沉稳，就凭这一点，真若是李嗣源任职先锋官，鞍前马后，他绝对唯大哥马首是瞻。

"真要是大哥就好了。"

康君立大为丧气，只好没话找话道："只要不是十一哥就成，那个莽夫，只怕兄弟们跟着他吃定了败仗。"本来，他还想提另一个人的名字，想了想又咽了回去。

李嗣源的身影融入拥挤的人群中，刚刚还在康君立的视线之中，转眼就消失不见了。与李嗣源一同消失不见的还有邓还忠。

"大哥鬼鬼祟祟的模样，倒像是有什么事瞒着咱们兄弟。"康君立陡觉一阵莫名酸意，"去个茅厕居然还拉了个人，屁大的村落，哪里不能方便？"

李存信循声望去，果见人群中不见了邓还忠的身影。

"大哥和那个姓邓的有什么交情？"李存信道，"大哥找他有什么话要说？"

康君立嘿嘿笑道："怕是父王仍惦念着那些珠宝之事呢。"

李存信半信半疑道:"你断定那批珠宝就埋藏在太山,还在姓邓的手中?父王不是说此事已既往不咎了吗?"

康君立冷冷道:"不爱财者世间罕有。父王自己心知肚明,咱们兄弟不过是替罪羊罢了!"

"兄弟两个叽叽咕咕说什么见不得人的悄悄话?说出来,让你十一哥听听嘛!"

史敬思的大手掌重重地在康君立肩上一拍,皮笑肉不笑地指着人群中的安敬思道:"那个就是你们俩联手都败在人家手下的打虎英雄?我看不过是乡野莽汉罢了。身骨没我壮,胳膊没我粗,料是三拳两脚就得栽在你十一哥手下。别他娘瞎思谋,比不比武,先锋官都和你们没关系!"

李存信脸涨得通红,没好气道:"老十一,别忘了父王说过天外有天人外有人之理。只怕三拳两脚栽倒的是你!"

史敬思不以为意,笑道:"四哥莫要想多了,外人抹了自家兄弟的脸面,那也是往我老十一脸上涂黑呢。这个气老十一定当要出!"

李存信待要争辩,康君立使个眼色,对趾高气扬的史敬思笑道:"十一哥的身手,兄弟们谁人不知。也是我们俩学艺不精。那个姓安的听说太保中数十一哥有些本事,早想同您切磋切磋。"

史敬思笑道:"老十二,你这激将法别以为十一哥听不出来。好,都是自家兄弟,原没有什么说的,这个气十一哥我替你们出了!"

说罢,将李存信和康君立撂在当地,朝前走去。

"呸!"李存信在身后重重吐了一大口,"简直妄自尊大,恬不知耻!"

康君立拦阻道:"四哥发什么火,瞅个机会让他尝尝打虎英雄的拳头,打瘸他的腿,自然就老实了!"

"老十二，你没见他的张狂样，父王莫非想让他当先锋官？"

"哧！"康君立轻蔑地一笑，"晋阳城人死绝了，怕也轮不上他。四哥难道你没看出来，父王心目中早就有人选了。"

李存信见康君立粗眉横立，黑眉下眼光毒毒地扫视人群。

"莫非是安敬思？"

康君立既没承认也没否认，"四哥，你想想，除了打虎英雄，在太山脚下还有那个能入了父王的眼？"

李存信喉咙里咕咕一阵响，像是积聚了一口浓痰，到底没吐出来。

李嗣源与邓还忠一前一后挤出人群朝巷道深处而来，在一堵短墙后站定。李嗣源恭恭敬敬一拱手道："我乃晋王大太保李嗣源，现有一事请托，请邓兄务要做足心理准备。"

在晋王膝下十二个太保中，除了大太保李嗣源和三太保李存勖外，传闻其余太保均狂妄自负，人事之间均粗鄙不堪，徒有勇力而已。邓还忠听说此人正是李嗣源，忙还礼道："大太保言重了，有事但说无妨，邓还忠一介乡野匹夫，何劳相托。"

李嗣源道："父王常常念叨邓兄之名，当年父王初次南征庞勋，您就是他手下一员亲兵。父王说当年年轻气盛，不懂用人之道，致使很多文武全才的兄弟们埋没疆场。父王当日太山之行，幸遇敬思兄弟和邓兄，大是快慰。一来父王有意认敬思兄弟为义子，列第十三太保。二来，邓兄才识过人，此次南征，父王有意启用邓兄。"

邓还忠浑身一震，脸上却始终平静如水，叹了口气道："南征巢贼，保卫大唐，实乃人人皆有之责。不过，驰骋沙场，跃马杀敌，报效朝廷，邓某已过不惑，心有余力不足了。晋王实在高估了邓某。现下是你们年轻人的天下，请大太保转告晋王，邓某十分感谢晋王赏识。至于敬思为晋王义子列十三太保之事，邓某的意见认为亦不是时机。毕竟他少不更事，尚未有尺寸之功，无以服众。待他日后在疆场上建立功勋，此事再谈不迟。"

李嗣源此番将两件事提前透露给邓还忠，本想让他有个准备，原以为邓还忠听到必定会感恩戴德，谁料却是如此冷淡，心下颇为不快，但并未表露出来。

"邓兄，还望深加考虑为妥。"

邓还忠道："晋王和大太保的心意邓某领会了。"

人群中爆发出阵阵欢呼，二十四架龙骨组合起来的长龙和旱船已步入场内表演起来，四面灯烛通明，场内场外欢声雷动。

李嗣源与邓还忠这番谈话并非晋王授意，完全是他临时心念一动所做的决定。心里原还有一番话想同邓还忠详做解释，却见邓还忠回身望着热闹非凡的人群，喃喃道："大太保你且看，这是店头村自古未有之欢庆局面，晋王亲率十二太保驾临乡野村落，身为村民，人人大为自豪，此番庆祝并留之于后人后世，称羡不已，怀念不尽啊。太保以为如何？"

邓还忠突然笑吟吟地看着他，李嗣源陡然一阵泄气，反觉得无话可说，苦苦一笑："邓兄所言甚是，父王屡次提起，此番进驻晋阳城，于公于私收获极大。太山脚下，自古不愧为诞生忠诚之士、勇悍虎将之地。古有高祖麾下南征北战功勋卓著的将士，今有赤手空拳之打虎英雄。实在是晋阳方圆数百里罕有之地，父王已决定，三军出征之际，将募集能工巧匠对太山古寺加以修缮，倒并非单单因为晋阳为武后祖籍，他所看重的是太山地域之灵、山界之灵。"

"噢？"邓还忠奇道，"何谓地域之灵、山界之灵？"

李嗣源好不容易接过话茬，自是高兴，"父王已请高士仔细看过，太行以东吕梁以西，汾水环绕，太山之巅，日出东方，曾有紫气环绕其间，久久不散。经人破解，在太山腹地蕴藏着一股英雄之气，即将破土而出。"

邓还忠哈哈大笑："据我所知，早在十年前，就曾有人做出此种断语，并非新鲜之语。大太保可知，当年的某天深夜，谁曾秘密带人上山？"

李嗣源顿时愕然，摇摇头，"这倒确未听说。"

邓还忠一脸嘲弄，缓缓道："大太保可回去征询晋王，一问便知。"

李嗣源欲待再问，邓还忠指着欢呼热闹的人群，"今日可是店头村二百年来未有之盛况，我等岂能错过。走，咱们也热闹去！错过此际此景，怕是日后再无机会了！"

二十级高的血祠门阶正中，两张长达一丈、宽达两尺有余的八仙几案并排合并而成的台案上，摆满热气腾腾的酒水食物。李克用坐在正中的圈椅上面露笑容，观赏着由全体村民参与的社火表演。太保们全身戎装分列左右，个个神态庄重，气宇轩昂，甲胄在烛火映照之下散射着闪闪逼人的寒光。

围观的人群不时发出充满羡慕的赞颂：

"看看人家晋王，到底是气度不凡的王者，何等气派威风！"

"啧啧，哪里是十二太保，倒像是十二尊护驾金刚呢。"

"威武强壮，晋王何须千军万马，有此十二员大将就足以荡平黄巢乱贼，护佑我大唐无恙。"

唢呐凄厉雄壮，锣鼓隆隆震天响。场中，安敬思赤裸双臂，架骨长杆左右手不住倒挪。高昂的龙首内，一枝胳膊粗的蜡烛牢牢固定在赤红的"咽喉"正中，随大幅舞动不时吐出跃动的红焰。重达七十余斤用铁笼架围箍而成的龙首在安敬思手中轻巧如孩童玩物，翻转自如。龙首高高昂起，依序时而单跪，时而套头，时而搁脚，时而扯旗，动作整齐划一，翻滚如排山之势，穿越如倒海之猛。人群中不时爆发出震耳欲聋的喝彩声。

"打虎英雄，好！"

紧随其后、位于第二架的安休休满头大汗，一脸兴奋之色，"安大哥，你倒好力气，我这手里不到三十斤，却如此吃力。"

安敬思放缓舞动龙首："跟不上趟就说话，莫要失手，让晋王和村人笑话。"

安休休趁此用臂抹抹脸上涔涔汗水，"安大哥小瞧我吗？索性来一组八字舞龙，让他们瞧瞧！"

"原地还是行进？"

"跑起来！"

"好！"安敬思头也不回，朝后喊道，"兄弟们，跑起来！"

舞龙俗称玩龙灯，是一种起源于汉族的传统民俗文化活动。舞龙时，龙跟着绣球做各种动作穿插，不断地展示扭、挥、仰、跪、跳、摇等多种姿势。所以以舞龙的方式来祈求平安和丰收就成为汉族各地的一种民俗文化。盛传太山脚下民间社火舞龙时，难度最为复杂且对舞龙人要求极高的行进八字舞一亮相，围观人群巴掌拍得震天响。行进八字舞法因难度系数较高，曾在社火表演中失误频频，或龙首伏地，或龙身由中间断裂。曾有一年竟然龙首龙身在跑动中相继失手，叠作一处，龙首内火烛引燃整条龙身，险些酿成伤人事故。此种步法即便在技艺精湛的老舞龙人手中，非有特别成竹于胸的能力和自信亦不敢轻易尝试。八字连环舞全在龙首，龙首一旦起步舞动，其后龙身各人亦可顺龙首之势而动。龙首一般重量为四十斤左右，非具备良好的体能不可胜任，而此次制作的龙首竟达七十余斤，可想而知舞动龙首之难。之所以制作如此重的龙首，村人之意原本就是想让打虎英雄安敬思在晋王面前一展身手。

果不其然，八字舞一起步，掌声如雷。

"好！"李克用起身带头鼓掌，"好一个打虎英雄，端得是刚捷勇猛，非常人可及！"

这番话，听得身旁的太保们脸红耳热。与李存信并排而立的二太保李嗣恩若无其事地跺跺脚，低声道："这有何难，不过一群乌合之众。父王这是当众长他人士气灭自家威风，我等兄弟颜面何存？这个脸可丢到太山了。"边说嘴角微掀，满脸无奈。

李存信瞪了他一眼，"二哥，有本事下去一试便知，休要站在这里说些不轻不重的风凉话！"

李嗣昭大是愕然，摊手呈委屈状，"老四，二哥这是说风凉话吗？幸是昨日跑肚拉稀，现下尚不舒服。要不，我早下场比试去了，堂堂晋王一伙子太保，原都是些吃干饭的酒囊饭袋吗！"

李存信被激得怒气陡生，"比就比，老四，让他们看看太保身手！"

康君立扯住李存信衣衫，嘿嘿笑道："四哥着什么急，好汉轮得上你出手？好汉多得是，休要逞这些没滋没味的能，也就是某些人过过嘴瘾罢了。"

李嗣昭道："十二弟，你这是说的什么话？莫非你以为我不敢下场，若是身体无恙，我早就替父王挣这个颜面去了！"

康君立不愠不火道："自己没本领，偏要吼喊些大话空话，这种人何其多也。二哥，兄弟说的可不是你。"

李嗣昭在兄弟们当中，武艺平常，原就心里觉得窝火，尤其在父王和太保们面前觉得备受压抑，抬不起头来。虽胸怀一肚文采，却根本无用武之地，太保们动不动就撸袖子抹胳膊叫嚣着跃马动刀兵。说实话，李嗣昭打心里瞧不上这些头脑简单、四肢发达、只知动武的莽汉，可身在原本就是位号称"马上英雄"的父王李克用麾下，却又觉得无可奈何。康君立一番讽刺挖苦，他哪里听不出来。好在，勇不如人的李嗣昭养就了一副在这伙莽汉们中间生存下去的本事，心上虽觉不快，脸上却依旧喜笑颜开，毫不在乎，"十二弟说的倒也在理。不过，须知兵家胜负，原不在勇而在谋。汉初张良，手无缚鸡之力，可逼迫力拔山兮的项霸王垓下陷入绝境，可叹英雄末路矣；三国蜀国丞相诸葛亮，力不能开一石之弓，却韬略满腹，一座空城迫使司马懿十五万大军狼狈而逃。可知不战而屈人之兵，方是大勇大谋。靠一身孔武蛮力，阵上拼杀，不过是末流鄙夫所为，何能成就煌煌功业。"

李存信险些笑将出来，李嗣昭居然自比汉初张良蜀国诸葛，真不知他脸皮有多厚。不过，下场与安敬思比试一番的心思却有增无减。

"四哥，好汉出场了。"

几案右侧膀大腰圆的史敬思大步走至李克用案前，场内人声嘈杂，虽听不清话声，但从史敬思指手画脚的动作中，一看便知是在请示晋王下场欲一比高下。众太保抱着看热闹的心思，这正是人人都期待的场景。但是多数人看到庞大的龙首，心里实无多大把握，不敢冒险。万一在村民面前失手，晋王的颜面岂不丢得干净？

康君立一直冷眼旁观，他清楚汉人舞龙的关键就在龙首。在入场之前，他私下问过村民，得知龙首竟达七十余斤，着实让他大吃一惊。须知，这个重量对力大无穷的战将而言虽不过是小菜一碟，但是要将它舞起来，确非易事。他知道这个龙首除了安敬思，恐无其二。康君立之所以阻止李存信下场，他倒并非怀疑李存信之力，举起龙首轻而易举，但若要是让他舞起来，不敢想象。史敬思的出现，康君立不由大喜，他早就盼望有一个让此不知天高地厚莽夫出丑的机会。史敬思目中无人的狂妄之态也只有安敬思才是他的对手。康君立清楚,史敬思下场绝不是想出风头舞那龙首劳什子,而是决意通过舞龙与安敬思一比高下。尽管两人不能直接对阵,未免让人遗憾,但康君立仍不由自主地想象着重达七十斤的龙头举在史敬思手中,不出两个回旋就有可能失手的场面,亦是极让人开心之事。

"诸位父老乡亲,现有本王十一太保史敬思下场献丑舞龙,大家以为如何?"史敬思的主动请缨,李克用本已有意让太保们在村人面前亮亮相,"老十一,拿出你的本事来,给店头村父老表演一番!"

人群哄然叫好。

史敬思也不客气,早有亲兵跑上前来,想帮他解卸身上甲衣,被他毫不客气地推开。一脸满不在乎的神色,抱拳道:

"献丑了。兄弟们,跟我上!"

一伙亲兵大觉兴奋,闻声而至。

史敬思大大咧咧伸出一手,"你就是打虎英雄安敬思?"

安敬思见对方居然单手接龙杆,大为惊讶,提醒史敬思,"在下正是安敬思,龙首颇重,务要小心。"他的意思原是让史敬思双手握杆,岂料史敬思压根儿没将龙首放在眼里。龙杆在手,顿觉一股沉重之力自上面传来,龙首偏斜。在众人惊呼声中,安敬思连忙一手护住,笑道:"十一太保,小心着些!"

史敬思一上来就险些失手,脸上瞬间通红,再也不敢大意,两手紧握龙首臂杆,方觉刚刚上下翻腾轻巧如家燕的龙首此时却异常沉重。既然上场,已无退路。史敬思举起龙首,大喝一声:"兄弟们,跟我舞起来!"

李克用起身踱出案外,带头喊一个"好!"身后众军将一齐高声加油助威。

李存信并没看出异样，低声对康君立笑道："十二弟，舞龙不过是件简单至极之事，这个彩头若是让老十一得了，实在可惜！"

康君立摇摇头道："四哥，你难道没有看到十一哥接手龙杆之际脸上的表情？"

李存信大为惊奇，"什么表情？我看老十一舞这个龙头易如反掌。"

康君立也不辩解，嘿嘿笑道："四哥，那就好好欣赏这一出好戏吧。"

史敬思深吸一口气，原地扎稳脚跟，暗喝一声"起！"挥动龙首呈八字形舞将起来，龙首下沉过程中，重量随势骤然成倍增加。掠地起仰过程中，龙首险些触地。身后的一众亲兵们压根儿没意识到自己手中龙骨的重量仅为史敬思的十之二三，大是兴奋，一齐鼓动吆喝着大呼：

"舞起来，舞起来！"

史敬思使出浑身力气，龙首再度飞扬起来，脚下却是再也不敢轻易挪动半步，心里默念：好歹要做三个起伏连贯的八字！

人群中，邓还忠眼见史敬思脸色红如酱紫，大嘴紧闭，心下暗叫不好。

八字动作舞尚未走起来，第二个八字龙首从半空一跃而下，史敬思顿觉一股莫名的大力由杆臂传至全身，他紧咬牙关，内心陡然慌乱起来，蓦地大声暴喝一声：

"起！"

龙首非但没有跃起，反而重重地栽在地上，尘土飞扬，半边龙首触地，身后军士瞬间毫无防备地被大力卷倒在地！

第二十七章　先锋之变故迭起

史敬思当众出丑，神情大为尴尬，愤愤踢了龙首一脚，骂道："如此龙首，何人所做，头重脚轻，空有一身力气，岂能舞来？"

人群吃吃而笑。村里一众后生更是心生鄙夷，连围观的太保们都觉得脸上火烫，史敬思分明是睁着眼说瞎话，人家安敬思和后生们舞得风生水起，大伙都看得真切，偏偏到了你手里就出此怂相，居然还要找些借口，实在好没意思。

史敬思和官兵们大感无趣，只能退场。龙首扑倒在地，一伙后生们纷纷跑进场里，方觉龙首半边须脸撞得不成模样。早有四五个能工巧匠们开始现场修缮，一时找铁丝的找铁丝，重箍形的重箍形，忙乱起来。

邓还忠挤进人群，俯身查看损坏的龙首。

"毁坏情形如何？还能不能再舞？"

一位工匠已检查完毕，正用两块红绒布补粘磨穿龙首左侧的一个黑窟窿。"放心，主骨丝毫无损，只不过外观稍有磨损而已，稍做修整，不影响表演。"

"龙首颇重，务要细细查验，若再出差错，只怕要伤了人。"邓还忠边说边蹲下身子，从龙首嘴里伸进，从龙柄关节处仔细查验，不时探身进去，这里摸摸那里揪揪，"晋王亲自观摩，还是小心为是。"

工匠是名有着数十年经验的老人，对自己过手之物成竹在胸，"各处龙骨均用两根铁丝捆扎，龙柄采用铆合之术，绝对出不了事。"

"如此甚好！"邓还忠满意地拍拍手，朝血祠下正中桌案方向望望，"快快修好，舞将起来，晋王还要观赏呢。"

不多时，龙首修复，人群逐渐退去。

李克用大手一挥："看来空有一身蛮力不行，能舞动此龙者，非我们打虎英雄不可！"

邓还忠朝安敬思等人一示意，安休休早已迫不及待，冲进场子扛起龙架，"这下太保们可现了眼，到底还得咱们出场。兄弟们，各就各位，耍将起来！"

有了官军们的出丑，年轻后生们犹如得了天大之彩，有心在晋王和全村父老们跟前露脸，竟是齐声答应，说笑声、喊叫声、口号声喊得震天响。

堂堂名震天下的晋王十二太保不过如此而已，安敬思心下微微一哂，再次举起龙首，半空连耍两个摆首动作，大喊一声："兄弟们，舞起来！"

人群中再次掌声如雷。眼见那龙首高高昂起，灯烛中通红的两只足有小灯笼大小的龙眼四处张望一番，哄然大笑声中，安敬思已是缓缓跑将起来。龙首率先做了个俯仰动作，从中间龙躯下穿过，欢快地绕场游动。待龙首掉转，面朝晋王方向，半空中略略一抖，大伙便知难度最大且最为活跃的八字舞即将上演，登时欢声雷动。

太保们亦情不自禁地鼓起掌来。唯有史敬思脸红脖粗，紧盯着龙首下神情庄重的安敬思，嘴唇微张，也不知嘀嘀咕咕些什么。

龙首昂起，突然斜向一侧大度逆转。逆转过程中，龙首仍保持着侧身仰望之姿，龙嘴一张一合，犹如真龙现身。龙首伏地瞬间，突然啪的一声巨响，龙柄折断，龙首犹如散了架般朝人群处滚落。安休休等人随龙首一齐跌倒在地，整架龙瞬间成了条声息皆无的死龙。

突如其来的变故让观众们猝不及防，现场顿时陷入巨大的难堪之中。

"哈哈哈！"史敬思拆掌大笑，对身旁的诸太保道，"你们看看，莫怨我老史嘴多，这龙骨做的显见是个烂把式，我一称手就觉得不对劲么。此龙哪里能舞，只需稍一用力，就得散架，不过是个三岁孩童的玩具罢了。制龙工匠手艺实在稀松平常！"

大军出发在即，两起变故接连发生，人人觉得这实在是个不祥之兆。晋王李克用的脸上亦有些挂不住了，他起身走进当场，俯身看看龙首，见里面不过是些木架和铁丝捆扎的物事，不禁大笑："没想到简陋至此，原是该从晋阳城内调取些结实物资。罢了罢了，夜色已深，让旱船上场，半个时辰后，祭拜血祠！"

邓万户颇为丧气，对身边沉默不语的邓印远道："没想到此事弄砸了，原想晋王上山，好好红火热闹一番。唉，赶紧清理场子，让旱船上场。"

邓印远半晌无语，一会儿看看早已在场中后生们收拾的背影，一会儿又望望天色，仿佛阴沉沉的天幕中出现了个黑窟窿。被邓万户推了一把，他方才回过神来，狠狠吞咽了口唾沫，组织旱船去了。

旱船表演完毕，已接近午夜。村民们非但没有散去，反而越聚越多。新近盖起的两间血祠周围，房顶、碾盘、墙头、树杈上挤满了人。所有人都知道，最为隆重的好戏即将上演。晋王和他的太保们代表三军将士要祭拜血祠。

血祠堂前正中的八仙大案上摆满了供品香纸，三枝巨大的香烛燃起一尺余高的火苗。邓万户原本准备由活牲祭拜，被晋王严词拒绝。活牲祭拜一来现场血腥不堪，极易让人心生胆惧；二来活牲需临场宰杀，手段大是残忍。大军南下以征讨黄巢贼寇、征服人心为要，非为血腥屠杀。上天有大仁之德，攻心为上攻城为下，此乃古今战事之核心。战争是为了和平，和平之局唯有战争方可构筑。祭拜血祠，原本就是为了荡平天下、结束叛乱、创造和平，让老百姓摆脱流离失所过上安宁富足的日子。以活牲祭拜，岂非以恐怖制造恐怖？李克用此言，邓万户大为感叹，回来后逢人就说，晋王胸忧天下民众，仁心慈爱，此番高举勤王大旗，王师南下，必定一举荡平黄贼。

供桌上摆满用面食做成的猪羊供品，李克用极为满意。

祭拜仪式正式开始。李克用打头跪下，身后十二太保分列左右，围观军民呼啦啦一齐跪伏，犹如遍野倒伏的麦浪。

"诸位大唐开国建立不朽功勋之先辈在上，晋王李克用率三军今跪拜于此，唯望先辈在天之灵预祝我大军讨贼旗开得胜，马到成功。为保护我大唐二百年基业，我辈不惜抛却头颅洒尽热血，重创贞观圣世为不懈苦斗，绝与黄贼誓不两立、不共戴天！"

身为祭拜仪式主持的邓万户神色凝重，从邓印远手中接过烟雾氤氲的三炷香，恭恭敬敬递至李克用手中。李克用接过香后重跪原位，两臂高举过头，先是一揖，起身缓缓将香插至香炉内。

"一鞠躬！"

"天道灵光，四野茫茫；遍施恩德，佑我大唐！"

"二鞠躬！"

"山水尘黄，汾风激荡；马到成功，佑我大唐！"

"三鞠躬！"

"太山固防，河谷弥香；一帆风顺，佑我大唐！"

李克用带头领唱，身后铺天盖地和声而起，声震苍穹。起身时，李克用眼眶湿润，村人中上了年岁的老者已是满脸热泪，号哭不已。

"大叔，务要悲切！"李克用起身，亲自上前将一位年逾古稀的老者扶起，"克用此次率军出征，定当竭心尽力，马革裹尸，不剿灭巢贼乱党，誓不还军！大家都起来吧。"

李克用一撩袍角，大步走向几案边，回身望着眼前黑压压的人群。四面燃烧的上百支火把将整个村落照得犹如白昼。回想当年跟随父亲李国昌（朱邪赤心）南下平叛庞勋之乱，五千军马昼夜兼程，沿途军民均不知这支忍饥挨饿、衣衫褴褛的队伍竟是勤王大军。那时，他们没有后援，没有资助，全靠部伍自身设法解决。想想，同样是为朝廷而战的军伍，一路却如无人管束的孩童，遭尽了朝廷汉人大军的白眼和奚落，听厌了衣甲鲜亮刀枪簇新的汉人大军的讥讽和嘲弄。正是这支看上去狼狈不堪的沙陀军马，一上战场，人人争先，个个犹如下山之虎，五千军马往来驰骋，在溃败如山倒的汉人大军中逆势而上，与庞勋叛军展开激烈战斗。那场景，李克用至今想起来仍心惊胆战，想起来就血脉偾张，想起来就激动不已。正是这支犹如乱民的大军，却创造出一场场让数十万汉人部伍瞠目结舌的胜利。纛旗所指，庞勋乱军如丧家之犬曳兵弃甲，但见沙陀人马，纷纷惊呼：沙陀蛮子来也！顿时四散逃窜。直怨爹娘少生了两条腿。

"太山的父老乡亲们，李克用这厢有礼了！"李克用当众突然深深一揖，惹得众人惊慌失措。

"这一拜，拜的是两百年来为我大唐立下汗马功劳的太山先烈。是他们前赴后继，用满腔热血和不惜牺牲性命的勇武之气开拓出皇皇大唐二百年基业；是他们舍生忘死，方有天地祥和、万民安定的和平生息。他们不光是朝廷的开拓者、奠基者，亦是我等数万万生民的荫护者、庇护者。天下甫宁，民众安息，可恶黄巢贼寇不顾天怒人怨，唯恐天下不乱，纠集乱民公然反叛朝廷，挑起祸端。说什么为民请命、替天行道之义。他这是请的哪门子命？行的哪门子道！真正的民在哪里，在黄天在厚土，在乡野在人心。三尺厚土，滋养天下生民千年万年之久矣。自古以来，凡在脚下这片厚土之上残忍践踏，毁坏家园，荒芜土地，致使无数生灵惨遭涂炭，让民不聊生者都无一不是奸佞卑劣之徒！不惜民生者，必被众民弃之；不恤民望者，必被众民鄙之。今身受皇命重托南下勤王护国，克用自不敢稍存懈怠之心。自出关以来，日夜莫不惮心王事，整训军伍，每每想及皇上被流寇所逼，不得已潜出都城，栖居宝鸡山麓，衣食无着，吃得千般苦受得万般罪，本王常常泪湿枕巾，诚恐至极。王尊受此苦楚，这是每一位三军将士的耻辱，是每一位大唐子民的耻辱！"

李克用讲得情绪激动，声泪俱下，数度哽咽不止。熊熊的火光中，太山千沟万壑内松涛轰响，山风呼啸，声震四野。来自四面八方乡村的百姓们掩面痛哭，大放悲声。

周德威立时跨出队列，振臂带头高呼："剿灭黄贼，振我大唐！"

上万双眼睛怒火万丈，上万只拳头高举过顶，上万张嘴巴同声高呼："剿灭黄贼，振我大唐！"

李克用好不容易止住悲泣，立时激动得满面红光。面对响彻遍野的口号声，他犹觉身处千军万马的阵营，只待他一声号令，便可横刀跃马，形成一道势不可当的钢铁洪流，杀奔长安城下！眼前这支军马同数年前早已不可同日而语，与当年那支食不果腹面黄肌瘦的沙陀军马比起来，眼下六七万大军兵强马壮，给养充足。他李克用，亦非当年跃马疆场的青年将军可比，现下他堂堂沙陀部族朱邪氏朱邪三郎，皇帝亲赐国姓的李克用。身为晋王之尊，鞭缨所指，山呼海应，这是他李克用的荣光，同样是整个朱邪氏数百年来未有的无上荣光！想到这里，李克用突觉喉结微耸，大股酸涩腥辣的味道从丹田深处涌上来，险些夺口而出。他陡然有一种真正意义上顶天立地的英雄气概、大丈夫气概，不自觉挺直了脊梁，某种多年以来一直淤积心底的憋屈之气、苦闷之气一扫而光。毫无疑问，这是李克用，实际上也是整个朱邪氏家族历史上大放异彩的光辉时刻，这个时刻必将深深镌刻在苍茫的关山壁垒，必将深深地根植在太山之上。身后的这座血祠从今往后，所供奉的太山先人必将换了新的主人，除了晋王，恐怕天下后世再无人有资格高踞其上！

"乡亲们！"

眼见群情激奋，热浪滚滚，李克用竭力抑制了一番自己的情绪，伸手凌空虚按数下，响彻山野的呼声和号哭声这才略略平息。

"这里！"李克用指着脚下土地，"就在这太山之上，面对晋阳的父老乡亲，我李克用郑重承诺。大军南征之际，三军将士，本王不管你是指挥千人的千夫长还是冲锋陷阵的普通军士，凡杀敌立功者，必论功授奖。本王将在太山之巅建一座大大的新血祠，每一位建立功勋者，其名字都将有资格供奉在新血祠内，供后人后世千秋万代敬仰！三军儿郎们，你们有没有勇气建功立业，为你的家族增光添彩；有没有胆力保家卫国，与黄贼决一死战，护佑我大唐千秋万代平和安宁！"

"建功勋，佑大唐，进血祠！"

诸太保们振臂高呼，人人激情澎湃，热血沸腾。

李克用充分享受着这种人生来之不易与血腥厮杀的战场性质迥然不同的大场面大震憾，内心畅快无比。

人群再度安静下来，李克用朗声道："在此，本王还要宣布三件大事。"

见有大事要说，军民们都不觉突兀，大军启程，剿灭黄贼，对统率三军的晋王而言哪一件不是大事。但是这话陡然到了诸太保们耳朵里，意义乍然非凡。

康君立瓮声瓮气地提示李存信："四哥，父王要宣布先锋官人选了。"

李存信奇道："在太山，你是说先锋官可能是安敬思的。"

人群中，安敬思和邓还忠等人静静站立，激情尚未从脸上消退，通亮的火烛之下，安敬思同众多年轻的后生一样，被晋王的一番话感染得险些落泪。他暗暗下着决心，一定要听从晋王号令，在疆场上勇往直前，与黄巢贼党展开殊死搏斗，绝不退缩。任何怯战畏战都将是他安敬思的耻辱，他要第一个以首功者的身份走进即将新建的血祠。不光是他安敬思，他还要将这个想法与安休休、薛阿檀以及二生他们共同商讨，鼓励他们奋勇杀敌，为太山父老争光，为资助他们、给他们以稳定幸福家园的妻子和全村人争光，为他们沙陀部族的列祖列宗争光！

李克用略带威严的声音响起，"第一件大事，大军出征日期已确定，粮草辎重明日沿汾河官道开始南下。全军共分为三路，首路先锋营将于三日后出发；第二件大事，此次晋阳集结，深得民众大力支持，从银钱财物到粮食草料，源源不断。更为可敬的是，不到半个月来，晋阳府内府外共有两万余精壮后生参军，报国之热情罕古未有；第三件大事，此次出兵，先锋营任重道远，既担负着为后路大军逢山开路遇水搭桥之重任，又将与黄贼首度接战。战役成败，直接影响到大军主力之士气和信心。正基于此，选一位德才兼备、文武双勇且拥有丰富战场经验者至关重要。实不相瞒，这些天来，本王为先锋官人选可谓茶饭不香夜不能寐。晋阳城内，不乏如云谋士猛将，可先锋官人选只能有一位。经过前后对比斟酌，本王已选定一位最佳人选！"

说着，李克用笑吟吟地向台下看去。

安休休振臂高声喊道："打虎英雄安敬思，打虎英雄安敬思！"

安敬思顿时涨得脸红脖粗，连连摆手："休要瞎喊，我哪里是先锋官的料子。自己几斤几两我比你清楚着呢，且听晋王说话！"

围观人群亦跟着呼叫起来："打虎英雄安敬思！"

安敬思眼见李克用分明笑吟吟地看着自己，连忙扯扯邓还忠的衣裳，悄声道："邓叔，我不是那块材料，叫我如何是好？"

不光围观军民，就连诸太保都料想到，此先锋官必为安敬思无疑。一时，或愤然或羡慕或妒忌或热嘲冷讽，史敬思更是愤然出口："堂堂晋王府又不是没根顶梁的柱，却要让一个乡野傻小子当这个先锋官！"

李存信唯觉心里酸溜溜的不是滋味，捅了捅史敬思道："老十一，你就是块废材疙瘩，你真以为你是顶梁柱？"

史敬思愤然恼怒道："我就是废材疙瘩也是王府里大门楼里的废材疙瘩，比那山野破茅屋的顶梁柱子不知强多少倍！"

李存信冷笑道："十一弟休要夸口，没见你舞龙首当场出丑吗？"

"出丑？哧！"史敬思道，"你没见那个所谓的打虎英雄出得更惨？龙头都摔成他娘猪头了。我原说过，制龙首的工匠原就是个二杆子把式！"

两人一递一句正讽刺挖苦，却听李克用朗声道："诸位将士乡民，本王决定任命邓还忠为开路先锋官！"

此言一出，台上台下一片哗然。除了店头村民，来自三乡五里的多数百姓包括三军将士，尚不知邓还忠是哪位高人，纷纷四处张望搜索。

安敬思兴奋地险些跳起来："邓叔，你是先锋官，跟着你行军打仗，敬思最是高兴不过了！"

话音刚落，邓还忠突然捂着胸口，"啊呀"痛叫一声，朝后便倒！

六七万晋王大军，人人翘首以盼、渴慕不已的先锋官人选终于尘埃落定，谁也没料到竟是位名不见经传的干瘦中年汉子，更让人没想到的是，正是这位晋王眼中的先锋官居然当场昏厥，倒地不省人事。一惊一乍，变故迭起，简直就在眨眼之间。

不管怎样，刚刚由晋王任命的先锋官邓还忠病倒了。安敬思一直守在邓还忠的病榻边，未离寸步。直到第二天临近中午，邓还忠才从昏昏沉沉的状态中缓缓醒来。

"邓叔，你终于醒过来了！"安敬思端着一碗冒着热气的米汤，扶起邓还忠，递至唇边，被他轻轻推开。

"这是在哪，回了山下？"

安敬思急道："邓叔，你到底是怎么了，险些吓死人。"

邓还忠回头看着他，面无表情，一双黑漆漆的眼睛闪动灵活，"我这副样子居然吓坏人了？吓坏别人倒无谓，只怕吓不倒晋王，才是可惜。"一番没头没脑的话说得安敬思茫然不知所措，怔怔地看着邓还忠。他隐隐发觉，邓还忠说话的语气笃定而稳重，似与平日并无异样。

"敬思，给邓叔拿几根甜草苗。"

甜草苗本是一味药材，安敬思不知邓叔此时要甜草苗干什么，原以为对他的病情必有作用，便道："邓叔稍等，我给你拿去。"

安敬思穿过前厅，二院内静悄悄空无一人。隐隐听到前院偏房内传来说话声，便穿过耳房朝前院走去。拐过耳房照壁，一眼见邓瑞芳端着一个黑漆瓦罐站在窗棂下。婚后，村里村外尤其是邓家院落一直人来人往川流不息，两人私下里相处的机会反而极少。邓瑞芳通身穿件淡绿通体套裙，乌黑的头发顶上挽了条双环鸳鸯角，俏生生的模样儿甚是动人。

邓瑞芳朝安敬思挥手示意，做了个嘘声的动作。安敬思大为奇怪，走至窗棂下，正想询问，忽听房内传来邓印远的咳嗽声。

"大哥，原想着是敬思的先锋官，怎的半道杀出个老二，他有什么本事当这个先锋官！"

邓万户斥道："老三，咋地如此说你二哥。"

"二哥？"邓印远"哧"地冷笑，"兄弟亦是看在你的面子上，称他声二哥。不过是一个家族兄弟罢了，我和你才是亲兄弟。当年他随沙陀人南下，跟的就是朱邪三郎，正是晋王。据说当年晋王有一批无价之宝北运，老二就在押运之列。后来闹不清中间到底出了什么变故，那批珠宝不翼而飞不说，他反连村子都不住了，一个人到罗城开了家酒馆。我也听说，有人曾亲眼看见老二白天在酒馆当柜，半夜里就一个人独自上了太山——不止一人见过他，行踪甚是诡秘。此次晋王驻扎晋阳城，晋阳内外村落何止成百上千，为何独独盯上了太山脚下的店头村。他们为什么要上太山，大哥你就没觉察出异样来？我料晋王这些年来一直就盯着老二的行踪，两人之间有着某种不可告人之秘密！"

邓万户亦对李克用当众宣布任命邓还忠为先锋官时，邓还忠却突然昏厥于地一事觉得好生蹊跷，前不昏厥后不昏厥，偏偏那时昏厥，且瞬间人事不省。邓还忠倒地之时，邓万户就在他身边，他愕然看到邓还忠半张的唇角有血丝渗出，但他分明看到血丝似乎并不是从嘴里涌出，而是舌尖上裂出一道血口……

"外人眼中，我们邓家三兄弟亲密无隙，可有几人相信作为兄弟，我对这位胞兄始终处于一知半解之中，莫怨兄弟话说得难听。老二这个人，我是越来越觉得不可捉摸了。正是自当年他从河南回到太山脚下，咱们店头村这几年就没消停过。"邓印远突然一拍炕桌，"老大，有一件事我原本不想跟任何人说，现下老二出此变故，我前后一思量，愈发认定此事必与老二有关！"

邓万户大奇，道："何事？"

邓印远压低嗓门道："大哥，还记得昨日舞龙，敬思龙首突然脱手之事吗？"

邓万户看不到脸色，语调却依旧平淡无奇："想是个意外，可能是工匠疏忽，龙柄断裂所致。"

"龙柄没有断！"邓印远沉声道，"我仔细验过，龙柄与龙颔下走得是燕尾铆合，两边十字叉用铁丝固定。铆合原封不动脱开，铁丝却被人为松解了。"

"噢？"邓万户吃惊道，"谁动了铁丝？"

邓印远的声音冰冷而决绝，"老二！晋王十二太保史敬思龙首脱手之后，工匠检验后，只有老二一个人从龙嘴里探手进去动过龙首……"

院外，一股旋风越过西配房错落屋脊沿排水檐下的石阶，卷起大团大团灰黄的尘雾，瞬间三步之外照壁连同人影消失不见！

第二十八章 诬点之生死劫难

新任先锋官邓还忠病倒的消息牵动着全村父老的心,大家成群结队前来邓家探望,却被一律拒之门外。安敬思代邓还忠表达了谢意,称邓叔之病需要静心休养,最好不要轻易打扰。村人们含泪而来,将一应吃食药物放下又含泪而去。邓先锋的病突如其来,如此的猝不及防,他一定是得了天下罕有之病。无数人都亲眼看到邓先锋当场摔倒在地,口吐鲜血,人事不省。

安敬思按照邓还忠的要求,专门为他煮了满满一大瓦罐甜草苗汤,汤味甜香扑鼻,与印象中母亲在世之时,逢有头晕脑热所煮汤药苦涩难以下口的味道绝不相同。安敬思虽不明白邓还忠为什么要在生病期间不喝草药,却要喝甜草苗汤,但是对邓叔,他是完全信任的。邓万户与邓印远私下谈话并没有让他改变这种信任,内心里甚至认定这是对邓叔的极大诬蔑。尤其是邓印远,从他嘴里安敬思至少不下三次听他提到过邓叔当年那批珠宝之事。刚开始他承认对邓叔的病也产生过怀疑,邓叔似乎早已意识到这一点。他的笑容是无奈而坚定的,但是分明对他充满了信任:"敬思,等你战场归来,邓叔会和你坐下来好好叙叙。记住,日后不管你走到哪里同何人共事,一定要多留个心眼,务要多做少说话。意气冲动,绝不可行!"

诸如此类话,邓叔说过已不止三次两次。安敬思虽则一时半会儿无法理解邓叔说这些话的言外之意,但是邓叔每次说起的时候,眼里总是溢满了温柔和疼惜的意味,对他娓娓道来。

安敬思到堂院的后厨里准备给邓还忠倒汤的时候,邓瑞芳一把将他拉住。

"邓叔怎么样?"邓瑞芳的本意是想知道安敬思是否注意到邓还忠有什么异样。父亲和三叔邓印远的话让她既震惊又莫名其妙。安敬思出征,两人离别在即,可以想见她的心里极为矛盾。一方面在晋阳人眼中的打虎英雄,自己的丈夫将要走上保家卫国的战场,这不仅是全村的荣耀,也是她的荣耀;另一方面,丈夫的出征,无疑已让她提前尝到了离别的苦楚。

安敬思摇摇头,邓万户和邓印远两人的话他觉得那是对邓叔的无端中伤和诬蔑。尤其是邓印远,虽则是自己岳父的兄弟,但在安敬思的印象中极是恶劣,一双小三角眼连续眨巴,就要无端生出些坏主意。安敬思认定即便邓还忠有意装病,也是针对晋王李克用。但是邓印远态度蛮横地动不动就将其与当年那批似有似无的珠宝联系起来,实在恬不知耻。但是面对邓瑞芳,安敬思不可能将这种恼火和怨气发将出来,只能装糊涂。

"我也不清楚。"

所谓的不清楚,是指对邓还忠的病情不清楚呢,还是对邓万户与邓印远对邓还忠的怀疑不清楚,安敬思说得模棱两可。在外人眼中,安敬思就是位膀大腰圆、四肢发达的粗莽汉子。恰恰是这种粗莽里透着股其他那一般年轻后生缺乏的真诚和憨直，却让邓瑞芳觉得他才是值得自己一辈子依托的人。尽管村子里私下里流传着种种闲话，对于她和安敬思成婚甚至有"鲜花插在牛粪上"的闲言碎语，但她并不在乎。

"既然不清楚，你就当没听见也没看见！"

心思灵动的邓瑞芳亦有许多不解，邓还忠突然"病倒"，他莫非是有意腾出位置来让安敬思当这个先锋官？想想又不像，极力阻止安敬思露锋芒的也是邓还忠啊。

两人心照不宣地煎汤熬药，难得两人独处。邓瑞芳余光瞥见安敬思一双热辣辣的眼睛盯着自己，不由得脸颊羞红，便嗔道："好好熬你的药，看甚？"

安敬思嘿嘿笑道："芳妹，你真好看。"

邓瑞芳用肘捅了捅他，"邓叔还等着喝药呢，有你看的时候。"

安敬思陡地想起什么，说道："芳妹，晋王说等我们出征后，就将你接到晋阳城里居住。等战事一结束，我就到晋阳城与你团圆。"

"住晋阳城？"邓瑞芳脸红红道，"我才不稀罕呢，住在太山脚下多好，自由自在的。"话虽如此，心里却大是高兴。晋王未有这种安排，父亲私下里亦和她早有定居晋阳城的打算。

院外的阶台后，下人匆匆进来："夫人，有人要见邓叔。"

安敬思尚未开口，邓瑞芳已一口回绝："你就说邓叔身体欠佳，谁也不见。"

下人迟疑半晌，方道："夫人，来人非同寻常，执意要见邓叔。"

安敬思和邓瑞芳两人大奇，见暮色中进来两人，正是晋王李克用和大太保李嗣源！

李克用微微示意两人不可言声，朝邓还忠的房间走去。安敬思和邓瑞芳对视一眼，紧跟其后。

房间内扑面一股浓浓的草药味，幽幽的烛光下，邓还忠静静地躺在床榻上，看不清表情。

"邓叔，有人来了。"安敬思悄声说道，大步走近床塌，想要扶邓还忠起来。

"敬思，我谁也不见！"

微闭双目的邓还忠耳畔突然听到一阵低沉的笑声："邓兄病体虚弱，若不早日康复，怕是要影响军心民心。老夫虽无回春之妙手，不过小厄小灾却不在话下。且让老夫给你诊断诊断如何？"

邓还忠浑身大震，咳嗽着艰难坐起："晋王驾到，贱民有失远迎，实在是大罪。敬思，晋王来了，你如何不告邓叔一声，莫非要邓叔无端担这个失迎之罪吗！"

李克用微微一笑，也不辩解，"打虎英雄，晋阳城谁人不知哪个不晓。本王已在晋阳城内给他们找下一处四合院供他们夫妇二人居住。敬思人品率直，本王颇为喜爱，已决定将他收为义子，列第十三太保，更名为李存孝。"

安敬思夫妇顿觉不知所措，一齐看着病榻上的邓还忠。

"晋王厚爱至此，可是你敬思的造化，你们还不快快跪谢！"

夫妇俩大是激动，慌忙跪倒在地："多谢晋王。"

李克用亲手将他们二人扶起，一手一个拉着道："从今往后，你们都是本王的孩儿。本王要将存孝打造成当朝的卫青、霍去病，孩儿可有信心？"

安敬思激动得满脸通红，再次叩拜在地："多谢父王错爱，敬思，不，存孝从今往后定当追随父王左右，竭心尽力，杀敌报国，死而无憾！"

夫妻两人一番兴奋自不消说。

"存孝、瑞芳，父王还要送你们小两口一件礼物，就在太山之上，你们猜猜是什么？"

李存孝恍惚摇头，哪里猜得出来。邓瑞芳想了想道："父王所送之物莫非与太山龙泉寺有关？"

"到底是本王的媳妇儿聪明，存孝，往后你要学着点，若有你媳妇儿半份聪慧灵性，你的前途愈发无量啊。父王早已听说，你们二人虽称不上青梅竹马，却甚是情投意合。本王一向认为，年轻男女只要心心相印，各怀爱慕，世俗之见原就是些不堪一击的破腐之物。你们汉家多少礼法条框本王很是不屑，活活拆散了多少人间至爱，实是害人不浅。听说你们俩曾在太山龙泉山佛塔下立过情誓？应该说此塔甚是幸运，亲眼见证了尘世一对青年男女的互爱互慕。"

邓瑞芳已是羞得满脸红云，低头不住把玩着衣角。

李克用大笑："现下龙泉寺已非昔日荒废颓败之色，虎患一除，各方僧众早已跃跃欲试，迫不及待上山。本王要认真筛选一位高僧统领全寺主事，力争半年之内让龙泉古寺重返当年旺盛。至于那尊佛塔，本王要召集晋阳城之能工巧匠，加以修缮，并命名为情誓塔。瑞芳，你以为如何？"

堂堂佛家圣地，突然冒出一尊情誓塔，显然不伦不类。邓瑞芳急道："父王，万万不可，这……这是对佛祖大不敬……"李克用却不这么看，他道："佛家讲的是慈悲，以一颗赤诚心普度众生，期盼的就是让世间人人都能过上安宁和平的日子。男女是世间大情，就是你们汉家，多少理论说辞表面上听着有理有据，事实上本王觉得实是天下最大之虚伪。人世之稳定，归根结底莫不缘于家庭之稳、亲情之稳，连男女之情都讳莫如深，不敢直面，你们汉家岂有资格说教人世人生？邓兄，本王说的可在理？"

晋王一番话，虽让三人听着瞠目结舌，但细细一究，却分明觉得说的无不是显而易见的大世明理之言。而偏偏正是这些大世明理之说，却是汉家那些道貌岸然的君子卫道士们唾沫点飞溅口口声声与之誓不两立的呼号理论。而其私下里的所作所为，又无一例外热火朝天地宣扬着、实践着这套在他们嘴里俗不可耐的规则。

邓还忠叹了口气苦笑道："晋王所言甚是，但未必行得通。比起你们关外，汉家人遵守的法度、伦理、规则要复杂得的多，当然没有你们自由。"

李克用道："什么法度伦理规则，本王一概不予认同。本王就是要让天下人看看，世之大情大爱正是人人嘴上羞于启齿，内心里却称颂羡慕不已的青年男女之结合。本王要命名这座塔，一来是让你们记住当日之誓务要铭记终生，这辈子能做到至死不渝；二来是希望天下后世的青年男女们以情誓塔为榜样，让那些真正有情有义的青年男女走到一起，过上自己可做选择的自由人生，岂不是好！邓兄，人生苦短啊。"

话声甫落，邓还忠已是拍掌叫好："晋王一席话，多少圣贤书读得已是了然无味。真正人生苦短啊，敬思、瑞芳，晋王的话你们这辈子须要牢记在心，确是人生之金玉良言。现下你们尚还年轻，等十年之后，你们膝下儿女承欢之时，再回味晋王这番话，其滋味其理其义你们必然会有更为一番深解。瑞芳，把药汤放下吧。你们先退下，邓叔和晋王有几句话想说说。"

李克用对李嗣源道："嗣源，你和存孝就守在门口，谁也别让进来，本王和邓兄哥俩要好好叙叙。"

一时，房内陷入空旷般的寂静。李克用端起冒着腾腾热气的药壶，仔细端详，仿佛黑漆漆的壶把上伫立着一只展翅欲飞的大鸟，闭眼深吸数口，嘴巴凑近壶口，细抿两口，咂巴咂巴嘴道："邓兄，本王久居塞外,原是荒蛮之人,亦听闻过中原汉家医术远在汉代就驰名天下,可惜本王愚钝,虽有耳闻却甚是懵懂。本王且要讨教,甜草苗味觉甘甜,这爽心利口之物到底能治什么病?"

邓还忠想了想道:"回晋王,汉家医术博大精深,邓某祖上原有通医之人,耳濡目染,倒多少略有研究。虽说良药苦口,不过是个泛泛之谈,药性药理重在对症。何为良药,可解毒之药即是良药。甜草苗汤为百药之引,症治病结,猛药之下必有一引,这道引正如晋王所言,即有爽心利口之功效。再则,重症猛药,轻疾微汤,目的不过是为了治病救人。邓某之所以用甜草苗汤为引,一来,邓某从小就生活在太山脚下,方圆百里无论山涧荒原,甜草苗遍野都是。凡有头疼脑热,母亲首先必先熬一锅甜草苗汤口服。久而久之,不管什么病,邓某肌体就习惯了以甜草苗入药;二来,甜草苗汤让邓某神清气爽,虽无从根子上彻除病疾之痛,但其效非常人可解。若是可解之药,又何须苦水?莫非晋王倒希望邓某所得为不治之症?"

李克用哈哈大笑,笑过后脸色缓缓凝重下来:"可你这一病,实在病得不是时候,你把本王心目中一个好端端的先锋官给毁了。"

邓还忠叹了口气,"多谢晋王抬爱,邓某有自知之明,谋略不敌德威,武功更是稀松平常,实难胜任。"李克用阻住了他的话头,一言道出了他的忧虑:"这绝非邓兄的真正病因,你的担心本王亦能猜到一二。你是怕本王手下这些太保不易管束,难以服众罢了,本王原准备给予你生杀大权,对不服将令者,先锋官有权阵前决断处置。军中猛将谋士如云,你就不想想本王为什么要当众选你为先锋官,就是充分考虑到这一点。"这种担心原在邓还忠考虑之列,不过这仅是其一罢了。

"事已至此,这个先锋官无论如何必须确定,夜长梦也多。"李克用顿了顿,眼睛陡地一闪,"邓兄莫非与本王当初的想法一致?"李克用朝屋外指了指。

邓还忠摇头苦笑,"敬思……晋王莫非指存孝?不,他更不是先锋官人选!"

李克用大奇,目下已确定无疑,邓还忠当众病倒不过是掩人耳目之举。原以为邓还忠是在为李存孝让路,没想到否决之语气坚定而不容置疑,这反倒与刘氏的见解不谋而合。

"存孝武艺位列诸太保之上,即便在大军中,可与其角力者恐难觅一二,为何他就不是先锋官人选?本王倒有些不解。"

邓还忠道:"论武艺,邓某说句夸大之语,勿论目前晋王军营,就是当今天下恐怕亦找不到一位真正的敌手。存孝之能,晋王只是晓知一二,他是个异数。也正是这个原因,决定了他只能当一位战将,而不能担主将之责。"

"这是为何?"

邓还忠想了想,道:"存孝的本事太大了,他能立功亦能招祸。晋王既对邓某如此信任,索性今日痛痛快快说些粗浅之识,唯望大人关注留意。存孝之勇在疆场,他可能勇冠三军,亦可威震敌胆,但只能做个冲锋陷阵的百夫长千夫长,绝非独当一面的帅才。先锋官,恰恰需要的是统筹兼顾、协调四方的帅才,晋王若是用他为先锋官,非有胜利可言,倒可能引起溃败,影响军心士气。"

李克用边听边在心里将邓还忠与刘氏的话逐一对比,两人如同事先商讨好的,一致反对重用李存孝。这反倒让李克用对自己的眼界和识人之举产生了疑问。应该承认,邓还忠的态度已极为明确,他是站在全局的高度来考虑用人得失,而不是自己在来这里的路上私下里所揣度的那样龌龊,想到这里,李克用原本隐藏在心底的那丝阴森森的杀气消失大半。大战在即,作为一方将帅,知人善任是第一决策能力。识才而用,量才而择，不仅决定一场战事成败，更影响战役全局。反之，用人不当或小才大用，则完全有可能造成难以弥补的祸患。古往今来，此种因用人问题出现失误、血的教训何其多矣。李克用不禁心念一动，目光柔和了许多。

"邓兄之意，以存孝之才，可领多少兵马？"

邓还忠不假思索，伸出三个指头。

李克用道："三万？"

"三千！"

李克用有点不敢相信自己的耳朵，摇头笑而不语。

邓还忠不以为然，语气大为冷静，"晋王明鉴，这是存孝所率人马之上限，三千之内，他就是位驰骋沙场，为晋王建立功勋的猛将名将。反之，即有可能带来祸患。"

"祸在何处？"

"自古疆场如官场，真正祸及自身、灭顶之灾的大难均在内不在外。李大人浮沉官场、疆场多年，自然比在下深谙此理。存孝之祸，非在别处，正在于他的本事太大了！"

李克用不由得心下大颤，他紧盯着邓还忠的眼睛，发现他竟然毫不避让。他有意换了个话题，"莫非当年的老军头真想这辈子都远离疆场？"

邓还忠略加思忖，"那倒未必。蒙晋王错爱，待邓某身体康复，必定会重上疆场。当年虽说有过短暂经历，却未经沙场厮杀之阵，实乃缺憾。"

李克用哈哈大笑，"果然老谋深算，本王之所以选定你为先锋官，看来原未眼界有失。本王清楚，这个缺憾你一定得补！那么，眼下这个窟窿，你怎么给老夫补？"

邓还忠道："邓某为李大人推荐一人。"

李克用眼睛大亮，"谁？"

"大太保李嗣源！"

李克用沉默半晌，终于点头表示赞同。他站起身来，提起仍然热气氤氲的甜草苗壶，递至邓还忠手里。

"这是你的药，务要慎用。"李克用脸色瞬间恢复冷峻，"身体至为重要，本王极为关注邓兄之病何时康复。到时，本王用八抬大轿请你下山！"

说罢，李克用哈哈大笑。

邓还忠咳嗽数声，在床榻上一拱手道："李大人言重了，邓某实是惭愧之至。值此家国危难之际，邓某本该赴汤蹈火，与乱贼决一死战。"

"好，本王希望有朝一日看到邓兄驰骋疆场杀贼！"李克用走至门边，停下脚步，像想起什么事，漫不经心地问道："本王尚有一事想知晓。当年那十九位遭遇不测的兄弟们，其家眷子嗣的生活情况本王这些年来一直颇为关注，不知道他们现在过得如何？若有可能，本王定要一一登门过问，万不可让他们后代再受些苦楚。想起来，本王心里甚是沉重。"

邓还忠心念一动，眼神迅即暗淡下来，掩嘴一阵咳嗽，"都快十年了，邓某一直未离太山半步，心里也念想着这些兄弟后代的处境。晋王若有他们的消息，我一定随晋王同去。"

"好，本王一旦得知，必定第一个上山通知你！"

李克用撂下此话，大步出门。守在门阶下的李嗣源快步上来，抖开披风，"父王，夜里湿凉，务要保重身体。"却被李克用挡开，"嗣源啊，出征在即，本王这心里犹如聚了团火，唯怕烧出个卧床不起呢，岂怕这点子湿凉！"

邓万户战战兢兢地推门进来，小心带上房门，惊见邓还忠撩起被子，身上竟是大汗淋漓。

"老二，你这到底是唱得是哪一出？为兄实在是看不懂啊。"邓万户满脸气急败坏，在原地不住踱步，"你到底还有什么事瞒着为兄，人家堂堂晋王当众封你为先锋官，那是看得起咱，给了咱邓家多大的颜面。可你却如此不识抬举，何异于当众打晋王的脸！"

邓还忠默默换掉湿淋淋的衣衫，坐进木椅。刚才的一幕幕愈加清晰地印证了他先前的预测，为自己以这种拙劣而粗鄙的方式拒绝晋王的先锋官而深感庆幸。紧迫至极，已不容他有稍加考虑的机会，只能以当众病倒之下策暂时掩人耳目。他深知，这一切断然逃不过李克用的眼睛，但却是目前唯一可选之法。十年了，他知道李克用迟早不会放过这件事，自己难逃这张铺天盖地的网，却没想到现在竟然又加进了十九位兄弟的家眷后人！邓还忠陡然觉得寒气倒掠，从脚心一路延至头顶。李克用十年中，根本就没有停止过杀机。在太山之上，那种杀机随着两人十年之后的首次直面非但没有根除，反而范围以惊人的速度扩散。邓还忠忽然觉得后悔，当年从死尸堆里爬出压根儿就不应该在太山脚下生活，同样不应该四处打听那些屈死兄弟们的家人。现在想来，无疑是给自己，也给多少无辜的人招来祸患。当年远走他乡，彻底消失在李克用的视线之外，何其干净。想来真是可笑，竟然还有手刃李克用、为兄弟们报仇的妄想！目前，他已越来越清晰地意识到，如今的晋王李克用已非当年的朱邪三郎，身为朝廷勤王主帅，不再属于出雁门关外那片荒凉的大漠，现下他首先是大唐的官员。虽则汉家的礼法规制在李克用眼里不屑一顾，但是汉家官场的规则他则无师自通，了然于胸。任何一丝一毫不管是发生在当下还是发生在多年之前的失误完全有可能被多少别有用心的政敌甚至朋友翻拣出来，成为攻击他的强力武器。以当下之势，李克用也许根本未将那些或明或暗政治官场上的对手放在眼里，毕竟他手握重兵，但是他不能不顾及一个真正威胁到前途和生命的潜在敌手，那就是朝廷。沙陀部族朱邪家族的男男女女老老少少是太熟悉朝廷言而无信、出尔反尔的做派了。每次大唐江山处于风雨飘摇，汉家大军保存实力，宁愿旁观朝廷陷于兵火也不打算出力之际，沙陀部族总是冲在救急第一线。朝廷就像绝望中抓住一根救命稻草，红口白牙许以高官厚爵。危机一旦解除，立刻翻脸不认人。非但功勋尽数剥夺，反找一借口诬以匪患，甚至必除之以后快。在政治官场中，无风亦可平地起三尺之浪，何况再无端授人以柄。十年前太山脚下风峪河畔的那起血案已成为窝在李克用心里难以抚平的污点，一日不除，一日不甘心！

半晌，邓还忠突然问邓万户，"大哥，晋王是不是许你以晋阳官职？"

邓万户脸上一红，奇道："老二，你咋知道？"

邓还忠脸上平静如水，叹了口气道："我劝你，找个理由推脱掉。哪里也不要去，尤其是晋阳城，那里不是你我生存之地，那里是龙潭虎穴！"

第二十九章　南下之新军律令

邓万户一屁股坐进椅子中，哧地一笑道："老二，我是越来越琢磨不透你了，好多事也许压根儿就没有你想得那么复杂。晋王封你为先锋官着实出了我的意料，谁料你中途又演了那么一出。我知道，你心里是惦念着敬思，但有机会就想让他出人头地。说到底，毕竟是你的侄女婿。况敬思亦有一身好功夫，正是年轻气盛建功立业的时候，这个先锋官换了别人倒未必合适……"

邓还忠摇摇头，毫不客气地打断了他，"老大，先锋官不是敬思。"

邓万户顿时愕然，脸色由晴逐渐转为阴沉，"那是谁？"

邓还忠道："我已推荐了大太保李嗣源。"

"哧！"邓万户冷笑道，"真是可笑，人家晋王大太保居然还用你一个外人推荐吗？放着亲近的人不推荐，却推荐堂堂太保。这个脸倒做得大！"

邓还忠叹了口气道："老大，我给你解释过多少次，敬思他根本就不是当先锋官的料！"

"对，我清楚敬思是有勇无谋，但世上哪个将军不是在厮杀战场上历练出来的。他压根儿就没有机会尝试，你如何断定他就不是当先锋的料？战场，历来就是勇武者之天下，晋阳城内有几人可抵得上敬思？就连晋王太保们都不是他的对手，别说是一个先锋官，就是独当一面当个将军，怕也是绰绰有余。我就是不解，偏偏有那么些人，横扒拦竖挡，死活不让敬思脱颖而出。"邓万户扫了眼邓还忠，断然一咬牙又道，"我听人说，那天舞龙，敬思第二次龙首脱手，原是有人在龙首内动了手脚，卸开了龙首内部的铁丝套，方致龙首脱手，出现重大误，在晋王面前丢人现眼。"

邓还忠淡淡道："那个铁丝套是我所拆。"

"啊！"邓印远跟他提起此事时，邓万户原是将信将疑，之所以下定决心提出这个话题，是想做一个证实而已，没想到真是邓还忠所为，而且居然毫无惭色地当堂承认。邓万户再也忍不住，勃然大怒，"老二，你是在害敬思。你……为什么要这么做？"

邓还忠原本准备了一肚子话，想找个合适的时机坐下来好好和邓万户谈谈。邓万户的瞬间发怒，邓还忠蓦然感觉到一阵莫名的心酸。伴随着这阵莫名的心酸，他甚至对自己的某些行为产生了强烈的怀疑。别人不清楚，但在邓还忠心里，那种面临选择时的凄楚让他心如刀绞。虽则在整个事件尚未得到证实之前，可是自己的选择，本身也可能是个错误，但他仍然不由自主地坚信，错误的概率微乎其微。他之所以这样做，并非单单是保护个人的生命，而是对整个邓氏家族负责，当然包括当事之人。他闻到了那股隐隐浮游在半空的血腥味，一种超乎寻常、超脱时段和地域的血腥味，让他想起来就不寒而栗。邓还忠看着盛怒之下、眼眶内淌出血丝和怒火的邓万户，他清楚自己的目光中必定充满了期待但并非是乞求原谅的色调。

"大哥，你以后会慢慢明白。"

任何解释都将是徒劳无益的，邓还忠分明已经感觉到，不只是邓万户，就连邓印远，甚至包括安敬思（李存孝）和邓瑞芳对他都产生了某种抗拒和疏远。这种渐隐渐显的距离非但没有让邓还忠感到失望和恐惧，反而增加了他对自己所做选择的认可。

这种认可的意义直到一个月之后，在李存孝随先锋营大军从晋阳南下，渡过黄河，被黄巢大军阻在函谷关下才开始首次在李存孝的身上渐趋显现出来。

函谷关西据高原，东临绝涧，南接秦岭，北依黄河，是中国历史上建置最早的雄关要塞之一，位于今河南省灵宝市北三十里处的王垛村，距三门峡约一百五十余里，地处"两京古道"，是西去长安、东达洛阳的通衢咽喉，紧靠黄河岸边，因关在谷中，深险如函，故称函谷关。

此关自春秋战国以来一直是战马嘶鸣的古战场，与"一夫当关，万夫莫开"的剑门关都是重要关口。曾为我国古代思想家、哲学家老子著述五千言《道德经》之地。

勤王大军先锋营三千人马在先锋官李嗣源、副先锋四太保李存信、十一太保史敬思的率领下，沿汾河故道南下，一路斩关夺隘，恩威并施，黄巢乱军闻风而逃。在长达近一个月的行军中，比起想象中充满凶险的战局来，一个接一个的大小胜局在先锋大营上上下下的军官和士兵们当中日益产生了黄贼战斗力不过如此的轻敌思想。以微末偏将身份首次参加战斗的李存孝，时刻在寻找机会想一试身手。这种想法却一直没有得以实践，原因很简单，沿途各寨堡守军兵力单薄。少则三五百人，多则不过一千有余，更让人沮丧的是，几乎不存在什么战斗力，与先锋营稍一接触，便败得一塌糊涂。尤为关键的是，求战心切的四太保率本部五百军马一直行进在先锋营前十里左右，原是李嗣源派出去前站打探的哨马。谁料失去先锋官印的李存信本就憋着一肚皮无名火，自恃武艺高强，一路上逢寨夺寨，逢堡进堡，连下十六七座城池，根本无须中军人马。先锋营大队人马反而充当了收容战俘、捡拾物资的后勤部伍，在一个月之内竟然连续取得七八场胜利。首功自然落在李存信身上。

先锋营渡过黄河之后驻扎在一处小村落，李嗣源召集偏将以上人员召开了首次军事会议。会议主题原本是李嗣源准备对这一个月来的行军战事进行一番总结，对黄河以南即将面临的战局做前期研究部署。但是，会议一开场，就由总结会变成了争功会。

论功行赏，这是军事会议的一项重要内容。明眼人都知道，自晋阳南下以来，不管仗大仗小功高功低，沿途基本上都是李存信率五百军马孤军奋战，仗打得有板有眼。过黄河后，手下五百军马无一人损失不说，反成了九百余人。李存信心眼儿灵活，沿途大小战役俘虏人员，他从中选出精壮军士若干补入麾下，挑剩的人马才归属先锋大营。

"大哥，功不功赏不赏的倒在其次。"近日军中盛传的常胜将军李存信一脸得意，大大咧咧道，"四弟并不在乎这些，倒是手下的兄弟们冲锋陷阵，置生死于不顾，功劳卓著，实该好好封赏。"

李嗣源点头称赞："四弟所言甚是，这一路南下，大家有目共睹。你将手下立功人员，不管职高职低，即便是一名普通士兵，只要他在战场上立了功，断不会有一丝一毫埋没，这原是父王奖罚的规矩——尽快录一份名单给我，好上报父王，及时对有功军将进行嘉奖。"

话音刚落，李存信已从怀中掏出一张名单，递上来，"大哥，名单四弟早已录好，请大哥过目。"

坐在下首的李存孝抬眼见名单上抄得密密麻麻，自己却坐了将近一个月的冷板凳，心下不免汗颜。

李嗣源接过名单，略略审阅，"四弟，这上面立功人员共有多少？"

李存信颇为得意地说："回大哥，前后共有三百人。"

"三百！"李存孝蓦觉桌椅骤晃，大为吃惊，一抬头见史敬思满脸讥讽站起来，"大哥，我看看。总共五百人马，没打几个像模像样的仗，日他娘的，立功人员就有三百。咱们都成了吃干饭看热闹寸功未有的闲人了，闲得蛋都疼——不对呀，这老王头咱认识，原就是个行军背锅的把式，怎的他也立了功？"

李存信鄙夷地瞅了史敬思一眼，笑道："十一弟有所不知，在解村之战中，我在前门攻寨，正是这位老王头，率三四名火头军从后门将整整三四十名溃逃出来的散兵堵个正着。他们竟然挥动伙铲铁勺，就地俘虏了三十余人。虽说未有激战，可老王头他们几乎空手擒俘之英勇事件在前军中广为传颂。火头军怎么啦，一手做饭，一手照样擒贼，两不误！"

史敬思哈哈大笑，"四哥，照你这么说，我手下掏茅圊的六狗子也能立功。你们不清楚吧？六狗子常年掏茅圊，手中常年扛着把九齿铁耙呢。那家伙，比起狼牙棒毫不逊色，当头那么一喝，何用挡道封门，怕是黄巢贼寇一窝蜂地跪地呢！"

李存信气得满脸通红，正待辩解，李嗣源摆摆手止住。出征之前，李克用在分析了沿途贼寇渗透黄河以北的形势后，就断言河北黄巢大军所占之地多为小股人马，战斗力不强。正是基于此种原因，李嗣源便让李存信担任了前哨军马将官。他的目的很明确，不管是谁，只能去一员，手下这伙太保们个个都不是盏省油的灯，两下里搅在一块，只能败事。黄河以南，先锋大军已进入黄巢主力区域，硬仗尚在其后。

身为先锋官，李嗣源在得到任命之令时，李克用意味深长地告诉他，他这个先锋官是邓还忠竭力推荐。就在出征前夜，李嗣源独自走进太山,与邓还忠有过一番细谈。李嗣源必须要解决一个问题,那就是如何妥善协调军将之间的关系,这不仅是让他头疼的问题,同样亦是李克用最为恼火之事。邓还忠先征询李嗣源的意见,李嗣源提出准备论功行赏,而且大大提高行赏之幅度,这样既可以刺激将士们的斗志,亦可在协调各方关系中显示出公平公正,但是这一想法却被邓还忠彻底否定了。否定之原因有三,其一,论功行赏本为军伍之定例,并无新意;其二,此次领军主将官主要是各太保,他们压根儿就不缺银钱,他们争的是脸面,争的是名气,争的是在晋王跟前的恩宠;其三,太保们虽飞扬跋扈,但不可否认在战场上都是必死之士。关键是要调动起他们征战之气、善战之气,能引发他们同仇敌忾的意志,而不是自私自利,陷于争功之旋涡,影响整个大局。既然论功行赏不可行,那么必然还有高明之法。

邓还忠送给李嗣源六个字"敛军纪、严罚过!"

一路上李嗣源都在琢磨着这六个字的精辟之义,敛军纪尚是好懂,这严罚过究竟如何实施却颇伤脑筋。他甚至觉得有些不可思议,在三军阵伍中不例行封赏,立功将士得不到实惠,士气何来?斗志何来?李存信一席话突然给了李嗣源极大的启示,论功行赏非在太保本人,而在手下一线军士。

"四弟此议甚好,该奖的照例要奖,哪怕是俘虏了一名敌军,就是功。不过,本先锋官要提醒诸位,这一路战事不过是个假象而已。"李嗣源侃侃说道,"据我观察,黄河以北多为慑于黄贼淫威投靠贼寇的汉军,真正流寇不足十之一二,绝大多数寨堡军将原本就是抱了看形势风向作壁上观的态势。黄贼势大就做贼,一旦朝廷大军势大,就转而投向朝廷。如此一来,我大军兵锋所指,沿途纷纷归顺自不难理解。"

此言一出,史敬思扑地笑了,"我说呢,攻占长安城,打得汉家望风而逃的黄贼如此不堪一击，原是些不入流的骑墙派呢。"

李存信不禁脸上一红，李嗣源说的是实情，他自己早有感觉，沿途对阵之敌几无战力，多为稍一接触不是逃之夭夭就是举手投降。连他自己都觉得仗打得不过瘾不说，反而形同儿戏毫无意义。

"大哥，我请求收回请奖名单！"李存信气鼓鼓地瞪了史敬思一眼，"据前哨探马报知，函谷关驻军为黄贼手下号称'二诸葛'的尚让，共有一万军马，手下战将三十余名。打下函谷关，四弟再请讨赏！"

尚让？李存孝闻言不由得一愣，脑海里瞬间浮现出太山之上与邓叔禅房密谈的假僧人，莫非是他？

却听史敬思嘿嘿笑道："四哥，这一路都是你打下来的，十一弟连个试身手的机会还没找到呢，心里憋屈。这个函谷关轮也轮上我打了吧？"

眼见二人又要争夺，李嗣源毫不客气地当众斥责道："两位兄弟休要逞能争夺，还是那句话，该有的功本先锋官断少不了一人。函谷关固若金汤，根本不是一人两人之力可夺的。我军作为前锋，核心任务是为大本营人马扫清障碍。函谷关自古为兵家必争之地，乃西进长安之门户。黄贼之所以在函谷关驻扎一万大军，必然都是精兵强将。我先锋营以现有之兵力，根本不足以强攻关城。据我所知，尚让在函谷关五里之外的云仙岭驻有两千军马，不过是御敌于关城之外的思路。三军先作休整，待两日后伺机前出与云仙岭军马接触。全营三千人马共分为三部，四弟领六百人任左营，十一弟领六百人任右营，我与十三弟领一千五任中军，其余人马为总预备队。本先锋官在此要申明三条铁规！"

众人一齐挺直腰身，神情肃然。

"第一，关于三军铁纪，凡有不听号令、侵扰民众者，不论是谁，格杀勿论；第二，各部伍无论大小战役，友军陷于不利境地，不予以援手、反持观望者，定斩不饶；第三，此条最为关键。凡功勋卓著者，三军可见，自有公论。然本先锋不仅要奖功，更要罚过，瞻前顾后、裹足不前者……"

李嗣源故意停下，在座中诸人身上缓缓扫了一眼，嘴角漂现出一丝不易察觉的笑容，突然站起身来，"本先锋官准备了足数的猪尿泡！"

此言一出，举座大哗。

史敬思大张了嘴，道："大哥，你是说错了还是兄弟听错了，什么猪尿泡？"

李嗣源再次重申，"诸位没有听错。从今日起，凡先锋营号令所出，裹足不前、贻误战机者，全队辕门外挂猪尿泡两只，示众三日！"

李存信笑道："大哥这招甚是稀奇，却是闻所未闻，全营挂两只猪尿泡是甚道理？"

史敬思冷冷一笑道："四哥连这个道理都不懂吗？给你营门上挂俩猪尿泡示众三日，我倒想看看你能丢多大的人！"

李存孝至此亦是恍然大悟，一路上虽未参战，但总是耳濡目染听到军队不少传闻和规制，倒是听说过类似对贻误战机轻者杖责重则杀头等等多如牛毛的处罚方式，却从来没听说过在营门上挂猪尿泡之稀奇之事。想想未免觉得太过儿戏，可一直神色冷峻、面目威严的李嗣源又不像是开玩笑之人。

李嗣源没开玩笑，但这三条铁规仍然如同玩笑一夜间便传遍先锋大军，无人不知，无人不晓。

第二天，李存孝正在营内摆弄着妻子临行前送给他的一把短匕。据邓瑞芳说，此短匕为两百年前邓家先祖随高祖皇帝征战天下，在一次攻城战役中，先祖身先士卒，第一个攻上城楼，立下赫赫战功。此匕正是高祖战后亲授，战事结束之后，这位邓家先祖浑身是伤，回到晋阳太山脚下风峪河，短匕一直佩戴身边，并传之于后人。李存孝一直带在身上并不敢轻易示人，踏入军营，让他没想到的是竟然与四太保李存信同在先锋营。这让李存孝颇为尴尬，当日太山龙泉寺一幕时不时浮在眼前，他牢记邓还忠所嘱：慎言行，敛锋芒，露檐椽，出不得。浑然将自己当成了哑巴，少说话多做事，无事时便与安休休、薛阿檀等小聚一番。先锋营过黄河之前，安休休与薛阿檀被李嗣源选作中军营卫兵，渐渐受军营纪律所约束，见面次数自是少了许多。

营帐外隐隐传来一阵吵吵嚷嚷的声音，门口有人咳嗽，李存孝一听便知是二生的声音，"进来！"

二生踏进营帐，神情严肃地行了个军礼，"十三太保……"刚出口就被李存孝打断，一把将他夹在胳肢窝内，"二生，你也给我来这些虚折套吗？早说了，我这里你想进就进，想走就走。"二生被夹得脸红脖粗，连连讨饶，"你现下是堂堂正正的晋王十三太保李存孝，是爷……哟，夹疼我了。我哪经得起打虎英雄一肘子？"

一个月的行军，眼前二生全身披挂，腰挎短刀，甲叶子哗啦啦作响，肤色健康黝黑，颇为神气昂扬，哪里能看出是位十六七岁的娃娃兵，倒像是位久战沙场的老军伍。

"啧啧，二生，你娘要是看到你这副行头，不知多欢喜呢。一个月就变成大后生了！"

二生一脸阴郁道："太保爷，你就不能在李先锋跟前说句话，把我弄到你帐下？给后勤草料库当看门大头兵的营生我是一天也不想干了，我跟着安大哥参军可是给我爹娘立功来了，不是看草料来了！"

李存孝一拍脑门，"昨日大哥正说起给我派亲兵的事，正好，我把你讨过来就是。让你看草料，原是想着不用上阵，少点凶险。那还是邓叔私下里跟大太保李先锋提过的呢。"

二生白眼一翻，气呼呼地道："我才不用开这个后门，太保爷也不是一个月没打过仗？我只跟着你就是，有你护着，自然没什么凶险！"二生边说边不客气地揭开地上瓦罐盖，"哇呀，当了太保爷，待遇就是不一样，居然顿顿有骨头吃，可怜我们那些大头兵。连根猪毛也见不到！"边说边从瓦罐里捞起一块骨头啃将起来。

　　正说着，帐门外的吵嚷声越来越杂乱。

　　"外面出了何事？"

　　二生抹抹嘴笑道："真是好笑，居然有拦路抢劫的山贼。"李存孝大奇，有山贼到军营抢劫，岂非天下奇闻！

　　"走，瞧瞧去！"一个月来的未有战事的行军生活，李存孝早已过得极不耐烦，难得有新奇事件发生，正是年轻爱热闹的心思，岂能错过。

　　二生答应着又从瓦罐里捞出一块大骨头，被李存孝劈手夺过扔回罐里，"今日我就找大哥将你要回来，天天让你啃猪骨头，稀罕这一根，出去让别人看到好意思吗？"

　　两人出了营帐，方见前方半里之外的谷口聚满了看热闹的官兵。先锋营渡过黄河后，就驻扎在一处仅有二十余户人家、名为南地村的村边。南地村背依黄河故道，东西南三面方圆数十里丘陵连绵，距村落二里之地有一处呈葫芦状的沟壑。大军分左中右三营分别环围在鼓胀而起的葫芦腹地，西南谷口方向呈葫芦嘴状，官道从"葫芦嘴"一路蜿蜒西去，恰是通往三十里外函谷关的必经之路。李嗣源之所以将先锋营驻扎在葫芦腹地，一来此地高出平地三五丈，视野开阔。函谷关外稍有动静，尽收眼底。二来，也是最为关键之处，黄河在南地村绕了一个大弯，村后大片高塬犹如深深楔入黄河中的一道天然堤岸，且河面宽阔，水流平缓，多数地段甚至能泅渡。渡河后大小数十条船就掩藏在南岸密密的灌木丛中。函谷关作为先锋大军在河南的首取之地，如若战事顺利一鼓可下，那么函谷关不仅成为先锋营的容身之处，实际上也成为大军主力南渡后进攻长安的跳板和后勤保障基地。反之，如若兵败函谷关，这块突出的楔形之地可攻可守，进退自如，三千人马可在一夜间从容渡河北上，免遭覆灭之灾。

　　李嗣源发愁的就是函谷关战事，晋阳大本营的作战意图既简单又明显，先锋大营三千军马选择从南地村渡河南下，在函谷关以南扎下营寨，就如同在黄巢控制的河南大地插入一根楔子。虽则仅有三千军马，但完全可以将函谷关守军的注意力集中到东部战线。当然，倘若先锋营能攻下函谷关更好，函谷关以下，东西沿线上百里一马平川均是平原，几无可守之地，正好为南下主力清出大片安全区域。不过，在大本营的作战方案中，进攻函谷关并不在先锋营的战略任务中。先锋营的主要任务是牵制函谷关敌军主力，造成晋王大军将要从此地南下的假象。主力渡河实际上选的是风陵渡，虽则这一步棋极具危险性。须知风陵渡渡口处在函谷关与大潼关中间，一旦发觉晋军南下，最早可在一天之内，函谷关和大潼关一个东上一个西下，可迅速对晋军形成合围。晋军完全陷入东西两线腹背受敌的不利局面。但兵家往往出奇方可制胜，身为先锋营主将的李嗣源当然清楚，不过，他远在河北途中就突如其来有过一个大胆的设想，那就是他要用手中三千军马，尝试敲敲尚让亲自率领一万大军的这块硬骨头，啃动啃不动先不说，至少要留下让对手心惊胆战的几道利齿牙痕。

　　此亦正是将三军驻扎在"葫芦"地带的本意，他所看中的就是此地进可攻退可守，利于大军迅速展开的有利之势。

　　李嗣源决定，在函谷关下他要打这场并没有多少取胜把握的仗。胜，就是奇功一件；败了的话，大不了顶着猪尿泡到大本营请罪去！

　　大帐外，突然有人高声叫骂："晋王十几个太保，都是缩头乌龟王八羔子么?爷看着都是些中看不中用的破絮烂袜头,有种过来跟爷过两招试试!"

李嗣源闻声大惊!

第三十章　争霸之陌路豪杰

谷口平地突出的一块巨石上站着位年约二十的年轻汉子，头扎斜斜一团灰布方巾，眉棱骨下一双窄细弯月目，肤色白皙，肘下夹两条短把灰缨枪，嘴唇布满冷嘲热讽，一脸鄙夷之色。

李存孝和二生到达谷口时，巨石下已聚了二三十名看热闹的闲散官兵。二生指着那汉子对李存孝道："太保爷，就是那后生，说什么此路乃我开，此树是我栽，要什么买路财的，像是脑门子被叫驴踢了。也不看看这是什么地方！"

巨石下一伙官兵起哄，"兀那后生，你眼瞎得有一胳膊深吧，也不看看爷们都是吃什么饭的。你是想要财呢，还是想要媳妇？要财没有，老子有根鸡巴给你！"

"哈哈，日他娘的，想必是个强人后代，这嗓子吼惯了。"

"快回家找你娘吃奶去吧！"

那后生也不生气，目光毒毒地在众人脸上转了数圈，大手一挥道："爷不跟你们这些兵娃子说话，吃了上顿没下顿的油皮子，穷得就剩张嘴了。唤你们主将出来说话,乖乖交出一百两银子,这条路由你们走!"

官兵们哄然大笑。李存孝方觉此人不过是个附近村落里的无赖泼皮,想借大军路过发些小财罢了,也不以为意,正准备回帐,陡然听那后生高声叫骂开了,所骂之人竟然直指晋王诸太保!

"爷就知道你们主将不敢出来搭话,活活的缩头龟!什么晋王的十六太保还是二十大太保,不过是些浪得虚名的酒囊饭袋,全他娘是些吃荤料长大的猪。哈哈!"

这一骂,将一众官兵们激怒了。

"大胆狂徒,竟敢辱骂我家将爷,你活得不耐烦了。"

"将他绑至太保爷处问罪!"

一伙官兵们撸袖子抹胳膊就要上手拿人,身后突然传来一声断喝:

"住手!"

部队首次踏上河南之地,周边情形极为陌生,李嗣源不想惹下事端,况此人面无惧色当众辱骂诸太保,愈让李嗣源觉得此人来路可疑。周围村落零散,丘陵纵横,并无高岭密林,亦非强人出没之地。半路冒出个行迹极度可疑的陌生后生,反倒让李嗣源提高了警惕。此地距函谷关不过三十余里,关内关外都是黄巢大军掌控之地,莫非此人是敌军奸细,前来打探军情不成。

李嗣源喝阻了官兵们的鲁莽行为,站在台墀上一拱手道:"敢问这位小哥,到底有何见教?"

那后生仰脖瞥了他一眼,"看你是个管事的。小爷没钱花了,闻知晋王太保乐善好施、手脚阔绰,原想着做个酒肉朋友也好,却不料连个面都不露,竟如此慢待小爷,不将小爷放在眼里!"

李嗣源道:"这位兄弟,若有慢待之处请多多包涵。我等都是些跟着混饭吃的大头兵,浑身一无所长,不过为家里少张嘴填个肚罢了,钱财是万万没有的。不过，既是与这位兄弟有缘，见面礼总是要有的，没多有个少。来人，取五两银子给这位兄弟。"

"哈哈，五两银子，你们这些大头兵打发讨吃的呢。一百两银子，一个子也不能少，多了不要，爷嫌沉！"

先后赶来的史敬思和李存信两人，闻听此话不由得大怒。史敬思骂道："大哥，别理这个混种。慢说一百两，连一个铜板儿也没有。这荒郊野岭的，不定是黄巢的奸细，想打探军情，想激怒咱们，他前脚一抹油将咱们引进伏击圈虎狼窝呢。咱不上这个当！"

谁料那后生接口大笑，"黄巢的奸细，爷这个奸细姓黄的请得动吗？球，你们都不过是一路货色。不过，前些日子劫了黄贼所部一众粮车，好歹还给了五十两银子。你们却想用五两银子打发，这个谷口你们是休想通过半步！"

闻听此言，李嗣源反觉放心。失口也好，故意也罢，年轻后生竟然当众将黄巢称为黄贼，足证并非黄巢所部奸细。既非奸细，眼前这件事处理起来就容易得多，也简单得多。

李嗣源脸上已微微绷紧，笑容立敛："兄弟你待要怎样？"

那后生笑道："两条路由你们选。要么一百两买路银子，要么让晋王那几个怂包太保跪在小爷跟前，每人磕三个响头，且得头头听见声响。爷就放过你们！"

至此大伙都听出来了，这位年轻后生压根儿就不是为买路银子而来，完全是专门挑衅来了。

李嗣源心念一动，朗声道："敢问这位兄弟名讳？"

年轻后生摇摇头道："在爷手下过不了三招者，爷一向懒得搭理。问爷的名讳，你们这些酒饭袋子配吗？"

李存信大怒，冷笑道："年纪轻轻好大的口气，你们闪开，待你四爷爷教训教训这个不识泰山的王八蛋！"

后生仍旧笑吟吟地夹着短枪，"你是哪个，无名小卒趁早滚开。"

早有官兵骂道："瞎了你的狗眼，连堂堂四太保都不认识吗?"

李存信也不答话，距石头一丈远近陡然跃起，两三个起落之后已稳稳站在巨石之上。围观的众官兵们纷纷喝一声彩，自动让出大圈子，满怀期待，兴奋地远远围观。能在战场之外如此近距离观赏到晋王太保们的身手，绝非易事，有此机会当然不会放过。

那后生斜着眼睛上上下下打量着李存信，仿佛他的身上长着与众不同的另类关节，"报上名来，省得小爷拳头三招两式打得你口吐鲜血，说不出话，到时怕是叫天天不应唤地地不灵。"

李存信大怒，"黄毛小儿，爷行不更名坐不改姓，晋王四太保李存信你四爷爷是也！"

说罢，趟个马步，两掌上下错开，"来吧。"

年轻后生哈哈大笑道："晋王原来教导出的是如此把式，扎这个花架子吓唬三岁小孩儿吗！"话音刚落，也不知使了什么手法，一团灰影儿欺身袭来。李存信陡觉眼前身影乍晃，呼呼一团风响，下盘已是被斜刺里一腿扫过来，尚未回过神来，已是重心大幅偏向后方，整个人竟然一屁股坐在地上。

"你偷袭！"

年轻后生已是回归原位，肘下仍旧夹着短枪，满脸不屑，斥道："众人都长着眼呢，马步都扎好了，怨爷偷袭吗！"

观战的官兵们明白过来，已见李存信坐在地上，不由得大是惊愕。年轻后生腿法之快，迅如闪电。李存信神情大是狼狈，众人想笑又不敢笑。

"小贼休要逞能，看四爷爷收拾你！"

李存信一个鲤鱼打挺起来，挥拳猛然向年轻后生面门击去。晋王诸太保中，李存信武功属上游偏中，两条臂膀明显长于常人。拳术来自雁门关外一位名震关内外的汉家老将，善于长拳短打。所谓长拳短打，即充分利用手臂之长度，出拳之走向在接近对手目标之前却陡然呈曲线游走，乘敌手分神之际，往往可造成出其不意之效。而且在一拳得手之后，第二拳就迅即随之而至。这恰恰给对手一种错觉，将大部分精力转向来拳之真实走向。李存信得意之处，正在于此，让对手至少在三招之内摸不清来路。事实上，长拳短打明面上打的是拳，实际上耍的是手腕。

　　果然，拳头接近对方面门瞬间，年轻后生下意识地侧头避让。那拳路陡然横向逆转，攻击部位由面门变为左耳部。年轻后生"咦"了一声，原地趟个滑步，拳头竟擦着耳垂滑过。第二拳随即而至，却下移半尺，直朝胸部击来。年轻后生却也不再避让，扭身恢复原位之际，右肘竖向插进，由上而下从喉部至小腹处严实护定。李存信大为称奇，第二拳诡秘之处就是看似直击胸部，实是所有力道袭向小腹。那年轻后生仿佛早已窥破李存信之意图，嘴角透出隐隐笑意，肘角迅速将来拳格开，反向顺势就朝李存信左胸回击。李存信急忙侧身闪避，下盘下意识扎稳马步，积聚臂力，试图再度出拳。眼前人影一晃，那年轻后生竟顺肘部运动方向转至李存信身侧。李存信回肘相击，恰与年轻后生右肘撞在一起，顿觉整条手臂发麻，不由得暗暗心惊：此后生力道之大，与其年龄极不匹配。来不及多想，左腿回缩，翻肘朝那后生右胁处击去。两人在巨石之上已近贴身，长臂反倒无法施展，肘部却成了适时攻击利器。耳畔风声呼呼，李存信眼角余光回扫，紧盯着后生右肘所夹短枪，谁料那后生压根儿就没动枪的意图。只以左肘右腿上下击打自如，战不过两招，李存信已是感觉处于被动防守，肘肘还击却处处落空。原本长拳短打之长项转眼已被年轻后生识破，李存信心下不由得大急，出肘的速度虽越来越快，却始终无法与年轻后生正面相触，反倒被对手围得团团转。

"怂包，下去吧！"

李存信陡觉腰部一阵巨力，却是那后生耸起屁股，结结实实撞在腰上，两腿乍然不由自主离地半寸，脚面几乎踏着石头，身子瞬间如一片枯叶，轻飘飘地向石上坠去。

"啊呀！"李存信被撞得前身弓伏，下坠速度分明远远快于下身。不由两掌大展，直直向下趴去！

地上倏忽腾起大团土雾，将李存信裹在其中。早有两三位官兵急急忙忙将李存信从土雾中搀起来，却见李存信头上身上灰蒙蒙犹如地鼠，脸涨得血红，恼恨恨地推开官兵。竟然一时不知所措傻愣愣地站在当地，半晌作声不得。

年轻后生傲然立于石上，大笑道："如此手段，竟敢大言不惭地上场讨贼，不知你们羞也不羞，老子倒替晋王脸上多了两道红坨子。什么太保虎将，不过是关外大漠浪得虚名之辈，焉敢在中原启齿！"

二生悄声对李存孝道："这后生看似比我大不了几岁，如何竟有这般手段，看来中原有高人。太保爷，后生猖狂，你得给兄弟们上去出出气！"

李存孝瞪了他一眼道："只有你长着张嘴吗？"二生缩回头不言声了。他感到纳闷的是，自从当初在太山伏击贼寇之后，曾经说话做事雷厉风行、快意自如的安大哥，如今却倏然变得胆小谨慎。二生甚至一度将这种改变归为他成婚的缘故。是不是男人一旦结婚有了家室就变得胆小如鼠呢？真若如此，这个婚实在结得毫无意义。当然，二生哪里清楚，年轻后生的狂妄之态，李存孝心底早已窝起大股大股怒火，恨不得上去三拳两脚就将他收拾利落。后生的招数他已经看出套数，他不过仗着身形灵便之利，纵观与李存信的一番拳脚，可以看出此人确是受过高人指教，力道与自己比起来实有极大欠缺。与他交手，只要瞅准机会贴身相搏，不计一招一式之得失，三五招之内必可将其擒获。李存孝的手掌甚至已一度紧攥成拳，耳边陡然响起邓叔深重的劝导。劝导绝不止于邓叔，就连心爱的妻子亦不止数次提醒他，不管他是安敬思也好还是太保李存孝也罢，凡事要力戒冲动逞能强出头，给自己惹下祸端。尤其是临行前夜，邓瑞芳甚至泪流满面。世界上除了已故的母亲，李存孝分明觉得自己只剩下这个最可爱的人儿，她的落泪既让他心疼不已又酸楚难挨。当他问起落泪的原因时，那个可爱的人儿竟然说她做了个梦，梦中，她看到她的丈夫在无边的旷野中赤足狂奔，他披头散发，他嘴巴大呼，他满脸恐惧。然而她分明惊愕地看到追逐丈夫的不是黄巢的万千军马，也不是成群结队的虎豹狼豺，竟然是晋王的太保们。他们个个赤发红颜，他们个个青面獠牙，他们全副武装，胯下战马嘶鸣，手中兵刃寒光闪闪，向李存孝杀奔而来。邓瑞芳吓得尖叫一声猛然坐起，李存孝将噩梦中醒来的可爱人儿紧紧抱在怀里。她一定是忍受不了即将到来的离别才做此噩梦的，傻傻的人啊，你的丈夫与晋王的太保们是一个阵营中的将士，即将与他们携手并肩、同仇敌忾对祸乱天下的黄巢贼寇展开殊死战斗。如若有一天真的遭遇不测，也必须是来自敌手，怎么可能是太保？更何况，现下你的丈夫也是太保。

当村落里的男女老少们眼含热泪，聚集在太山脚下风峪河边目送他们即将踏上战场的子弟兵们。李存孝刚跨上战马，邓还忠挽住了马缰。

"敬思，记住邓叔所言，尘世繁杂，人心叵测，有才须敛才，勿图一时之快逞强好胜，否则引火烧身！"

李存孝突然多了个心眼，他紧挽马缰，肃然问邓还忠，"请邓叔明示，真正的祸患到底在哪里？"

邓还忠眼睛陡然一亮，赞许地点点头道："在身遭，在人心，在咫尺之遥！"

李存孝沉默良久，望着沿河道边战旗猎猎的三军队伍，又问，"邓叔，如何规避？"

邓还忠道："送你三句话，懂得退缩，懂得沉默，懂得舍弃，忍无可忍一定得忍！"

李存孝跳下马背，单腿跪地，"多谢邓叔教诲，存孝去了！"

邓还忠和邓瑞芳两人的嘱托之言犹在耳边，李存孝方才略略稳定心神。他不断告诫自己：勿要逞强，谨言慎行。

就在此刻，眼前人影一闪，史敬思已从人群中一跃而出。晋王十二个太保中，李存孝对史敬思已有耳闻，此人性格乐天达观，为人行事豪放不羁，虽则表面上稍显粗鄙，但却不乏正义正直，并无阴险奸诈之心。眼见四哥无端遭辱，史敬思哪里按捺得住，原地摘下头盔，卸下军甲，挽起袖子就跃上巨石。眼前这位来路不明的年轻后生武艺如此高超，不到三个回合就将身手在诸兄弟中占中上的李存信打落石下。李嗣源既觉脸上难堪，又不觉大是窝火。原准备嘱咐老十一几句，哪料史敬思已如旋风般驰将出去。

"奶奶的，小子好身手！"史敬思骂骂咧咧道，"且让你尝尝爷爷的铁拳吧！"

年轻后生斜着眼上下打量史敬思。史敬思已是不耐烦，"别他娘的一副鸡眼看人，老子是晋王十一太保史敬思是也。"

"晋王的十二家太保是不是全来了？索性你们全上来就是，省得费小爷许多工夫，十招之内，管保你们十二太保变成十二只狗熊！"

史敬思闻言大怒："黄牙小儿，休要狂妄。狗熊不狗熊的，一试便知。"

拳风呼啸，犹如铺天盖地狂风骤雨般向年轻后生击去。前有李存信失利之鉴，史敬思虽嘴上咋咋呼呼，出拳力道与速度却不敢有丝毫怠慢，一上手就暗暗运了七八成力道，势要将年轻后生一击倒地。史敬思在诸太保中以力大如当世项霸王著称，曾在关外力战十余战将，并将其中一员战将连人带马用肘扛翻在地。

"来得好！"

年轻后生但观来拳，便迅速得知拳风力道之猛，亦不敢轻敌。闪身急躲，躲避过程中，惊愕地发觉史敬思一拳落空后，全身并没有迅速回撤归位，而是整个身躯直直地向他拥撞而来。这种打法事实上有意识地直接向对手暴露了两大极其明显的破绽。一是整个身体毫无防备地呈现在敌手眼前，尤其是在身手敏捷的年轻后生面前，出手随时可在拳头可及的范围内击打大半个侧背；二是与身体同时暴露的还有下盘。在外人看来，史敬思的莽撞和闪失出得极是随意和明显，这分明就是露出半条身让人家打嘛。

李嗣源大是吃惊，他瞬间以为史敬思是求胜心切，浑然忘了武家大忌：凡武者，必先做好防守，确保自身万无一失，才可进攻。但是李存孝却看出来了，史敬思这一招实际上是欲想制人、必受制于人之狠招，倒多少与自己的拳法有着异曲同工之处。这并不称为拳，而是一种只有少数人才懂得的某种隐性策略。这种策略的制定和实施并非人人可行，若是一般武者，这个破绽就足以让他瞬间毙命，本身非有强劲的抗击打能力，且对自身没有足够的自信，无人敢出此步。但史敬思敢，他故意露出半个臂膀且有意大幅度地贴近年轻后生，就是要让他出拳攻击。只要年轻后生一出手，他的身体势必最为紧密地与史敬思贴近。只需让他抓住年轻后生一处，那么史敬思必倾尽全身之力将他双臂抱定，用自信无可阻挡的蛮力将对手的武功箍于一抱之内全部卸解，使之无法施展，干着急没办法。更为可怖的是，即使武艺再高一旦陷身于此，功力无法施展不说,且瞬间全部丧失,只能任人摆布。犹如街巷间流氓泼皮的无赖打法,高手绝不可与之贴身,一旦贴身,长处尽失。

年轻后生唇角微微一笑,毫不迟疑地抓住这个机会挥拳向史敬思右肋击去。这一击恰恰在史敬思的意料之内,他运气于右肋,强忍着那阵同样是意料之内的疼痛,顺势反手将年轻后生紧紧抱住。双臂瞬间用力,突然大喝一声,试图将年轻后生凌空抱起。谁料,年轻后生竟如足底生了根般纹丝不动。史敬思大骇,方觉低估了年轻后生的力量,再次用尽全身力气,竟仍未挪动年轻后生分毫!

"去!"

史敬思愣神间,唯觉那后生猛然蹲身,一股强大的力道从两膀间传上来,自己脚下反而不自觉地凌空脱离地面!心下陡然惊慌,全力下压,却无济于事。浑然重心从脚底一跃而升至脑袋,血直往上涌,胁下犹如生了双翅膀轻飘飘地直向石下飞去。

腾空的瞬间,史敬思预感到这无疑将会是他此生最出丑的一次交锋。他已完全丧失了自控能力和调节能力,孤助无援地悬浮半空,长叹一声,闭目忍受着即将到来的巨大耻辱,却无丝毫可改变之力。

"咚"的一声巨响,史敬思遭到了与李存信完全相同的惨败命运。唯一不同的是,李存信落地是脸部朝下,双掌托地。至少他在落地的过程中眼光朝下,不管是睁是闭,至少在众目睽睽之下无形中逃脱了视觉上的直接羞辱。而史敬思则不同,他着地的方式竟然端庄而颇具某种仪式感,他恍恍惚惚地记得自己被年轻后生轻轻巧巧摔出去的时候,好像在空中晃晃悠悠地翻了一个大圈,在落地之际,竟然莫名其妙地两手微微搭在曲起的膝盖上,保持着一种肃然蹲坐的姿势,一屁股坐在地上!

这个丑出得如此之大,史敬思原本红通通的脸色眨眼犹如被血液浸染。屁股剧痛,浑身酸麻无力,这一跌倒不如脸直接撞在地上痛快。他预感到要遭围观众人耻笑，但让他出乎意料的是，四周静寂无比，并无一人出声。史敬思稍觉有些颜面，就在两名官兵飞跑着想搀他起来的时候，他强忍疼痛大大方方地站起来，用力拍拍屁股上的土。正想说些自我解嘲的话，耳边突然响起一阵低低的刺耳笑声。

史敬思大怒，斜眼一瞥，笑者不是别人，却是李存信！

这个火是无论如何也发不出去了。不过，他很快发现，实际上发笑者根本不止李存信一人，只不过他是笑出了声而已。好多观战的军士强忍着笑，脸上扭曲得不成模样，却哪里敢笑出声来。

连赢两阵，那年轻后生愈发得意非凡，两臂环抱。边乜着眼角余光嘲讽地打量着众人，边将手中两只短枪漫不经心地仿佛根本没用多大力道般一根接一根地朝脚下的山岩上扎去，犹如扎在黄土之上，那枪尖竟直直地插进岩石一寸之多。这一手，端得让众军将骇然不敢出声。

"堂堂名震关外的晋王十二太保，不过如此而已，居然敢号称"大漠之虎"南下征讨黄巢大军，简直是丢人现眼。依小爷之见，莫不如赶快回到雁门关外，喝你娘的奶去！"

李存孝勃然大怒，火气从脚下而起穿越全身，直涌上头。他强力压抑着心头之火，站立原地默不作声。但是他愕然发觉周围数百双眼睛好似都朝他这边望过来。

二生悄悄地拉他衣角，"太保爷，大伙都看你呢。"

李存孝奇道："看我做什么？"

二生嘿嘿笑道："该太保爷出场了！"

怒归怒，火归火，但李存孝似乎压根儿没有上岩石与年轻后生过手的意思。

李存信一脸幸灾乐祸，朝李存孝道："大个子，太保都是怂样，等着人家拿一团屎坨子贴在脸上不说，还要让人家往里喂吗？"

镇定下来的史敬思挥舞拳头道:"老弟,上去教训教训这个目中无人的狂小子,否则咱兄弟们的面子可是丢得寻不见影踪了!"

李存孝大愣,半张着嘴试图辩解,遥见李嗣源竟也满目含笑,抚着颏下胡须朝他微微点头。他倏忽想起,邓叔曾不止一次和他提起,往后军中凡事多与大太保李嗣源及三太保李存勖等人结交商讨。

既然连邓叔都认为成熟稳重的李嗣源都在鼓励他,希望他为太保们挣回这个面子,可见这个手是应该出也必须出。何况,他还是第十三太保呢!

"上就上!"

第三十一章 太保之恩怨情仇

关于十三太保首次公开在函谷关下一展身手的那场较量当时并没有在观战者脑海中留下足够明晰的印象，因为从李存孝出场到年轻后生摔下岩石，前后也就半泡尿的工夫。大伙还没缓过神来，就看到年轻后生就愣愣怔怔地从岩石上到了岩石下，包括所站立的姿势和神情都没有多大变化。甚至一时都没弄清楚年轻后生是自己跳下去的还是被李存孝给打下去的，这个过程迅即到包括诸太保们都有点措手不及。围观的诸员大将中，仅有少数人看清了整个事情发生的过程和门道，第一拳应该是李存孝所出，李存孝出拳的速度其实并不快，如同和多年未见的老朋友打招呼一样，显得异常随意和亲热。拳头既没有直接挥向年轻后生的脑袋，也没有挥向对方的胸脯等危及生命的要害部位，而是攀向了后生的肩头。年轻后生大约觉得奇怪，几乎是出于一种本能，伸手推脱。就在推脱的过程中，李存孝轻易地抓住了对手肩膀，还不容他有所闪避，骤然将他提起扔向岩下。

"这是何种打法？"年轻后生面显疑惑之色，眼光在岩石上细细察看，浑然觉得跌落石下完全是由于岩石太过光滑，自己没有站稳之固，"我却不服！"

李存孝居然向他伸出了手，"不服，咱们再行比过。"

年轻后生避开李存孝手掌，纵身跃上岩石，将腋下短枪放在地上，腾出一只手掌，干净利落地拍拍，哪里敢怠慢。

"看拳！"

后生凝定心神，劈面就是一掌，掌缘倾斜如一把快刀，瞬间而至。李存孝闻觉风声，侧头急躲，无奈掌随风至，已是慢了半拍，右边脸颊已被掌缘疾扫而至。"啪"的一声脆响，李存孝顿觉脸上一阵火辣辣的痛。那后生心中暗喜，愈发认定刚才跌落岩下完全是由于自己的不小心所致。此人武艺原也稀松平常，不过是个傻大个而已。一拳收手另一拳已果断而出。李存孝眼睛直盯着来拳方向，迅速侧身闪避。两条大长臂猛然前伸，任由半边掌缘贴着小腹边缘划过。尽管隐隐觉得疼痛，但年轻后生的整个侧背已完全暴露。李存孝两手果断扣紧对手腰带，蓦地大喝一声：

"起！"

正为自己出拳迅猛得意的年轻后生陡觉一股大力从后腰腹处袭至，尚未回过神来，整个人已两腿悬空，头下脚上，浑身血液瞬间涌上脑袋，顿觉晕眩无助。两手胡乱抓挠。人再次飞了起来，人在半空无处着力。年轻后生再次跌落岩下，却仍保持着站立姿势。他这才意识到自己是彻彻底底地败了，败得悄无声息。

史敬思哈哈大笑："老十三，好样的，替咱兄弟们出了这口恶气，看这小子还敢不敢猖狂。"大步走到岩石边，抓起两柄短枪，"小子，×毛没长全就敢在太保爷跟前撒野，也不撒泡尿照照自己。不服吗？"

年轻后生拱手一揖道："敢问将军尊姓大名？"

李存孝跳下岩石，正要答话。史敬思已亲热地拉着他的手，"来，来，我让你见识见识。这是我的十三弟，你可看清楚了。不要以为会两手三脚猫功夫就眼睛长在了脑瓜顶上。"

年轻后生大奇："十三弟，晋王不是只有十二太保吗？"

史敬思轻蔑道："孤陋寡闻之徒，他正是十三太保李存孝！"

"啊，原来是晋阳太山打虎英雄李存孝？"

"不敢，正是在下。"

年轻后生又是一揖，"河北大名王彦章有眼无珠，适才多有得罪。"

李存信突然冷冷插话道："一句多有得罪就完了？黄毛小儿，当众辱骂晋王太保，该当何罪！"

王彦章也不尴尬，大大咧咧地扑通跪倒在李存孝膝下，咚咚咚就是三个响头，"我王彦章向来只拜英雄，自出道以来，行走中原两年有余，尚未遇过敌手。今日败在英雄手下，从此再不敢踏进中原半步，说到做到！"

李存孝见王彦章与自己年龄仿佛，且武艺高超，本就多了几分喜爱。原想将此人招至自己麾下，朝夕相处，倒不失为一件美事。至于刚才当众辱骂一事，早已忘得干净。正想安慰挽留，李存信骂道：

"大胆狂徒，败军之将尚敢去留随你，来人！"

已有数名官兵雄赳赳围上来。

"将此辱骂本太保之贼拿下！"

这一来，气氛立时陡变，李存孝欲待阻拦却不知如何说辞。一直观战的李嗣源亦看出李存孝之意，不禁大是赞许。眼下正是用人之际，队伍中平添一员虎将，岂不是大功一件。谁也没想到李存信横生枝节，将整体局势搅得顿时紧张起来。

"我看你们谁敢！"年轻后生连退数步，持短枪在手，"四太保李存信，若不是服，咱们再战十个回合。"

一伙官兵们见识过王彦章手段，倒一时只围观不敢用强。

"老四，不可莽撞！"李嗣源道，"这位兄弟，本帅不追究你辱骂之罪，可愿意随我大军与黄贼决战，以挣得功名？"

见李嗣源满脸诚恳，王彦章道："我王彦章生平最喜自由来去，受不得那些鸟功名束缚。我现下已败在十三太保爷之手，只能说明我王彦章学艺不精，自叹弗如。从今往后，欲回故地悉心练习拳脚。待武艺学成，必当与十三太保决一高下！"说罢，王彦章一抱拳，旁若无人向谷口走去。

"大哥，你就这么放他走了？"李存信愤愤道，"可知他不会就是黄贼派来的探子，杀了他岂不省心？"

李存孝道："四哥，我看这位兄弟率性耿直，并不像贼寇探子。"

"你怎么知道？"李存信当众出丑，原是肚里窝了一大股火气，"十三弟，莫要仗着一身蛮力就目中无人，兄弟们无端受辱，只顾着自己逞能当英雄。姓王的当众羞辱父王，你是聋子还是没听到，竟然放他从容离去。你心里还有点兄弟情分没有？"

史敬思听着话头有些夹枪带棒的语气，便道："四哥，你这是说的什么话？十三弟已经给咱出了气，如何这般埋怨。甭说大哥，这王彦章年纪轻轻如此身手，我看着也喜爱呢。干吗非得杀了他解气，胜负本为兵家常事，打不过人家怨自己技不如人罢了。输了就是输了嘛，有什么大不了的。"

李存孝清楚，太山一战，李存信已是记定了那次受辱之事。自从随军南下途中，在李存信面前，李存孝时时事事小心谨慎，虽不时受些冷眼奚落，他都暗自强忍。

走至谷口的王彦章忽然回头，冲他们喊道："你们顶着王师的名头，却纵容手下官兵胡作非为，扰害百姓。若是被我王彦章碰到，别怪我不客气！"

"这个王八蛋，饶你一命已是大哥开恩，忘恩负义之徒！"李存信骂道，"下次若是遇到你，休怪你四爷爷心狠手辣！"

王彦章这一嗓子，倒将李嗣源惊醒了，"莫非我部官兵有置十条军纪不顾，胆敢胡作为非扰害百姓者？"

众人你看看我我看看你。李存信道："大哥，休要听他胡说，不过是败军之将，给自己寻个台阶下罢了！"

李嗣源道："老四，你派两位得力兄弟，尾随王彦章之后，看看他到底是什么来路。一旦有信，速速报我！"

李存信嘿嘿笑道："大哥，我看此事还得让老十三去干，我可不是姓王的对手，大家伙也看见了，王彦章最服的是打虎英雄。我去办这差事，弄不好得被姓王的大卸八块。"

史敬思想不通，老四咋地对李存孝如此仇恨。虽说之前亦是对这位新来的十三弟不服气，但与王彦章一战，他是心悦诚服。"四哥，你这话说得十一弟可不愿听，都是自家兄弟，这般态度也不怕伤了兄弟们的心。你不愿去算了，我派人去就是，我也怀疑这小子是黄贼的探子呢。"

李存信冷冷道："探子不探子的，鬼才知道。四哥我本事不济，实在担不起这个责！"说罢，扬长而去。

史敬思拍拍李存孝的肩膀道："十三弟，都是自家兄弟，四哥就是一张臭嘴。原说十一哥心胸狭窄，看来比起四哥来还是差了一大截呢。"末了，俯身悄声问，"十三弟，上次四哥和十二弟估计是你出手太重，记了仇。"

李存孝冷冷地看着李存信远去的身影，恍然摇头。

回到营帐，正好薛阿檀和安休休督运粮草回来。一进门，安休休便气呼呼地将头盔摘下,抹抹满脸灰土,"都是太保爷,左营人莫非都头上号着字,精贵得很。一个个牛逼哄哄,仗着四太保的势,竟然抢粮都抢到了自家人头上。"

李存孝竭力压制住内心积聚的火气,"发生了何事,你慢慢说。"

安休休端起水杯,咕咕就是数口,抹抹嘴道:"太保爷,咱们奉命北上到界岭关督运粮草。左中右三营各二百石粮食,一百头猪,这都是李先锋会议上所定。此批粮草从晋阳南下在解州一带遭了雨,有三十五石粮米稍稍发了潮,并不影响食用,后勤督军便将发潮粮米平均分摊到各营。左营带队那厮孙应喜,听说与四太保有些瓜葛,便仗着四太保的势力,受潮的米粮一石不要,非要与中军大营的好粮米进行调换。我当时就同他理论,姓孙的竟然声称左营担当正面攻打函谷关的重任,官兵们要吃好喝好才有力气打仗。放他娘的屁,他左营是人,中军大营就不是人了吗!太保爷您是没瞧见姓孙的那嘴脸,一副小人得志的猖狂样。不就跟咱一样鸡毛大个裨将嘛,亏是督运官拉得紧,要不,我早就三拳打得他趴在地上哭爹叫娘!"

薛阿檀道:"孙应喜原是晋阳城门领的官兵,听说走了四太保的路子才得了个裨将之职。这厮也是张狂至极,他也没想想中军大营是李先锋的部伍,我亦感到纳闷,他是不知道呢还是压根儿没将大太保放在眼里?"

"粮食呢?"

"换了。"薛阿檀道,"督运官私下里说,他原就是四太保手下的军士,因在大营中射箭考核两次没过关,被四太保当众抽了十鞭,撵出野战营,到了后勤。他提醒我们,千万别惹这个混种,惹了他只怕惹火烧身。"

"李存信欺人太甚,没想到手下一个裨将居然也敢狗仗人势!"二生气呼呼地便将太保们与王彦章比武之事略略说了个大概。

薛阿檀想了想道："太保爷，依我看四太保这是记了仇，存心跟你作对，你可要防着点。听说此人脾气暴躁，手下稍有闪失就往死里整。"

李存孝挥挥手道："不要理他，有大哥呢，且看大哥是什么态度。"

当初晋王李克用公开宣布收李存孝为义子，并封为第十三太保的荣耀光环仅仅一个月之后在李存孝的身上已不复存在。二十岁出头的李存孝眉头紧锁，陷入深深的沉思之中，整个面部表情显现出与他的实际年龄毫不相符的忧郁之色。这是一年前在太山脚下店头村生活时绝没有想到的，那是何等自由自在的生活啊。李存孝眼前浮现出深秋的太山之上万木葱茏、红叶满山的壮丽景色，他和邓瑞芳穿行在密密的丛林之中。耳畔松涛轰响，泉水淙淙；或者还有这样一副美景，龙泉寺山门里两盏大红灯笼在山风中悠然晃动，通亮的烛光将摇曳的枝叶切割成满目碎影。碎影下的邓瑞芳脸色绯红，娇羞可人。他忍不住伸出手臂要将她揽入怀中，邓瑞芳突然将他推开，满脸娇嗔道："敬思，好男儿当志在四方，走出去建一番功业，岂能卿卿我我，陷入这般儿女私情？"

李存孝陡然打了个愣怔，这才意识到这些天跟着李嗣源忙于对函谷关的军事策划，已是连续两天两夜未曾合眼。浑身疲惫，眼睛肿痛，手脚各关节处又酸又胀，坐在座中竟是不知不觉眯了一觉。

身上突然多了件衣裳，薛阿檀看着他说："太保爷想是累了，先歇息吧。"

"阿檀，我想和兄弟们说会儿话。"李存孝将三人召到跟前，"在我帐中，兄弟们都不要拘束。咱都是从太山出来的，背井离乡，自然应形同兄弟。我如今倒觉得糊涂了，是不是当初决定参军就错了？在太山店头村兄弟们何等自在，如今寄人篱下不说，反倒要凭空受这些闲气鸟气。"李存孝拳头紧握，"若是往常，我岂能让兄弟们跟着我遭此欺侮，早就一拳将那厮打倒在地，替兄弟们出头！"

薛阿檀吃惊道："太保爷，你万不可有此想法。我爹当年在世时就说过，穿上这身兵皮，吃着当兵这碗饭，就不能由着性子。再说，人之处世，吃些苦楚受些节制亦是个平常事。何况你现下身份不同，生存之境亦是大变，别说是你，就是我们兄弟必得学会理智待人待事，要不，说不准出些什么祸端。"顿了顿，薛阿檀又道，"依兄弟之见，四太保之所以敢如此当众不把你放在眼里，一则是他曾在太山败在太保爷的手下，今同在军营，抬头不见低头见，在他而言，这便是辱；二则太保旦说深受晋王喜爱，同别的太保比起来，你的资历和人望要浅得多，四太保自然不把你放在眼里。依我看，非但四太保，就是别的太保，也未必不和四太保一般心思，只是没表现出来罢了；三来，虽说你是打虎英雄，但那是明面上的，身在军营，我倒觉得唯一可让太保爷挺起腰杆的，只有军功。这一点我觉得最为重要。"

"军功？"李存孝眼睛一亮，霍地站起，"对，咱现下缺的就是军功。只要立下战功，就不怕他们指手画脚，说三道四。"

薛阿檀笑道："何止不敢指手画脚说三道四，只怕他们到时都得仰着脖子看太保爷，唯你马首是瞻呢！"

李存孝眼光一闪，狡黠地一笑，"阿檀心思咋地如此缜密，分析得头头是道，倒有些像邓叔。"

薛阿檀道："太保爷，在太山阿檀最佩服的不是别人，正是邓叔。邓叔经历咱虽不大清楚，但在他身上却有着常人未有之聪慧心智，虑事周全。临走时，邓叔曾私下里跟我交代过，咱们几个都是沙陀部族出来，原就是一个船上的人。邓叔特别提醒，咱们三个还有二生凡事务要多交流通气，免得凭一时血气之勇，走错了步数。他还说军营一如日常生居，咱们都是初涉人世的年轻人，人多事杂，尤其是人心叵测，处处都是凶险。他希望咱们兄弟能时时携起手，心尽量想在一处，抱成个团，否则极易被人各个击破。"

李存孝大喜，双掌蓦地一拍，"阿檀，倒没看出来，你却有如此心智。往后，你就是我的军师，多给我出谋划策。"

薛阿檀面上一红，"太保爷言重了，我和休休这条命原就是你救下来的，错了一步，岂能再错。咱们既穿上了这身军衣，就得想方设法多多建立功业，让他们谁也不敢小觑。"

"好！"李存孝点点头，心情顿时大为舒畅，"咱们好好准备，函谷关下定要立下奇功，给他们看看！"

安休休和二生齐声叫好："跟着太保爷立功，你指哪我们就打哪！"

第二天午时，各营人马在三座互为犄角的塬顶上埋锅造饭，四下里烟雾缭绕。数骑飞马从山下的谷口方向驰进，史敬思挥鞭让几名亲兵回营，自己催马朝中军营帐而来。

史敬思并没有直接进李嗣源的营帐，而是直奔李存孝之处。

"十三弟，他奶奶的！"史敬思一进营帐就破口大骂，"昨日我派人跟踪王彦章进了山下村落，刚进村落就没了人影。一直到晚间，才发现那小子鬼鬼祟祟出来，竟一路朝函谷关方向奔去。"

李存孝大惊："果是黄贼探子，早知如此，原就该让四哥将他一刀宰了干净！唉，我咋地就没意识到，这岂不是成了放虎归山？"

史敬思摆摆手道："十三弟想岔了，这小子可不是黄贼的探马。我的人就一直尾随着他，亲眼看见他摸黑偷偷攀上城墙——你想想，若是黄贼探马，进城何须偷偷摸摸？一直到后半夜，那小子才从城里溜出来，背了好大一个包，里面竟全是他娘的金银细货。"

李存孝奇道："十一哥如何得知？"

史敬思笑道："说起来，这王彦章兄弟倒是位古道热肠之人，他将从城里偷出来的银钱都分给了山外三四个村落里的穷苦人。这都是我的人亲眼所见。可他娘的，老十三你猜猜在村子里遇了些什么东西？"

当初在太山之时，李存孝便听说史敬思曾口出狂言，要与自己一争高下，心知此人不好惹不易处，行军以来一直对史敬思抱着敬而远之的心思。后来才慢慢发觉，史敬思不过长了张不饶人的利嘴而已，性情虽为粗野，脾气倒与自己有些相像。虽则常常口无遮拦，遇有不惯不平之事便要痛责，心地却极为实诚。倒是表面看上去笑容满面的四太保李存信，却让李存孝大感惊惧。尤其是当众对他的羞辱使得李存孝心存深深忧虑：太山之仇怕是这一辈子结下了，永无松解之日。事实上，李存孝倒并不怕四太保，甚至包括与四太保相同遭遇的十二太保康君立结怨。他相信，仅凭他们两人未必动得了自己一根毫毛，他们根本不具备那种伤害自己的实力。这样一来，倒觉得在目前军营中与史敬思能平和交往反多了又一种依托。自然，与史敬思之间的心理距离缩减了许多。

"十一哥，到底遇到了什么可奇之事？"

史敬思敛了笑容，冷冷笑道："军伍中果真有一些不知羞耻的败类，竟敢打穷苦百姓的主意，真正瞎了他们的狗眼！有人在村落里居然祸害百姓，光天化日之下抢夺百姓财物。我的人马上前劝解，非但不听，反敢持刀拒捕！统共六个杂种，被我全部拿下！"

李存孝怒道："谁这么大胆，敢祸害百姓，大哥刚刚颁布军令，他们长了几个脑袋！"

史敬思叹了口气，骂道："十三弟怕是想不到，全他娘的是老四的人马！"

"啊？！"

第三十二章　行刑之是是非非

山下五里之外有三处村落，沿一条常年流淌不息的河流依次排开。河道两岸桃杏遍野。两年前，村落里人口稠密，日子过得安宁和谐。战事一起，朝廷大军日夜兼程南下堵截黄巢乱军过程中，村落里的青壮年三丁抽一补充到军伍，原本安宁的生活被打破。仅仅一年之后，黄巢所部一路北上，朝廷大军兵溃如山倒，如蝗虫般向北逃亡。村落再次遭到溃军与黄巢大军的一路掳掠，眨眼十室九空。青壮劳力或被乱军挟裹，或逃亡得不知去向，现下只剩一些老弱病残，勉强度日。三个月前，村落里老百姓一觉起来，突然发现各家的门台窗棂下多了或大或小的包裹，打开一看，里面竟然是银两首饰细软。老百姓们大吃一惊，却不知来自何处，私下里一打听，方知有人凌晨上茅圊时看到有条黑影走街串巷挨门入院各放一个小包裹。这条黑影意欲何为，来自何方，不得而知。但村落里的老百姓纷纷念叨，村落里无端遭祸，老天爷看在眼里，降下贵人暗中佑护。

先锋营驻扎当地之后，左营裨将孙应喜率人前往函谷关打探军情，路过村落，见村落百姓有人家养猪，便想购买几头。孙应喜仗着朝廷勤王大军的名义，强行征购不说，出价远低于当地行情，老百姓们自然不乐意，孙应喜恼羞成怒，二话不说指挥手下兵丁扔下钱拉上猪就走。两下里大起折腾，一户农家藏匿在屋子里的银两包裹便被孙应喜一行人发现了。这个发现让孙应喜大喜过望，这些足色的银两和价值不菲的首饰细软明显出自官宦权势人家，绝非出自民间。孙应喜连哄骗带恐吓，竟将财物掠去，老百姓眼睁睁看着孙应喜等人赶着猪背着财宝扬长而去却敢怒不敢言。

尝到甜头的孙应喜接连带人潜入村落，搅得老百姓鸡犬不宁。那天恰与史敬思手下兵丁遭遇，两下里便争执起来。史敬思闻讯，亲自率人下山将一伙普通百姓装扮、企图掩人耳目的孙应喜等人全部抓获，一番拳脚，孙应喜便招供是左营人马。

李存信所部竟然置先锋大营军纪于不顾，纵容手下祸害百姓，简直胆大包天。史敬思找李存孝就是商讨该如何处置孙应喜等人，是上报中军李嗣源呢还是低调处理，让李存信回去自行处置。两人商量了半天，最后做出决定，派人告知李存信悄悄将人领回去，进村向老百姓致歉，归还一应财物，尽量将大事化小小事化无。这样一来，既解决了事端，又遮掩了李存信的脸面。毕竟大家既是兄弟又是一个阵营，事情闹腾大了对谁都不好。

前后不过一顿饭工夫，史敬思就回来了，身后空无一人。

"四哥是何态度？"

史敬思呼呼直喘粗气，"老四我看他是吃了迷疯药，他能有什么态度，死活不承认。说什么他向来对这些违反军律之事深恶痛绝，一旦有违，决不姑息。既是手下犯纪，那是公事，他断不会因公废私，让我秉公处理。"

李存孝道："四哥公私公明，看来是孙应喜一伙贼子私下所为。"

"公私分明？"史敬思冷笑道，"老十三你这人心地纯善，四哥如此待你，你却明里暗里想帮他遮掩，他哪里想过你老十三的恩情——什么公私分明。孙应喜那厮全都招了，下山买猪原就是老四的主意！"

李存孝想了想道："那依十一哥的意思，此事该如何处理？"

史敬思道："咱不过是个战场上冲杀的莽将罢了，有什么权力处理这些破事？这原都是大哥的事，有什么不好弄的，连人带东西一并交给中军。依律惩办就是了，老四都放了话。若是藏着掖着反倒显得咱们有什么见不得人的勾当。"

李存孝搔搔头，一番苦思冥想，"可我总觉得这事没那么简单，我就不信孙应喜一个牛毛大的裨将敢冒违令之险下山，而且还带着五六个兄弟。要是报到大哥那里，依律惩办下来，那也是当众掌了四哥的脸。万一四哥日后怪怨，岂不是又无端结下怨仇？"李存信的人品性情，李存孝是越来越觉得难以相处，他睚眦必报，他锱铢必较，与他结怨无疑是招祸。

"老史我怕过谁！"史敬思骂道，"老四和老十二就是一丘之貉，他们两人臭味相投，兄弟们哪个不知道？无怨古人说呢，一家人不进两家门。一个阴险奸诈，一个小肚鸡肠能以容人，私底下做的那些龌龊事别以为神不知鬼不觉，老天爷都长着眼呢，以为别人都是瞎子。我就纳了闷，不就是个兄弟间过个招吗，谁输谁赢，那都不过是些寻常事。我老史就一直认定，我若输了，只怨自己本事不济，怎能结下仇怨，又不是有什么不共戴天杀父弑兄的仇，非得记一辈子！再说，你们当初在太山上过手压根儿都不认识啊。十三弟你也是沙陀人，你想想沙陀部族的兄弟们都是这般心态，岂不让人笑话。咱们都还是父王膝下的太保呢。说起来，十三弟你也是幸运，如若当初你一直生活在关外，和我们这伙人待在一起，怕也受了这一潭子污水的毒害。倒是进了关内，跟汉人杂居一处，学来好学不来好先不说，汉家条条框框恁多，想学些坏倒非易事。原都骂人家汉人这也不是那也不是，我倒认为，汉家人再虚伪也比沙陀人好处些。至少顾个脸面！"

李存孝回想起这些年在太山脚下的生活经历，尤其是晋阳一带民间信佛之风颇为炽热。不管城里乡郊，还是村野僻舍，男女老幼在佛家殿堂前莫不端庄肃穆，心怀虔诚，佛家讲究的首要一条就是劝人向善。正是这种劝人向善之风无形中席卷了老百姓家庭生活、为人处事等等士农工商各行各业。反观雁门关之外，民风彪悍，莫不与恶劣的生存之境息息相关。

李存孝也不想在与李存信的事上多掺和，点点头道："如此，只能上报中军，大哥该怎么处理就怎么处理。"

史敬思站起身，走出两步，又返回来道："老十三，你甭管这些破事。有十一哥顶着，老四我怕他个球！"

中军大营的一处山坳下有两排五六孔不知何年何月何人挖出来的废弃窑洞。孙应喜等人就被临时关押在废弃的窑洞内，外面四名全副武装的军士奉命看守。

看守军士正好有一位与孙应喜相识，隔着木栅条低声问："老孙，你他娘的胆子也太大了，李先锋刚刚颁布军令没几天，你就敢触这个霉头。你这不是自己扒拉开火寻灰？"

一名被关押的军士闻声探出头来，面带惊慌之色，怯怯问道："兄弟，没听说李先锋要给我们定什么罪？"

那名军士道："我哪里清楚，中军行帐还没见定罪的批复。那十条军纪上写得明明白白，违律者当斩！还有错吗？估摸着你们几个死不了也得扒层皮！"

"啊，我的娘！"被关押军士一脸沮丧，吓得险些哭出声来，"这可怎么办，我不想死啊！"

"号你娘的丧！"孙应喜抬腿照军士屁股上就是一脚，"法不责众，咱们六七个人呢，眼下正是用人之际，咱们都是堂堂的朝廷大军。总共不过三千人马，李先锋还等着用咱们冲锋陷阵。再说，有四太保罩着咱呢，爷还不怕你怕球！"

那名军士立马不哭了，凄凄哀哀道，"真死不了？"

孙应喜骂道："你看看你那个球势，摸摸你的吃饭家伙，好端端的缺了鼻子耳朵没有！"

一众人这才稍稍缓过气来，"谢谢孙将军，定要在四太保跟前美言几句。"

孙应喜得意扬扬地抚着三角须，"那是自然，跟着四太保，还愁你们立不了功发不了财！十一太保算个鸟，看他能把我们怎么样，到时怕得恭恭敬敬把爷几个放出去！"

孙应喜率人在村落里扰乱百姓、强抢劫掠一事让李嗣源勃然大怒。明眼人都清楚，大军南下初入中原，准备出兵函谷关之际，李嗣源原本正发愁找不到一件借严惩违纪立威之事。无疑，孙应喜是在往枪口上撞。

临近午后，太阳光毒辣辣地从前山的岭脊间射过来，四下里静寂无声，唯听窑洞外的草坡上虫声嘶鸣此起彼伏。孙应喜靠在窑洞的土壁上，迷迷糊糊中听到耳畔有脚步声传来。他倏然惊醒，隔栅栏朝外望去。这一望不打紧，顿时睡意皆无。舔着干裂的嘴唇将地上横七竖八的军士们挨个踢醒：

"起来，四太保给咱们送饭来了！"

众人爬将起来，果见窑洞外的小道上两人一前一后担着半人多高的食盒朝窑洞这边晃晃悠悠走过来。

"呔，你们干什么的，莫非想劫了囚犯不成？"

送饭者哧地笑骂："你个小贼头，才当了几天兵就这德性。真要有个劫囚犯的，就你们几个能挡住？我老张头有柄木勺把就能将你们送上西天！"

有人笑道："老张哥，别听他瞎咧咧，跟你磨牙逗趣呢，给咱们哥几个送饭来了？闻着倒香，准保有肉！"

老张头手里木勺把敲得嘭嘭响，"肉是有，两大盒满满的猪肉烩粉条，是给里边人吃的。"

"他们犯了事却有如此待遇，老张头你是不是送错人了。"

老张不耐烦道："开你的门去，别废话。"

木栅栏打开半扇，四个大食盒挨次递进去。守卫军士不无酸溜溜道："姓孙的，吃你们的饭！"

孙应喜认识后勤营传事做饭的老张头，便隔着栅栏问："张大哥，这些食饭可是太保爷送过来的？"

老张头坐在窑洞外的石头上拿条汗巾顺脖擦汗，"我才不管他谁让送的，放心吃你们的就是，饭菜是我一手亲自做的，没放药，药不死你们！"

孙应喜回身对几个早已饿得头昏眼花的军士们道："看爷说错没有，别看现下在这里关着，倒能吃上顿香喷喷的猪肉烩粉条——放心，四太保惦念着咱们兄弟呢。"

一伙人哧溜哧溜围着食盒吃将起来。不大会儿，孙应喜打着饱嗝抹抹嘴站起来，窑洞外空无一人，刚刚还在石头上蹲坐擦汗的老张头好似瞬间从天地间消失了一般。这连守卫的军士亦如凭空蒸发，周遭透着一股骇人的静。

正在这时，坡道口上来一队全副武装的军士，约莫有十余人，为首将官竟是中军大营十三太保李存孝。

窑洞打开，一众人被放出来，居然还有人打着饱嗝。

孙应喜小心翼翼地赔着笑脸凑到李存孝跟前，"十三爷，是不是四太保让您接我们哥几个了？"

李存孝厌恶地扫了孙应喜一眼，冷冷道："是又怎么样，不是又怎么样？"

孙应喜大愣，心里突然开始无端发虚，"我说呢，四爷哪里就忍心让咱哥几个受这些委屈，下山进村之事，前前后后可都是四爷让我们哥几个去的。你们说是不是？"

身后众人一迭声道："是，都是四爷让咱们去的，就凭我们几个，借几个胆敢去？"

事实非常明了，完全没出李存孝所料。十一哥昨晚就跟他说起李存信在左营偷偷置备下几驾车马，就藏在后山，外人根本不许靠近。有人亲眼看见，每天后半夜就有人进进出出往里搬运东西。至于是什么东西，别人自然不得而知。大太保李嗣源决定公开处决孙应喜已毫无疑问，并将监斩之权交给史敬思。史敬思当时就有点意外，原想着处置犯律之人本就是中军大营之责，斩几个犯事小兵当然无须李嗣源亲自出马，那么接下来就该轮上李存孝了。史敬思心里亦是明镜儿一样，孙应喜完全是受李存信之差遣，杀孙应喜，李存信是看在眼里疼在心上。虽则史敬思心里对李存信恨得要死，由李存孝任监斩官，让李存信这个不知天高地厚的混账与李存孝结下死仇，索性让两人再来一次决斗，最好借李存孝之手将李存信除掉才甚是合意。但是李嗣源将监斩权交给自己，事情就复杂了。他可不想公开与老四成了死对头。但是这些话只能是在心底私下里转转可以，无论如何对李存孝是说不出来的。可有时候事情往往大出人的意料，史敬思万万没想到的是，李存孝竟然提出，他想担任监斩官。史敬思原以为耳朵听错了，却见李存孝说得一本正经，并不像开玩笑。冷静下来，史敬思问及原因，李存孝只是一笑，却不置可否。既然对方不说，史敬思也不想多问，至于向李嗣源建议换个监斩官，这事实在最容易不过。好不容易将这个烫手的山芋打发掉，史敬思自然如释重负。一出帐门，塬上夜风劲吹，史敬思骤然一拍脑门，老十三主动请缨监斩老四的人，他到底意欲何为？

李存孝突然有一个极其疯狂的想法，这个想法与四太保李存信的个人形象休戚相关。他之所以做出这个决定，与其说是想借此机会作为他和四哥李存信之间裂痕的一个弥补，倒不如说是为了日后他们两人在军中也好晋王麾下也罢都能和平相处。

一众人被押解着下了土坡，翻过山梁，三军大营正中的塬地上，四面旌旗猎猎，左中右营内军士们全副武装钉子般站在塬边的空地纹丝不动。

孙应喜内心恐惧陡然加剧，遥遥见李存信面无表情站在左营大军阵前。孙应喜犹如绝望中捞起一颗救命稻草，踮起脚尖，撕开嗓子大喊：

"四……"

爷字尚未出口，李存孝一伸手捏住孙应喜的腮帮子，冷笑道："想活命吗？怕是迟了，早知今日，何必当初。自己犯下的罪行，莫非想诬陷别人吗？"手上微微用力，便听孙应喜嘴里咔咔骤响，大股血线从孙应喜嘴里涌出，喉咙里呜呜呜却无法吐出半个字。

余下军士吓得大惊失色，队中一名军士带着哭腔道："十三爷，真的是四太保让我们下的山，这一路上都是受他指使……"

"放你娘的屁，四哥一向洁身自好，清廉奉公，操劳军事，岂能纵容尔等犯科作乱！无端诽谤四爷，就凭这一句话，爷就能要了你的命！"

李存孝看了眼远处塬上齐整森严的军伍，朝身后的人马一使眼色。军士们两人一组将犯事者紧紧按倒在地，当场两人吓得魂不附体，已是大小便失禁。尚未叫喊出口，一条仅有手指粗细的单绳紧紧缚住嘴角，绳结上两颗枣核塞进嘴里，死死卡在舌尖上，出声不得。

突然塬上三声炮响，中军大寨营门豁然大敞，二十名身材伟峻、健步如飞、猩红甲衣、神情庄重的司号兵分列中军大营两边，每人手捧三尺余长形如牛角的号筒。待炮声渐熄，那号筒朝天便呜呜地响将起来。李存孝虽则随军已一月有余，但尚未亲眼见过如此军容严整的仪仗，炮声震响，号角连天，误以为已身入千军万马往来奔突的血腥战场，一时倒无法与刑场联系起来。印象中，当年在关外大漠之时，沙陀各部落间战事频繁，每次炮声响起，父母就将在外面玩耍的娃娃们召回家中，闭门不出。在无数个战战兢兢的不眠之夜中，睡梦中偶尔可听到耳畔马蹄轰响，仿佛近在咫尺，又似远在天边。虽则没有亲眼看见过父母谈及色变的战争，但是那震耳欲聋的炮声和沉闷压抑的号角声却并不陌生。从幼年到现下，在李存孝的意识中，关于战争的记忆莫不同昏暗的油灯下父母及多数人充满惊惧的脸色有关，一种死亡气息总是不由自主地浮现在眼前。可是，他又不无疑惑地想，既然世人对死亡如此恐慌，包括自己，但是却不知为何想到即将直面刀来枪往的生杀场，非但没有半点胆怯之意，反而觉得浑身热血汹涌激荡？生命，毫无疑问最为珍贵，不管是对自己还是对他人。母亲的离世，不管何时何地，李存孝想起来就心酸如堵。哪个人没有妻子儿女，哪个人没有父母兄弟，他们的死亡，最为悲伤的可能并非他们自己，而是他们的父母罢了。

李存孝看看几位罪犯，多数不过是二十出头的后生，孙应喜年龄大些也不过二十七八岁的样子，后面一位脸色惨白如纸、头上冷汗涔涔，由于过度惊惧目光略显呆滞的小个子军士看上去顶多十六七岁模样。李存孝骤然感觉到心中大颤，他们身后有一大堆望眼欲穿的父母妻子，无数人口里日夜默默念叨的亲人，也许不过一盏茶的工夫就人头落地，与背后那些守望之人阴阳相隔。一种隐隐的罪恶感涌将出来，李存孝瞬间对自己的行为产生了强烈的怀疑，他一时间竟然无法分辨出是非对错。这样想着，脚下便走得慢了许多。

薛阿檀悄声提醒道："太保爷，快到地头了。"

李存孝愕然心惊，一抬头正与站在李嗣源身边的李存信对个正着。李存信脸如冰霜，看不出任何表情，目光游离，与李存孝接触几下便赶忙投向别处。李存孝觉得，如若李存信此时站出来向李嗣源求情，他亦会不假思索地加入求情的行列。

但是，李存信居然一直保持着冷漠的表情，仿佛与他毫无关联。非但没有从他的眼睛里透出哪怕是稍稍的同情之意，反而射出若隐若现道道寒光，直逼李存孝。从罪犯入场到跪倒在塬边的高台上，李存信压根儿正眼都没看他们一眼。

罪犯一个接一个被官兵们按倒在地，跪在塬边上时，强烈的求生欲望使得孙应喜突然挣扎着跳将起来，三四名带刀将士强拉硬拽竟然险些被他挣脱。

中军大营传令官朗声道："先锋营大帅李嗣源代行军令：左营裨将孙应喜等一众七人，有令不遵，有禁不止，私自脱离军伍，横行乡村，惊扰百姓，劫掠财物，罪不容赦，依律当斩！"

凄厉的号角再次仰天猛奏，七名中军大营临时抽调出来充当行刑刽子手的官兵大步走向罪犯。

寒光闪闪，刀起头落。一刀下去，居然有一名罪犯的脑袋还半悬在成血葫芦状的脖颈处。半斜的脑袋上眼睛圆睁，嘴巴大张，形成一个巨大的深不见底的大洞，大团大团的热流从那个大洞中滚滚涌出。

李存孝陡觉腹内酸涩，如浪涛滚滚涌上，他猛然吞咽，方强力将其压制回去。

回身望时，分明看到李存信的紧绷的面皮蓦然松懈，一抹无法分辨是得意、庆幸，抑或是幸灾乐祸的笑容浮满半边脸，透着一股残忍的冷酷。

第三十三章　夺门之奇袭关城

天光渐显，一抹淡淡的朝霞穿破层层晨雾从函谷关东崇山峻岭间罩过来，整座函谷关城都蒙了一重晕晕乎乎的柔和色调。空气潮湿，视线蒙眬。函谷关雄踞两山之间，关城巍峨，垛口林立，关西山势低缓，巨石嶙峋，且寸草不生。关东与西山截然相反，山上草木茂盛，一人多高的灌木丛由山顶顺势而下，与关城紧紧连在一起。函谷关乃通往长安城的必经之地，彼时朝廷已金牌调集全国二十八镇诸侯会兵进攻函谷关，但尚未看到一处军马影子。据探马飞报，除了晋王李克用亲率主力大军五万人马已从晋阳一路南下，数日之后可达函谷关外，方圆二百里之内除了溃败的散兵游勇，并无勤王的一兵一骑。事实上，自黄巢军马攻取长安之后，逃往宝鸡山的朝廷号令已大打折扣。大多数节镇军马连朝廷在什么地方都一头雾水，惶惶然不可终日。大唐都城长安已成黄巢的囊中之物，这已是铁定事实。与长安同步失陷的还有各种难以考证的流言蜚语。有的传闻说朝廷西出长安，压根儿没走多远就隐藏在商洛山地的山野之中；有的传闻说朝廷已逃到北境的大漠深处，不知去向；更有的传闻让大唐军民听了不禁胆气丧尽，堂堂大唐皇帝与文武众臣已被黄巢贼党聚歼在长安内城，除了后宫成千上万嫔妃和如花似玉的宫女得以幸存外，一个活口都没有留下。

后一种传闻明显太过悲观，甚至完全有可能是黄巢贼党为了全面瓦解全国各地仍处于抵抗和观望状态的唐军而居心险恶的一种阴谋策略不足为信。朝廷压根儿毫发无损，权力中枢仍处在高度运作状态，有人不止一次亲眼看到代表着朝廷最高权力象征的金牌。那是确凿无疑的，金牌上字字寒光闪闪，绝非黄贼可仿之物。问题不在金牌真假本身，而在于金牌的出现太过频繁，频繁到让唐王朝的各路大军无所适从。早上金牌调令，尚命大军星夜驰赴函谷关，与黄贼决战。各路大军连忙征调粮草、集结兵力，忙活了一整天，粮草军马尚未全部到位，黄昏又一道金牌到达，驰援之地南北相差了二百余里。前有林州援军两万余众，接到朝廷调令，星夜渡过淮河一路北上杀奔石盘关。距石盘关不到一百里处，又接调令，让大军连夜奔赴在石盘关西南二百余里之外的长新堡一带布防。长新堡与石盘关一个在北，一个在西南，方向大相径庭。林州兵马未及补充，又驱兵南下。在长途南北奔袭中，正撞进了以逸待劳黄巢军马的口袋之中。疲惫不堪的两万军马沿途陷于重重围困，跑了一路打了一路，竟然连个突围方向都无法确定。连续五天急行军，两万精兵被消灭大部，到达长新堡一带时，只剩下不足两千人马。长新堡早在一个月前就陷入黄巢大军之手。狼狈不堪、走投无路之下，近两千余残兵败将放下武器，投降了长新堡黄巢军。放下武器的官兵只为寻条活路，万万没料到的是，投降当夜就遭到了长新堡守军的血腥屠杀。

前车之鉴，后事师也。有此残酷之鉴，饶是朝廷金牌调令满天飞，各节镇驻军态度莫不激昂奋勇，一旦接令即刻磨刀霍霍，使得传令将官感动不已。待将官一出城，节镇总兵就陷入迷茫，如此一来大大影响了救援速度和救援士气。大军走走停停,沿途来自四面八方真真假假的消息接踵而至,各地战事瞬息万变到让人眼花缭乱、无所适从的地步。多数军马采取了磨蹭观望之态,他们明白,不管朝廷身在何处,参加救援的第一要务是首先保存好自身实力,连自身都无法保全,救援不过是一纸空文罢了。

先锋营接到主力大军南下,不日即将到达黄河北岸的消息时,李嗣源经过认真权衡,决定采取保守决策,暂不对函谷关采取军事行动,而是等到先锋营与主力会合后由大本营再作战略决策。此举在议会之上率先遭到左营李存信和右营史敬思的强烈反对,在他们看来,黄巢近四十万大军主力均部署在长安外围,函谷关守军虽则在人数上占优势,但其主要组成不过是些临时收编的山林贼寇和唐军降兵,根本不具战斗力。否则的话,函谷关守将岂能坐视城下三千勤王人马采取守势,不敢有任何军事行动。如此态势说明了什么,自然不言而喻。更为关键的是,黄巢大本营已得知勤王大军会攻函谷关的消息,亦在紧锣密鼓地从各地调集驰援军马,从长安外围和潼关一线已星夜向函谷关进发,几乎与晋王大军主力同步。在这个节点上,进攻函谷关实际上正是千载难逢的好机遇。何况,现下先锋营三军士气正旺。任何一场决战,打的是气势,对函谷关发起进攻,至少有八成胜算。

军事会议上,力主一战者呈绝对压倒性之势,却并没有动摇李嗣源的决定。不过,为了不影响三军士气,他退而求其次选择了一条较为折中的办法:命李存孝率三十人扮作当地人潜伏到函谷关东侧的山岭间,居高临下,摸清函谷关城内守军布防情况,制作一幅详细的城防图。主力一到,立刻发起进攻。由左营李存信率五百军马在函谷关东十里外的河谷接应,一旦有变,迅速率军前移,确保李存孝等人安全。

头天晚间,李存孝率二生等三十名精壮军士扮作当地居民在向导的带领下，从后山一条只有采药者才知道的小路攀上山顶，于后半夜到达指定位置隐藏起来。

借着微弱天光，李存孝看到脚下数十丈开外，函谷关城呈东西走向，南北沿山势而建，东西长南北狭窄，关城并不大，整体呈葫芦形状。所在位置沿陡立山势在距关城十余丈高之处，山壁陡峭如斧劈刀削。李存孝不禁感叹，莫说函谷关易守难攻，固若金汤。在狭窄的关城正面，只需一千军马足可抵挡十万精兵。关城内沿两侧山体，营房密集，中间是一条宽阔的军马步道。李存孝注意到，脚下关城与山体接壤处驻扎了足有十余顶营帐，粗略估算，不下五百人马。由此看来，函谷关守军早已注意到南侧山体虽壁立陡峭，但仍不排除敌军由此乘虚而入的可能。

灌木丛中，李存孝边仔细观察城内布防情况，边将详略位置默计于心。伏在身旁的二生小声指着右手方向悄声道："太保爷，那边有人过来了。"

李存孝循声望去，右侧半里开外有座小山包，一条羊肠小径犹挂在山壁，隐约可见五六条人影从山顶上攀缘而下。看装束，像是上山采药或打柴的当地居民。

太阳渐渐浮出东山，对面山壁的人影共有六人，竟是直奔李存孝藏身之处而来。

"派个兄弟过去，让他们快快离开此地。"

不多时，一名官兵过来禀报，那六人自称都是函谷关城内乡民。黄巢大军进驻关城后，上百户人家迁居到城外十里。李存孝心里一喜，即是原函谷关居民，必对关城内部街巷熟悉。

"待我去看看便知。"

李存孝走出隐藏之地，下到乱石谷口。遥遥见六位乡民面现惊慌之色，忙加以安慰："老乡勿要害怕，我等也是上山来采些药材。"内中一位三十多岁络腮胡汉子奇道："咱们原是附近村民，却瞧着你们陌生，从来不曾见过。"李存孝笑道："我们原是外地人，遭了战乱，无奈才流落此地，生活无着，只好上山采些药材，换些日常用度。"那汉子笑道："你们倒胆大，山下战事即起，别人都是朝东逃，你们倒朝西而来，莫非等着瞧热闹。"另一人扯扯络腮胡汉子的衣袖道："咱们快快下山吧，赶着晌午被巡城人马发现，可不是闹着玩的。"六人便不再言语，顺着山坳向东侧一条小道走去。

既是山民，为何不从后方下山，反要绕道前山，难道就不怕被山下黄巢守军看到？李存孝低声遥遥招手道："老乡，你们走错了道。"那六人仿佛没有听到，眼见即将走出灌木丛林。一旦踏出，即有可能被山下守城兵丁发现。此山虽陡，却在弓箭射程之内。

李存孝忙吩咐两名兵士，"你俩把他们唤回来，从后山护送下去。"

两名兵士答应着，不敢高声喊叫，便猫着身沿灌木丛边缘朝六人追去。不多时，两名兵士与六人的身影消失在密密匝匝的丛林中，踪影全无。半晌并无动静，亦听不到一点声响。此时山风四起，满视野的灌木丛林唰啦啦作响。

"太保爷，我去看看！"

二生身形瘦小，动作却极是灵活，顺着小径眨眼跑得没了影。前后不足半盏茶工夫，遥见二生气急败坏地朝这边招手。

李存孝暗忖道：不好，出事了。低声吩咐隐藏地的官兵，"兄弟们勿要轻举妄动，小心被山下贼兵发现！"当下，一招手率两名兵士向山坳口奔去。

眼前一幕让李存孝大吃一惊，山径边的针棘林带内，先前两名兵士竟然已成两具血肉模糊的尸体，一人被割断喉咙，一人被一把长剑直接从腰后洞穿至前胸！两人藏在怀中的短刀并未出手，想是在毫无防备之下遭了暗算。

"太保爷，咱们大意了，都他娘是伙贼兵！"

李存孝大怒，痛责道："原是该想到这些，怨我粗心大意，奶奶的，爷非亲手宰了这伙子贼给兄弟们报仇！"

二生待要劝阻，李存孝已握刀在手大步朝前奔去。二生大急，喊又不敢喊，只好紧紧跟在身后。绕过一道梁，梁下正对关城城道。遥遥可见六人正站在一处高岩之上，准备降绳下山。

"一个也不要走！"

李存孝大步赶至，那六人面现惊愕之色，却见只有李存孝一人，为首的络腮胡汉子从怀中摸出一尺余长的短刀骂道，"看着就不是好人，不过是些为朝廷狗皇帝卖命的东西，拿命来吧！"

汉子持刀就向李存孝砍来，暴怒中的李存孝也不答话，躲过刀尖，顺手揪住汉子整条臂膀反向一拧，汉子痛叫一声，那手臂竟是被硬生生揪断了，软垂如烂布条。其余诸人尚未缓过神来，李存孝已是一手一个抓起顺手摔向旁边的岩石。眨眼工夫，四人已是脑浆崩裂，死于非命。余下两人见状，就地跪在岩上磕头讨饶。

两名兵士惨死之状让李存孝早已热血沸腾，不由分说欺身近前，一手一个抓起两人，头对头瞬间撞成血人。

随后赶到的二生吓得脸色惨白，愣在当地作声不得。二生哪里想到，李存孝此时心里万分悔恨，那年在太山与贼寇决斗的场景瞬间浮现在脑海之中。邓还忠不放过一个活口的做法当时觉得有些残忍，现下想来，在生死存亡之际，任何恻隐之心和妇人之仁都有可能导致本可避免的祸患。两位惨死的兵士都是太山带出来的子弟兵，连悔带气，李存孝不禁手足发颤。

"太保爷，你看！"二生突然惊喜地指着山岩后一道绑缚在松树上的粗麻绳说，"原是从这里可以坠到城道之上！"

李存孝双掌一拍，大喜道："有了！"

当夜入更时分，李存孝挑选十五名精壮官兵决定顺麻绳坠入城中，函谷关东门外是一道山谷，并无护城河道，一旦打开城门，只需先锋营两千人马乘乱入城，便可将函谷关顺势拿下。这种偷袭之策当然出其不意，但以十五人潜入五千大军的城内，其凶险不言自明。按照李存孝的计策，他率十五人直上城道，乘夜色掩护悄悄潜入城门之下，突然发起强攻杀散守城兵丁，打开城门即刻发射焰火，联络十里之外的左营人马。接到焰火，李存信全部骑兵瞬间即可驰奔城下，将东门牢牢掌控手中。只要坚守一夜，李嗣源率全部军马就能杀至，夺函谷关易如反掌。

这个大胆的冒险计划让李存孝大为兴奋，事不宜迟，说做就做。函谷关关城军兵对此一无所知，十六人坠下城道，绕过驻守大营和巡夜军丁，潜下城门时，亦是神不知鬼不觉。守兵虽知李克用大军已抵达关城之东驻守，却不过是支逢山开路遇水搭桥的先锋营。以函谷关的地理优势和守军优势，他们绝不敢轻易对关城发起攻击。双方处于一种严密的对峙状态，而且主将心里都清楚，双方都在等待各自的主力大军到达。也许三五天之后，眼前这条宁静的峡谷就将燃起战火，必将有一场大厮杀。朝廷勤王大军兵锋无疑直指长安，函谷关是必经之路。拿不下函谷关，勤王一说就是痴人说梦；反之，一旦函谷关失守，沿潼关至长安一线将无险可守，不仅为李克用所部，也同时为其他勤王军马打通了一条西进的大通道。

关城东门之下有座高于平地约三四丈高的土坡，伏在土坡之后，借昏黄幽暗的灯火，李存孝约略一数，门洞周围约有五六名兵丁驻守。从内城方向每隔顿饭工夫便有一支巡逻的长枪兵在到达城门下十余丈便顺城墙折而向北,没入黑暗中。摸掉城门下的守兵,且要想方设法不惊动巡逻军,只有半盏茶工夫。

天交二更,夜风渐起,巡逻军顺城墙刚刚没入暗影。李存孝一挥手:"走!"

李存孝等六人扮作乡农模样从坡后的小路沿城墙下的阴影处摸到城门边,接近驻军的一座茅草棚下,李存孝带头,几人大摇大摆地朝城门洞而来。

"喂,老何巡山回来了?"一名守兵笑着迎上来,"不是又他娘空跑一趟吧,连个兔毛也没有?"

李存孝走进城门下,这才看清,除两名守兵在茅草棚下值守,城门里两支巨大的火烛之下有三四名守兵正东倒西歪地怀抱刀枪睡得不省人事。

"噢。"李存孝低头含含糊糊地应承着,大步走向守兵。

两人近在咫尺,那名守兵仍未看出破绽,嘴里骂骂咧咧。喉下突然被一只宽大手掌卡紧,尚未缓过神来,已是没了声息。

身后一名兵士不言声,上去就是一刀将另一名守兵捅倒。城洞内酣睡的守兵不知不觉在梦中便做了刀下之鬼。一系列动作干净利落,出奇之顺。六人迅速将一堆死尸堆放进暗影里,换上守兵军服,悄悄打开城门粗壮的门闩。那门闩足有数百斤,兵士们大睁了两眼,见李存孝仅凭一人之力就将其缓缓卸下。

"二生,你赶快出城通知四太保带人过来,天亮之前务必赶到!"

"太保爷放心,不过十里地光景,小半个时辰就能赶到!"

当初在店头村,二生打小就跟着村里的牧羊人上山蹿梁,太山方圆数十里的沟沟岔岔均了然于胸,趟山路亦如平地,自然练就了一双好腿脚。虽说走的是峡谷，谷中却是一条笔直平坦的官道。二生一口气小跑，到达左营李存信营帐处自是不到小半个时辰。

营帐外黑乎乎的，竟然连值守兵士的影子都没有。这般松懈，也不知李存信如何治的军，若是贼人偷袭，岂不全军覆没？

二生直接奔至营门处连敲数下，方才有人大声喝道："三更半夜，外面何人？"

"中军大营十三太保兵士二生，有急事请见四太保李将军。"

寨门缓缓打开，守门兵士衣甲不整满脸睡意打着哈欠，一脸被人惊扰后的愠怒。实是无法想象，中军大营如何派了这帮酒囊饭袋担任接应。二生哭笑不得，心下惦念着李存孝等人安危，便加催促。没想到，这一催把守营兵士催急了。

"小子，你说你是中军大营的，有何凭物？现下正是两军交战之际，哪个晓得你是不是黄贼的密探！"

二生急道："你睁开狗眼看看，我到底是不是中军大营的人，是不是十三太保身边的人！"

闻声聚过四五个兵士，围拢过来，"日他娘的，深更半夜狗哭狼嚎的，还让不让人睡个安稳觉了？"

"哎哟，二生哪，十三太保的跟屁虫，确实是十三太保身边人。"话锋一转，"十三太保身边人就如此嘴脸，猖狂些什么？你就不怕扰了四太保的觉，让你吃板子！"

"大太保让你们刺探军情去了，你如何一个人私自跑了回来，莫非十三太保被贼寇抓了俘虏，你却当了逃兵不成？"

一伙人骂骂咧咧围堵在营门口，呵斥声、辱骂声四起，就是不让二生进营。

二生怒道："你们让开，耽误了战事，你们可吃罪得起？"

几位兵士倒也愣了，你看看我我看看你。趁此空隙，二生扯开嗓子高呼："四爷，四爷！"

"哪个吃了熊心豹胆，黑天瞎火号丧，有贼兵踹营吗！"

黑暗中两盏油灯晃晃悠悠过来，火光将人影拉得细长。李存信踱着步子过来，看不清脸色，唯听一声重重的哈欠。

"见过四太保。"二生趋前一步按军礼行了半跪礼，"小人是中军十三太保爷手下……"

"行了，行了。"李存信淡淡地挥挥手，忽而奇道，"老十三奉命打探军情，你咋地一个人回来了？不是临阵脱逃吧？"

二生耐着性子，长话短说，将李存孝等人偷偷坠入城中一事说个大概，末了才道，"四爷，函谷关东门现就在十三爷手中，我奉十三爷之命回来报信。请四爷赶快派兵乘夜色进驻函谷关。十三爷说天亮前我军控制东门，敌军压根儿不知我们进来多少人马，拿下函谷并非难事。"

李存信大感惊奇："你是说老十三带五六个人就将函谷关东门拿下了，还未曾伤一兵一卒？而且你居然就是函谷关打开城门出来搬救兵的？"

"是，小人以脑袋担保，绝无半句虚言。"

李存信回身问周围官兵，"你们大伙听听，中军大营十三太保本事何其了得，手下个个胆识过人，总共十余人就敢深入戒备森严的函谷关内。你们有这胆子没有？四爷我可不敢！"二生一听，大敌当前，李存信完全竟是一副调笑的做派，根本未将他的话当回事。

"回四爷，十三太保就在城里，不发兵，一待天亮被贼兵发觉，就可能有性命之虞啊！"

李存信突然哈哈大笑道："二生，你少扯你娘的淡吧，念在你是老十三手下，爷也认得你都是店头村出来的子弟兵，黑灯瞎火的没把你当探子拿了,已是开恩。你这话别说日蒙四爷,就算报到晋王大人帐中,只怕也得好好审查审查。就凭你们五六个人就拿下函谷关东门,哄鬼去吧!"

"四爷!"

李存信伸了伸懒腰,"都回营,该睡觉的睡觉,该巡夜的巡夜,都给爷睁大狗眼,好好盯着,这里距函谷关不过十里,小心奸细混进来。"想了想又道,"老十三那边的事我惦念着呢,好歹是爷的兄弟,他的安危就是爷的安危。二生你别他娘的以为四爷我不知道个轻重缓急。是真是假,爷一探便知。等天色亮了,全营即刻出动!二生折腾了一夜,必是又累又渴,把爷的好酒好茶端来让兄弟慢用!"说罢,头也不回扬长而去。

刚走出没几步,二生拉着哭腔扑通跪在地上,"四爷,十三爷当真危急,要不四爷给小人一票人马,小人连夜将十三爷他们接应出来。他们连匹马都没有,万一有变,如何是好!"

李存信脸色蓦地紧绷:"放屁,你以为爷不晓得厉害。单凭你一面之词,就将营中五百人马拉进函谷关,甭说进关,只怕半路就被打了伏击!爷即刻就派人前去打探,若如你所言,爷当然要派兵。来人,给爷前去函谷关下探路!"

营兵中迅速有人飞马驰出寨外。二生无奈,只好在营中等候消息。迷迷糊糊中听马蹄声由远及近,二生顿时跃起,跟随黑影跑到李存信帐外。

"回四爷,函谷关下黑乎乎的,城门紧闭,不像是有人。"

李存信原地不住踱步,半晌突然喝道,"奶奶的,这个二生是在谎报军情,不定是贼人奸细,给爷拿来问罪!"

帐外一阵乱沓沓的脚步声,一个兵士气急败坏地闯进来,"四爷,那小子夺马跑了!"

　　李存信愕然:"去了哪里?"

　　"朝函谷关方向去了!"

第三十四章　战将之激烈交锋

　　左营大营外的旗杆之上挂起两个硕大的猪尿泡，上到四太保李存信下到普通官兵，人人颜面无光。十三太保李存孝夜闯函谷关，四太保未及时发兵救助，李存孝苦等一夜，被守城大军发现后，只得且战且退，拼死杀出城外。幸亏二生夺马而来，李存孝单骑往来冲杀，函谷关守军原就怀疑李存孝等人为诱敌之兵，倒也不敢紧追。天亮时，李存孝返回大营，只剩下三人，且人人浑身是伤。身为接应殿后左营主将李存信贻误战机未出兵救援一事，李嗣源自然严加痛斥。好在十三太保毫发无损地安然归来，再者主力即将到达，此事本应不了了之。问题是，李存信回到左营之后，居然自己在营门外挂起了猪尿泡！

　　先锋大营主帅李嗣源确实在军事议会上定过此制，凡先锋营号令所出，裹足不前，贻误战机者，全营辕门外挂猪尿泡两只，示众三日！

　　史敬思大惑不解，主动找上门来，"四哥，你这是自个糟践自个呢。虽说大哥训斥了几句，况十三弟也毫发无损，你咋地自己跟自己过不去，挂上猪尿泡好看吗？"

　　李存信懒懒地躺在偌大的行军椅上，两名亲军一左一右缓缓扶摇，看上去甚是逍遥快活，"十一弟，四哥犯下了滔天之罪啊，险些让自己的兄弟命丧关城之内。为兄可不是跟自己过不去，我得替大哥树威长脸，对日后执行军纪大有好处。让全营人都看在眼里，少有过失，就连堂堂的四太保都挂上了猪尿泡，往后谁还敢裹足不前，等待观望！不过一个小小的函谷关罢了，原本不该驻扎此地，早就该率军一窝蜂发起进攻了，关城原就是纸扎的破窗棂罢了！老十三有本事啊，四哥我就是一坨屎！"

史敬思算看出来了，李存信这是成心要李嗣源的好看，一副撂挑子的把式。更为关键之处在于，两日之内，晋王主力即将到达，李存信此举分明是在李克用面前表屈告状，太保们都清楚，敢于当面顶撞李克用者除了李存信尚无第二人。且李克用似乎对这种顶撞非但不予怪罪，反而倒持一种颇为欣赏的态度。不过，史敬思只猜对了一半，李存信确想撂挑子，甚至做好了李克用一到就称病的准备。因为他已经打探到从同州、潼关一线驰援函谷关的大军，领头大将名为朱温。

朱温此人李存信早在出关前就已得悉其基本身世经历。据传朱温幼年丧父，长大成人后与其兄雄勇有力，而朱温尤为凶悍。黄巢起事兵进宋州，朱温遂加入起事大军，追随黄巢南征北战，屡立战功。当年攻打唐廷东都洛阳时，曾单刀力劈四员唐将，威震天下。黄巢大军占领长安后建立大齐国，朱温被封为同州防御使。

李存信之所以暗下决心不惜自毁形象撂挑子，倒并非是惧怕朱温，而是缘于他内心一种强烈的反感和厌烦，反感和厌烦的不是别人，正是李存孝和史敬思，甚至包括李嗣源。他想不明白，口口声声未将李存孝放在眼里的十一弟，为何短短数日就与李存孝走得如此之近。他原来预想李存孝的铁拳狠狠地教训一顿史敬思的情形虽未出现，史敬思居然就自动与李存孝走在了一起。李存孝他算个什么东西，不过是太山下的一个乡野匹夫罢了，居然敢以沙陀部族相称！

在史敬思眼里，逢有立功机遇，李存信从不轻易让人，首战函谷关他突然表现如此颓丧，主动后撤，这与他往日一贯的秉性格格不入，老四的心里到底在琢磨什么？他是因为李嗣源的训斥真的打了退堂鼓呢还是另有想法？老十三只率四五人居然就打开了函谷关东门，刚开始史敬思听着亦觉着匪夷所思，甚至觉得是老十三年轻气盛急于在先锋营或者即将到来的父王跟前露脸而不惜编撰一个足以让三军瞠目结舌的谎言，但是李嗣源当众训斥老四救援不力时，李存信居然没有力驳，而是选择了在营门挂猪尿泡的自我惩戒方式，看着未免可笑，但分明在整个先锋营传递了这样一个确凿无疑的信息：老十三没有扯谎，他的确杀进了戒备森严的函谷关，并且毫发无损地全身而退。此事已非让人无从想象，实在是让人毛骨悚然。这个来自太山的打虎英雄本领究竟大到何种程度，原本心有不甘的史敬思现下非但早已服气甚至隐隐产生了莫名的恐惧。李存孝的横空出世，让史敬思有种预感，从今往后能引起晋王宠幸的恐怕要换人了。

"四哥，你如此自我作践，就甘心将功劳拱手让人？"

"功劳，四哥稀罕功劳吗？"李存信似笑非笑地看着史敬思，"十一弟，父王曾经教导过咱们兄弟，懂得退守之道，福乐无穷呢。如今形势在变，再不是咱们在关外的时候了，难道十一弟你就没看出来。只怕往后的功劳，都跟咱们兄弟无缘了。"

"球！"史敬思重重地吐了个脏字，"老十三是有点本事，这我承认，毕竟有勇无谋罢了。函谷关夺门不过是时也运也，没有什么大不了的，换了你四哥照样干得有声有色。"

李存信陡然觉得颇为得意，史敬思并未像传闻中那样与李存孝形影不离，毕竟他们才是从雁门关大漠中并肩走出来的兄弟。在隐秘的情感脉络中，尽管存在着争执、怨恨、幸灾乐祸甚至恶毒诅咒，但比起这位半路杀出、情感上几近煞白的老十三来，要丰富得多。至于如史敬思所言，函谷关下的这个功不争也罢，索性就让老十三打这个阵仗最好，当然史敬思怀揣着一股热火炭儿，李存信亦不是不清楚。看来他们对朱温此人是一无所知，让他们吃吃苦头岂不是好？当然最好的结局是让这两个自恃孔武有力的愣头青在朱温跟前栽个大跟头，他甚至想象着朱温一杆大砍刀卷裹着呼呼的风声，将他们砍成四截八截！

史敬思的来访让李存信刚刚体验到的一丝感激和温热瞬间消失得一干二净，太保们当中，人人都是对手。原本想提醒史敬思对黄巢悍将朱温的想法还没到嘴边就硬生生咽了回去。

李存信突然呻吟起来，他确实得病了。

史敬思奇道："四哥，到底哪里不适？用不用请医生？"

李存信皱着眉头摆摆手："用不着。十一弟，你也看到了，四哥现下在大哥眼里已是人不人鬼不鬼了，攻打函谷关的功劳十一弟你得替四哥多出把力，万不可功劳都让老十三得了。要不，往后咱们兄弟的脸往哪搁？"顿了顿又道，"真若有那一天，怕是谁的日子也不好过了。"

史敬思含含糊糊地答应着，心里陡然升起一股莫名的忧郁，心里酸酸的。

晋王李克用率五万大军渡过黄河，与李嗣源先锋营会合之际，黄巢东上援军亦源源不断开拔到函谷关。短短十余天的时间，函谷关下双方对垒人马达到十万余众。函谷关主帅正是为黄巢立下赫赫战功的同州防御使朱温。

李存孝对朱温此人底细并不清楚，对时局的粗浅认知亦是通过各类军事会议上从别人口中得知。主力大军一到，晋王李克用在召集诸太保及各营主将官会议上，对李嗣源制定的一系列军纪，尤其是对失利者挂猪尿泡这一条表现出浓厚兴趣。挂此肮脏之物，倒并非有意羞辱，在残酷的战场之上，比起血雨腥风的生死场，实际上对这些把脑袋系在裤腰带上的厮杀汉而言压根儿算不上什么事。尽管会上李克用对十条军纪赞不绝口，可会后在大本营颁布的条例中，却独独少了这一条。与这一条同时消失的还有在左营已挂了两天的猪尿泡。

至于函谷关内主帅是朱温还是黄巢，李存孝在意的并不是这些。当日乘夜夺关，如若后续大军入城，在援军到达之前，函谷关早已拿下，何须如此大费周章。但是这个话还不能提，李存信自行担责大大出乎所有人的意料，以李存信的品性，他绝不会轻易低头认错。虽则其间原因李存孝尚不清楚，但综观全局，他李存信确实贻误了战机，致使到手的胜利白白流失。更为关键的是，由于李存信的过失，李存孝险些丧命城下。是非对错，已成过往，函谷关下战云密布，有的是立功的机会。李存孝对此充满信心，如此一想，心里宽松了许多。

三日之后，朝廷大军与李克用大军在函谷关下摆开战阵。晋王十三个太保除四太保称病未出阵外，其余太保全部出阵。毕竟这是晋王大军南下首次与黄巢乱党的大规模对阵。李克用所部人马代表的是朝廷，单从在风中猎猎作响的战旗之下就完全可以看出，三军衣甲鲜明，刀剑成林。当年李克用随父南征庞勋祸乱，所部人马全部黑衣黑甲，冲锋时全军犹如一股黑压压的乌云席卷而至，往往给对手视野和心理造成极大恐吓。此次南下勤王，李克用仍旧保持了这种沙陀本色，大军仍然全部黑衣黑甲。

两下里一对阵，黄巢阵营凡是知道沙陀部族的将士莫不失声惊呼：当年的"鸦儿军"来矣！

但是，朝廷大军阵营并未体会到自身所带来的震慑力和优越感。在朝廷大军的印象中，黄巢贼党不过都是些刚刚扔下锄头铁镰的泥腿子，身无一技之长，衣着破烂，一触即溃的乌合之众。谁料，眼前所谓的"乌合之众"却让他们大吃一惊。黄巢军伍不光衣甲统一，色彩鲜亮，军容严整，远非想象的那样杂乱散漫。军容，是衡量军伍战斗力的首要标准。如此无论从布兵列阵还是军容军纪方面丝毫不亚于朝廷大军的部伍，足见将帅之威。

尘土四起，对面阵营中飞驰出一匹快马，马上之人银盔银甲，簇新的盔缨舞成大团大团耀眼的红雾，身披一袭猩红斗篷，看样子不过三十岁年纪。

李存孝与康君立并排，便问："此人是谁？"

出征前，康君立刚刚从李存信的营帐中出来，李存孝单骑杀进函谷关东门之事让他既惊且惧。老四看来是被李存孝活活吓得一病不起的，整个人就像被霜打了一样。康君立当然不清楚，李存信原本是装病避开这一战，虽多多少少带着赌气之意，主力大军一来，尤其是得知父王亲自驾到，李存信突然激情满怀，他要在父王面前抢立头功。连他自己都没想到，自己竟然真的病倒了！

"十三弟居然连他都不知道，他可是黄巢麾下的红人，姓朱名温，听说在黄巢攻打长安，建立大齐政权时功劳首屈一指。朱温善使一把大刀，能取人性命于十步之外，号称'无人敌'！"

此时，战阵外李克用与朱温两家主帅按照惯例通报完毕已各回主阵。待双方鼓声轰隆隆响起，对方阵营已冲出一将。

李存孝并不急于出战，他要等待时机。他的目光一直盯着对面纛旗之下满脸得意之色的朱温。当初在太山时，邓叔就不止一次地跟他提过，两军对垒，擒贼必要先擒王。主将有失，对手阵营必乱，正可一鼓作气扫平残余。

沙场上两将征战一处，李存孝甚至都没看清谁先打的第一阵。唯见枪来刀往，好不热闹。从两将跃马交战的过程中，李存孝一眼就看出，所谓的这些战将，看上去花里胡哨的一招一式，多数情况下并没有给对方造成直接威胁，反类似于校武场上的表演。李存孝认定，真正的战将，就有高下优劣之分，虽不完全一招制敌，但三招之内就应立见分晓。来来往往的厮杀耗时费力，于整个战局并无多大影响。在李存孝的印象中，历朝历代上阵之战将，不管谁胜谁负，三两招就决出高下，然后战旗一挥，鼓声震天，三军全面掩杀，方是真正的大痛快。一枪见血，一刀封喉，迅如闪电，那才是真正的战场。

发生在函谷关下的那场战争直到十二年之后，当李存孝被比小孩胳膊还要粗、水浸之后的麻绳五花大绑押赴刑场之时，他仍然记忆犹新地记得发生在函谷关下战事的任何一个细节。那场战局虽然与此后所经历的大大小小达上百次的战事，无论从九死一生的惊险性还是血肉横飞的惨烈程度比起来要小得多，但是那不仅是李存孝从军之后的处女之战，亦是他自认为在高手林立、猛将如云的乱世之际真正打出个人威风展示出个人形象极其重要的一战。正是在那一场战事中，过程一如他的预料，完全是按照他心目中的战事有条不紊进行的，并无任何差池。

函谷关下狼烟四起，对于双方而言，此一战成败非但关乎一个小小函谷关的得失，且关乎整个大唐危局能否从废墟中重新站起来、新近在长安城建立起来的大齐政权能否得以巩固。换言之，函谷关之役，与两个王朝的命运息息相关。

为此，双方都派出了精兵强将，手里都捏着自信能力挽战局的王牌，不到危急时刻绝不会轻易出招。愈是如此，前期的斗争无论如何激烈对双方主帅而言不过都是个过场、是个铺垫。首战所派出的战将，事实上都不过是手下二流角色，他们似乎不约而同地为即将到来的残酷战局进行悄然预热。接下来，随着战局逐渐向白热化程度蔓延，双方不断派出战将。不到半个时辰，双方在阵前的战将已达到二十余位，两两捉对厮杀！

满天黄尘，鼓声震天，不时有人哀号惨叫。李克用大军阵中已有五位太保出战，对方亦不断增派将领加入战团。

李存孝一直定定地盯着对方主将朱温的动向。他在心里一直告诫自己，尚不到出击时刻。终于，视野中的那团巨大的红色战袍如红云般旋裹而出时，三军阵中齐声呐喊起来！

朱温的出战，将整个战局迅速提升到又一个新高度。

李克用似乎等待的亦是这个时刻，他摘下鞍前钢枪，振臂高呼："孩儿们，看我杀败朱贼！"

鼓点瞬间如雷霆万钧般激荡，呐喊瞬间如狂风骤雨般密集。三军将士清楚，此时此刻，他们不单单是为他们英勇的主帅助威，而是为整个处于风雨飘摇的大唐帝国重新振作起来而欢呼雀跃！

无疑，的确是震耳欲聋的欢呼雀跃，整个函谷关两侧的松涛如海啸般同步轰响。

突然，眼前一骑乌青赤驹绝尘而出，马上之人右臂裸露，竟然未戴战盔，头顶一块灰布方巾将满头乌发挽起高高一个发髻。背插两杆短把铁戟，眨眼呼啸而出。

李克用大吃一惊，"那是何人，如此装束，岂非要影响我军心乎！"

身后的周德威挥手一指，"晋王，那是十三太保李存孝！"

李克用愕然半晌，突地脚踏马镫高高站起，"拿鼓槌来，本王要亲自擂鼓，为我儿助威！"

眼前飞尘弥漫，耳边杀声震天。李存孝伏在马背之上，根本不在乎身边激烈的战事，冷峻的眉目之下，眼光如电，视野由远及近，由宽及窄，死死盯住那团耀如火烛的高大身影。

朱温阵营中高扬的纛旗之下有人高呼："护朱大帅！"

瞬间，从四面八方涌过五六员将领，刀枪并举迎头朝李存孝堵截而来。一位灰袍灰甲将领最先驰到，丈二长的钢枪斜刺里扎过来，枪缨抖成碗大一朵花，随着冲杀而至的凌厉气势，刺向李存孝面门。

李克用擂鼓的手不自觉停下来，三军将士一齐瞪大眼睛。

突见李存孝马鞍上竟空无一人，细细看去，方见李存孝已仰面躺在驰骋的马背之上，钢枪从上方一晃闪过。让双方军将惊愕不解的是，李存孝背上双戟并没有拔出来，而是陡然翻身而起，一把将钢枪横抓在手，用力一扯，竟是将灰袍将领揪过来，转眼间就将其生擒至马鞍之上。侧面又一位红袍军将抡圆大刀，向李存孝砍来。李存孝手无寸铁，马鞍上又多了一人，躲亦是无处再躲。

众人之心顿时悬在嗓子眼，不知李存孝如何化解这一刀。谁也没想到的是，李存孝竟然做出了一个让所有人惊异得不可思议之事。刀锋渐至，李存孝一手持缰，头也不回，仿佛脑后长眼般，一手竟然在驰骋的马背之上将生擒将官举起来，迎向刀锋！

那红甲将领毫无准备，亏是反应迅速，半空而下的刀锋迅即偏转，力道却是无论如何也收不及了，大刀背直接拍在灰袍将领身上，痛得灰袍将领哇哇怪叫。说时迟那时快，两马交错之际，李存孝腕臂微屈，灰袍将领在他手里犹如孩童股掌间的一团面人儿——眼见那团面人儿突然如离弦之箭射向红袍将领。一灰一红瞬间融合成一团，两人头颅撞在一起，双双跌落马下，竟是脑浆迸裂，死于非命。

随后二将略一愣怔，已被李存孝飞马抢上，一左一右双臂突伸，眨眼将两人夹在腋下，猛然头朝下掼之于地。那二将尚不及呼疼，脖颈就折断，手中刀枪兀自保持着冲杀之势！

迅如闪电般的一擒一扔一双贯，震惊全场。

朱温麾下鏖战将领迅速撤身回阵，团团将朱温围在中间。但见李存孝无丝毫畏惧之色，座下骏驹马不停蹄斜身抓住当面之枪杆，单手掌枪而立，那将领犹如落叶般被挑向半空，腿脚乱舞，样子甚是滑稽。李存孝突然挥拳猛击，可怜那将领无处可避，只能以血肉之躯抗击。只一拳，那将领蓦地口吐鲜血，原本狂乱挥舞的身体眨眼成了一具死尸，朝看得目瞪口呆的朱温砸过去！

"朱帅小心！"

一名将领迅即横在朱温之前，伸手试图接住疾飞而至的尸体。亲眼看见李存孝异于常人的身手，众人莫不为那位忠心护主的将领担心。于是，当死尸同那位将领一同摔落马下的情形出现时，众人并不意外。意外的是，两人坠落马下，瞬间被奔腾的乱马踏成肉泥！

"十三太保李存孝在此，挡我者死！朱温，拿命来！"

先前厮杀的疆场安静下来，双方各退半箭之地。此时，整个战场犹如专为李存孝所设，供他一人表演而已。双方近十万军将都成了看客，一齐愣在当地，无鼓声无呐喊，一片死寂！

朱温亦是身经百战，亲历血战无数，从死人堆里爬出来的战将，却从未见识过如此打法。闻知晋王李克用十二太保勇猛无常，何时又出了个十三太保！且此人臂力实在惊人，威勇如虎狼，几成无人可挡之势。情急之下，朱温已顾不得主帅颜面，勒马退入阵中，气急败坏地大喊："给本帅拿下此贼，首功者，奖万金！"

说话间，十余名猛将团团围将上来，将李存孝单马独骑围在核心。但见土雾遮天蔽日，人遁其中，莫辨其形。

李嗣源策马至李克用跟前："父王，十三弟危急，待孩儿前去解围。"

李克用手持鼓槌，抚须含笑，微微摇头："嗣源莫急，老十三的手段需艰险绝境方识其勇，且待静心观之。"

话音刚落，蓦听周围军士齐声惊呼！

但见战阵之内形势出现了极具戏剧性的变化，黄雾之中不时有人影高高跃在半空，凄厉呼号声不绝于耳。不到半顿饭工夫，李存孝竟是连扔带掷，立毙七八名将领。余下三四位战将此时无论如何不敢再靠近李存孝，只是驱马四面围堵，寻找贴近刺杀之机！

朱温手中长刀乱舞，一气狂吼："杀了此人！"

长枪步兵纵队闪出阵形，枪林密集组成战阵，向李存孝步步逼来。四面遭堵，李存孝过人臂力无法施展。无奈之下只好从背后抽出双戟，挡枪格剑，却是再无优势。

李克用蓦然双臂高举，"正在此时，兄弟们，随我杀过去，力擒朱温！老十三，老夫助你来也！"

"杀！"

李克用一马当先，诸太保紧随其后。三军陡然振奋，鼓声如雷，如洪水猛兽大浪拍岸般围将过来！

朱温万没想到，与自己一起并肩作战、生死与共的战将竟然在这个闻所未闻见所未见的晋王十三太保手里眨眼凋零殆尽。他浑然有种如梦如幻的不真实感。眼见那杀得浑身是血的李存孝面无惧色，愈战愈勇，直疑是不食人间烟火之鬼神！更让他难堪和恼火的是，遍观余下诸将，皆垂首不语，哪里敢挺身而出，已再无猛将可放手与李存孝交锋。

猛然间，对面山呼海啸，晋王李克用当前，黑压压的"鸦儿军"漫山遍野如天际滚滚而来的墨云，铺天盖地而来！

朱温喟然一声长叹："奶奶的，姓朱的何曾打过如此之仗，实在骇人。传命，退守函谷关！"

第三十五章　定策之攻防血战

一场旷日持久的围困战在函谷关下打响了。一战失利，朱温败退入城，坚守不出。函谷关守军凭借地利之势，李克用率军连攻三天三夜，伤亡惨重，一无进展。函谷关不愧为固若金汤之雄关要塞，任凭数万人马日夜争夺，兀自冷眼旁观，巍岿然不动。

攻守双方同时焦急如焚。作为主帅，孤傲自负的朱温在围城之初断然拒绝了属下派人向长安求救的建议，素有常胜将军之称的朱温没想到在函谷关之外一仗打得如此窝囊不说，反几乎将数年征战的老家底拼光。随黄巢征战以来，常常是他救助别人，而无救助于别人之说，朱温觉得向长安求救无异于自损形象。这只是其一。其二，南征北战，一路所向披靡的朱温在黄巢大军内部威名赫赫，自认为功高可盖世，便不将其他将帅放在眼里。无形中在政治上犯了一个大错，得罪了一大批人。不过，朱温不在乎。眼见当日关下一战，老家底竟被晋王克用的一个太保玩弄于股掌之间，险些损失殆尽。此时求助于他人，搬不来救兵不说，反倒让朝廷那群只知争权夺利、于军事压根儿一窍不通的怂包们耻笑。去他娘的，老子怎么说手中尚有数万兵马，更兼有函谷关天险，求人何如求己！

朱温此举，最终给自家留下祸根。

至于李克用，其心急如焚愈为严重。眼见强攻丝毫不见效果，李克用真正陷入一筹莫展之尴尬境地。原本设想，拿下函谷关，打开西去通道，至于长安城下，四周云集全国各路军马达三四十万，到时只需振臂一呼，原本根基不稳的大齐政权瞬间就可坍塌，直至灰飞烟灭。但是就目前形势，好端端的设想眼见就成了无法实现的泡影。函谷关就像一道巨大而惹人心烦的楔子，直直地插在通往长安的咽喉要道。拿不下函谷关，说什么都没用。着急上火，一夜间李克用嘴上就起了大串水泡，遂将李嗣源、李存信、史敬思和李存孝等人召进营帐商议。

一时，诸将纷纷到位，唯独不见李存信。李克用治军严厉，当年关外就曾在营帐外专门辟出一间偏帐，放置了数十把椅子。此木椅较之帅帐内座椅均低了一尺左右，实际上同交椅无异，且通体漆涂成红色。凡帅帐内召集议会，逾时者自动从偏帐取出红色交椅入帐坐于下首，借以对不服从军令者进行一种羞辱。大军入关后，沙陀大军摇身一变由"贼寇"变为朝廷勤王大军。此法取消，但诸军将早已习惯李克用的军法，凡接到会议通知者，不管手中有什么军务，纷纷放下快速前往，自是不敢迟到。

李存信的缺席，让李克用大为不快。众人看到李克用的眉头蹙成了一条线。关于先锋营李存孝孤军率人悄无声息地潜入函谷关城内，并控制函谷关东门之事李克用原也觉得不可思议。李存信接报裹足不前，将好端端的战机贻误，虽让人觉得可惜，亦只能空叹罢了。当日阵前李存孝力战朱温数员大将，往来驰奔，如入无人之境，不仅威震敌胆，就连李克用亦是看得瞠目结舌。有此勇将，何愁大业不成？不过，李克用也清楚地意识到,李存孝力杀诸将,在一些太保的脸上,并非人人呈欢欣鼓舞之色,恰恰相反,却是有股隐隐的莫名其妙的冷淡,说不清楚是羡慕妒忌还是愤恨羞愧。总之,李克用知道,太保们之间的明争暗斗在晋阳城就已经若有若无地开始了。尤其是李存孝是新晋太保,他的身手非但让敌手恐惧,更让内部阵营一些人恐惧。

帅营会议下达通知后,李嗣源亲自赶往李存信营帐。他发觉李存信满脸通红,扑面一股酒气,哪里像是个患病之人。李嗣源之所以没用兵士而是亲自传话,心里原是极为矛盾。父王通知参会的人员,全部是前期渡河的先锋大营军将。李嗣源担心李存信倚仗父王对他的宠信,无端耍性子,借口生病不参会。李克用大军到达前两天,老四突然在营门外堂而皇之地挂起猪尿泡,哪里是自我悔错,分明是给他李嗣源看、给即将到来的父王看。他不过是在向父王传达一个信息:四太保在先锋大营忍辱负重,遭受了来自各方面的压制,稍有过失,便遭此羞辱。基于这一点,无论如何父王首次召集先锋营的会议都缺不了他李存信。有什么苦楚,索性让他对着大家的面跟父王说。另一方面,李嗣源却并不希望李存信出现在议会上,以他的脾性,仗着父王的面谁能想到他会放出什么难以预料的厥词,弄得会议不可收拾。今日会议父王虽未明说,李嗣源已想到肯定是关于函谷关的军事部署,并针对先锋营前期所掌握的情况,研究制定进攻函谷关之法。在此过程中,必然要提到老十三控制函谷关东门一事。对李嗣源而言,这是件查无实据、难以考证真伪的事件,事实上李存孝浑身是血率残余数人返回大营后,连李嗣源都觉得难以置信。不过后来,他相信李存孝是的的确确进了函谷关,并夺下了东门,而且在手中控制了多半夜而对手毫无察觉。问题是,李存信那个炮筒子,挂了两天的猪尿泡,他是在示威、是在积聚某种反击的力量,不管是对他李嗣源还是针对老十三,这个会他最好还是不出现的好。

酒气扑鼻的李存信对李嗣源的到来并不觉得奇怪，他并不因自己的装病而觉得心里有愧，甚至试图拉李嗣源喝酒痛饮，被李嗣源严词拒绝。

"四弟，如此之状，你如何面见父王参加会议？"

李存信龇着牙花，满脸不屑道："大哥，哪个说老四我要参加会议了，帅营里还有我李存信的座椅吗？便是坐进去，还不是个木头摆设？多一个我少一个我有何区别？"见李嗣源一脸厌恶，李存信笑道，"大哥，休要拿这种眼光看我。咱们哥几个都是从关外厮杀出来的患难兄弟，在大哥面前四弟原没有什么好隐瞒的，我就是不服气。眼见功劳都被一个乡野匹夫夺走，函谷关下大战，大哥你难道没看出来，这不过是个开局而已。借着酒劲，我李存信今日把话撂在此地，用不了多久，在晋王大营中，恐怕只知有乡野匹夫，而不知有诸兄弟！"

李嗣源知道指的是十三太保李存孝，"老四，休得胡言。老十三和你我一样，都是父王之子，大家都是兄弟，何要分出你我！老四，你喝醉了！"

李存信仰脖又是一大口，"醉又怎样不醉又怎样？从晋阳城南下之时，我就料到了这一天。身为太保，原该披坚执锐，为父王基业冲锋陷阵，建功立业，虽万死而不辞。可现下我却觉得自己一无是处，是个毫无作为的窝囊废，枉费了父王一番苦心。"说着，李存信竟抹着泪哭将起来。

"老四，你在兄弟们当中，一直最受父王宠信，大家谁人不知。眼下战局危急，父王枕戈待旦，日夜忧虑，正是我等兄弟倾力辅佐之际，你却如此颓废模样，让父王得知岂不是自讨没趣？"

李存信哈哈大笑，"大哥，说什么有趣无趣，反正老四这张脸亦丢在地上任千人万人踩踏，早已脸不是张脸了，还怕什么！"

李嗣源不由怒火中烧，尽管考虑到李存信饮了酒，语气仍是难已掩饰，"老四，没人逼你，你那是咎由自取，自招耻辱！"李嗣源至此方明白李存信那点小聪明，在辕门之外挂起猪尿泡，原就是想引起三军注意，达到父王追问的目的，无非是想借私下接近晋王诉苦吐屈之机，以讨得父王欢心。岂料，李克用一直关注函谷关战事，似乎根本就没注意到李存信的存在。而这一切不过是源于对十三太保李存孝的忌恨所至。人之心胸，狭隘至此，当是世间罕有。在诸太保中最为成熟稳重的李嗣源也禁不住对李存信不顾大局的卑劣言行感到羞愧，甚至恶心。

李存信收敛了笑容，脸色阴沉下来，"大哥，四弟我不过也是位草莽野夫，大道大理自然不懂，谁也憋着不说，别以为我不知道大家伙心里怎么想的！谁不想建功立业，谁不想当官发财，谁不想光宗耀祖，那些满嘴里大道大理的听着好听，心思是红是白大家都清楚！无功可立，功都被别人抢得干净，比我急的人多得是！我不过心直口快，心里怎么想嘴上怎么说罢了。函谷关城下大哥你也看见了，朱温十数位骁将在老十三手里就像小孩玩陀螺，你怕不怕，四弟是怕得要死。哈哈，说不定有朝一日，我就会被人当陀螺一样玩得死无葬身之地！"

李嗣源再也听不下去了，"四弟，你喝多了，好好躺着养你的病吧！"

此时，李嗣源坐在帅帐的座椅之中，正思忖着该如何向李克用解释李存信缺席之事，李克用已问起：

"四太保的病还不见好吗？"

李嗣源忙恭恭敬敬地起来，想了想道："前些时，四弟率左营严守谷口，想是受了风寒。孩儿已请过医生诊断，料不碍事，躺卧几日便可好转！"

"关城之战，老夫见老四也出来了，脸色红润，哪里像个病夫，倒像是刚从桌宴上下来，酒足饭饱的模样！"李克用语气淡淡地说，却看不出脸上表情，"恐怕要病，也是心病。不等他们了，咱们先议议。老十三，你给父王说说那天你们几个是如何进了关城之内的！十三太保不愧为太山脚下的打虎英雄，出手不凡，打得朱温老贼成了缩头乌龟，窝在函谷关连个面都不敢露，吓破了贼人之胆！哈哈，虽说函谷关至今未下，可三军都亲眼看见，十三太保首战之表现，为父甚是以你为荣耀。倘若军中再出三五个像十三儿如此悍将，平定我大唐天下岂是难事！"

李嗣源心下大震，久经世事的父王到底老辣，他一眼就知晓李存信淤积的不过是"心病"罢了，可笑的是老四自己倒浑然不觉。李嗣源原本想替李存信遮掩几句，蓦然听到李克用的话题已转向十三太保李存孝，而且脸上的表情陡然舒爽轻快，话语中充满了自豪和爱怜，便立时选择了沉默。

函谷关下一战成名，而且被父王毫不掩饰地表为首功，李存孝自是大觉兴奋，脸放异彩。好不容易竭力压制住因激动而狂跳的心，便简略地将当日打探军情、路遇关城巡山守军以及尾随他们坠入城中一事说个大概。

李克用仅剩的一只眼蓄满了笑意，目光始终盯着李存孝，手掌不时轻抚胡须，不时微微点头，露出赞许的笑容。

李嗣源的心不由自主悬起来，年轻气盛、意气风发的李存孝明显正处于亢奋状态。李嗣源不清楚从那张嘴里会蹦出什么令他这位当时的先锋营主帅难堪的话来。他甚至都设想好了两三种应对方法，以备化解。但是让他骤然满怀感激之情的是，李存孝并没有提到李存信接应之事。反倒是李克用有意无意地提到了此事：

"存孝我儿，神勇威武，天下无敌手矣。"李克用红光满面，"假若当日四太保后援五百人马准时抵达，我儿可有把握拿下函谷关东门，最少支撑两天之久？"

李存孝原本不准备在李克用面前提及此事，与诸太保的关系他一直保持着能忍就忍能让就让的态度，尤其是同四太保李存信和十二太保康君立的关系。太山之上两人在李克用面前败于自己之手他清楚已成为他们这一辈子都可能无法消除的阴影。但是在他毫无防备的情况下，李克用蓦然提到此事，跟随自己无辜惨死在函谷关东门之下的三名兄弟瞬间浮上脑海，李存孝倏地一股怒气涌上来。

"回父王，当日手中若有五百精兵，孩儿必保能拿下函谷关东门，莫说两日，就是十天八天亦不成问题！"

李克用赞许地不住点头，对李嗣源道："嗣源，你听到没？为帅者，调度军马重在抓住机遇。尤其是战场之上，各种情况可谓瞬息万变，任何机会都有可能稍纵即逝。本王相信，以存孝之勇猛，身为先锋营主帅若是及时跟进，现下怕是函谷关已在我手。何有如今之被动局面，朱温老贼或许早已为我所擒。这就是教训，务要以此为戒。"

李嗣源赶忙趋前，"父王教训得是，怪孩儿迟钝，以至千载未有之良机白白贻误。"

李克用摇摇手道："嗣源多虑了，此事过失原不在你。你已安排四太保接应，调度有方，若论过失，错在老四。老十三联络及时，本王实在不清楚老四当时究竟如何着想，居然优柔寡断，观望不前，这绝非老四的做派。当年在关外，老四在你们兄弟当中，哪次战事不是横刀跃马，无所顾忌，冲锋在前！"

李嗣源想了想道："回父王，当日正值午夜。十三弟负责打探军情，原无潜入关城之打算，亦是临时决断。况关城内外，情况较为复杂，奸细遍布，我方对关城周围地形人事亦非熟悉。四弟之虑亦在情理之中，如若一旦身入险地，后果实在不可预料。"

李存孝对李嗣源之说并不认同，二生连夜奔赴李存信大营，如何就能误认成为奸细，分明是为李存信开脱。况李存信在营外主动挂出猪尿泡，事实上已向三军公开承认了自己的失职。不过，渐渐冷静下来的李存孝最终保持了沉默，机会也好，涉险也罢，事情已经过去，根本没有必要同李嗣源当着李克用的面再纠缠此事。

　　李克用忽地笑道："嗣源，先锋营十条军纪本王觉着甚是周全。奖功惩过，这是宗旨。对于贻误战机者光是在营帐外挂个猪尿泡，虽有惩戒羞辱之意，不过只适宜用于小惩小戒罢了。嗣源，兵者，诡也。凡历朝历代将帅治军历来莫不严苛甚至残忍，所谓慈不掌兵。嗣源身为大太保，心里装着兄弟情分，正好说明嗣源的仁爱。在诸太保们当中，这原是本王历来欣赏你之处。不过，身处战局之中，仁慈非是福，多数情形之下反而是祸患。这个道理本王不讲，你应该明白。"

　　李嗣源道："父王训诫得是，孩儿记住了。"

　　"事关利害冲突、生死存亡，这一点包括存孝你们都务要记住，这是不讲亲疏远近、恩义大小的。人性虽说初衷为善，常怀仁德之心原无差错，但毕竟尚有所限。存孝你年纪还小，嗣源比你年长，论人事周旋、处世经验你往后还得多请教于他。德治束不住人性，法治才是王道。在这一方面，咱们都应多学学汉家人。以羞辱遮掩过错，说到底还是存着一个仁，若是放在和平年月，未必不是一招狠手。但在战场，却是百害而无一利。对手如此，同一阵营亦是相同。存孝若无仁慈之心，岂能受蒙蔽于几个贼寇装扮的山民之手，枉送了几位兄弟性命？"

　　说到这里，李嗣源情知不能不有所表示，当即接了话茬道："蒙父王厚爱，嗣源亦知自己不过也是个冲杀莽汉罢了，领军独当一面尚有欠缺。"

　　李克用笑道："本王不过是同你们兄弟拉拉家常罢了。我沙陀部族想要在此乱世之中功盖天下，首要之举，就是要涌出大批可治军治政的人才。虽说这些年，前有安贼谋反，庞勋叛乱，现有黄巢贼寇更是雄心勃勃建立大齐伪政权以图取代我大唐天下自立王朝，连年征伐，弄得民不聊生。但从另一方面看，正是兵祸连绵的乱象乱世，恰恰是英雄辈出、纵横天下的绝好机遇。我沙陀部族常年栖居塞外，视野受限，实在孤陋寡闻，天下需要尔等放展手脚去创立煌煌基业。本王希望我的太保们个个身怀绝技，在此大争之世脱颖而出，人人都成长为骁勇善战、称霸一方的将帅，让天下看看沙陀人的真面目。你们都应该是翱翔在大漠高空之上的雄鹰，而绝非单单只做一个先锋营的将帅。那岂是本王太保的志向！"

一番话，李克用说得慷慨激昂，一众人听得血脉偾张，莫不跃跃欲试，浑身仿佛骤然积聚起取之不竭用之不尽的胆力和能量，恨不得现下就放马疆场，与贼敌一决高下。

"孩儿一定遵照父王教诲，为我沙陀部族争光，为大唐朝廷赴汤蹈火，万死不辞！"

"好，好，好！"李克用高兴地将众人搀起，"这才是我沙陀朱邪家族的好孩儿！"

李存孝激动得满脸通红，主动请缨道："父王，请给孩儿一千兵马，待孩儿乘夜爬上东山，再度入城，拿下东门。若有闪失，拿孩儿问罪就是！"

李克用兴奋地拍着李存孝的肩膀道："老十三有这般勇气父王自是高兴。关城之战，你已勇冠三军，想必你吓破了那朱温之胆。不过，当日机遇已过，那朱温早有准备，在东山之下早已布下天罗地网，就等着我军重蹈覆辙呢。本王岂会上当，让我儿做无谓之牺牲。现函谷关城已在我数万大军监控之下，他们跑不了，只是需要时日罢了。汉人说得好，车到山前必有路。放心，函谷关迟早是我们囊中之物。你说呢，嗣源？"

李嗣源点头称是，"父王说得是，函谷关迟早必为我大军所破。孩儿有个想法，不知当讲不当讲？"

李克用眼神陡然一亮，又迅即变得异常柔和，"嗣源有话就说，破城之策本在集思广益嘛。有什么好想法，勿要吞吐遮掩！"

"父王常讲，汉家《孙子兵法》云：不战而屈人之兵，善之善者也。"李嗣源迅速调整思路，说出了他的想法，"父王，古语有云，民非水火不生活，函谷关壁垒森严，固若金汤，且占据地势之利。如若一味强攻，只怕歼敌一千自损八百，实在得不偿失。"

李克用缓缓坐进座中，以手示意鼓励他说下去，"依你之见呢？"

李嗣源道："函谷关虽地利，但据我前期观察，城防方圆不过数里，两面夹山，利反成了弊端。莫若我军暂退，从东西两侧将城围困，从城外断绝水源，连围数日，城中军民必定恐慌。待守军军心稍一瓦解，再度强攻，函谷关必唾手可得。"

"好一个围困之策，与本王所想简直不谋而合。好，即刻传下军令，大军对关城后撤五里布下营寨，围而不攻。"顿了顿，李克用又道，"另外，在关城西门之外要预留下一个口子。"

李存孝大是不解："父王，既是围困，为何要留下口子。如此岂不让城中贼兵伺机脱逃？"

李克用哈哈大笑："留一条生路，才可置敌手于死地！"

第三十六章 围困之生死决斗

　　函谷关被晋王大军重重围困，城内守军坚守不出。函谷关作为扼守通往长安的必经之路，战略地位自是险要，朱温大军攻占关城后在西山一处山洞内囤积了大量粮草辎重。远在晋王大军南下之初，守军就狂言，函谷关城固若金汤，朝廷大军尽可放马来攻，守军只凭险而拒，足可轻轻松松抵挡一年之久。东西狭长的函谷关内有两条河流分别沿南北两山穿城而过，供应着数万大军的日常用度。李克用决定围城之初，就在城西南十里的山涧，派出千余官兵，日夜施工，开辟出一条新河道，将两条河流引离故道，从源头上将水源卡断。黄巢援军陆续抵达关城后，只在城东外围修筑了几道简单工事，与城防形成一道缓冲带。城下一战，李存孝力杀数将，朱温遂将大军全部撤入城内，以期固守。百密一疏，截断水源，这恰恰是函谷关守军万万没有料到的。

　　数万大军困在城内不出三四日就陷入了水荒。关内守军意识到迫在眉睫的危险，试图组织人马向西城突围，均被晋王大军杀退。无奈之下，朱温只好派人乘夜色掩护分批出城四处找水。

李存孝眼前骤然一亮，赶到帅营请示李克用。李克用已连续接到十余道朝廷催促进军的命令，正一筹莫展。听到李存孝的大胆建议之后，豁然醒悟，又转瞬陷于失望，摇摇头道："潜入城中，只怕凶多吉少。朱温困守关城，必然加强戒备。再者，城防进去进不去尚是个问题。若依你所说，想要趁乱夺关，没有千把人难以成功。如此众多人马想混入城中，无疑痴人说梦。"

　　李存孝道："父王，孩儿觉得这个险值得冒。今关城内军民缺水已人心惶惶，昨日夜间已有数百名百姓与守城军士吵成一团，随小股出城取水贼军潜出城外，四散而逃。孩儿准备孤身入城，伺寻夺关时机。一旦时机成熟，正可里应外合，一举将关门夺下。"

　　"孤身入城？"李克用想都没想，予以否定，"绝不可行，一个人去太危险了。困兽之斗，最是凶残不过，此事容后再度商议吧。"

　　"父王曾说，机不可失，时不再来。孩儿观城中已是军心涣散，正是绝好机遇。孩儿只带三五名兵士从西门入城，想法潜到东门，父王尽可放心，绝保万无一失。"

　　李克用陷入了沉思，半晌方道："你有把握？"

　　李存孝慨然起身，"夺不下东门，孩儿自甘领罪！"

　　"好！"李克用道，"吾儿此去，夺不夺门尚在其次，务要确保自身安全。不可轻易涉险，一旦遇险，切记要尽快想法脱身。本王在东门五里外布置下接应人马，以备不虞。"

　　当夜入更时分，李存孝与薛阿檀、安休休三人一袭村民装扮预伏在河道上游的灌木丛中。

　　"太保爷，有人出来了！"

　　借着黑沉沉的夜色，西门外城墙上连续坠下数十条黑影。为防止晋王军马混入城内，朱温严令不得擅自开城，只安排精壮兵丁从城上坠下。李克用已密令西门围城大军专门空出一条通道，另在十里外伏下五千人马。大本营料想，一待城中军心涣散，必然从西门夺关而出。大军夺关尚在其次，关键是要大量歼灭贼寇有生力量。

数十条黑影匆匆在河道下游取水，李存孝等人乘机混入队中，并抢在队伍之前攀爬至城上，竟然并未引起守军怀疑。

城内缺水严重，守军在各处正日夜灯火通明掘井自救。居然连续打了十余口深井，但对于数万军马而言，仍然不过是杯水车薪。

李存孝等人隐身于西城一座废弃的民居内，天亮前吃了些自备干粮便开始睡觉。午后，三人换了巡城守军装束，便大摇大摆地在城内四处游逛，一步一步向东城逼近。夜色降临前，三人到达东城之下，果如李克用所言，东城守军力量大大增强，沿城墙两侧排开，密密麻麻的军帐几乎将整个东城一里之外挤得水泄不通。伺机夺关，根本不可能。而且在城墙之上，密布弓箭手，只怕尚未到达关城之下，便被射成了刺猬。

一骑飞马从西城的步道上绝尘而来，在东城下一处五间倒厦门楼前停下。门庭外守兵牵过马缰，匆匆说了几句话便快速进入里间。

李存孝心念一动，吩咐薛阿檀、安休休两人在外面等候。一个人从后墙翻入大院，一探究竟。

从外观上看，此处大院共为前后三进，原是当年唐朝守军的一处守备衙门，后来不知何故，镇守函谷关的两名将领起了争端，守备衙门竟被人一把火将前院倒厦门楼烧得精光。不得已唐军衙门遂迁至西门下的一处民宅大院内临时充作衙署。原守备衙门开始翻修，黄巢大军渡江北上，战火向西北延伸，再加上朝廷忙于应战，陷入焦头烂额之中，函谷关内守备衙门翻修施工因资金短缺，一直处于修修停停的状态，前后竟然长达两年没有完工。直到黄巢大军到达函谷关外二十里外，不到两千守军望风而逃，修缮衙门之事自然不了了之。

据传，黄巢大军兵不血刃进入函谷关城，威风凛凛的起义军战士驰过城内大街，尚有部分工匠居然还坐在门檐下的吊角筐篮中一笔一画伏首认真地描画栋梁！

最终没有完工的守备衙门又成了黄巢大军的帅署。尚让进驻后，将整座庭院据为己有。朱温援军到达后，情况就起了微妙变化。函谷关地势险要，为兵家必争之地，函谷关安危自然牵动整个大齐朝廷君臣之心。关键地段自然要派关键人物去镇守去救援，方可确保函谷关万无一失。

尚让与朱温同居一座城内。起事之初，尚让就一直追随黄巢左右，是起事部队乃至建立大齐政权的元勋，深受黄巢信任；朱温则属后起之秀，攻城略地，作战勇猛，被黄巢誉为第一猛将。

朱温是属于救援大军的角色进入函谷关的，自认为功勋卓著，根本不将尚让放在眼里。

李存孝潜入帅署院落，正好碰上尚让与朱温正商讨关城退敌之策。

尚让比起当初在太山似乎略略显胖，他稳稳端坐在正中一言不发，朱温坐在下首，一名将官在当地的一座沙盘上指指点点。

"朱将军，眼下局势，看来函谷关已至为危急，数万人挤在这座弹丸之地，恐怕用不了十天，饿不死也得成了一盘散沙。朱将军，有何退敌之策啊？"

朱温抚抚发亮的脑门，苦笑道："尚大人，您才是函谷关主帅，老朱不过是个救援队的角色，圣上临行亦有关嘱，万事调度一切均以尚大人马首是瞻。"

尚让内心冷笑不已，进入函谷关城，你朱温趾高气扬、不可一世的架子如今哪里去了？不就是损失了十余员大将吗？朱温不过一个靠佣食乞活的小子，倚仗军功，个人欲望和个人野心极度膨胀，别说尚让，私下里连圣上也未必放在眼里。有人曾亲眼所见，朱温如三国时期蜀将魏延，脑后长着一块反骨。魏延之反骨虽在脑后却伏于头发之下，非有亲近之人压根儿发现不了。朱温则不同，他的反骨赫然就长在脑后下方的显眼之处。见者莫不称奇，甚至惊惧。朱温出身粗鄙，人生视野狭窄，一旦稍稍品尝到权力的滋味，就表现出强烈的贪婪之心，自认为大齐朝廷之内，功劳无人可及。事实上，朱温哪里清楚，黄巢之所以重用朱温，不过是借助他的勇猛罢了。况自去年以来，朱温势力日趋坐大，早已形成让黄巢等一班旧臣心里担忧的尾大不掉之势。自古功高震主者岂有好下场，可惜的是朱温此厮毫不知觉，无半分韬光养晦之意，反愈加狂妄。尚让清楚，遍观历朝历代，像朱温之辈者，怕是离灭亡不远矣。函谷关下一战，朱温手下多年来培植的猛将竟然被晋王李克用手下一名名不见经传的十三太保斩杀殆尽，实是天助圣上，为其除害矣。

"朱将军乃朝野皆知圣上钦点的第一勇将，有朱将军在，函谷关自然可高枕无忧。"尚让再度提及此事，连他自己都觉得不可思议。城下之战，朱温的狂妄明显收敛了许多，但要是让他臣服于膝下，尚让觉得尚有难处。说到底，朱温不过是个防御使罢了，在整个大齐政坛中，简直就是个卒子。尚让则不同，他是圣上亲封的官员，不管论资历还是论威望，朱温就是个小字辈而已。当然，能让朱温确实臣服，整个函谷关上下必能团结一致，将士们携手共渡危局，亦不是难事。问题就在于，朱温此厮内心到底是如何想的呢？尚让虽未与朱温共过事，但据传言，朱温脾气火暴，极具个人野心，不管属下还是同僚，有时甚至上级主官，惹急了竟然不管不顾，敢当面拍桌子瞪眼睛，常常弄得人下不了台。对于这种一得意就原形毕露的粗鄙之人，尚让压根儿就不准备同他过招。眼下正是用人之际，函谷关到底还得靠这些武夫来防守，尚让必须得再做进一步试探，"朱将军既肯听从统一调度，我仍然是坚持固守待援之策。独眼龙李克用的目标是长安，只要城中将士同心，坚守一月以上，必然从根本上打乱李克用的战略部署。大唐王朝眼见是完了，朝廷都逃得不知去向，四面勤王军马几乎处于群龙无首之地，多数不过是等待观望。李克用他等不及，其实何用一月，有半月之久，函谷关城仍在我手，必然就是插在他心窝里的一把尖刀，让他进退无路。如若绕过函谷关西进，我军正可联络各处从背后对其进行掩杀。腹背受背，两线作战，自古以来就是兵家大忌，李克用不可能不清楚。因为，绕过函谷关西进并不大可能，况真若走这步棋，他要多走二百多里路。路上翻山越岭，又极易陷于前后堵截之险地。李克用不是傻子。那么，他必拿下函谷关方可定西进之策。如此分析，固守才是目前唯一良策。"尚让之所以一再强调固守，实际上是对朱温数次提出突围之策的一再警示。

朱温虽未说什么，但尚让从他的脸色中一眼就看出自己的一番话是白说了，朱温压根儿一句也听不进去。非但没听进去，他的脸上甚至隐隐浮现出一抹犹如被人冷不丁扇了一耳光的怒意。围城之初，坚持组织人马突围的主意是他出的，而且在前期数次试探突围过程中，他已经注意到李克用的兵马，其主力大部集中在城西，而且他发现在西北角上居然有大片滩涂，防守军士极其单薄，只需两千军马就可杀开一条血路。朱温对战局的理解很简单，打得过就打打不过就跑，绝不打无把握无胜算之仗。留得青山，何惧无柴？只要手中有兵，有的是报仇雪恨的机会，打这种旷日持久的攻防战，朱温一没兴趣二没信心。再说，城中水路被断，仅靠十余座临时挖出来的深井，且井水污浊不堪，守军们上吐下泻，躺卧哀号不断，军心大受影响。

乘此城西北尚未完成合围之前，朱温的意见是集中五千精壮人马乘夜色突围至晋王军队前沿阵地，给李克用所部造成全军要拼死争夺城外水源的假象，将围城主力全部吸引到城西南，在城西北角宽阔的区域修建起一条秘密通道,供数万人马安全通过。但是这一建议却被尚让予以否决。李克用此人阴险奸诈,函谷关已被围成铁桶一块,为何独留城西北疏于防守,必是故意留出通道,让我等上当。李克用若全面攻城,必定付出极大代价,明摆着这是让你分兵出城于城外聚而歼之险恶目的!

不用说两人的意见已全然相悖。

"尚大人,固守只能是死路一条。因缺水和水质不净,光是西营就病卧非战斗减员达到四五成,这个城怎么守?要守,只是等死!"

尚让脸色陡然阴沉下来:"朱将军,这话不该是你说的吧?"

朱温对尚让动不动就衙门老爷的做派历来看不顺眼,毫无惧色道:"尚大人,都他娘的火烧屁股了,还啥话能说啥话不能说地抠字眼,有意思吗?只怕再过两天,李克用那十三太保带兵杀进来,咱们两个连说话的机会都没有了!尚大人你既是征求老朱的意思,我也跟你说明了,全军集结趁早突围。谁想留就让他留下,反正老朱光溜溜地来光溜溜地走,又没有放不下的金银财宝惦念着。"

尚让奇道:"朱将军,你这话是什么意思?"

朱温早就听说尚让驻守函谷关后,曾带着一大批珠宝北上,秘密与晋王李克用会面。据传两人可能私下里已有协定,尽管真假难辨。大齐政权建立定都长安,召集大军对唐廷进行全面围剿,如若唐朝彻底灭亡,尚让作为大齐元老,荣华富贵自然是稳稳当当的。反之,唐廷一旦挣脱困境,对大齐政权展开全面反攻,根基不稳的大齐政权势必有全面崩溃之险。那时,尚让为自己谋划出一条退守之路,即有可能改换门庭,投靠到晋王李克用麾下,谋个一官半职,仍不失富贵荣华。至于这个消息从何而来,连朱温也不明就里。还有一种说法,圣上兵进长安,沿途不断招兵扩伍,急需大笔钱财。闻听洛阳白马寺和晋阳太山龙泉寺地宫佛家舍利价值连城,可惜白马寺佛祖舍利早已被人所盗,太山一行又因邓还忠和安敬思的出现无功而返。尚让在阵前一见李存孝就大感惊讶,太山之上那位名叫安敬思的后生什么时候竟然成了晋王膝下的十三太保!更让他觉得可怕的是,更名为李存孝的十三太保竟然天生是位锐不可当的厮杀勇将,早知如此,当初就应该想方设法将安敬思和邓还忠两人招至麾下,有此勇猛无敌之将,岂非大齐国之福。

话不投机,相互猜忌,已是各怀了私心,自然针锋相对。

"什么意思尚大人自然比我老朱清楚,咱老朱和尚大人不同,我不过是武夫一个,哪里比得上尚大人文武双全。"朱温翻了翻白眼,当初朱温投靠黄巢,首次领兵作战,尚让就曾在黄巢跟前不止一次说过自己只能慎用不可重用之话,明摆着是怕自己有朝一日因功骤升,跃至尚让的头上。朱温看着尚让索性挑明了话题:"只怕有些人怀着不可告人之目的,这函谷关城内地势险要,藏得了兵马,更藏得了钱财。哼,老朱我平生最恨那些表面上道貌岸然、吃里爬外的两面派!"

尚让压了压火气,他不想同朱温狡辩,那样毫无意义,"来人!"

阶下一名军将进来,"尚大人,何事?"

尚让面无表情道:"传我的令,从现下起全城戒严,任何人没有帅署之令不得出城门半步!"

"遵尚大人令!"军将领命而去。

朱温不乐意了,称呼也变得不客气了:"老尚,有些人自己等死还要拉上个垫背的?我的人不出城,没水喝只怕渴也渴死了。"

尚让冷笑道:"城里挖了那么多井,渴不死别人自然渴不死你老朱。"

朱温道:"只可惜水里多了铜臭气,没味道!"

"你!"

朱温起身一拱手道:"老尚,你走你的路我过我的桥。圣上让我老朱是救援来了不是守城来了，今你老尚安然无恙，老朱的使命已是完成。"说罢，将尚让撂在当地，大步而出。

藏在房脊上的李存孝跳下尾随朱温出了帅署，阶下等待多时的军将呼啦啦围过来，"朱帅，是走还是留？"

朱温回身重重"呸"了一大口，恶狠狠道："去留由我，腿长在爷身上，爷倒要看看他姓尚的有多长的寿数！"

回到营房，兵士递过一杯热水，朱温端在手里端详半天，"井水还是城外的水？"

"回朱帅，城外之水。"

朱温撩起袖子，几大口将水饮尽，"将老谢唤来，你们都下去，本帅和老谢有话要说。"

朱温所提老谢，名唤谢瞳。当年朱温兄弟落难之时，曾受谢瞳资助。朱温参加黄巢大军之后，随将谢瞳招致麾下。谢瞳自幼熟读诗书，颇受朱温敬重，军中一应大小事均习惯与谢瞳商讨，贴身军将都清楚，谢瞳虽无官职，实已是朱温的小诸葛。

不多时，庭下一位三十余岁的汉子进来。

"朱帅，与尚大人谈崩了？"

朱温愤愤骂道："姓尚的老匹夫，仗着同圣上的关系，无尺寸之功，却如此目中无人。函谷关此地透着股邪气，多少兄弟死于非命，他既不想活，任由他去，想要拉老子垫背，简直瞎了他的狗眼！"

谢瞳心思灵动，他扫了眼朱温，慢条斯理道："朱帅的意思，是想突出函谷关？"

朱温道："不杀出去，莫非坐着等李克用那十三个太保取咱首级不成？"

"朱帅想没想过，若是与尚让分道扬镳，弃城而走，圣上那里如何交代？况如今的圣上非同两年前的黄帅可比，一旦高居皇位，周边围了多少奸佞小人，朱帅莫非看不出势头？朱帅功高盖世，他们早已恨得咬牙切齿，半个大齐江山可是朱帅出生入死与兄弟们打下来的。可到如今仅得到一个防御使。"说到这里，谢瞳有意停顿了一下，见朱温脸色缓缓阴沉下来，便又道，"今若弃城而去，怕也是死路一条。城外晋王李克用重兵集结，部下猛将如云，单是一个李存孝就可抵千军万马。城西滩涂无兵防守，并非李克用疏忽而是有意为之，他坐等着咱们率兵出城呢，如不出所料，城西二十里之外李克用早已布下重兵，单等我们上钩。"

朱温吃惊地瞪大了双眼，"老谢，你他娘的谋的什么路数？困守函谷关是个死，突围出去也是个死，进退都无门，莫非函谷关就是我朱温的死地不成？"

"所谓生死，不过存于一刹那。"谢瞳故作神秘地低声道，"就看朱帅要走生门还是死门。"

朱温嘿嘿笑道："老谢，你他娘的是越来越神神道道的，像是大仙爷附了体！照你这么说，除非我老朱长双翅膀，否则，怎么都是死路一条！"

谢瞳骤然正色道："那倒未必。恕在下冒昧，这些年朱帅随圣上南征北战，建立功勋无数，但何时能将李唐江山彻底推翻，朱帅心中有可底数？"

朱温自失一笑道："别说本帅心中无底，怕是连圣上心里亦是一盆糨糊呢。你看看这些年打了多少仗，占据城镇守又守不住，前脚走就被唐军占领，现下除了长安潼关和函谷关，唐军反而是越打越多，城池是越来越少。圣上如今是贪图享乐当他的大齐皇帝，倒让手下这些兄弟们没明没夜地卖命！到头来，不过是个节度防御使。嗤，爷稀罕吗！"

谢瞳顺势而道："圣上占据长安按理应该安抚民众，对外追剿残敌。可他恰恰相反,痛杀大唐降将,纵兵抢掠财物,他自己则淫乱后宫,致使人心惶惶,锐气威信丧失,使原本持观望态度的节度州使们纷纷站到唐廷一边。朱帅若追随下去,在下只担心朱帅到头来至多是个贼寇头领,朝不保夕啊!"

朱温搔搔头,突然诡秘地笑道:"老谢,你这他娘的是让我老朱谋反呢!"

谢瞳面无惧色,"朱帅,自古良禽择木而栖,贤臣择主而事,人心向背,天命去留,皆决于是!事不宜迟,请朱帅速做决断,生死就在一念之间!"

朱温原地不住踱步,一股阴森森的夜风从庭外呼啸而至,朱温陡然面色狰狞,咬牙切齿,"他娘的,坐死何若求生!"

第三十七章　奇袭之误入长安

朱温率亲信数十人潜出函谷关，连夜投靠到旧识朝廷大军王重荣所部，军心一夜瓦解。函谷关内守军顿时陷入恐慌之中，李存孝等三人在城中放起十余起大火，并乘夜赶赴东门，混乱中斩关夺门，早已等候多时的接应人员连夜杀进函谷关。

待尚让意识到大势已去，城内已是乱作一团。朱温带来的两万多援军群龙无首，不仅茫无头绪四处乱窜，而且将尚让试图组织抵抗的军伍冲得七零八落。尚让大怒，在挥刀亲自斩杀数人之后，混乱局面非但没得以有效控制，反引起了更大规模的骚乱。乱军趁火打劫，四处放火抢掠，尚让长叹一声，只好率一千余本部人马夹在乱军中逃出关城。

函谷关一夜陷落。除朱温、尚让等千余人不知去向外，其余乱军全部被俘。函谷关一役，李存孝等人荣立首功，皆获奖赏自不须提。

大军入城后，据探马报，尚让残部已向西逃窜。李克用料定，必是向潼关、长安一线，企图与黄巢本部汇入一处。大本营决定，由十三太保李存孝任先锋官，八太保李存璋、十一太保史敬思任副先锋，薛阿檀、安休休等人任偏将组成的先锋营共三千军马迅速出击，尾随尚让溃兵，马不停蹄日夜兼程向西线追歼，沿途逢山开路遇水搭桥，为后续主力部队杀出一条通往长安城的血路。

函谷关一下，战局迅即变得异常微妙。从函谷关至潼关一线，沿途大部分州镇驻军多数原抱着观望心思，态度暧昧的各路大军，此时忙不迭地更换城头旗帜。黄巢大军北渡长江之后，如同一股钢铁洪流浩浩荡荡向长安进发，一些誓与唐廷共存亡的将领虽拼死抵抗，非但没有成功阻止黄巢大步北上的步伐，反招致大规模的残酷屠杀，战火一熄，凡抵抗城镇军民无一免祸。黄巢大军毫不手软，痛下杀手，致使屠城之火愈演愈烈。黄巢大军凡下州镇并不驻守，而是一番疯狂抢劫，所经之地尸横遍野，十室九空，一派断壁残垣。黄巢大军的意图极其明显，就是企图借助血腥残酷的手段在凡是敢于抵抗的大唐军民中造成强大的震慑力，从心理上彻底瓦解军民的抵抗意志。此举确实收效颇大，各路大唐守军自知一味抵抗除了招致手段残忍、报复血腥的屠杀之外，对于日益惊慌失措的唐廷并无一点实质性的帮助。非但毫无帮助，纵观黄巢大军一路势如破竹的凌厉攻势之下，就连大唐朝政中枢的官员们都发生了不可抑制的动摇。为保存实力，使得治下驻地免受兵祸之灾，各州镇的将领也不知从哪里打听到的法子，不约而同预先准备好两面旗帜。黄巢大军尚未到达，就及时在城头上换下唐廷旗帜换上黄巢大旗。这样一来，既保存了州镇实力，又保全了百姓免受刀兵之苦。当然，各州镇驻军并不因躲过一劫而过得心安理得万事无忧。他们得日夜伸长脖子睁大眼睛观望，一旦发生转变立刻制定相应对策，否则稍有闪失，跟不上形势，就可能再次陷入灭亡之祸。

天险函谷关战事早在围城之初，州镇的将领们就开始日夜密切关注。当年高祖皇帝征讨天下，两万人马被阻于函谷关下，而城内隋朝守军不过三千人，双方展开旷日持久的拉锯战，竟是整整打了两个月才以隋军死伤殆尽结束。唐军事实上最后占领的函谷关已接近一座空城。黄巢大军几乎未费吹灰之力便攻下唐朝的都城长安，而就在城陷前夜，大唐皇帝竟然连夜出逃，且逃得不知去向。这说明了什么问题呢？大唐已处于危急存亡之秋矣。黄巢占据长安称帝建立大齐政权，更加印证了天下民众的猜测：大唐王朝完了。当时函谷关对决的两大阵营的军事力量，基本旗鼓相当，晋王共约六万人马，而守军亦不下五万，守军占有地利之势。当时外围观战的各方将帅们就做过呈一边倒的预测，晋王李克用率领的沙陀部族人马虽以骁勇善战著称，却是善于野战，并不擅长攻防之战。再看大齐方面的守军力量，朱温是大齐皇帝亲口赞颂的常胜将军，尚让则是黄巢极为信任文武双全的开国元老。两人只需择其一，易守难攻的函谷关必定是固若金汤。退一步讲，即便函谷关最终失陷，双方必定打得两败俱伤，而且在时间跨度上，多数观战者认为，李克用要拿下函谷关纵使用不了半年，也必在三个月以上。

而现下，函谷关说陷就陷了。

李存孝率部一路向西，在沿途军民眼中，久违的大唐王师旗帜飘扬，搅得人热血沸腾。一些州镇的军民们大开城门，箪食壶浆，喜迎王师。岂料李存孝大军根本顾不上半刻停留，马不停蹄，绝尘而去。军民们回过神来，一边再度猜测着战事发展，一回头骇然发觉城头上居然还挂着大齐王朝的旗帜。顿时，包括守城将士，莫不惊出一头冷汗。

首次担任先锋营主将的李存孝心里只有一个念头，杀至长安城，将黄巢贼寇从大齐朝廷的宝座上拉下来，当着他的面将大齐政权的旗帜撕得粉碎。一路上，先锋大军虽遭遇到一些抵抗，但较为零星。从函谷关出发，一路风驰电掣，渐近潼关。李存孝原本准备在潼关城外围驻扎下来，来一场大厮杀。潼关是长安的屏障，潼关一下，长安城则无险可守。

潼关地处渭南之北，北临黄河，南踞关山，始建于东汉建安元年（196年），为关中东大门，隋朝曾南移，武则天大帝时北迁塬下。扼长安至洛阳驿站要冲，是进出三秦之锁钥，为汉末以来东入中原和西出关中、西域必经之地及关防要隘，历来为兵家必争之地，素有"畿内首险、四镇咽喉、百二重关"之誉。

以区区三千人马就贸然进攻潼关城，副先锋李存璋和史敬思坚决不同意。潼关之险，无论是从地形之势还是从军事意义上来讲，均远胜于函谷关，黄巢大军必然在此设立重兵。先锋营不过是主力前哨，根本不足以对潼关发起进攻。即便勉强发起进攻，亦无异于以卵击石，自讨苦吃。李存璋和史敬思的意见是可在潼关外围扎下阵营，等待主力到达后再做进一步行动。可主将李存孝的意图则截然相反。他认为，经函谷关一战，黄巢贼寇已处于草木皆兵之慌乱，沿途州镇无不闻风而降。先锋营军心大振士气高昂，正是一鼓作气、攻城略地、建立功勋的绝好时机。

就在先锋营陷入激烈讨论之际，探马报知，潼关守城大军不知何故，已于昨夜开始陆续撤出城外，消失得无影无踪。潼关城成为一座空城。起初，大家以为潼关守将可能是在演一场空城计，便派出少量部伍进城查看。据城内老百姓讲，守城主将远在晋王先锋大军抵达潼关城下前两天，就陷入混乱。守军之所以决定弃城，并非慑于晋王之威，而是由长安城内皇帝黄巢亲自下达的撤军令。其时，唐廷各路勤王军马已日夜兼程从四面八方向长安杀至，潼关已无防守必要。黄巢将精兵强将全部撤至长安城下，意图集中绝对优势兵力借此机遇抓住唐朝主力展开战略决战，以期一举将唐廷之残存有生力量歼灭之。

潼关城一夜间成为一座空城的事实无疑对李存孝等人形成强烈的刺激：看来，黄巢贼寇果真不堪一击，已无力与唐朝大军抗衡，其灭亡之命运已是昭然。

先锋营进入潼关城，三军自是一番庆贺。沿途奔袭，三军一路狂奔，基本没做休整。长安就在眼前，大伙不由得松了一口气。谁料庆功宴会尚未结束，李存孝就下达进军之命。

"留五百人驻守潼关，其余将士随我西进，杀那黄巢老儿去！"

先锋营军马从潼关起身，沿途州镇之势恰如摧枯拉朽。西进途中，李存孝每隔两三个时辰就派出探马。关于各路勤王兵大举向长安城汇聚而来的消息接踵而至。李存孝心急如焚，大伙都清楚，长安城一旦陷于他人之手，那将意味着晋王的一切准备将付之东流。

连续数日奔袭，这日午后到达一处谷地之内，天降大雨。李存孝只好吩咐大伙暂且避雨，他这才注意到身后连同自己仅有十八快骑相随，其余大军尚不知去向。

昏黄的雨幕中，谷口外隐隐约约有光影传来，想是一处城镇。李存孝望望渐渐阴沉下来的天色，那零零落落的雨线渐呈密集，看来半日之内尚无停歇迹象。

"老十三，与其谷中淋雨，莫如出谷前去那城中避雨。"史敬思大声道，"兄弟们也困饿至极，有个干净些的地方好好睡上一觉，明日再赶路不迟。"

李存孝摸摸挂在鞍后褡裢中的干粮，亦是被雨水泡成了糊糊状，已不可食用，便挥手道："大家出谷进城！"

十八骑冒雨出谷，那雨是越来越大了。铺天盖地，如注如幕，天地间阴暗漆黑，犹如坠入无边地狱，伸手不见五指。战马在淌满泥水的道路上深一脚浅一脚艰难前行，不时有人因马失前蹄跌落进雨雾中，爬起来时已是连人带马面目皆非。

也不知走了多久，李存孝眯着眼四处张望，大伙紧紧跟随，无人掉队。身边人人都伏身马背之上，雨幕中只约略看到一尊暗影。耳边前方有人隐隐高喊，却听不清喊声。

李存孝正待清点人马，身旁并排挤过来一条黑影。那黑影紧紧贴近，黑暗中抹了把脸，李存孝方才认出是李存璋。

李存璋突然伸手在李存孝肩上重重一捏，俯在耳边道："十三弟，莫要声张，咱们不知同哪里的人马搅一起了！"

李存孝大为吃惊，他连忙勒紧马缰，放缓步伐，手敛在额头之下，暗暗一数，身前身后骑者似乎越来越多，何止十八骑！骑手全部已成为泥污不堪的落汤鸡，咫尺之遥，居然连眉目都无法看清，自然无法分清是敌是我。李存孝暗嘱李存璋不可声张，两人结伴而行，边走边低声商讨对策。

骤然，前方出现数盏光影，模模糊糊中眼前陡然平地立起一座高不可攀的山峰。

光影中，有人骂骂咧咧地扯开喉咙高声道："快快进城，撂在雨地里不怕被雨劈死吗。独眼龙李克用的军马不定就跟在你们身后呢。速速进城！"

马蹄突然咣咣作响，李存孝方知已踏上吊桥。不及多想，低着头夹在队伍中向城门中驰进。

一进城中，前方马队似是方向目标十分明确，冒雨贴着城墙向南面巷道而去。李存孝与李存璋两人故意放缓马步，朝相反方向一道土冈处靠近。十八骑士均已发现身处险境，人人保持高度警惕，反倒对身边骑士多加留意，三三两两暗暗驱近，一进城内随即向右侧数匹脱离大军的骑士靠拢过来。

雨线中，后续队伍尚未全部进入城内，李存孝细细一数，身边不多不少已是一十八骑。也不答话，呼哨一声，打马沿城墙土冈向北步履蹒跚而去。

借着微弱天光，李存孝一行约莫行出两里远近，在一处破败的庙宇里安顿下来。为了不被人发觉，马匹全部自行放散。雨势越来越猛，耳边水声轰响，那昏暗不堪的天幕犹如塌了半边口子，遂成倾盆之势。

一伙人疲惫不堪，衣物贴在身上，几成坚硬浆布。大家哪里顾得上理会这些，倒头就睡，不大会儿便鼾声四起。

李存孝简单吃了几口干粮，渐渐稳定心思，这才与李存璋、史敬思紧急商讨起来。回想刚才入城一幕，大家自是心有余悸。那股人马来自何处，至于如何在雨雾中竟然混杂一处，大家莫不一头雾水。更为要命的是，目前他们无疑进入一座城镇，但身在何处，前方距长安城还有多远，后续人马现在何方，三人你看看我我看看你脑海中均是一片空白。

那雨看来是暂时停不下来，借着远处天际边偶尔突现的闪电，隐隐可见他们所处破庙地处一座略高于周边的土岗之上。岗下一片漆黑看不清是房屋还是旷野。与其无助劳神，倒不如先行歇息，索性等雨势稍减再作道理。

睡梦中，李存孝被人推醒，李存璋一脸惊惧道："老十三，好大的城，你猜猜咱们这是在哪里？"

李存孝揉揉睡眼，大大伸了个懒腰，"不就一座城吗，大家睡好吃饱养足精神，等明日天一放晴，上关夺城去！黄贼流寇已成惊弓之鸟，怕他们吗！"

李存璋也不答话，拖着李存孝出了庙门，雨线业已稀疏，远方天边透出一股细细的灰淡霞光，太阳已落。

眼前景像让李存孝大吃一惊，层层叠叠的屋脊一眼望不到头，左手方向高峻巍然的城墙一眼望不到头，城墙上敌楼一座连着一座。南下作战以来，李存孝大小战事业已数十场之多，攻下城镇亦不下三十座，从晋阳到函谷关，从函谷关到潼关，李存孝等人从来没有见识过如此规模宏大的城池。

李存孝愕然,半晌方道:"八哥,这是哪座城池?"

李存璋嘿嘿一笑道:"老十三,唯一一座没有经过血战冲进来的城。他娘的,咱们鬼使神差地已进入长安城!"

"长安!"李存孝大吃一惊,"八哥你怎么知道这是长安城?"

"我刚才蹚水下去找水喝,不远处是道大街,比晋阳城还要宽敞,两旁虽已全部关闭,幌子上写得清清楚楚,长安老酒、长安泡馍,倒让老八流了不少口水!"

李存孝回身看看仍在酣睡中的兄弟,心里飞速地找寻对策。回想一路绝尘飞驰,日夜兼程,竟是在大雨之中阴差阳错地进入了长安。长安原是整个先锋大营将士们的最终目的地,路上李存孝设想过无数进城的方式,包括强行攻击、暗潜入城,甚至他从有经验的将士们口中得知从通往长安城中的水门下泅渡而进——长安城水门有两座,全部在东城一带。据传,东城一带水道纵横,不利于大兵团展开,此地长安守军防守相对松懈。但是,唯独没想到竟是以此种方式,而且是堂而皇之稀里糊涂地从东门吊桥上进了长安城!想起来简直恍如一梦!

眼见那雨是逐渐停下来了,远处的街巷里已有人声嘈杂,有守军的身影在城内穿梭流动,组织百姓清除洪水淤泥。此地绝不易久留,一旦被巡城守军发现,一十八人岂不是束手就擒。看看天色暗淡下来,李存孝派人设法弄来一些衣物,大伙全部换上,分作三批进入街巷,以客商的身份分头住进了相隔不远的几处客栈之中。

长安,即当今西安古称,历史上第一个被称为京的都城,亦是中国历史上第一座真正意义上的城市。远在周文王时期就定都于此,称之为丰京。汉高祖五年(前202)置长安县,刘邦开始在渭河南岸、阿房宫北侧、秦兴乐宫之基上重修宫殿,命为长乐宫。高祖七年(前200)建造未央宫，同年由栎阳城迁都于此，因地处长安乡，故名为长安。

李存孝等人隐没身份，昼伏夜出，在城中一住就是十余日。说来也巧，所居客栈掌柜竟也是北地人，原居汾河西岸洪洞县。庞勋祸乱中原之时，随军南下，因伤留在黄河南洛阳乡间，幸得一长年来往于洛阳与长安间的行商所救。后来便随商人辗转来到长安，定居下来。

掌柜的是位年近四旬的汉子，耳听李存孝等人一口北方腔调，先就心中疑了几分。一到晚间，便离店而去，直至天色渐亮才返回店中，一天闭门不出，更是心内惧怕。时下城内到处传闻，唐朝各路勤王大军正风雨兼程向长安杀奔而来，城内百姓日夜祷告，莫不盼望王师速速收复长安。

风声鹤唳，人心躁动，大齐皇帝黄巢从函谷关失守起，便在长安城全面实施戒严，严令周边军马向长安城急进，不断收缩兵力，以图保障都城安危。李存孝他们哪里想到，当夜与他们混作一起进入长安城的正是潼关撤退下来的后续兵马。

为严防唐廷奸细，大齐朝廷在城内贴出告示，要求全城百姓一旦发现可疑人员即刻上报，否则严惩不贷。事实上，客栈掌柜已隐隐猜测出李存孝一伙人来路不明，一则想着都是北地人，二来内心如大多数百姓一样莫不渴盼朝廷大军早日拿下长安。但想想自身安危，掌柜不得不慎重考虑。既能让这伙年轻后生离店而去，又不戳破他们身份，两下里倒也相安。

这日一大早，天色麻麻亮，李存孝刚刚从皇城附近回来，正思忖着如何接近，被掌柜一把拉住：

"小哥，现下城内到处征兵，听说不日圣上要在五凤楼检阅军伍。多少人想见圣上都无从得见，这岂不是天大机会。"

李存璋担心李存孝与掌柜多说几句露出马脚，便笑道："掌柜的，我们不过是前往西域的过客,不想被雨堵在了此地。待道路恢复,我们就要西出上路呢。"

无车无货,一伙年轻后生行动鬼鬼祟祟,连个掩人耳目的花招都做不周全,一张口就是满嘴破绽,居然敢以行商自居。掌柜自是觉得可笑,心里愈发认定此伙后生必是朝廷大军的前哨人马无疑。

回到房中,李存孝突然喜形于色:"八哥,实乃天赐良机也!"

李存璋大惑不解,"十三弟,城内戒严,咱们十八个人困守此地,出又出不去。城外父王又无法得知我等行踪,莫不以为早就战死疆场,狼吃狗啃,尸骨不剩呢。居然还有心思说笑吗?"

李存孝也不辩解,只管顺着自己的思路道:"八哥,长安城内已是人心不稳,到处流传着朝廷大军已混入城内的传闻。既进了长安城,我们何不趁乱在黄贼的心脏里捅它个天翻天覆,不准混乱中能取了黄贼性命,我等兄弟此番进长安,不定立下天大功劳!"

李存璋大惊失色,忙将房门紧闭,"十三弟,休要说些不着边际的梦话,传出去,弟兄们性命休矣。"

李存孝毫不在乎道:"怕什么,大丈夫生逢乱世,原就是建功立业,扬名于天下。怜惜一命,缩头缩脚,岂是男儿所为?八哥休要着急,刚才掌柜所言你亦听得清楚,十三弟原本就是太山脚下一个牧羊儿罢了,幸得父王赏识,与诸兄弟跟随父王征讨天下,目标原就是一个,杀尽黄贼,护佑大唐,平定天下。纵失性命,亦在所不辞。我已拿定主意,前去报名应征入伍,天佑我与黄贼谋上一面,但有机会决然取黄贼性命于长安城中!"李存孝说得意气风发,脸上毫无惧色,不像是深入龙潭虎穴,反倒像参加酒席盛宴。

李存璋倒不觉脸上一红。

"八哥,如若瞅准机会,我老十三闹腾起来,那黄贼必定不知混乱中我军有多少人马，直以为大军已进入长安。待城内一乱，诸位兄弟正好可乘机杀出城外！"

话音刚落，史敬思推门进来，蓦地接住话头道："十三弟好一番精妙之棋，长安一乱，我们走了，你呢？"

第三十八章 铁闸之血洒疆场

李存璋满怀忧虑将李存孝的意图一五一十告于史敬思后,尚未全盘托出自己的担心,史敬思便猛一拍桌案,连声叫好:

"十三弟此议,哥哥我双手赞成。父王曾说兵贵神速,讲的就是一个攻其不备出其不意,十三弟的仗是越打越精明了,无怨父王敢于将先锋大印交于你手,八哥别不服气,咱们兄弟中间,我最佩服的就是老十三,作战勇猛。也莫怨我老十一背地里说他们的瞎话,有几个是诚心实意地把心思放在打胜仗上头的,都他娘的脑袋削得尖尖的,想尽办法讨父王的欢心,那副嘴脸我看着就恶心。背地里说的那些风凉话有一句中听的没有?哧,十三弟,这趟险算十一哥一个。当完了朝廷的兵,咱也穿上黄贼的军衣试试。跟着十三弟立奇功去!八哥,你带其他兄弟乘乱出城就是。"

李存璋顿时臊得满脸通红,咬着嘴唇慨然道:"十一弟、十三弟,我老八莫非是怕死之徒吗。要干,一起干就是,我只是觉得此事体颇为凶险,必得先静下心来好好议议,首先务得保护好自身安全,方能做他事。"

史敬思双掌一拍哈哈大笑:"好,咱们兄弟联手,立此奇功一件!十三弟你打头阵,我和八哥鞍前马后,寸步不离,唯你马首是瞻!"

朝廷勤王大军从北、东、南三面向长安步步逼来,沿途归顺大齐政权的唐廷军马纷纷倒戈,气得黄巢大骂不止。骂归骂,日趋严峻的形势必须得认真面对,想方设法破解。黄巢一方面紧急下令收缩兵力,在长安方圆百里之内形成三道防线,一面结合当前兵力捉襟见肘的实际,在城内大肆扩招兵伍,要求长安城内各家三丁抽一,抗旨不遵、有意瞒报家丁人口者,一经发现,严惩不贷。自黄巢大军进入长安城,城中的老百姓见识了黄巢的残酷手段,扩军令一出,长安城内立时成了大兵营。

为了提升固防长安城守军的士气,黄巢决定在长安城五凤楼下举办规模宏大的阅兵仪式。依照他的设想,新扩招的军伍从五凤楼下接受检阅后,直接开赴长安城内外各战场。

李存孝、李存璋、史敬思三人顺利穿上了义军军衣,便焦急如焚地等待黄巢检阅的日子。好在黄巢固防都城心切,入伍新军所谓集训不过是名义上的,不过匆匆发些刀枪凑些人数罢了,其战斗力可想而知。

不过十余日,长安城内便募集到新兵十万余众。大军经五凤楼由黄巢亲自检阅后便补充至东、西、南、北四门加入防守阵营。

雨季一过,长安城便迅速转入难熬的闷热。不到寅时牌分,李存孝三人所在军伍便早早在皇城之外随三军开始列队等候,整整等了一个多时辰仍不见前军动作,太阳尚未出山,已是热浪滚滚。长安之暑热天下闻名,夏季闷热难当,从汉朝到大唐初期,皇帝争相在长安以北建立避暑行宫。皇权贵胄自然可依气候北上南下来回迁徙,遭罪受苦的自古都是下层的老百姓。新入军伍的原本都是普通百姓子弟,且多数人入伍不过是被黄巢严令所逼,压根儿就没有为新朝卖命的心思。再加上天气闷热难当，队伍中便开始骂娘。原本站得齐齐整整的队列开始松动，有胆大者走出队列，蹲在路旁的树荫下。

有军将提着马鞭过来，低声喝骂："大胆，还不快进入队列！"

树荫下有人骂道："范大头，你少装你娘的孙子，当个小营官就不认得你爹了！咻，不定明日唐军攻城就小命都没了，都一条绳上系的蚂蚱，爷不能凉快会儿？"

一众人笑，根本未将军将放在眼里，纷纷抱着刀枪挤进树荫。

太阳刚露头，前方一马沿街下飞驰而来。

"快快入队，圣上要检阅了！"

大队人马迈着整齐的步伐朝前而去，渐近皇城，遥见远处正中高耸的楼檐之下，沿垛口密密麻麻挤满了大齐王朝的文武百官，竟达数百人之多。队列中的李存孝不禁暗暗叫苦，手掌与长把铁枪之间汗水涔涔。起初，军伍中分发到手的铁枪枪杆竟然被虫蚁蛀得千疮百孔，好在史敬思手中的铁枪尚矛尖闪亮。李存孝便与史敬思进行了对换，按照三人定下的行动方案，待军伍抵达五凤楼下，距黄巢距离最近之时，瞅准时机，由臂力过人的李存孝奋力猛掷。李存璋、史敬思两人乘乱掩护李存孝向东门撤退。薛阿檀、安休休等一十五人早已潜伏至东门之下。今日原定新兵分赴四门内外固防，恰好四门大敞。薛阿檀、安休休等人一待三位太保到达东门，便迅速发起攻击，控制东门城防，抢夺马匹，撤至城外。

李存孝对自己的臂力自是满怀信心，他最为担心的倒不是臂力和投掷准确性问题，而是五凤楼之上如何寻找目标。一旦目标确定，以李存孝对军伍在五凤楼下的距离进行目测，手中铁枪完全可以将城楼上的黄巢一枪毙命。

队伍缓缓前移，渐近五凤楼下，楼上官员人头攒动，李存孝不禁暗暗着急。

"快看，大齐国圣上出来了！"

"哪个？"

"中间戴'一定平'天冠那位！"

队伍之外领兵将官低声喝道："闭嘴！"

李存孝循声望去，果见正中一位身着皇袍，头戴'一字平'天冠，手抚胡须，不时朝城下通过的密密麻麻的军伍指指点点，不时与身旁的官员们说说笑笑。

李存孝迅即而果断地计算着两人之间的距离及方位，最近处不过四五丈的距离。在这个距离之内突然发力，李存孝自信不仅可将黄巢一枪贯身，甚至可能将他整个人钉在身后的城楼廊柱之上。他不由得心中暗喜：黄贼，今日且看你存孝爷爷要你的命！

两边部伍中的李存璋和史敬思一边紧张地看李存孝，一边戒备着周围的情形。此时，所有受阅义军无不仰脖朝五凤楼上张望，竟是没有一个注意到他们三人的异常。

"大齐国国君万岁万岁万万岁！"

"万岁！"

四面高呼声震耳欲聋，眼前刀枪不时密林般高举过顶。

此时，楼上的黄巢闻声正好将半个身子探出垛口，扬手朝楼下军伍挥手致意。李存孝大喜，此乃天赐之良机。猛然运一口气至右臂，待万岁声轰然再起、刀枪林举过头顶时，立时掉转枪头，大喝一声，奋力朝楼上的黄巢掷去！

眼见那铁枪夹着呼呼风声如闪电般射向五凤楼，楼上楼下数万人尚未反应过来，已是听得头顶上方惨叫连连，接着便是有人指着城下高喊："抓刺客！"

史敬思站在队中,举起铁枪大跳大叫:"黄巢已死,黄巢已死!"

五凤楼下顿时陷入一片混乱,义军们四顾茫然,不知所措。眼前队伍之中人人着装一统,并无区别,黑压压一片。别说抓刺客,就是寻找刺客亦无异于大海捞针。

李存孝等三人夹在队伍中,大步流星朝东门方向疾走。五凤楼通往外城有三条大街可行,正中天街所聚人马均为通体暗红衣甲的皇城近卫军,都是跟随黄巢历经坎坷艰险、无数血战中磨炼出来的勇武之士,人人身手不凡且个个带伤,与其他军伍不同,这支近卫军虽不过八百人左右,却不受任何衙门将帅节制,而是直接听命于黄巢,对黄巢忠贞不贰,凡黄巢之命,人人甘愿赴汤蹈火,不惜性命。总共八百人的近卫军有二百人在五凤楼之上,六百在天街。时下,长安城外唐军步步紧逼,城内情势亦不容乐观。尽管是严防死守,已有不少唐廷人马从各个渠道悄悄渗进城内,到处大加破坏,致使城内军民人心惶惶。如此布防,原就是担心长安城阅兵期间发生难以预料之险。除了天街,南北方向尚有两条街道,不过均离五凤楼有一二里地的距离。这两条街道都是一般义军把守,况现下五凤楼下一乱,受阅军马反成了近卫军实施抓捕刺客的障碍。这些刚刚放下锄头铁镰木活泥瓦的新兵们不明就里,自身亦是乱作一团。

黄巢近卫军不愧为久经战阵,迅速分作三队,一队百余人留守天街,将路口死死封住,不容许一人出入;另两路各约三百余人分赴南北两街。卡住通道,瓮中捉鳖,一望可知极为训练有素。

"抓刺客!"

天街是过不去了,李存孝等人只好随着乱军朝南街而去。史敬思张开大嗓门喊,李存璋欲待喝止,已然不及。

"黄巢已死,唐军进城了,大伙快逃啊!"

混乱中，虎视眈眈的近卫军正发愁找不到刺客，这一声吼，恰恰暴露了三人行踪。

"刺客在此，抓住那三个，有个络腮胡，莫要让他们跑了！"

史敬思下意识摸了摸一脸络腮胡子，愤愤骂道："奶奶的，都穿一身丘八皮，咋地就能认出人来，有鬼哩！"

李存孝低声喝道："莫要作声，想法进入街巷。"三人加快脚步专往人堆里挤，衣甲暗红的近卫军已从三面向他们围堵过来。体格健壮、身手敏捷的近卫军眼睛死死盯着三人身影，手掌抓住新兵左右乱抛，不一会儿包围圈便渐渐缩小。

李存孝从身边一名吓得浑身瑟瑟发抖、面如土色的新兵手中夺下短剑，骇得那新军抱头蹲在原地："好汉爷饶命，我原是被逼当的兵啊！"

"八哥、十一哥，只能一拼，杀出去！"

史敬思持枪狂笑道："原该放手杀他娘的，将长安城搅成一锅粥才痛快。十三弟，头前开路，你杀到哪，咱们兄弟就跟到哪！"

李存璋抬膝将枪把一断为二："老八我使惯了短兵器，这把烧火棍儿实不称手，且将就用。十三弟，杀！"

"杀！"

三人呈品字形各使兵刃回身扑向近卫军营。饶是黄巢近卫军身手了得，不过大多是野战出身，况现下陷于拥挤战团，浑身武艺却无法得以施展。更为要命的是，他们哪里想到与他们直接交手的是十三太保李存孝。关于晋王十三太保李存孝勇猛无敌、力大可搏虎的传闻虽说已多多少少从函谷关下传至长安城，但传闻毕竟是传闻，从未交过手，多数近卫军都是勇冠义军之人物，自是不当回事。

两下里一接触，却见当先的瘦削将士右手持剑，横刺竖搠，一旦格开兵刃，右手便顺势抓住挡路义军，胡扔乱掷。近卫军将士们哪里见过如此打法，莫不大惊失色，迅速转变战略，数人并肩，兵刃排成密林。李存孝无法近身只得持剑展开决战，剑锋所到之处，对手腕臂发麻，数支长枪险些脱手而飞。李存璋与史敬思两人趁势跟进，近卫军枪林立时被破解，李存孝抓住时机，欺身冲进胡同中，连手抓带肘撞，当即杀开一条血路。

三人一头扎进南街，两旁恰又围满了看热闹的老百姓，见浑身是血的三名刚刚加入大齐阵营的军校杀将出来，发一声喊，纷纷避让。

"抓刺客啊！"

醒悟过来的新军营将连忙组织乱军，高举刀枪纷纷加入追逐战团。

三人不敢走大路，只管拣小巷弄堂往里钻，竟是跑得慌不择路，原定于东门会合的计划眼见是无法实现，虽是累得气喘吁吁，却哪里敢停下半步。身后的街口方向到处人声嘈杂，围堵人马亦是密布城区，想要逃出去无异难如登天。连续拐过两道巷口，竟是将一众人马抛在身后，三人正待喘口气，不想史敬思在跃身观望追兵踪影时，却将一座鸡窝踩塌，轰隆隆骤响，鸡舍内群鸡跃出，数只鸡惊飞至半房之高，扑打着翅膀尖叫连连。

"刺客在这里，冲进去！"

"奶奶的！"史敬思顾不得身上满沾恶臭扑鼻的鸡屎大叫道，"我不碍事，快跑！"

三人低头猛冲，走在头前的李存璋蓦地失声长叹，"死路一条！"

李存孝这才发现三人竟闯入一条死胡同内，扑面就是一道高达两丈的土山墙，夯迹分明，两边则是用厚如城砖般的石片一层层叠垒而成的石墙，虽比土墙矮些，却也有一丈余高。

隔着两条巷道，街面上军靴踏得咚咚作响，

"这里有一条巷道。"

"逢巷必进,愣什么愣,走了刺客拿你是问!"

脚步声骤然停下,转而向这边跑来。

李存璋不禁大是焦急,"这可如何是好?"

李存孝将鲜血淋漓的短剑叼在嘴里,将腰带狠狠往紧一勒:"你们攀墙先走,我来抵挡!"

史敬思道:"十三弟何出此言,当我们兄弟俩是怕死的吗?要活一块儿活,要死一处死便是了。反正黄贼已死,功是立下了,怕的什么!"

"李大哥,这里!"头顶上方蓦地垂下一条粗麻绳,左手边石墙上露出一个新兵装束的身影,朝三人不住招手,"快,追兵马上就到!"

李存孝顾不及多想,"上!"三人援绳而上,里面竟是一处空无一人的废弃院落。那新兵在前,三人随后跑进一处臭水塘旁的密林里。

墙上有人声传来:"这是处死胡同,快去别处,莫让贼人跑了!"

三人这才歇下喘气,李存孝定睛一看,那新兵却大是脸熟,一时倒想不起来在哪里见过。

"热死爷了!"那新兵将头上军帽脱下在手里不住扇动当扇用,"李大哥,不认得兄弟了吗?"

史敬思眼瞪得犹如铜铃儿,指着他道:"你不就是那个铁枪……"

李存孝这才猛然想起:"你是王彦章兄弟,如何跑到长安也当了兵?"

此人正是当初在函谷关下先锋大营前寻衅滋事、被李存孝两招降伏的铁枪王彦章。史敬思当日虽败在王彦章手下,却是毫不在意,拍拍他的肩膀道:"兄弟,当初你败在我十三弟手下,可是有言在先,再不出江湖了。原以为你早就躲进深山继续习武去了,如何到了此地也吃了军粮?"

王彦章叹了口气,指着史敬思一身兵衣笑道:"咱们都一样。我原是来长安城投奔亲戚，恰赶上黄巢征兵。说是三丁抽一，我那亲戚膝下只有一子，保正不由分说便报将上去。我不过是顶了亲戚小子罢了。当兵倒也有趣，我才不管谁打谁，那不过都是一心慕着争权夺利野心家们的事，与我何干！"李存孝道："兄弟能否送我们出城，在下不胜感谢。"王彦章道："看来咱们都是个缘字，兄弟心里最为佩服之人便是十三太保。当日欠下哥哥一条命，今日索性是上门索还而来！好，跟我走就是，若不能平安将哥哥送出城外，我王彦章愧活于世！"王彦章说得义正词严，慷慨昂扬，三位太保大是感激。

四人换过衣物沿街巷一路穿行抵达东门之外时，远远看到在城外驻防的新兵队伍仍在源源不断往出开，城门领军将站在半城坡道上大骂："赶紧出城，都给我睁大眼睛盯仔细，休要让刺客混出城外！"

薛阿檀、安休休等十五名军将夹杂在城门边看热闹的老百姓中，人人心急如焚，却又手足无措。李存璋大摇大摆地踱到薛阿檀身后，在他肩上轻拍。"呀，八……"薛阿檀把话硬生生又咽回肚里。

队伍越来越稀疏，再不行动，城门即将关闭。王彦章带头，李存孝紧随其后，默不言声贴着军伍向城门方向走去。

"站住，眼睛长到腚蛋上了吗……"刚说了半句，王彦章一把短匕已抵在腰间。那军将大骇，用力挣脱，"不好，有贼，关城门！"

王彦章大叫一声："李大哥，快夺门，杀出去！"

众人一声呼啸纷纷亮出兵刃，向城门内冲去。新兵队伍瞬时乱成一团，拥挤在狭窄的门洞中城内往出涌，城外闻声往里挤，反倒让领命试图关闭城门的义军士兵一筹莫展。吼叫声、喊骂声、惨呼声搅作一堆，好不热闹。

城头上方有人大叫道："速放千斤闸！"

"咔咔咔"一阵巨响，城楼上方一道铁闸门正徐徐下放。

"不好！"李存孝大急，猛然大喝一声，此时已顾不上厮杀，只管逢人便一味猛冲猛撞，抄起一把大背刀，团团舞出大朵刀花，周围义军惨叫着连连倒地，鲜血四溅，断臂残肢到处乱飞。刚刚加入阵伍的新兵哪里见过这般阵势，原本都是些毫无战事经验的毛头小子发声大喊，四散而逃。那城门军领狂怒中连砍倒两人，无奈军士败如潮水，哪里抵挡得住。闻讯的黄巢近卫军从城内各处遥遥奔来，哇哇怪叫着杀至城门！

薛阿檀、安休休与五六名亲兵人手一把大刀，浑身是血号叫着杀至城外，将城外一众新兵杀得抱头鼠窜，落荒而逃。

"太保爷，快快出城！"

李存孝与王彦章两人一前一后杀出城外，头顶千斤巨闸已坠下半门之高，扎嘎扎嘎声响刺耳。李存孝回身看去，惊见仍有四五名亲兵被近卫军团团围定，逼至城门洞两侧，兀自死战，无法脱身。

"八爷、十三爷，别管兄弟，速速离开此地！"一名亲兵狂吼着将两名近卫军一刀砍成两截，朝李存孝喊毕，又奋不顾身杀进重围。

李存孝二话不说，提刀向城门内奔去。

好不容易脱出城外的安休休见状大惊失色，惊道："太保爷。"

王彦章抚袖擦擦额上血水，哈哈笑道："十三太保岂是置兄弟生死不顾的人吗，痛快痛快，且杀回去，倒是热闹！十三太保英雄盖世，义薄云天，与兄弟们肝胆相照，索性跟着十三太保做一回勇士吧！"

李存孝顺手捡起一把长枪，喝道："李存孝来也，有不怕死者奔你十三爷来！"

那长枪在狭窄的门洞里舞将起来，枪尖起处，近卫军团纷纷后撤。趁此机会，李存孝伸出长臂，左右开弓，将近卫军来回抛掷，不多时便在近卫军团前垒起一堵肉墙。

近卫军亦是视死如归之徒，踏着同伴尸体红着眼一窝蜂吼着再次杀来。

李存璋大喊道："十三弟，铁闸已下，再不走来不及了！"

李存孝这才看到那铁闸竟是离地面不足一人之高！身边尚有两名亲兵被围堵而上的近卫军截住厮杀。李存孝顺手抓起一名亲兵朝铁闸外掷去，另一名亲兵血葫芦般狂叫道："十三太保，莫要管我，快杀出去！"

闸外众人急得原地团团转，眼见铁闸即将落地。陡然，一条身影横在闸壁之下，两手托住闸底，用力喊一声："起！"重达数百斤的千斤闸竟缓缓升起！

"王兄弟！"

王彦章喊道："十三太保，兄弟送你出城！"

近卫军伍中突然有人喊道："用箭射！"说话间一支利箭呼啸着猛地插进王彦章右腋之下，那铁闸竟嘎嘎往下沉坠，王彦章强忍疼痛，用尽全身力气，圆睁怒目，"十三太保，快走。我王彦章此生有幸与当世大英雄并肩作战，岂非小英雄乎！哈哈！"

"彦章兄弟！"

李存孝拖着最后一名受伤倒地的亲兵从铁闸下钻出，待要替王彦章托闸，又是数支利箭尖呼啸而来，王彦章一臂中肩，手一松，那铁闸竟是直接压在肩膀上。一口鲜血狂吐而出，直达三步之外。王彦章两眼充血，咧开牙帮，嘴里已是血肉模糊，凄声笑道："十三太保……兄弟只能送……送你到这里了……"

言毕，身体轰然倒地，千斤闸嘎嘎嘎落下，大股鲜红的血浆如天女散花般四散飞溅！

第三十九章　太保之真真假假

　　杨絮漫天飞舞，正是草长莺飞的早春时节。通往黄河风陵渡的官道上，两骑快马一路向北疾驰。沿途山野阡陌村落田地，一派繁忙景象。时下正是大地回春、万物复苏时节，一望无际的田地里，驴车在清脆骤响的鞭声中，迈着欢快的小碎步兴奋地从村落里出来，沿着田埂边的小路向田地里行进。农人跷起腿稳稳端坐在车辕前的横木上，手中的鞭梢不时在毛驴的臀背上轻拂，嘴上虽是骂骂咧咧，鞭梢却是高高扬起，在距驴背不到一寸之地蓦然收手。那低头赶路的毛驴儿分明感觉到了背上主人挠痒痒般的轻击，实际上通过几声呵斥，根本不需要长鞭的招拂，就明白了主人的意图。车辕后的厢板内堆满了黑乎乎的发着恶臭的人畜粪便，那堆粪便虽经过筛后细土面儿的掺和，整体变得僵硬，但在一路颠簸中，仍通过车板的缝隙，车后淋得洋洋洒洒。

　　"日你娘的，你就不能慢着点跑，急着赶死吗！"农人扬着鞭梢喝骂恰又嫌毛驴跑得快，好好一车肥料还未到地头就有小半车淋落在路上，农人大为心疼，"昨日夜里黑豆饼嚼了一夜，没撑死你。也是现下，隔着那几年打仗，人连黑豆皮都吃不上，别说你头驴！"

农夫与毛驴自说自话，惹得官道边树荫下的骑客大笑。

"老爹，送粪呢？"

农夫眯起眼，这才看清树荫下拴着一匹骏马，石头上坐着一位年约三十岁的精壮汉子，那汉子一身劲装打扮，目光炯炯，分外有神。

"不赶着点送粪，地里没法开犁下种呢。庄稼一枝花，全靠粪当家嘛。"

驴车从田埂边沿上来，胶皮轱辘一侧拐上官道，另一侧却陷进了官道边的沟渠里。车架倾斜，厢板间的肥料顺着板壁往地上淌，农人心疼地跳下车辕，扬鞭抽打毛驴。无奈那毛驴低矮干瘦，喘着粗气连挣了两次，车轱辘非但没有跃出沟渠，反将车上的肥料又重重甩出几大坨。

"老爹，莫要急，你揪住驴笼头就行了。"

后生大步走至车边，拉住车帮也不见使多大劲，驴车便轻轻松松地拐上了官道。后生随手取下插在肥料中的铁锹，将掉落在沟渠田埂上的肥料铲进车里。

农夫吃惊地看看车又看看年轻后生，"呀，后生好力气。看你不是个种地人，却像个庄户好把式。"农夫边整理鞍架边笑，"后生有这般力气，原该早些年就参军立功，跟着朝廷大军打上几仗，以你的身手，怕早就立功受封呢。据说晋王手下有个名叫李存孝的十三太保，力大无穷，武功盖世，是晋阳城太山脚下的牧羊娃，曾经赤手打死五六只老虎呢，被晋王爷一眼看中，收为养子。不过几年时间，听说不光受到皇上接见，还当了驸马爷，何其风光！"

年轻后生瞪大了眼睛，"老爹，你这是从哪听来的？"

农人一脸得意，"不光是十三太保赤手空拳打虎这事，当年他领着十八个敢死队员，都是十八般武艺样样精通的武林高手，杀到长安城下，和黄巢三十万人马杀作一团，直杀得天昏地暗，日月无光呢。不光攻下了长安城，十八骑一人不伤。尤其是那个十三太保李存孝，据说挽弓搭箭在一里开外射向黄巢。想那黄巢原就是个心狠手辣的家伙，竟然将身边的亲信挡在跟前，替他挨了一箭。要不，天下早就太平了呢！你说，十三太保英勇不英勇。"农人打开了话匣子，倒不急着送粪了，"村里谁家娃娃不听话，只需说一声，十三太保李存孝来了，准保吓得跑回他娘怀里去！"

年轻后生哈哈大笑，"老爹，你可见过十三太保李存孝？"

"见过，咋地没见过！"农人瞥一眼年轻后生，"那年晋王追击黄巢贼军，路过咱们村。我给大军运送草料，十三太保李存孝巡营，还送给我半褡裢牛肉干呢。那李存孝身高九尺，膀大腰圆，像黑熊一样强壮。"农人连说带比画，仿佛沉醉于与打虎英雄李存孝面对面的那段时光，脸上浮现出满足而自得的神色。

远处官道上一骑向这边飞驰过来，马上是位二十余岁的年轻后生，来人跳下马背，"爷当真是归心似箭，我这劣马紧跑慢跑哪里赶得上——这位老爹是……"

先前后生笑道："我已等你小半个时辰了，正和这位老爹聊会闲话。"

农人眼一翻道："咋地成了闲话！你们这些年轻人就得该向人家十三太保学学。老汉要是再年轻三十岁，准保跟着十三太保去打天下，说不定也能立点战功，光宗耀祖呢！"

两位年轻后生对视一眼，一齐大笑起来。

农人不耐烦道："不跟两个小哥拉话了，我得赶紧送肥去——好不容易天下太平了，能好好安下心来种地了，全家就指望着几亩地活呢。"

望着农人渐渐远去的身影，年轻后生对年长后生一竖大拇指，"太保爷，如今您可是声名在外，此番回村，我也能跟着太保爷风光风光呢！"

此二人正是李存孝和二生。

当年，李存孝跟随晋王李克用南下作战，在讨伐黄巢起义军的过程中，立下赫赫战功。尤其是李存孝率十八骑雨夜误闯长安城，将长安城搅得天翻地覆，且一十八骑无一失损，平安归队，成为天下津津乐道之事。关于十三太保等人血战长安的故事越传越广越传越具传奇色彩，大齐国的皇帝黄巢险些丧命在李存孝之手。在那次战役中，李存孝在五凤楼下猛然掷出的铁枪并没有击中黄巢，危急中，黄巢身边一位贴身将领飞身而出，将黄巢推倒，自己被铁枪直接贯穿胸脯，牢牢钉在身后的楼柱上，当场吐血而亡。

唐中和三年（883年），晋王李克用亲率五万大军进至沙苑，首先击败了齐将黄揆。此后，黄巢大军节节败退，粮食也将吃光，便"阴为遁计，发兵三万搤蓝田道"，为撤离长安做准备。同年四月，唐朝军队从四面八方会集京师之下。晋王李克用与河中、忠武镇将率先出战。黄巢率大军于渭桥迎战，一日三战，接连失利。四月，晋王李克用所部大军首先攻入长安，黄巢力战不胜，遂连夜撤离。

唐中和四年（884年）六月，黄巢残部退至瑕丘，被唐军四面包围。黄巢率部力战始得脱，随行人马狼狈不堪逃至泰山狼虎谷襄王村。清点人马，大部已溃散，仅剩黄巢与其外甥林言数十骑。林言见大势已去，乘黄巢不备将其斩杀。黄巢遂亡，时年五十岁。但其子黄皓率溃军残部，号为"浪荡军"，继续转战于中原淮河一带。

灭巢之战，朝廷对有功之臣大加封赏。其中两位统军征战、功勋卓著者最为惹眼，一位是统率沙陀与汉军混合部伍的晋王李克用，一位则是汉军汴梁节度使朱全忠。此位姓朱名全忠者不是别人，正是当年在函谷关城与尚让分道扬镳的朱温！据日后天下大势发展来看，应该说朱温此人颇具战略眼光，在黄巢进入长安建立大齐国，不是安抚民心抓住时机对唐朝大军残部进行连续不断的围歼，直以为长安一下，天下大定，而是坐守长安城过起了淫靡奢华纸醉金迷的生活。冷眼旁观的有志之士纷纷惊呼，黄巢大军停滞不前，此举无异于给了唐朝溃散大军以喘息之机。围绕长安一带的攻防战，黄巢大军虽接连大胜，进驻长安，但是并没有消灭唐军主力，实际上唐王朝大军有生力量基本毫发无损。喘息方定的唐廷，趁黄巢在长安城中忙着为登基做准备时，及时召集残部进行休整，酝酿着反攻。朱温一眼就看出黄巢此举无疑是在给自己种祸，大齐政权到头来不过同历史上无数短命王朝一样的命运，遂决定改辙易旗，迅速做出投奔唐廷的决定。事实证明，朱温的决断显示出超常的准确性。处苟延残喘之机的唐廷对于黄巢手下猛将朱温的反叛自是大喜，非但不追究朱温之罪，反而封朱温为左金吾大将军兼同州节度使，并赐朱温为全忠，表彰其功。

　　封赐朱温为朱全忠，唐廷其意不言自明，希望朱温从此以后，对唐王朝全心全意忠守尽责。那朱全忠果然不负众望，掉转矛头之后，率领唐军迅速投入到对黄巢大军的征讨之战中。每战朱全忠必身先士卒，冲锋在前，与晋王李克用对黄巢形成南北夹击之势，对于荡灭黄巢所部起到了决定性作用。屡立功勋的朱全忠被封为汴梁节度使。汴梁地处中原腹地，战略地位尤为重要，处于南上北下的交通咽喉之处，唐廷将汴梁交于黄巢降将朱全忠之手，可见唐廷对朱全忠的信任和重托。随着战势日趋分明，黄巢节节败退，唐廷接连收复失地，流亡关中宝鸡山达五年之久的唐朝皇帝亦回驾长安。但是当皇帝心情愉悦地重新坐进曾经熟悉的御座之中，傲然俯瞰天下之时，骇然发觉，经过历年征战，黄贼叛乱败势虽已成不可挽回之定局，可前门驱狼后门进虎，两个让唐朝皇帝坐卧不安的庞大军事集团已经悄然形成，隐隐约约对尚未全部恢复元气的朝廷形成了新的威胁。这两大战略军事集团，一个是晋王李克用，经过连年征战，所部人马已由南下时的六万余人膨胀成了三十余万；另一个正是汴梁节度使朱全忠，麾下亦有二十余万之众！

更让唐廷坐卧不安的是，李克用与朱全忠两人之间已处于明争暗斗的危险边缘。

无论这种争斗如何隐秘或一触即发，对于刚刚受到大唐僖宗皇帝李儇亲自召见并赐封的晋王十三太保李存孝而言，他并不在意。一切都似乎与他无关，此时他利用短暂的可以抽身脱离战场回归故土的机会，正沉浸在因受封并衣锦还乡的巨大喜悦之中。

李存孝与由一名普通军士升任麾下裨将的二生在回归乡土的路途上，时而纵马驰骋，时而持缰缓行，沿途春光明媚，满目青绿，一路晓行夜宿，无须赘言。

这日渐近黄河岸边，耳畔已听到远处苍茫群山间奔腾不息的惊天浪涛。暮色微垂，四野晚霞光影璀璨，远处村镇边暮归的牛羊缓慢的身影，与梦想中离别达五年之久的太山脚下风峪河边何其相似。

"太保爷，前方是座村镇，肚子已是饿得前心贴后背了。吃了一天干粮，得找个大饭庄子好好垫补垫补！"

李存孝笑道："好，明日过了黄河就离晋阳不远了，今日必得放开肚子吃喝一顿，养得肥肥胖胖，回家让你娘看着你高兴。咱家二生竟也是当了将军的人了，说不定上门提亲的早就挤破门槛了呢！"

"啥将军，不过是鸡毛裨将！"二生颇不服气道，"要当就当个可指挥千军万马的真正将军，那才不枉一生呢！"二生突然想起了什么，"我实为太保爷窝屈，替你打抱不平！大太保、三太保虽说深受晋王喜爱，现下都是一方帅将，手下统领上万军马。论功劳，老天爷眼睛雪亮着呢，比得上太保爷半点没有？这且不说，那四太保李存信、七太保李嗣恩、八太保李存璋有什么资格与太保爷平起平坐，位列将军？就连那个瞧着一股阴森气的十二太保康君立，成天不谋正事，到处挑拨离间唯恐天下不乱，居然也成了将军！他们算什么东西，哪一仗不是跟在太保爷屁股后边捞的功……"

李存孝眉头紧锁，不耐烦道："闭嘴！"近来二生常常在耳边念叨起此类事件，李存孝已甚觉堵得窝火。实际上亦是他心里难以理喻之事，无论临阵决战，还是斩杀敌手将领之数，他十三太保李存孝无不遥遥领先，却老是得不到父王重用。每次恶仗，李克用第一个想到的就是他，且每战必胜，威名大震，太山飞虎之名天下共知。论职位却始终在大太保李嗣源、三太保李存勖之下，在自己眼里确如二生所言，论武艺论功劳均在自己之下的四太保、七太保、八太保等人职权却始终与自己并列，呈平起平坐之势。此次进长安受封，虽说封了个鲁国公，但李存孝清楚，那不过是个荣耀虚职罢了，并无实权。

"二生，你可记住了。"李存孝突然掉转马头，望着近在咫尺的村镇脸上浮现出忧郁之色，"回村后莫在村人面前提军中之事。否则，休怪我十三太保翻脸！"

二生闻言顿觉浑身一震，这些年来尚是首次看到李存孝面色如此凝重威严，便小声嘟哝着，"放心，太保爷，二生保证一字不提就是。"

十里铺镇位于黄河南岸距古渡风陵渡口不过十余里，是个近千人居住规模颇大的村镇。当年庞勋叛乱，沙陀部族南下平叛时，此地不过是个三五十户人家的偏僻乡野。战事迭起后，十里铺因地理之势，成为朝廷大军南下和东进粮草辎重一应后勤军伍的集散之地和转运之地。黄巢大军东进时，将十里铺大唐溃军来不及抢运堆积如山的粮仓一把火夷为平地。火势刚熄，闻讯赶到十里铺镇的尚让跺脚痛责：出此主意者当斩决。事后黄巢亦懊悔不已，于当年在十里铺重新建起大军转运集散地。十里铺再次成为长安城与潼关、函谷关间的联络中心。朝廷大军大举反攻后，十里铺成为晋王李克用与朱全忠的争夺之地。这种争夺差点演变成一场战火，双方都不敢公然掀起战事，就私下里进行了协商调停。双方大军后退三十里各自据守，殊不知，这一退李克用就退到黄河之北。十里铺镇名义上是双方可共同使用的粮资后勤给养基地，因隔着黄河天险，李克用已逐步将粮资集散地转至洛阳、林州一带。按照双方协定，十里铺实际控制在汴梁节度使朱全忠手里。

虽是暮色垂降，镇里却依旧热闹。由于十里铺已处于大唐朝廷的控制之下，作为粮资集散地不过仅有少量驻军。事实上，汴梁节度使朱全忠为了将十里铺牢牢控制在自己手中，在该地渗入大量不着军装的官兵，十里铺多数居民除了官兵及其家眷之外，就是来自各地的商客。

"客官，看两位一路风尘仆仆，必是准备渡河北上。在本店歇息一晚，养足精神明日正好过河。"一位店伙计模样的后生过来。

李存孝没好气道："店家咋的知道我们要渡河北上，南下又能咋地？"那伙计嘻嘻笑道："这已是十里铺的规矩，凡南下者都得在北堡门外验身方可进来，防着奸细南下——放心，军爷们守得紧，一个也混不进来。"李存孝大是不解，"店家此话却是奇，河南河北都是朝廷地界，黄巢贼寇虽说仍有余党，不过都活动在河南一带，为何反从河北南下却成了奸细？"伙计细细打量两人一眼道："听两位口音，像是北地晋阳一带人氏，店中原就常年备着产自晋阳地界的风峪清酒呢。"二生奇道："你们店里如何有了风峪酒？"伙计一哂道："一看就知道你们小哥也是野丘八出身，自然不懂经商聚财之道。这原应是你们北地男女老少都该自豪的事呢！打黄巢朝廷大军里谁立的功最多？晋王麾下十三太保李存孝嘛，名气有多大，连朱大帅的阵营里都传得玄乎着呢。下层当兵的才不管是晋王还是朱帅，说起十三太保都认作是当世英雄。十三太保哪的人？晋阳府太山脚下风峪河边的人嘛。就冲这点，部队里都认十三太保，自然认十三太保家乡的酒。两位小哥莫要露出不服神色，若说我这店里的风峪酒糊弄河南人还可说得过去，你俩是北地人，尝尝真假立见分晓！"

伶牙俐齿的店伙计扳着指头一路数说，两人已不觉跟着进入店里。二生强忍着笑，心里只是念叨着风峪酒，虽是满腹狐疑，却是充满了好奇。门厅之内，总共七八张桌子，外面两张桌子坐着零零散散六七位客人，正中居然是座高出平地约一尺余高的台子，台上一桌盘碟齐整，却是无人。

二生腿快，数步便踏上台子，"这桌甚是好位置，大哥咱们且坐！"

店小二慌忙上前："此桌原非一般客官可用，是十三爷的专桌！每日晚间必到小店喝风峪酒，两位哥哥就在窗边这桌可好？"

"十三爷，哪个十三爷？"

门边桌上一人笑道："两位一看就不是本地人，连十里铺大军粮道总兵李大人的名讳都没听说过？原也有一身武艺，手下有伙军需库里的将校们围着，在这镇上却是一霸无人敢惹。自称十里铺的十三太保，听说与汴梁城节度使朱大人有着莫大关系呢。"

李存孝与二生对望一眼，却是大惑不解。

不多时，酒菜上齐，店小二所吹嘘的风峪酒不过是个名幌罢了，哪里比得上真正出自风峪河边地地道道的风峪酒。两人原是路过，便也不计较，吃饱饭只想早点歇息，明早赶路。

忽听街上一阵吵吵嚷嚷，窗边酒桌两人飞跑出去，没入黑夜中。不多时一人跑回来，"十三爷北堡下抓住四五个人，说是黄贼余党，让每人交二两银子。十三爷这是致富有方啊，现下都是大唐的地界，哪里有什么贼党？去年根下从河北过来的，尚是二十文钱，今年立马就涨成了二两。"

桌上另一人道："又不是问你要银子，就你长了张嘴？从河北过来的大多是寻亲的，多数是晋王当年晋阳城下拉出来的子弟兵亲人。跟着晋王上到军将下至官兵没几个不发财的，既是大老远地过河，原也不在乎那二两银子，河北岸的人原是都知道这个规矩的。"

李存孝问那后生，"这位小哥，从河北来寻亲，只不知从哪里来的？"

那后生道："听说是晋阳府来的，也不知是兄弟还是儿子跟着晋王参军一走五六年，活不见人死不见尸。内中还有位年轻女子，说是两人当年才刚成亲没几天。唉，这年头，为朝廷死了多少年轻将士，这十三爷也他娘不是个东西，什么钱他也敢要！"

一听来自晋阳府，且是妻子南下寻夫，李存孝顿时浮现出当年他与邓瑞芳离别时的情景，心里亦是莫名酸楚，"二生，咱们看看这位十三爷到底什么手段！"

"两位客官，勿要惹事！"店家闻声待要阻止，两人已是出了店门。

不远处十字街口聚了一堆人，两旁店铺内灯火通明。

内中一位小个兵士对人群中两男一女道："好话歹话原也给你们说了不少，二两银子又不是要你们的命，这是十里铺的规矩。你们说不是黄巢余党，你们脸上又没号着字，谁信？今也是十三爷心情好，你们交了钱自然两下里相安无事，偏都是些死脑筋！"

"军爷，咱们确是南下来寻亲的，这是我妹妹和他公公，都五六年了，听人说他们驻在洛阳一带。都是贫苦人家，哪里有银子？等我们在洛阳找到我家妹夫，返回时再给您补上，您看可行？"

小个子兵士回身望着众人簇拥着的一位神情傲慢、年约三十岁的汉子,"十三爷,您看?"

李存孝方知此人正是传闻的十里铺十三太保,便冷眼旁观,且看他如何表演。

那十三爷道:"爷生下来就信得过钱信不过人,当年晋阳人南下跟着李克用打仗,哪个没发横财?别以为你们晋阳有个十三太保,十里铺的十三太保你们是没见识过吧?我是个痛快人,既然二两银子拿不出,那就……五两吧!"

众人原以为十三爷发善心,没想到却是加重了码。

那年轻妇女扑通一声跪倒在地:"十三爷,求您发发善心,过解州时我们一家已身无分文,原都是一路讨着饭过来的。念在我丈夫是为朝廷打仗的份上,放我们过去吧。求您了!"

十三爷骨碌碌转着小眼睛,突然笑道:"这样吧,不交钱也行,我府上倒有些针线活,小娘子今晚过去把那些活计给爷做了,明日你们就走,可行?"

围观人群敢怒不敢言,这分明是想借机霸占欺侮人家的措辞罢了,哪有个听不明白的?

"这位妹妹且请起来。"谁也没防备,人群中挤进来同样一口北地口音的陌生汉子,"你们是晋阳府哪里人氏?"

听到熟悉乡音,那女子大是激动,"我们是晋阳罗城人,丈夫当年随晋王南下至今无音讯,年初我婆婆患病,临死想见丈夫一面。听说在洛阳一带,就一路寻摸着来了。"

那汉子正是李存孝,"妹妹,实不相瞒,我也是当年从晋阳跟随晋王南下参军的,准备明日北上。"说着对那位十三爷道,"放他们走,要几个钱我出。"

十三爷翻着白眼道:"小子,你竟然也是晋王手下的?晋王手下当兵的晋阳人男女怎的都一个德行，你是没长耳朵还是耳朵聋了？没听见爷的话吗，这位妹妹今日要进我府上做女工活。至于你！"十三爷突然欺身一步，胖手指重重在李存孝胸前连戳数下，"别他娘在爷跟前提晋王，现下在大唐的地面上，朱大帅才是真英雄，李克用算个鸟！"

李存孝一把揪住十三爷的脖领，冷笑道："你是想死还是想活？"

那汉子居然毫无惧色，"爷是十里铺的十三太保，今十里铺的父老乡亲们做着证呢。若是动了爷一根毫毛，爷保证让你们这几个北地的狗男女今晚就进黄河喂王八！爷想死呢，一天也不想活了，哈哈哈……"

话音刚落，十三爷的身影就如同一片飞絮般直上屋脊，脑袋直直撞在梁砖之上，但听一声闷响，再次摔下来时，已跌在两丈之外店铺的门阶之上。

一伙人跑过去，刚刚还耀武扬威的十三爷已是脑浆迸裂，血肉模糊，嘴巴大张，似乎笑声还残留在唇角，却成了一具死尸。

那小个子军士吓得脸色惨白，"爷是什么人……"

李存孝怒目圆睁，怒道："睁开你们的狗眼看清楚了，爷是晋阳府太山人氏，晋王膝下十三太保李存孝是也！"

第四十章　功名之祸福相依

　　一别六年,李存孝走进晋阳太山脚下清流淙淙的风峪河谷,仿佛有种恍若隔世之感。山林间风起云涌般的清凉湿雾扑面而来,与河南一望无际的原野上枯闷燥热大为不同。尤为重要的是,眼前日夜战马奔腾、军旗猎猎的残酷厮杀场面不见了,耳畔同样日夜战鼓轰响、凄厉惨叫的呼号声消失了。代之而来的是满目的苍翠,遍野的清幽。李存孝骤然轻松得有些不知所措起来。当他驰马奔至太山下的河道岸边时,他跳下马背和二生不约而同赤足踏进冰凉的风峪河,那种既熟悉又陌生透骨的凉意从脚下瞬间覆盖至浑身上下,他乍然有种闭目仰躺在河畔青青草坡上一醉不醒的想法。于是,他想起在黄河岸边十里铺酒肆中味道皆无,完全是借十三太保名气所售的风峪酒,非但毫无真正风峪酒的清冽醇香,甚至连身边的河水之甘甜都无法企及。李存孝贪婪地伏进河中,痛痛快快饮了个饱。起身时,遥遥听到不远处太山沟口有狗叫声传来,回头时,愕然看到从沟口的池塘边冲下一条黑影,一路狂叫着向他飞奔而来。

　　黑影边跑边撒欢儿,在距李存孝一丈开外,突然纵身而起,跃起两丈余高，如同一个圆润敦实的肉球儿当头扑下来。

"毛毛！"李存孝大喜，伸出双臂迎上去，将黑影抱在怀里，一人一狗躺在草地上不住打滚跳跃。毛毛比六年前长得愈加壮实，四蹄整整粗了一倍不止，伸出通红的大舌头兴奋地在李存孝脸上不住狂舔，喉咙里边舔边发出微微的呻吟声。

二生突然抹起泪来，"太保爷，毛毛还记得咱哥俩呢。"

李存孝亦觉眼窝微湿，待他坐起来，正想同毛毛好好亲热一番。毛毛突然挣脱他的怀抱，大嘴横张，尖牙裸露，用力扯住李存孝袖口，前腿低伏，后腿后蹲往前拖。

李存孝自是大觉诧异，心里咯噔一下，仿佛明白过来，将马缰往二生手里一扔，随着毛毛的撕咬方向朝沟口方向望去。

"望夫石"边，缓缓站起一位身影纤细的少妇。

"瑞芳！"李存孝大喜，与毛毛展开赛跑。

一群婆姨们从沟口池塘边站起来，嘻嘻哈哈地朝这边张望。

"十三太保回来了！"

李存孝奔到"望夫石"下，在婆姨们的笑声中，脸红脖粗地从邓瑞芳手中夺过木盆，尚未说句话，邓瑞芳已是泪流满面。碍于人多，两人虽未有半句交流，实际上他们的眼光已在短暂的接触中进行了只有他们俩才能读懂听懂的充满思念和忧伤的悄悄话。话着离别之情，话着相思之苦，话着牵挂之忧。

那天晚上两人相拥着躺在宽敞而坚实的热炕几乎彻夜未眠，自不细表。

关于太山打虎英雄李存孝在疆场上斩杀朱温大将、十八骑兵进长安城的传奇故事早已在晋阳府内传得沸沸扬扬，店头村自不必说。邓家一时宾客盈门，前来道贺的络绎不绝，这原在李存孝意料之内。有家乡的美酒饮着，有熟悉的乡音听着，李存孝被众星拱月般围在核心，仗着酒劲，将沙场厮杀之经历当故事说与众乡亲听。说到动情处，未免指手画脚，添油加醋。邓家女婿随晋王南下，立功无数，现已封为大官的消息不胫而走。

李存孝的出人头地，邓瑞芳自觉脸上风光无限。对于李存孝若有若无露出的幼稚狂妄之态，私下里邓瑞芳劝阻了数次。李存孝将她一把抱进怀里，表面应承着嘴里却说，瑞芳妹子你且看着，你家夫君往后还要挣回更大的功名，当更大的官，父王曾说我的前途无量。你听听父王的话难道还有错？现下黄贼虽死，但其余党在尚让率领之下仍盘踞在中原一带，到处召集兵马，试图垂死一搏，待将天下平定，我就回晋阳做官，到时你可就是尊贵无比的贵夫人了。说不定，朝廷还要赐封你个封号呢。见邓瑞芳满脸疑惑，李存孝告诉她，这都是父王亲口答应之事。

邓瑞芳突然一脸泪水，抚着李存孝幽幽道："安大哥，瑞芳不稀罕什么官太太不官太太的，妹子只希望你平平安安地回来就好。妹子早就想好了，等不打仗了，咱们两个就在村里种几亩地，养一些鸡鸭，毛毛给咱看家护院，过上富足安宁的日子就知足了。"

无数厮杀阵里趟出来从来不畏惧淋漓鲜血的猛将李存孝最怕心爱的妻子落泪，便安抚道："妹子放心，我听你的话就是，咱们过富足日子。"

院外传来毛毛的狂吠声，二门外有脚步声传来。听到有人嘟嘟哝哝说着话，"这畜牲，连我也不认得了吗？"

李存孝翻身坐起："谁？"

邓瑞芳叹了口气小声说，"我叔来了？"

院外窗棂下，邓印远咳嗽一声，"太保大人，在吗？"

太保大人？李存孝闻声突然想笑，又赶忙忍住。两人出了厅外，将邓印远迎进来。多年不见，邓印远胖了不少，眉宇间一股富足之气。

见李存孝出来，邓印远却已不见当年的干练神态，眉目间突然满是卑躬之色，"太保大人……"全身前伏，似要行礼的模样。李存孝大觉尴尬，"邓叔何要如此说话，倒折煞了侄女婿。"邓印远笑道："哪里哪里，如今的侄女婿已不是六年前的侄女婿了，太山飞虎晋阳府谁人不知哪个不晓。你现在可是朝廷的大官，该有的规矩还是要有。"李存孝不觉脸上一红，赶忙催促邓瑞芳，"妹子，赶紧给叔叔倒茶来。"邓印远急忙摆手，"不用，就过来坐坐，看看侄女侄女婿。"说着，邓印远摸索着从怀里掏出一个足有三十两的银锭放在桌上。李存孝大奇，"叔叔，你这是何意？"邓印远笑道："叔知道侄女婿当了大官，自然不稀罕这些铜臭物儿，不过此次回村探亲，来去匆忙，自不可能将银钱放在身上。没啥，做些日常用度就是。"两下里推辞几番，邓印远便绷紧了面皮，"侄女婿这是嫌弃叔叔，你若不收下，叔叔往后可再不进你家的门了！"李存孝叹了口气道："既然这样，就当我借叔叔的，等战事一结，侄女婿回到晋阳职位上再还。"邓印远眼睛陡地一亮，"看来侄女婿是要回晋阳当官来了？"李存孝立显矜持含蓄地笑道："不过是父王的初步设想罢了，谁知道呢。"邓印远一拱手道："侄女婿一身武艺，当年我就跟你丈人说，店头村虽说以往出过不少军将，那不过都是厮杀场上的军汉罢了。侄女婿太山打虎勇救晋王，大富大贵那都是命里就定了的。果不其然，现下被我说中了不是。"

邓瑞芳端茶进来，"叔叔喝茶。"邓印远看着两人，骤然神色严肃地道："你们两个也老大不小了，赶紧得要个孩子了。"邓瑞芳脸上一红，默不作声，垂手而立。邓印远突然哈哈大笑，"侄女不必害羞，这本是人伦之常，为飞虎将军生几个儿子，日后怕是邓家还要出几个打虎英雄呢！侄女，有几句话我想同侄女婿说说。"邓瑞芳知是不愿让她听到，便回身进了里间。

厅外只剩下两人，邓印远俯近李存孝低声道："侄女婿，有件事叔还得求你帮个忙。"李存孝奇道："叔这话未免见外，咱们原就是一家人。说什么帮不帮的，有话你说就是，侄女婿自当竭力而为。"邓印远略一沉吟又道："实不相瞒，自大军开始南下以来，为叔这些年心忧战事，日夜在晋阳城为大军筹运粮草及军中一应用度，全部低于市价，殚精竭虑，并没出现半分过失。最近，却不知何故，晋阳粮料官却突然通知为叔，从今往后不再收购我的粮食。侄女婿不知，为了筹集大军粮草，这几年来我北上雁门南下介休、平遥一带，劳累先自不说，为确保军需按时到位，为叔自掏腰包前期已垫进大量资金。这一下，为叔可是要倾家荡产了。"说着，邓印远已是两眼含泪，"现下你回来了，正可救为叔一命。侄女婿只需跟粮料官打个招呼。他必然听你的。"

"晋阳城粮料官是谁？"

邓印远两目放光，"是马成远，不知侄女婿可否认识，原是沙陀部属下的老军伍，据说晋王念他年事已高，便让他留守晋阳当了粮料官。"

"马成远？"李存孝脑海里回想着，猛然一抬头，将邓印远险些吓了一跳，"我想起来了，那年大军在晋阳城，他与四太保李存信原在一营，后不知何故，父王将两人调开。原是他掌管粮料，此事好办。马成远现在何处？"

邓印远蓦地咬牙切齿，愤愤道："我看这一切都是老三的阴谋，他这是釜底抽薪，眼红我的差使，也不知他使了什么手段。有人说他将当年藏在太山原本是晋王的财宝偷偷送给马成远一些，这个姓马的是个见钱眼开的贪婪之辈，竟要将此差事交于老三之手！他们这些日子就在太山龙泉寺！"

李存孝知道，邓印远所说的老三正是邓还忠，邓还忠虽与岳丈及邓印远非亲兄弟，但尚不至于为此事与他们结怨吧？想到这里，李存孝恍然意识到，此次回来还没有见邓叔一面呢。当即决定，明日就上太山！

大军南下之后，晋阳府依照李克用之意，对太山龙泉寺投入大量人力物力进行了修缮，面貌焕然一新。修葺一新后的龙泉寺香火渐趋旺盛，来自四面八方的僧人信徒云集龙泉寺，最繁盛时僧众竟达二百余人。李存孝再次踏上太山，恰赶上太山龙泉山内由各路僧众和文士举办"八雅"盛会。

何谓"八雅"？

李存孝不过是个粗汉，自然不懂其义，但那热闹景象却是让他大开了眼界。高高耸立的佛塔四周，已用汉白玉石栏团团围成一圈，将僧众游人脚步阻于栏杆之外，如此一来使得佛塔之下的佛祖舍利地宫得到极为妥善的保护。而在李存孝眼中，意义更为非凡，想起当年与邓瑞芳两人跪在佛塔下立誓之景，宛在眼前。那至今想起来仍不免面红耳赤的情誓亦团团围在石栏内，外人自然无法窥测半分。

太山之上到处是拥挤的人流和来自各地的文士墨客，甚至不乏奇装异服远道而来的胡客。

邓还忠的居室在龙泉寺后坡顶上的一处平旷之地。三间正房两间偏房全为石砌，房前屋后绿树成荫，屋前一亩大小的菜园内，遍目葱绿，长得好不茂盛。林木之中沿坡崖一字排开九座石像。传说很久以前，一龙从天而降，有泉水从山涧喷涌而出，遂有龙泉之称。此后，龙之九子便在太山居住下来，那九座石雕正是龙之九子，分别是老大囚牛，老二睚眦，老三嘲风，老四蒲牢，老五狻猊，老六赑屃，老七狴犴，老八负屃，老九螭吻。

李存孝赶到邓还忠居所之时，屋门半敞却空无一人。站在此地，脚下人山人海的龙泉寺内，乐声四起，迎风飞舞的幡旗与字画将整个雕梁画栋的寺院装扮得异常鲜亮。当年李存孝雾中打虎之处的泉眼边，已砌成大块九曲连环状的水道，游客们争相俯在弯弯曲曲的水道边或用瓷缸装水或干脆直接用手舀起，不用想，定是满嘴的清凉。远处山涧四季常青的松涛阵阵。李存孝突然想及邓瑞芳所言，妹子之意甚好，等仗打完了，离开山下村落，就住在太山之上，垦几亩薄田，让瑞芳生一堆娃娃，过神仙般的日子岂不是好！

　　暮色渐垂，龙泉寺从山门到整个寺院到处挂满了耀眼的红灯笼。自当年邓还忠在村落中挂起第一盏红灯之后，其喜气色调，亮堂光影引起周围村镇百姓极大兴趣，尤其是自太山舞龙大会、晋王拜谒太山血祠之后，此风广为流传。每逢春节及八月中秋之际，百姓们家家户户门前挂起了红灯笼，形制渐为繁杂，却大受民间喜爱。大红灯笼高高挂之景，一直流传至今。

　　果如邓印远所言，邓还忠确实和晋阳粮料官马成远在一起。看上去鬓如霜染已显苍老的两人为深受晋王器重且名震天下的十三太保李存孝摆出了上好的风峪酒。邓还忠于五年前搬至太山，日夜与闲云野鹤为伍，过得甚是宽裕自如。当年那位不畏权势，不惜与十一太保史敬思翻脸的马成远与李存孝仅有一面之缘，不过他对李存孝战场上威震三军之经历却如数家珍。

　　"十三太保之威名，晋阳城连三岁小孩都清楚得很呢！"马成远抚须哈哈大笑，"历朝历代，成名将帅，尸骨万千，那名气不过都是数不清的血肉堆起来的。多数名不副实，不过是后人所不惜信口雌黄的杜撰罢了，反正是前人已作古，不可考证，后来人或怀着公心或怀着私意，想怎么说就怎么说。经代代传播，原本是无影之事反成了后人后世眼里的真人真事了。可你太山飞虎存孝将军可不一样，你的名望是用你的拳头一招一式打出来的。当年晋王识人无误，我若是你这年纪，必然跟着你十三太保报效朝廷，就是能在你十三太保麾下当个兵头亦是心甘。存孝英雄，世无其二！老邓，我老马说得有一点错没有？"

邓还忠笑道："存孝，据说黄贼身死之后，皇上召有功之臣到长安进行封赏？"

马成远接口道："这还用说，以十三太保的功劳，官职岂能小了？"

李存孝竭力克制兴奋之情，放缓语气，"皇上亲封存孝为国公。"

邓还忠又问道："那晋王所封何位？"

李存孝道："父王已领王爵。"

马成远啧啧称奇，"你看看，当年不过是村里的一个毛头小子，如今不光受皇上亲自召见并封为国公之位，据我所知，这与晋王王爵仅是一步之遥。晋王其他太保成熟稳重能成大事者除了大太保李嗣源外，十三太保存孝亦是当世异数，足可彪炳千秋之册。不过，十三太保打了这么多胜仗，别看我们身在千里之外的晋阳城，亦立有功勋呢。十三太保可知，你们大军每日三餐之内至少有一餐饭可是从老马手里流过去的！"马成远再次大笑，"没想到老夫行将入土之人，能为当世勇将十三太保做些后勤，倒也不枉此生，痛快，痛快！"

说起后勤钱粮，李存孝连忙接过话茬，"马将军，在下尚有一事请教。"马成远笑道："十三太保这是羞煞老夫，能为当世英雄做事，老夫荣幸尚是不及，何谈请教。太保请讲，我老马洗耳恭听。"李存孝便道："家叔原在马将军手下筹运军粮，可有此事？"原本笑逐颜开的马成远蓦地陡起警觉，脸色绷紧，"十三太保是何意思？"马成远当年在军营中不论军将还是下层官军私下关系处得甚是宽松，且是个爱热闹的人物，所到之处嘻哈打闹，颇受官兵们欢迎。恰是如此爽快耿直之人，唯独对待公事之上，不管是谁，丝毫不讲情面，不因公废私，个人威信极高，即便当年与晋王李克用的太保们,亦是公私分明,铁面无私,无畏无惧。

李存孝却不晓得这些,心里原是想得简单得多,为大军筹集军粮应是为朝廷做事,不过是一句话就可办妥之事。便将邓印远想继续筹办军粮的事说个大略,关于涉及邓还忠的话只字未提。李存孝在说的过程中语气极为轻松,他压根儿就没注意到马成远越来越阴郁的脸色。

半响无语。马成远与邓还忠对视一眼,缓缓坐直身体,恭敬地对李存孝一拱手道:"老马虽已老朽,心直口快这辈子大家伙都清楚。如若是私事,凡对得着脾性的,老马即便赴汤蹈火亦在所不辞。唯在公事之上,尤其是事关千百万人命事体之上,老马我从不敢有丝毫懈怠。国有国法,军有军规。此事我不想多说一句,老马也劝十三太保,莫要涉足此事。时下,太保爷前途人生正是如日中天之际,切不可因小失大,影响了十三太保的形象和前程。到时,只怕悔之晚矣。"

话说得斩钉截铁,并无丝毫商讨余地,根本不在乎李存孝的颜面。李存孝无故碰了颗软钉子,顿觉脸上火辣辣地痛。内心不由得大起窝火,竟是越听越糊涂,尚不明事体,就硬生生当场堵了口。好不容易压压火气,脑子里愈发黏稠如糨糊,正想缓过语气问个究竟。不料,马成远却站起来身来,向两人告辞:

"太保爷、老邓,天色已晚,府库新粮刚进来一大批,老马得下山夜查去了。别的事出了娄子尚能补足,军粮若是出了问题,事关三军肚子,老马不敢耽误!告辞!"

说罢,便匆匆出门而去,大股清凉夜风旋舞而进。

李存孝愕然,愣在当地作声不得。倒是邓还忠依旧镇定如初,仿佛早已习惯了马成远这种说来就来说走就走风风火火的做派。

"敬思可记得当年你在晋阳府大闹罗城县衙之事?"

李存孝点点头道:"邓叔与罗城县衙有何关联?"

邓还忠缓缓道:"当年被你打死在衙门当堂的县令傅鸿真,有个族侄在晋阳大军粮库当差,此人与他叔叔傅鸿真竟都是贪婪之辈。印远也不知咋地同他拉上了关系,两人合伙由印远四处购买粮食后再售于军库。去年年根下军库失火,救火之后方发觉军粮之中竟夹杂着一批滥竽充数之货,竟有数千石之巨!"

李存孝大惊:"莫非是印远叔收售于粮库之中?"

邓还忠道:"现下只是怀疑,官府尚未有定论。不过,傅鸿真之族侄内外勾结,以次充好,从中牟取暴利已是不争之实。据从衙门传出来的消息,印远虽非主犯,怕亦是难脱干系。官府停了他的差,这原就是个信号,他岂能看不出来?理应赶快设法弥补才是,谁料竟还惦念着重拾筹粮之事。他是迷了眼还是昏了头,莫非一条道往死路上走吗!"

李存孝吓了一跳,"那该咋办?"

邓还忠摇摇头道:"我已和他说过两次,他直以为是我在暗地里抢他的事做。"邓还忠无奈地一笑,"这就是命相。人若是利欲昏了头,怕是老天爷也扯不回他半条腿。"顿了顿,又道,"敬思,邓叔已决意就在这太山之上了却此生。黄巢虽亡,余党仍贼心不死,其势仍不可小觑,据说尚让在河南之地已纠集起数万之众,企图东山再起。军务要紧,小住几日后,你最好速速回到军前听命。听说,晋王待你不薄?"

李存孝不好意思笑道:"父王确实待我如己出,但凡战后有奖赏,我准是头一份,且在诸兄弟们中间,我是分量最重的。父王已答应我,等战事一结,让我回晋阳任职。"

"是吗?"邓还忠语气依旧平淡,仿佛听着一件与他毫无关联的事情,末了突然话锋一转,"敬思,邓叔有一句话,此次你回到军中,务必主动上表,将国公之名号辞掉!"

"啊?"李存孝大惊,"邓叔,当年你不是让我上阵杀敌建功立业么，为何要辞？"

邓还忠也不解释，"该立的要立，该辞的要辞。好多冒着生命之险立下的滔天之功原就是为了辞的，不管你明白不明白，你记着邓叔的话就是！"

李存孝没应承亦没表态。院外的山林里，松涛轰鸣，此起彼伏，暴响如雷。

李存孝下山后的第二天夜里，邓瑞芳从二院耳房后刚进入内院，遥遥见一条黑影潜入邓家后院因病卧床已有月余的邓万户窗棂下。万籁俱寂之中，突然嘭嘭嘭几声叩击。

房中邓万户披衣坐起："谁？"

窗外黑影瓮声瓮气道："十天后找几个可靠人，随我上山启货。"

邓万户迟疑道："此时启货做甚？"

那黑影顿了顿道："我要带货进晋阳城，见一个人！"

第四十一章　险境之汴梁城下

浓云密布，夜色如墨，苍穹之上星宿若隐若现。位于汴梁城南三十里之外的石岭沟内，一支人马摸黑行进在密林槁草丛生仅有丈余宽弯弯曲曲的谷涧中。队伍里悄然无声，唯听军靴踏在山路上石头滚动声和沉重急促的喘息声。尚让由三五名中军将领簇拥着从谷底攀上山路左侧一座高台。高台耸出地面约三丈之高，站在此处，视野穿过前方黑乎乎的谷口，山下三十里外的汴梁城隐隐约约的灯火依稀可见。

"出谷之后，令全军人马加快行军速度，黎明前到达汴梁城下！"黑暗中的尚让虽看不清面目，语气却是粗重凌厉，不容半分商讨余地，"李克用距汴梁城最近驻军在什么位置，距汴梁城有多远？"

一位将领道："据日间探马报知，李克用军马距汴梁城最近在柳林关，统兵将领是李克用膝下十三太保李存孝和十一太保史敬思所部，距汴梁城约七十里，尚隔着一道大洪河。"

"十三太保？"尚让不由得倒吸一口凉气，"汴梁驻军仅有五千人马，探马所报可属实？"

"尚帅放心，情报万无一失。朱温老贼以为我军仍在汴梁之东，主力全部部署在汴梁东八道河一带，此地属朱温与李克用接防之地。朱温老贼名义上防的是我们，实际上防的是李克用，朱温与李克用两大势力仗着各自军功，四处培植势力，拓展疆土，已势同水火，此亦是天下人皆知之实。汴梁仅有五千军马，不过都是些老弱病残，实乃天赐良机。"

黄巢撤出长安之后，唐廷两大主力李克用与朱全忠所部联手对黄巢大军围追堵截，不给丝毫喘息之机。当年黄巢渡江北上席卷中原之时，沿途攻陷关城最大的失误就是目标紧紧盯着唐都长安，却未占据沿途关城，只是纵兵掳掠便扬长而去，竟然没有创建一处根据地。败退遂呈如山倒之势，无半尺立足之地，一直逃到狼虎谷，走投无路，被属下所杀。

黄巢一死，天下太平。李克用与朱全忠迅速由战略合作关系成了争权夺利的死对头，事实上他们根本就没意识到，黄巢所部有生力量大多溃散，并没有被成建制消灭，有些部伍元气甚至毫发未损。被封为大齐丞相的尚让，作为黄巢生前最为信任的属将，秘密联络诸部伍不断收拾残部，短短数月之久，竟收拢起一支将近七万余人的队伍。李克用与朱全忠的矛盾日趋明晰，尚让果断做出决定，迅速组织两万精兵强将对汴梁实施奇袭。之所以选择攻击汴梁朱全忠所部，一则是由于汴梁所处地理位置，恰在义军残部北上之咽喉。只要攻下汴梁，无论西进还是北上，均呈大利之势。二则，也是更为关键的原因，朱全忠乃是投敌叛变之人，一朝叛变便同黄巢大军列阵相向，意欲在新主子唐朝皇帝面前表现，在对黄巢大军的历次作战中，进攻最为猛烈，手段最为残忍的不是李克用部而恰恰是朱全忠所部。黄巢大军上层将帅都清楚，当年朱温投奔己方时，黄巢对他极为信任，三年之内便已高居同州防御使一职，孰料却培养出一只狼子野心的恶兽。黄巢生前就曾立下重誓，一定生擒朱全忠，将其碎尸万段，方解心头大恨。对于攻打汴梁，重新组织起来的部队虽说缺衣少食，给养困难，但军心却出奇的振奋。

杀进汴梁城，活捉朱温老贼，为圣上报仇，成为三军将士团结一致同仇敌忾的目标，士气从未如此高涨，斗志从未如此昂扬。尚让不禁为自己做出进攻汴梁的决定大感快意，脸上露出得意神色。在他的战略构想中，借助讨伐叛贼之势，一鼓作气拿下汴梁，以汴梁为中心，集中优势兵力从腹背将朱全忠一举歼灭。以目前的局势看，李克用与朱全忠恨不得对方从人间消失，对朱全忠发动全面进攻，昔日两大集团联手的局面绝不可能再现，李克用无疑将选择作壁上观，这样一来，尚让有信心借机除掉朱全忠。朱全忠一除，当李克用意识到战火烧及自身时，已是迟了。李克用本为北境晋阳沙陀部族，只要将其逼至黄河以北，就能完全腾出手脚再次发动对唐朝都城长安的全面进攻。在尚让眼里，唐朝都城不过是个不堪一击的城防而已。只要占据长安，他尚让就是未来的大齐皇帝！

不过，这只是个美好的设想而已。距离这个设想最近的起步平台就在汴梁城。朱全忠的眼睛一直紧盯在汴梁之东的李克用所部，那才是他真正的对手，至于黄巢残部，他压根儿就没放在心上。所属军马全部部署在汴梁以东，与李克用大军形成对峙，汴梁反而仅有五千军马。

暗夜中，三军加快了行军速度。以尚让的前期策划，大军在夜色掩护之下赶赴汴梁城，天亮前对汴梁发起连续猛攻，在朱全忠援军到达之前拿下汴梁。据尚让初步测算，从发动进攻到攻克城防，仅用两到三个时辰。

尚让知道，属下军将所害怕的并非是汴梁朱全忠部，而是与汴梁城近在咫尺的李克用十三太保李存孝。李存孝的威猛天下共知，其声名让人闻风丧胆。于是在行军途中，尚让召集部分高级将领开了一个小型会议，主要针对在发动进攻过程中唐廷在短时间内可能到达的援军展开了讨论。最后一致确定，理论上讲，在三个时辰之内，能够到达汴梁城下的只有李存孝所部。虽则结合目前唐廷内部形势，尚让断然否决了李存孝对朱全忠施以援手的可能性。当年，李存孝在函谷关下力杀朱全忠手下十数员大将，两人之间已是结下了深仇大恨。况李克用与朱全忠明争暗斗，即便朱全忠陷入危急关头，李克用断然不会派出援军。不过，这仅仅是种可能。为了确保此次行动万无一失，尚让决定以主力一万五千人马强攻汴梁，另以五千军马前出三十里，于大洪河沿岸布下两道防线，明在围点，暗在打援。

尚让阴阴笑道："人说李存孝天下无敌，不过据我观察，此人粗鄙轻狂，一介武夫而已。就怕他不来，他若是敢贸然出兵救援汴梁，我将让此莽夫死无葬身之地！"

会议一结束，尚让将打援之事交给他手下最为信任的关辰光将军。关辰光是一位久经沙场的老将，昔年随王仙芝起事后就一直以勇猛著称。在整个队伍中，关辰光资格颇老，虽未与十三太保李存孝交过手，但他恰恰与河北大名人铁枪王彦章是旧识。王彦章年纪轻轻就拥有一身武艺，惯使两把短枪，与人交手短枪从不轻易出手，三招之内就可击倒对手。但王彦章至死，最为佩服的就是十三太保李存孝。王彦章都自认是手下败将，关辰光自认不是对手。身为上将，虽则表面上他不惧怕任何对手，但他清楚那不过是做个样子给别人看的。在他心底始终日夜祷告：此生在战场上，最好不与李存孝交手！

在行军会议上，当尚让首次提到十三太保李存孝时，关辰光的心里就不禁咯噔了数下，而且最让他恐惧的是，尚让在研究部署整个围城打援计划时，烛光映照下尚让那双骨碌碌冒着寒气的眼睛就一直不停有意无意地在他身上打转。关辰光当时就预感势头不妙，生怕将打援任务安排在他身上，后来便干脆低下了头，嘴里开始默默祷告。

天下之事往往就是如此蹊跷而不可思议，最担心的事恰恰就成了现实。

"关辰光听令！"

当尚让不容置疑的口气瞬间点到他的名字时，关辰光骤然有种恍恍惚惚的不真实感，直到别人推了他一把，才醒悟过来。

"尚将军，您唤我？"

关辰光的迟疑让尚让大为不快，在尚让的印象中，愈是危急时刻，积极请缨慷慨赴战历来是关辰光的本色，眼前这位呈迷糊状态的将军绝非他的行事原则。不过这种不快也仅仅是稍纵即逝，尚让将其归之于连日行军疲惫劳累之故。

"关将军，你带五千军马绕过汴梁城，在大洪河南岸布下防线。不管李存孝救援不救援，在三个时辰内不要让一兵一卒渡过大洪河，你就是奇功一件！"

关辰光心瞬间沉到了底，可他清楚尚让冷酷而翻脸不认人的秉性，尤其是在用人之际的关键时刻，稍有退缩就有可能为自己种下不测之祸。当下慷然起身，胸脯拍得山响，"尚帅请放心，那李存孝若是敢来，在下准保让他有来无回，大洪河就是他的葬身之地！"

尚让对关辰光的表态极为满意，不过在会后即将分兵之际仍然将他单独召到面前，面授机宜：

"关将军，对付李存孝，最好是智取勿要强攻。"见关辰光一脸疑惑之色，尚让笑着压低了声音，"李存孝勇有余而谋不足，你到达大洪河后，要迅即派人做一件事……"

声音渐弱，淹没在沉重的军靴声和兵器的磕碰声中。前方，星星点点的汴梁城已在眼前。

尚让大军秘密抵达汴梁城下之时，城内朱全忠一无所知。昨夜的酒喝得有些过量，酒来自晋阳府太山下的风峪河畔。据说，力大无穷的晋王十三太保李存孝从小与风峪酒就有着不可割舍之源，李存孝尚在幼时，体质较其他孩子颇弱。那年夏天，他的母亲碰到一位酒量奇大的游方高士，在连续喝了两天两夜风峪酒之后，跃身而起高呼"壮哉此酒"扬长而去。李存孝的母亲是沙陀人，那句话虽未听全，一个壮字却让她骤然有所彻悟。当天便尝试着以酒当水和着饮食给李存孝，没想到李存孝一沾酒非但没有拒绝反表现出异乎寻常的欢快。臂力过人、武艺高超之说源于集天地之精华、日月之灵光、清冽甘醇的风峪酒。朱全忠对此不过一哂而已，李存孝原就是雁门关外沙陀部人，少年才流落到晋阳府太山脚下店头村，原在大漠就力杀野狼，显示异于常人之勇，至于喝风峪酒长大不过都是他娘的无稽之谈。瞎侃归瞎侃，但是太山风峪酒这个名号却是深深刻印在了嗜酒如命朱全忠的脑海中。太山虽在李克用控制范围之内，但朱全忠有的是办法从太山脚下弄来几坛风峪酒。风峪酒果然滋味纯正，这大出朱全忠之意料。在数次军事会议上，朱全忠就曾狂妄放言，不出数年必将李克用那个独眼龙赶到雁门关之外，打回老家。不为别的，就为能够天天品尝到人间美味风峪酒，也要不惜与李克用一战。事实上，朝野有志之士早已预料到起义大军一旦全部熄灭，并不意味着举国进入和平时代，更大规模的阵仗不在别处，就在朱全忠与李克用两大集团之间。朱全忠之所以敢狂妄放出此话，他是有原因也是有底气的。自古飞鸟尽良弓藏的事例他是再熟悉不过了，当年庞勋祸乱一结束，立下汗马功劳的沙陀部族被朝廷一纸诏令就灰溜溜地退回雁门以北。历史就是如此的惊人的相似，据朝廷内线报知，皇帝对在平叛黄巢战事中羽翼日渐丰满的李克用部已逐渐防备起来。说到底，李克用是沙陀人，迟早得从中原滚蛋。而朱全忠则不同，他是堂堂正正的汉人。如若李克用识时务主动撤回雁门关，无须多言，三晋之地自然由他朱全忠接管；如若李克用装聋作哑不识时务，朝廷必然用兵进行武力驱逐，朱全忠所部则会以王师之名举全部力量对李克用展开进攻。换言之，朱全忠是王师是正义之师。区区几坛风峪酒岂不是掌中之物。朱全忠甚至想象，有朝一日接手晋阳，他要在太山脚下风峪河边开一家规模宏大的酿酒作坊，将风峪河上游村落里的老百姓全部迁到晋阳城内，给他们规划一处住宅基地。毫无疑问，从偏僻乡野迁到繁华的城市，那些土生土长未见过世面的老百姓们当然情愿。然后将整个风峪河上游全部控制在手里，开始酿酒。朱全忠之所以如此设计，他是担忧那些粗鄙的乡民会污染了清冽冽的风峪河水。任何醇香美酒，水质一旦受污，自然会大打折扣。

朱全忠沉浸在美酒和前途的狂热想望中，对即将到来的灭顶之灾毫无察觉。

那场发生在汴梁城下，黄巢残部由尚让率领发起的战役正是在凌晨时分开始的。战役一开始，尚让就动用了全部兵力从南门到西门同时进行强攻。战役的突然性不仅让守城官兵大惊失色，就连时刻关注尚让大军的将领们都觉得不可思议。烽烟四起的时候，守城主将甚至一度怀疑是李克用所部发动的突袭。直到高高的云梯架上城头，密密麻麻的大军一个接一个爬上来，寒光闪闪的兵刃呼啸着朝头上砍来的时候，借着城角四面悬挂的火烛这才看清对方衣甲。

"不好了，黄贼大军上来了！"

最初的混乱正是在这阵歇斯底里的嘶喊中形成的，成群的尚让所部战士乘此间隙洪水般从城头涌进来，与守城官兵展开血战。或许那声喊叫源自一位刚刚加入官兵队伍不久的新军，或者那名官兵原本对黄巢的死讯并不确切，突然被从天而降的大军吓破了胆，情急之下才喊将出来的。他当然没有料到，正是这一声喊叫引起了一连串溃退。

这位拔足在城头上狂奔的官兵被迎头劈下来的一刀瞬间结果了性命，他大睁着两只眼，暗黑的血线从额头大股滑落，嘴巴微张，他至死都不敢相信，那把直直插在当顶的长刀不是来黄巢大军，而是来自自己阵营的一名将军。

"奶奶的，黄贼早已腐成了粪土，胆敢乱我军心！"军将抬腿将已成尸体的士兵踢倒在地，举刀高喊，"不过是一股贼兵残部，大伙跟着我杀贼！"

城头上杀作一团。

朱全忠得到战况时，脑袋晕晕沉沉地从宽大的床榻上一跃而起，"什么？贼兵杀进来了？休要谎报军情，贼兵尚在百里之外，况都是些散兵游勇，哪里敢攻打汴梁城。不用说，定是李克用的军马！"

当一个人对另一个人恨之入骨时，往往无须多言，那种残酷的力量是双向的。朱全忠日夜盼望李克用恨不得滚下马背摔死，喝口凉水噎死的恨，他清楚李克用亦怀着同样的心思，其热切程度并不比自己逊色，甚至更为凶暴。李克用凡事不形于色，同朱邪氏家族所有成大事者如出一辙，他们都怀有一颗如大漠野狼的凶残之心，只不过善于掩饰罢了。李克用时时刻刻置自己于死地的心朱全忠早在黄巢贼寇被追击得只有招架之功而无还手之力时就看出来了。不知何故，朱全忠在倒趿拉着履鞋奔向城头的路上，甚至盼望着前来攻城的不是别人，正是李克用。如此一来，恰好给他戴一顶叛乱的口实，然后可以王师之名堂堂正正地从中原大地上将这只独眼贼赶回雁门关。

朱全忠的到来，无形中激起全城军民奋起抗争的士气。战火一起，汴梁全城瞬间从黑暗中复活，男女老幼从四面八方赶到，加入防守阵列。黄巢当初从长安东撤途中，乱军烧杀抢掠的不齿行径让沿途百姓早已怒火万丈。他们清楚，汴梁一旦有失，官兵大可拍拍屁股撤退，可老百姓们拖家带口，无处可去，他们将是贼寇报复的对象，是最终的受害者。而且尚让在制定进攻汴梁的战略设想中，一切困难和危局都予以考虑，唯独忘了极为重要的一个环节，那就是汴梁城内军民达数十万之众。

这样一来，原本在兵力占绝对优势，城内守兵短暂的混乱之后，双方战局趋于平衡。朱全忠清楚，如此打下去汴梁必定有失，而他的主力部队均在二百里之外监视李克用所部。即便得信赶到汴梁城恐怕亦是死城一座。情急之中，他脑子里迅速搜索着汴梁城四周最近的官兵队伍。而距离汴梁城最近的竟是晋王李克用的十三太保李存孝。想起李存孝，朱全忠就骤然气不打一处来，如若与李克用的战事一旦开启，他第一个想亲手宰的不是别人，正是李存孝！当年函谷关下，李存孝在自己的眼皮底下将自己亲手培植起来的得力干将竟然不费吹灰之力险些杀得精光，这笔仇朱全忠一直铭记于心，念念不忘。

不过，仇归仇，怨归怨，迫在眉睫的是解决汴梁之围，确保自身性命要紧。朱全忠迅即派人前往李存孝大营搬救兵，措辞设计得连他自己都得意得想狂笑：今巢贼残部抵汴梁城下，朱某决心与贼部决死一战，城在人在，城亡人亡。汴梁一旦失陷，晋王所部侧翼则完全暴露在贼兵主力之下，如此则晋王危矣。望十三太保见报火速发兵，朱某则与十三太保勠力同心，并肩作战，誓保晋王大军免受兵祸之灾！

朱全忠对自己的料算胸有成竹：李存孝一武夫而已，今以保护晋王侧翼之说辞必定能将这个粗鄙将军诓来解围。如若不来，朱全忠日后算总账也有的是办法，只需上报朝廷，一个见死不救的罪名就足以将李存孝已得功勋和国公之位剥得一干二净。总之，他来也得来不来也得来。在朱全忠眼里，离开李克用，李存孝就是纯粹一个可玩弄于股掌间的莽汉罢了！

李存孝接到朱全忠搬兵书信，细细一想，朱言说的自是大在情理之中。晋王主力大军全在汴梁之东，汴梁雄踞中原核心地带，扼守交通要道，实际上充当着晋王大军的西南屏障。确保汴梁不至有失，无疑是在帮助父王御敌于战线之外。更何况，现下他与朱全忠同为朝廷阵营，盟军有难他岂能见死不救。李存孝二话不说，迅速点起三千军马。临行之初，已为前军偏将的二生提醒他：

"太保爷，救援汴梁，动兵此等大事需禀报晋王再作决断，较为妥当。"

李克用派李存孝带军马驻扎在大洪河以北，原就是为防备朱全忠突然渡河北上，侵入三晋大地。那里可是晋王的大本营。虽则天下尚在劲荡战火之中，朱全忠尚不敢贸然偷袭晋军侧翼，但这仅仅是理论上的推断。朱全忠出尔反尔、反复无常的奸诈本性让李克用对他时时处于最强的警惕之中，为了实现个人野心和不可为人道的欲望，他能反戈一击，对曾经奉为至尊的黄巢掉头就能在他背后举刀，而且下手狠毒，情面无存，义节无存。对于这样的龌龊小人，他什么事干不出来！

当初，李存孝驻守洪河之北，李克用曾再三嘱咐，不管晋王大军如何危急，没有晋王军令，李存孝三千军马绝不离开洪河北岸一步。他的主要任务就是紧盯着汴梁方向朱全忠动向。

但是，对于二生的提醒，李存孝根本不以为然，皇帝亲封国公，难道没有指挥三千军马之权，况将在外君命尚可不受，出兵渡河原本就是从外围解晋王之危，请示岂非多此一举。再次，等请命奔驰在路上时，汴梁城已下，贼军就可组织起声势浩大的队伍一路向东杀去。

轰隆隆马蹄声急，李存孝一马当先，乘着黎明前的暗黑天光向大洪河一线杀奔而去。

三军到达大洪河北岸时，天色已大亮。隔着河道，隐隐约约可听到汴梁城下攻防之战正打得如火如荼难解难分。

李存孝正准备渡河，河对岸现出一队人马。按照尚让计策，在洪河南岸早已等候多时的关辰光驰马遥遥喊道：

"对岸军马听着，可是十三太保李存孝？"

李存孝道："汝是何人，如何知晓本国公之名号？"

关辰光倒也恭敬，马上一揖道："十三太保李存孝将军威名天下谁人不知哪个不晓，今之一见，实是三生有幸。"话锋一转，突然哈哈大笑，"不过，别人怕你，关辰光却是不怕。传说十三太保力杀数将，那只能说明与你交手者不过世之鼠辈而已。有胆跟我关辰光大战三百回合否？"

李存孝压根儿未将这个闻所未闻的关辰光放在眼里，冷冷道："姓关的，有胆就在原地等着，若是过了本国公十个回合，本国公就给你磕三个响头！"

关辰光笑道："休要吹牛皮。来人，将军马撤后一箭之地，军半渡而击之，此等小人伎俩关某羞于为之。来，来，咱俩见个高低！"

隔河遥见关辰光军伍果真齐整后退，在南岸河道滩涂之上空出一大块空地，唯有关辰光一人一骑与李存孝叫阵。二生陡觉甚是蹊跷，对岸静寂异常，正想与李存孝细商。李存孝已怒不可遏，跨上赤青骢绝尘而出，趟进河里向对岸奔去！

二生生怕李存孝有失，手一挥率领三千军马踏进水深仅到半腿的大洪河，眼看大战一触即发！

第四十二章　中计之险象环生

　　大洪河一役，十三太保李存孝求战心切，误中尚让计策，致使身陷险境，差点丧命。如若在临战之初，李存孝就意识到存在的危险性，以他的性格，他绝对不会停止救援，仍然会义无反顾毫不犹豫地率军杀向大洪河。在李存孝眼里，任何战将，不管对手来自何方阵营，他都一概视若无物。正是这种轻敌之念，造成大洪河遇险。事实上，大洪河一役潜藏的险情在战事拉开之初就显出了迹象。二生就感觉到了不同寻常之处，整个大洪河对岸，关辰光主动后撤给李存孝所部腾出了战场，大军在后撤的过程中，所表现出的镇定和井然秩序引起了二生的疑心。此时的二生已非当年太山脚下初出茅庐的毛头小子，长年的战争阅历已将他成功塑造成一位经验丰富、沉着冷静的战将，尤其是当他面临一系列复杂战局时，他都学会了全面而细致地观察，从中发现一切可疑之处，然后根据疑点迅速形成颇为客观而周全的对应之策。

　　李存孝在下河之初，二生就果断地予以阻止，但是在后来的事实证明完全正确的阻止行为非但没有引起李存孝的足够重视，更为恐怖的是他在险境中得以脱逃,二生却将年轻的生命葬送在远离家园的大洪河南岸。

战局瞬息万变,历来不以双方主将的意志为转移。李存孝踏上南岸,率后跟进的亲兵不过二三十人,包括二生。二生紧随李存孝身后,却有数步之遥。一上南岸,眼前的滩涂平平整整,仿佛被人专门修缮过,非但没有设置任何铁马鹿寨等物,反而一马平川不像一座即将开战的战场,倒似举办一场盛大而隆重的大型聚会。

二生对随后跟进的史敬思说出了自己的疑虑:"十一爷,末将感觉有些不大对劲,姓关的像有阴谋!"

史敬思不以为意,"二生,你他娘的跟着咱们兄弟打仗也有些年头了,如何越打越没了底气。他姓关的有何能耐,依我看就是个沽名钓誉之徒,借与十三弟一战,不论胜败均可成名。你看看,他哪里像是要战,倒像是要逃。跑得快点,回去找老尚就说已与十三太保大战一场!且看老十三如何斩将杀人吧。哈哈!"

笑声刚落,突然轰隆一声巨响,眼前掀起大团土雾,刚刚尚在前面的李存孝连人带马瞬间失去踪影!

"李存孝已中吾计,将士们,杀呀!"关辰光蓦地横刀跃马高呼,"奇功在此,吾辈当立!"

二生大惊失色,茫茫的土雾中,李存孝连人带马坠入两人多深的大坑之内。

"抢十三太保!"

二生疾速打马沿坑壁赶至对面,抢先一步占据有利位置,操起钢枪横在地坑与敌手之间。土雾中已见李存孝跌跌撞撞爬起来,站在马背上正要跃起。

"放箭,放箭,不要让李存孝跑了!"

利箭伴随着尖利的呼啸声而至，二生跳下马背，伸展双臂挡在李存孝之前，尚未出声，已是数箭着身。

"十三爷，快走！"二生一口鲜血狂吐而出，强忍着剧痛巍然站立，直到三五支长箭直直插进脑门，方瘫软在地。

"立盾！"史敬思已随亲兵队赶至，遮起盾牌，将密密麻麻的箭雨挡在土坑之外。随后蜂拥而上的三军两下里厮杀成一团。

史敬思将灰头灰脸的李存孝拉上来，"老十三，二生兄弟救了你一命！你且在此，我去杀贼！"

李存孝抱着箭镞满身已气绝身亡的二生痛哭失声："二生，十三太保给你报仇雪恨。"言毕，怒目瞪视着队伍中指挥高呼的关辰光，从亲兵手中接过马缰，顺手又从二生身上拔出一支长箭。

马蹄轰响，杀声震天。李存孝飞马而出，手持长戟向关辰光杀去。狭窄而混乱的战场上突然杀出一名浑身上下灰头灰脸的"土人"，大出关辰光意外。"土人"目标明确，唯有一双裸露的目光中，扑面而来一股强烈且慑人的怒火。是李存孝，关辰光大惊失色。他明明亲眼看到李存孝连人带马跌入他早已布置好的深坑，接着便是箭如雨下，想来早已被乱箭射死，眼前的"土人"竟然毫发无损，犹如从天而降向他杀来！慌乱之中，关辰光感到的并非大难临头的恐怖，而是万分的懊悔。原就不该担起大洪河阻击李存孝援军之责，他一方面恨自己自不量力，一方面恨尚让无情无义。追随尚让多年，不惜性命为他冲锋陷阵，鞍前马后立下多少战功，如今汴梁城下猛将如云却偏偏派他前来阻援。援军若是别人也罢，关键是威震天下的十三太保李存孝。此次行动非是打援，简直是在送命！

"操他奶奶的尚让！"关辰光愤愤地在心里暗骂。危险迫在眉睫，他想到了逃跑，这是从军十余年历程中从未有过的尴尬之想，现下突然涌现，却丝毫没有羞愧之意。关辰光甚至已做好了掉转马头向汴梁城方向逃窜的准备，但是眼前士兵们正与官兵奋战在一处，没有人退缩，双方阵营一批批倒下又一批批面无惧色地冲上来。他骤然对这一切置生命于不顾的可笑局面感到了强烈的怀疑，仿佛那不是活生生的生命，而是一堆毫无意识的黑蚁！

"姓关的，拿命来！"

军士们大呼着挥舞刀枪冲上前来，试图保护他们的主将，却被李存孝挥戟四处乱挑乱搠，惨叫着不断倒地，残肢断臂四散飞舞。凌空而起的血雾成股成线犹如天女散花般喷射而出。关辰光想到了死亡，多年前死亡对他而言离得极其遥远，遥远得仿佛与他无关，现下却突然与他直面。关辰光惊愕地感觉到，真正直面死亡的，竟然没有丝毫的恐惧之意！

关辰光头脑异常冷静，扬起钢枪，大喊一声，"兄弟们退后，看本将来斩十三太保！"

义军们纷纷闪避，腾出大块场地，好让两军主将厮杀。

大洪河南岸的滩涂上，尘土弥漫，杀声震天。双方投入近八千兵力在狭窄的通道上展开厮杀。待双方主将一出场，对于胜负的预料之想尚未开始，决斗几乎在大团土雾掀起还没有全部散尽的时候就结束了。渐趋稀淡的土雾中，关辰光已在李存孝手中，战马跑得不知去向。关军为他们的主将满怀担忧之时，他们不无惊愕地看到关辰光的喉间已插着一支长箭，而那支长箭正是二生所中之箭。

兵败如山倒，群龙无首的关军一哄而散。汴梁城苦苦支撑危局的朱全忠立即抓住时机，与前来增援的李存孝大军里外夹攻。尚让腹背受敌，眼见大势已去，仰天长叹一声：天不亡朱贼！率众落荒而去。

当年在函谷关的仇敌，时隔多年之后握手言和亲如一家。至此，朱全忠与李克用的个人关系出现了短暂的微妙变化。

当朱全忠与李克用两人之间的关系由于解围汴梁紧绷如弓弦有所舒缓之时，李存孝与李克用的关系却首次公开出现了裂痕。这一道裂痕名义上由为掩护李存孝以身殉职的二生而起，事实上剖其根源，裂痕早已有之，不过一直处在较为隐秘的状态之中，二生之死最终成为一道导火索而已。

时隔一个多月之后，身在邢州驻扎的李克用才知晓李存孝率所部军马驰援朱全忠一事。乍听此事，李克用并未放在心上，私下里却不无自豪：区区尚让残贼，如何抵得吾儿十三太保李存孝铁骑冲击，尚让不过是自取灭亡！更为关键的是，李克用正在为一件七太保李嗣恩犯下的龌龊事怒不可遏，恰在气头之上。

李克用双手背负，在邢州帅堂上来回不住踱步。座中有大太保李嗣源、三太保李存勖、四太保李存信、八太保李存璋、十二太保康君立。堂案之下则跪着垂头丧气的七太保李嗣恩。

李嗣恩犯错与他的个人癖好密不可分。昨日午后，李嗣恩与四太保李存信、八太保李存璋、十二太保康君立饮完酒，略显微醉。归营的路途上路过南大街内一处花柳巷。巷中春楼之内传来一阵悠扬清脆的云板竹笙靡靡之音，顿时将李嗣恩撩拨得心痒难抑，浑身燥热。苦于父王有严令，虽是在巷口流连观望一番，李嗣恩耳畔警钟尚不断作响，倒也不敢造次。李嗣恩吞咽了大口唾沫，恋恋不舍地正欲离去，一位浓妆艳抹、三十余岁的老鸨出现在头顶上方的楼栏内。

"军爷，心里鹿儿般撞，只缺个胆儿不是？"老鸨探手从楼栏内将一大块儿方帕凌空扔下，"且试试军爷身手如何——"李嗣恩脚步虽略显趔趄，但久经战阵之敏锐身手，接块方帕毕竟是小菜一碟儿。当下便迅速将手帕稳稳当当接在手中，俯在鼻下一闻，一股浓郁得让人窒息的胭脂香味刺激得李嗣恩雄心大振。老鸨故作惊呼般一番夸赞，李嗣恩的心理防线被彻底击垮了。此时，只需一只纤纤素手，就能将他拉进温柔窝里去。晋王李克用进驻邢州城后，颁下严令，军将严禁出入青楼，一旦查到，将严惩不贷。巡城官衙不间断派兵在各大街巷间巡查，平日里顾客盈门川流不息的春楼生意受到极大冲击。须知那巡城军比嫖客还要流里流气，凡抓住嫖客必要大呼小叫一番查验身份。这一来，青楼之地非但军中没人敢来，就连百姓亦不敢轻易光顾。老鸨但凡见着身着军衣者，自是恨之入骨。李嗣恩好不容易闯入视野，一看就是个好色的主，遂大起报复之心。两名同样涂脂抹粉、衣着暴露的姑娘立时领命，从楼里一阵风飘然而至，一左一右将本已被香风熏得晕晕乎乎难辨东西的李嗣恩拉进春楼。

过程是不须细述的，问题出在该办的诸事完结之后，李嗣恩无钱结账！七太保李嗣恩竟然身无分文，但他又不敢暴露身份，那时酒劲已醒，低垂着头，耐着性子任凭老鸨及刚刚还哥哥妹妹亲密无间的姑娘们劈头盖脸地数落。这些李嗣恩都能忍，偏偏老鸨见李嗣恩一副死猪不怕开水烫的模样，居然连个事后设法筹钱的承诺也没有，认定是个穷兵无赖，立召春楼里一伙护院围将上来，当场放下狠话：勿出人命，只管往残里打！

李嗣恩起初以为老鸨不过是在诈唬，直到一脚突然上身，李嗣恩方才醒悟过来。醒悟过来的李嗣恩大怒，堂堂晋王太保，从小到大都无人敢在他面前说句重话，竟然有人敢动手。李嗣恩赤手空拳将一伙护院打得四散而逃，有两人腿脚受伤脱身不得，被他抓起直接扔在楼下，脑浆迸裂。后又随手抓起椅子，将楼上楼下砸得一片稀烂。

老鸨吓得脸色惨白，正欲逃跑，被李嗣恩双手拿住，将身上衣衫剥得精光，捆在春楼廊柱之下，极尽侮辱戏弄之能事。直到巡夜官兵到来，事情才渐趋平息。

巡城官兵得知闹事者正是晋王七太保李嗣恩，哪里敢拿，只得恭恭敬敬将其送回府第了事。

堂堂七太保李嗣恩目无军纪，大闹春楼一事气得晋王李克用暴跳如雷。

"邢州城内，胆敢以身触禁者，你李嗣恩可知罪！"

李嗣恩却也识相，对父王的性格他是颇为了解的，若是犯错，千万不要梗直脖子辩解，那样于事无补不说，只会加重李克用的火气，加重对自己的处罚。最为聪明之法就是磕头认错，态度诚恳，以柔克刚。经常犯错挨训的四哥李存信、十一弟史敬思经常与他面授机宜，且屡试不爽。

"孩儿知错，求父王开恩。孩儿保证以后严守本职，视父王禁令如山，决不触犯半条。"说这话的时候，李嗣恩的心情格外舒畅，他不禁长出一口气。这点子难道能算成个事嘛，比起军事失误，简直压根儿不值一提，他甚至有意无意地抬头看了父王一眼。

李嗣恩的态度并没有使得他减轻处罚，他所表现出若无其事的语气让李克用愈为恼火。李嗣恩大闹春楼尚是小事，但他在巡城军到达时竟然公开赤身裸体侮辱老鸨，其丑恶之态李克用虽非亲眼所见，却已让他感觉失尽颜面：这岂是堂堂太保所为！

"简直恬不知耻！"李克用甚至瞬间想对他动用军刑之想，总算压了压火气，轻饶他绝不可能，只怕开了此例，往后还不知要闹腾出多大事体。但是如何量刑为重，李克用倒一时想不出个稳妥之法。遂朝座中诸太保来回扫了两大圈，"大家说说，这个混账羔子如何处置？"

李存信就等这个机会，当即发话："父王，老七少不更事，他这年纪久在军伍，征战一线，又没成家讨个媳妇，自然把熬不住，泄泄火也在情理之中嘛。依我看，让七弟写个悔罪书，赶紧再给他讨个媳妇儿就解决了。你说是吧，七弟？"话说得轻描淡写，哪里像在求情，倒像是在调侃。众人被李存信一番话说得险些笑将出来。他们哪里想到，李存信原就没有想替李嗣恩求情的意思。当年在洛阳行军途中，李存信驻扎在一个村落中，看上了一位年轻姑娘，所住院落与姑娘家只一墙之隔。原打算战事稍一缓和，便将那女子悄悄纳入偏房。不想，竟被老七李嗣恩捷足先登，将姑娘强行抢至军中，前后一个月便将好端端的姑娘糟蹋得不成样子。李存信怒发冲冠却又无可奈何，像这种毫无人性的卑劣之徒，迟早要在他的那物上栽大跟头。没想到机会说来就来了，李存信恨不得借李克用之手将那厮的东西割下喂狗才解气。

果然，李存信一番调侃式求情再次挑起李克用的怒火，"无廉无耻，败坏军纪军律，如不严惩，岂不让天下人耻笑本王治军无方乎！"

李存信要的就是这个效果，不由得大为得意。最好乘着怒火，将这厮拉下大堂当众责打八十军棒，打得他皮开肉绽，打得他哭爹叫娘才解气解恨。

李嗣源及时插话："父王息怒，四弟说的实实在理。七弟此次犯禁也是酒后一时糊涂，虽有大失却是小罪，实是情有可原。况七弟并未公开身份，孩儿已严嘱巡城官军不得外传，影响完全在可控之中。若父王现下从严从重处罚七弟，只怕反倒掀起其他事端，恐与军与父王不利。倒请父王三思。"

李嗣恩当即对李嗣源投去感激的目光，李存勖顺势向他使个眼色，示意再次求情。

"父王！"李嗣恩咬咬牙，突然伸掌在自己脸颊上狠狠一击，声响清脆，倒将毫无防备的李克用等人吓了一跳。李嗣恩脸上陡然多了五道红印，哭丧着脸，"念在孩儿酒后失态本性迷乱，请父王宽恕，从今往后定然严以律己，对着诸位兄弟的面发誓，若有失规之举，孩儿甘愿领罪，让父王重重处罚！父王，当年孩儿流落街头，冻饿至极，如若不是父王搭救，早就尸骨无存。孩儿这条命原就是父王给的啊！"李嗣恩也不知哪句话触动了肝肠，竟是伏在地上号啕大哭起来，泪水说来就来，神色凄惨，倒不像是故意做作。

诸兄弟强忍笑意，各怀心思一边看着李嗣恩拙劣的表演，一边暗暗观察李克用的态度。

趁擦泪的工夫，李嗣恩眼角朝距自己最近的康君立使个眼色。康君立与他关系较为熟稔，换言之李嗣恩贪恋女色，首次出入烟花柳巷康君立正是领路人。此时倒坐得坦然，兄弟们个个求情唯独他关键时刻一言不发，如此冷酷，岂有兄弟情分？

康君立对其他兄弟为七弟的求情之法充满了鄙夷，毫无新意不说，更为重要的是根本无法平息父王的怒火。除了老大李嗣源的理由尚可值得称道，确实能起到一定效果外，其余皆不足道。尤其是老四一番带着戏谑的调侃，非但无助于老七逃脱父王的惩罚，反无异于火上浇油。四哥这话说得太不地道，他无非是抱着颗幸灾乐祸看热闹的心思，而且分明带着隐隐约约报复的快意。他不是替老七求情，倒盼望着父王赶紧将李嗣恩拖出去大板狠揍一顿！康君立一点也不着急，他算看出来了，父王不过是在气头上，一会儿气消了半截已经没有了要重责李嗣恩的意思，他在找一级稳稳当当的可下之阶。显然，众人一番忙活，尚没有让他满意。唐君立清楚，是轮到他出面的时候了，他的策略简单，就是适时转移话题，趁着父王的火气仍未全熄，最好是将这股火引到别人身上，让他重新燃烧起来。不仅弱化了李嗣恩的过失，而且让他隐藏在心底多少年的愤慨尽情宣泄出来，宣泄得若无其事，宣泄得大公无私，宣泄得不动声色。凡事做到这种程度达到如此奇效，那才叫高手。

想到这里，康君立不自觉咧嘴微微一笑，眉头微锁，呈现出一派忧郁之色，"父王，孩儿有句话不知当讲不当讲。"

一座人都朝他看过来，李克用坐回座中，脸上看不出任何表情，"老十二，有什么话就说。"

"回父王。"康君立顿了顿，有意显示出他的精明和慎重，"依孩儿之见，现眼下倒有一件大事需要请父王小心留意才是。"见众人都瞪大了眼睛，康君立颇觉得意，但是表面丝毫不予显露，继续说道，"朱全忠统属大军不下三十万，却被巢贼残部尚让率两万余人马困于汴梁城，实乃奇事。"

李嗣源接口道："十二弟岂能不知，朱全忠所部主力陈兵于汴梁以东一线，实怕我军与其争夺河南之地，此已是不争之实，人所共知。"

"正是如此！"康君立恰恰需要这个台阶，顿时加重语气，看着李克用，"父王，当下朝廷大局渐趋稳定，我沙陀部人在朝廷危急存亡之时挺身而出，杀退黄巢贼寇，逼使黄贼进退维谷之下，迫不得已自寻无常，功劳何其大也！他朱全忠不过是背叛巢贼不忠不孝无情无义之辈，却胆敢有脸同我军争夺用我无数沙陀人鲜血和性命换来的胜利之果。究其深因，不过朱贼是汉人，说到底朝廷还是信任汉人甚过我沙陀人罢了。朱全忠不过梦想着迟早像二十年前那样将咱们赶出雁门关。汉家人所云：飞鸟尽，良弓藏；狡兔死，走狗烹，教训不谓不深矣。"

康君立此话一出，众人莫不大惊：老十二这是要干什么，莫非要煽动父王谋反不成？再看李克用，脸色愈来愈阴沉，眼看就要发作。众人莫不为康君立捏了把汗。

"父王，当年大军出塞就怀着报效家国、慷慨激昂之心，为朝廷尽忠，不惜抛头颅洒热血，此心苍天可鉴。纵观河南河北老百姓莫不为父王之忠义表彰有嘉。"康君立道，"不想半路杀出了朱贼。此人居心叵测，阴险奸诈，上欺瞒朝廷，下愚弄百姓，暗地里夺地拓疆，掠夺人口，他这是司马昭之心路人皆知啊。堂堂汴梁一城，不过区区五千军马，防我竟然远甚于防巢贼余党！就是三岁小儿都看出了朱贼之险恶用心，孩儿就是不明白，为何偏偏十三弟就没有看出来！非未看出，反而尽驱本部军马不顾凶险前往解围！不管如何，现下朱全忠与我同为朝廷军马，救援亦有救援之名，孩儿不解的是，十三弟调动军马兵赴汴梁，为何不请示父王就胆敢擅自用兵！"

座中静寂无声。

康君立想了想又道，"父王常常教导孩儿，关乎家国命运前途者才是真正的大事，孩儿实在愚顽，好多事想不通，烦请父王和诸兄弟指点！"

第四十三章　相聚之钩心斗角

　　康君立精明而光彩熠熠的目光在座中诸人脸上飞速地环扫一圈，最后在李嗣恩吃惊而不无佩服的脸上略一停顿，又坐回座中。这番不轻不重的提示在大家心里掀起了多大的波澜，康君立无须细想自然能觉察得到。十三太保李存孝太能打了，号称打遍天下无敌手，那你就挥动你的大拳头好好打；居然风头出到了朝堂之上，皇上不是亲封你为国公之誉吗？那就让你出尽风头，天下的功劳都是你一个人的，别人围着边上看热闹就是。只怕总有一天大拳头要砸在自己头上。至于老七之事嘛，从现在起你根本不必为自己的过失担心了，比起老十三的事来，你那点破事算个鸟！

　　李存信心领神会，十二弟看事竟然如此精准一针见血，心里自是慨叹不如。十三弟仗着武艺超人，何曾将兄弟们放在眼里，张扬猖狂丑恶之态想起来就令人作呕；胆大妄为之至，现下更是将父王都不放在眼里。

　　"父王，十二弟所言孩儿觉得倒应引起警觉。十三弟这些年来屡立战功，威名赫赫，说话行事无视法度，尤其是被皇上封为国公后，更是独断专行，军中上到军将下至官兵稍有过失或不听命令，轻则当众责骂重责杖责，属下敢怒不敢言。在十三弟营中，上上下下私下称为'太保令'。甚至在军中只知有十三太保，不知有晋王。孩儿觉得，堂堂十三太保既是父王义子，更是父王属下战将，于情于理于法他都得以父王之命为遵。"

乘李存信喘气的工夫，康君立仿佛陡然想起某件事，沉吟一番道："前些时，孩儿又听说一事，也不知是真是假。老十三回晋阳探亲，据孩儿所知父王准的是一个月，而他前后走了近五十多天。这倒不是大事，关键是他在晋阳府插手人事。十三弟当年封为太保，大军临行之际，就私下里也不知走的哪个关节，将他老婆的叔叔邓印远安排为大军筹买粮草，如此肥差，晋阳粮运库还不是看在他是太保的面子上？为大军筹运粮草原本是一件大好事，这个邓印远竟仗着十三太保之势胆大包天，在粮草中弄虚作假，以次充好，被督粮官马成运马大人发现。核查期间，姓邓的非但不主动坦白，反而贿赂十三弟，由十三弟出面，试图借十三弟之势逼迫马成运就范，掩盖其罪行。亏得老马刚正不阿，廉洁奉公，断然拒绝。否则，若继续任用此人为大军筹买粮草，不定会出什么意外呢！"

李存信大惊失色道："啊呀，原来如此。那年在潼关城下，我营一夜起来，竟有三百余人集体闹肚子，上吐下泻，我原以为是水土不服，后来一查竟是一批粮食里有人以陈腐变质之米冒充新米，没想到竟是此人所为！像这种为贪图私利、置人命于不顾的混账王八羔子，就该千刀万剐！十三弟是头脑发热还是怀有什么不可告人之目的，竟然肯替这种人遮掩。我就是想不通！"

四太保、十二太保两人一唱一和，在座诸人都清楚，当年两人在太山挨十三太保暴揍之事这辈子都记恨在心，抹是抹不掉了。他们一直在寻找机会，不管李存孝是否如他们所说，明显带着公报私仇之目的。不过，话翻回来讲，十三太保自恃有功，所作所为也的确让人匪夷所思，擅自调动兵马，竟然将晋王抛在一边，事前不请示事后不汇报，一意孤行，他到底意欲何为？这个坎无论如何他是跨不过去。

李克用端起茶碗，不住细呷，"老十三插手晋阳城筹运粮草，你们是从何听说，本王如何从未听说过只言片语？"

李存信起身恭敬一揖道："回父王，孩儿是从营内押运营处得知。据说马大人已将邓印远犯罪事实查办清楚，涉案之人包括邓印远在内二十三人全部羁押。邓印远等首恶五人按律当斩，其余十八人或收监或流放，一个不漏。这原是晋阳府丑闻，马大人怕影响前方将士军心，快刀将乱麻迅即决断。可能待晋王大军得胜兵还晋阳之时，再作禀报亦未可知。"

"兵还晋阳？"李克用突然冷冷一笑，"前有尚让残部，后有朱全忠大军虎视眈眈，只怕这晋阳不好回啊。"顿了顿又道，"回肯定是要回，只怕回不了晋阳，倒可能被人一棒子赶回到关外。尚让所部尚不足为虑，老朱不想让你过安稳日子。嗣源，老十三未请兵助朱全忠解汴梁之围，你如何看待此事？"

此言一出，康君立与李存信下意识对视一眼，心内自是大喜。李克用的话头话音里，已将李存孝同朱全忠有意无意地捆绑在一起，这恰恰是两人的初衷之想。

李嗣源看了看大伙，此时的七太保李嗣恩仿佛已成局外人，脸上轻松如常，仔细聆听众人说话，只是未经李克用允许不敢轻易起身。大约跪得久了，腿脚酸麻，干脆以脚代垫稳稳坐于其上。

"父王，孩儿以为老十三出兵助朱全忠解汴梁之围，绝对是经权衡利弊之后所做的决断，实乃迫不得已之举，非贸然为之。汴梁扼守西通长安、东达郑郡、南下江淮、北渡黄河之交通要道。尚让如若攻下汴梁，占据城防则四面方圆百里无险可守，以尚让手下现有兵力，进可攻退可守。如此一来，包括黄河各渡口则完全在其兵锋所指范围之内，我军则粮道危矣。此其一。其二，汴梁一旦陷落，朱全忠可举兵南下，重新布防，我军侧翼则暴露在尚让大军眼前。况黄巢虽死于非命，但其部属虽经朝廷大军南北夹攻东西围剿，但多数节度州镇以保存实力为主，凡黄贼过境，只是驱赶了事，并不实心剿贼。数年间粗略估算，黄巢军马真正折损不过十之三四，主力大部溃散。只需尚让登高一呼，即可组织成军，其势不可小觑。其三，据孩儿所知，尚让其人文武兼备，谋略过人，其眼界胸襟较之于黄巢有过之无不及。汴梁一下，尚让必然具备了问鼎中原、挥师西进的自信心和号召力。多数溃军原本处于观望之态，尚让势力一振，一夜间便可收拢残部，贼军有可能在半个月内集聚到十余二十万人。尚让深谙取胜之道，此人善于吸取教训总结经验，黄巢之败就败在过分注重夺城之战，夺城却不守城，辗转流窜，却无容身之地。尚让则不同，他一旦占据汴梁，随后便要寻找朝廷大军，以大量歼灭官兵有生力量为主。朱全忠南下之地到处都是汉军驻守，尚让如若攻击朱全忠，深入汉军势力范围，势必有投鼠忌器之忧，他的矛头自然会有所转移。"说到这里，李嗣源便停了下来。

李克用微微点头，"何必转移，只怕尚让起初就将矛头对准了本王罢了。看来尚让此人多谋善断，确实不可小觑。照此看来，老十三非但无过反而有功，他调兵南下解汴梁之围，事实上是解了本王的围。"

李嗣源道："父王英明，孩儿亦是此想。"

康君立眉头紧锁，身为老大，李嗣源看着成熟稳重，却是如此精于逢迎拍马，明明是他的主意，却非要安在李克用头上，大伙都不是瞎子聋子，马屁拍得震山响，几到炉火纯青之地步，简直让人作呕。更让人作呕的是，此人居然脸不红神色不变，一副谦卑恭顺之态，做此模样给谁看？

李克用眉头渐渐舒展，目光如炬，挨个在众人脸上一一扫过。目光所到之处，均停留片刻，并不言语。但人人都不由自主感到扑面而至的威严，又不敢直视，稍一触碰便迅速避开。

桌案上响起熟悉的磕击声，李克用左手五指交替在桌面上弹磕，发出"咔腾腾"连续不断的响声，犹如激越马蹄，叩击诸人之心。这是李克用陷入深思，脑海中筹谋运作之时的惯常举动。突然，叩击声停止，众人登时支起耳朵，屏紧呼吸。

"诸位，今日会议且到这里。"李克用腔调听上去异常疲惫，大伙正感诧异，蓦听声音提高，"谁若是传出半个字去，休怪本王无情！"

说罢，起身便朝后堂走去。刚走出数步这才想起，地上还跪着一个人。

见李克用紧盯着自己，李嗣恩忙端正身体，哭丧着脸装出一副可怜兮兮的模样，"父王……"

"不知廉耻的东西！"李克用愤愤地骂道，上前抬腿照李嗣恩肩上就是一脚。李嗣恩猝不及防，竟是朝后便倒。虽感一阵疼痛，心下却是大喜：这一脚踹的是此事到此结束之意。

果然，李克用大喝一声："滚！"

李嗣源与三太保李存勖、七太保李嗣恩率一万人马前出至定昌镇一带，与尚让大军激战两月之久，互有胜负，却几无进展。朝廷大为震怒，连下诏令，命李克用所部在三月之内剿灭残部。李克用大感困惑，当年黄巢在位时，双方大小战役不下上百，且多为胜多负少。黄巢一死，义军化整为零，大大小小约三十余部，其中以尚让等主要将领所率军马上万者不过三两处,其余或为隐藏山中,或为落草为寇。残部人马犹如脱胎换骨,战斗力大得惊人。李嗣源所部一万余人将股约四千余人的义军包围在定昌镇,双方呈犬牙交错状态,攻防拉锯,愣是连个定昌镇的城边都没摸着。

就在为迟滞不前的战事忙得焦头烂额之际,李存孝带人到达陈州城。李存孝是为二生讨封来了。

事实上,在李存孝到达陈州城之前,就连续派人送信呈报请予赐封,却不见下文。二生当年同李存孝从太山脚下走进军伍之时,尚是位十六七岁的娃娃兵,多年来跟随李存孝鞍前马后,忠心耿耿,形同亲人。多年的战火锤炼,二生已从一名普通带甲亲兵成长为大营一名裨将。虽说也带了个将字,不过仍是个副将身份。如今为掩护自己,不幸身亡,死在战场之上。于公于私,李存孝决意给二生讨个将军之职。

李存孝的突然到来,让李克用大觉意外。当初李克用之所以思来想去,最终确定将李存孝部署在大洪河北岸一线,就是让他保护北进粮道。不管是尚让部属还是朱全忠部属,慑于李存孝威名,他们绝对不敢贸然偷袭那条从晋阳一路南下过风陵渡、事关三军生死存亡的生命线。今无军令,堂堂主将擅自离职,竟是为一个死人讨封来了。李克用顿时气不打一处来,前期两封信,李克用看完后就顺手扔得不知去向。如今的李存孝已经不是当年在太山上以种地为生的安敬思了,他英勇善战,他功高盖天,荣封国公,他甚至以为其荣耀和地位足以和晋王一字并肩,并进行平等对话。在信中的字里行间,言词粗直,一如口语,不是在请功而是赤裸裸的讨赏。咻,那是瞎了他的狗眼!

"告知李存孝李大将军,就说本王刚刚部署完定昌军事,天色六早,待明日再见!"

帅府亲兵答应着,正要退下,被周德威唤住了。

"慢！"周德威小心翼翼地对李克用道，"晋王，李存孝信中所述，二生是为护主身亡，且又是死在援救汴梁之战，属因公殉职，于公于私他急于想对亡人和其家人都有个交代。"

李克用冷笑道："那自然是好，存孝如今早已长大成人，恩怨分明，情意深重。关键之时别人甘愿为他而死，他亦甘愿为别人而死，不愧为当世英雄，改日本王定当在会上重重表扬一番。朱全忠直达天廷，要官帽有官帽，要钱财有钱财，汴梁安然无恙，朱全忠自然记着这份大恩大德，区区一个将军之职，还不是朱全忠胳肢窝里半根毛的事！"

周德威听出来了，父子之间已是生隙。关键原因倒并非在为二生讨要赏赐官位一事，实际上在兵破长安，李存孝以军功居官兵之首被朝廷封为国公之时，周德威就意识到了这种可能。李存孝的地位升迁之快，大出李克用意料。据朝中内线传闻，深受皇帝信任的朱全忠不止一次与当朝宠臣田令孜进行过私下接触，竭力在田令孜前推荐李存孝，盛赞其勇。当然这些都是传闻，难辨真伪。不过据事后李存孝荣升轨迹看来，又不能不让人浮想联翩两人之间的关系。但周德威可以断定，两人之间绝无传闻中的勾连，这不过是朱全忠阴险用心的一招狠棋而已，李存孝徒有其勇，根本不具备独当一面的将帅之才。朱全忠此举意在借李存孝离间与李克用的父子之情。权力，确如魔杖，不仅能改变常人之命相，甚至能改变常人的心智，产生恶欲之念、贪婪之念、无耻之念。在权力面前，什么父子兄弟，都不过是一文不值的遮掩物罢了。可是，这些话周德威断然不能吐露只言片语，一旦吐出去，无疑祸将不测。他之所以提醒李克用，完全是站在确保当前他们父子间关系稳定以及三军稳定的角度来予以考虑。数百里之外的朱全忠巴不得晋王大军出现内讧，最好父子反目、兄弟成仇，直至队伍分裂。

李克用的脑袋瞬间清醒过来，近来确实有好多事让他焦头烂额苦不堪言，他当然不会做出让仇者快、亲者痛的傻事龌龊事，他故作失态对周德威一笑：

"你看看，到底是年龄不饶人，本王竟然误以为老七那个王八羔子呢，原是十三太保回来了。本王要亲自出去迎接，他现在哪里？"

帅府亲兵茫然不知所措，周德威使个眼色，"还不赶快为晋王备车！"

车驾刚驶出帅府大街，见李存孝一行已遥遥而至。

"父王！"

李存孝见李克用站在车辕之上，父子俩近两年未见，没想到李克用两鬓竟已斑白，肥胖的身体颤巍巍地准备下车。李存孝当即滚鞍下马，抢步奔过来，单膝跪地伸手去扶李克用："父王，您要小心。"

李克用身体忽然向一侧偏斜，肥胖的身体晃晃悠悠地栽下来。众人一声惊呼，陡见李存孝伸展双臂，稳稳地将李克用环抱在臂弯中。

"老了，老了，不中用了！"李克用站稳脚，蓦地两眼润湿，紧紧地拉着李存孝的手不住摇，"亏我十三儿，要不这把老骨头就得在陈州城下摔成数截了！我的十三郎啊，为父可想死你了！"

说着，李克用双臂紧紧将李存孝拉住，从头到脚上上下下仔细端详，伸手在李存孝的胳膊上身上腿上这里摸摸那里捏捏，痛哭失声。

"两年不见，我的十三郎瘦了，人也黑了，定是吃了不少苦哇，心疼死为父了！"

李存孝原在路上准备好的一肚皮话瞬间忘得干净，倒被李克用一番痛哭弄得心里酸涩不堪，眼窝微湿，险些落下泪来。街道两旁围观百姓得知这对父子正是他们日夜称颂、救他们于水深火热之中的晋王李克用和威名赫赫的十三太保，不禁大为感慨。

父子俩索性抱头痛哭，李克用愈是涕泪滂沱。

周德威小声劝解:"晋王,莫要伤悲,十三太保这不是回来了吗。"边使眼色让李存孝赶紧扶李克用回府。

"父王,咱们回府再说。"

"好,好!"李克用拂袖擦干泪水,仍旧牵着李存孝两手,"咱们上车再叙。我的十三郎回来了,为父甚是高兴。今日府内要大摆酒宴,为我儿接风洗尘。今夜十三郎与父王同榻而眠,咱们父子两个好好叙叙旧情,你不知道父王日夜挂念着你吗?"

李存孝扶李克用上了王车,在车下略一迟疑,便也跳上了王车,与李克用并排坐在王车的前辕座中。李克用满面红光,一路拉着李存孝的手有说有笑。父子团聚,围观的百姓哄然叫好!

周德威倏地叹了口气,眉头微微皱起大串褶子。

十三太保李存孝归来,晋王李克用在陈州城内大摆宴席,规模庞大。暂作王府的署衙院如校场般大小的后花园内每到晚间便灯火辉煌,觥筹交错,热闹非凡。让有幸走进王府参加宴会的城内所有官员将帅们大为吃惊的是,此般宴会与往日大不相同的是,所有席面菜肴竟然全部是按照晋阳府太山脚下的做法原汁原味制作而来。除了沙陀部属,其余人马大多来自三晋大地。对这些常年戎马倥偬的三晋子弟兵而言,简直犹如梦境,品味着来自家乡的菜肴,痛饮着来自家乡的风峪酒,仿佛看到千里之外的家乡父老充满关切和热望的眼睛在遥遥地看着他们。那种眼神,期待着他们奋勇杀敌,期待着他们立功报国。

喝得满脸通红的李克用站起来,两名侍女欲待相扶被他毫不客气推开,高举酒杯,"诸位兄弟,诸位将士,此酒宴可吃得舒心喝得痛快?不瞒诸位,这都是我的十三郎当年在太山最爱吃的酒饭!十年了,本王一直记得清清楚楚,就连饭后的汤类都是来自三晋大地的军厨亲手连夜熬制的醪糟。吃着家乡的饭喝着家乡的美酒,咱们好打胜仗,上报君恩，下抚黎民百姓，方不枉征战一生英雄一世。而这一切，你们都应该感谢一个人。正是此人在函谷关下首战朱温老贼，力杀敌将数十名，威震敌胆，此人是谁？"

众人高呼："是十三太保李存孝！"

"率领十八骑士勇闯长安城，一枪险些刺毙黄巢老贼，此人又是谁？"

"十三太保李存孝！"

"今亦有单枪匹马杀过大洪河，解汴梁城朱全忠朱大帅于危难之际，又是谁？"

这下后花院内众人你看看我我看看你，不作声了。当年函谷关下尚是朱温老贼，虽则朱温投奔朝廷并受到重用，赐名朱全忠，但是在晋王三军眼中，此等背信弃义、卖主求荣之人与禽兽无异。晋王为何突然改口为朱全忠大帅？再说，到底是谁解汴梁城之难去救这个老贼？朱全忠原就应该死在汴梁城内，追随他的旧主子去，让长眠地下的黄巢老贼好好教训这个小人。

李克用兴奋得举杯仰脖一饮而尽，胡须上拂沾的酒液在灯烛映衬下闪射出耀眼的光芒，"诸位也许还不清楚，那么本王就告诉你们。尚让两万大军围攻汴梁，朱全忠朱大帅不得已向我军求援，正是十三太保急本王之所急，单枪匹马杀过大洪河，尚让大军望风而逃！十三太保既救了朱全忠朱大帅又为我军争得了荣耀。你们说，可贺不可贺？"

诸军将官员面面相觑，半晌方才反应过来，一齐举杯高呼："可喜可贺，感谢十三太保！"

"来，我的十三郎！"李克用亲热地朝前方第一排同样喝得满面红光的李存孝招手示意，脸上写满了疼爱之意，"代父王喝了这杯酒，接受诸将士的欢呼庆贺吧！"

李存孝大步上前，毫不迟疑地接过李克的酒杯，"孩儿遵父王之命!"

灯烛阴影处,李存信打着饱嗝,剔着牙缝,对一直盯着晋王方向默不作声的康君立道:"看看,十三弟红透了半边天,简直被父王奉为神灵,咱们兄弟可是望尘莫及啊。"

康君立冷冷笑道:"四哥,现下若是让你与老十三对调一番,你可情愿?"

李存信奇道:"十二弟,你这话是何意思?"

"四哥,你只需稳稳地坐在原地,不要动,就这样看着。"康君立抬头望着幽暗的苍穹中某处隐隐虚空,似是茫然无绪地说,"就当是看一出参军戏,锣鼓笙箫一热闹。戏,怕也要完了!"

第四十四章　讨封之父子相疑

　　陈州城内张灯结彩，沿帅衙呈十字形布局最为繁华热闹的街道日夜车水马龙，鼎沸欢腾。晋王下令全城军民可纵情放纵五日，这是继陈州匪患不绝、习惯了全城戒严达数年之久的老百姓首次获准以各种方式来放肆宣泄的自由日子，其喧嚣、沸腾程度丝毫不亚于逢年过节。而这一切，就连街巷内雀跃飞奔的三岁小儿都清楚，这都是源于当朝晋王和鲁国公、十三太保李存孝尽除黄匪、亲善爱民之故。

　　李存孝驰奔陈州面见晋王，原就是想为二生讨个将军之职，对二生父母亦可有个圆满交代，不想竟受到李克用如此隆重的接待。心内自是大喜，日夜饮酒作乐。每每回想当日父子相见抱头痛哭之场面，自是感慨唏嘘，外间传闻李存孝与晋王李克用父子之间生隙之谣言自然不攻自破。

　　李克用对二生之死大是伤痛，听李存孝说起时数度落泪，"当年店头村征兵之时，其父母将二生托之于我手，未能护他平安，本王亦负有不可推卸之责。况二生为军为将历次战役莫不奋勇杀敌，功劳天日可鉴。今之血洒大洪河又是为我儿存孝慷慨赴死,大勇大义,世有其二乎?二生竟然还是裨将之职,实怪父王疏忽,他原该就是将军!明日本王就封他为定南将军,存孝吾儿,你看可好?"

李存孝大喜,就要跪倒拜谢,被李克用双手托定,"不可,我儿今是朝廷亲封的鲁国公,咱们虽有父子之情,往后不过私下里相称便是。公开场合,你还是朝廷的鲁国公!"

李存孝脸上骤然发红,竟然有些不知所措,"在存孝心里,父王永是我的好父亲,礼节上岂敢有丝毫不尊。"

李克用哈哈大笑,"吾儿有这个心,父王心里就知足了。等天下平定,父王与你同领兵马,你巡河北我巡河南。今你与老十一同守河道要津,之所以将你放在此地,百里河津要地看似荒凉偏僻,却关乎着数十万大军粮草辎重之安危,换作别人,本王还不放心呢!虽说看着有大材小用之嫌,可为父之意,吾儿自然清楚。若有什么需要本王解决之事,吾儿尽可直言无妨,本王竭尽所能!"

李存孝顺势又提起二生的话题,"父王,孩儿还有个心思。二生父母就这一个儿子,二生虽封定南将军,孩儿还想为他讨些封赏,以资其父母生居……"

李克用亲热地拍着李存孝的肩膀,"这算什么事,你报个数,二百金另百匹细绢,你看如何?"

李存孝大喜,"存孝替二生父母多谢父王恩赐!"

"这原是他们应得之赏。"李克用道,"这十年来,父王每到夜里就想起当年有多少白发父母送儿郎、妻子送夫君上战场之景,想起来就忍不住想流泪。如今已有多少好将士战死疆场,多少人连个尸骨都没有留下来,就曝尸荒野,任风吹雨淋狼吃狗啃。唉,存孝你要知道,咱们父子还得硬着头皮打仗,不为了别的,就为了让更多的人免受刀兵之苦。

为父早想过了，盼望天下早早太平，为父就扔掉这身官袍，回乡下去回咱大漠上，养一只鹰放牧去，何其逍遥自在！"

李存孝慨然道："父王放心，孩儿定当谨遵父训，死守河津要地，决不让一石一斛粮资有失，人劫杀人，鬼劫杀鬼，决不退缩半步！不过……"说着，李存孝突然略略放缓了语气。

"不过什么，咱们父子二人之间，何必要吞吞吐吐。"李克用回身扫了眼一直默不作声随行在侧的周德威，"周将军又不是什么外人，有话但讲无妨，父王给你做主！"

李存孝紧咬嘴唇，仿佛在做着极其痛苦的权衡，"回父王，河津一线东西长达数百里，孩儿实怕现有之兵力难以妥善完成父王交予之重任。现下孩儿不过防御使之职，统兵不过三千，确有难处。今日索性当着父王的面，讨个军职，可协调沿河一带军马即可。"

李克用若无其事道："吾儿多虑了，你看什么职合适？"

李存孝道："孩儿驻大洪河，距离洛州最近，父王可否予存孝代洛州州使之职，节度洛州方圆数十里军马。不多，有万余人足可应对来自匪贼之扰，誓保河洛万无一失。"

李克用突然不作声了，唯听沉重的喘气声如壮牛，李存孝突然感觉到一阵莫名悔意，却又不敢抬头。顿了顿，又道，"父王，孩儿想来不过是代洛州州使一职，待天下安定，自当奉还父王就是！"

身后突然一肘重重撞击在李克用腰部，顿觉一阵微痛。李克用倏地跨步过来，一把将李存孝手臂用力扣住。李存孝愕然大惊，抬头忽见李克用满面怒容，双目圆睁，似要扑上来痛打的架势。

"父王……"

李克用突然大嘴一咧，眼睛眯成两道浅浅的缝隙，手掌紧攥成拳，使力在李存孝胸脯上就是两拳，李存孝毫无防备，不禁连连倒退两步。

愕然不解，傻愣愣地看着李克用。

"周将军你看看，本王的傻孩子！"李克用回头对周德威大笑，"堂堂晋王十三太保，要当就当真州使，何来代字！明日就颁发王令，可统领节度洛州方圆十七镇军马！"

李存孝大喜，"多谢父王，孩儿定当不负重托！"

李克用亲热地拉着李存孝，面显庄严凝重之色，压低嗓门，仿佛怕被人听到，"孩儿啊，你可知道，为父时下甚是焦虑，实有腹背之忧啊。"

李存孝慨然道："父王有何忧虑，讲与孩儿听，存孝定全力为父王解忧。"

"唉。"李克用叹了口气，"存孝我儿，你要记住咱们最大的敌手并非黄巢残寇，而是朱全忠。朱全忠私自招募官兵，大肆扩展军伍，已有不臣之心，朝廷方面已有察觉。你日后务要防着他，他日祸乱天下者，必是此人！"

李存孝不解道："朝廷既知朱全忠有不臣之心，如何不解了他汴梁节度使职位，夺了他军权，拿下问罪？"

李克用道："不过是怀疑未有实据而已，朝廷若有异动，岂非给了朱全忠谋反口实？洛州与汴梁较近，你要时刻关注朱部动向，两日派人飞马报知于本王。"

李存孝闻言突然不住顿足，叹息不已："早知如此，当日汴梁之危何必去解围，枉送了二生一命不说，反让那厮稳坐汴梁城。唉，悔死孩儿矣！"

李克用脸上鼻翼两侧横肉微微耸动，笑道："吾儿勿要自责过甚，汴梁不失自有汴梁不失的好处，至少朱全忠仍占据其中，仍然造成分兵之势，且对我军疏于防范，反对我方有利。父王只是望日后我儿多加留个心眼儿，万不可上了朱贼的当！"

就在李存孝以洛州节度使的身份即将从陈州起身还归洛州时，晋王李克用接到来自汴梁节度使朱全忠的邀请信。在信中，朱全忠对晋王及时派十三太保率兵解汴梁之围表示感谢：今尚让残部已退，汴梁城转危为安，特邀晋王及十三太保赴汴梁城，将设宴款待。一来对晋王解围汴梁表示感谢；二来共同商讨围剿尚让残寇。换言之，朱全忠在汴梁城设宴，名义上是答谢晋王父子，实际上是一次两大军事集团首脑的高规格军事议会。

汴梁之宴去还是不去，事实上李克用内心颇为矛盾。天下共知之事，在唐王朝征剿黄巢叛过程中，由李克用率领的沙陀大军与朱全忠率领的各州镇汉军势力日益庞大，既有合作又有分歧，钩心斗角，矛盾重重。随着黄巢的失败，战火已由以往的燎原之势逐步变小变弱，不过剩些零零星星的焰火，已不足为虑。战火缓慢熄灭，那么在接下来骤然出现的大平静状态之下，分明酝酿着规模更大性质更为惨烈的新的战争。战争的双方不是别人，正是李克用与朱全忠。这场战争的发生可能性已毫不怀疑，不过只是个时间迟早问题，就连朝廷内部早在一年前就为这两支谁都惹不起的军事集团开始忧心忡忡。一头是来自大漠深处的恶狼，一头是来自眼皮底下面目狰狞的猛虎，朝廷的忡忡忧心显得既矛盾又迫切。矛盾的是，如若这两头虎狼一旦开战，势必影响到刚刚平定下来的大唐江山安危，谁能料到这两支野心勃勃的虎狼到底怀着何等不可告人的险恶用心！迫切的是，朝廷倒日夜盼望这两支军队立即开始决斗，朝廷的愿望简单明了，就是希望这两支让人彻夜难眠的势力突然从这个世间消失，无论胜负，两虎相争，必有一伤。接下来聚全国之力再铲除伤虎自然就容易得多省事得多了。一句话，李克用和朱全忠都该死。

朱全忠和李克用对朝廷的态度自然心如明镜，汴梁之宴瞬间极其敏感起来，朱全忠是借此宴会之名试探李克用的态度。如若李克用赴宴，说明他还不准备同朱全忠彻底摊牌，这实际上恰恰符合朱全忠的心思。因为他私下招募的军伍还没有完成训练，建制还需要进一步完善，特别是他刚刚获知一条绝密消息，汴梁城下失利的尚让走投无路，准备率领残部近两万人马投靠朱全忠。不管此条消息是真是假，朱全忠的态度极为明确。他给自己的定位是当代韩信，想成大事，没实权没军队一切都是痴人说梦罢了。只要有兵，不管昔日是朋友还是对手，愿意来一律敞门纳之，多多益善。反之，如若李克用拒绝赴宴，那么朱全忠就得加快军伍扩编集训之步伐，以备随时可能爆发的战争。其实同李克用会面的设想早在一年前就成熟于胸并数次提至议事日程，但都因为缺乏一个较为稳妥让双方无论在情感上还是心理上都能坦然接受的由头。现下，当然要感谢十三太保李存孝。李存孝在朱全忠的眼里就是个头脑简单四肢发达的武夫，李存孝的出兵，朱全忠宁愿相信都是受李克用私下指使。不管指使的目的如何险恶，毕竟，汴梁解围了，自己安全了。

汴梁安然无恙，就应该酒宴庆祝，这不仅是朱全忠的大事，同样也是恩人李克用的大事。

李克用为此征询了身边诸人意见，却遭到多数人的强烈反对，包括他最信任的周德威。

"晋王请留意，朱全忠与我军势同水火，已是朝野皆知之事。朱全忠此次突然邀请我王赴宴，意欲何为，不能不谨慎应对。"

李克用一哂道："老十三帮其解围在先，今设宴邀本王在后。朱全忠不过借此机会想探测本王实力和意图罢了。"

周德威却仍然持反对意见，"自古仇隙一旦裂生，非泰山江海不可塞之。末将只恐筵无好筵，会无好会。昔年秦穆公会天下诸侯，于临潼县斗宝。其时吴生三子，姬光为正宫所生，偏宫生二子，一为姬僚，一为庆忌。吴王染疾，命姬光至临潼斗宝。姬光刚走，吴王薨，文武百官扶姬僚登位。姬光回国后欲图大位，姬僚日夜防之，命三千执戟郎官五百骠骑日夜不离左右。后姬光拜孙武为师，伍子胥为将，遂定计策设炙鱼会，请姬僚赴会。众臣力谏，姬僚不从，遂赴宴。宴会中途，阶下跃出专诸，左手持亮剑，右手持一尾包祸胎的炙鱼，奔大殿而来。姬僚唤当驾官，'急将朕擒下此人，怎敢带剑上殿？'专诸将剑折为两段，近前奏曰：'臣安敢带剑上殿？原是木剑用银箔贴得如此光耀，特用来析鱼耳。'遂向姬僚面前用木剑将炙鱼头割下，望空中抛起。但见鱼头在半空飞悬不下，姬僚仰首视之。岂料专诸向炙鱼腹中拔出鱼肠剑，望姬僚项下直刺，遂扶姬光登位。今观汴梁此宴，恐朱全忠有为祸之心，于晋王不利！"

李克用已然拿定主意，专诸刺王僚之事他早有耳闻。但李克用觉得此二者确无可比性，姬光与姬僚争的是王位争的是天下，事关尊权生死，自然不惜刀兵相向。他与朱全忠矛盾并未公开，尚不至于有周德威所说的如此凶险。但是，防卫是必不可少的。

"德威多虑也，天下人知朱全忠诚邀本王，若是不去，岂不让天下人耻笑，说本王心胸狭隘无胆无识。本王是太了解你们汉人那两片舌头了，翻来倒去唾沫淹不死人也能将人嚼死！"

周德威见李克用毫不在意，倒觉得自己可能过分忧虑，闻言不禁一笑，"这便是人言可畏。"

李克用道："本王倒未必会在意那些人的耻笑，嘴长在他们脸上，想说就让他们说去，反正又传不到本王耳朵里，听不到耳根清净着呢！本王倒是早有同老朱一会之想，怕他甚？让存孝、敬思带三千人马随我进汴梁，本王倒想看看姓梁的在汴梁城能唱出一折什么戏来！"

李克用赴汴州宴会的信报传到朱全忠处，倒一时让朱全忠大感诧异。设宴会于他而言原是可设可不设之事，甚至连宴会的地点都未加详置。作为探测两人之间关系的一种由头，朱全忠的心思当然并不在宴会本身。于是当得知此信，朱全忠这才紧急商定宴会之地和宴会需要的酒席。

　　朱全忠思来想去将宴会之地选在汴州城东的上源驿。

　　三千军马旌旗猎猎，在王府前广场待命，李克用眉头蓦地锁皱，指着阵前十名偏将问周德威："老周，有存孝、敬思足矣，带这些偏将做甚，显摆吗？"

　　周德威正想回禀，身后有人沉声道："是我让他们去的！"

　　李克用回身望去，见夫人刘氏神色憔悴地站在门庭之上，忙道："夫人一路鞍马劳顿，从晋阳南下身子如何吃得消？好歹歇息个两三天再出门，身体要紧才是！"

　　刘氏一行两日前刚从晋阳随粮料大军南来，好不容易与李克用团聚，偏巧就遇上此事。

　　"王爷虽与朱全忠同朝为臣，也是个面和心不和的模样，我实是放心不下。据我看，那朱全忠奸诈多谋，不定在打着什么见不得人的鬼主意。今日还是小心为是，索性多加些人手。"

　　众人都清楚李克用的脾气，他定下之事，别人绝对不敢随意更改。唯独在夫人刘氏面前，李克用几乎言听计从。

　　"本王此去，也就是三五天的工夫，你在陈州等我便是。万不可轻易出府，陈州风大，着了风寒可不是十天半月愈得了的。"

　　阵前有人低低发笑，李克用亦不以为意，反从车驾围篷中取出一件大斗篷来，披在刘氏身上。

　　"王爷，你唤存孝过来，我有几句话想同他交代一番。"

李存孝闻言过来，恭恭敬敬一拜，刘氏盯着他看了半晌道："儿啊，为母从晋阳城来时，临行你家叔邓还忠曾特地嘱我，让你事事须谨慎从事，凡事多与你父王兄弟商量，勿要意气用事，你可要记住了。此次随晋王进汴州，诸将中唯你武艺最高，你须时时留意。你今日当着为母的面，要答应我一件事。"

"母亲大人有事请吩咐，孩儿定当遵照母嘱！"

刘氏眼中陡然涌起一层湿意："儿啊，为母甚是担心，预感此次汴州之宴绝非好宴。不管别人如何饮酒作乐，唯独你老十三务必滴酒不沾，你可做得到？"

李存孝慷然应道："请母亲大人放心，孩儿定滴酒不沾！"

"好，好。"刘氏颤声道，"晋王若有什么闪失，十三儿为母第一个拿你是问！你们父子三人此次同涉险地，务要同去同归。为母在陈州城盼你们平安归来！"

三军启程，一路西驰，渐近汴州城下。这是晋王李克用首次踏足魏梁故都，远远望去，刚刚经历战火的汴梁城，部分地段尚在修缮。

汴梁春秋战国魏惠王时便定为国都，初名号大梁，构筑夷门。楚汉时为界鸿沟，汴河穿城而过，交通便利，自古为兵家必争之地。

上源驿原是一个官方所办的驿站，专为接待朝中重臣及各国使节，位于汴州城南，东接朱雀大街，西临蔡河，南近尉氏门，北为隋朝隋炀帝杨坚开凿的通济河。上源驿地势高平，属汴州城一处高冈，是处四进式庄园，两方是五连排馆堂。冈下，四面河道纵横，沟壑丛生，恰为一处易守难攻之地。

当日朱全忠亲自率领手下文武东出汴州十里长亭将李克用迎进城中，三千军伍驻扎在城东，李克用只带李存孝史敬思十位偏将共约二百余人进城。

汴州城内军民早早接到曾经解围城防的恩人晋王李克用即将入城的消息，他们涌集在东门方向，将街道两侧挤得水泄不通。老百姓们跳跃着欢呼着，争相目睹晋王李克用的真容。谁料一睹之下，大觉失望，李克用远非印象中和传闻里那位神出鬼没神龙见首不见尾的"鸦儿军"首领，不过是个独眼龙罢了。当初助汴州城解围的是晋王膝下十三太保李存孝，晋王身后那位岂不是力大无穷的太山飞虎吗！

人群中顿时再次欢呼起来。

李克用当日因劳累眼睛见风就流泪，耳朵亦有些背，既没听清欢呼声亦没感觉到某种异样。眼前人群浪涛般欢呼，李克用没想到在汴州城内竟受到如此大规模和高规格的欢迎，而且更让他欣慰不已的是，这种欢迎的场面完全源于百姓的自发而非有人特意编排而成。百姓可以集合，队伍可以组织，场面可以排列，但欢快的手舞足蹈和淌满喜悦泪水的面容是断然编排不出来的。

李克用顿觉大股自豪感如滔天巨浪般从足下以一种异乎寻常的力量传遍全身，如若不是街道淤塞，地域陌生，他直想跳下马背，走进欢乐的人群中，与他们双手互握，与他们共诉衷肠，显示爱民如子，与民同乐，那是最让李克用激动的场面。在印象中，除了当年在太山血祠有过那样的感受外，眼前景象显得多么熟悉又多么陌生。

汴州城的官兵们不得不挥动长鞭，在街道上方的半空中虚挥，竟然发出清脆的啪啪声响，围观的百姓们并无害怕之意，只管嘻嘻哈哈地不住躲闪，倒也闪出一条胡同来。

李克用一行当夜便入住上源驿馆舍。盛大的入城欢迎仪式使得一路风尘仆仆的李克用劳累顿失，心情始终处于一种完全在意料之外厚重的欣喜和愉悦之感中，竟是困意睡意皆无。干脆披衣下床，在通明的烛火下看书简。

不觉已至二更时分，院外夜风渐起，隐隐檐下铜铃叮叮当当作响，整个上源驿夜晚显得愈加静谧安详。

窗外突然出现一条黑影，李克用凭多年的战场经验，并不惊慌，从枕下抽出长刀，一口吹熄火烛，悄悄摸到门边，猛然拉开门。门后黑影猝不及防，一头栽进来。

黑影尚未起身，脸上一柄寒光刀锋赫然在目。

李克用低声喝道："谁！"

黑影道："父王，我是敬思！"

第四十五章　酒宴之上源驿馆

天色微亮，晨风渐弱，上源驿外围遮天蔽日的丛林间鸟雀叫声清灵悦耳，冈下城内街巷不时传来成群结队牛羊稳重而悠远的长嘶。整个汴梁城显示出一派安宁平和气息，仿佛那场震惊朝野的汴梁保卫战压根儿就没有发生过。前后历时三天，双方包括城内普通百姓伤亡达三万余人的大规模破坏的战事，如同云烟一样眨眼飘摇而逝。汴梁城的军民，实际上包括中原一带所有的老百姓，他们对这些年来不停地打过来打过去的战争习以为常，待烽烟一散，甚至都看不出半点忧伤的面容。被战火焚毁的房屋大不了推倒重来，在废墟上重新搭起房梁柱，或者异地再建；惨死在马蹄下的亲朋好友，乘尸骨未寒匆匆掩埋，活着的人叹口气，大不了在新坟上多加几锹土，重新打理他们的新生活。

战后的汴梁城如此安宁平和，大大出乎李克用意料，与他印象中满目疮痍、残垣断壁、哀鸿遍野的汴梁城大相径庭。李克用甚至在出行前已做出决定，在宴会期间，他要当众宣布对汴梁城军民调拨五百到一千石粮草予以援助。现下看来，这个想法有些多余，甚至是自作多情。非但不需要做出任何资助,李克用分明感觉到在这种与常态常理格格不入的安宁平和之下隐藏着让人胆战心惊的某种天大阴谋。

送走史敬思,李克用陷入了沉思。案上茶杯中,茶水早已冰凉。与昨日抵达汴梁城的心情完全不同,李克用骤然对眼前看到的耳朵内听到的产生了不可抑制的强烈怀疑。

史敬思既知汴梁城全城百姓赞颂十三太保之事,为何一直徘徊在外,直到险些被自己疑为刺客,方才说出实情,而且说话尚是吞吞吐吐?连史敬思这个莽夫都感觉异样,别人更非聋子瞎子,为何就没有跟他提起此事?李克用蓦地有种被人欺骗之感,想想自己骑在高大的骏马上,眼前如海涛般的欢呼声中竟然喊的是十三太保,李克用自己居然就像个傻子般毫无所觉,他怒火中烧。

史敬思的眼睛里闪烁着不安的神色,"父王,您是晋王,可汴梁城的军民喊得都是老十三的名字,我就纳闷:他有什么能耐?若非父王收留,他至今不过是个乡野痞少罢了。汴梁解围,说到底也是父王调度有方指挥得力,老十三竟然就敢将此功据为己有。父王您是没见他那个张狂样,竟然恬不知耻地频频挥手!"史敬思一脸鄙夷,学着当日李存孝的样子,大手在李克用面前不断挥舞,"看着简直让人恶心!"

李克用若无其事地拨弄着茶盖,眼皮撩也不撩,蓦地一笑,"老十三助朱全忠解围,救汴梁城军民于危难之中,确实立下了汗马功劳。老十一,这便是你的眼界和胸襟,不要总和其他人一样,老十三一立功就满心的不服。况你在老十三麾下,莫要总是认为受制于老十三,论资排辈总觉得吃了大亏,就传这些不三不四不中听的话,好听吗?"

史敬思脸涨得通红,辩解道:"父王,这么些年了,我老十一是个什么样的人,别人不知道父王岂能不知?我就是个武夫,这辈子跟着父王打天下就是种大痛快,至于什么功不功的,我才不在乎呢。十三弟确实威猛，作战勇敢自不消说，我老十一是真心佩服，老十三指到哪里就打到哪里，从无二话。可汴梁城军民只知有李存孝不知有晋王，我总觉得此事不大对劲，倒想让父王留意些。"

"留意什么？"李克用淡淡笑道，"你是怕老十三杀了父王，还是夺了王位？"

史敬思吓得险些跳将起来，"父王误会了，老十三绝不会做出此等大逆不道的事来。这一点，老十一以脑袋担保！"

李克用突然大笑，拍拍史敬思的肩膀道："敬思诚心为父王忧虑，足见你的心里时刻装着父王；你能如此信誓旦旦地为老十三做担保，足见你对兄弟的情谊之深。父王心里自然有数，存孝援救汴梁，与朱全忠朱帅合兵，原就是父王的主意，这一点勿要节外生枝想左了。你和老十三他们都是父王的好儿子，一个个都长大成人了，在战场上为国立功了，父王心里甚是欣慰。"

史敬思颇觉尴尬，搔搔头便起身，"原是老十一想多了，倒打扰了父王休息。"

从史敬思离开房间一直到天色大亮，李克用压根儿就没合眼。他是无论如何都睡不着了，好多事需要他前思后想，做一个全面梳理。否则他就纷乱如麻，就坐卧不安。

"父王，可曾起来？"

透过虚掩的门隙，李存孝站在台阶上，手里攥着包布裹。

李克用大开两扇中门，站在门槛上打着哈欠，长长伸了个懒腰，"汴梁到底是个都城，陈州小镇如何比得？外有高墙敌楼，内有朱帅一番诚意，想不睡个安稳觉都难。十三儿啊，你昨夜睡得可好？"

李存孝道："回父王，昨日夜间我带人在冈下四处转了转，发觉上源驿四面虽河道纵横，可通往四面八方道路却是甚为通畅。朱全忠大帅专门派出一支精兵营，每隔一个时辰轮换流值，以保父王安全。"

"唉，老十三多虑了。"李克用大笑道，"有朱大帅坐镇汴梁，父王正好借此机会轻松一番，不知今日之宴老朱给咱准备了何等好酒？"

话题涉及酒，李存孝这才想起，揭开黑布包裹，里面竟是一个小黑坛，"义母临行有嘱，让父王莫要贪酒误事。这话原也不该是我说的，这坛甜草液是别人送给孩儿的，一直舍不得用，今献给父王不定会有大用。"

"甜草液？"李克用奇道，接过黑坛揭开盖子，在鼻子下闻了闻，深吸数口气，"果如其名，确有一股酸爽甜味。不知这甜草液，到底有何奇效？"

李存孝大为兴奋，"父王，据说此药采自太行山深涧绝壁之上，非有攀缘绝壁经验者难以涉足，每人每趟多者仅能采多半筐，晒干却不足五两。五十斤药草熬制三天三夜方才得此一小坛，约为一斤。甜草液具有活血化瘀、解咳止痰之效，尤是对酒液分解有着莫大奇效。喝酒前只需提前一个时辰抿上一小口，世上即便是劲道最大的晋阳老杏花汾酒在口中亦如白水，可连喝五斤无丝毫醉意。"

"果真如此，看来本王一个人将横扫汴梁官场，让他们自愧不如，纷纷拜倒在本王膝下，哈哈！"李克用大笑，连连点头，"难得十三儿有此关爱父王之心，有此奇效之药，父王在汴梁城无敌手矣！"

在偏院居住的周德威闻笑过来，见父子两人讨论正欢，李克用得意地拍着黑坛子道："老周，这可是十三儿孝敬本王的宝物。"李克用怀里紧紧抱着小黑坛，直似生怕别人抢走，兴高采烈地给周德威讲解着黑坛里甜草药的用途。

早起天不亮，朱全忠托亲军将领上冈找李存孝，让他速速前去细商上源驿布置军马，保护晋王安全等系列事宜。李克用兴致勃勃地拉开话题，却似越说越起劲，丝毫没有想停下来的意思，李存孝心里惦念着军伍布防一事，自然听得心不在焉，几次想走却无法启齿，三句应答竟有两句含糊应承。

李克用何等样人，迅即看出李存孝满腹心事，眉头略略一皱，"十三儿啊，莫非还有他事？"

李存孝好不容易瞅准这个话缝儿，当即一揖道："回父王，刚刚朱大帅派人传个话，让孩儿到他那里商讨上源驿军伍布防一事。孩儿想着此事实为重大，关乎父王安危，竟是有些忘神，还望父王见谅。"

李克用点点头，扑哧笑道："本王进入汴梁城，实乃将生死置于朱大帅之手，在人家的地盘上，一应安危事宜自然受人家调度安排。你既有事，那就忙你的去，父王这里无须多操心。"

李存孝如释重负，答应着正要走，却被周德威喊住了。

"太保爷，朱全忠安排什么你就答应什么，答应什么就撂什么，万不可发表个人之见，凡遇不妥之事回来禀报晋王，勿要自作主张。"

"上源驿军伍布防，关乎父王之安危，此等大事岂能由姓朱的任意安排。他若安置妥当便罢，如若有误，我身担保护父王之责，当然要同他理论。请父王和周将军放心，有我李存孝在，誓保此行都安全无恙。"

李克用满意地不住点头，"有十三郎在，本王何须有半分顾虑，只管歇心与老朱斗酒就是。到这坛甜草汤，本王若是不将那老朱喝到案桌底下去，岂不糟蹋了这一坛宝物。朱全忠，你只管放马过来。哈哈！十三儿，你速速前去，这里有周将军和老十一呢！"

李存孝的身影消失在冈下的石径后，李克用脸上的笑容渐渐凝固，仰头望望天色，"老周，你看这天是准备刮风还是要下雨？"

一轮红日从东方天际跃出地面，彤红如圆盘。晕晕乎乎的光影中，滚滚热浪扑面而来，刚刚尚在庭院外楼檐间四处拂掠的凉风眨眼消失得无影无踪。天空万里瓦蓝,深邃得犹如无边无沿,并无半丝云彩。何来刮风下雨一说?周德威虽知李克用话里有话,只是不敢妄加猜度。多少年了,当初从关外随军南下,周德威对李克用喜怒无常的脾性实在是太了解了。即便揣度出来,他又哪里敢说?但是李克用既有此说,若不表态亦是不合适,周德威看到李克用脸上已隐隐浮上的不悦之色,便装模作样地抬头望望天色,喃喃道:看样子午后怕是有一场雨。

"有雨吗?"李克用眼光盯着周德威故意装傻的面容,一笑,"老周,本王原以为你最懂本王的心,现下看来你居然也装起了糊涂。"顿了顿,茫然叹道,"糊涂好啊,糊涂比自作聪明要稳妥得多,伸缩自如,进退有道啊。"

周德威这才是真正的茫然无措了,小心翼翼道:"在下确实愚钝,请晋王明示。"

李克用狡黠地眨巴眨巴眼,笑着转移了话题:"邓还忠进晋阳城之事,老周听说没有?"

邓还忠秘密进晋阳城,周德威也是后来从大太保李嗣源处得知。据说邓还忠乘夜色拉着满满两大车用油漆布包裹得严严实实的木箱直接进入晋王府,邓还忠从太山出发之前当然清楚晋王随军南下,府里只有刘氏。虽然李嗣源同样不清楚那天晚上邓还忠下山到底所为何事,但是天亮之前,有人亲眼看见邓还忠出门时,已两手空空,并且是刘氏亲自将他送出府门。

周德威虽则已隐隐猜到了整个事件的缘由,他想不通的是,李克用以堂堂晋王之尊,事隔二十年仍对那些早已失去的东西耿耿于怀。当然,他不会挑明。

"莫非是太山龙泉寺那位邓还忠?据说他像是出了家,已成得道高僧。两年前在下回晋阳正赶上龙泉寺庙会,远远与邓还忠有过一面之缘,当时寺僧正组织一场由知名文士墨客组成规模庞大的'八雅'之会。真没想到,十年前尚是荒凉偏僻的太山龙泉寺经晋王一番投资修缮,现下已成了晋阳方圆数百里香火最为旺盛,人气最为密集的名寺。"周德威仿佛沉浸在龙泉古寺弥漫的香雾中,"山上丛林茂密,四野松涛,寺内铜香炉内日夜香火不断。山道上,前来拜佛求经的善男信女们日夜不绝。听说,前些年曾有西域十余位胡僧结伴一路膝行,历时三个多月,从长安至太山龙泉寺,其虔诚膜拜之态,世所罕见——至于邓还忠进晋阳,在下真还没听说。"

李克用道:"此人有些韬略,其才干并不在你之下,可惜未能为我所用。昔年曾有多少文武双全者,远避朝野,原想做个避世的人,却最后落个身首异处的下场,这样的人还少吗?本王当然不会做让天下人切齿痛恨、遗落骂名的卑劣之事。不过,邓还忠此人不同,他欠着本王一笔厚债,整整二十年了。正是这笔债,让二十位生死患难的兄弟至今在九泉之下难以瞑目。这些年来,本王一直忙于军事,实在腾不出手来料理此事。现下他走进晋阳,算他识时务,否则本王断然不会容他!"

周德威顺势接过话头,"莫非邓还忠进晋阳,已将那笔债做了偿还了断?"

李克用看着冈下训练的军伍,道:"算作还了吧。不过此债现下反成了交易。至于值不值,本王尚在考虑之中。"

周德威脑海里飞速运转,沿着邓还忠深夜下山走进王府与晋王夫人刘氏会面的轨迹一路想去,蓦地恍然大悟,邓还忠秘密押解两车货物下山,极有可能是为李存孝铺路!

想到这里,周德威一阵心颤,"王爷,以在下看来,诸太保对王爷莫不忠心耿耿,大小战事无不冲锋在前,太保之名,威震天下。"周德威的意思是想提醒李克用,在他们父子之间,出现任何裂痕都将是骇人听闻的，将会影响到整个军心稳定，后果不堪设想。

李克用用手掂掂手中的黑坛子，唇角现出一抹嘲弄的笑意，蓦地一扬手，黑坛子在半空中划出一道半圆形的弧线。周德威慌忙双手稳稳接住，满是疑惑地看着李克用。

"晋王，您这是何意？"

李克用回头看着周德威，半晌方嘿嘿一笑："既是好东西，自然得让人分享才是。本王酒量虽不敢称天下第一，在汴梁城内怕是找不到对手。至于姓朱的，量他不过是本王手下败将而已！这坛子甜草液，老周你拿去享用便是，本王用不着！"

说罢，将默然无语的周德威撂在当地，背抄手扬长而去。

上源驿宴会于李克用率部到达汴梁城的第三天午后开始了，劫后余生的全城军民将目光一齐盯在这场给予他们新生、当朝两大军事集团首领的隆重聚会上。虽然身处下层，尚处在衣不蔽体、食难果腹的悲惨境地，但他们忧国忧君的心里无论何时都如一捧热辣辣的炭火。尤其是得知当今天子最为信任的汴梁节度使朱全忠和晋王李克用相会汴梁城，那么无疑传达出这样一则足以振奋天下军民士气的信息：他们肯定要商讨谋划一个荡平残寇、佑国安邦极其重要的军事计划。这是天大的好事啊，唐朝这下真正有救了。为了民众爱戴的将帅们能坐下来好好谋划大计，百姓们愿意奉献出最精美的食物、最爽口的佳酿，即便住在阴冷潮湿破烂不堪的窑洞里，都心甘情愿。汴梁城内百姓们怀揣着美好的想望饿着肚子虔诚地祷告上苍之时，位于上源驿的舍馆内，热浪腾腾，歌乐迭起，美色如花，醇香迷醉。

朝野盛传朱全忠与李克用共为大唐皇帝的左膀右臂，但朱全忠自知这条臂膀远没有李克用的粗壮有力。虽号称两大军事集团，朱全忠心里却异常酸涩自卑，说起来却也难怪。朱全忠首先就无法想通，自己为唐朝皇帝争夺天下，纵马执戈，南征北战，数度从死人堆里爬出来，险些丧命，立下战功无以数计，甚至不惜与当年的故主黄巢恩断义绝反目成仇，直到刀兵相向，这一切无不是为了大唐江山。可是付出如此之多，到头来却仅是一位汴梁节度使，连个王位的边都沾不上。李克用这个独眼贼，不过是关外大漠上的一只老狐狸，借勤王之名私下扩展疆域，培养属于朱邪家族的私人势力。而且他的反骨已然裸露，反叛的心思昭然若揭，朝廷居然授以王爵。而堂堂的汉军将帅，真心实意为朝廷卖命的朱全忠竟然还不如外族野人乎！

朱全忠越想越觉得委屈，越委屈越觉得这顿酒宴毫无意义。尤其是李克用竟然能以王爷之尊耀武扬威大大咧咧地坐上首位，丝毫没有愧疚之意。他是真的不清楚呢还是故意装糊涂，这是汴梁城不是晋阳府，所谓强龙尚不压地头蛇。在汴梁城，即便街头问一个三岁小儿，都清楚汴梁的天姓朱而不姓李！

李克用当仁不让坐在首位，面前的案桌上珍馐佳肴美不胜收。两名美貌歌姬浓妆艳抹，娇滴滴如百灵鸟一左一右将李克用伺候得好不快活。李克用贪婪好色果然名不虚传，大庭广众之下浑然忘却王爷身份，本性毕露，压根儿就没注意到朱全忠阴冷而满是讥讽的表情。

"朱大人，朱大人。"李克用隔着歌姬肩膀喊道，"为何如此美色佳酿却闷闷不乐？"连喊两声，朱全忠竟是纹丝不动。

一名翠绿衣衫的歌姬拂袖娇嗔道："朱帅，王爷唤您呢！"

朱全忠"啊"地应了一声，"喊本帅吗？"

李克用指着朱全忠大笑，"老朱，本王来到你汴梁城，不过吃你几顿饭喝你几壶酒，竟是吃疼了你喝疼了你吗？却是如此小家子气，独自坐在一边盘算损失。咻，本王回去送你新粮五百石，美酒一千斛，以作弥补，如何啊？"

朱全忠连忙站起，端起酒杯道："王爷，朱某忽然想起皇上当年被黄贼所逼退守宝鸡山，长达两年之久，竟是受尽了磨难，心下哀伤，一时竟冷落了王爷。且请王爷恕罪！"

"既知有罪，那就将功补过，且将你那酒连干三杯，再同本王说话！"

一庭人闻声朝这边望过来，朱全忠脸色涨得通红，原是面子上的几句客套话，谁料李克用竟然如此大言不惭，目中无人。

"朱帅。"身后谢瞳悄悄提醒，朱全忠似乎并没听到，肚子里窝足了火，脸上却仍是笑逐颜开，端起酒杯来自斟自饮，转眼就是三杯下肚。

"痛快，痛快！"朱全忠道，"朱某今日能与王爷同饮，实是三生之幸。王爷赏脸驾临汴梁城，亦是汴梁老少之福矣。"

李克用顿时抓住了话把子："既是此说，当知朱帅心忧汴梁百姓疾苦，是老百姓深爱的父母官。今本王既到，朱帅何不替汴梁父老再饮三杯，以此可体现汴梁百姓对本王之谢意。"见朱全忠面露他色，李克用又道，"朱帅若不饮，是否可说是汴梁城父老期盼本王到来原不过就是句自欺欺人的鬼话？朱帅，到底是人话还是鬼话，全在三杯酒水之中。"说罢，李克用哈哈大笑，自顾自拉过那位翠绿衣衫的歌姬，又亲又摸，甚是放肆。

"王爷，我家朱帅酒量有限，在下且替我家主人饮三杯，如何？"谢瞳起身，不由分说从朱全忠手里夺过酒杯，仰脖正要饮尽，突被李克用一声断喝震住了：

"尔是哪里来的野人，此地有你说话的份吗？"

谢瞳讪讪地不知所措，朱全忠突然哈哈大笑，一手持杯一手执壶，走出座位，站在庭中，朗声道：

"诸位，本帅在这里要向大伙介绍一位当世英雄。此人当年使一把丈二钢枪，率'鸦儿军'一鼓作气将庞勋叛贼打得哭爹叫娘。曾经发兵长安，率领十三名太保在千军万马军中如入无人之境，杀得黄贼人仰马翻，使得黄巢贼首走投无路，自杀身亡。同时此人，被皇上亲封王爵，与原晋王之名并称当世双王，为大唐复国立下赫赫战功，此人是哪位，诸位可知道？"

"晋王神勇，晋王天下无敌！"

李克用咚地将酒杯往桌上用力一放，吓得众人骤然一齐噤声。

"朱全忠！"李克用指着庭中唾沫子飞溅的朱全忠直呼其名，脸色迅即放展，嗓门奇高，声调奇粗，"本王原以为你亦算天下一雄，今日一见，不过是个当世拍马屁的高手！"

朱全忠脸一阵红一阵白，握杯的手不住颤抖，陡听李克用一阵大笑，"不过，这个马屁拍得好，本王爱听！"

第四十六章　险地之突出重围

　　宴会气氛愈加浓厚，乘此机会朱全忠频频敬酒，亲自为李克用把盏，极尽歌功颂德之辞。李克用频频举杯，已是连下十余杯。李存孝已向刘氏承诺滴酒不沾，见李克用来者不拒，心下大是焦急，遂给周德威连使眼色。周德威自然会意，起身俯在李克用耳边道："晋王已有些量了，不可再饮。"

　　李克用挥挥手道："老周无须担心，今黄巢小儿已被我歼灭，余尚让余贼，何足挂虑。如此回天之功，朱大帅专门设宴摆酒庆贺，有何可疑？"

　　朱全忠亦抓住话茬："晋王海量天下称奇，世无其二。况功勋卓著，实乃大唐臣民之恩人。今日汴梁聚会，亦是自家，难道怕我朱某设鸿门宴不成？"

　　"朱大帅是自家人，今日不过是个家宴罢了，何须拘谨。"李克用说着便解开衣扣，袒胸露乳，"痛快，痛快！有什么好酒，朱大帅只管拿上来就是，本王决计与朱大帅一决高下。"

朱全忠斟满酒杯，"晋王豪爽义气，天下共知，朱某力虽不及，却定要奉陪到底。来，干！"

又是大杯进肚，李克用有些醉眼迷离，指着朱全忠道："世事难料，人生无常啊。想当年，你老朱跟着黄巢老贼，东躲西藏，天下虽大却始终无立足之地，何须多想，肯定狼狈之极。所幸迷途知返，回头是岸，及早改邪归正，归附朝廷，方有机会与本王同聚一处。否则不定现下尚是丧家之犬，或亦成本王刀下之鬼矣。哈哈哈！"

座中李克用所部人员低低暗笑，朱全忠所部人员无不怒容满面。让所有人意想不到的是，唯有朱全忠仿佛并没听到李克用话中肆无忌惮极尽讽刺挖苦之语气，反而愈加低眉顺眼，"朱某至今朝野中最为佩服之人只有两位！"

李克用一听，语气顿时僵硬，手指习惯性地在桌案上不住飞弹，"噢？哪两个，说来听听。"

事实上，朱全忠满腔怒火几欲喷涌而出，恨不得跳将起来，飞腿照李克用脑袋上就是狠命一踢，立时让他脑浆崩裂，当场死于非命。当年跟随黄巢反叛朝廷之经历本为朱全忠内心最大的隐忧，讳与人言。就怕有人当面提及此事，岂料李克用竟然在大庭广众之下再度揭露疮疤，并极尽讥刺嘲弄。若在平日，他早已毫不犹豫抽刀将其一把捅死。但是，今日宴会朱全忠却表现出极大的克制和忍让，多年的政坛和军伍经历已让他逐渐明白，可忍辱可负重，方有成大业之望。任何图一时之快的冲动非但于事无补，反而可能让自己坠入万劫不复之地狱。朱全忠瞬间表现出的克制力让他自己都觉得不可思议，他甚至有种沾沾自喜的感觉，这分明是成大事创大业的胸襟和气度。反观李克用，其阴险狂妄其无知卑劣注定骨子里不过是关外大漠深处的一只野狼，终究一事无成而已。

于是，朱全忠出奇的平静，略一沉思，神色安详地道："除了晋王，就是十三太保李存孝！"朱全忠胖乎乎的手指跃过李克用，直直指向站立在身后，岿然不动的李存孝。

"晋王武可安邦，文可治国，属当世奇才！"

"十三太保威武神勇，所向无敌，乃千古罕有之猛将。"

"虎父自然无犬子，大唐有此父子中流砥柱，必当江山永固。"

座中赞叹声此起彼伏，谁也没发现李克用突然闪现而出的笑容中透出一丝稍纵即逝的讪讪之意。

"朱某与晋王已喝了不少，这一杯朱某且敬十三太保，如何？"

李存孝甚觉颜面大放光彩，正想接过酒，李克用头也不回，淡淡道："老十三，莫要忘了来时承诺你母亲之话。"

李存孝这才恍然大悟，"多谢朱大帅，存孝答应过母亲滴酒不沾。"

朱全忠举杯半空，虽觉尴尬，迅即笑道："七尺男儿立在当世，重在一诺，不管对谁，这才是大丈夫所为。可敬可佩，十三太保既不肯赏脸，这杯酒看来只能老朱自己喝了！"半盏酒下肚，想是喝得过猛，朱全忠顿时咳嗽起来。

谢瞳抢步上前，"朱帅，这杯酒在下替您干了就是！"

李克用用力拍着裸胸，大声道："老朱教军如何这般无方？一个小小的军将竟敢在本王面前如此放肆。尔是何等小人，本王与朱大帅论谈酒事，这酒是你喝的吗，莫非欺本王无人乎？来人，将此狂妄之徒赶将出去！"

朱全忠对谢瞳使个眼色，谢瞳强忍怒火，大步向外便走。

"大胆！"李克用欲待站将起来，身子已是摇摇晃晃，幸得绿衫歌姬扶着，才未跌倒。那绿衫歌姬含情脉脉道："晋王小心些，摔坏了身子骨儿不值当。"

李克用抚着歌姬笑道："满座之中竟是你最疼我。你叫什么名字？"

那绿衫歌姬道:"贱婢名唤柳香儿。"

"柳香儿,好名字。"李克用笑道,"老朱,本王向你讨要这柳香儿,你可愿意?"

朱全忠道:"王爷客气了。整个汴梁城都是您的天下,想要什么随您挑,老朱是小气的人吗?"

李克用哈哈大笑,倏忽想起,"刚才那厮实是无礼,竟连个错都不认,简直目中无人。老朱,你手下居然有此等狂妄之徒,岂不是笑你老朱不会用人?"

朱全忠正色道:"请晋王放心,在下已命人将他收监,待宴后送至王爷处,任凭王爷处置!"

"好,好!"李克用道,"休要让那厮坏了本王酒兴,晚间定要重重惩处。来,上酒!"

朱全忠回归座中,一位家臣悄悄进来俯在他耳边低语道:"朱帅,谢大人让您出去一趟。"

"本帅知道了。"朱全忠微微一怔,迅速恢复常态,"你告诉老谢,本帅待会就去。"

乐声四起,柳香儿带头率领一众歌姬翩翩起舞。席间觥筹交错,自是一番热闹。

朱全忠突然捂着肚子摇摇晃晃起来:"王爷,朱某肚子甚是难受,且出去暂作方便。"

李克用眉头微皱,露出满脸鄙夷之色,"真正大煞风景,原不晓得你老朱肚子里都是些什么货色,现下看来不过是一腹秽物罢了!"

朱全忠如蒙大赦,一出大殿迅即恢复常态。

"老谢在哪儿?"

谢瞳站在对面偏院的月亮门前远远朝朱全忠挥手,两人闷声不响进入拐过月亮门。谢瞳对身后守卫吩咐道："守住此门，任何人不准进来！"

进入内院房里，谢瞳刚将门闭严，朱全忠愤然破口大骂，"独眼贼欺人太甚，气煞本帅也！"

谢瞳反而表现得异常沉稳，他紧盯着朱全忠因气愤而扭曲变形的脸，沉声道："朱大帅，您目前有何想法？"

"本帅能有什么想法？"朱全忠无奈一叹，重重喘着粗气，"这独眼贼好歹也是位王爷，只能小心应付，不出差错，将他送出城后远远打发了事，眼不见心不烦！"

谢瞳奇道："朱大帅居然还想让李克用此厮出城？"

朱全忠苦笑道："不让他滚还能咋地，莫非老朱天天好吃好喝供养着他，岂不让本帅活活气死？"顿了顿，倏然有悟，"对了，老谢你让本帅来有甚主意？"

谢瞳骤然目露凶光："朱帅，李克用既然走进汴梁城，就不能纵虎归山，留为后患！"见朱全忠沉默不语，谢瞳索性放开了胆量，"朱帅，恕我直言，遍观史册，自古成大事者，必随时善掌天赐之机。须知机不可失，时不再来。李克用狂妄有勇无谋之辈，缺成事之能、创业之德。今李克用在我手中，实是天赐良机。况李克用所部这些年四处征战，在征剿黄巢中屡立战功，已封王爵。朱帅莫要忘了，李克用所率沙陀部族原是朝廷陷入全面混乱之中的一根救命稻草而已，他以勤王之名南下，由原不足五六万人马到现下近四十万之巨，直接威胁到朝廷安危。飞鸟尽良弓藏，黄巢已死，李克用使命已经完结，他非但不懂得自保之道，主动向朝廷削减军权，反仗着兵强马壮，不把天下人放在眼里。他这是要干什么？是要同朝廷分庭抗礼！战事已结，对李克用朝廷已赏无可赏，封无可封，功劳之高已成震主之忧。李克用贪婪无耻，仍然不停地向朝廷伸手要权，再封就得封他当皇帝了！前车之鉴，后世为师，二十年前沙陀人南下平叛庞勋之乱，朝野上下都记得清清楚楚，如何唯独李克用就忘了！当年庞勋战火一熄，沙陀人便被赶到塞外，以贼寇论处，李氏父子愚蠢之至，疮疤未好就忘了疼。朝廷早有除掉李克用之意，苦于一来暂时找不到除掉他的口实，二来手下三十多万人马，一旦轻举妄动，岂不是生出第二个黄巢！朱帅，如若趁此机会除掉李克用，非但为朝廷除了害，且将立下不世功勋。尤为重要的是，除掉李克用，朱帅将去掉世上最大的敌手！"

朱全忠陷入沉思，实际上他早已被谢瞳撩拨得通体奇痒。不可否认，胸怀奇志的朱全忠清楚，要想实现多年前就立下的霸业志向，李克用正是目前潜在的威胁和绊脚石，也是最让他头疼的对手。一山容不下二虎，这个道理他自然懂。纵观天下，谁可与我争锋，唯有李克用！他们之间终究会有一战，虽则胜负难以预料，但必将艰难异常。谢瞳所言蓦然提醒了朱全忠，与其日后战场争霸，何如先下手为强！不过，事体重大，万一搞砸了，无异于直接向李克用宣战。依现下兵力，朱全忠清楚，尚不足与李克用大军对抗。战争一开，于他而言将是灾难性的。朱全忠又兴奋又焦虑，极为矛盾。

朱全忠的沉思让谢瞳大为焦急，他趋前一步，又道："朱帅可记得当年楚汉争霸，项王设宴鸿门一事？霸王何等气概，却为何最终输在一个流氓刘邦手里，非能也力也，亦非时也运也。那汉家天下原属项霸王所有，只可惜他放着大好江山不要却心甘情愿地拱手让于别人罢了。"

关于楚汉争霸期间发生在鸿门宴之事，朱全忠早在幼年时听老一辈人在田间地头拉家常说古事时提起。田间地头的古事倒腾起来既畅快又自由，对于发生在一千多年前的那场宴会，力拔山兮的项王居然在眼皮子底下让刘邦一伙逃脱，致使在随后的战役中遭四面楚歌之围，与爱妃虞姬在垓下双双自杀。记得当年每听到此处，朱全忠与小伙伴们无不义愤填膺，大骂刘邦无情无义无耻，非但不记鸿门放他一马之恩，反乘人之危将项王逼上绝路。小朱全忠尤为愤怒：我若为项霸王，当初在鸿门宴会上绝不会轻易放走刘邦小儿，早早将他一刀杀死，省了多少事。

真正恍如一梦，朱全忠陡感浑身激奋，莫非眼下的上源驿就是楚汉时期的鸿门？那么，我朱全忠就是设宴的主人西楚霸王，独眼贼李克用自然就是那个妄图加害项霸王的小流氓。

"去他娘的！"朱全忠愤然骂道，蓦地一掌击在几案之上，桌上盘碗一跃而起跌得粉碎，"老朱虽不具霸王之勇，却不具霸王的妇人之仁；此生虽做不得刘邦，却绝不学霸王！"

"妇人之仁，贻害无穷啊。"谢瞳眉眼瞬间舒展，"朱帅想明白了？"

朱全忠双掌一拍，目光阴森森地盯着吵吵嚷嚷的宴会方向，"老谢，可有妙计？"

谢瞳咬牙切齿道："一个字：火！"遂附在朱全忠耳边密语起来，不大会儿便听得朱全忠眉开眼笑，不住点头……

"好！"朱全忠骂道，"独眼贼，你的死期到了！"

酉时牌分，汴梁城上方便被大团大团从西方天际涌过来的墨云遮得严严实实，天地昏黄，四野寂寥。正是城内家家户户烧火做饭之际，站在上源驿后院的土冈上，远远近近一眼望不到头的屋檐上，也不知是升起的烟雾还是团团的墨云，将天地连成一片，视野模糊，了无界限。

宴会尚未结束，李克用已是喝得酩酊大醉。回到驿馆之后，便沉沉睡去。因李克用睡前曾吩咐，他要一觉到天亮，任何人不准打扰，周德威便吩咐将六名前堂守卫的军士转移到二门之下。李存孝所住居所距李克用隔着一堵院墙，李克用震天响的呼噜犹在耳畔，搅得人心神不宁。

洛州节度使一职李存孝没想到如此轻易就到手，大大出乎他的意料。圣上虽封有鲁国公，但那不过是个虚职而已，身为将帅，能掌控调度兵力才是真正的实权。父王李克用对自己的信任可见一斑，至于邓叔嘱咐让他伺机请辞鲁国公一职之事，李存孝反而觉得毫无必要。再者，鲁国公是堂堂皇帝亲封的，那是自己凭实实在在的军功用鲜血和生命换来的，与李克用并无关系。想想这些年来腥风血雨的经历，二生已死，当年从店头村出来的年轻后生仅有部分走上裨将偏将之职，其余大多血洒疆场，许多人连个尸首都找不到。就凭这些，李存孝便认定，一切荣耀不管来自朝廷还是父王，都是他理应得到别人无权剥夺的。离开太山十年，当年的那个毛头小子如今竟已升至洛州节度使一职，想想都觉得犹如做梦，梦中他都忍不住想笑出声来。梦中，妻子邓瑞芳遥遥向他走来，黄狗毛毛紧随其后，围着她欢呼跳跃。或者他还骑着骏马，披红戴花，接受来自太山脚下店头村全村民众的庆贺，人人脸上笑逐颜开，那荣耀绝不仅仅属于他李存孝一个人，而是属于全部村民的。在欢呼声中，李存孝甚至想象到十年来他深深牵挂的妻子，将一挂由她亲手用五颜六色的帛纱做成的花环套在他的项间。倏忽，眼前景像陡变，邓瑞芳孤苦无依的身影站在太山风峪河畔的"望夫石"边，两眼含泪，形如石雕，纹丝不动。毛毛蹲卧身侧，时而喉间低吟，时而呜呜吼叫。李存孝眼眶温热，禁不住双肩抖颤，险些落泪。

"十三弟，倒睡得好死！"

李存孝睁开眼睛，方觉不知何时竟挨着桌几进入梦乡。眼前天光已暮，史敬思抱着一坛酒，撕咬着一只油淋淋的大猪肘，"来，咱兄弟喝两杯。"李存孝摇摇头，"十一哥，存孝已答应义母，此次随父王出来不敢吞饮一口酒水。"史敬思不屑道："十三弟，说你脑袋大虑事简单，倒没说错了你。实在得简直有些迂腐，说不饮酒就当了真？义母之意原是怕你喝多误事，你却成了滴酒不沾！"李存孝心里装着李克用的安危，哪里敢喝。推阻再三，史敬思便有些不悦，"十三弟你这是打你十一哥的脸。你看看咱兄弟们当中，谁跟你关系走得最近，除了我老十一，谁他娘的不是背后在父王跟前说你的坏话，有一句好听的没有？都是跟着父王征战，哪个不是杀场里出来的人，你不过是仗着身力气杀人杀得无章法太血腥罢了，并不比别人杀得多。凭什么你李存孝就受封鲁国公，别人就无此之福？自古枪打的是出头鸟，雨沤的是露头橡。再说洛州节度使，你以为你是凭你的军功挣下的？如若真是如此，父王早就给了你，一个节度使在父王眼里算个鸟。老大、老三他们早就节镇一方了。官职原是自己挣回来的，哪是要过来的，十三弟莫怨十一哥说你，你这一张口，倒惹了多少人耻笑……"李存孝勃然大怒："放他娘的屁，这个鲁国公谁想要要去，我才不稀罕！"史敬思"嗤"地笑道："十三弟休要说出这些好没意思的话，既不稀罕，为何不到父王跟前辞了去？想要的人多得是！"最近，史敬思听到些闲言碎语，老四、老十二他们人前人后说他跟在李存孝屁股后边，仗没少打，功没少立，却始终是个吃屁的角色。史敬思原就是个厮杀汉，对当官升职之类并不感兴趣亦没操多大心，架不住人多嘴杂，心里就渐渐不平衡起来。尤其是四哥李存信私下里饮酒，一句戳中要害：战后报功，李存孝多是突出自己一人，手下除了从店头村出来的一伙，他将哪个人放在眼里？史敬思慢慢一琢磨，恍然大悟，无怪乎打了多少场仗，安休休、薛阿檀之流竟然与堂堂的太保都是偏将，就连二生，死后都追认为将军一职。史敬思越想越觉得憋屈，越想越觉得窝火，遂把一股怨气恼火矛头都集中在了李存孝身上。

李存孝霍然而起，史敬思慢条斯理地啃着猪肘喝着烧酒，"老十三，你这是要做甚？"李存孝道："我找父王说理去！"史敬思陡觉一阵快意，见李存孝当真推门要出，又恍然害怕了。这个愣头青，火劲一点就燃,一条直肠子在父王跟前说出这些话,自己岂不也搅了进去?史敬思慌忙将他拉住,"十三弟,你将父王好好的梦搅了,不是自寻不痛快?莫要以为你老十三是块大才,父王真正疼爱的是大哥、三哥。咱们不过都是些只会打仗的莽汉罢了。宴上,你就没看见父王的脸色?莫非你还想扒拉开火寻灰?省点心吧,学学别人,打仗能有个官职,私下里多捞些钱财最好,其他的都是球!"

见李存孝沉默不语,史敬思突然"嘿嘿"一笑,凑近悄声道:"十三弟,你猜猜父王现下正做着什么好梦?"

李存孝愕然道:"兄弟哪里晓得父王做什么梦,莫非你知道?"

史敬思狡黠地眨眨眼,道:"十一哥我当然清楚,父王正梦着和那位叫什么柳香儿的歌姬被窝里翻红浪呢!"

李存孝哈哈大笑,指着史敬思道:"小心父王醒来,我密告了父王去!"

"嗤!"史敬思满脸不屑,打着饱嗝道:"我怕球!别看父王表面上看着像个长辈的模样儿,背地里和咱还不是一个样。十一哥跟十三弟一样,从小生在穷苦人家里,爹娘死得早,六七岁就给大户人家放牛就为能吃口饱饭。后来被父王收留,吃上了饱饭,原想着这辈子能过好日子,谁想又活在这么个父子间互相猜忌、兄弟间钩心斗角的大户人家,听够了受够了。兄弟间,彼此恨不得将对方生吞活剥了方才解气,还不如放牛的日子舒心。十三弟,你觉得有意思吗?"

李存孝瞪大了两眼:"十一哥,你喝醉了吗?"

史敬思道:"十三弟,你倒什么心思也不操。这点子酒,能醉得了我?哥哥今借着酒,劝你几句话,往后不管在父王还是兄弟们跟前,说话做事务要小心些,弄不好就被人算计吃大亏,背手扔黑砖头要你命的,说不定就是跟你最近的人呢!"

李存孝不想听这些话，就转移开话题，"十一哥，有猪肘子啃着好酒喝着，还堵不住你的嘴。我和你一个心思，只想早早打完仗，回太山和老婆团聚去——你估摸着朱大帅现下在忙什么？"

　　史敬思一口将酒干尽，瞪着血红的眼珠子骂骂咧咧道："他能忙甚？没见他在父王跟前那个怂包样，十一哥要是他，手下有二三十万军马，我谁都不尿——老朱正给那个骚狐狸什么柳香儿梳妆打扮呢，他想讨好父王，说不定把是咬着牙根儿将自个最疼爱的宠妾献出来了——姓朱的什么事干不出来！"

　　史敬思猜得竟然毫无差错，朱全忠确实刚刚将沉醉于攀附高枝梦想中的柳香儿召进住处，不过并不是想将她打扮得妖艳迷人准备送给李克用，而是要拿她开刀！

第四十七章　火攻之力扛铁闸

　　十余根粗烛光芒摇曳，亮如白昼，柳香儿打扮齐整，静静坐在梳妆台前，等待着那个让她激动万分的时刻。柳香儿本为晋阳府人氏，三年前随母亲南下寻找随军参战六七年音讯皆无的父亲。渡过黄河后一路打听，方知父亲已在四年前战死在长安外围决战中。母亲悲痛欲绝，一病身亡，柳香儿孤身一人流落街头。朱全忠率军路过此地，恰遇柳香儿，即被她的美貌所吸引，遂纳入偏室。起初颇受疼爱，仅仅一年之后，即被喜新厌旧的朱全忠抛弃。柳香儿流落异地，日夜盼望着能回归故园。

　　宴会期间，柳香儿以歌姬身份得以接近晋王。李克用当场答应，将她送回晋阳，并当场向朱全忠讨要。柳香儿与李克用在席间的亲热之状让朱全忠越想越觉得窝火，以朱全忠之性情，凡是被别人染指的女人出现在自己眼前对他而言是种耻辱。况现下李克用已成瓮中之鳖，柳香儿自然也得提前给她找好归宿。

　　当院门外响起脚步声的时候，柳香儿再次整整衣冠，生怕在即将见到改变她命运的晋王面前有失体面。

谢瞳面无表情地进来，目光定定地盯着打扮得如出水芙蓉般的柳香儿。当年是自己发现柳香儿，将她收留身边，两人曾有过一段缠绵悱恻的日子。朱全忠看到柳香儿的美貌后，便将其据为己有。两人这是自当年分别后的首次单独会面。谢瞳早已暗暗拿定主意，若是柳香儿还念及着两人的旧情，他会毫不迟疑地改变主意。

柳香儿目光中仿佛闪烁出火一样的光芒，谢瞳蓦觉一阵温热，正准备上前同她相见，共诉离别之情。不料，柳香儿眼中的光芒稍纵即逝，或者原本就是谢瞳的一厢情愿。

"晋王呢，他不来接我吗？"

谢瞳顿觉心寒，这个无情无义的女人，当年若不是他谢瞳将她救下，她不是冻毙街头就是落入青楼，如今仗着傍上晋王，竟连朱全忠亦不放在眼里。

"晋王托人传过话来，你想不想听？"

柳香儿扫了谢瞳一眼，眉心微微一皱，略略后退半步，仿佛在躲避谢瞳一身异味。谢瞳骤然间涌起大团怒火。

"晋王有什么话，何必要托人，咫尺之遥，他就不能亲自来吗？"

谢瞳蓦觉一阵厌恶，阴阴笑道："晋王说让你先走一步！"

柳香儿满脸惊愕，一把短匕已猛然插进她的身体。

"啊！"柳香儿双目圆睁，两手攀着谢瞳肩膀，强忍着疼痛道，"谢郎，你好狠心……香儿想回家，这三年存些首饰银两，就在后厨的夹壁之内，原都是留给你的……你……"说着，缓缓滑落在地。

谢瞳大惊，抱着柳香儿，如梦如幻般作声不得。好不容易清醒过来，恍恍惚惚赶到后厨，踢开夹壁，果见里面大堆首饰财物及一封留给他的信！

"啊呀，我的香儿！"谢瞳哭又不敢出声，拥着柳香儿的尸体泪如雨下。

"谢大人！"院外有人轻声喊道，"朱帅问，事办妥了没有！"

谢瞳起身擦干眼泪，推门而出，顺手将门带上。

"此房没有我的命令，谁也不准踏入房门半步！若有违令，休怪我谢瞳翻脸不认人！"

那报信亲兵隔着门缝见柳香儿已躺在血泊之中，情知事已办妥，便也不再吭声。

"五百铁甲到位没有？"

"回谢大人，全部到位，每人两束茅草已全部浸油，就等谢大人的命令！"

谢瞳骤然咬牙切齿道："好，送独眼贼回老家！"

二更时分，李存孝迷迷糊糊中闻到一股刺鼻的酥油味扑面而来。他走出院门见冈下黑漆漆一片，并无异状。夜风轻拂，凉如山泉，四下里静得仿佛能听到远处隐隐约约房舍里百姓的说话声。

突然一束焰火冲天而起，在半空中迸裂出数十道耀眼的烟道。左手方向率先闪起一道火光，随之四下里相继火起，那火光竟是形成一个大圆圈四处开始蔓延。

"着火了！"

李存孝暗叫一声不好，飞快返回屋中将喝醉了酒趴在桌案上呼呼大睡的史敬思推醒，"赶快保护父王！"

史敬思闻声跌跌撞撞冲出门外，遥见冈下已四处起火。通天的火光，喷吐着灼人的热浪借助风势向冈上席卷而来，登时酒劲全醒。冈下杀声震天，守卫上源驿的三百名亲兵已是同贼兵杀作一团。

"杀独眼贼啊！"

"十三弟，发生了何事？"

李存孝已持戟在手，忿然道："朱贼谋反，速速保护父王！"

史敬思忙不迭地向后院疾跑，边跑边一路狂喊："父王！"守卫后院的十余名官兵到底训练有素，早已涌集到房门前紧紧护卫。

"父王何在？"

一位官兵应声道："回十一爷，晋王尚在睡觉。"

史敬思也不答话，抢上台阶一脚将房门连同门框踹翻在地，卧榻之上，李克用仰面朝天呼噜打得震天响。

"父王醒来，父王醒来！"史敬思用力推摇李克用，无奈李克用饮酒过量，却是毫无知觉，兀自酣睡不醒。

李存孝不禁大急，连连跺足，质问随后冲进来的周德威："周帅，我给父王的甜草液如何未服？"周德威故作一脸茫然道："十三爷，在下不清楚此事。"李存孝道："朱贼已近，这可如何是好？"史敬思将李克用背负肩上，催促道："现下还提什么甜草液，十三弟你头前开路，想法杀出汴梁城去！"

院外台阶下十余名李克用亲兵持刀环立，默不作声。见四人出来迅速团团围将上来，头前两人紧紧跟在李存孝身后。

此时上源驿二十余座院落近三百间房舍已有近半没在火海之中。李克用带来的三百名护卫军经过一番厮杀，已折损近半。其余人马边战边向冈顶聚拢，李存孝略一清点尚有百十余人。火光中，遥见汴梁东门尚在二三里之外，周德威扬刀一指："奔东门！"

耳畔杀声大作，也不知到底有多少人马，唯见人影幢幢，刀剑林立，组成一道密不透风的人墙，追随着火焰向冈上杀奔而来。

在震耳欲聋的喊杀声中，这支一百余人的队伍表现得却出奇的冷静，顺驿馆内复杂的巷道朝东奔去。两边高耸的墙梁之上，不时有人放飞火焰，喊杀声立时转向，朝这边奔过来。

巷道尽头，一队人马涌上来将众人严严实实堵死。

"李克用在此，快快投降！"

李存孝将上身衣衫脱去，裸出臂膀，持戟向前飞奔，"识得十三太保李存孝吗，挡我者死！"

"朱帅有令，杀独眼贼者赏金十万，活捉十三太保者赏金八万！杀呀！"

一伙人挺枪组成一道枪林向李存孝逼过来，李存孝挥戟猛击，触者莫不感到对方一股巨力自铁枪传至掌心，险些脱手。李存孝哪里知道，因上源驿一带巷道颇多，长枪队恰恰是朱全忠与谢瞳紧密商议之后，专为防备李克用人马脱逃而备。那枪比普通铁枪长一倍不止，枪尖平立，饶是对手武艺高超，却是一时无法近身。这边长戟刚刚撩开枪林，另一面迅速就位。李存孝不禁大是焦急。

"十三弟，上房！"

史敬思大喊，李存孝豁然眼前一亮，迅速攀上一侧高墙，使戟将从屋脊上奔过来的三名贼兵逼开，顺手抓起一名贼兵朝巷道里的枪林扔去，连砸数人。李存孝借着火光，略一扫视，方见那枪林实是破绽百出，为防彼此自伤，两组枪林之间距离均拉开两三丈远近。破此阵法，从上而下正是绝佳之地。李存孝大喝一声，突然从墙顶凌空跃下，恰恰跃至数组枪林队伍正中。枪长之优势眨眼成为劣势，加上巷道狭窄，前方冲锋的贼兵手中钢枪怕伤及自家，有的连忙从上而下掉头，有的贴着山墙想回身，一来一去间，长枪已是纠缠在一处，乱作一团。李存孝顺势夺过一杆长枪，将当面之敌用力在脚下一个长扫，已有十余人惨叫着倒在地上，后方预备队却又不敢轻易向前，只能眼睁睁地看着李存孝大脚飞起，将一众枪杆踩在脚下，抓起地上凄厉哀号的贼兵一个接一个向两边扔去。不时有人惨叫着跌落在枪尖之上，立时贯身洞穿，死于非命。

周德威乘此机会，举刀高呼："杀！"

长枪阵挤在巷道里动弹不得，史敬思背负李克用，一手挥刀，紧紧跟随在周德威之后，将数条贴在巷壁上的长枪兵撂倒在地。众人杀开一条血路，生生将长枪兵逼出巷道之外，不容重新整队，接着又是一番冲杀，直将长枪队杀得丢弃长枪四散而逃。

此时通往冈下各条道口已被密密麻麻冲上来的贼兵挤满，李存孝将短戟负在背后，手中长枪反而有了用武之地。连番舞将起来，周围数十名贼兵无法近身，只能在外围呼喊躲闪。

暗中，有人喊道："让开，弓箭手上！"

李存孝闻言，大吃一惊。此等狭窄之地，且又是暗夜之中，如若漫天飞箭而至，却是躲无可躲。贼兵火把通明，尚在暗处，而身后百余人则全在火照之中。右向一条斜斜的坡道灌木丛生，足有一人多高，漆黑一片。李存孝招呼四五名护卫兵，迅速朝斜坡冲去。护卫兵知晓李存孝之意，试图在困境中一来另辟新路，二来当务之急可将贼兵势力引开，为后续人马减轻压力。

果然，李存孝等一团黑暗朝斜坡密林冲去的刹那，周围一起喊将起来，火把朝密林处涌将过来。

密密麻麻的火把一移动，周德威果断下令将队丛中十余支零星火把全部扑灭，朝斜坡对面的一处废墟处冲杀过去。谢瞳亲自率领的四十余弓箭兵恰恰埋伏在废墟之后，张弓搭箭正在寻找目标，突见李克用所部分为二伙人马，一伙向密林处杀去，刚准备放箭，已是看不见影踪。待要回身射击原地人马时，原本可作目标的十余支火把却突然熄灭。瞬间失去目标，倒是自家人马大批大批涌上来，火焰反在眼前遮成一道灼人的火墙。风向突转，焰火伴随着噼里啪啦的爆裂声和大团大团的烟雾朝后卷过来。

待烟雾散去，废墟后的弓箭手们瞪大眼睛，火把大队已一拥而进灌木丛方向，不时有惨叫声接二连三传来。

史敬思浑身是汗，三四名亲兵将李克用用毛毯卷起，十余人摸黑翻过短墙，就地蹲伏地墙根处，墙外乱兵与殿后亲兵战作一团。

"独眼贼已被包围，拿贼啊！"

这一突变无意中将贼兵主力引开，众亲兵将计就计，边杀边吆喝着向废墟右手方向一处宽阔地域退去。此时双方已分作两大作战区域，但闻杀声四起，反倒是废墟后无人顾及。不时有乱军从冈上冈下冲过来。与李克用等人藏身之处仅一墙之隔的弓箭手们随手乱指，有人说亲眼看到李克用在密林方向，有人则大声反驳，直指宽阔区域。众人呼啸着分作两批，杀奔过去。

借着头顶上方的火把，周德威爬起来朝短墙后一看，竟见三四十名弓箭手呈一字队形伏在短墙后看热闹。眼前战事似乎与他们无关。更为关键的是，他们所站位置身前是堵短墙，身后亦是一堵高达丈余高的半拉山墙，三堵墙体间隐隐有水声传来，史敬思摸黑贴着墙向暗影处试探，愕然发觉他们所处位置恰是一道山泉形成的土沟。土沟不过半人深浅，借着昏暗天光，隐隐可见土沟曲里拐弯竟是模模糊糊朝东门方向而去。

史敬思大喜，不及多想朝身后诸人挥挥手，以刀作杖下到沟里，猫着腰摸索着朝东趟去。拐过两道弯，也没走多远，眼前陡然水声闷响，竟是一道深不可测的土崖。崖下暗黑一片，大约是座水塘，已是无路可走。

周德威叹了口气，"我等莫非亡命于此吗！"

史敬思愤愤骂道："十三弟这个混账王八儿，他倒腿脚快，自顾逃命去了，咱们怎么办？"

周德威猫腰起来四处打量，东面的密林中但见人影杂乱，却是听不到交战之声。周德威心下不由得一沉，要不如史敬思所说，李存孝等人杀出战团夺路而走，要么已全部覆没。倒是西面仍处于交战状态，好似有三处，显见护卫亲兵团已被打散处于各自为战状态，凭那声音听去，亦知人是越战越少。

此时黑暗的天空中开始落下雨丝，起初尚有清凉之意，不到半盏茶工夫，已成瓢泼之势。雨点伴着突如其来的闪电在东南方向天际滚滚而来。

密集的雨线中，土冈上下火把已纷纷熄灭。周德威不由得大喜，这真是天助我也。可接下来又陷入新的困境，激战了多半夜，看看再有不到一个时辰天就大亮，窝在这里出不了城无异坐以待毙。

"十三太保回来了！"

周德威眯着眼望去，果见土塄下过来一条人影，正是李存孝，走的趔趔趄趄，想是受伤了。

"十一哥吗，父王可好？"李存孝爬在沟沿上，朝身后指去，"冈下林边有处马厩，不过五六名守军，我已杀散。姓朱的调集大队人马已朝东门而去，沿途已是无法通过。我刚刚听一名军俘说，从这条沟跳下去就是一处水塘，此塘有条暗沟与城外相通。"

周德威蓦地一拍大腿："有了，我有一计可保晋王顺利出城。找一人换作晋王衣物率人力闯东门，将朱军全部吸引到东门一带，我带人顺暗河泅出城外！"李存孝道："我来扮作父王，引开朱兵。"史敬思道："此事原是我扮合适，老十三你身形消瘦，岂非被人一眼识破，父王身材原是与我相像，你只管打你的头阵就是。"

计议已定，大雨中收拾残兵，竟尚有三十余人之多。当下分作两部人马，一部由周德威率领七八人顺河道下塘，走暗道。一部由李存孝和史敬思率领，大张旗鼓从冈下夺马，直奔东门。李存孝让周德威多带人手，周德威不同意，人少反而目标小极易隐蔽，倒是冲杀东门，丧失了声势，李克用一行倒危险了。

雨雾中，李克用竟仍然酣睡不醒。周德威低声道："早知如此，王爷原该喝了那坛甜草液。"见李存孝、史敬思两人看着自己，周德威一挥手道："出发！"

朱全忠火烧上源驿，经一夜激战，大雨降落之前，整个驿馆已成一片火海。朱军四处查看沿途狼藉不堪的战场，从死尸堆里到处翻拣，却独独不见李克用尸首。据谢瞳推算，料知所余人马已不足四十，东城就在上源驿馆附近，即便趁夜平安脱离上源驿，断不会冒险向其他三门而去。汴梁城方圆四十余里，夜色短暂，乘夜突蹿其他三门，只怕尚在半途，已是暴露在光天化日之下，无异于自寻死路！

谢瞳策马站在东城的一处小土冈上，已至凌晨，那雨势未见丝毫停驻迹象。心里大觉怅然，一把火烧了上源驿，陷于四面包围下的李克用护卫营，眼见无路可走，恰恰是这场突如其来的大雨，将上源驿舍馆之火浇熄，莫非天不亡李克用乎？

雨雾迷蒙，视野仅有不足两三丈之距。耳边仿佛有杂响传来，却不见身影，谢瞳拔刀在手，他已经隐约嗅到了一股扑面而来的紧张气息。果然，不多时冈下的雨里慢慢踏着泥沱不堪的道路上来一队军马。军服早污浊不堪，难辨你我。

"来者何人？"话一出口，谢瞳分明看到骑者正中李克用的身影，忙拔刀高呼，"独眼贼下马投降！"

遥见李克用从鞍上摘下惯使的钢矛，纵声高呼。一伙人突然驱马向东门城楼下冲杀过来。

等待至久、在雨地里泡了半个时辰冻得瑟瑟发抖的朱军为避雨躲在城门洞之内，待听到谢瞳喊声，意识到李克用残部接近，从城门洞一涌而出时，李存孝一马当先已杀奔城下。

绝境之中，李克用亲兵无不勇猛冲杀，个个如狼似虎，杀得朱军人人胆寒。

站在土冈上观战的谢瞳微微冷笑，传令大军留下通往东门门洞的豁口，从三面将城门团团围定。一待天亮雨住，早已在冈下城中预备下的三百重骑铁甲军一个冲锋，纵然十三太保如何英勇，无论如何架不住铁骑，只需两次冲锋下来，一众人马势必踏成肉酱。

身边亲军将领提醒道："谢将军，当年十三太保十八骑闯长安，夺门而走，无一损失，务请留意。"

谢瞳冷笑道："汴梁不是长安，夺了门他也走不了，本将军已放下千金铁闸，一只鸟也甭想飞出汴梁城！"

城门楼下一战异乎寻常顺利，守军被打得一哄而散。

"打开城门，打开城门！"

李存孝、史敬思两人守卫于后，与从门外不断冲杀的朱军杀作一团。十余位亲军合力卸下门闩，轰隆隆打开城门，眼前一幕让所有人目瞪口呆：一尊千斤铁闸横在眼前！

"闪开，让本太保看看！"

史敬思冲到铁闸前，拾起一柄断成两截的铁矛，在闸下挖出一条浅沟，两手伸至沟中，使劲全力托闸。那闸门竟然晃晃悠悠起来半尺余高。

"老十三，帮十一哥一把！"

李存孝借力猛然向上一拉，史敬思已稳稳将千斤铁闸缓缓托过头顶，脸色憋得通红，高叫道："世人只知十三太保，岂知我史敬思乎！十三弟，速速出城，十一哥没王彦章的能耐，托不长久，快……"

李存孝迅速招呼人马从闸下冲出，正待换手，听得门洞外众官兵大呼："贼寇出城，快放标枪！"

　　数条钢枪从后面呼啸而至，"扑扑扑"数声，直直插进史敬思后背，一口浓血从史敬思嘴里喷涌而出……

　　"十一哥！"

第四十八章　决断之兄弟情义

大唐王朝后期，继桂林庞勋、王仙芝、黄巢兵祸之后，规模更为庞大、烽火更为密集的战争在以晋王李克用与被封为梁王的朱全忠为核心的两大军事集体全面爆发。

导火索正是上源驿。朱全忠密谋在上源驿将李克用置于死地的计划被周德威金蝉脱壳之计完全破坏，李克用一行狼狈不堪逃回陈州。一直处于明争暗斗状态的李朱之间的战争终于公开于世。

战争一开始，为报火烧上源驿、十一太保史敬思命丧汴梁城之仇，李克用动用全部主力大军对朱全忠发动猛攻，早有准备的朱全忠沉着应战，节节进行抵抗，采取谢瞳不计一城一池得失而以集中优势兵力大量歼灭对手有生力量之策，大踏步后退，拉长李克用战线。然后秘密集中兵力对李克用所部形成战略包围，以数倍于对手之兵力对李部发动进攻。在短短不到两年的时间内，李克用倾其所有非但没有占到朱全忠任何便宜，将好不容易夺下的城池全部回到朱全忠手里，而且被朱全忠大军步步紧逼，全军从陈州、洛州一线撤到黄河北岸，退守邢州、潞州一线。晋王李克用本人则干脆一路退到十二年前的起兵之地晋阳。

十三太保李存孝奉命镇守潞州城。潞州位于黄河北岸太行以西，处在朱全忠北进兵团的咽喉要地，与四太保李存信、十二太保康君立驻守的邢州互为犄角。两年激战，李克用大军由原来的三十万人降到不足二十万，而朱全忠则由原来的不足二十万猛增到四十万，无论从兵员数量到队伍士气上都占有绝对优势。朱全忠自诩为当朝韩信，沿途不断扩招兵员，多数持观望态度的节镇人马见朱全忠胜券在握，纷纷加入梁王朱全忠麾下，就连当年妄想重振黄巢未竟之业的尚让残部也陆续归附朱全忠。一时，梁王朱全忠四十万大军浩浩荡荡，形成一道长达二百余里的钢铁洪流，分三路渡河北上，进入三晋大地。

朱全忠的意图极为明显，要乘此机会消灭李克用大军，将这伙沙陀贼子赶到关外荒蛮之地。

潞州、邢州成为首攻之地。

前锋五万大军率先将仅有五千军马的邢州全面包围，并发动进攻。攻城主将为朱全忠新招纳号称"万人敌"的当世名将邓天王。此人怀有万夫不当之勇，当初率军北上，意欲与同样名震天下的十三太保李存孝一决雌雄。朱全忠考虑到两人间必有一场势均力敌之恶战，如若呈胶着状态，反而影响整个战局发展。不如先行拿下战斗力较弱、由李存信和康君立守卫的邢州城，将潞州孤立，从四面断绝潞州与外界的联系。那么，李存孝再英雄盖世，陷入孤军奋战之绝境，再做夺取岂非易如反掌。除此之外，朱全忠还有一个想法，对李存孝他是怀着既敬又怒的复杂情绪，一方面正好借机报当年函谷关之仇；另一方面他又极为爱惜李存孝之才，有意不战而屈人之兵，最终将他拉到自己的阵营中，为我所用。

狂妄而不可一世的邓天王却不这样看，无奈身负军令，既无法与李存孝一战，便将全部怒火倾泻到邢州的主将李存信和康君立身上。李存信和康君立亦知邓天王威名，虽有忌惮，无奈之下只好仓促应战。邓天王确非徒有虚名，阵前连杀李存信康君立手下十数员大将。七太保李嗣恩、九太保符存审率前军人马出战，却双双死在邓天王之手。

七太保、九太保死于战前，李克用闻讯大叫一声，昏晕在地。醒来后大骂不止，令李存信、康君立出兵为老七、老九报仇雪恨。

李存信、康君立二人情知不敌邓天王，无奈军令如山，只好硬着头皮出战，却险些成了邓天王的俘虏。大败之后，遂闭关不出。一面加紧城防，一面派人飞马向李存孝求救。

李存孝当即派安休休、薛阿檀两人率三千军马驰援，善于围城打援之战的谢瞳当即指使邓天王一面对邢州展开围攻，一面带兵东上务求将潞州驰援兵马全歼于邢州外围。

安休休、薛阿檀两人星夜兼程，与朱全忠打援的一万多兵马在距邢州不足五十里的三岭关一线形成对峙，双方当即展开激战。战斗一直持续了两天两夜，安休休、薛阿檀所部一度接近至邢州城五里之外，遭受到邓天王部顽强阻击，已成强弩之末，所部三千余人折损过半，再也前进不了半步。

入夜时分，厮杀了整整一天的邢州城东的山岭间终于平静下来了。双方偃旗息鼓，各退半里开外，形成对峙。

安休休日前中了一箭，幸亏伤在腿部，拄着根短枪把一瘸一拐来到薛阿檀营帐。十余年的征战，两名当年跟随李存孝的年轻后生如今已成长为能够当一面的战将。薛阿檀面色刚毅，心智沉稳。安休休原本就长着一张娃娃脸，虽是胡子拉碴，两夜未曾合眼，一说话仍不免露出孩子气。

"老薛，形势你也看出来了，我们这趟兵怕是有来无回。朱全忠他娘的也不知哪来这么多兵，越打越多。他的主力不是仍在渡河，咋地一下子都聚到了这里，就算长翅膀飞也得飞段时间吧？"

薛阿檀道："朱全忠麾下有谢瞳此人，无异于如虎添翼。姓谢的善于围城打援，由他指挥这个仗就打得没了头绪。兵困邢州，若是不救援，邢州必然被攻破，这只是早晚的问题。如若救援，他们掉过头来就打咱们，邢州反而成了摆设。派往邢州城的联络兵有什么回应？"

安休休摇头，"两天之内已派出四五骑，四太保和十二太保只是让咱们火速靠拢，说再不进城邢州就完了。这个仗怎么打？我刚刚在营地各处转了一圈，兄弟们连续作战，已有两天没吃过顿饱饭，军粮原携带的只能支撑两天。三千人剩下不到一千五，且人人带伤。晋王让十三爷守潞州，却只给了五千军马，这可都是十三爷的老家底啊。咱们两个将这三千拼光了，往后靠什么打仗。晋王就是厚此薄彼，四太保他们守个屁大点的邢州就有八千人马，而且还有一千重装铁骑，那么大的潞州却仅有五千人。十三爷是吃惯了哑巴亏，功立了多少，官倒做得大，掌的兵却越来越少。谁不清楚，这年头讲的是实力。"

薛阿檀起身在营帐外望望，将帐门放下，"休休，你倒长了张好嘴，红牙利齿说出来图痛快吗？传出去，你不想要命了！"

仗越打越大，地却越来越小，晋王李克用的脾气也越来越暴躁，对于沿线防守负有失利之责的将领往往不问青红皂白，立即就地正法。这样一来，各地守将面对势如潮水一路攻城略地的朱全忠大军，渐渐形成了两个极端。一个是在寡不敌众眼看城防失陷在即的将领，宁愿抱定了与城共存亡的决心，也不敢轻易放弃。反倒在沿途为朱军设下了不少难啃的硬骨头，双方往往战至最后一兵一卒，城防成了废墟；另一方面，严酷的刑罚非但没有起到李克用所希望的那样人人奋起抗争，誓与朱全忠决一死战的决心，反而迫使走投无路的兵将们万般无奈之际纷纷向朱全忠所部投降。凡阵前倒戈兵将，朱全忠一律不予追究，对李克用大军敞开大门。甚至在每次决战之前，朱全忠积极开始攻心战，将李克用制定的各类处罚广为散播，在一定程度上扰乱了军心，打乱了李克用整体作战部署，并深深影响到了军心士气。去年冬天，黄河北岸驻守的一名将领，手下只有不到三千军马，面对五万朱全忠大军，坚守城池，死战不退，终因寡不敌众，被朱全忠部攻陷。该将军率十数名亲兵退守韩阳一带。李克用闻讯，怒不可遏，不问情由，即下军令，辑命问罪。该将长叹一声，拔刀自裁。余部亲兵无一幸免，均被李克用全部处斩。

邢州面对的是同样的问题，重重围困之下，几乎所有的人都清楚，城破是个迟早的问题。李存信和康君立两人更是心知肚明，虽则两人身为太保，即便邢州失陷，未必会有性命之虞，但父王翻脸不认人残酷的行事做派让两人想起来都脊背发凉。他们日夜盼望着李存孝援军早日打进城内，他们甚至已遥望到救援大军的身影。此刻，李存孝成了他们唯一的救命稻草。

事实上，薛阿檀比他们还心急如焚。摆在面前的问题极为严峻，远在出兵之初，他就曾意识到了西援邢州，不管成败其后果都远比想象得复杂。如果援救邢州脱离险境，也不过是暂时性的权宜之计，如此一来，原本力量单薄的潞州就陷入与邢州同样的险地。当然这是从救援邢州成功的角度来看，如若西援邢州失败，这个干系就大了。无数厮杀场上闯将过来，薛阿檀非但逐步学会在战争中学习战争，关键是在战争中学会生存之道。面对复杂的不管是对方阵营和己方阵营，比残酷的战争还为凶险的是如一团乱麻的纠葛人事。就在身边，时时处处都充满着难以预料的陷阱，官场那套钩心斗角尔虞我诈的套路在军队中样样不少。身为战将，你不得不一方面集中精力面对庞大的对手，另一方面不得不小心翼翼地提防来自己方阵营中的明枪暗箭。每每遇及此类事件，李存孝就大为恼火，甚至破口大骂。薛阿檀私下里亦劝过他多次，但似乎收效甚微。出兵时他原本想将这种忧虑告诉李存孝，但是想了想还是又咽了回去。若依着李存孝与晋王李克用同样的火暴性格，不定会当即取消西援邢州计划。但是那样一来，反倒平白无故地给了李存信、康君立之辈一旦邢州失守、转嫁责任的口实。

总之，西援与否，危险已悄然形成；西援的成功与失利，危险必然存在。现眼下，战局打到这个份上，面对越打越多而且似乎永远杀不完的朱军，薛阿檀感到那种危险正在步步逼近。邢州城被围得铁桶一般，靠这点子人马别说对朱军形成反攻、一举击溃朱军，就是能否杀进城内与守军会合都是问题。直到现在薛阿檀都不清楚这个计划到底出自哪个混蛋之手。

薛阿檀的沉默不语，安休休颇为焦急，"老薛，你现下到底还有什么主意，说出来让咱听听。我总觉得四太保和十二太保两个人没安什么好心，城内守军为何坚守不出？还不是想保存实力，怕朱全忠包了饺子。统共不过五里，站在城头上都能看见头发根了，只需出一千生力军，两下里一夹击，朱军腹背受敌，咱们就可胜利入城。他们倒好，站在城墙上看热闹！"

"你懂什么！"薛阿檀猛地一拍桌子，"你进邢州城做什么，等着送死吗！"

安休休大吃一惊，"老薛你这话何意，我是没听明白，咋地进城就等于送死。那四太保、十二太保再阴险，总不至于自家人杀自家人，对咱们动刀子吧？咱可是他们的救命恩人呢！"

薛阿檀目光深邃，眉棱上聚起一缕浓浓的忧思，他是越想越心惊，倒不全是为邢州之围，他是为身在潞州的李存孝担心。他甚至脑海里闪过一个骇人念头，李存信、康君立身处险地，为何不从近处的沁州、黄观镇一线调集救兵,却单单要从无论是地理位置还是军事地位与邢州同为咽喉的潞州求援,这个计划太险恶了,这是要分李存孝的兵,借朱全忠之手除掉李存孝!

"一旦踏进邢州,你将身不由己啊!"薛阿檀还有更多的话不愿意说出来,真若进入城内,李存信、康君立安排出战,不论出战与否,最终都是死路一条。

安休休心里清楚,薛阿檀虽与自己同龄,可他遇事沉着冷静,善于析辨利害,安休休甘心听命于他。如今见他亦陷入焦虑,情知事态严重,甚是着急,"老薛,咱们既跟着十三爷出来打天下,这条命原早就系在了裤腰带上。连死都不怕,还有什么好担忧的,该怎么做你说就是。"

安休休蓦然提到死字,薛阿檀眼前陡觉一亮,他迈开长腿在帐篷内来回不住踱步,猛然站定,"休休,今夜我率一千人马向邢州城方向再发动一次猛攻,将朱军人马全部吸引到城下,不管成与不成,就在此一举。你率剩下五百人马,从阵营后方原路连夜火速返到潞州,如不出所料,朱全忠所部待邢州一下,下一个目标就是潞州,潞州空虚,十三爷独力难支。"

"老薛,你这是让我临阵脱逃啊。"安休休当即跳将起来,"让我将你一个人撂在此地,岂是我安休休所为?"

薛阿檀拍拍他的肩膀,笑道:"休休,临阵脱逃不是你,日后你自然就知道了。如若能突入城下,两下会合自当别论;反之,你休要管我,回潞州告诉十三爷,晋阳晋王府若有人追查西援之事,就说西援大军由我一人率领。切记,切记!"

安休休颤声道:"老薛,你这是要给十三爷和我做挡箭牌?"

薛阿檀叹了口气道:"当年在太山,我薛阿檀就欠着十三爷一条命，今生怕是无以为报了。我不清楚所做对与错，可能做的也只有这一步了！"说着，眼光陡地一闪，"休休，回到潞州你务要让十三爷想方设法把邓还忠叔从太山接到军中，或许他能帮十三爷躲过一劫！"

"十三爷有何劫难？"安休休大奇，"谁能奈何得了他！"

薛阿檀看着安休休，就像看着一位可爱的小兄弟般，"休休，有些事一下子也与你说不清楚，你也未必能懂。如若今夜之后我们兄弟还能相见，我再跟你好好聊。"蓦地提高语调，面目突显狰狞，"以五千军马守潞州，抵抗朱全忠数十万大军；邢州与潞州同陷围困，大本营为何独独让十三爷分兵西援，而不是让邢州八千军马东援。十三爷已是担了两处城防的重责，邢州之围解与不解已不重要，李存信、康君立已有脱身之策。如今恐怕他们正在城里要不饮酒作乐要不准备弃城而逃！潞州、邢州两城事实上均在十三爷之手，以区区几千人，晋王是想要他活还是要他死！"

安休休顿觉浑身上下寒气侵袭，突地站起身道："老薛的意思我听出个大概了，这些年我也私下里听人说起，晋王已对十三爷起了疑心，可十三爷还蒙在鼓里。我哪也不去，要援就援要撤就撤，为十三爷我什么都豁得出去。"

薛阿檀想了想道："十三爷不懂得收敛锋芒，后来我才听说，当年朝廷封十三爷为鲁国公时，邓还忠就劝他请辞，但他没有。如若辞了，可能现下就不是如此境遇了。十三爷一心记着当年从太山出来要报效家国，建功立业，光宗耀祖的心思。空有罕世之力，却无自保之道。唉，这些话原本是不该咱们说的。可咱心里唯记得十三爷的恩情，兄弟既有此心，有没有胆量为十三爷赴死？"

安休休脸色涨得通红，"老薛，小看我安休休了，只要能保住十三爷，啥险都值得冒！"

"好！"薛阿檀道，"传令三军集结，一个时辰后动身！"

安休休摩拳擦掌，一脸兴奋，"这个头阵还是我来打！"

薛阿檀道："打什么头阵，全军悄悄撤离阵地，回潞州保十三爷去！"

战事瞬息万变，就在薛阿檀、安休休两人率领剩余一千五百军马连夜撤离战场，向潞州方向退却的第二天夜里，邢州守将李存信和康君立就马不停蹄乘夜率军突出重围，丝毫不敢停留，而是星夜兼程，狼狈不堪地回到晋阳晋王李克用跟前告状去了。

李存信极尽口齿伶俐之能事，为了加重所遭遇的不平和愤怒，不惜涕泪滂沱，声称潞州李存孝见死不救，任由朱全忠围攻邢州，只作壁上观以图保存实力；邢州连发求救信，李存孝这才毫不情愿地派薛阿檀和安休休两人率军西援，援军不以邢州战事为急，一路拖延，好不容易赶到邢州城五里之外就按兵不动。与朱全忠围城大军稍一接触，竟然置邢州军民生死于不顾，又逃回了潞州。

李克用闻讯大怒，立即写信质问李存孝。此时恰好攻陷邢州城后的邓天王所部立即尽驱兵马对潞州完成了战略围困。李存孝在城下与邓天王所部展开激战，阵前李存孝将邓天王麾下来自顺天府号称"四大金刚"的战将平均不用三四合就当场撕成碎片，邓天王大怒，亲自出阵与李存孝对阵，两人大战五十余回合不分胜败。

随后连续激战三日，仍难分高下。李克用信使观战三日，无奈只好催促，李存孝没想到城下遇此强敌，心下暴怒，认为不过小小一个信使就敢小觑自己，又恰恰喝了数杯烈酒，竟当众将信使打了数鞭，在复信中大骂李存信、康君立无耻小人，颠倒黑白，撒得弥天大谎，不战而逃将邢州拱手让人，致使潞州陷于重围，实实该开刀问斩！信使哪里敢说半个不字，挨着遍体疼痛上马向晋阳疾驰而去！

信使无端挨打，事情越来越变得复杂化了。李克用当即派人到潞州将救援不力的薛阿檀、安休休一起锁拿回晋阳问罪。

李存孝急火攻心，将一股脑怒火全部发泄到城下邓天王身上。

"姓邓的，不宰了你这厮，十三太保徒有虚名矣！"

一夜间，李存孝额头上长出一个状如圆杏般的大包。

次日，邓天王尚未开饭，李存孝便来寨前挑战。邓天王大怒，挑镋上马，脚下闪空，险些触个嘴啃泥。随行亲兵劝说饭前出战不利，邓天王哈哈大笑，"且看我空腹取那十三太保性命！"

来到阵前一看，邓天王不禁仰天狂笑，指着李存孝道："你们父子，一个是独眼贼，一个是脓包头，活脱脱一个模子里出来的混种！"

李存孝大怒，挥戟道："今日索性拼个你死我活！"

邓天王骂道："李存孝，你不过是晋王手下的一条狗，晋王生性多疑，心地狭隘，绝非成事之雄主。独眼贼早视你为异己，知你必反，迟反何如早反！梁王宅心仁厚，胸阔四海，天下英雄豪杰齐聚麾下，梁王有令，若归附我方，共闯天下做一番英雄事业！"

李存孝怒道："邓贼休得口放厥词，胜得了我手中铁戟再说不迟！"

李存孝心里惦念着薛阿檀、安休休安危，一心想杀败邓天王，双目聚火，驱马向邓天王飞奔而至。马缰勒提过猛，那马吃痛，跃蹄而起，马腿竟是直直跪伏地上，李存孝毫无防备，人从马背上如同临空滚落的巨石般跌飞在邓天王马蹄之下！

第四十九章　英雄之生死离间

包裹着厚厚的马掌在阳光下闪着刺目寒光的马蹄高高跃起，犹如一道铺天盖地的金属网罩，夹着呼啸的风声向李存孝狠狠踏下。

邓天王哈哈大笑："李存孝，老天爷要取你性命，你先在劫难逃矣！"

两边军伍骤然一齐噤声，人人都觉得这将是一个事关朱李集团战争的重要转折点。朱全忠大军一路攻城略地，势如破竹，将节节败退的李克用最终逼出雁门关外，让他回到风沙四起的大漠深处，那才是他的老家。几乎无人怀疑李克用集团的灭亡已经为时不远，仿佛这就是某种难以解释的规律，一切都朝着不利于李克用集团的趋势发展，曾经勇冠三军号称太山飞虎的十三太保李存孝业已光辉不再、威名不再，亦到了他收敛锋芒、黯然退场的时刻了。不只是李存孝所部，就连邓天王麾下军马都没来由地感到一阵莫名其妙的惋惜和忧伤。好多人瞬间甚至都闭上了眼睛，在这些经历过人世最为腥风血雨战争的军人们而言，再没有比直面一世名将飘零凋谢更能引起人足够的喟叹、兴奋，甚至激动莫名和怅然若失复杂情感的事件了。

这的确是一件大事,寓示着十三太保李存孝时代的结束,同时也意味着开启了李克用集团即将结束的大幕。同样几乎不须怀疑的是,梁王朱全忠将成为独霸天下无人可与比肩的新一代霸主。

事实往往出人意料。

当他们所有人睁开眼睛的时候,眼前马蹄掀起的土雾尚未散尽。土雾之中隐隐听到好像有战马的哀鸣传来,待尘雾缓缓散尽,所有人都吃惊地看到,李存孝伟岸的身影塔一样站在原地,不可一世的邓天王与他的战马双双躺在土雾之中。李存孝突然高高举起的右手中,竟提着血迹斑斑的邓天王的首级!

这一切是怎么发生的呢?就连李存孝自己都觉得不可思议,他隐隐记得当邓天王驱马踏向他的那一瞬间,他陡然使尽浑身力气运于双掌掌心,大喝一声,双掌将凌空而下的铁蹄紧紧托住,猛力一掀,"嘎嘎嘎"数声裂响,竟是将两条马蹄硬生生折断。那马蓦地仰天痛嘶,沉重的马躯轰然倒地。与战马一同倒地的还有直到首级被取尚不清楚到底发生了什么让人不可思议奇异之事的邓天王。

跃起、站稳、持戟在手,干脆利落地将栽下马背还没缓过神来的邓天王斩首,前后似乎都是眨眼间发生之事。

"邓贼已被我所杀,十三太保在此,有不服者,速速前来领死!"

邢州沦陷,潞州城下却取得了一场大胜。这场来之不易的胜利,对于到处弥漫着失败气息的李克用大军来说,犹如人人喝了一坛劲道凌厉的美酒佳酿,三军士气为之一振。

邓天王一死,朱全忠所部大军退守三十里之外扎下营寨,闭守不出。李存孝顾不上战事,连夜驰马赶赴晋阳。一路晓行夜宿,赶至晋阳城内已是第三天午后。晋阳城内到处流传着晋王十三太保李存孝见死不救，致使邢州城陷，朱全忠大军得以攻破邢州四围整体防线，长驱直入，听说前军已进逼到藏山一线，距晋阳城已不足三百里。城内官员富户们已陷入惶惶不安之境地。虽则晋王府连发命令，各官府衙门在城内各大街小巷遍贴告示全面辟谣，但是仍无法阻挡部分官员富商秘密将珠宝财物运出城外，隐蔽至周围的群山之中。让李存孝大为震惊的是，见死不救、临战脱逃的西援主力大将薛阿檀和安休休已被定为死罪，第二天午时将在晋阳城外汾河刑场行刑。

李存孝立即赶赴晋王府，李克用并不在府上。当日三太保李存勖逢生辰，晋王与诸太保已前往李存勖府中庆贺。李存勖虽在太保中排行第三，但世人均知十三太保中，唯有李存勖为李克用夫人刘氏所生，其余均为养子。李存勖庆生，自然属于晋王的大事。

自战局糜烂后，晋阳城白天已入半戒严状态，十三太保李存孝马不停蹄赶往李存勖府，街头城防司官兵在数处高喝拦截飞马，李存孝根本不予搭理，一位迎面试图截马的军官被李存孝当头就是一马鞭。

三太保李存勖府中热闹非凡，诸太保和有脸面的官员们正端着酒杯排着队为晋王敬酒。平日里根本没有机会与晋王亲近的官员们，好不容易有了这个机会，岂肯放过。

"闪开，闪开！"

大门外突然一骑飞驰而进，马上骑客衣甲脏污不堪，庭院下诸官员纷纷闪避，仍是有人躲闪不及，连人带桌子被撞翻在地的，被飞起的盘盘碗碗砸中脑袋的，被淋淋漓漓的酒菜汤水浇成落汤鸡的，现场顿时大乱。

"大胆！"

刚刚敬罢酒的李存勖大怒，跃身而起挡在马前，猛力一拉马缰，不由得大惊，"十三弟！"

李存孝跳下马背，一拱手面无表情道："三哥，人命关天，事涉军务，兄弟未及备礼，改日定当奉上。"

李存信与康君立共在一桌，身上脸上被酒菜淋了半身，怒道："十三弟驰马闯入三哥府第，你意欲何为！"

府中军将这才缓过神来，一齐持刀围拢过来，被李存勖喝止。

"老十三啊，今邢州已陷，潞州战事危急，你脱离战场只身进晋阳，有何事啊！"李克用冷冷地看着李存孝，掌中酒杯稳稳抓在手中，纹丝不动。

战事危急，十一哥命丧上源驿，七哥、九哥死在邓天王之手，尸骨未寒，这么多太保和官员竟聚在此地为三太保庆生，李存孝陡觉浑身凄凉阴冷，内心蓦然大感一阵酸楚，大步走向李克用，膝行一礼朗声道："父王，孩儿回晋阳不为别的，是来要人来了！"

一庭院官员愣愣地看着满脸鄙夷之色的十三太保，竟是无一人敢作声。

"座中将士如云，你想要何人啊？"

李存孝道："回父王，孩儿来要薛阿檀和安休休！"

"薛阿檀、安休休？"李克用疑惑地与身边的周德威一番耳语，脸色陡然阴沉下来，"此二人坐观邢州危急而不顾，临阵脱逃，已是犯下重罪，明日就要开刀问斩。他们都是你老十三手里使出来的人，援军出自潞州，你亦有不可推卸之责。本王念在你功勋卓著的份上，已不予追究，还不速回，守卫潞州。潞州一旦再失，怕到时候是本王也救你不得！"

"临阵脱逃？"李存孝指着一边若无其事的李存信和康君立大声道，"父王被他们两个骗得好苦，四哥和十二哥才是临阵脱逃，要开刀问斩的应是他们二人！八千军马几乎全军覆没，薛阿檀、安休休率三千军马昼夜西援，未到城下已是折损过半。薛阿檀连派数马进城，以求出城接应，反倒是四哥和十二哥坐视不管，无奈之下孩儿只好下令回防潞州。若论有罚，罪不在薛、安二人！"

李存勖端杯过来，低声劝道："老十三，有你这样和父王说话的吗？"

李存孝感激地看了李存勖一眼，接过杯仰头干尽，对李克用一揖，"孩儿鲁莽，请父王恕罪。只是潞州军情紧急，孩子实是着急罢了。薛、安二人非但无罪，反是有功。"说着便将邢州城下薛阿檀、安休休两人西援受阻之事说个大概。

李克用道："如此说来，倒是本王受人蒙蔽，处置有误了？"

正说着，外面急匆匆进来一位风尘仆仆的信使，"报晋王，前线大捷，潞州城下，十三太保力斩邓天王。朱贼大军全部后撤三十里，不敢应战！"

李克用接信一看，拍案而起，"好，七儿、九儿大仇报矣！老十三居然比加急信使跑得还快，来人，本王要亲自给老十三斟酒庆功！"

情势陡然急转，原本面色阴郁的李克用亲自端着酒杯递至李存孝跟前，"喝了此杯！十三儿无愧当世第一猛将矣，潞州有你，本王可高枕无忧矣。"

李存孝扑通跪倒在晋王面前，倏地泪流满面，"父王，薛阿檀、安休休两人确无过错，孩儿以性命可作保。"见李克用不语，颤声道，"如若父王要定他们二人的罪，孩儿宁愿不要节度使这个头衔，以布衣之身为父王上阵立功，换取他们二人之命！"

稍稍冷静下来的李存孝明白，与李存信、康君立二人已是撕破了面皮，原本想要据理力争，不仅要解救薛阿檀和安休休，还要穷追李存信、康君立二人罪行。邢州沦陷，两人弃城而逃，近五千残余军马全部丧生在邓天王的铁蹄之下，真相与两人报与晋王全军覆没他们力战得脱的情节完全相反，他手里有可将李存信、康君立置于死地的证据。但是他不想结这个仇，心中只想着救人而已。但是这样一来，反倒是在逼李克用。

李存信、康君立冷眼旁观，众人都为李存孝捏了把汗。

就在大家惶惶然不明究竟之时，李克用突然哈哈大笑，笑声骤止，用力拍拍李存孝的肩膀，脸色凛然道："好，父王最为欣赏的就是吾儿此心，对自己的兄弟都不惜舍命相保，何论自己的父王！传令下去，免薛阿檀、安休休之罪，着他二人疾速赶赴前线，不得有误。"李克用笑吟吟道，"十三郎，你看本王处理如何？"

李存孝道："多谢父王，孩儿誓保朱贼大军越不过潞州半步！"

"好，喝酒！"

十三太保李存孝携粮草辎重离开晋阳，赶赴潞州前线后不久。这天大清早，李存信赶到康君立府第，康君立尚未起床，闻声披衣将他接至厅内。

"十二弟，大事不好！"李存信脸色阴郁，汗水涔涔。康君立奇道："何事惊慌？"李存信愤愤道："内线从潞州城回来，邢州那批货怕是泄了出去，有人逃到了潞州老十三那里！"康君立大惊，出逃邢州前夜，两人率亲兵营带着从邢州监狱里放出五六名犯罪刑徒，连夜将七八车银货秘密藏在邢州城一座破败的庙宇地下，事结之后密令亲兵将刑徒全部杀掉。百密一疏啊，竟有人逃出生天。据李存信说，此人混出邢州城逃往潞州，邓天王一死，李存孝组织大军将邢州重新夺回，那批银货已被人秘密启走。除了李存孝还能有谁？问题倒不在这几车银货上，而是邢州突围真相。此事若让李克用得知，邢州失陷，全军覆没，两人力拼得脱的弥天大谎就大白于天下了。

"咱们的性命现下可是捏在了老十三手里，老十三若是抛出去，事情就麻烦了。"

自晋王当众赦免薛阿檀、安休休之后，康君立事实上已陷于提心吊胆之中，唯怕李克用再提起邢州之事。李存信送来此信，康君立愈发感到一阵发自内心深处的惊恐，他急需要一个对策。

"现下的关键是父王那里……"

厅外一名家将急匆匆进来禀道："太保爷，晋王传令，让十二太保和四太保进府……四爷也在？"

两人闻声大震，康君立到底颇为冷静，故作若无其事地问，"没听说父王找我们何事啊？"

家将尴尬地笑道："回十二爷，小人哪里知道。"

"你下去吧。"康君立挥手让家将下去。李存信道："十二弟，你料想父王找咱们做什么？"康君立淡淡道："沉住气，到时自然清楚。不过，四哥大可不必担忧，据我推测，不定还是让咱们两个出兵放马的事。"

两人赶到晋王府，李克用正悠闲地作弄厅下沿阶台一溜十余盆花花草草。扑面而来的花香并没有平息李存信和康君立的忧虑和担心，他俩进门后就屏声静息恭顺地站立一侧，大气不敢吭。直到李克用放下水壶，木盆净手，连叫数声，两人才醒悟过来。

"邢州现下已重回我手，老十三防守力量单薄，朱贼慑于老十三之威退守，只是暂时性的。本王决定让你们两人率一万军马即刻南下，接手邢州防务。"李克用面色陡然绷紧，语气凌厉，"这是你们两人将功折罪的机会，邢州若是有失，你们俩就不要再回来了！"

两人这才长舒了口气，忙道："父王放心，我们兄弟必谨遵父训，誓与邢州共存亡,决不让朱贼越过邢州半步!"

李克用叹了口气道:"老七、老九、老十一说没就没了,你们这些太保哪个不是本王的心头肉?失一个都是在剜老夫身上的肉。当年率军南下,咱们晋军何等规模何等气势,岂料竟落到如今这地步。今天下大乱,人心思变,别人怎么想怎么做本王管不了,想干什么随他们去,朗朗乾坤老天爷长着眼!再不能退了,再退咱们就得出关,二十多年前的路莫非要本王重走一遍吗?不走了,本王是哪也不去了。"李克用突然面目狰狞,"大不了,老夫在晋阳城与朱贼决战至死!"

两人听着,心下大感酸楚,不觉低低抽泣起来。

李克用挥挥手,眼睛微闭,"你们去吧,记住本王的话,沙陀部族已到了生死存亡之际,天下若失,会失在你们手里;天下若得,也是靠你们打下来的,你们明白吗?"

"孩儿明白。"

"明白就好。本王累了,歇会儿。"

当年在太保们眼中何等威武的李克用突然大显苍老,李存信险些哭出声来。康君立一拉他,两人起身,刚下了台阶,突然又被李克用喊住,"你们两个,要注意潞州方面,一有情况就速报本王。邢州失不得,潞州也失不得啊。"

李克用仍然仰躺在竹椅上,两人对视一眼,拱手出府而去。

"老爷,父子反目、兄弟相残之事不可不慎防啊。"耳边,刘氏悄无声息地从屏风后出来,提醒道,"你这样做,就不怕节外生枝,生出别的变故?"

李克用突地坐起来,冷笑道:"不到两年,从河南败到河北,临平等二十余城不战而降,朱贼势焰熏天,当年那些信誓旦旦与本王打天下的将帅们一夜就翻脸。人原就是可享福贵不能患难的贱性贼性,本王打了一辈子仗，学识兵法无数，历练血战无数，劫难经历无数，独独看不透隔着肚皮的人心啊。本王最恨的就是那些吃里爬外的东西！嗤，他们两个若敢有半分异动，本王弄死他们不过就是捏死两只蚂蚁。老十三不同啊，西援邢州失利，潞州总共五千军马，老十三就敢放出三千，在数万之众别说救援邢州，能全身而退就是一功。薛阿檀、安休休甘愿为老十三一死，抵西援失利之罪。想想都觉着可怕……"

父子之间疑心至此，刘氏亦是觉着酸楚。原以为李克用仅是与十三太保之间起疑生隙，现在看来，李克用与李存信、康君立之间，李存信、康君立与李存孝之间，甚至隐隐听到大太保李嗣源与三太保李存勖之间亦是明争暗斗，如火如荼，想想当真可怖可怕。

刘氏叹了口气，半是劝解半是安慰道："王爷，有个人想见你！"

李克用头也不抬，缓缓端壶倒茶，"本王知道，他迟早会下山来。原本这辈子都不想见他的。唉，既来了，就让他来吧。本王正想有些事想同他说说。他现在哪里？"

刘氏道："这几天他一直就在王府寺院里与西域高僧研习经法。"

李克用看着刘氏，突地笑道："怀着一肚子尘世俗务，习得好经法？你让他过来吧，多年不见，我倒也想同他拉拉旧话。"

顿饭工夫，厅院外进来头发几近光秃、眼睑松弛、胡须已显花白的汉子。

"草民邓还忠见过晋王。"

李克用眯着眼，抬手指指下首的椅子道："如今就咱们两个，那些俗世的虚折套休要再显摆出来，本王这辈子看够了也看厌了。本王拨下的银钱到位了吧？交给谁本王也放心不下，你是本王在晋阳现下唯一能靠得上的人。有时候，本王也觉得奇怪，一眨眼都二十多年了，那个月夜本王确实做下了恶事，手上沾了不少鲜血。可这辈子，我李克用手上的血沾得还少吗？老天爷可能最是清楚不过，本王反倒一直惦念着那件事。老邓，你还记得不？唉，近些时日夜里睡不着，眼前总是闪着那些兄弟们的脸，甚至还记得他们的眉眉眼眼。"

邓还忠欠身一揖道："回王爷，我已按照王爷的吩咐对当年那些兄弟们的后人做了妥善安置。"

李克用满意地点点头，突然笑道："二十多年前，从关外到关内惦念着那些所谓的珠宝，现下却宁愿以两三倍之数予以补偿，本王不知道能否换得九泉之下那些屈死冤魂的谅解……想起来，真像是场梦。晋阳，真是块人杰地灵之地，尤其是太山之上，满眼的松林，真是处绝佳风水。本王甚至有如此之想，如若百年之后能葬在太山之上，不定是本王的幸运呢！"

一直沉默不语的邓还忠骤然大惊，他想见晋王原是有件事想获得李克用的允许，却没料到堂堂晋王竟然说起了后事。

"晋王正当壮年，称雄天下，功勋世人有目共睹。"顿了顿，邓还忠又道，"虽说眼下军事稍有不利，不过依在下看来只是小劫罢了，胜败乃是兵家常事，王爷大可不必为此忧虑。"

李克用摇摇头，"老邓，说出来你未必相信。本王的心现下是越来越趋于大平静了，本王不过是顶着这顶破王爷的帽子，什么胜也好败也罢，都与我无关。遥想当年，风华正茂，英雄气概何其悲壮，只以为纵马天下创一番轰轰烈烈的大事业。现在本王承认是彻底败了，非败在黄巢朱全忠之流，他们算什么东西。本王是败在了自家的门庭之内。不说别人，单是本王的太保们，争权夺利，亲的也好养子也罢，明里暗里斗得头破血流，恨不得将对方置于死地而后快。有时候，半夜里竟然看到本王寄予厚望的太保们举着血淋淋的屠刀，想向他们的父王下手！"

邓还忠不禁浑身大震，从河南到河北，太保们之间以及将领之间，为保存实力，各自为政，眼睁睁地看着对方被朱全忠大军围追堵截而不发一兵。更有甚者，见朱全忠势力大振，干脆城头易旗。李克用说的并无差错，打了这么多年仗，除了当年沙陀部族的旧底子，发生动摇和持观望态度的汉军将领们原就与李克用隔着层皮，浩浩荡荡的晋王大军说垮就垮了。朱全忠大军已攻击到邢州潞州及临城一线，这条防线一旦全面失守，北上晋阳已无险可守。李克用分明已做好了晋阳失守的准备！

李克用眼角微微湿润，他展开大掌略略一拭，"老邓如若无事，本王这三宝殿是无论如何也不会登的，有何事你就说吧。"

邓还忠躬身一揖道："王爷，在下想走一趟军伍。"

"走军伍？"李克用甚觉奇怪，"当年本王诚邀你都没答应，如何现下却生出走军伍之意，你是能扛动枪还是能骑动马，能上阵杀敌还是能报效朝廷。哈哈，你想去哪儿？"

邓还忠面色沉静地看着晋王，"在下想去邢州、潞州走一趟。"

李克用轻松的脸色陡然敛起，仿佛一潭静水，盯着邓还忠缓缓摇头，"本王不准你离开晋阳、离开太山半步。心长成什么样，是红是黑，老天爷都睁着眼看着呢，有什么本事就让他们使去，想做什么事就让他们做去，本王倒要看看他们能掀起什么浪！路都是人自己走出来的，如若真有不测，那都是他们的命。那时，你救不了他们，本王也救不了他们，老天爷也救不了他们，能救他们的只有自己！"

第五十章　太山之黄土一丘

连日阴雨连绵，老天爷犹如半天塌了个大窟窿，从早到晚淅淅沥沥的雨线始终没有停歇。渐到傍晚，那雨势非但未见丝毫减弱，反而愈发密集，邢州城内积水盈尺。

邢州将军府内烛火辉煌，酒香扑鼻，李存孝召集诸将领正敞怀豪饮。阶下一名亲兵进来，身后跟着位满身泥污不堪的偏将。

"报十三爷，四太保、十二太保奉晋王之命率兵南下，已到邢州二十里之外临城。请十三爷敲定入城时间，四爷请十三爷做好城内一应军马后勤，以备大军驻扎。"

李存孝放下酒杯，脸色血红，冷冷一笑道："你是何人？竟敢指使本太保，四太保是个什么东西，莫不是那个置数万军民生死于不顾夹起尾巴弃城而逃的丧家之犬？他有什么资格对本太保指手画脚，让他睁大狗眼看看，邢州城是本太保和诸位兄弟们打下来的，他想走就走想进就进，简直瞎了他的狗眼！"

报信偏将吓得脸色惨白，哪里敢吭声。

李存孝双腿搭在几案上，手抚酒杯，满脸鄙夷之色，"再说，此等恶劣天气，到处都是朱贼大军密探。本太保如何得知你是不是奸细，是不是屁股后面跟着朱贼的军马，我这边一打开城门，你们就乘虚而入想取了本太保的首级？做你们的白日梦去！"

报信偏将低声道："回十三爷，末将确是四太保手下，有四爷亲笔书信在此。"

"本太保不认字，四哥岂能不知？"李存孝斥道，"做假欺蒙原就是朱贼一贯所使的伎俩，休想蒙蔽本太保！至于是不是四哥和十二哥的人马，待天气好转，本太保站在城上一望便知。父王有令，务必时刻提高警惕，以防不测。现在的奸邪之辈遍地都是，本太保不能不遵父训，多长个心眼。念你一身泥水，想必路上吃了不少苦楚，不管你是不是奸细，本太保就赏你个猪蹄，滚你娘的蛋！"

座席中一片哄笑，报信偏将接过油渌渌的猪蹄，头也不敢抬，惊魂失魄地去了。临下台阶，跌了一跤，惹得众人又是大笑。

"来，诸位喝酒，休让那奸细扫了酒兴！"

薛阿檀借敬酒的工夫，小声提醒喝得面红耳赤的李存孝，"十三爷，先前那位偏将确是四爷手下的将领，且那封信是四爷亲笔所写。如此大雨，不让四爷、十二爷进城，传回晋阳，怕是……"

李存孝冷笑道："本太保识得他，不过是老四手下个跟屁虫罢了。不战而弃邢州而逃，老四、老十二非但无罪，反成了父王的座上宾，倒是咱们拼死相救，却险些成了刀下之鬼。父王偏心至此，本太保不服。让他们雨地里劈着去，受些苦楚又死不了人。邢州是本太保打下来的，凭什么轻易让给他们？想进邢州不难，让他们负荆请罪，一人给本太保磕三个响头！偏不给他，又能咋地！"

到达邢州十里之外柳台庄一带，雨势密集，前方遭遇水患，沟谷两侧洪水暴发，势如猛兽，后方辎重大军亦同样陷入泥泞之中。李存信、康君立无奈之下，只好原地在泥水里驻扎下来，帅帐设在一处小山冈上，眼巴巴地盼望着邢州城内出兵接应，没想到却接到李存孝拒绝入城的消息。

李存信当即破大口骂："老十三眼他娘的生在后脑勺了吗？竟然连本太保的信也认不出来！不让我军入城，一万多人泡在泥水里，就等着让朱贼来剿。不行，本太保进邢州城找他说理去！"

"四哥。"一直沉默静听偏将哭丧着脸添油加醋汇报经过的康君立当即阻止李存信，骤然阴阴一笑，"四哥，你若是贸然进邢州，你就不怕有去无回？"

李存信吃了一惊，"莫非他老十三敢动手？"

康君立看着帐外雨线，半晌方道："老十三这是挟公报私，其心何其毒也，仗着功勋，连父王都不放在眼里，何论你我？况又斩了邓天王，为五哥、七哥报仇雪恨，正自得意呢。"

李存信迟疑道："你是说我若进城是自寻死路？"

康君立面无表情道："四哥，不是咱们自寻死路，是老十三自寻死路！"

多年来的积怨骤然爆发，两人心里几乎同时冒出一个让他们兴奋莫名的念头，两人心知肚明，蓦地相视而笑。

李存信叹了口气道："可让上万人马就泡在泥水里，实是心有不甘啊。"

康君立一撇嘴道："泡一泡有何不可，索性让天下人看看！"

一连数日阴雨连绵，待天气总算晴朗下来，清点军马，竟遭洪水席卷溺亡失踪者达数百人之多。李存信与康君立计议一番，当即将遭遇飞传报晋阳。两人反倒不再着急，干脆在营帐里摆起酒宴，接连数日只管饮酒作乐，静等晋阳回音。

土冈下传来吵吵嚷嚷的声音，李存信怒道："何人敢在军营喧哗，不想活了吗？"

帐外亲兵禀道："回两位爷，山谷里进来一伙难民，见是我军旗帜，声称要见十三太保李存孝投军。"

李存信和康君立大奇，"走，咱们看看去！"

土冈上果见一伙三四百人的难民队伍，见两人从营帐里出来，知是将帅。一位三十余岁的汉子带头跪倒，身后众人亦呼啦啦伏下身子。

"十三太保爱民如子，体恤官兵，我等都是来投奔李将军的。十三太保神勇无敌，双掌打遍天下无敌手，十三太保原不姓李，而是姓安，名为敬思。邢州晋王大军不战而退，失地无算，无数百姓陷于兵害，是十三太保亲自带兵将百姓解救出来，他是邢州、潞州的大恩人哪。正是这样一位立有功勋军民爱戴的好将领，竟然被一些妒贤嫉能的红眼狼恨得咬牙切齿，险些命丧晋阳城。听说现下十三太保决定改回原姓，更为安敬思。我等就是想跟着安大将军建功立业去，以十三太保的威名，必成大事！"

李存信、康君立闻言大惊失色，两人互使个眼色。

十三太保李存孝要谋反！两人当即飞马传报晋阳，晋王李克用接到李存孝将李存信大军阻于邢州之外的信件，正考虑着回复。再接到此信后拍案而起："本王早就怀疑此人身藏反骨，果然不出所料，反得好！"当即下令，让李存信、康君立起兵讨伐李存孝，如若平安让出邢州便罢，若是不然，则立即攻城，将李存孝拿下问罪！

李存信、康君立得信后，立即组织军马对邢州展开围攻。李存孝闻讯大怒，"世人只知李存孝，可知安敬思乎。换则换矣，难道怕你李存信、康君立小人不成！"

狂怒之中的李存孝竟然连夜命人赶制"安"字大旗，遍挂邢州城防！

邢州城下，一场晋军内战轰轰烈烈地上演了。李存信、康君立与李存孝之间的矛盾最终爆发了。

邢州突换"安"字大旗，薛阿檀大惊失色，"十三爷，你这是公然在和晋王对抗！"

李存孝指着城下进攻的李存信、康君立人马大骂，"此俩贼当年就败在我安敬思手里，现下教训此贼正好用安敬思之名，与父王何干！待我拿下此贼，上报父王，追究其邢州失地之罪。别人不记得，我安敬思一笔一笔给他们记着呢！"

邢州仅有两千守军，在李存信、康君立的轮番进攻之下，渐感吃力。李存孝当即发信在七十里之外的河城节镇使王熔求救，王熔此人原是李存孝手下一名将领，因战功卓著被封为河城节镇使。让所有人始料未及的是，早在半个月前，王熔此人已秘密尽率所部军马投靠了朱全忠。

得李存孝求救之信，王熔不敢怠慢，即刻上报朱全忠。正得意扬扬隔岸观火、静等坐收渔翁之利的朱全忠接信后不禁哈哈大笑。

"独眼贼养的好太保，不战而降之辈，窝里斗倒打得好阵仗。不管他，让他们好好打，打得两败俱伤，本王再去收拾残局！"

谢瞳在侧眉头一展，"王爷，何若让这仗打得再热闹一些，岂不是好？"

朱全忠一愣："老谢是说让王熔去救李存孝？"

"王爷英明！"谢瞳道，"不仅要救邢州李存孝，而且要将李存信、康君立所部彻底打垮。这样一来，李存孝谋反之事就公布于天下了，怕是跳进黄河也洗不清了！"

"高！"朱全忠哈哈大笑，"前番扮作流民谎报李存孝更名安敬思之计策就让李存信、康君立上了大当，让他们自相残杀起来。想想，独眼贼那些太保们不过都是些不堪大用的生瓜蛋、愣头青罢了。好，咱们再助十三太保一臂之力，让他死无葬身之地！"

王熔当即点起一万大军，杀奔邢州城下，从外围对李存信、康君立的围城大军发动进攻。旬日激战，结局自然不出意料，李存信、康君立率残部不足百人狼狈逃回晋阳。

但这样一来，反将李存孝彻底推上了反叛晋王李克用的风口浪尖之上！

秋光明媚，爽风四起，邢州城下十里之外的官道上，遥遥驶来一支百余人的车驾。正陷入焦虑不知所措中的李存孝闻讯，站在城头上望去。

车驾驶近城下，从第一辆漆围布棚的车架中，晋王刘氏缓缓步出。

"义母！"李存孝大吃一惊。

"十三郎，记得母亲乎！"

李存孝不禁大放悲声，赶快打开城门，趋前跪接。

"我的儿啊！"

"义母！"

邢州城下，李存孝与刘氏相拥大哭，凄惨之况，三军莫不垂泪。李存孝竖起"安"字大旗，李克用大怒，当即就要点兵，讨伐这个不义之徒，被刘氏拦下。刘氏以她多年来对李存孝的了解，认为李存孝绝非公然反叛李克用，其中必有缘故。她决定亲自前往邢州探听究竟，李克用生怕刘氏遭遇不测，秘派大太保李嗣源、三太保李存勖率两千人马远远跟随。一旦有变，即刻发兵相救。

"儿啊，你为何要树旗反叛你的兄长、你的父王！"刘氏哭道，"此举，你将陷自己于不忠不孝不恩不义之地，难道我的儿不清楚吗？"

李存孝至此方知冲动所犯下的大错，可他对四太保李存信、十二太保康君立的怒火并没有彻底消除，遂从邢州之围到西援受阻未立功反而险些失去两员大将之事详略说个大概。末了，哭道：

"义母，孩儿绝无反叛父王之意，此心天地可鉴。四哥、十二哥欺人太甚，处处想置孩儿于死地。纵有恩怨，亦是被四哥、十二哥所逼而致，唯求义母代孩儿在父王跟前解释，孩儿对父王忠心耿耿，看在孩儿这些年追随父王、为他立下汗马功劳的份上，乞求父王原谅！存孝错矣！"

刘氏道："孩儿，相信母亲的话，就随母亲回晋阳城，当面乞求王爷饶恕吧。"

李存孝迟疑道："孩儿真能得到父王的饶恕？"

刘氏拍着他的肩膀道："孩儿啊，世上之情莫如父母之于子女，纵有天大之恶，你们终归是父母的掌心之肉啊。况十三郎之错，原是一时冲动所致，只要你诚心请罪，相信王爷会念在父子之情宽恕我儿的。"

李存孝号啕大哭："父王啊，母亲啊，孩儿错了……"

唐昭宗乾宁元年（894）秋，距中秋月圆之夜尚有不足十日。晋阳城大街小巷两边各店铺临时搭起的霸王炉上，日夜焰火熊熊，做工或精致或粗劣的铁鏊子内，现烧的月饼香味扑鼻，引得娃娃们大呼小叫，守在铁鏊边，垂涎三尺，久久不肯离去。

"滋甜的忻地酥梨，脆脱了牙帮哟。"

"宁武川葫油混糖饼，不甜不要钱。"

"紫薯糖人儿，一吹三个泡，泡响年即到，快来买啊！"

高墙之内，李存孝铁链加身，扶着铁栏，聆听着墙外四起的欢快笑声，这才想到又快到中秋了。从邢州一回晋阳，李存孝立即被押入城中天牢，已过四五天，连李克用的面也没有见到。院外槐叶纷纷飘落，漫天飞絮，如云如雾。李存孝的眼前仿佛又闪现出天牢之外近在咫尺的太山之上遍野红叶、松涛如雷的情景。那年，正是这个季节，他和妻子邓瑞芳走在层林尽染的太山，耳畔山泉淙淙，满眼紫绿青黄，年轻的邓瑞芳沐浴在夕阳的余晖中，浑身犹如镶上了一道璀璨耀眼的金边，李存孝竟痴痴地沉醉其间。

在龙泉寺后高耸入云的佛塔下，李存孝分明记得他默然跪坐，口中喃喃自语，他呼吸紧促，他面红耳赤，他口舌轻启，声音低到连他自己都没有听到。但让他始料不及的是，隐藏在自己内心深处的那些至今听着让人激动莫名的甜蜜之语竟然被邓瑞芳一字不落地听到了。当他回头时，分明看到邓瑞芳毛茸茸的大眼睛里含满了羞涩，俏生生的圆脸上红云飞散。

李存孝陡觉一阵心酸。他蓦然意识到自己罪孽深重，不可谅解。内心一阵狂呼呐喊：父王啊，孩儿知错，你在哪里，为甚不见孩儿一面？孩儿要当面向您认罪，纵然不可饶恕，孩儿亦死而无憾矣。

当李存孝在天牢里痛哭失声之际，晋王府内正在召开针对判定李存孝所犯之罪的会议。

在召开会议之前，刘氏就曾多次在李克用面前为李存孝求情。当暴怒渐渐平息下来的李克用事实上亦默认了刘氏所建议的对李存孝革职为民、永不叙用的处理。

但是让李克用丝毫没想到的是，当他在会议上提起李存孝之罪，让在座人员评定的时候，整个会场出现了死一般的寂静。

"大伙说说，十三太保李存孝该当如何定罪？"

李克用连问三声，由于大家尚不清楚李克用的心思，谁也不敢贸然发言。李存孝树旗反叛，公然与晋军对抗，这可是自李克用起兵以来从未有过之事，这个罪该怎么定？大家都没底。

周德威和大太保李嗣源两人一边揣度着李克用的心思，一边小心翼翼地率先打破了沉默。

周德威想了想道:"以十三太保竖旗反叛之罪,接律确实当斩。不过,这些年来十三太保南征北战,功勋卓著,几无人可及,在下以为可将功补过,剥其军职,给他个机会以布衣之身,再为晋王杀敌立功……"

见李克用沉默不语,李嗣源亦赶紧顺着这个话题,道:"周将军所言极是,孩儿认为老十三不过年轻冲动所致,内心并无反意,将他革职禁闭一年,永不叙用。"

话音刚落,李存信大声道:"老十三没反,倒是我李存信反了不成?亏了我与十二弟沉着应战,否则早被老十三大卸八块!"

"父王,诸位兄长,我有几句话要说。"

大伙循声望去,见康君立面无表情地从座中起来。

"老十三自幼丧父,孤儿寡母从关外流落晋阳,我也是贫苦人家出身,其间苦楚辛酸自是可想而知。幸遇父王收为义子,宠爱有加,并恩赐为十三太保。老十三成婚成家,且屡受父王提携褒奖,大家都有目睹,可以说没有父王就没有老十三的今天。此等大恩德大宠爱即是亲生父母在世亦未比得上分毫,身为太保,本应时刻牢记恩宠,即便为父王粉身碎骨亦难报其恩德之万一。周将军和大哥刚刚所言甚是,我亦觉老十三到底还是年轻气盛,与我和四哥斗气,说到底都是自家兄弟,况我们为长,受些劫难也无二话。"

康君立此话一出,大家颇觉意外,李存信更是惊得合不拢嘴。两人在议会之前,康君立就私下跟他说起,老十三存活于世,总有一天他们兄弟会死无葬身之地。如何竟然在议会上帮李存孝说起了好话求起了情,不禁大为焦急。

"不过,请父王留意。"康君立陡然话锋一转,"十三弟私通朱贼,助纣为虐,公然带兵对抗我军,这可是敌我之争,非有丧心病狂之举,岂能做出此等不忠不孝无廉无耻之举。且有老十三私通朱贼书信在此,铁证如山。叛逆谋反,历来为大不逆,实乃世之罕见!"

此言一出,议会堂瞬间陷入死一般的寂静。康君立说的并非虚妄之言,李存孝树旗反叛,大伙都尽量避开他公然求救于朱全忠之事,谁料康君立竟当场抛出,众人心里莫不心惊:李存孝完了!

李克用原本渐熄的怒火再次喷涌而出,他竭力强忍,环视座中均低头不语、连大气都不敢出一声的众人,冷冷问道:"自古叛逆谋反,该以何罪论处?"

一直战战兢兢的刑狱官员吓得腿一软跪倒在地:

"回晋王,按此律,十三太保当五牛之裂!"

五牛之裂即五牛分尸,此刑至为残酷,用五匹牛拉扯裂人之头和四肢,又称五车裂。春秋战国时期,秦国商鞅相秦时,因变法引起贵族怨恨,被施以此刑。

唐昭宗乾宁元年(894年)八月十四一大早,当押送十三太保李存孝的囚车行驶在晋阳城大街上的时候,早已闻讯赶来观刑的百姓们扶儿携女将街道两旁挤得水泄不通。

"十三太保,这个忘恩负义之徒,晋王对他恩重如山,不思报恩反倒公然改姓反叛,简直是狼心狗肺!"

"听说晋王接连吃败仗,原就是十三太保故意放弃河南渡口,朱贼方才从容渡河北上。黄河天险,只需陈兵数千,朱贼纵有数万之众,哪能轻易过河,说到底,都是十三太保这个猪狗不如的东西吃里爬外!"

"杀死叛贼李存孝!"

"杀了这个禽兽不如的东西!"

"杀了他!"

烂菜叶土坷垃铺天盖地砸向囚车中的李存孝，有愤怒的老百姓冲破官兵阻拦，重重地对李存孝大吐口水。幸得官兵竭力维护秩序，方未酿成大乱。

刑场就设在罗城外风峪河谷大片开阔之地，四面围观百姓足有数万之多，里三层外三层将刑场围得水泄不通。刑场正中，五头角尖上披着红缨的壮牛安安静静地站在当地，大口吞吃着料槽内备好的草料。五牛分尸作为极酷刑罚，对于晋阳城的军民们来说只是从老一辈的传闻中听说，从没有人真正见识过。待囚车一进现场，人群山呼海啸般一齐前涌，一千余名维护现场秩序的官兵被挤得东倒西歪。围观者大声呼喝，神情极度亢奋，人人都想近距离亲自看见传说中的五牛分尸酷刑，纵然官兵皮鞭加身，亦是不舍后退。一度围观的圈子不断缩小，最近者甚至已与壮牛近在咫尺。

负责监刑的四太保李存信与十二太保康君立生怕出乱，大声喝止却丝毫不起作用。两人对视一眼，李存信大手一挥，囚车打开，在天牢早被折磨得不成人形的李存孝被趔趔趄趄带出。

"安敬思，你还有何话说！"

这不过是例行程序而已，奉李克用之命，李存孝改回原名并被逐出晋王太保之列。李存孝喉咙中早被昨夜就被灌入铁水，口舌俱焚，口不能言。

李存孝恶狠狠地盯着李存信和康君立，喉咙中发出只有他自己听得见的呜呜声。

"叛贼安敬思罪迹昭昭，罪恶通天，想来已无颜再见晋阳父老！来人，上牛，行刑！"

五条巨大的绳套分别紧扣李存孝的两腿两手和脖颈，缚在五牛之身。李存孝巨大的身躯轰然被五条巨绳拉直，形成个"大"字。头顶上方万里无云，水洗般湛蓝，秋风卷起的红叶仿佛从遥远的天际飘来，越过日夜奔流不息的风峪河，越过松涛阵阵的太山，越过那座耸入云天的情誓木塔，漫天飞舞。

耳畔突然传来一阵熟悉的哭喊声：

"我的安大哥啊！"

是瑞芳！李存孝听得真切，那是我亲爱的妻子，陡然鼻尖酸楚，两臂两脚大挣，腹中大团滚烫如岩浆般的灼火烈焰试图喷涌而出。他竭力扭转脖颈，看到邓瑞芳的身影冲破官兵围堵，在他数步之外跪地痛哭：

"安大哥，早知今日，何必当初！你原就不该走这趟险路，当初咱们就说过，就住在那太山之上，盖三间茅草屋五亩薄田，何等逍遥快活。我的老天爷啊，安大哥唉，放着通天的阳关道你不走，偏要趟那人世的地狱河。还记昨日那佛塔情誓吗，今日即是一别，且让妹子先活祭了你罢！啊呀呀，我的塌了天的恶世道！"

邓瑞芳披头散发，愤然长号，围观百姓无不动容。就连围过来原想驱赶的官兵们亦垂手而立，背了身抹开眼泪。

随身带来的五色纸幡点燃，哭声中，邓瑞芳猛然站起身，无所畏惧地大步向李存孝而来！手中蓦地现出一把寒光闪闪的铁剪：

"苍天哪，自古沙场征战良将，岂有善终乎！我邓瑞芳今世既做不得安敬思的贤妻，就做一个追随安敬思的烈妇吧！"

说毕，剪刀锋芒在阳光下闪闪夺目，陡然插向脖颈！

一声凄厉犬吠，黄狗毛毛从人墙后步履蹒跚地进入场地，一路轻嗅。嘴巴里呜呜咆哮，在邓瑞芳的尸体旁停下，稳稳蹲坐而下，艰难地回过头来看看被缚的李存孝，蓦地仰脖长号数声，缓缓伏下身子，与邓瑞芳的尸体并排躺倒……

李存孝蓦地扯开呜呜作响的喉咙，一股鲜血如激流般喷射而出，在半空中幻化成大团雨雾，呈散落花瓣状四面飘落！泪水迷离的双目中，苍穹之上，一行秋雁无声掠过。

瞬间，声息皆无……

数月之后，通往太山风峪河谷的山道上，一驾车马在仅有三四名侍从陪伴下在"望夫石"旁的河塘边停下。

李克用挣脱侍从搀扶，跳下车驾，愣愣地看着河塘对面一座新起的黄土丘。土丘后缓缓站起邓怀忠，两人四目相对，半晌无语。

"老邓，最近龙泉寺里诵什么经，可有高僧讲法？"

邓还忠将手里数枝修剪得纤细匀称的柳枝插在土丘上，面无表情道："佛由心成，德由心积，功由心修，福由心作，祸由心为。山人比不得王爷，俗世繁忙，尘务缠心，我且吃我的斋念我的佛。"

李克用突然讥讽道："你就不怕本王将你山上寺庙一把火烧得干净？"

邓还忠头也不回道："罢马不畏鞭棰，罢民不畏刑法，何况山人乎！"

李克用摇手喊道："本王也想上太山，看看龙泉寺，看看血祠，看看打虎亭，看看那座情誓塔，你就不能等等本王？"

邓还忠仿佛没听见，沿着山径，健步如飞，不大会儿便隐入殷红如残霞般的丛林中。

李克用回身望着那座风中黄尘漫漫飞散的土丘，突然泪流满面……